EXCALIBUR

Herausgegeben von
Melissa Andersson
und
Gerd Rottenecker

Die letzte Rune im Droemer Knaur Verlag:

1. *Das Ruinentor* (Band 70143)
2. *Der Fahle König* (Band 70144)

Weitere Bände in Vorbereitung

Mark Anthony

DIE LETZTE RUNE

1

Das Ruinentor

Ins Deutsche übertragen von
Andreas Decker

Knaur

Die amerikanische Originalausgabe erschien 1998
unter dem Titel »The Last Rune: Beyond the Pale, Part 1«
bei Bantam Books, New York

Besuchen Sie uns im Internet:
www.droemer-knaur.de

Deutsche Erstveröffentlichung 7/99

Umschlagkonzept: Melissa Andersson
Umschlaggestaltung: Agentur Zero, München
Umschlagillustration: Michael Whelan
Agentur Thomas Schlück, Garbsen & Dieter Jüdt, Trier
Karte: Detlev Henke, Bielefeld
Lektorat: Ralf Reiter
Satz: Ventura Publisher im Verlag
Druck und Bindung: Clausen & Bosse, Leck
Printed in Germany
ISBN 3-426-70143-X

2 4 5 3

Für Carla Montgomery,
die die Gabe besitzt.

Für Christopher Braun,
ein wahrer Ritter-Hüter.

Und für Sean A. Moore,
der wußte, welche Magie in Kreisen liegt.

KARTE

Das Wintermeer
Ur-Torin
Die Frostebene
Toringarth
Fal Imbri
Imbrifale
Das Runentor
Fal Threndur
(Eisenzahnberge)
Die Schattenkluft
Burg Todesfaust
Der Fluß Fellgrim
(Malachor)
Embarr
Die Öðnis
Der Winterwald
Kelcior
Barrsunder
Der Schlangenschwanzfluß
Der Fluß Farwander
Küste
Eredane
Der Weiße Turm
Spardis
Fal Erenn
(Morgenrotberge)
Perridon
Westwald
Erendel
Galt
Galt
Dämmerwald
Der Graue Turm
Die Sturm-
Fal Sinfath
(Zwielichtberge)
Calavere
Ar-Tolor
Das Meer der
Morgenröte
Calavan
Der Königsinnenpfad
Der Fluß Dimduorn
Toloria
Der Schwarze
Turm
Borelga
Die Freien Städte
Der Fluß Kelduorn
Gendarra
Weißsteingipfel
Der Große
Brelegond
Die Schleierberge
Nach Tarras
Das Sommermeer
Die Domänen
und Umland
Meilen
0
25
50

Tausend Jahre lang lag der Fahle König in finsterem, verzaubertem Schlaf, eingesperrt in sein karges Reich Imbrifale.

Aber dann …

… nähern sich zwei Welten.

Der Bann ist gebrochen.

PROLOG

Bruder Cys Wandershow der Apokalypse und Erlösung

Die letzte mitternächtliche Windböe des Oktobers wehte den heruntergekommenen Schulbus in die Stadt.

Abgenutzte Bremsen quietschten protestierend, als das Fahrzeug von der zweispurigen Bergstraße in Colorado abbog und auf dem offenen Feld ausrollte. Die schlampig aufgetragene weiße Lackierung – der Farbton hieß Himmelstor und kostete in Aces Eisenwarenladen in Leavenworth, Kansas, nur fünf neunundneunzig die Gallone – war von einer schmierigen, von zahllosen Tagen und Meilen kündenden Schicht aus Autobahndreck überzogen. Im geisterhaften Licht der untergehenden Mondsichel schimmerte sie wie verblichene Knochen. Die Falttür des Busses glitt ächzend auf, an beiden Seiten des Fahrzeugs schnellten zwei übermalte Stoppzeichen wie verkrüppelte Engelsschwingen empor. *Bereue Deine Sünden jetzt* mahnte das eine Schild, während das andere mit der Aufschrift *Zwei für den Preis von einem* warb.

Ein Mann stieg aus dem Bus. Der Wind blies durch das trockene Gras um seine Knöchel und zupfte mit kalten Fingern an dem schwarzen Bestattungsunternehmeranzug. Eine lange Hand griff schnell in die Höhe, um den breitkrempigen Pastorenhut auf dem Kopf zu halten, dann blickte der Mann mit dunklen Augen in die Dunkelheit.

»Ja, ein perfekter Platz«, flüsterte er mit einer Stimme, die zugleich an knirschenden Stahl und die in Honig eingelegten Pekannüsse des Südens erinnerte. »Ein wirklich perfekter Platz.«

Dann beugte der Mann – den man in der Vergangenheit mit vielen Namen belegt hatte, der sich in diesen Tagen jedoch als Bruder Cy ansprechen ließ – seine vogelscheuchendürre Gestalt wie eine vom Sturm gekrümmte Kiefer dem Bus entgegen und rief in die geöffnete Tür hinein.

»Wir sind da!«

Ein Chor aufgeregter Stimmen antwortete ihm. Jemand schaltete die Busscheinwerfer ein, zwei Lichtbahnen durchschnitten die Nacht. Der hintere Notausgang schwang knarrend auf, und ein Dutzend schattenhafter Gestalten sprang hinaus. Sie zerrten ein schweres Bündel auf das Feld und entrollten es geschickt. Weitere unkenntliche Gestalten, die sich mit Pfählen und Seilen abmühten, strömten aus dem Hinterteil des Busses und gesellten sich eilig zu den anderen. Bruder Cy ging zur Feldmitte und schritt einen breiten Kreis ab; in genau abgemessenen Abständen grub er den Absatz seines ausgetretenen schwarzen Stiefels in den Erdboden. Als der Kreis vollendet war, trat er zurück und betrachtete ihn zufrieden. Hier würde seine Festung stehen.

Segeltuch klatschte beim Entrollen.

»Verflucht noch eins, paßt auf den Pfahl da auf!« rief Bruder Cy, als sich seine Arbeiter bemühten, einen Holzpfahl von der Länge und Breite eines Baumes aufzurichten. Vor ihm nahm ein flatternder Umriß Gestalt an, wie ein Elefant, der mühsam auf die Beine kam. Bruder Cy zog wie ein hungriger Löwe seine Bahnen darum.

»Macht die Wand da im Boden fest!« brüllte er. »Entwirrt die Seile. Das Seil da kommt in den Flaschenzug. Jetzt zieht! Zieht gefälligst, oder das Reich des Finsteren wird euch verglichen mit der Hölle, die ich euch bereite, wie das Paradies vorkommen!« Bruder Cy stieß die schlaksigen Arme in die Höhe. *»Zieht!«*

Ein Dutzend nur undeutlich erkennbarer Gestalten legte

sich ins Zeug. Der Hügel schob sich selbst in die Höhe, ein Berg, den das Erdreich gebar. Endlich erreichte seine spitz zulaufende Mitte die obere Pfahlspitze. Seile wurden um Holzpflöcke geschlungen und verknotet, lose Segeltuchkanten in den Boden gehämmert, Taurollen weggeräumt. Wo noch Minuten zuvor das Mondlicht auf eine leere Ebene gefallen war, stand nun ein Zelt. Es handelte sich um ein altmodisches Zirkuszelt, das an so vielen Stellen zerrissen und wieder geflickt worden war, daß es aussah, als hätte man es aus den Hosen von hundert bitterarmen Clowns zusammengenäht.

Bruder Cy schlug die großen Hände zusammen und lachte donnernd.

»Laßt die Show beginnen!«

Die schattenhaften Handlanger, die im Zwielicht wie Geistererscheinungen aussahen, eilten fleißig umher. Mehrfarbige Flaggen wurden entrollt, Klappsitze aus dem hinteren Teil des Busses entladen. In Dutzenden Zinnlaternen flackerte Licht auf. In einer leuchtenden Prozession trug man sie in das Zelt, bis es hell in der Nacht erstrahlte. Zuletzt rammte man neben dem Zelteingang ein Schild in den Boden, das in schwungvollen, gotischen Buchstaben verkündete:

BRUDER CYS WANDERSHOW DER
APOKALYPSE UND ERLÖSUNG
Hier werden Gebrechen geheilt –
der Glaube wiederhergestellt –
Seelen gerettet

Darunter hatte jemand in einer krakeligen Schrift – wie in einem nachträglichen Einfall – geschrieben:

Tritt ein – wir wollen *Dich* erretten!

Bruder Cy trat zurück, verschränkte die Arme und betrachtete sein Reich.

»Läuft alles zufriedenstellend?« fragte eine helle Stimme hinter ihm.

Er fuhr herum, und sein hageres Gesicht verzog sich zu einem kadaverhaften Grinsen.

»Das tut es allerdings, Schwester Mirrim.« Er streckte die Hand aus, um einer Frau die Stufen des Busses herunterzuhelfen. »Sehen Sie? Unsere Zitadelle steht wieder.«

Schwester Mirrim betrachtete das Zelt. Man konnte ihr Antlitz als ebenmäßig, wenn nicht sogar als schön bezeichnen, aber ihre altmodische Kleidung war ausgesprochen schlicht. Sie trug ein enganliegendes Kleid in Trauerschwarz und an den Knöcheln zuzuknöpfende Schuhe von der Art, die man bis zum heutigen Tage in den Gemischtwarenläden zahlloser staubiger Städte Oklahomas finden konnte – die Art von Schuhen, die von der unversöhnlichen Härte eines anderen Jahrhunderts kündeten. Doch ihr langes Haar wehte im Wind und leuchtete selbst im fahlen Licht der Mondsichel feuerrot.

Ein Kind folgte Schwester Mirrim die Stufen hinunter, ein kleines Mädchen, dessen schwarzes Kleid eine genaue, winzige Kopie von dem der älteren Frau darstellte. Sein Haar hatte jedoch die Farbe der Nacht, und es blickte Bruder Cy mit klugen, violetten Augen an. Er nahm es auf den Arm. Die Kleine schlang eine winzige, kühle Hand um seinen Hals und drückte den weichen Rosenknospenmund auf seine Wange.

»Ich liebe dich auch, Kind Samanda«, sagte Bruder Cy gedankenverloren.

»Aber sicher«, erwiderte Samanda leise.

Er setzte das Mädchen wieder auf dem Boden ab, und das Trio ging Hand in Hand auf das Zelt zu. Der Wind pfiff durch Seile und Falten und beschwor ein trauriges Lied herauf.

»Werden sie kommen, Bruder Cy?« fragte Schwester Mirrim;

ihre Stimme klang wie der Ruf einer Taube. »Ich habe mich umgeschaut, aber ich kann sie noch nicht sehen.«

Er blickte an dem Zelt vorbei in das sich dahinter anschließende Tal mit seiner zufällig angeordneten Lichtersammlung, die in der Nacht funkelte. Castle City. Dort drängten sie sich um die warmen Lichter ihrer kleinen Häuser und wußten nichts von der Finsternis, die sich näherte. Aber diese Finsternis war noch so fern, so seltsam, so schrecklich weit weg. Wie konnten sie darüber Bescheid wissen? Wie sollten sie begreifen, daß es um ihre Seelen ging? Doch auf irgendeine Weise mußte man es ihnen begreiflich machen. Aus diesem Grund waren Bruder Cy und die anderen an diesen Ort gereist.

Schließlich sagte Bruder Cy: »Sie müssen einfach kommen. So viele von ihnen müssen ihren Teil dazu beitragen.«

Schwester Mirrim schüttelte den Kopf, ihre Frage war unbeantwortet geblieben. »Aber *werden* sie es auch tun?«

Diesmal war es Samanda, die das Wort ergriff.

»O ja«, flüsterte sie. »Sie kommen.« Sie zog die winzigen Puppenhände aus den Händen der Erwachsenen und trat einen Schritt näher an die sich unter ihnen erstreckenden Lichter heran. »Aber in ihrer Mitte gibt es zwei Personen, deren Aufgaben viel schwieriger als die der anderen sein werden. Wir können nicht wissen, ob sie die Stärke haben, ihre Last zu tragen.«

Bruder Cy nickte ernst. »Aber wir können beten, mein kleiner Spatz.«

Eine kühle Brise jagte von den hohen Gipfeln herunter, und die drei blickten auf und sahen zu, wie das Zelt unter dem Windstoß erzitterte. Die Laternen, die im Inneren an ihren Drähten tanzten, erschufen verrückte Schatten, die über die Segeltuchwände flackerten, während die Handlanger sich beeilten, das Zelt gegen die Windböen abzustützen. Einige der Silhouetten waren gedrungen wie Stümpfe, während andere wiederum seltsam groß erschienen, mit Fingern so schlank wie Äste. Einige schienen Geweihe zu tragen, die jungen Schößlingen gleich aus ihren Köpfen sprossen, während andere den Anschein erweckten, als gingen sie auf verkrüppelten Beinen und zögen aufgeregt zuckende Schwänze hinter sich her. Doch flatterndes Segeltuch konnte Schatten verzerren und den Sinnen Streiche spielen. Der Wind verlor an Stärke, das Zelt wurde ganz ruhig, und die Schatten zogen sich von den Wänden zurück.

»Kommt, laßt uns reingehen«, murmelte Bruder Cy.

»Um auf sie zu warten?« fragte Schwester Mirrim.

Das Kind Samanda nickte voller Überzeugung. »Ja, um dort zu warten.«

Sie faßten sich wieder bei den Händen, wandten der Nacht ihre Rücken zu, betraten das Zelt und ließen die in der Senke liegende kleine Gebirgsstadt allein in der Dunkelheit weiterschlafen.

ERSTER TEIL

Die Finsternis kommt

1

Manchmal gab der von den Bergen ins Tal wehende Wind Travis Wilder das Gefühl, daß alles möglich war.

Er konnte ihn stets kommen hören, lange bevor der erste verräterische Hauch schneefreier Luft sein Gesicht berührte. Er begann als fernes Donnern hoch oben am Rand des Canyons, beinahe wie die uralte Stimme eines sturmgepeitschten Ozeans und zugleich doch ganz anders. Kurz darauf konnte er ihn sehen, wie er in einer Welle nach der anderen durch den Wald rauschte, der die granitfelsigen Bergzüge bedeckte, die das Tal einkreisten. Kiefern wiegten sich in einem anmutigen Rhythmus, während die Espen erst grün, dann silbern und zum Schluß wieder grün schimmerten. Augenblicke später fuhr er in wilden Kreisen durch die Hirse, die auf den verlassenen, vor der Stadt befindlichen Feldern wuchs, und ließ sie als letzte Vorankündigung rascheln.

Dann schlug der Wind zu.

Er raste wie eine unsichtbare Geisterherde aus Indianerponys die Elk Street – Castle Citys breite Hauptstraße – entlang. Vorbei an McKays General Store. Vorbei am Mosquito Cafe. Vorbei am geschlossenen Erzprüfungsbüro, dem Mine Shaft Saloon, dem Blue Summit Earth Shop und dem verblichenen viktorianischen Musiktheater. Hunde bellten und schnappten nach vorbeirollenden, aus Zeitungen bestehenden Tumbleweeds. Spazierende Touristen drehten sich um und kniffen die Augen zu, um sie vor den Sturmböen zu schützen, in denen Kaugummipapier und die zerknüllten Zellophanhüllen von Zigarettenpackungen funkelten. Die Cowboys von der Dude-Ranch hielten ihre schwarzen Hüte mit den Händen fest, an denen Türkisringe schimmerten, während sich ihre Staubmäntel hinter ihnen aufblähten wie Schwingen aus Kuhhaut.

Vielleicht war er der einzige Bewohner der Stadt, der verrückt genug dazu war, aber Travis liebte den Wind. Vom ersten Augenblick an. Er pflegte dann immer aus der mit Schrotkugeln gesprenkelten Tür des Mine Shaft Saloon zu treten – er war der Besitzer des Saloons, eine zweifelhafte Ehre – und sich über das Geländer des hölzernen Gehsteigs zu lehnen, um das Gesicht in die Böen zu halten. Man konnte unmöglich feststellen, wo der Wind herkam oder was er vor sich hertrieb. Travis atmete die beseelte Luft tief ein, die nach kaltem Gebirge und von der Sonne gewärmten Pinienbäumen duftete, und fragte sich, wessen Lungen sie zuletzt gefüllt hatte – wo sie lebten, welche Sprachen sie sprachen, welche Götter sie anbeteten, ob sie überhaupt welche anbeteten und welche Träume sie hinter den Hunderten geschlossener Augen verschiedener Formen und Farben zu träumen wagten.

Zum ersten Mal hatte ihn dieses Gefühl an jenem Tag übermannt, an dem er aus dem schlammverkrusteten Bus gestiegen war – ein Junge aus dem Flachland, der zwischen den geraden und dunstigen Horizonten Illinois' aufgewachsen war – und Castle Citys Anblick in sich aufgenommen hatte. In den sieben Jahren, die seitdem vergangen waren, hatte er dieses Gefühl mit überraschender und tröstlicher Regelmäßigkeit verspürt; es hatte seine Kraft mit der Zeit keinesfalls verloren. Sich dem Wind entgegenzustellen hinterließ stets den Schmerz einer unmöglich in Worte zu fassenden Sehnsucht in seiner Brust sowie das Gefühl, sich nicht für eine Sache entscheiden zu müssen, weil alles möglich war.

Doch trotz seiner vielen Träumereien hätte Travis niemals erahnen können, was der Wind an diesem kühlen Abend, der in der grauen Zeit zwischen den goldenen und himmelblauen Herbsttagen und der eiserstarrten Farbenpracht einer Winternacht gefangen war, nach Castle City und in sein Leben hineinwehen würde. Viel später sollte er all die seltsamen und unerwarteten Ereignisse mit der bedeutungslosen Klarheit der Rückschau noch einmal Revue passieren lassen, um den genauen Augenblick festzunageln, an dem sich die Dinge zu verändern begannen. Es war ein unbedeutender Vorfall, so unbedeutend, daß er sich vermutlich gar nicht mehr daran erinnert hätte, wäre da nicht die Tatsache gewesen, daß die Dinge danach niemals wieder so sein würden – und konnten – wie zuvor.

Es war das Glockenspiel.

2

Das nachmittägliche Sonnenlicht strömte wie flüssiges Gold in das Bergtal, als Travis Wilder seinen verbeulten Pickup in Richtung Stadt lenkte. Die leise aus dem AM-Radio kommende Musik war voller Störgeräusche, die im Rhythmus des quietschenden Armaturenbretts knisterten. Ein wie eine Pinie geformter, papierener Lufterfrischer baumelte hinter dem Rückspiegel an seinem Faden; die in dieser Gebirgshöhe brennende Sonne hatte den künstlichen Piniengeruch schon vor Jahren herausgebrannt. Der Motor ächzte, als Travis herunterschaltete und mit genau der doppelten Geschwindigkeit in die Kurve einbog, die auf dem Schild am Straßenrand empfohlen wurde; wie ein gelber Diamant geformt war es mit Schrotschußlöchern durchsiebt und sah aus wie ein Schweizer Käse.

»Travis, du bist spät dran«, sagte er zu sich selbst.

Er hatte den größten Teil des Nachmittags auf dem Dach der baufälligen Jagdhütte verbracht, die er sein Zuhause nannte, und Teerpappe festgenagelt und Dachschindeln ersetzt, die der in der letzten Nacht wehende Sturm heruntergerissen hatte. Der Zeitpunkt, alles für den Schnee bereitzumachen, den die fetten, mit einem roten Fell versehenen Murmeltiere bereits ankündigten, war schon lange verstrichen. Als er endlich daran dachte, aufzusehen, sank die Sonne bereits der Bergkette entgegen, die das Tal einschloß. Travis hatte noch nie ein Gespür für die Zeit gehabt. Aber das galt auch für die vielen anderen Dinge, in denen er ebenfalls nicht gut gewesen war. Das war schließlich der Grund, warum er nach Castle City gekommen war.

Die Stammkunden würden sich kurz nach Sonnenuntergang im Mine Shaft Saloon einfinden, dann kamen für gewöhnlich noch ein paar glücklose Touristen, die auf dem Highway die falsche Ausfahrt genommen hatten und durch Zufall in Castle City gelandet waren. Zu dieser Jahreszeit kreuzten ganze Legionen von ihnen über die gewundenen zweispurigen Straßen, um aus dem beheizten Komfort ihrer Mietwagen die goldene Pracht des Gebirgsherbstes zu bestaunen. Um alles noch schlimmer zu machen, war heute der Abend, an dem sich Moira Larsons Buchklub in einem Hinterzimmer des Saloons traf. Das Thema: Eheliche Untreue in den französischen Romanen des neunzehnten Jahrhunderts. Travis erschauderte bei dem Gedanken, einem Dutzend Büchernarren gegenübertreten zu müssen, die man in ihrem fanatischen Verlangen gehindert hatte, über die Implikationen der Klassengesellschaft in Flauberts *Madame Bovary* zu diskutieren.

Ein nervöses Pfeifen entrang sich seinen Lippen. »Du bist wirklich *sehr* spät dran.«

Natürlich würde Max im Saloon sein.

Max Byfield war Travis' einziger Angestellter. Max war heute mit der Tagschicht dran gewesen, obwohl er wahrscheinlich noch über den Büchern des Saloons brütete, in dem Versuch, zwischen den Zeilen Geld aufzuspüren. Das hatte Travis vermutlich nun davon, einen Buchhalter aus New York einzustellen – einen Großstadtflüchtigen –, aber wenigstens war jemand da, der einen bestellten Drink einschenken konnte. Andererseits war es nicht unbedingt eine gute Idee, Max während der Hauptgeschäftszeit allein hinter der Bar kämpfen zu lassen. Travis konnte nur hoffen, daß Max nicht wieder bei der Jukebox herumlungerte und den Gästen erzählte, daß der Genuß klassischer Musik den Intelligenzquotienten zeitweise erhöhte, während Country-and-Western-Songs mit ihrer simplen Melodiestruktur und den sich ständig wiederholenden Rhythmen das genaue Gegenteil bewirkten.

Travis verspürte plötzlich den doppelten Drang, sich zu

beeilen, er trat das Gaspedal durch, und der Wagen schoß aus der Kurve wie ein Stein aus einer Schleuder.

Als er noch etwa eine Meile von der Stadt entfernt war, raste ein grotesk verformter Schatten an der mit einem Sprung versehenen Windschutzscheibe vorbei. Neben der Straße duckten sich die Überreste eines Hauses. Travis war schon zahllose Male daran vorbeigefahren, aber wie immer wurde sein Blick davon angezogen. Das alte Haus war vor Jahren abgebrannt, lange bevor er nach Castle City gekommen war, doch irgendwie wußte er, daß es auch vor dem Feuer ein häßliches Gebäude gewesen war. Es kauerte regelrecht dort, mit Reihen winziger Fenster, die wie haßerfüllte Augen die Schönheit der Berge anstarrten. Es stellte nicht mehr als eine leere Hülle dar, der Rückenpanzer eines riesigen Käfers, der am Straßenrand verendet war.

Den Geschichten zufolge, die Travis gehört hatte, war in dem Gebäude ein Waisenhaus untergebracht gewesen. In den Tagen der Großen Depression gebaut, war das Beckett-Strange-Heim für Kinder jahrzehntelang eines der größten Waisenhäuser im mittleren Colorado gewesen, aber vor etwa zwanzig Jahren hatte es dort gebrannt. Zu diesem Zeitpunkt waren Waisenhäuser aus der Mode gekommen, und man hatte es nie wieder aufgebaut. Travis konnte nicht behaupten, daß es ihm leid tat. Irgend etwas an dieser Ruine … *stimmte* nicht. Er war sich nicht sicher, was es war, aber oft ertappte er sich beim Vorbeifahren dabei, daß ihm finstere Gedanken kamen. Gedanken an Furcht, Leid oder Chaos. Vielleicht war es auch nur das Wissen, daß in dem Feuer Menschen ums Leben gekommen waren. Die Kinder hatten alle entkommen können, aber die Flammen schlossen einige der Angestellten in ihren Zimmern ein und verbrannten sie bei lebendigem Leib. Zumindest erzählten das die Gerüchte. Travis wußte nicht, ob die Geschichten der Wahrheit entsprachen, aber wenn es jemals einen Ort für Geister gegeben hatte, dann die Ruinen des Beckett-Strange-Heims für Kinder.

Das alte Waisenhaus verschwand aus der Sicht, und Travis richtete den Blick auf die Straße. Es war die Zeit des Tages, an der sich Rotwild unerklärlicherweise dazu getrieben sah, aus dem Wald zu springen und sich vor fahrende Autos zu werfen. Er schaute konzentriert hin. Und einen Augenblick später erregte etwas seine Aufmerksamkeit, aber es war kein Hirsch. Er schaltete herunter, seine Eile war vergessen. Das Getriebe ächzte protestierend, dann verlangsamte der Pickup seine Fahrt.

Es war eine Reklametafel.

Reifen knirschten über Kies, und der Wagen kam am Straßenrand zum Stehen. Travis blickte aus dem Fenster. Wie viele hölzerne Gegenstände im Hochland war die Reklametafel ausgebleicht und rissig, darüber hinaus aber seltsamerweise völlig intakt. Das Ding hatte mindestens sechzig oder siebzig Bergwinter mitgemacht, und selbst das letzte auf seine Oberfläche geklebte Werbeplakat war schon vor langer Zeit verblichen. Travis konnte jedoch die geisterhaften Umrisse von Leuten ausmachen, die Kleidung trugen, wie sie vor zwei Jahrzehnten modisch gewesen war; sie lachten, während sie köstlichen Rauch aus weißen Stäbchen einsogen, die zwischen ihren langen Fingern steckten.

Die schwere Tür des Pickups schwang auf. Travis stieg aus. Kalte Luft wisperte durch trockene Büsche, und er war dankbar für seine dicke Schaffelljacke. Darunter trug er verblichene Bluejeans und ein braunes Arbeitshemd. Travis war ein großer Mann, gerade noch schlank genug, um nicht als massig bezeichnet zu werden, aber er hatte die unbewußte Neigung, seine breiten Schultern nach vorn zu krümmen. Mit seinen dreiunddreißig Jahren war sein Gesicht jungenhaft geblieben, und wenn er sein schiefes Lächeln lächelte, ließ es an eine spitzbübische Art denken, womit man nicht einmal falsch lag. Sein Haar hatte genau die Farbe von staubigem gelben Sandstein, aber sein Bart, den er manchmal gegen die Winterkälte oder auch aus schierer Faulheit wachsen ließ, wies kupfer- und goldfarbene Strähnen auf.

Travis richtete die Nickelbrille vor seinen hellen Augen. Jack Graystone hatte sie ihm vor ein paar Jahren geschenkt. Jack war der Besitzer des Magician's Attic, einem Antiquitätenladen im Westen der Stadt, außerdem war er einer von Travis' ältesten Freunden, vielleicht sogar sein bester. Die Brille war über hundert Jahre alt und hatte einst einem jungen Revolverhelden namens Tyler Caine gehört. Jack pflegte zu sagen, die beste Methode, das Hier und Jetzt zu verstehen, bestünde darin, es mit dem Blick einer fernen Zeit und eines fernen Ortes zu betrachten. Manchmal hielt Travis Jack für den weisesten Mann, den er kannte.

Travis näherte sich der Reklametafel, seine abgetragenen Stiefel verursachten schabende Geräusche auf dem harten Boden. Dort – genau dort war das, was sein Interesse erregt hatte. Der nächtliche Sturmwind hatte ein Stück der alten Zigarettenwerbung abgerissen. Travis atmete die kalte Luft tief ein. Durch das Loch in der Werbung konnte er etwas sehen, das wie das Gemälde einer zerklüfteten Landschaft aussah. Nur daß es nicht genau wie ein Gemälde aussah. Es war zu *real*, eher wie eine Fotografie, atemberaubend in seiner perfekten Schärfe. Er konnte nur den Rand eines schneebedeckten Berggipfels sehen, hinter dem sich ein grüner Wald erstreckte. Unwillkürlich streckte Travis die Hand nach der Reklametafel aus, um noch mehr von dem bunten Papier abzureißen.

Das war der Augenblick, in dem er es hörte.

Der Glockenklang war leise und schien aus großer Ferne zu kommen, zugleich war er deutlich zu hören und kristallklar. Er erinnerte ihn an die Glöckchen eines durch die Winternacht fahrenden Schlittens. Er ließ die Hand sinken und legte den Kopf schief, um zu lauschen. Doch alles, was er jetzt hörte, war das leise Rauschen des über die Felsen streichenden Windes. Nach einem langen Augenblick fröstelte er, ihm fiel wieder ein, daß er in den Saloon mußte. Was auch immer dieser Laut gewesen war, er war verstummt, falls er überhaupt je in der Realität existiert hatte. Travis ging zum Wagen zurück.

Der Wind drehte sich und trug ein leises, aber deutlich zu hörendes Glockenspiel mit sich.

Travis fuhr auf dem Absatz herum. Wieder verstummten die Glöckchen, aber diesmal wußte er genau, aus welcher Richtung die Laute gekommen waren. Sein Blick wanderte über die verdorrte Grasfläche, bis er ein paar hundert Meter entfernt auf die dunkle Masse stieß. *Travis, dafür hast du jetzt keine Zeit.* Aber da ging er bereits über das Feld, die Hände tief in den Jackentaschen vergraben.

Eine Minute später ragte das Waisenhaus drohend vor ihm auf und verdeckte ein Stück des quarzblauen Himmels. Er war noch nie so nahe bei der Ruine gewesen. Jetzt ähnelten die Fenster eher aufklaffenden Mündern statt starrenden Augen. An den verbrannten Holzwänden klebten Flechten wie eine Art Geschwür. Selbst nach all diesen Jahren verströmte dieser Ort einen leichten, beißenden Brandgeruch, der eine unbestimmbare Bedrohung in sich trug. Travis hielt den Atem an: Da war nur die unheimliche Stimme des Windes und Stille, sonst nichts.

Er bahnte sich einen Weg durch einen kleinen Streifen trockener Disteln und ging um das Haus herum. Auf der Rückseite standen zwei separate Nebengebäude. Sie befanden sich weit genug vom Haupthaus entfernt, so daß das Feuer nicht auf sie übergegriffen hatte. Matte Farbe blätterte von ihren Wänden ab, die Türen wurden von verrosteten Vorhängeschlössern gesichert. Es handelte sich wohl um eine Art

Lagerschuppen. Ein schmaler Durchgang führte zwischen den Gebäuden vorbei, fast wie eine Gasse. Hatte sich da etwas in dem Dämmerlicht bewegt?

Er trat einen Schritt in den Durchgang zwischen den Schuppen, in dem Halbdunkel erkannte er einen Haufen Altmetall und ein altes Regenfaß. Das war alles. Er wollte sich gerade umdrehen, als er zu seinen Füßen ein Funkeln entdeckte. Er ging in die Hocke und fand frische Spuren. In ihnen hatte sich aus dem Erdboden gesickertes Wasser gesammelt, das das zur Neige gehende Tageslicht reflektierte. Die Abdrücke stammten von kleinen, gespaltenen Hufen, vermutlich ein Maultierhirsch. Sie wanderten im ganzen Tal herum. Travis erhob sich mit einem Schulterzucken und drehte sich um, um zu seinem Wagen zurückzugehen.

Diesmal erklangen die Glöckchen ganz in der Nähe. Sehr nah sogar.

Travis fuhr herum. Da. Etwas hatte sich bewegt – eine schattenhafte Form neben dem Regenfaß.

»Wer ist da?« rief er. Keine Antwort. Er machte noch einen Schritt in die Richtung. Schatten schlossen sich hinter ihm, ein neues Geräusch war zu hören … so etwas Ähnliches wie ein Lachen. Es war schrill und schallend, das fröhliche Lachen eines Kindes oder einer uralten Frau. Das Regenfaß schwankte hin und her, kippte um. Wasser schoß über den Boden, so dunkel wie Blut.

Travis' Herz krampfte sich in seiner Brust zusammen. Er wich rückwärts aus der Gasse. Wieder ertönte das spöttische Gelächter. Er biß sich auf die Lippe, um einen Angstschrei zu ersticken, drehte sich um, stolperte über seine eigenen Füße und rannte los.

Er stieß gegen etwas Großes, Unnachgiebiges, und diesmal schrie er auf. Er taumelte zurück und blickte auf.

»Mein Sohn, kann ich dir irgendwie helfen?«

Der Mann, der dort vor Travis stand, sah aus, als käme er achtzig Jahre zu spät zu einer Beerdigung. Sein schwarzer Anzug aus mottenzerfressener Wolle war antiquiert und von einem seltsamen Schnitt, mit langen Schößen und hohem Kragen. Der Anzug hing locker auf dem knochigen Körper des Mannes, während das darunter befindliche Hemd das Gelb alter Knochen angenommen hatte; der Kragen war mit einem schlaff herabhängenden String-Tie gebunden, der im Wind pendelte. Der Mann riß die Hand hoch, um zu verhindern, daß die Böe seinen breitkrempigen Hut herunterriß.

»Sohn, ich sagte, kann ich dir helfen? Ich meine, brauchst du irgendwie Hilfe? Entschuldige, wenn ich das sage, aber du siehst so blaß aus wie Lot, nachdem er aus Sodom floh.«

Die Stimme des Mannes klang wie das trockene Knistern, das ein sich durch Sand schiebender Schlangenbauch verursacht, war dabei aber von einer klebrigen Südstaatensüße durchdrungen. Eine Stimme, die auf einen Schlag Furcht und Hingabe heraufbeschwor. Ein Grinsen trat in das Gesicht des Mannes. Seine Zähne hatten die gleiche gelbe Farbe wie sein Hemd, seine Augen funkelten wie schwarze Murmeln.

»Du bist doch wohl nicht zurückgeblieben, mein Sohn? Du kannst doch sprechen, oder nicht?«

Travis brachte ein Nicken zustande. »Alles in Ordnung, wirklich. Es war nichts, nur ein Tier bei dem Schuppen.«

Sein Instinkt riet ihm, hier sofort zu verschwinden. Der Mann verursachte Travis eine Gänsehaut, er und seine papierene Haut und das totenkopfähnliche Grinsen. Er mußte eine Art Landstreicher sein, mit dieser Kleidung, die nur aus einem Trödelladen stammen konnte. Und er hatte etwas Unheilvolles an sich. Nicht unbedingt gewalttätig, aber nichtsdestotrotz gefährlich.

Travis schluckte mühsam. »Hören Sie, ich muß los. Ich habe … ich habe etwas zu erledigen.«

Der Mann betrachtete ihn mit diesen dunklen Augen, dann nickte er ernst.

»Das hast du, mein Sohn. Das hast du.«

Travis erwiderte darauf nichts. Er ging an dem anderen vorbei, den Blick fest zu Boden gerichtet, und eilte so schnell er konnte über das Feld, ohne daß es aussah, als würde er flüchten. Zu seiner großen Erleichterung schaffte er es zu seinem Wagen. Er stieg ein, dann warf er einen letzten Blick über die Schulter. Der Mann in Schwarz hatte sich nicht bewegt. Er stand noch immer vor dem zerstörten Waisenhaus und hielt den Hut fest, während das Gras um ihn herum hin und her wogte. Er betrachtete den Horizont, als könnten diese dunklen, murmelähnlichen Augen etwas kommen sehen, das allen anderen verborgen blieb.

Ein Frösteln durchfuhr Travis, er schlug die Tür zu und riß den Schlüssel im Zündschloß herum. Mit nach hinten wegspritzendem Schotter schoß der Pickup auf die Straße.

Travis mußte lachen, als die profane Arbeit des Lenkens die seltsame Begegnung am Waisenhaus verblassen ließ. Jetzt, wo er darüber nachdachte, was geschehen war, kam es ihm gar nicht mehr so seltsam vor. Zwischen den Schuppen hatte sich irgendein Tier versteckt, und der Mann in Schwarz war bloß ein Landstreicher, merkwürdig, aber harmlos. Und was die Geräusche anging – das waren bloß der Wind und seine Vorstellungskraft gewesen. Entweder das, oder er verlor den Verstand, und daran war wirklich *nichts* Besonderes. Er summte beim Fahren das Lied aus dem Radio mit.

Voraus kam ein spitzes Objekt in Sicht. Als Travis näher kam, erkannte er, daß es sich um ein großes Zirkuszelt handelte, das auf einem Feld am Straßenrand errichtet worden war. Das Segeltuchdach war an zahllosen Stellen geflickt, daneben parkte ein alter Schulbus mit einer fleckigen weißen Lackierung. Er verlangsamte das Tempo, als er an dem Zelt vorbeifuhr. Davor stand ein primitives Schild. Wie immer benötigte er einen Augenblick der Konzentration, um zu verhindern, daß die Worte verschwammen, dann hatte er es. Auf dem Schild stand:

BRUDER CYS WANDERSHOW DER
APOKALYPSE UND ERLÖSUNG
Hier werden Gebrechen geheilt –
der Glaube wiederhergestellt –
Seelen gerettet

Tritt ein – wir wollen *Dich* erretten!

Ein altmodischer Erlösungsprediger. Travis hatte gar nicht gewußt, daß es so etwas überhaupt noch gab. Er schaltete in den vierten Gang hoch, und das Zelt verschwand hinter ihm. Wenigstens wußte er jetzt, wo der seltsame Mann hergekommen war, und in zumindest einer Hinsicht hatte er recht gehabt. Der alte Kerl war verrückt, wenn auch nicht auf die Weise, wie er geglaubt hatte.

Der zerbeulte Pickup fuhr die Straße entlang, und Travis wandte seine Aufmerksamkeit alltäglichen Dingen zu – wie viele Fässer Bier er für die Bar bestellen mußte, wen er anrufen mußte, um das Stinktier loszuwerden, das sich unter dem Saloon eingenistet hatte, wann er wohl die nötige Zeit fände, die undichte Stelle auf dem Dach des Lagerraumes zu flicken.

Und dennoch – auf dem ganzen Weg zur Stadt gelang es Travis nicht, die in der Ferne spielenden Glöckchen ganz aus seinen Gedanken zu verbannen.

3

Die Dämmerung senkte sich wie silbern funkelndes Schneegestöber vom Himmel, als Travis auf die Elk Street einbog und den Pickup vor dem Mine Shaft Saloon anhielt. Nur der Gipfel des Castle erhob sich hoch genug über das Tal, um von den letzten Sonnenstrahlen vergoldet zu werden. Travis stieg aus und warf die Tür ins Schloß, ohne sich die Mühe zu machen, sie zu verriegeln. Das Leben in einer Kleinstadt hatte seine eigenen kleinen Vorteile.

Die Elk Street hatte sich in den letzten hundert Jahren kaum verändert. Hätte man die Autos gegen Pferdewagen und den von Schlaglöchern übersäten Asphalt gegen roten Schlamm eingetauscht, hätte Castle Citys Hauptstraße nur wenig anders ausgesehen als auf dem Höhepunkt der Bergbauzeit. Sie verlief breit und schnurgerade durch das Herz der Stadt, ganz im Gegensatz zu den schmalen, verstopften Straßen der Ostküstenstädte, die von Menschen errichtet worden waren, die noch immer an die aus den Nähten platzenden Städte der Alten Welt gewöhnt waren, bis sie erkannten, wieviel Ellbogenfreiheit dieser neue Kontinent tatsächlich zu bieten hatte. Verwitterte falsche Geschäftsfassaden zeichneten sich scharf geschnitten und rechteckig vom Himmel ab, vor den meisten Gebäuden standen Haltebalken, obwohl heutzutage an ihnen für gewöhnlich Geländemotorräder festgemacht wurden statt Pferde.

Entlang der Elk Street flammten Lichter auf, als der Abend dunkler wurde. Passanten spazierten über die Gehsteige in Richtung Mosquito Cafe, wo es den besten Cappuccino von ganz Castle City gab, plauderten vor McKays General Store oder blieben vor dem Schaufenster des Blue Mountain Earth

Shop stehen und betrachteten die rauchigen Quarzkristalle, die Krawatten mit den aus Obsidian gefertigten Boloenden und die handbemalten Tarotkarten. Am Ende der Straße stand anmutig wie ein Geist Castle Citys altes Musiktheater mit seinen neugriechischen Säulen und seiner barocken Marmorfassade.

Travis betrat den Gehsteig vor dem Saloon in genau dem Augenblick, in dem das Neonschild summend zu seinem blauen und roten Leben erwachte. Er griff nach dem Messingtürknopf, verharrte dann aber. Mit einem Stirnrunzeln beugte er sich vor und betrachtete die obere linke Ecke der Tür. Da. Es war so klein und unauffällig, daß er es beinahe übersehen hätte. Etwas war in den verblichenen grauen Anstrich der Tür gekratzt worden, ein aus zwei Bogenlinien zusammengesetztes Oval.

Travis wußte nicht, was das Zeichen bedeuten sollte: Am wahrscheinlichsten war, daß es sich um ein Graffito handelte. Castle City kannte eigentlich keinen Vandalismus, aber gelegentlich kam er doch vor. Was auch immer es darstellen sollte, er war sich sicher, daß es am Vortag noch nicht dagewesen war. Die Kratzspuren sahen frisch aus. Travis seufzte. Nun, die Tür mußte sowieso neu gestrichen werden. Er setzte diese Arbeit auf seine immer länger werdende Liste, dann betrat er den Saloon. Das beruhigende Geraune von Konversation und das Klirren der Biergläser verrieten ihm, daß Max nicht alle Kunden vergrault hatte. Zumindest bis jetzt noch nicht.

Max stand hinter der Theke und brütete über einem Bündel

Papiere, das vor ihm auf dem alten Holz ausgebreitet lag. Sein langes Haar war zu einem Pferdeschwanz gebunden, hinter einem Ohr steckte ein Bleistift. Er strich sich über den schwarzen Sichelbart, den er vor ein paar Monaten von den örtlichen Rancharbeitern abgeschaut hatte, und schob einem Gast eine Schale mit Brezeln über die Theke zu. Plötzlich packte er den Bleistift und kritzelte etwas auf ein Blatt, dann beugte er sich zurück, kaute auf dem Radiergummi herum und zeigte das selbstzufriedene Lächeln eines Jungen, der gerade zwei *Green Lantern* und ein *Superboy* gegen ein *Batman Giant Special* eingetauscht hatte, um seine Comicsammlung zu komplettieren. Travis hatte sich nicht geirrt. Max ging wieder die Bücher des Saloons durch.

Genau wie die Straße draußen hatte sich auch der Mine Shaft Saloon im Verlauf der letzten hundert Jahre kaum verändert. Heutzutage brannten elektrische Glühbirnen in den schmiedeeisernen Leuchtern, die von der mit Zinnplatten verkleideten Decke hingen, und über dem abgeschrägten Spiegel hinter der Bar leuchteten Neon-Bierreklamen, aber das war es auch schon. Mumifizierte Elch-, Hirsch- und Berglöwenköpfe starrten mit ihren Glasaugen von den Wänden, eingehüllt in Leichentücher aus Staub und Spinnweben. Von der Zeit verblichene Steckbriefe bedeckten die Pfosten, welche die mit Krimskrams vollgestellten Deckenbalken stützten. An der einen Wand stand ein antikes elektrisches Klavier, dessen nagelbesetzte Hämmerchen noch immer in der Lage waren, blecherne Musik zu klimpern.

Die üblichen Stammgäste begrüßten Travis mit einem Hallo und hoben die Gläser, während er sich einen Weg vorbei an den aufs Geratewohl aufgestellten Tischen und Stühlen suchte. Er lächelte und grüßte zurück. Auch wenn er keine Familie mehr hatte, kamen diese Menschen dem doch sehr nahe. Ein paar Arbeiter von der Dude-Ranch, die sich ein Stück weiter den Highway hinunter befand, saßen um einen Tisch herum, wo sie Cribbage spielten und Single Malt Scotch tranken. Zwei rotwangige deutsche Studenten in Wollpullovern und mit Birkenstocksandalen hatten ihre großen Rucksäcke in der Ecke abgestellt; jetzt versuchten die beiden jungen Männer Glas um Glas mit einem blauhaarigen Kontingent der Ortsgruppe der Daughters of the Frontier mitzuhalten. Sie verloren. Zwei Cowboys in Wranglers und hell gemusterten Hemden tanzten im warmen Schein der Jukebox zu einem Countrysong einen Two-Step. Und in einer Ecke brachte Molly Chan geduldig mehreren anderen bei, wie man aus einem dicken Blatt Papier Origami-Tiere faltete, obwohl keine ihrer zerknittert aussehenden Kreationen auch nur annähernd so aussah wie Mollys anmutige Kraniche und schleichende Tiger.

Eine örtliche Legende behauptete, daß niemand zufällig nach Castle City kam. Travis verstand nicht viel von Legenden. Er wußte nur, daß Leute, die unterwegs zu anderen Zielen durch Castle City kamen, die Neigung hatten, für immer zu bleiben. Jeder von ihnen sagte genau das gleiche – daß sie beim ersten Anblick von Castle City das Gefühl hatten, etwas gefunden zu haben, von dem sie nicht einmal wußten, danach gesucht zu haben. Vielleicht war es die Schönheit des Ortes, vielleicht fühlten sie auch, daß sie *hierhergehörten*, oder vielleicht verhielt es sich auch so – wie einige Leute glaubten –, daß das Tal sie gerufen und sie es irgendwie gehört hatten. Travis vermochte nicht zu sagen, welche Erklärung nun die richtige war. Vielleicht alle.

Travis selbst hatte keine bewußte Entscheidung getroffen, diesen Ort zu besuchen. Wie alles andere in seinem Leben war es einfach geschehen. Er war nie sehr gut darin gewesen, Entscheidungen zu treffen. Mit achtzehn hatte er das heruntergekommene Farmhaus in Illinois verlassen, in dem er aufwuchs, um das Juniorcollege in Champaign zu besuchen. Er sah weder seine Eltern noch das Haus jemals wieder. Travis konnte sich nicht mehr genau daran erinnern, welche Kurse er eigentlich in der Schule belegt hatte. Er war einfach von einem Fach zum nächsten getrieben, bis er sich eines Tages mit einem Abschluß in der Hand an einer Bushaltestelle wiedergefunden hatte. Er hatte den erstbesten Bus genommen, in der Annahme, daß der genauso gut wie alle anderen war. Er war nach Westen gereist, und danach hatte ihn die Trägheit in die gleiche Richtung weitergetrieben. Er blieb eine Zeitlang in einer Stadt hängen, arbeitete eine Weile und schloß vielleicht eine oder zwei Freundschaften. Dann fand er sich in dem nächsten Bus nach Westen wieder. Bis zu dem Tag, an dem er in Castle City gelandet war und die erste Brise sauberer Bergluft im Gesicht gespürt hatte.

Damals war Andy Connell der Besitzer des Mine Shaft gewesen. Er hatte Travis als Aushilfe für die Bar eingestellt, und Travis hatte die heruntergekommene Hütte außerhalb der Stadt gemietet. Er hatte sich genausowenig bewußt entschieden zu bleiben wie anderswo. Eines Tages war er einfach aufgewacht und hatte erkannt, daß er nun schon seit Jahren hier lebte und keinerlei Pläne hatte, wieder weiterzuziehen. Und für Travis kam das einer Entscheidung schon sehr nahe. Als Andy vor zwei Jahren starb, hatte Travis genug Bargeld zusammengekratzt, um den Saloon zu kaufen, doch ob er ihn auch behalten würde, war eine Frage, um die er und die Bank sich jeden Monat erneut stritten.

Er ging zur Bar, und Max blickte von seinem Papierstapel auf und grinste.

»Hast bestimmt nicht geglaubt, daß ich den Laden allein schmeißen kann, was, Travis?«

Travis klappte den Thekendurchgang hoch und trat hindurch. »Wie kommst du darauf, Max?«

»Kein bestimmter Grund. Wohl nur Kleinigkeiten, schätze

ich. Wie die Tatsache, daß du dir immer etwas in den Bart murmelst, so was in der Art, daß du nicht glaubst, ich käme allein mit dem Laden zurecht.«

Travis zuckte zusammen. »Oh.« Er zog eine Flasche Rootbeer aus dem Kühler und öffnete sie. »Laß mich raten. Manchmal habe ich die Angewohnheit, laut zu denken, stimmt's?«

»Keine Sorge, Travis. Das ist nur eine meiner liebenswerten kleinen Eigenarten.«

Travis fragte sich, was wohl die anderen waren, entschied sich aber, nicht danach zu fragen. Er war sich nicht sicher, ob ihm die Antwort gefallen würde. Statt dessen überprüfte er die Fässer, um zu sehen, ob eines ausgetauscht werden mußte, dann spülte er die schmutzigen Gläser. Max klopfte mit dem Bleistift auf die vor ihm liegenden Papiere. Er mochte dem Druck seines Jobs in der Wall Street entflohen sein, um ihn gegen den Frieden der Berge einzutauschen, aber Zahlen kleinzukriegen lag ihm im Blut.

»Weißt du, ich glaube, wir müssen noch Umsatzsteuer für das vergangene Jahr nachzahlen.« Er musterte Travis nachdenklich. »Vielleicht ist das ja nur so eine Vermutung, aber … hast du eigentlich jemals daran gedacht, einen Taschenrechner zu benutzen?«

»Ich war immer der Ansicht, daß die Buchführung ohne so ein Ding eine viel kreativere Erfahrung ist«, sagte Travis. Aber Tatsache war, daß Travis genausoviel Talent zum Mathematiker wie zum Gehirnchirurgen hatte. Er war mehr als nur erleichtert gewesen, Max die Bücher überlassen zu können, aber er hatte nicht vor, seinen Angestellten das wissen zu lassen.

Max schloß das Hauptbuch mit einem verzweifelten Stöhnen. »Warum rammst du mir nicht einfach einen Bleistift ins Herz und machst ein Ende, Travis? Das wäre für uns beide einfacher.«

»Ach, ich weiß nicht«, erwiderte Travis. »Auf diese Weise ist das nicht so blutig.«

Für den Augenblick besiegt, trabte Max ins Lager, um dort nach Papierservietten zu suchen. Travis nahm sich einen Lappen, um die Theke abzuwischen, und genoß seinen Sieg. Als Arbeitgeber war es seine Pflicht, Max zu quälen. Daß es ihm gefiel, war lediglich ein Bonus.

Kurz nach acht Uhr betrat Sheriff Deputy Jacine Windom vom Castle County den Saloon. Einen kurzen Augenblick lang dachte Travis, sie sei auf ein Bier vorbeigekommen, dann sah er die Waffe an ihrem Gürtel. Sie war im Dienst. Jace grüßte Travis von der einen Seite des Raumes mit einem Tippen an den Hut, dann marschierte sie durch das Labyrinth der nicht zusammenpassenden Tische auf die Bar zu.

»Guten Abend, Travis«, sagte Jace. Ihre kecke Stimme hatte eine für den Westen typische, melodische nasale Färbung. Sie streckte die Hand aus.

Travis lächelte und schüttelte sie. »Schön, Sie zu sehen, Deputy Windom.« Er zog eine Grimasse, als sie seinen Händedruck mit überwältigender Kraft erwiderte. Nachdem sie losgelassen hatte, mußte er dem Drang widerstehen, sich die Finger zu reiben. Deputy Windom war eine kleine Frau Mitte Zwanzig, aber sie strahlte eine Autorität aus, die sie größer und älter erscheinen ließ. Sie hatte kurzes braunes Haar und trug eine khakifarbene Uniform, deren Bügelfalten scharf genug waren, um damit ein gut durchgebratenes Steak schneiden zu können.

Jace legte ihren Uniformhut auf die Theke und setzte sich auf einen Barhocker, dann ließ sie einen kühlen Blick durch den Saloon schweifen. »Sieht so aus, als würde sich das Geschäft heute abend lohnen.«

Travis füllte einen Becher mit Kaffee und schob ihn vor sie hin. »Ist nicht schlecht. Max hat nicht alle Gäste verjagt.«

Jace trank einen Schluck von dem kochendheißen Kaffee und warf ihm einen strengen Blick zu. »Nehmen Sie es mir nicht übel, wenn ich das sage, Travis, aber Sie sind zu hart zu Maximilian. Es ist nicht sein Fehler, daß das Leben in einer großen Stadt einen Mann weich und nervös macht. Ihr Angestellter hat eine Menge, mit dem er fertig werden muß. Aber ich finde, er fängt an, sich gut einzuleben.«

Ihr Blick wanderte durch den Saloon. Max lachte gerade und schüttelte den Kopf, als die Daughters of the Frontier mit ihren blaugefärbten Haaren und ihren rotgefransten Lederanzügen versuchten, ihn dazu zu überreden, sich zu einem Country-Line-Dance einzureihen. Er sah auf, bemerkte Travis und Jace und schenkte ihnen ein komisch-verzweifeltes Grinsen.

»Wirklich nett«, sagte Jace und nahm ihren Becher in die Hand. »Sie müßten dem Jungen nur einen Haarschnitt und ein Paar Wranglers verpassen, und er würde einen hübschen kleinen Cowboy abgeben.«

Travis machte große Augen. Er starrte den weiblichen Deputy an, während sie in Max' Richtung blickte, und zum ersten Mal fielen ihm die goldenen Ohrringe auf, die an ihren kleinen hübschen Ohren funkelten. Ihr scharf geschnittenes Kinn vermittelte einen resoluten Ausdruck, in ihren Augen lag ein leidenschaftliches Funkeln. Irgend etwas sagte ihm, daß Max eine echte Überraschung erwartete.

Er räusperte sich und wechselte das Thema. »Und, was kann ich für Sie tun, Deputy Windom?«

Jace fuhr auf ihrem Barhocker herum, nun wieder ganz geschäftsmäßig. Sie zog ein kleines Notizbuch aus der Jackentasche und blätterte ein paar Seiten um.

»Wir haben heute im Sheriffbüro eine ungewöhnliche Meldung reinbekommen.«

Ein Frösteln kroch Travis' Rücken hinauf. Das hörte sich nicht gut an. »Eine ungewöhnliche Meldung?«

»Genau. Um sechzehn Uhr rief Waunita Lost Owl im Büro an. Sie kennen sie, Travis. Sie arbeitet als Verkäuferin in McKays General Store, wohnt in einem Zweifamilienhaus im Norden der Stadt. Dem Bericht zufolge war Mrs. Lost Owl zur Zeit ihres Anrufs sehr aufgeregt. Anscheinend sah sie einen ...« – Jace blickte in ihr Notizbuch – »einen *Delgeth* in ihrem Hinterhof.«

Travis nahm einen Schluck aus seiner allgegenwärtigen Flasche Rootbeer. »Sollte ich wissen, was das ist?«

Jace steckte das Notizbuch zurück in eine Tasche ihrer braunen Lederjacke. »Nein, es sei denn, Sie hätten einen Abschluß in der Folklore der Ureinwohner. Ich mußte es in der Bibliothek nachschlagen, es ist ein Mythos der Prärieindianer. Soweit ich es verstanden habe, ist ein *Delgeth* eine Art Antilopengeist.«

Travis hielt sich am Thekenrand fest. Er mußte an den Schatten denken, den er am Nachmittag hinter dem alten Waisenhaus gesehen hatte, und den Hufabdruck im Schlamm, ein Hufabdruck, der, wenn er jetzt darüber nachdachte, genausogut von einer Gabelantilope wie von einem Hirsch stammen konnte. Er befeuchtete die plötzlich ganz trockenen Lippen. »Sie glauben doch wohl nicht ernsthaft, daß Waunita einen dieser *Delgeths* gesehen hat, oder?«

Jace kicherte. »Ich glaube nicht, daß Sheriff Dominguez sich Sorgen wegen aus alten Mythen entsprungenen Kreaturen macht, die Castle City heimsuchen. Aber er *ist* besorgt, daß ein Berglöwe aus den Bergen heruntergekommen ist. Mrs. Lost Owl hat etwas gesehen. Ich habe bei McKays und im Mosquito Cafe nachgefragt, ob sonst noch jemandem etwas aufgefallen ist, und da dachte ich, daß ich es auch hier einmal versuchen sollte.«

Einen Augenblick lang überlegte Travis, Jace zu berichten, was er gesehen hatte. Aber wenn er ihr von dem Schatten erzählte, würde er ihr auch von dem Glockenspiel und dem unheimlichen Gelächter erzählen müssen, und das wollte er nicht. Der Tag war auch schon so merkwürdig genug geworden.

»Es tut mir leid, Deputy Windom, aber falls jemand etwas Ungewöhnliches gesehen hat, hat er es mir nicht erzählt.« Travis versuchte sich nichts anmerken zu lassen. Es war keine *richtige* Lüge.

Jace schob den Barhocker zurück, stand auf und legte lässig die Hand auf die Waffe an ihrer Hüfte. »Dann sollte ich mich wohl besser wieder auf den Weg machen. Danke für den Kaffee, Travis.« Sie setzte den Hut auf, tippte an die Krempe und ging in Richtung Tür. Dort warf sie Max einen letzten bohrenden Blick zu und verließ den Saloon in einem Schwall kalter Nachtluft. Travis schnappte sich ein Tablett, sammelte leere Biergläser ein und bemühte sich, nicht über die Worte des weiblichen Deputys nachzudenken.

Eine halbe Stunde später klingelte das Telefon.

Max nahm ab und hielt den Hörer dann mit einem resignierten Blick Travis entgegen. Daß Max niemals einen Anruf bekam, war in letzter Zeit Thema einer gewissen Kontroverse geworden. Max vertrat die Meinung, daß zumindest einige der an den Saloon gerichteten Anrufe für ihn sein sollten, und er schien es für eine Art Verschwörung zu halten, daß dies nicht der Fall war. Die Tatsache, daß Travis der Besitzer des Mine Shaft Saloons war und nicht er, schien dabei in seiner Logik keine besondere Rolle zu spielen. Travis setzte ein Tablett Gläser ab und nahm den Hörer entgegen.

»Travis«, sagte die Stimme am anderen Ende voller Erleichterung. »Travis, ich bin ja so froh, daß ich dich erreiche.«

»Jack?« Travis schob die Hand um die Sprechmuschel und versuchte, den in dem Saloon herrschenden Lärm zu verdrängen. Er erkannte die Stimme seines alten Freundes Jack Graystone. »Jack, bist du das?«

»Travis, hör mir zu.« Jacks schlecht verständliche Worte summten in seinem Ohr. »Ich fürchte, mir fehlt die Zeit, alles genau zu erklären, darum kann ich nur hoffen, daß du mir als deinem Freund vertrauen wirst.« Ein gewichtiges Schweigen folgte. »Du mußt sofort zum Magician's Attic kommen.«

Travis war bestürzt. Er hatte Jack noch nie so reden hören. Jacks Stimme zitterte, fast so, als wäre er besorgt. Aber dann erkannte Travis unbehaglich, daß es sich anhörte, als würde er sich *fürchten.*

»Jack, ich kann doch nicht einfach den Saloon verlassen.« Travis versuchte leise zu sprechen. Trotzdem warf ihm Max einen neugierigen Blick zu. »Das ist einer unserer vollsten Abende in der Woche.«

»Aber du mußt, Travis.« Wie durch eine große Willensanstrengung beruhigte sich Jacks Stimme und verfiel in den glatten, unbestimmbaren europäischen Akzent, der Travis so vertraut war. »Ich wünschte, ich könnte am Telefon erklären, was passiert ist. Aber ich wage es nicht.«

»Was erklären?« fragte Travis.

»Ich fürchte, das muß warten, bis du im Antiquitätengeschäft bist. Ich kann keinem vertrauen, der unserem Gespräch zuhören könnte. Und du darfst auch keinem erzählen, was ich gesagt habe.« Jacks Stimme wurde zu einem Flüstern. »Aber du mußt mir glauben, wenn ich dir sage, daß mein Leben in großer …«

Ein Klicken ertönte, dann dröhnte nur noch das Summen der toten Leitung in Travis' Ohr.

4

Die Eingangstür des Saloons schloß sich hinter Travis, als er in die Nacht hinaustrat. Er ließ die breiten Schultern unter der Schaffelljacke hängen. Die Mondsichel schwebte über den felsigen Zinnen der Bergspitze des Castle, ihr Licht umschloß die dunklen Kämme wie mit einer Rauhreifschicht. Die Wärme und die Helligkeit, die die schrotgesprenkelte Tür des Saloons hinter sich einsperrte, schienen plötzlich weit weg zu sein.

Er war ohne große Erklärungen gegangen, aber Jack Graystone war sein bester Freund, und er konnte sich nicht gegen seinen Wunsch sperren, so seltsam das auch erscheinen mochte. Davon abgesehen war Max nur zu glücklich über die Chance gewesen, den Laden eine Zeitlang allein zu führen. Doch wovon hatte Jack da überhaupt gesprochen? Travis konnte sich nicht vorstellen, was jemand davon haben sollte, den großväterlichen Besitzer eines Antiquitätengeschäfts einer Kleinstadt zu bedrohen. Für den Anruf mußte es eine vernünftigere Erklärung geben.

Travis ging zu seinem Pickup Truck. Er griff nach dem Türgriff, bemerkte, daß etwas in den Türspalt geklemmt war, und zog es heraus. Es handelte sich um ein Büschel Fell, das im Mondlicht silberbraun funkelte. Er runzelte die Stirn. Wie kam denn das in seine Wagentür? Eine kalte Böe riß ihm das Büschel aus den Fingern, und es flog im Wind davon. Da hatte er die wahrscheinlichste Erklärung. Er stieg in den Truck, trat die Kupplung durch und drehte den Zündschlüssel im Schloß. Der Motor stotterte dreimal und erstarb dann mit einem kraftlosen Jaulen. Er versuchte es erneut. Diesmal wurde er mit einem metallischen Knirschen belohnt, das wie eine Totenglocke klang und ihm mitteilte, daß eine weitere Batterie dem Gebirgsklima erlegen war. Frustriert hieb er die Stirn auf das Lenkrad und stieg dann aus.

Der gesunde Menschenverstand riet ihm, zurück in den Saloon zu gehen und jemanden um Starthilfe zu bitten, aber wenn er das tat, würde man ihn fragen, was er vorhatte, und er hatte Jack ein Versprechen gegeben. Seufzend ging er die Straße entlang. Das Magician's Attic war nur eine Meile entfernt; das würde er schaffen. Es war erst kurz nach neun, aber die einzige Verkehrsampel der Stadt blinkte bereits bernsteinfarben wie ein Katzenauge in der Dunkelheit. Er versuchte, nicht an Deputy Windoms Geschichte über den *Delgeth* zu denken. Er hatte heute schon einmal zugelassen, daß seine Phantasie mit ihm durchging, und das war mehr als genug.

Travis trat auf den Gehsteig. Er ging an der Tür des dunklen Eisenwarenladens vorbei, blieb stehen und schob die Nickelbrille auf seiner Nase zurück. Da war es wieder – das gleiche seltsame Zeichen, das man auch in die Eingangstür des Saloons gekratzt hatte. Er setzte sich wieder in Bewegung und entdeckte auf der Elk Street noch andere Türen, die so markiert worden waren. Travis erschauderte und beschleunigte den Schritt.

Zu seiner Erleichterung stand er fünfzehn Minuten später vor dem Magician's Attic. Das Antiquitätengeschäft beanspruchte das Erdgeschoß eines weiträumigen viktorianischen Hauses am westlichen Stadtrand von Castle City; die oberen Stockwerke hatte Jack als Wohnung reserviert. Das Haus war von dem Turm, der Travis an einen Schloßturm erinnerte, bis zu den mit Samtvorhängen verhüllten Wohnzimmerfenstern, die wie mit dicken Lidern versehene Augen in die Nacht starrten, dunkel und still. War Jack überhaupt zu Hause? Travis stieg die Stufen zur Veranda hinauf und wollte anklopfen, aber die Tür wurde aufgerissen, bevor er sie berühren konnte.

»Bei Wotans Barte! Es wird aber auch Zeit, daß du kommst, Travis.«

Travis stolperte über die Türschwelle in die vollgestellte Eingangshalle und vermied nur mit Mühe einen Sturz. Jack schloß die Tür. In der Hand hielt er eine kleine Sturmlampe, deren fleckiger goldener Schein im ganzen Haus die einzige Lichtquelle darstellte.

Jack Graystone schien etwa sechzig Jahre alt zu sein, obwohl sich Travis nicht daran erinnern konnte, daß er in den sieben Jahren, die sie Freunde waren, jemals anders ausgesehen hatte. Er war ein außerordentlich gutaussehender Mann mit einer Römernase und himmelblauen Augen. Der eisengraue Bart war sauber geschnitten, im Gegensatz zu seinem dünner werdenden Haar von derselben Farbe, das die Neigung hatte, in allen Richtungen von seinem Kopf abzustehen. Er trug einen altmodischen, aber eleganten Anzug aus englischer Wolle, ein gestärktes Hemd und eine jagdgrüne Flanellweste. Travis hatte ihn noch nie anders angezogen gesehen.

»Es tut mir leid, daß ich so lange gebraucht habe, Jack.« Travis versuchte wieder zu Atem zu kommen. »Mein Wagen wollte nicht starten, und ich mußte zu Fuß gehen.«

»Du bist zu Fuß gegangen?« Jack fixierte ihn ernst. »Weißt du, das war keine besonders gute Idee, nicht in einer Nacht wie heute.«

Travis fuhr sich mit der Hand durch das sandfarbene Haar. »Jack, was ist los? Ich wußte nicht, was ich davon halten sollte, daß die Leitung auf einmal tot war.«

»Ach, das? Verzeih mir, Travis, ich fürchte, das war mein Fehler. Ich glaubte, während unseres Gesprächs ein Geräusch im Wohnzimmer gehört zu haben. Ich drehte mich um und zerschnitt mit dem Schwert aus Versehen das Telefonkabel.«

Travis glaubte sich verhört zu haben. »Ein Schwert?«

»Ja, ein Schwert. Das ist so was Ähnliches wie ein großes Messer und wird oft von Rittern benutzt …«

»Ich *weiß*, was ein Schwert ist.«

»Warum fragst du dann?«

Travis holte ärgerlich tief Luft. Sosehr er Jack auch mochte, sich mit ihm zu unterhalten konnte manchmal eine Herausforderung sein. »Jack, würdest du mir bitte erklären, warum ich herkommen sollte?«

Jack sagte ernst: »Es kommt eine Finsternis.«

Er drehte sich einfach um und verschwand in dem Labyrinth des Antiquitätengeschäfts. Es blieb Travis nichts anderes übrig, als ihm zu folgen. Das Dämmerlicht war mit dem Strandgut der Geschichte gefüllt – Kommoden, deren Schubladen mit Porzellanknäufen versehen waren, Spiegel mit Bleirücken, mit Löwenpranken ausgestattete Kaminböcke, Samtsofas und verwitterte Zirkusplakate. Jack ruhte niemals auf seiner Jagd nach seltsamen und wunderbaren Antiquitäten. Das war auch der Grund, warum Travis und er Freunde geworden waren.

Eines Tages, nicht lange nachdem Travis angefangen hatte, im Mine Shaft Saloon zu arbeiten, hatte Jack Graystone den Saloon betreten, nicht gerade passend angezogen mit seiner altmodischen Kleidung, aber auch nicht so, daß es einen mit Unbehagen erfüllte. Er hatte gefragt, ob er den Lagerraum des Saloons nach ›Gegenständen von historischem Interesse‹ durchstöbern dürfe. Andy Connell war nicht in der Stadt gewesen, aber eine von Travis' Aufgaben während seiner Abwesenheit hatte darin bestanden, den Müll eines Jahrhunderts aus dem Lager zu entfernen. Travis war mehr als froh gewesen, Jack einen großen Teil der Arbeit für ihn erledigen zu lassen.

Doch ehe er sich versah – und er sollte sich später nie sicher sein, wie es eigentlich dazu gekommen war –, fand sich Travis von Spinnweben bedeckt und voller Schmutz auf dem Boden des Lagers wieder, wie er diverse Stapel hundert Jahre alten Durcheinanders durchsuchte, während Jack es sich auf einem Barhocker gemütlich gemacht hatte und höflich Anweisungen gab. Am Ende war das Lager des Saloons ausgeräumt, und Travis chauffierte einen Pickup voller Kupferlaternen, Korbstühlen und dickglasigen purpurfarbenen Flaschen zum Magician's Attic, und irgendwo unterwegs hatte Jack anscheinend beschlossen, daß er und Travis die besten Freunde waren. Travis hatte sich nicht die Mühe gemacht, dagegen Einspruch zu erheben.

Doch nichts in ihrer langen Freundschaft hatte Travis auf Jacks Verhalten in dieser Nacht vorbereitet. Jack suchte sich mit erhobener Zinnlaterne einen Weg in den hinteren Teil des Geschäfts, und Travis folgte ihm dichtauf. Er trat über einen Stapel zerbrochener griechischer Urnen und drückte sich an einem hölzernen Sarkophag vorbei, der an der Wand lehnte und dessen Lapislazuliaugen wissend blickten. Dann stiegen sie eine schmale Treppe hinauf, die Travis bei all seinen Besuchen in dem Laden aus einem unerfindlichen Grund noch nie zuvor bemerkt hatte.

Die Treppenhauswände wurden von alten Fotografien in antiken Goldrahmen gesäumt. Eine fiel Travis ins Auge. Er blieb stehen und ging näher heran. Das Foto zeigte eine Gruppe dunkel gekleideter Männer und Frauen mit grimmigen Gesichtern. Einige hielten Schaufeln oder Spitzhacken in Händen; vor ihnen war ein Loch in die Erde gerissen worden. Unten auf dem Foto stand eine mit Tinte geschriebene Aufschrift. Travis entzifferte sie mühsam: *Das Beckett-Strange-Heim für Kinder, 1933.* Das war die Grundsteinlegungszeremonie für das alte Waisenhaus. Doch etwas anderes hatte Travis' Aufmerksamkeit erregt. Im Hintergrund des Bildes gab es einen rechteckigen Umriß, verschwommen und zur Hälfte verdeckt von einem Frauenhut, aber er erkannte ihn trotzdem. Die alte Reklametafel am Highway – nur auf diesem Foto wurde sie nicht von einer Zigarettenreklame bedeckt. Auch wenn die wilde Landschaft nur mit Mühe zu sehen war, konnte er sie dennoch gerade eben erkennen. Also hatte es das Gemälde schon damals, 1933, gegeben. Doch wofür warb es? Am unteren Rand der Tafel schienen Worte zu stehen, aber Travis konnte sie nicht entziffern.

Eine beunruhigte Stimme riß ihn aus der Konzentration. »Travis, hör auf zu trödeln. Wir haben keine Zeit.«

Travis riß sich von dem alten Foto los und eilte hinter Jack die Stufen hinauf. Die seltsame Treppe endete vor einer blanken Wand. Jack drückte gegen die Holzvertäfelung aus Mahagoni zu seiner Rechten, und eine Öffnung erschien. Travis zog den Kopf ein und folgte seinem Freund durch die kleine Tür. Bronzeschimmerndes Licht flammte auf, als Jack die Kerze der Sturmlaterne dazu benutzte, eine auf einem schmiedeeisernen Ständer stehende Öllampe zu entzünden. Travis rückte erstaunt seine Revolverheldenbrille zurecht.

»Jack, was ist das für ein Zimmer?«

»Bei Minervas Faden! Du kannst nicht mal fünf Sekunden lang keine Fragen stellen, was, Travis?«

Travis nahm die Worte kaum wahr. Der fensterlose Raum war kreisförmig, darum nahm er an, daß er sich irgendwo im Turm des Hauses befinden mußte. Er kannte die Zimmer darüber und darunter. Warum hatte er nie darüber nachgedacht, was dazwischen liegen mußte? Jetzt sah er sich erstaunt um.

Die Wände waren mit Gegenständen bedeckt. Flache Schwerter funkelten im Licht der Öllampe, ihre Klingen waren mit Gravuren aus fließenden Mustern und unverständlichen Symbolen versehen. Daneben hingen Äxte mit Leder- und Knochenschäften sowie massive Hämmer, die offensichtlich nicht für das Einschlagen von Nägeln, sondern von Schädeln konstruiert waren. Es gab mit Silber verzierte Holzschilde, Halsringe aus feurigem Kupfer, mit Ziegenhörnern und gelbem Roßhaar gekrönte Helme. Alles erinnerte an die Sammlung eines Museums, doch es gab einen Unterschied. Travis staunte über die Art und Weise, wie die Gegenstände in dem warmen Licht funkelten. Die meisten von ihnen waren oft benutzt worden, aber keiner schien Zeichen von Verfall zu zeigen, den die Jahrhunderte des Vergrabenseins mit sich brachten. Gut geöltes Leder sah noch immer geschmeidig aus, der Stahl schimmerte ohne auch nur ein Fleckchen Rost.

Das war zuviel für Travis. »Jack, ich habe eine Bitte, und ich halte sie nicht für unverschämt.« Er ging näher an seinen Freund heran. *»Sag mir, was hier los ist.«*

»Die Dramatik kannst du dir sparen, Travis. Und setz dich«, sagte Jack scharf.

Wie gewöhnlich ertappte sich Travis dabei, daß er gehorchte. Er ließ sich auf den Stuhl neben dem Tisch sinken, der die Raummitte für sich beanspruchte. Jack nahm eine Karaffe mit Brandy und füllte ein Glas, das er Travis hinhielt.

»Nein danke«, sagte Travis in einem schmollenden Tonfall.

»Du trinkst.«

Etwas in Jacks Stimme ließ Travis das Glas ergreifen. »Jack, was ist das hier alles?« Er zeigte auf die Artefakte, die die Wände des Raumes schmückten. »Wo hast du das her? Und wieso hast du nie etwas davon zum Verkauf angeboten?«

Jack wischte die Fragen mit einer würdevollen Handbewegung beiseite. Jack konnte so etwas. Er marschierte um den Tisch herum, die Lippen nachdenklich geschürzt. Schließlich fing er an zu sprechen. »Es tut mir schrecklich leid, dich da reingezogen zu haben. Ich fürchte jedoch, mir bleibt keine andere Wahl. Es gibt einfach keine andere Person, der ich zu vertrauen wage. Und diese Angelegenheiten sind einfach zu wichtig für mich, als daß ich unnötige Risiken eingehen könnte.« Er seufzte, ein Laut tiefer Müdigkeit. »Ich werde fortgehen.«

Travis sah seinen alten Freund schockiert an. »Fortgehen? Du meinst, Castle City verlassen?«

Der ältere Mann nickte in trauriger Bestätigung.

»Aber warum?«

Jack setzte sich, faltete die Hände sorgfältig zusammen und erwiderte Travis' Blick.

»Ich werde gejagt«, sagte er.

5

Travis hielt das leere Brandyglas gepackt und hörte wie betäubt zu, als Jack in einem geradezu aufreizend ruhigen Tonfall erklärte, gewisse Individuen würden schon seit langer Zeit nach ihm suchen. Nun stünden sie kurz davor, ihn aufzuspüren, und er müßte Castle City verlassen, zumindest für den Augenblick. Travis fragte sich, ob Jack möglicherweise mit illegal erworbenen Antiquitäten handelte. Vielleicht waren die Schwerter, Äxte und Helme, die die Wände des verborgenen Raumes schmückten, ins Land geschmuggelt worden und Männer, die sie haben wollten, hinter Jack her. So schwer das auch zu glauben war, erschien es doch als die einzige logische Erklärung.

Travis wurde sich bewußt, daß Jack ihn etwas gefragt hatte. Verwirrt schüttelte er den Kopf. »Es tut mir leid, Jack. Was hast du gesagt?«

»Du mußt zuhören, Travis«, sagte Jack mit einem tadelnden Stirnrunzeln. »Das hier ist wichtig. Ich sagte, ich hoffte, du könntest etwas für mich aufbewahren, solange ich fort bin. Es ist ein kleiner Gegenstand, ohne jeden Marktwert, der aber für mich von großem persönlichen Wert ist. Ich wäre sehr erleichtert, wenn ich wüßte, daß er während meiner Abwesenheit in guten Händen ist.« Er schloß eine Truhe auf und holte eine Schatulle hervor; sie war schwarz und klein genug, um von einer Hand umschlossen zu werden. Er stellte sie vor Travis auf dem Tisch ab. »Würdest du das für mich aufbewahren?«

»Aber natürlich, Jack, wenn du es möchtest.« Travis nahm die Schatulle. Sie war schwer, und er erkannte, daß sie aus Eisen gefertigt sein mußte. Die Oberfläche war mit eckigen

Symbolen verziert, die ihm unbekannt waren; als Verschluß diente ein einfacher Haken. Travis fing an, ihn zu lösen.

»Bei Osiris' verlorenem Glied, mach sie nicht auf!« Jack schlug mit der Hand auf den Deckel und warf Travis einen finsteren Blick zu. Dann lehnte er sich mit einem zerknirschten Gesichtsausdruck auf seinem Stuhl zurück und zog die Weste glatt. »Travis, verzeih mir. Es wäre einfach nur besser, wenn du dieses Kästchen verschlossen ließest.«

»Was du nicht sagst«, murmelte Travis.

»Kein Grund, hier unverschämt zu werden. Versprich mir einfach, die Schatulle zu behüten und zu verstecken.«

Travis seufzte geschlagen. »Also gut. Ich verspreche es.«

»Danke.«

Doch Travis war noch nicht fertig. »Jack, worum geht es wirklich? Wer sind diese Leute, die hinter dir her sind? Wo gehst du hin? Und wann kommst du zurück?«

Jacks Tonfall war mißbilligend, wenn auch nicht unfreundlich. »Du weißt es doch besser, als solche Fragen zu stellen, Travis. Ich habe dir bereits mehr gesagt, als ich sollte.« Jack stand auf und gab damit deutlich zu verstehen, daß die Unterhaltung zu Ende war. Travis wußte, daß es nichts gab, was er tun konnte, doch dieses Wissen verhinderte nicht, daß es ihm schwer ums Herz wurde.

Er nahm die eiserne Schatulle und schob sie in die Brusttasche der Felljacke, dann folgte er Jack nach unten. Vor der Vordertür des Antiquitätengeschäfts blieben sie stehen. Travis kaute auf der Unterlippe herum. War dies das letzte Mal, daß er seinen alten Freund sehen sollte? »Jack, ich werde dich vermissen.«

Ein wehmütiger Ausdruck huschte über Jacks Züge. »Ich dich auch, Travis. Du bist ein wahrer Freund. Danke für dein Verständnis.«

Travis sparte sich die Mühe zu bemerken, daß er nichts von

alledem verstand. Es hätte nichts genutzt. »Good bye, Jack.« Er konnte nicht glauben, daß er diese Worte aussprach. »Wo auch immer du hingehst, paß auf dich auf.«

In Jacks blauen Augen blitzte es auf. »Oh, darauf kannst du dich verlassen.« Ohne weitere Umstände öffnete er die Ladentür und drängte Travis hinaus auf die Straße.

Travis setzte sich in Bewegung, blieb aber abrupt stehen. Ein Schauder durchfuhr ihn. »Da ist es wieder«, sagte er.

Jacks buschige Augenbrauen zogen sich zusammen. »Was meinst du?«

Travis streckte die Hand nach der oberen linken Türecke aus, und seine Finger strichen über das in die Farbe eingeritzte Zeichen. Es war das gleiche Symbol, das er auf dem Eingang des Saloons und den anderen Türen der Stadt gesehen hatte. Allerdings gab es hier einen Unterschied; man hatte ein X daruntergemalt.

Jack betrachtete die Kratzer, und seine blauen Augen weiteten sich sofort. »Oje«, flüsterte er. »Das ist nicht gut. Das ist ganz und gar nicht gut.«

Travis blickte seinen Freund erstaunt an. »Du weißt, was dieses Symbol bedeutet, nicht wahr?«

Jack strich mit zitternden Fingern über die Kratzer. »Das ist das Zeichen ihrer Diener. Ich hätte nicht gedacht, daß sie schon so nahe sind, noch nicht. Aber wenn ihre Diener hier gewesen sind, können sie nicht weit sein.«

Travis schüttelte verwirrt den Kopf, aber bevor er etwas sagen konnte, riß ein blau-weißer Lichtstrahl die Nacht entzwei. Travis hob die Hand, um die Augen zu beschatten. Das

Licht erinnerte an den Suchscheinwerfer eines Polizeihubschraubers, doch es lag viel zu tief und wurde bis auf das Murmeln des Windes von keinerlei Geräusch begleitet. Was auch immer die Quelle dieses Lichts darstellte, sie kam auf das Antiquitätengeschäft zu. Und zwar schnell.

»Travis, geh rein.« Jacks Tonfall war leise und drängend.

»Was ist das?« Travis blinzelte in das Licht. Er glaubte darin Bewegungen zu erkennen – große Silhouetten, die rücklings von der grellen Helligkeit angestrahlt wurden.

Jacks Stimme nahm einen strengen Kommandoton an. »Sofort, Travis!«

Diesmal sparte sich Travis jede Frage. Er stolperte rückwärts in das Geschäft. Jack eilte hinter ihm her, knallte die Tür zu und schob den Riegel vor. Er schloß die Vorhänge der mit Eisenstäben geschützten Ladenfenster, und der Raum wurde in Dämmerlicht getaucht. Nur ein rasierklingenschmaler Strahl weißen Lichts fand seinen Weg durch den Spalt zwischen den Vorhängen; er zerschlitzte das Halbdunkel wie ein weißglühendes Messer.

Travis fühlte Unbehagen in sich aufsteigen. »Das sind sie, nicht wahr? Die Leute, die hinter dir her sind.« Jack stritt es nicht ab. Travis brauchte keine weitere Bestätigung. Sein Unbehagen steigerte sich zu ausgesprochener Panik.

»Travis, beruhige dich«, warnte Jack mit einem strengen Blick.

»Ich will mich aber nicht beruhigen«, flüsterte er. »Jetzt ist definitiv keine Zeit für Ruhe.«

»Ganz im Gegenteil, es gibt keinen besseren Zeitpunkt für Ruhe, als wenn man in Gefahr ist.«

Jack ging zu einem altmodischen Schriftsetzerpult, öffnete eine Schublade und holte einen in schwarze Seide eingewickelten Gegenstand hervor. Er schlug den Stoff beiseite und enthüllte ein schmales, gefährlich aussehendes Stilett. Ein blutroter Edelstein bildete den Abschluß des stählernen Griffs. Er hielt Travis das Messer hin.

»Nimm das hier, nur für den Fall.«

Travis hielt die Waffe, als hätte man ihm gerade eine lebende Schlange in die Hand gedrückt. Doch Jacks Stirnrunzeln hielt ihn davon ab, sie fallen zu lassen. In seinem ganzen Leben hatte Travis noch nie eine Waffe besessen. Das Stilett fühlte sich in seiner Hand kühl und unbehaglich elegant an. Er schob es sich unter den Gürtel. So mußte er es wenigstens nicht halten.

»Für welchen Fall?« fragte er krächzend.

Jack ignorierte die Frage. »Folge mir«, flüsterte er und suchte sich einen Weg zwischen dem chaotischen Durcheinander des Ladens.

Travis folgte ihm, blieb dann aber wie erstarrt stehen. Ein elektrisches Summen zerschnitt die Stille, unter der Ladentür blitzte ein greller Lichtstrahl auf. Der Türknopf drehte sich mit bedrohlicher Gemächlichkeit, erst nach rechts, dann nach links, dann wieder nach rechts. An Travis' Hüfte wurde es plötzlich warm. Der in das Stilett eingelassene Edelstein leuchtete blutrot.

»Travis, komm her!«

Jack stand neben der offenen Tür, die in den Keller des Geschäfts führte, aber Travis konnte kein Glied rühren. Sein Blick fixierte die Eingangstür. Ein schmaler Strahl eiskalten Lichts schoß durch das Schlüsselloch. Der Türknopf drehte sich immer schneller hin und her, bis er in seiner Fassung klapperte, dann hörte das Klappern wie abgeschnitten auf. Nur einen Augenblick später erzitterte die ganze Tür mit einem lauten Dröhnen. Eine lange Pause trat ein, der ein zweiter Schlag folgte.

»Travis!«

Jacks Brüllen riß Travis aus seiner Lähmung. Er jagte auf seinen Freund zu und biß sich auf die Zunge, als er sich das Schienbein an einer Holztruhe stieß. In dem Moment, in dem er Jack erreichte, ertönte hinter ihm ein letzter Schlag. Türangeln quietschten, altes Holz explodierte inmitten einer Wolke aus Splittern, sengendes Licht flutete in das Geschäft.

Jack zog Travis über die Schwelle der Kellertür auf die oberste Stufe. Sie drehten sich um und schlugen gemeinsam die Tür zu. Einen flüchtigen Augenblick lang sah Travis durch den sich schließenden Spalt eine Gestalt, die sich vor dem grellen Licht abzeichnete. Der Umriß des Eindringlings war groß und schlank, und er näherte sich mit einer flinken, unheilvollen Anmut. Dann schlug die Tür zu und blockierte die Sicht. Mit zitternden Händen schob Jack einen stabilen Querbalken in die dafür vorgesehenen Halterungen am Türrahmen. Zusammen liefen und stolperten die beiden Männer die Treppe in den Keller hinunter. Mit Laken verhüllte Möbelstücke ragten wie ein gespenstischer Chor auf, die Kellerluft war so kalt wie in einer Gruft. Über ihnen ließ der erste Stoß die Tür erzittern. Geisterhaftes Licht quoll zwischen unterem Rand und Schwelle hindurch und schwebte leichenblassem Nebel gleich die Stufen hinunter.

Jacks dünnes graues Haar wehte um seinen Kopf. »Der Balken wird sie nur kurze Zeit aufhalten. Du mußt gehen, Travis. Schnell.« Er eilte zur gegenüberliegenden Wand und öffnete eine kleine Holztür. Dahinter schloß sich ein finsterer Durchgang an. »Dieser Tunnel führt zu dem Gartenschuppen hinter dem Haus.«

»Und was ist mit dir, Jack?«

Ein zweiter Stoß erschütterte die Kellertür.

»Travis, jetzt ist keine Zeit für Diskussionen.«

»Aber warum kommst du nicht mit?« Jeder Instinkt befahl Travis zu fliehen, durch den Tunnel zu krabbeln, so schnell wie er nur konnte in die kalte Oktobernacht zu laufen. Und doch konnte er Jack nicht einfach so zurücklassen.

»Dafür habe ich meine Gründe.«

Jacks Stimme und sein Gesichtsausdruck waren so hart wie Stahl. So hatte ihn Travis noch nie zuvor gesehen.

»Dann laß mich dir helfen.«

»Du weißt nicht, womit du es hier zu tun hast, Travis.«

Travis schüttelte den Kopf, in dem sich alles drehte. »Jack, ich kann dich doch hier nicht einfach zurücklassen!«

Als der ältere Mann das hörte, wurde sein Ausdruck etwas weicher. »Du mußt keine Angst haben, Travis. Ich habe das alles hier nicht geplant, aber jetzt erkenne ich, daß es der einzige Weg ist. Wenn ich Glück habe, kann ich dir die Zeit verschaffen, die du zur Flucht brauchst. Du mußt sie jedoch auch nutzen.« Ein trauriger Ausdruck trat in seine blauen Augen. »Du bist jetzt unsere einzige Hoffnung.«

Er ergriff Travis' Rechte mit beiden Händen und drückte sie.

»Vergib mir, mein Freund.«

Ein Schmerz raste Travis' Arm hinauf. Für den Bruchteil eines Augenblicks fühlte es sich so an, als stünde sein ganzer Körper in Flammen. Eine siedende Glut schlug über ihm zusammen, durchdrang Fleisch, Blut und Knochen und strömte durch seinen Körper, als wäre er so durchsichtig und zerbrechlich wie Glas. Travis wollte schreien, aber seine Stimme versagte in der tosenden Feuerwoge, die ihn einhüllte. Beim nächsten Herzschlag würde sie ihn zu Nichts verbrennen.

Der Augenblick zersplitterte. Travis taumelte von seinem Freund fort. Das sengende Feuer war verschwunden, dafür rann ihm kalter Schweiß die Seiten hinunter. Obwohl er den zu erwartenden Anblick fürchtete – verbranntes Fleisch und geschwärzte Knochen –, blickte er auf seine pochende Hand. Die Haut war glatt und unverletzt. Doch die auf den Knöcheln wachsenden Härchen hatten sich in feine graue Asche verwandelt.

Er sah Jack mit einer Mischung aus Furcht und Staunen an.

»Geh, mein Freund«, sagte Jack. »Mögen die Götter mit dir sein.«

Travis schüttelte den Kopf in blankem Unverständnis. Ein weiterer Stoß ließ die Kellertür erbeben. Der dicke Querbalken knirschte wie brechende Knochen.

»Travis, geh!« Der sympathische und immer leicht gedankenverlorene alte Mann, den Travis seit sieben Jahren kannte, war plötzlich verschwunden. An seiner Stelle stand ein imposanter Fremder: Seine Stimme war befehlsgewohnt, das Gesicht scharf geschnitten, mit blitzenden Augen.

Diesmal tat Travis wie geheißen.

Er tauchte in den engen Tunnel ein. Spinnweben legten sich auf sein Gesicht und seine Hände, die er mit einem Aufschrei zerriß. Hinter ihm krachte es laut, als die Kellertür zerbarst. Ein schriller Laut durchschnitt die Luft, wie Trockeneis auf Metall. Von Furcht getrieben rannte Travis gebückt durch den Tunnel. Sekunden später endete der Gang in einer Sackgasse. Einen panikerfüllten Augenblick lang glaubte er gefangen zu sein, dann stießen seine in der Dunkelheit tastenden Finger auf Holzsprossen. Er kletterte die Leiter hoch, stieß eine Falltür auf und fand sich in einem überfüllten Gartenschuppen wieder. Er stolperte durch die Tür in die kalte Nacht hinaus.

In einer Entfernung von neun Metern erhob sich das Antiquitätengeschäft. Hinter den Fenstern flackerte eine Helligkeit, die so heiß und grell wie ein brennender Magnesiumstreifen war. Travis machte einen taumelnden Schritt auf das Haus zu. In diesem Augenblick explodierte jedes Geschäftsfenster mit einem sprühenden Glasregen nach außen. Die Schockwelle traf Travis wie ein Donnerschlag, warf ihn zu Boden und trieb ihm schmerzhaft die Luft aus den Lungen.

Er biß die Zähne zusammen und kämpfte sich wieder auf die Füße. Die Flammen, die jetzt aus den Fenstern schlugen, waren rot und orangefarben. Das war Feuer, echtes Feuer. Das Haus würde niederbrennen.

Travis flüsterte nur ein Wort. »Jack …«

Dann drehte er sich um und lief in die Nacht.

6

Nördlich der Stadt stand die Reklametafel im Mondlicht. Der Highway lag verlassen da, ein stummer Fluß aus schwarzem Asphalt, der die Gebirgslandschaft durchschnitt. Die Nacht war still. Sterne funkelten am purpurschwarzen Himmel und unterstützten den Mond mit ihrem Licht. Irgendwo heulte ein Kojote ein trauriges Lied, das einem Zuhörer von kaltem, fließendem Wasser, alten zerbrochenen Knochen und einsamen Bergen, die sich bis ans Ende der Welt erstreckten, erzählt hätte. Nur daß niemand da war.

Der Mond streifte die scharfe Linie des Horizonts. Das war der Augenblick, in dem es begann. Ein blauer Lichtfunken tanzte über die Reklametafel. Der Funken brannte aus und verwandelte sich in ein Stück Dunkelheit. Ein weiterer Funken hüpfte über die Holzwand. Bevor auch er verglühte, gesellte sich ein weiterer hinzu, gefolgt vom nächsten und übernächsten. Nur Momente später erstrahlte die gesamte Reklametafel von einem blauen Leuchten überzogen.

Ein leises Summen erfüllte die Luft. Als das Geräusch lauter wurde, schälte sich ein Streifen der verblichenen Zigarettenreklame von der Holzfläche und fiel zu Boden. Die Funken drängten sich wie Glühwürmchen um die Ränder des von dem alten Papier hinterlassenen Lochs. In ihren saphirblauen Glanz getaucht, trat ein Stück des darunterliegenden Bildes in den Vordergrund – das juwelenähnliche Fragment einer wilden Landschaft.

Winzigen blinzelnden Augen gleich strömten die Funken in alle Richtungen. Weitere Papierstreifen rollten sich eng zusammen, fielen zu Boden und enthüllten das darunter befindliche, lange Zeit verborgene Bild.

7

In der Notaufnahme hatte man Grace Beckett oftmals versichert, sie habe die Realität fest im Griff.

Falls man damit zum Ausdruck bringen wollten, daß Grace, ohne mit der Wimper zu zucken, glühende Autoschrapnellsplitter aus der Brust eines schreienden Motorradfahrers ziehen konnte, daß sie an einer siebzehnjährigen, von einer aus einem vorbeifahrenden Auto abgeschossenen Salve getöteten Mutter einen Kaiserschnitt durchführen und trotzdem über die perfekt geformten kleinen Füße der Frühgeburt lächeln konnte, daß man sie aus dem Fernsehzimmer rufen konnte, um das ältere Opfer einer Fahrerflucht wiederzubeleben, und sie vor Ablauf der Werbeunterbrechung wieder zurück war ... falls das damit gemeint war, dann hatten alle durchaus recht damit. Grace war gut. Sie wußte, daß sie gut war, und sie wußte es ohne jede Arroganz oder Herablassung. Es war einfach eine Tatsache. Jeder hatte ein Talent, eine Fähigkeit – etwas, das er schon beim ersten Versuch besser konnte als die meisten anderen Leute nach jahrelanger Praxis –, und dies war eben ihr Talent. Grace konnte verletzte Menschen wieder zusammenflicken.

Sie wußte immer, wann ein Ansturm kam.

Natürlich waren da all die gewöhnlichen Anzeichen, die selbst ein Assistenzarzt im ersten Jahr kannte – Vollmond, ein steigendes Barometer, ein heißer Freitagabend im Juni. Aber selbst wenn diese Anzeichen fehlten, wenn die Stadt vor sich hin döste und es den ganzen Tag nicht mehr als einen verstauchten Daumen gegeben hatte, irgendwie konnte sie fühlen, daß es geschehen würde, es war wie ein Prickeln auf ihrer Haut. Und selbst wenn die anderen in dem glattgebohnerten Korridor Besenhockey spielten – ein Spiel, dem sie in diesen seltenen Leerlaufzeiten frönten –, zog sich Grace ein Paar Latexhandschuhe über und stellte sich erwartungsvoll vor die automatische Schiebetür.

Die Türhälften glitten mit einem Zischen auf. Dann waren sie da und strömten in die Notaufnahme des Denver Memorial Hospital; man hatte sie aus einem umgestürzten Bus oder einem brennenden Hotel oder einer Massenkarambolage von zwanzig Autos auf dem Highway herausgeholt. Und während sich die anderen beeilten, sich Stethoskope und Krankenhaushemden zu schnappen, bewegte sich Grace bereits zwischen den Verletzten, den von Panik Erfüllten und den Toten, linderte mit präzisen Handhabungen Schmerzen und Ängste. Ein paar Angehörige des medizinischen Personals verwechselten diese kühle und konzentrierte Effizienz mit Reserviertheit, aber Grace hatte sich nie die Mühe gemacht, sie zu korrigieren. Sie war nicht hier, um Freundschaften zu schließen.

Doch manchmal, in der stillen Stunde, die immer gegen vier Uhr morgens eintrat, wenn alles auf der Welt zu schlafen schien und es in der Notaufnahme so still wie in einer Gruft wurde, saß Grace in einem gerade nicht benutzten Rollstuhl, mit einem Plastikbecher voller dunkelbeigem Kaffee in der Hand, den der dunkelbeige Kaffeeautomat in einem störrischen Rinnsal ausgeschenkt hatte. Dann dachte sie darüber nach, daß die Leute unrecht hatten, auf eine schreckliche, absolute und brüllend komische Weise unrecht, und daß eigentlich genau das Gegenteil zutraf. Grace hatte die Realität nicht fest im Griff.

Die Realität hatte sie fest im Griff.

Schußwunden, zerquetschte Körper, verbrannte Kinder … Trotz ihrer Bemühungen, jeden Vorfall als klar, einzigartig und tragisch zu betrachten, verschwammen sie unweigerlich zu einem endlosen Flickenteppich des Leidens. Für jedes Loch, das sie schloß – jeden zerschmetterten Knochen, den sie richtete, jedes Herz, das sie mit Stromstößen und Herzmassagen und Überredungskunst wieder zum Schlagen brachte –, kam das nächste, das seinen Platz einnahm.

Doch in all ihren Rollstuhlgrübeleien gab es nicht die geringste Vorahnung, die Grace vor den seltsamen Geschehnissen gewarnt hätte, in die sie in dieser samtigen Herbstnacht verstrickt werden sollte. Nicht, daß das etwas geändert hätte. Denn egal, wer wen im Griff hatte, das Resultat wäre am Ende dasselbe gewesen.

Grace Becketts Realität sollte sich in Wohlgefallen auflösen.

8

Grace sah zu, wie zwei Assistenzärzte die Trage durch den amtsgrün gestrichenen Korridor rollten. Eines der Räder stand schief und ratterte wie ein alter Einkaufswagen. Keiner der beiden jungen Männer mit den unverbrauchten Gesichtern schien es zu bemerken. Aufzugtüren glitten zur Seite, und einen Augenblick später waren die Assistenzärzte mitsamt Trage und Patient – dem Opfer eines Wohnhausbrandes – verschwunden. Grace lehnte sich gegen die Wand und drückte die Wange an die kühlen Kacheln. Die Schwingtüren von Traumaraum Eins schwangen hinter ihr auf und zu wie die erlahmten Flügel eines alten Vogels. Einen herrlichen Moment lang schloß sie die Augen, dann zwang sie sie wieder auf. Sie pflückte sich den sterilen Papierkittel vom Leib, zerknüllte ihn zu einer Kugel und warf ihn in einen Sammelbehälter, wo er auf das reinigende Feuer des Verbrennungsofens warten konnte. Nach einem tiefen Atemzug ging sie auf die Aufnahme zu, um sich zu ihrem nächsten Unfallopfer zu begeben. Der Tag war noch nicht vorbei, noch lange nicht.

Sie suchte sich ihren Weg durch das antiseptische Labyrinth aus Korridoren, vorbei an farbkodierten Untersuchungsräumen und düsteren Nischen, in denen medizinisches Notfallbesteck außerirdischen Ungeheuern gleich nur darauf wartete, den menschlichen Körpern in ihren metallischen Klauen die lebenswichtigen Flüssigkeiten auszusaugen. Rollstühle und Tragen säumten die Gänge, zusammen mit einer zufälligen Ansammlung von Patienten. Bei den meisten von ihnen handelte es sich um gelangweilte Flüchtlinge von den Stationen – um jene, die mit ihren Sauerstoffflaschen und Infusionsbestecken im Schlepptau aus ihren Zimmern gehen, hinken oder fahren konnten und neugierig auf Entdeckungsreise gingen, vielleicht auf der Suche nach einem Ort, wo man verstohlen eine Zigarette rauchen konnte.

Grace änderte kurz die Richtung und stieß die Tür zur Damentoilette auf. Sie beugte sich über ein angeschlagenes Waschbecken und spritzte sich in dem Versuch, Müdigkeit und Blutgeruch abzuwaschen, Wasser auf Gesicht und Nacken. Dann kämmte sie sich mit den feuchten Fingern durch das kurze, aschblonde Haar. Mit einem Ruck richtete sie den weißen Kittel, den sie über der Bluse und den Baumwollhosen trug, und betrachtete ihr Abbild im Spiegel – nicht um zu sehen, ob sie attraktiv aussah, sondern um festzustellen, ob sie einen fähigen und professionellen Eindruck machte. Schönheit interessierte Grace nicht, obwohl sie wunderschön war. Sie war eine hochgewachsene, dreißigjährige Frau, schlank und linkisch mit einer beinahe steifen Haltung, die dabei jedoch über eine subtile Eleganz verfügte. Wäre ihre Stimme eine Substanz gewesen, hätte sie Rauch, Buttertoffee oder auch ein guter Cognac sein können. Grace benutzte niemals Kosmetik, und obwohl sie ihre Züge als scharf geschnitten empfand, beschrieben andere sie als *wie gemeißelt* oder sogar *majestätisch.* Sie war sich nicht im mindesten darüber im klaren, daß ihre grün-goldenen Augen die Macht zum Verzaubern hatten.

»Das wird schon reichen«, murmelte sie ihrem Spiegelbild zu.

Sicher, ihre Haut war zu blaß, aber es gab nichts, was sie daran hätte ändern können. Sie verbrachte zuviel Zeit im Neonlicht der Notaufnahme und viel zuwenig in der Sonne Colorados. Sie traf den Vorsatz, im nächsten Sommer zu versuchen, öfters an die frische Luft zu kommen, obwohl sie doch genau wußte, daß daraus nichts werden würde. Warum sollte sie auch, wenn alles, was sie brauchte, hier war?

TEENAGER STUDIERT MEDIZIN, hatte die Schlagzeile verkündet. IM GEDENKEN AN ELTERN, DIE SIE NIE KANNTE.

Die Zeitungen griffen solche Themen begeistert auf. Es rangierte unter der Rubik Zwischenmenschliches. Grace besaß den vergilbten und steifen Ausschnitt noch heute; er lag zwischen den Seiten eines High-School-Albums, sie war jedoch zu zynisch, um es aus dem Karton zu holen, und zu sentimental, um es in den Müll zu werfen. Das Foto zeigte eine spindeldürre Sechzehnjährige, die einen viel zu großen Laborkittel trug und deren geschorenes Haar wie mit dem Skalpell abgehackt aussah. Sie hielt einen Totenschädel in der Hand und starrte mit einem ernsten Ausdruck in die Kamera, der nicht ganz den Funken grimmigen Humors in ihren Augen verbergen konnte. Aber die hübsche Reporterin hatte sich vor dem Schädel geekelt, und das war eine Schwäche, die Grace schon als Kind witzig und – was noch wichtiger war – verachtenswert gefunden hatte.

»Also, Kindchen«, hatte Colleen Adara von der Denver Post an dem offensichtlich so köstlichen Kaugummi vorbeigequetscht, »Sie haben Ihre Eltern nie kennengelernt, ist das so richtig?«

»Nein, das habe ich nicht«, hatte Grace erwidert. »Denn sie sind gestorben, als ich noch ein Baby war … und zwar alle beide.«

Bei dem letzten Wort hatte sie der Reporterin den Schädel unter die Nase gehalten, des dramatischen Effektes wegen. Ein Ausdruck des Entsetzens hatte sich auf Ms. Adaras perfekt geschminktem Gesicht ausgebreitet wie ein Netzwerk aus Sprüngen auf einem von der Sonne verbrannten Lehmboden. Es war nur ein kleiner Sieg gewesen, aber Grace hatte ihn trotzdem genossen. Das war in den Tagen der Pflegefamilien gewesen, den fünf Jahren, die sie damals als ein nicht enden wollendes Spiel von »Reich die Waise weiter« bezeichnet hatte, und sie hatte jeden kleinen Triumph gebraucht, den sie erringen konnte.

Am Ende war Ms. Adaras Artikel natürlich völlig falsch gewesen. Es waren nicht die kummervollen Geister ihrer Eltern gewesen, die Grace angetrieben hatten. Nein, wenn Grace von etwas verfolgt wurde, dann von etwas sehr Lebendigem.

Sie hatte an der Universität von Colorado den Einführungskurs in Medizin belegt und mit wilder Verbissenheit studiert, dann wurde sie an der angesehenen medizinischen Fakultät der Duke University aufgenommen. Also packte sie ihre ganzen Besitztümer in ihren grundierfarbengrauen Mustang und tauschte die helle Trockenheit Colorados gegen das feuchte und schattige Grün North Carolinas ein. Es war ihr erster Aufenthalt in den Südstaaten, und als Kind des fast trockenen Westens war sie auf die allgegenwärtige Üppigkeit nicht vorbereitet gewesen. Hier war alles lebendig. Nicht nur der Rhododendron und das Hartriegelholz und die mit Moos besprenkelten Pinien, sondern auch die Steine, der Erdboden und die Flüsse – sie alle wimmelten vor Leben. Selbst ihr schäbiges Apartment in Georgia mit seiner hohen Decke und seinem schiefen Holzfußboden schien zu atmen und zu wachsen, und das nicht nur wegen der Küchenschaben oder des Schimmels im Bad, das sie in Terrarium umbenannt hatte. Nein, in den schwülen Augustnächten, in denen sie wach und nackt unter dem klappernden Deckenventilator lag, schwitzten und stöhnten die Wände, als würden auch sie die Hitze fühlen.

Während der vier Jahre ihres Medizinstudiums hatte Grace einen Wissensdurst gezeigt, der ihre Professoren genauso oft verstörte, wie er sie beeindruckte. Während die anderen Studenten Leichen mit einem vornehmen Ekel sezierten, schnitt sie, von der Entschlossenheit getrieben, genau herauszufinden, wie jeder Knochen und das Gewebe und die Nerven miteinander verbunden waren, mit einer solchen Intensität in ihre Studienobjekte hinein, daß einer ihrer Anatomieprofessoren ihr den Spitznamen Michelangela verlieh. Sie schenkte ihm lediglich ein schmallippiges Lächeln und schnitt weiter. Sie graduierte als Elfte ihres Jahrgangs und nicht als Erste. Die höheren Positionen blieben Leuten vorbehalten, die zugänglicher, nicht so intelligent und entwaffnend waren. Natürlich erforderten nicht alle Spezialgebiete ein Einfühlungsvermögen für den Patienten, und ihr Studienberater Dr. Jason Briggs war der Meinung gewesen, sie an einer hervorragenden Stelle untergebracht zu haben. Dann informierte sie ihn, daß sie die Assistenzarztstelle in der Radiologie – die Traumspezialisierung eines jeden Medizinstudenten, der sich nach der Mitgliedschaft in einem Country Club sehnte – abgelehnt und statt dessen eine in der Notfallmedizin angenommen hatte, und zwar in einem öffentlichen Krankenhaus, was die Sache noch schlimmer machte. Außer sich vor Wut hatte er ihr gesagt, sie würde einen dummen Fehler machen. Grace hatte genickt und war in ihr Apartment gegangen, wo sie ihre Besitztümer zusammenpackte – die noch immer problemlos in ihren alten Mustang paßten –, und nach Colorado zurückgekehrt. Sich zu verabschieden war nicht schwer gewesen. Sie hatte keine echten Freundschaften geschlossen, und die Kakerlaken würde sie ohnehin nicht vermissen.

Jetzt befand sie sich in ihrem dritten Jahr ihrer praktischen Ausbildung im Denver Memorial Hospital, und die gelegentlichen Briefe von Dr. Briggs waren immer seltener eingetroffen und hatten schließlich ganz aufgehört. Natürlich hatte Dr. Briggs bei Grace genauso falsch gelegen wie Ms. Adara von der Denver Post. Nicht, daß sie es interessiert hätte. Das hier war der Ort, an den sie gehörte, und das war alles, was andere über sie wissen mußten. Heilen war eine seltsame und bittersüße Vergeltung.

Grace verließ die Toilette und schlug die Richtung zum Empfangsbereich der Notaufnahme ein. Er lag fast verlassen da. Ein paar Leute versuchten auf den Plastikstühlen zu dösen, während sie auf Neuigkeiten über Freunde oder Angehörige warteten. Eine untersetzte Krankenschwester schwebte vorbei, völlig lautlos auf ihren engelweißen Kreppsohlen. Grace sah nach, aber es warteten keine neuen Patientenblätter. Keiner mehr da. Sie ging durch die Tür neben dem Eingang zur Notaufnahme und nahm eine Abkürzung zum Aufenthaltsraum, als sie eine verkrümmte Gestalt auf einer Trage entdeckte. Da war also doch noch jemand, der sie brauchte. Sie trat einen Schritt darauf zu.

»Der gehört mir, Grace.«

Überrascht drehte sie sich um und blickte in ruhige braune Augen. Sie gehörten einem schlanken Schwarzen mit einem grau durchsetzten Bart.

Wenn Grace im Denver Memorial so etwas Ähnliches wie einen Freund hatte, dann war das Leon Arlington. Leon war der Schichtverwalter der Leichenhalle. Er arbeitete schon so lange mit Toten, daß er im Laufe der Jahre einige ihrer Gewohnheiten angenommen hatte, von seiner beherrschten Ruhe bis zu seinem gelassenen und leicht abwesenden Blick. In der letzten Zeit hatten nur wenige von Graces Patienten die letzte Aufzugfahrt zu Leon angetreten. Sie kämpfte darum, die Zahl auf Null zu reduzieren.

Leon deutete mit dem Kopf auf die in der Ecke stehende Trage, und Grace blickte über die Schulter und sah, wie eine Schwester ein Laken über die reglose Gestalt breitete. Sie atmete aus. Der Adrenalinstoß, der sie stets ohne weiter nachzudenken von einem Patienten zum nächsten eilen ließ, löste sich in Wohlgefallen auf und hinterließ in ihr ein Gefühl der Schwäche und Leere.

»Kommen Sie«, sagte Leon mit seiner rauhen Stimme. »Trinken wir einen Kaffee.«

»Ich erinnere mich wieder an sie«, sagte Grace ein paar Minuten später. Sie saßen inmitten einer Reihe grüner Vinylstühle. Sie nahm einen kleinen Schluck aus dem Plastikbecher; der Kaffee war heiß und bitter. »Ich habe sie selbst untersucht. Sie gehörte zu den Brandopfern aus dem Wohnhaus. Ein Blick, und ich wußte, daß ihre Lungen zerstört waren. Und sie wußte es auch.« Grace schüttelte erstaunt den Kopf, dann sah sie Leon an. »Wie kommt es, daß die Menschen immer wissen, daß sie sterben werden? Wir verbringen Jahre damit zu lernen, die Anzeichen richtig zu deuten, aber sie scheinen es einfach zu wissen. Ich konnte es in ihren Augen lesen. Und wissen Sie, was ich tat? Ich lächelte sie an, und dann wandte ich mich ab und ging zu jemandem, den ich retten konnte. Jeder der anderen Ärzte hätte das gleiche getan.«

Einen Augenblick lang erinnerte sie sich an die strahlend blauen Augen der Frau, die in der vom Feuer geschwärzten Ruine ihres Gesichts wie zwei Juwelen geleuchtet hatten.

Sie schüttelte den Kopf. »Was ist nur mit unseren Herzen passiert, Leon?«

Leon zuckte mit den Schultern. »Sie haben bloß getan, was man von Ihnen erwartet, Grace.«

»Das weiß ich.« Sie musterte sein schmales, dunkles Gesicht, in der Hoffnung, dort etwas von der so mühelos erscheinenden Ruhe zu finden, das sie für sich behalten konnte. »Aber habe ich auch getan, was *richtig* gewesen wäre?« Sie trank einen weiteren Schluck Kaffee, verzog das Gesicht, als er ihr die Zunge verbrannte, und schluckte ihn trotzdem hinunter. »Manchmal frage ich mich, ob ich nicht einfach nur das Leiden verlängere. Ich habe diese Frau leiden lassen, damit ich einen

Mann am Leben erhalten konnte, der sich mindestens einem halben Dutzend Hautverpflanzungen unterziehen müssen und den Rest seines Lebens schrecklich entstellt bleiben wird. Schmerz für Schmerz. Ist das ein fairer Handel?«

Sie verstummte. Leons Gesicht blieb einen langen Augenblick ausdruckslos, und als er endlich eine Reaktion zeigte, fiel sie ganz anders aus als erwartet.

Er grinste. »Ich weiß nicht, Grace, aber Sie wären über die Zahl der Leute überrascht, die, falls man sie vor die Wahl stellte, sich für das gute alte Leiden entschieden. Was glauben Sie, wie sich der Mann entscheiden würde, den Sie gerade nach oben geschickt haben? Die Schmerzen des Lebendigseins zu erdulden? Oder in einem meiner Schubfächer unten zu schlafen?« Leon lachte fröhlich. »Ich weiß auf jeden Fall, wie ich mich entscheiden würde.«

Grace fragte sich, ob sie so sicher sein könnte. Sie blickte auf die Uhr an der Wand. Fünf Uhr nachmittags. Ihre Schicht hatte vor einer Stunde geendet; nicht daß man hier dem offiziellen Arbeitsbeginn und dem Schichtende große Bedeutung zumaß. Sie stand auf und rieb sich mit der Hand den Nacken.

»Ich verschwinde hier, solange ich noch kann. Eine ruhige Nacht, Leon.«

»Oh, die habe ich doch immer«, sagte der Leichenhallenverwalter und tippte an eine imaginäre Hutkrempe.

Auf dem Weg nach draußen sah Grace kurz in dem Büro vorbei, das sie mit einigen der anderen Assistenzärzte teilte, um den weißen Kittel abzulegen und Aktenkoffer und Pieper zu holen, dann ging sie in Richtung Hinterausgang. Wenn sie diesem Ort wirklich entfliehen wollte, war es besser, nicht gesehen zu werden. Eine Automatiktür glitt auf, und sie trat hinaus in den Spätherbstabend. Das Licht der nach Westen ziehenden Sonne wärmte ihre Wangen, und sie atmete die kühle Luft ein. Der Verkehr rauschte an ihr vorbei wie ein Zug leuchtender Wanderameisen, die alles vernichteten, was ihnen im Weg stand. Grace war zu Fuß unterwegs. Sie bog in die mit Bäumen gesäumte Seitenstraße ein und versuchte die nächsten zwölf Häuserblocks nicht darüber nachzudenken, ob sie die Welt heute zu einem besseren oder schlechteren Ort gemacht hatte.

9

Zwanzig Minuten später stieg Grace die Stufen zu ihrem Apartment im ersten Stock hinauf. Sie schloß die Tür auf, von der sich die Farbe schälte. Drinnen tastete sie im Halbdunkel umher, bis sie den Lichtschalter gefunden hatte. Das elektrische Licht der Deckenlampe ging mit dem, was es vorfand, nicht sanft um. Was im Jahre 1923, als Saint Tropez gebaut wurde, frisch und modern gewesen war, hatte sich seitdem in etwas Schäbiges und Häßliches verwandelt. Die weiße Farbe, die man auf die Gipswände geklatscht hatte, schimmerte nun so gelblich wie ein altes Hochzeitskleid, und der grüne Teppichboden war an einigen Stellen so durchgelaufen, daß die darunterliegenden Linoleumplatten – die vermutlich aus gepreßtem Asbest bestanden – durchschimmerten. Graces wenige Besitztümer verliehen der Wohnung auch nicht viel Glanz. Ihr fiel auf, daß die letzte ihrer Wohnzimmerpflanzen verwelkt und braun war. Das hatte auch etwas Positives, jetzt mußte sie nicht mehr daran denken, sie zu gießen.

Sie ging in die winzige Küche, stöberte in dem rostigen Kühlschrank herum und fand eine Schachtel mit chinesischem Essen aus einem Imbiß. Sie setzte sich mit untergeschlagenen Beinen auf einen Futon – das einzige Möbelstück, das ihr gehörte – und aß kalten Reis, während sie auf einem Fernseher mit unscharfem Bild, der fast so alt wie sie war, die Abendnachrichten sah.

Aber sie war nicht hungrig, und die Nachrichten waren die gleiche Aneinanderreihung von Katastrophen und Gewalt wie jeden Abend, und plötzlich wollte sie nicht hiersein, in diesem düsteren kleinen Apartment, allein und schwermütig und gefangen. Sie stand auf und blickte sich um, als sähe sie das Zimmer zum ersten Mal. Es erschien unwirklich. Hier lebte sie? Sie wußte, daß es so war, und doch konnte es nicht sein. Denn wie sollte das möglich sein, wo sie sich von allem so losgelöst fühlte. Das war ihre Wohnung und doch wieder nicht. Es war ein irrationales Gefühl, aber es war so stark, daß ihr nichts anderes übrigblieb, als es für die Wahrheit zu halten.

Grace gehörte nicht hierher.

Sie stellte die fettige Essensschachtel auf dem Fernseher ab und schnappte sich eine Jacke. Die Tür fiel hinter ihr zu, und erst auf der Mitte der Treppe fiel ihr ein, daß sie sie nicht abgeschlossen hatte. Beinahe wäre sie stehengeblieben, hätte sich umgedreht, um zurückzugehen. Das hier war nicht die beste Gegend. Bis zu diesem Augenblick war sie fast fanatisch darauf bedacht gewesen, die Tür zu verriegeln. Jetzt fühlte sie Übermut in sich aufsteigen, zusammen mit einem seltsamen Gefühl der Vorahnung. Irgendwie wußte sie, daß sie, wenn sie das Haus jetzt verließ, niemals zurückkehren würde, und falls das stimmte, spielte es auch keine Rolle, ob sie die Tür nun verriegelte oder nicht.

Grace zögerte nur einen Herzschlag lang, dann lief sie die Treppe hinunter. Sie schob die Hände in die Jackentaschen und ging in die Abenddämmerung hinaus.

Ein paar Häuserblocks weiter fand sie sich am Rand einer grünbraunen Grasfläche wieder, auf der ein paar Bäume wuchsen. Der Stadtpark. Sie betrat einen der Asphaltwege, die durch ihn hindurchführten. Sie ertappte sich dabei, daß sie vor sich hin summte. Es war ein halbvergessenes Lied, vermutlich aus ihrer Kindheit. Die Melodie kam ihr mühelos über die Lippen, obwohl sie ihren Titel nicht mehr wußte, und sie konnte sich auch nur an ein paar gemurmelte Textzeilen erinnern.

Zu oft trennen Abschiedsworte für immer
Ihre kleinen, fahlen Herzen …

Die Worte ergaben wenig Sinn – sie vermutete, daß die verstrichene Zeit sie in ihrer Erinnerung verändert hatte –, spendeten aber trotzdem Trost. Wie so oft beim Gehen zog Grace die Silberkette, die um ihren Hals hing, aus dem Ausschnitt. An ihrem Ende baumelte ein Anhänger, ein keilförmiges Stück Metall, in das ein rechteckiges Muster eingraviert worden war. Wie das Lied war auch die Kette ein Relikt ihrer Kindheit. Sie hatte sie getragen, als die Angestellten des Waisenhauses sie gefunden hatten, auch wenn sie zu jung gewesen war, um sich daran zu erinnern. Aber es war eine Verbindung zu ihren Eltern und dem Leben, das sie nie kennengelernt hatte, und auch wenn es eine traurige Erinnerung darstellte, war sie doch ebenso kostbar.

Grace ging weiter. Es fühlte sich gut an, sich von dem Druck zu befreien, den die Häuser der Stadt verbreiteten. Im Park war die Luft viel leichter, perlweiß statt grau, und Grace konnte etwas von der Größe der dahinterliegenden Welt erahnen. Die Berge zeichneten sich als Silhouette vorm Horizont ab, so scharf und flach und schwarz, als hätte sie ein Kind für den Werkunterricht aus Pappe ausgeschnitten. Am Himmel funkelten die ersten Sterne. Sie ließ sich weiter durch den Park treiben.

Es waren die Augen des Mädchens, die sie verharren ließen.

Grace hätte es beinahe nicht gesehen, denn das altmodische Kleid, das das Mädchen trug, hatte denselben Farbton wie die Dämmerung, und sein Haar war ein Schatten, der über dem bleichen mondähnlichen Oval seines Gesichts schwebte. Aber seine violetten Augen leuchteten im Halbdunkel, und als Grace es erblickte, verharrte sie mitten in der Bewegung. Das Mädchen schien nicht älter als acht oder neun Jahre alt zu sein. Es stand schweigend neben der schmalen, geisterhaften Ruine einer Espe auf der einen Seite des Pfades, die kleinen Hände ordentlich gefaltet, die Finger so weich und rosig wie die Blätter einer geschlossenen Rose. *Komm her zu mir*, glaubte Grace die Kleine flüstern zu hören, obwohl das völlig unmöglich war. Trotzdem bewegte sie sich auf das Mädchen zu, folgte der instinktiven Macht, die Kinder manchmal über Erwachsene haben. Einen Augenblick später stand sie vor dem Mädchen.

»Ich habe mich nicht verirrt«, sagte das Mädchen mit klarer Stimme.

Grace schloß abrupt den Mund, denn genau diese Frage hatte sie stellen wollen. Sie blickte erstaunt auf das Mädchen hinunter, dann überkam sie ein Schaudern. Das Kind hatte etwas Außergewöhnliches an sich, etwas Trauriges, Wissendes und sogar Uraltes. Sofort hatte Grace das Gefühl, daß *sie* diejenige war, die sich verirrt hatte. Die nackten Äste der Espe sangen im Wind ein trauriges Lied.

»Wer bist du?« fragte Grace. Das war alles, was ihr im Augenblick einfiel.

Ein hübsches Stirnrunzeln legte die Stirn des Mädchens in Falten. »Wer bist *du*? Ich glaube, das ist eine viel bessere Frage.«

Grace schüttelte den Kopf, unsicher, was sie darauf erwidern sollte. Die Welt war verstummt. Sie konnte keinen Verkehr hören, keine Sirenen, keine am Himmel in der Warteschleife kreisenden Flugzeuge. Es war, als wäre die Stadt in der Nacht verschwunden. Der sichelförmige Mond hing am Himmel, obwohl sie sich nicht erinnern konnte, ihn aufgehen gesehen zu haben. Der Wind hielt den Atem an.

Die Augen des Mädchens reflektierten das Mondlicht. »Eine Finsternis kommt«, flüsterte es.

Grace starrte das Mädchen verständnislos an, dann zerriß eine schrille Melodie die Stille. Nach einer verwirrten Sekunde erkannte Grace, was das war. Ihr Pieper. Sie tastete nach dem kleinen, an ihrem Gürtel befestigten Gerät, ergriff es mit tauben Fingern und warf einen Blick auf das kleine Display aus Flüssigkristallen.

»Verdammt«, sagte sie. »Man braucht mich im Krankenhaus.« Sie sah auf. »Ich muß ...«

Ihre Worte verklangen. Das Mädchen war weg. Sie fuhr herum und schaute in die dunkler werdende Nacht, aber dabei hatte sie eigentlich keine Hoffnung, das Mädchen zu finden, und so war es dann auch.

10

Fünfzehn Minuten später schoß Grace durch den Eingang der Notaufnahme des Denver Memorial. Einen kurzen Augenblick lang lehnte sie sich an eine Wand, die Augen fest zusammengekniffen, den Mund weit aufgerissen, und schnappte nach Luft. Sie hatte die zehn Blocks vom City Park im Laufschritt absolviert, und jetzt fühlten sich ihre Lungen an, als hätte sie zu den Opfern des Wohnhausbrandes vom Nachmittag gehört und Qualm eingeatmet. Die langen Stunden eines Assistenzarztes im letzten Jahr ließen nur wenig Zeit für sportliche Aktivitäten, und obwohl Grace schlank – vielleicht sogar zu schlank – war, befand sie sich nicht in ihrem körperlichen Bestzustand. Sie holte noch einmal tief Luft und öffnete die Augen.

Die Notaufnahme hatte sich in ein Irrenhaus verwandelt.

Vor dem Empfangstresen stritt sich ein Mann mit seiner Ehefrau und hielt dabei die Tranchiergabel fest, die sie ihm in die Seite gerammt hatte. In einem der Korridore brüllten sich ein paar Gangmitglieder Beleidigungen und Todesandrohungen zu, während sich ein verängstigter Praktikumsarzt darum bemühte, ihre Stichwunden zu verbinden. Ein graugesichtiger Mann stolperte durch die Tür, fragte nach einem Arzt und erbrach sich dann mitten auf den Boden. Jeder Stuhl des Wartezimmers war besetzt mit Leuten, die sich gebrochene Knochen hielten, schweißüberströmt fieberten oder nach Atem rangen. Über allem erhob sich wie ein mißtönender Chor kranker Engel das Weinen von Kindern.

Grace sammelte ihre Willenskraft, bahnte sich durch die Masse der Verletzten einen Weg zu einem der Schwesterntische und griff sich ein paar sterile Handschuhe; die Gummiränder schnellten mit einem deutlich hörbaren Klatschen gegen ihre Handgelenke, als sie sie sich gekonnt überstreifte.

»Grace, wo zum Teufel haben Sie gesteckt? Ich piepe Sie dreimal an, und Sie brauchen trotzdem dreißig Minuten, bis Sie hier sind?«

»Fünfzehn«, murmelte sie. Sie drehte sich um und starrte in das wütende Gesicht Morty Underwoods, des leitenden Assistenzarztes. Grace konnte Underwood nicht ausstehen, behielt ihre Gefühle aber immer für sich. Sie wollte ihm nicht die Befriedigung geben, daß er wußte, daß sie sich über ihn ärgerte. »Es waren fünfzehn Minuten, Morty. Ich bin sofort gekommen, nachdem Sie mich angepiept haben.«

Das entsprach nicht ganz der Wahrheit. Nachdem ihr Pieper das erste Mal ertönt war, hatte sie mehrere Minuten im Park gestanden und im Zwielicht nach dem Mädchen in dem altmodischen Kleid Ausschau gehalten, aber es war verschwunden wie ein Geist. Vielleicht war es in gewisser Weise auch genau das gewesen. Kurz vor dieser seltsamen Begegnung hatte sie an das Waisenhaus gedacht, und in diesen Erinnerungen wimmelte es von so vielen Geistern, daß es für hundert Spaziergänge gereicht hätte. Und doch war Grace nicht so ganz davon überzeugt. Das Mädchen hatte so real gewirkt. Beinahe schon *zu* real. Als wäre alles, was Grace an diesem Tag gesehen hatte – das Krankenhaus, die Stadt, ihr Apartment –, Trugbilder und allein das Mädchen in der antiquierten Kleidung wahr und echt gewesen. Und selbst wenn das Mädchen nur ein Gespenst ihrer Erinnerungen gewesen war, warum hatte es dann von der Zukunft gesprochen?

Underwood hob die Hand, um den Sitz seiner mit reichlich Pomade festgeklatschten Haarsträhnen auf seinem frühzeitig kahl werdenden Kopf zu prüfen. »Brauchen Sie noch mal so lange, um hier aufzutauchen, werde ich es melden, Grace.«

Grace täuschte Zerknirschung vor, um endlich von Underwood wegkommen und mit der Arbeit anfangen zu können. »Welcher ist meiner?« fragte sie.

Zischend glitten die Eingangstüren der Notaufnahme auf. Zwei Rettungssanitäter in makellos weißen Uniformen rollten in halsbrecherischem Tempo eine Trage hindurch. Einer der Sanitäter rief nach Hilfe. Hinter ihnen kamen zwei Polizisten, die Hände auf den Waffen in ihren Gürtelholstern. Auf der Trage wand sich schmerzerfüllt ein Mann mit blutverschmierter Brust.

»Ich schätze, das ist Ihrer, Grace«, sagte Underwood mit einem hämischen Lächeln. »Sieht nach einer hübschen Brustwunde aus. Viel Spaß.«

»Danke« war alles, was Grace dazu einfiel. Sie wandte Underwood den Rücken zu und lief zu der Trage, um zu helfen.

»Was haben wir?« fragte sie einen der Sanitäter.

»Eintrittstrauma durch Schußverletzungen«, sagte er. »Zwei Eintrittswunden, kein Austritt aus dem Körper.«

Grace schnappte sich einen vorbeihastenden jungen Praktikumsarzt. »Ich brauche zwei Einheiten 0-negativ und ein tragbares Röntgengerät, und zwar im Traumaraum Drei.« Der junge Mann sprintete los, und sie befahl einen weiteren Assistenzarzt und zwei Schwestern zu sich.

»Wie ist das passiert?« fragte Grace, als sie den Korridor entlangliefen.

Einer der Cops, eine Frau mit graugeflecktem Haar, antwortete. »Der Verdächtige wurde beim Einbruch in ein Antiquitätengeschäft auf dem South Broadway erwischt. Wir kamen an den Tatort und wurden Zeugen, wie der Verdächtige eine Frau angriff, die Besitzerin. Als er sich nicht ergab, streckte ich ihn mit zwei Schüssen nieder.«

Grace sah die Polizistin an. »Und die Frau? Wo ist sie?«

»Dort«, sagte der andere Beamte; sein jungenhaftes Gesicht trug einen grimmigen Ausdruck. Grace folgte seinem Blick.

Auf der anderen Seite der Notaufnahme schob Leon Arlington eine Trage in den Aufzug. Darauf lag eine von einem Laken verhüllte Gestalt. Leon nickte ihr zu, während sich die Aufzugtüren schlossen.

»Die Ladenbesitzerin lag tot am Tatort«, fuhr der junge Beamte fort. »Ihr Genick war gebrochen, der Verdächtige hat das mit bloßen Händen gemacht. Ein kräftiger Bastard, das muß man ihm lassen. Ich frage mich bloß, warum er ein Antiquitätengeschäft überfiel. Es war viel weniger Bargeld da als in einem Lebensmittelladen.«

»Vielleicht ein Sammler«, sagte Grace. Sie schüttelte den Kopf. »Alles klar. Wir übernehmen.«

Augenblicke später rollten Grace, der Assistenzarzt und die Schwestern, alle jetzt in sterilen Kitteln, die Trage in den Traumaraum. Auf ihr Kommando hin hoben sie den Patienten auf den OP-Tisch. Innerhalb von Sekunden hatten ihm die Schwestern Elektroden auf die Brust geklebt, eine Infusion angehängt und einen Katheter gelegt.

Grace verschaffte sich ihren ersten genauen Blick auf den Patienten. Ein männlicher Weißer, Ende Zwanzig, der für einen typischen Überfallverdächtigen seltsam adrett und begütert aussah. Doch es kümmerte sie nicht, wer er war. Er war verletzt, das war alles, was im Augenblick zählte. Mit instinktiver Schnelligkeit machte sie eine Bestandsaufnahme seines Zustandes. Er war zyanotisch, die Haut hatte einen bläulichen Schimmer. Rosa gefärbter Schaum sprudelte aus den Löchern in seiner Brust. Vermutlich ein Pneumothorax. Der junge Praktikumsarzt stürmte in den Raum. Grace nahm ihm die beiden Einheiten Blut ab und hängte sie an den Ständer. »Intubieren Sie ihn«, befahl sie dem anderen Assistenzarzt.

Der Mann nickte und schob einen Plastiktubus in die Luftröhre des Patienten. Grace machte einen Einschnitt unterhalb der Armbeuge, stieß eine Brustsonde hinein und befestigte sie an einer Vakuumflasche. Blut und Flüssigkeit strömten in die Flasche. Dann traten Grace und die anderen zurück, als der Praktikumsarzt den Dreharm des Röntgengeräts über dem Tisch positionierte. Sie kamen erst wieder näher heran, als er das Gerät beiseite schob, und führten ihre Bemühungen fort, den Patienten zu stabilisieren.

»Hier ist die Aufnahme«, sagte eine der Schwestern Minuten später.

Grace richtete sich auf, und die Schwester hielt ihr das Röntgenbild hin. Graces behandschuhte Hände waren mittlerweile blutverschmiert. Sie warf einen Blick darauf, dann runzelte sie die Stirn. »Was ist *das?*«

Die beiden Projektile zeigten sich auf dem Röntgenbild als weiße Punkte. Eines steckte direkt neben der rechten Lunge. Das andere lag in gefährlicher Nähe der unteren Aorta, hatte sie vielleicht sogar verletzt. Doch das alles bemerkte Grace nur nebenher. Denn in der linken Brustseite befand sich noch ein anderer weißer Fleck, nur daß dieser so groß wie eine Faust und scharfkantig war. Er lag direkt vor dem Herzen.

»Keine Ahnung, vielleicht haben Sie ja eine bessere Idee«, sagte die Schwester. »Aber irgend etwas sagt mir, daß das hier nicht seine erste Brustverletzung ist.«

Grace drückte das Röntgenbild zur Seite und betrachtete den Patienten. Die andere Krankenschwester hatte das meiste von dem Blut entfernt. Jetzt starrten die beiden Schußwunden wie zwei entzündete rote Augen in die Höhe. Genau dazwischen zog sich eine gezackte Linie aus rosigem Narbengewebe senkrecht die Brust hinunter. Die Narbe sah kaum verheilt aus. Grace studierte erneut den weißen Schatten auf dem Röntgenbild. Nur Metall würde so deutlich zu sehen sein.

»Es sieht fast so aus, als hätte er einen riesigen Schrapnellsplitter in der Brusthöhle«, sagte sie. Sie hatte in der Notaufnahme schon viele seltsame Dinge gesehen – einen Mann, der versucht hatte, sich umzubringen, und mit einer in der Großhirnrinde steckenden Kugel allein ins Krankenhaus gefahren war, eine Frau, die über Sodbrennen klagte und dann Zwillinge gebar, ein Mädchen, dem ein Grassamen ins Auge geflogen war, sich dort festgesetzt hatte und schließlich aus ihrem Augapfel wuchs – aber das hier übertraf alles bei weitem. Wie konnte ein Mann mit einem so großen Stück Metall in der Brust leben? Und wie war es überhaupt da reingeraten?

Ein Monitor schrillte auf. »Blutdruck ist fünfzig und fallend«, rief die andere Schwester. »Ich glaube, wir verlieren ihn.«

Grace rief nach einer Spritze Adrenalin und injizierte sie in den Tropf. Eine Sekunde später flogen die Augen des Patienten auf. Er stieß einen Schrei aus und bäumte sich auf, die Hände zu Fäusten geballt.

»Haltet ihn fest!« rief Grace. »Festhalten!«

Alle vier von ihnen waren nötig, den Mann auf dem Tisch festzuhalten. Ein Krampf nach dem anderen schüttelte seinen Körper, und er murmelte etwas mit rauher Stimme.

» … Sin… ich muß ihn finden … Sinfath …«

»Was sagt er da?« fragte der Praktikumsarzt.

»Ich habe seinen Puls verloren!« rief eine der Schwestern.

Der Patient verkrampfte sich noch einmal, seine Augen schlossen sich mit einem Flattern, dann erschlaffte sein Körper. Der Praktikumsarzt riß die Defibrillatorpaddel aus den Halterungen des Gerätewagens und reichte sie Grace. Sie rieb sie aneinander, um das Leitgel zu verteilen, dann plazierte sie sie auf die Brust des Mannes. Der Defibrillator summte, als er sich auflud.

»Alle weg!«

Der Körper zuckte, als der Stromstoß durch ihn hindurchraste, und lag wieder still da. Grace kontrollierte den Monitor.

Die flache grüne Linie wurde nur von ein paar unregelmäßigen Ausschlägen unterbrochen. Sie verabreichte dem Mann einen weiteren Stromstoß, dann noch einen. Keine Reaktion.

»Also gut, machen wir ihn auf«, befahl sie. »Ich massiere sein Herz.«

Sie schnappte sich ein Skalpell und machte auf der linken Brustseite einen tiefen Einschnitt. Dann nahm sie von dem Assistenzarzt den Rippenspreizer aus Edelstahl entgegen, den dieser schon bereithielt, und öffnete mit einer kräftigen Bewegung den Brustkorb des Patienten. Sofort und ohne zusätzliche Anweisung plazierte eine der Schwestern einen Absauger und entfernte das austretende Blut, damit Grace freie Sicht hatte. Sie nahm sich vor, ihren Mitarbeitern später für ihre reibungslose Arbeit zu danken. Sie waren erstklassig und verdienten es, das auch gesagt zu bekommen. Dann griff Grace in den Brustkorb hinein, schob geschickt den linken Lungenflügel beiseite und steckte die Hand tiefer hinein, dem Gewebebeutel entgegen, der das Herz des Mannes enthielt.

Ihre Finger schlossen sich um etwas Hartes, Rauhes und Bitterkaltes. Sie riß die Hand mit einem zischenden Schmerzlaut zurück. Es war, als hätte sie gerade ein Stück Trockeneis angefaßt.

»Was ist?« fragte der andere Assistenzarzt.

Grace schüttelte den Kopf und hielt sich die Hand. »Ich … ich weiß nicht.«

Sie schüttelte die Hand, dann griff sie nach einem Retraktor und zog die linke Lunge zurück. Der Sauger nahm mit einem gurgelnden Laut das in der Brust des Patienten austretende Blut auf, so daß alle sehen konnten, was sich darin befand.

Grace starrte entsetzt auf das sich bietende Bild.

»Mein Gott …«, murmelte die eine Schwester, während ihre Kollegin eine Hand vor den Mund schlug, um einen Schrei zu unterdrücken.

»Himmel, was ist *das?*« sagte der Assistenzarzt mit weit aufgerissenen Augen.

Grace bewegte den Mund, unfähig, etwas zu sagen. Sie konnte bloß das wie eine Faust geformte Stück Metall anstarren, das sich in der Brust des Mannes befand, genau an der Stelle, wo sein Herz hätte sein sollen. Der Monitor piepte wie verrückt, dann ging der Ton in ein durchdringendes Summen über.

Der Verdächtige war tot.

11

Es wurde spät.

Etwa eine Stunde zuvor war der Ansturm auf die Notaufnahme abgeflaut, und danach waren mehr Patienten hinaus- als hineingefahren worden. Der Andrang der Hilfesuchenden hatte sich auf ein kleines Häufchen von Leuten mit geringfügigen Verletzungen reduziert, und das Wut- und Schmerzgebrüll war zu einem geduldigen Murmeln abgeschwollen. Irgendwo, ganz hinten in einem Korridor, schrie ein Säugling. Es war ein schwacher und verloren klingender Laut, der sich mit dem müden Schlaflied einer Frau vermengte.

Dafür werden wir geboren. Um zu leben und Schmerzen zu erleiden. Grace seufzte und nahm die angestoßene Tasse mit beiden Händen. Die braune Oberfläche des Kaffees geriet in wellenartige Bewegungen. Winzige kreisförmige Wellen, die ins Nichts strömten, die sich auflösten, wenn sie an die Grenzen dessen stießen, was sie gefangenhielt. Vielleicht waren sie ja alle nicht mehr als das, sich ausbreitende Kreise auf einem Teich. Vielleicht war sie verrückt, wenn sie versuchte, dagegen anzukämpfen.

»Dr. Beckett?«

Grace sah ruckartig auf. Auf dem gegenüberliegenden Stuhl saß ein Polizist mit einem beunruhigten Gesichtsausdruck. »Dr. Beckett, ich habe Ihnen eine Frage über den Verdächtigen gestellt.«

Sie blinzelte. »Ja, natürlich. Tut mir leid. Fahren Sie fort.«

»Hat der Verdächtige irgend etwas gesagt, das uns bei seiner Identifizierung helfen könnte? Hat er einen Namen erwähnt? Oder einen Ort, von dem er kam?«

Grace konzentrierte sich, dachte an das hektische Chaos in

dem Traumaraum zurück und schüttelte dann den Kopf. »Ich fürchte nein. Er hat mal kurz etwas gemurmelt, aber ich konnte nichts davon verstehen. Ich bin mir nicht einmal sicher, ob es englisch war. Es hätte etwas über *Sünde* oder *sündigen* sein können.«

Der Officer nickte und kritzelte etwas auf seinen Notizblock. »Wir werden seine Fingerabdrücke durch die Datenbänke laufen lassen, aber jede zusätzliche Information könnte dabei helfen, die Suche einzugrenzen. Hat er etwas anderes gesagt, das Sie verstehen konnten? Irgend etwas?«

Grace schüttelte erneut den Kopf. Sie sah zu, wie er noch ein paar Notizen niederschrieb. Auf dem Namensschild auf seinem blauen Uniformhemd stand Officer John Erwin. Er war mittleren Alters, mit einfühlsamen braunen Augen. Kurz nach den Geschehnissen in Traumaraum Drei waren er und ein paar weitere Polizisten eingetroffen; die beiden ursprünglich anwesenden Beamten hatten sie gerufen. Erwin hatte erklärt, daß es Standardprozedur sei, einen Bericht über die Umstände des Todes des Verdächtigen anzufertigen und – an dieser Stelle hatte er eine kleine Pause gemacht – alle möglicherweise mit diesem Tod verbundenen ungewöhnlichen Umstände zu beschreiben. Zuerst war Grace nervös gewesen, aber Erwin hatte dafür gesorgt, daß sie sich hinsetzte, ihr einen Becher Kaffee in die Hand gedrückt und mit seiner rücksichtsvollen Art dafür gesorgt, daß sie sich entspannte.

Morty Underwood hatte kurz zuvor das genaue Gegenteil getan.

Sie hatte gerade John Does Leichnam zugenäht und runter in die Leichenhalle geschickt, als sie um eine Ecke bog und sich plötzlich dem leitenden Assistenzarzt gegenübersah. Seine quer über den Kopf gekämmten Strähnen lagen wild durcheinander, und die Panik stand ihm ins Gesicht geschrieben. Er kam gerade von einer Besprechung mit dem Leiter der

Notaufnahme. Das Krankenhausmanagement hatte entschieden, es sei unbedingt erforderlich, über den *Zwischenfall* mit dem Verdächtigen Stillschweigen zu bewahren. Alle erinnerten sich an den *Zwischenfall* in einem anderen Krankenhaus vor ein paar Jahren, als aus dem Blut einer Frau freiwerdende giftige Dämpfe um ein Haar ein halbes Dutzend medizinische Angestellte hätten ersticken lassen. Einige Leute hatten daraufhin sogar behauptet, es hätte sich bei ihr um eine Außerirdische gehandelt. Das Denver Memorial Hospital konnte auf diese Art von Publicity verzichten. Solche Dinge geschahen nur auf den Seiten von Sensationsblättern, aber nicht hier. Eine genaue Autopsie würde mit Sicherheit eine weltlichere Erklärung für den Zustand des Patienten erbringen. Bis dahin sollte niemand – Grace eingeschlossen – auch nur ein Sterbenswörtchen über den *Zwischenfall* zu irgend jemandem sagen.

Zwischenfall. Grace konnte das Wort schon bald nicht mehr hören. Das war nicht nur irgendein *Zwischenfall* gewesen. *Zwischenfälle* waren Dinge, die man aufschrieb, zu den Akten legte und vergaß. Aber das hier war *real* gewesen. Sie hatte in die Brust des Mannes gesehen. Dort hatte kein lebendiges menschliches Herz geschlagen. Statt dessen war da nur ein metallischer Klumpen gewesen – sie hatte ihn mit eigenen Händen berührt. Und doch hatte dieses Ding irgendwie Blut durch den Körper des Mannes gepumpt. Sie hatten den Puls gespürt. Falls diese Geschichte der Sensationspresse zu Ohren kam, würden die Schlagzeilen auf eine schreckliche und korrekte Weise die Wahrheit verkünden. Der Mann hatte ein Herz aus Eisen.

Sie hatte sich mit der Hand durchs Haar gestrichen, und ihre Worte waren scharf gewesen. »Was soll ich Ihrer Meinung nach tun, wenn mich die Polizei fragt, warum ihr Verdächtiger gestorben ist, Morty? Sie anlügen?«

Darauf hatte Morty keine Antwort gegeben und statt dessen an seinem Hemdkragen herumgezupft. Sein Ausdruck verriet, daß er genau das wollte.

Sie hatte ihn mit ehrlichem Erstaunen angeblickt. »Macht es Ihnen eigentlich wirklich Spaß, ein solcher Wurm zu sein, Morty?«

Er hatte eine aufgeblasene Miene ausgesetzt. »Ob mir das gefällt oder nicht, steht hier nicht zur Debatte. Es ist mein Job.«

Grace hatte die Gelegenheit genutzt, ihm versehentlich auf die Zehen zu treten und die Flucht zu ergreifen, während er sich den Fuß hielt. Und sie hatte Officer Erwin alles erzählt, genau wie es sich abgespielt hatte. Es schien unmöglich, sogar absurd zu sein, aber sie wußte, was sie gesehen hatte. Einige Leute können mühelos die Wahrheit verleugnen, um ihren begrenzten Horizont vor allem zu beschützen, was ihn über das sichere und gewöhnliche Maß hinaus erweitern würde, aber Grace gehörte nicht dazu.

Das galt ihrem Eindruck nach auch für Officer Erwin. Er stellte ihr noch ein paar Fragen, und obwohl er bei mehr als nur einer ihrer Antworten die Stirn runzelte, schien er keinen Moment lang in Zweifel zu stellen, daß sie die Wahrheit sagte. Er klappte seinen Notizblock zu und schob den Kugelschreiber in eine Tasche.

»Danke für Ihre Hilfe, Dr. Beckett.« Er verfiel in Schweigen und blickte gedankenverloren in die Ferne. Schließlich richtete er den Blick wieder auf sie. »Wir glauben, wir wüßten alles«, sagte er dann leise. »Aber das stimmt nicht, nicht wahr? Nicht einmal annähernd.«

Grace fröstelte. Darauf wußte sie keine Antwort.

Erwin stand auf. »Ich werde mit den Krankenschwestern sprechen, die Ihnen assistiert haben, Dr. Beckett. Das heißt, wenn Sie nichts dagegen haben.«

Grace dachte an Morty Underwoods hochmütiges, besorgtes

Gesicht. »Kein Problem.« Sie hob die Tasse. »Und danke für den Kaffee.«

»Ich wette, der ist jetzt kalt.«

»Das stört mich nicht.«

Officer Erwin grinste, dann ging er los und durchquerte den Empfangsbereich der Notaufnahme. Grace trank den kalten Kaffee, und obwohl sie es nicht für möglich gehalten hätte, ertappte sie sich dabei, daß sie lächelte. Dann erstarb das Lächeln, die kleinen Härchen in ihrem Nacken stellten sich auf, und sie hob den Kopf.

Nach kurzer Suche entdeckte sie ihn. Er stand in einem der Korridore, die aus dem Empfangsbereich führten, und beobachtete sie. Dunkler Anzug, dunkles Haar. Er lehnte in einer lässigen, eleganten Pose an der Wand. Wie lange war er schon hier? Einen kurzen Augenblick lang richteten sich seine tiefliegenden Augen auf sie. Sein Blick war forschend, als wollte er etwas von ihr.

Grace stand neugierig von ihrem Stuhl auf. Oder fühlte sie sich dazu gezwungen? Da schob jemand eine Trage an ihr vorbei und blockierte ihre Sicht. Im nächsten Moment verschwand die Trage durch eine Tür. Grace sah wieder zum Korridor hinüber. Er war leer, der dunkelhaarige Mann war verschwunden. Sie ließ sich zurück auf den Stuhl sinken und umklammerte die Tasse in ihrer Hand. Vielleicht hatte der Mann sie ja gar nicht beobachtet, vielleicht hatte er auf jemand anders gewartet.

Doch irgendwie bezweifelte sie dies.

12

Leon Arlington gefiel seine Arbeit.

Tatsächlich gefiel sie ihm sogar sehr. Leon war schon immer ein Nachtmensch gewesen, also störten ihn die späten Stunden nicht. Und mit den dicken Betonmauern war es hier unten immer hübsch ruhig, was es zu einem guten Ort zum Nachdenken machte. Leon gefiel es auch, über Dinge nachzudenken. Er dachte sogar über viele Dinge nach, während er in der kühlen Stille der Leichenhalle arbeitete. So zum Beispiel über die Frage, wie lange es wohl dauern würde, zu Fuß zum Mond zu gehen, vorausgesetzt natürlich, man hätte dort zu Fuß hingehen können. Was war der schönste Baum? Und sollte er für den Rest seines Lebens nur noch ein Glas trinken dürfen, würde er Wasser oder Orangensaft wählen? Junge, Junge, das war eine gute Frage. Er hatte darauf noch immer keine Antwort gefunden.

Aber der eigentliche Grund, warum Leon seine Arbeit gefiel, war ganz einfach: Tote machten keine Schwierigkeiten. Nicht die geringsten Schwierigkeiten. Er hatte in vielen anderen Jobs gearbeitet, in denen er es mit Lebenden zu tun gehabt hatte. Sie wollten immer etwas anderes als das, was er ihnen gab, oder sagten ihm, wie er Dinge zu tun hatte, die er bereits wußte, oder benahmen sich, als wäre er dumm, nur weil er langsam und still war und nicht so schnell in Wut geriet. In dieser Welt verwechselten die Leute oftmals Schnelligkeit mit Klugheit, Lautstärke mit Wichtigkeit und Wut mit Rechtschaffenheit. Aber Leon kannte den Unterschied. Davon abgesehen war es den Kunden hier egal, mit welcher Geschwindigkeit er die Dinge erledigte.

Leon pfiff eine zusammenhanglose Melodie und richtete die

Plastikfolie, die eine in einem offenen Schubfach liegende Leiche bedeckte. Es gehörte zu seinen Aufgaben, dafür zu sorgen, daß es keine Lücken in der Umhüllung gab. Die Bestatter haßten es, wenn die Leichen austrockneten. Leon war sich nicht genau darüber im klaren, warum das so war. Vielleicht erschwerte es das Auftragen des Make-ups für die Beerdigung. Das war wieder etwas, worüber es sich nachzudenken lohnte. Er verharrte und betrachtete die alte Frau in dem rostfreien Stahlschubfach. Mit ihrer blaugrauen Haut und dem weißen Haar erweckte sie beinahe den Anschein, als hätte man sie in einen Eisblock eingefroren, statt in eine durchsichtige Plastikfolie einzuwickeln. Der Anblick erinnerte ihn an eine Geschichte, die er als Kind gelesen hatte, eine Geschichte über die Schneekönigin. Nur daß die Königin böse gewesen war und ein kleines Kind in ihrem Eispalast gefangenhielt.

Leon schob das Fach zu und fröstelte. Das war eines der echten Probleme seiner Arbeit – manchmal war es hier unten einfach zu kalt. Die Kälte strahlte von der Reihe mit den Schubfächern aus und drang in den Boden und die Wände ein, wo sie wie Permafrost verweilte. In der Vergangenheit hatte Leon die Kälte nie gestört, aber das letzte Jahr über war ihm aufgefallen, daß sie immer tiefer in seine Glieder und Knochen kroch, als wäre sie etwas Hungriges und Lebendiges. Vielleicht würde er sich irgendwann einen anderen Job suchen müssen. Etwas Wärmeres.

Er rieb die schlanken Hände aneinander, um sie zu erwärmen, und wandte sich seinem nächsten Kunden zu. Die nackte Leiche lag auf einem Stahltisch auf dem Rücken. Ein weißer Mann, Ende Zwanzig, in guter körperlicher Verfassung. Leon nahm ein Klemmbrett und überprüfte seine Notizen. Es hatte alles seine Richtigkeit. Das war der John Doe, den die Polizisten angeschossen hatten, bevor sie ihn herbrachten. Man hatte ihm die Brust aufgebrochen, aber die Wunde war jetzt sauber verschlossen. Leon erkannte die präzisen Stiche, die die beiden wulstigen Hautränder miteinander verbanden. Selbst wenn sie tot waren, gab sie sich Mühe mit dem, was sie mit ihnen machte. Das hier war Grace Becketts Patient gewesen.

Leon schnappte sich einen Stift und schrieb den Zustand der Leiche auf. Größe, Gewicht, Aussehen, die Stelle der beiden Einschußlöcher. Er drehte den Mann herum, und dabei fiel ihm eine kleine Tätowierung an der Unterseite von John Does Unterarm auf. Er ging näher heran. Nein, es war gar keine Tätowierung, sondern ein Brandzeichen. Das runzelige Narbengewebe formte ein Symbol:

Es sagte Leon nichts, obwohl es ihn an eine Art religiöses Zeichen erinnerte. Wenn es etwas mit einer Religion zu tun hatte, dann mußte sie ganz schön verrückt sein, um ihre Anhänger wie Vieh zu brandmarken. Leon schüttelte den Kopf über den traurigen Zustand der Welt, dann drehte er den Leichnam wieder auf den Rücken und kritzelte etwas auf das Klemmbrett. Im nächsten Augenblick hielt er inne und runzelte die Stirn.

»Ich dachte, ich hätte dir die Augen geschlossen.«

Der Tote starrte mit blinden Augen zur Decke. Leon zog sich ein frisches Paar Latexhandschuhe über und drückte der Leiche die Lider zu. An die Decke starren gehörte zu den Ungezogenheiten, die er bei Verstorbenen nicht tolerierte. Er machte noch ein paar letzte Notizen, dann bereitete er die Leiche für die Aufbewahrung vor. Leon hatte dafür mittlerweile ein genaues System. Zuerst der Zettel am Zeh, dann der Plastikbeutel und schließlich ab in das Tiefkühlfach.

»Du warst ein gesunder Bursche, nicht wahr?« grunzte er, als er den schweren Leichnam vom Tisch in das Schubfach beförderte. Manchmal schienen sich die Leichen dagegen zu wehren, als wollten sie nicht in der Dunkelheit fortgeschlossen werden, als wollten sie noch eine Weile in der hell erleuchteten Welt verbleiben. Aber eigentlich lag es hauptsächlich an der Rigor Mortis und dem schlüpfrigen Plastik, daß es so schwierig war. Endlich hatte Leon es geschafft. Er stützte sich auf die offene Schubfachtür, um wieder zu Atem zu kommen. Vielleicht wurde er tatsächlich zu alt für diesen Job. Er konnte immer noch im Polsterwarengeschäft seines Neffen Benny arbeiten. Da war es auf jeden Fall wärmer, und er würde nicht mit der Kundschaft sprechen müssen, wenn er nicht wollte, nicht, wenn er im Hinterzimmer des Geschäfts blieb. Außerdem schuldete Benny ihm noch einen Gefallen. Er entschloß sich, am Morgen seinen Neffen anzurufen, dann schwang er die Tür langsam zu.

Die Leiche starrte ihn durch die klare Plastikfolie an.

Leon verharrte. »Was zum Teufel …«, flüsterte er. Diesmal hatte er sie geschlossen, da war er sich sicher. Aber die trüben Augen des Toten waren weit aufgerissen. Leon zitterte, es war wieder diese verfluchte Kälte. Er beugte sich über das Schubfach, um besser sehen zu können, um sich zu vergewissern, daß er sich nicht irrte. Sein Atem kondensierte auf dem Plastik, als er in die Augen des Toten blickte.

Eine Hand durchstieß die Folie, griff aus dem Schubfach nach oben und schloß sich um Leons Kehle. Leon versuchte sich zu wehren, zu schreien, aber der Griff war zu stark: er konnte ihn nicht brechen. Noch während sein Verstand darum kämpfte, überhaupt zu begreifen, was hier geschah, brannten seine Lungen vor Luftmangel. Wie ein Feuerwerk explodierten helle Lichtpunkte vor seinen Augen. Irgendwie schaffte er es, auf die Leiche hinunterzusehen. Sein Blick traf sich mit dem des Toten in dem Schubfach, und in den leblosen Augen sah er … das Böse. Eine Bösartigkeit, so groß und abgrundtief, daß sie – wie er plötzlich glasklar erkannte – älter als die Schöpfung selbst war. In dieser Sekunde begriff Leon Arlington alles. Eine Finsternis kam. Sein letzter Gedanke war, daß ihm kalt war, so furchtbar kalt. Dann verstärkte sich der Griff der toten Finger um seine Kehle mit schrecklicher Kraft.

Das Geräusch brechender Knochen hallte von den Kacheln wider.

13

Grace trank den Rest ihres Kaffees aus und starrte dann auf den Boden der leeren Tasse. Trotz des Gefühls der Entfremdung, das sie früher an diesem Tag heimgesucht hatte, glaubte sie dennoch in der Lage zu sein, in ihr Apartment zurückzukehren. Vielleicht konnte sie sich in eine Decke eingehüllt auf ihrem Futon zusammenrollen und beim leisen Hintergrundgeräusch des Spätprogramms einschlafen, und wenn sie dann am Morgen aufwachte, würden die Dinge nicht mehr ganz so seltsam und fremdartig sein, nicht so, als würde sie nicht dazugehören.

Grace stand auf und ging in Richtung Pausenraum, um die Tasse auszuspülen. Unterwegs nickte sie Officer Erwin zu. Er stand an einem der Schwesterntische und sprach mit dem Praktikumsarzt, der Grace vorhin assistiert hatte. Erwin erwiderte das Nicken. In der Nähe sah Morty Underwood mit grämlicher Miene zu und fummelte an der Rolle Antacidtabletten herum, die er zu öffnen versuchte. Grace kämpfte nicht gegen die kleine Welle der Zufriedenheit an, die sie fühlte, als sie weiterging.

Sie hatte den Empfangsbereich gerade zur Hälfte durchquert, als die Aufzugglocke ertönte. Später vermochte sie nicht mehr genau zu sagen, was sie eigentlich dazu veranlaßt hatte, einfach stehenzubleiben, sich umzudrehen und zuzusehen, wie die Aufzugtüren aufglitten. Vielleicht lag es daran, daß das Klingeln in ihrem Unterbewußtsein beinahe wie eine Totenglocke klang. Sie sah wie gelähmt zu, als die Türen zur Seite glitten wie ein senkrecht stehendes, sich öffnendes Auge. Eine Gestalt stand in der Aufzugkabine, die sich vor dem Neonlicht als Silhouette abzeichnete. Der sterile Schein ließ Grace blinzeln. Die Geräusche der Notaufnahme traten in den Hintergrund, doch ihr Pulsschlag dröhnte ihr in den Ohren, zusammen mit dem Trommeln Hunderter anderer Herzschläge; es war, als hätte sich die Luft in ein Stethoskop verwandelt, das das Leben und die plötzliche Furcht aller Anwesenden übertrug. Die Gestalt trat aus dem Aufzug.

Er war es. Der Mann, den sie vor drei Stunden für tot erklärt hatte. Er war nackt, seine Haut hatte die Farbe bleicher Pilze. Zwischen den Stichen, die die Wunde in seiner Brust verschlossen, quoll schwarzes Blut hervor. Seine Augen starrten bohrend und tot geradeaus. Dann setzte sich der Mann mit dem Eisenherzen mit hirnloser Bedächtigkeit in Bewegung; seine nackten Füße machten auf dem Fliesenboden klatschende Geräusche.

Die Stille in der Notaufnahme zerbrach. Schreie aus allen Richtungen durchschnitten die Luft, als die Menschen bei dem Versuch, dem Toten aus dem Weg zu gehen, auseinanderspritzten. Ein Rettungssanitäter war zu langsam. Der Tote stieß mit der Hand zu, und der Sanitäter wurde zur Seite geschleudert. Er rutschte etwa sechs Meter über den Boden, bevor er in eine Stuhlreihe krachte. Er zuckte, richtete sich aber nicht wieder auf. Morty Underwood stand nur ein paar Schritte von der verkrümmt daliegenden Gestalt des Sanitäters entfernt, aber der leitende Assistenzarzt hatte für den Gestürzten keinen Blick übrig. Sein blasses Gesicht war von Angst verzerrt. Er warf eine Handvoll Papiere in die Luft, die in einem vielfarbigen Schauer zu Boden regneten, und drehte sich um, um aus dem Empfangsbereich zu flüchten. Der Tote ging weiter, auf den Haupteingang der Notaufnahme zu. Grace drückte sich gegen die Wand. Sie wußte, daß sie die Flucht ergreifen mußte, aber es war ein antriebsloses Wissen, das nicht bis in die Nerven und Muskeln ihrer Glieder durchdrang. Die Kaffeetasse entglitt gefühllosen Fingern und zerbarst mit dem Geräusch zersplitternder Knochen auf dem Boden.

Ein dunkelblauer Schemen glitt an ihr vorbei. Erwin. Der Polizist näherte sich dem Toten, die eine Hand gerade ausgestreckt, während die andere nach der Waffe an seiner Hüfte griff.

»Bleiben Sie sofort stehen …«, waren Erwins erste Worte.

Weiter kam er nicht. Die Leiche ließ eine Hand vorschnellen, berührte Erwins Stirn und stieß den Officer mit brutaler Gewalt zurück. Erwins Schädel schlug eine Armlänge von Grace entfernt gegen die Wand. Ein scharfes Geräusch wie ein explodierender Feuerwerkskörper ertönte. Dann glitt Erwin zu Boden, als hätten sich seine Knochen in Gelee verwandelt. Sein Kopf hinterließ eine schmierige Spur auf der grünen Farbe.

Der wandelnde Tote blieb nicht stehen. Er starrte mit furchteinflößender Ruhe geradeaus und ging keine fünf Schritte von Grace entfernt weiter auf die Automatiktüren zu. Ein lähmender Geruch ging von dem Körper aus: der faule Gestank geronnenen Blutes und der süße, verpestete Duft von Verfall.

Es war der Geruch des Todes.

Der Empfangsbereich war mittlerweile buchstäblich menschenleer. Die meisten waren geflohen, nur ein paar Leute sahen mit schreckerfüllter Faszination aus den Korridoren zu. Der Sanitäter war weggekrochen. Nur Grace und der am Boden liegende Polizist bewegten sich nicht. Dann gesellte sich in der stillstehenden Luft ein weiterer Laut zu dem feuchten Aufklatschen der toten Füße, ein metallisches Knirschen, begleitet von einem furchterfüllten Murmeln. Grace ließ die Blicke durch den Raum schweifen auf der Suche nach der Quelle der Geräusche.

Genau vor den Automatiktüren der Notaufnahme kämpfte eine weißhaarige Frau in einem weißen Bademantel mit ihrem Rollstuhl. Eines der Räder klemmte und wollte sich nicht drehen. Mit arthritischen Fingern fummelte sie an der Bremse herum und versuchte es erneut. Der Rollstuhl drehte sich langsam im Kreis, bewegte sich aber nicht vorwärts. Verwirrt durch seine Nähe glitt die Automatiktür unablässig auf und zu, als würde sie von einem lautlosen, spastischen Gelächter geschüttelt. Der Frau blickte auf, Furcht trat in ihre müden alten Augen. Ihr Rollstuhl befand sich genau zwischen dem Toten und der Tür.

Er würde sie töten. Der Tote würde nicht zur Seite gehen, er würde auch nicht um sie herum gehen. Statt dessen würde er alles zerstören, was ihm im Weg stand. So lag es in der Natur seiner ... Schöpfung. Grace wußte es. Sie wußte es mit einer seltsamen und perfekten Sicherheit. Andererseits war es nicht das erste Mal, daß sie dem Bösen gegenüberstand.

In diesem Bruchteil eines Augenblicks traf Grace eine Entscheidung. Sie konnte diesem Ding nicht erlauben, das zu tun, wozu auch immer es erschaffen worden war. Der nackte Mann näherte sich dem Rollstuhl. Die Frau hatte den Kampf aufgegeben und blickte bloß noch die sich nähernde Leiche an. Wie alle wirklich alten Menschen erkannte sie den Engel des Todes, wenn sie ihn anrücken sah.

Mit einer traumähnlichen Ruhe kniete Grace neben Erwin nieder, schob den Sicherungsriemen am Lederholster an der Hüfte des toten Polizisten zurück und zog den Revolver. Sie stand auf, drehte sich um und zielte. Die Waffe schien eine Verlängerung ihres Arms zu sein.

Der Tote griff nach der alten Frau. Grace zögerte nicht. Sie zog den Abzug durch und rief den Donner auf die Erde. Der Tote zuckte zusammen und bäumte sich auf, wie vom Schlag eines unsichtbaren Feindes getroffen. An seiner rechten Schläfe trat ein scharlachroter Fleck in Erscheinung wie eine sich entfaltende Blüte. Er machte einen taumelnden Schritt nach vorn. Grace zog den Abzug erneut durch. Der Mündungsblitz und das Krachen ließen die Luft wie feines Kristall zersplittern. Die Arme der Leiche flatterten wie die Flügel eines seltsamen Vogels, der versuchte, sich in die Lüfte zu erheben. Sie schoß wieder, und dann noch einmal. Beim letzten Schuß explodierte die ganze rechte Seite des Schädels förmlich. Eine dunkle Flüssigkeit spritzte in das Gesicht der alten Frau, und sie sah mit betäubtem Erstaunen zu, wie vor ihr der Tod starb.

Der Mann mit dem Eisenherzen sackte zu Boden. Eine Minute lang wurde er von Krämpfen geschüttelt, seine Beine zuckten, seine Hände kratzten über die Fliesen. Dann lag er still da. Ein letzter Blutstrom trat aus seiner Brust aus und versickerte dann. Selbst dieses Ding brauchte ein Gehirn, um zu funktionieren. Es war vorbei.

Den Rücken gegen die Wand gelehnt, ließ sich Grace zu Boden rutschen und hockte sich neben den toten Polizisten. Nein, das stimmte so nicht. Es war nicht vorbei. Irgendwie spürte sie, daß das genaue Gegenteil zutraf. Sie lehnte die Wange gegen die Wand, drückte den Revolver an die Brust und blickte in Erwins friedliche, leblose Augen. Sie mußte wieder an die Worte denken, die ihr das Mädchen mit den violetten Augen im Park zugeflüstert hatte, und sie brachten ein seltsam triumphierendes Gefühl mit sich.

Ja, eine Finsternis kam.

Um sie herum ertönten aufgeregte Stimmen. Leute drängten in den Empfangsbereich. Zwei Polizisten knieten neben Erwin und fluchten, als sie ihn untersuchten. Grace ignorierte sie. Ihr Blick wurde von den auf dem Boden liegenden Scherben der zerbrochenen Kaffeetasse angezogen. Ihre Lippen verzogen sich zu einem leichten, erstaunten Lächeln. Also konnte der eingrenzende Kreis doch zerstört und die kreisförmigen Wellen in die Freiheit entlassen werden.

14

Erst als Travis in der Ferne das Zelt des Erlösungspredigers sah, begriff er, in welche Richtung er sich überhaupt bewegt hatte.

Er wußte nicht, wie lange er sich nach der Zerstörung des Magician's Attic schon auf der Flucht befand. Vielleicht waren es Minuten, es konnten auch Stunden sein. Eine Zeitlang hatten in der Ferne Sirenen schrill gejault. Dann waren die rechteckigen Umrisse von Castle City hinter ihm zurückgeblieben, und seine Stiefel waren über verwitterten Asphalt gegangen. Danach hatte es nur noch die Dunkelheit und das Fauchen des Windes gegeben.

Unterwegs rieb er sich die rechte Hand – die Hand, die Jack so fest ergriffen hatte, bevor die Welt aus den Fugen geraten war. Sie pochte noch immer, aber mittlerweile hatte sich der Schmerz verwandelt, er war jetzt wie ein feines Stechen nach einem Stromschlag. Travis erinnerte sich an das wilde Leuchten in Jacks normalerweise so freundlichen blauen Augen. *Du bist jetzt unsere Hoffnung*, hatte er gesagt, und dann noch geheimnisvoller: *Vergib mir, mein Freund.* Travis wußte nicht, was er von diesen Worten halten sollte. Nichts davon ergab irgendeinen Sinn. Er wußte nur, daß der beste Freund, den er in dieser Welt gehabt hatte, vermutlich tot war.

Durch die Schaffelljacke hindurch fühlte er die kleine, schwere Beule, die von der Schatulle aus Eisen herrührte. Was enthielt sie? Was auch immer es war, es konnte unmöglich alles das wert sein, was geschehen war. Oder etwa doch? Schließlich hatte Jack von ihm verlangt, die Schatulle sicher aufzubewahren und sie zu schützen – zweifellos vor den Leuten, die hinter ihm her waren, die in das Antiquitätengeschäft eingebrochen waren und es in Brand gesteckt hatten. Nur daß Travis jetzt, wo er darüber nachdachte, sich gar nicht mehr so sicher war, ob es überhaupt Menschen gewesen waren, die das Magician's Attic angegriffen hatten. Er sah wieder die Silhouette vor sich, auf die er einen flüchtigen Blick geworfen hatte. So groß, so dünn, und dann diese unheimliche Anmut der Bewegungen. Es konnte auch nur eine durch das Licht hervorgerufene Sinnestäuschung gewesen sein, aber selbst das Licht war irgendwie *falsch* erschienen. Zu hell, zu durchdringend. Travis schüttelte den Kopf. Er hatte so viele Fragen und niemanden, der ihm antworten konnte.

Er ging immer langsamer und blieb schließlich stehen. Einen kurzen Moment lang zog er in Betracht, in die Helligkeit und Wärme des Mine Shaft Saloons zurückzukehren. Aber das war nicht möglich, oder? Vielleicht verfolgten sie ihn ja, diese Wesen im Licht. Was würde geschehen, wenn er sie zu dem belebten Saloon führte?

Trotz der Jacke zitterte Travis. Er schätzte, daß es mittlerweile Mitternacht war. Tief unter ihm funkelten die Lichter von Castle City in der Dunkelheit der Berge, so wunderschön wie die Sterne am Himmel und genauso unerreichbar. Sein Blick folgte dem verlassenen Stück Highway, und er fragte sich, ob er der Straße in Richtung seiner Hütte mit ihren zugigen Wänden aus Baumstämmen und dem undichten Dach gefolgt war – ob er vielleicht nach Hause gegangen war. Doch er hatte diesen Gedanken noch nicht beendet, als er auch schon wußte, daß das nicht stimmte. Er gehörte dort genausowenig hin, wie er zu den Lichtern unten im Tal gehörte. Irgendwann im Verlauf dieser Nacht hatte Travis die Grenzen seiner normalen Welt überschritten. Er befand sich jenseits der Grenzen des Erlaubten. Und hatte nicht die geringste Ahnung, wie er jemals den Weg zurück finden sollte. Er verspürte eine Einsamkeit wie noch nie zuvor im Leben.

»Ich habe Angst, Jack«, flüsterte er, aber die Worte verwandelten sich in der kalten Luft in Nebel und verflogen.

Er setzte sich wieder in Bewegung, und genau da erblickte er es, dort am Rand des Highways, ganz in der Nähe. Das altmodische Zirkuszelt. Goldgelbes Licht strömte aus dem ein Stück weit geöffneten Eingang und den Rissen im Segeltuch und ließ es wie eine große, grinsende, einem Kopf nachempfundene Kürbislampe aussehen. Travis starrte es einen Moment lang an. Dann, bevor ihm überhaupt klar wurde, was er da tat, ging er auf das Zelt zu. Der Mann in Schwarz hatte mit wissendem Blick die sich am Horizont sammelnde Finsternis betrachtet, und es gab keinen Ort, an den Travis sonst hätte gehen können.

Als er näher kam, passierte er den mit fleckigem Weiß gestrichenen Schulbus, den er schon zuvor gesehen hatte. Daneben parkte eine kunterbunte Sammlung von Fahrzeugen, die von Pickups und verrosteten Kombis bis hin zu für die Vorstadt typischen Minivans und funkelnden Sportwagen reichte. Vor dem Eingang zögerte Travis kurz. Glaubte er wirklich, hier Antworten finden zu können?

Es gab nur eine Möglichkeit, dies herauszufinden. Er holte tief Luft und trat in das goldgelbe Licht hinein.

15

Trotz der späten Stunde war *Bruder Cys Wandershow der Apokalypse und Erlösung* in vollem Gange.

Das trübe Licht stammte nicht von Glühbirnen, sondern von Zinnlaternen, die unter der Segeltuchdecke hingen. Das war das allererste, was Travis auffiel. Rauch erfüllte die Luft wie eine geheimnisvolle Atmosphäre. Zu beiden Seiten des Eingangs standen einfache Holzbänke. Auf den rissigen Planken saßen etwa zwei Dutzend Leute, die sich im Raum verteilten. Es war eine ungleiche Mischung. Ein Fernfahrer in einem verblichenen Flanellhemd starrte stur geradeaus; er rauchte eine Zigarette und hatte die abgestoßenen Stiefel hochgelegt. Nicht weit von ihm entfernt hockte eine Frau im schicken Geschäftsanzug wie ein steifer Vogel auf ihrem Platz. Dahinter stützte sich ein alter, zerlumpt gekleideter Mann auf seinen Rattanstock und lauschte mit nach vorn gebeugtem Kopf. In der ersten Reihe saß eine junge Frau – kaum älter als ein Mädchen – in einem schmutzigblauen Nylonmantel mit einem Kragen aus Pelzimitat; sie hielt ein kleines Kind auf dem Schoß. Ihr schmales Gesicht war sichtlich angespannt, vor Müdigkeit und vielleicht auch vor Sorge, aber das Kind blickte sich mit großen Augen um, einen staunenden Ausdruck auf dem schmutzigen Engelsgesicht.

Travis hatte das Gefühl, Aufmerksamkeit auf sich zu lenken, also suchte er sich einen Platz und setzte sich. Er hob den Kopf, und da sah er ihn.

Den Mann in Schwarz.

Oder Bruder Cy, denn das war mit Sicherheit sein Name, so wie dies hier mit Sicherheit seine reisende Erlösungsshow war. Der Prediger, der noch immer den schwarzen Beerdigungsanzug trug, tigerte über die Bühne, die sich gegenüber den Bänken befand, und blieb nur gelegentlich stehen, um mit einer knochigen Faust auf ein Pult zu schlagen, das so aussah, als hätte es in seiner letzten Inkarnation als Tränke für Schlachtvieh gedient. Er hatte den breitkrempigen Pastorenhut abgenommen und einen Schädel enthüllt, der der Traum eines Phrenologen gewesen wäre. Überrascht wurde Travis klar, daß die durchdringende Musik, die er in der verqualmten Luft hatte auf- und abschwellen hören, nichts anderes als Bruder Cys prächtige, schreckliche, honigsüße und knirschende Stimme war, die einen Sturm heraufbeschwor.

»… und ihr, meine Freunde, die ihr euch in eure bequemen Reihenhäuser zurückzieht«, donnerte Bruder Cy mit genausoviel fliegender Spucke wie Lautstärke, »die ihr euch vor allem Übel beschützt glaubt, euch auf euren Sesseln mit verstellbarer Rückenlehne suhlt, euren Sechserpack Bier trinkt und euch vor dem Fernsehaltar niederwerft. Auf euch wartet eine Überraschung, meine Freunde.« Das Pult erbebte unter seiner Faust, und seine Augenbrauen sträubten sich wie zwei schwarze Tausendfüßler. »Denn egal, ob ihr in einem Herrenhaus oben auf dem Hügel wohnt oder einem Bretterverschlag am Flußufer, es wird euch so oder so mühelos finden und an eure Tür klopfen. Denn ich sage es euch wieder – eine Finsternis wird kommen!«

»Amen!« sagten ein paar vereinzelte Stimmen, und es war sogar ein leises »Halleluja!« zu hören. Bruder Cy grinste, und in den dunklen Tiefen seiner Augen loderte ein Feuer hell auf, als wäre die Zustimmung aus tausend Kehlen erschollen. Aber er war noch nicht fertig.

»Diese Finsternis, sie kriecht jeden Tag näher heran, jede Stunde, jede Minute. Aber hat auch nur einer von euch sie kommen sehen? Habt ihr gefühlt, wie sie wie ein Schatten auf eure Seele fällt?« Er schüttelte den Kopf, vielleicht aus Mitleid, vielleicht auch nur angewidert. »Nein, das habt ihr nicht! Ihr habt eure Blicke nach innen gewandt, ihr habt eure Ohren verschlossen, und ihr habt euch mit dem nichtssagenden Trost eurer materiellen Besitztümer betäubt.« Er hob beide Arme, und seine Stimme schwang sich zu einem Crescendo auf. »Ich frage euch, ist unter euch nicht wenigstens einer, der es gewagt hat, in das Herz der näher kommenden Finsternis zu blicken?«

Zwei Dutzend Gesichter starrten Bruder Cy gebannt und furchtsam an. Dann stieg eine zitternde Stimme in die verqualmte Luft auf.

»Ich … ich habe es getan.«

Es war die junge Frau, die das Kind hielt.

Bruder Cy blickte einen langen Moment auf sie herunter; es war, als würde er mit diesen schwarzen Murmeln von Augen über sie richten. Dann trat er von der Bühne herunter und kam mit seinem ruckartigen Schritt auf sie zu. Er legte eine lange Hand unter ihr zerbrechlich aussehendes Kinn und hob es an, bis sich ihr Blick in dem seinen verlor.

»Das hast du, mein Kind«, sagte er geheimnisvoll. »Das hast du.« Sie verharrten einen langen Augenblick in dieser Position, als würden sie eine Unterhaltung führen, die von anderen Ohren nicht wahrgenommen werden konnte. Dann sprang er zurück auf die Bühne und hämmerte auf das Pult ein, bis es sich an den Seiten durchbog.

»Schämt ihr euch nicht?« rief er. »Hier sitzt jemand mit einem kleinen Kind vor euch, der selbst fast noch ein Kind ist, bedauernswert und voller Furcht. Und doch hat sie die Kraft gefunden, das zu tun, was der Rest von euch nicht getan hat, den Blick zu heben und in das Innere des Schattens zu sehen!«

Die Zuschauer rutschten auf den harten Bänken herum.

»Ja«, sagte Bruder Cy, »jetzt erkenne ich die Wahrheit. Heute abend sind Ungläubige unter uns, nicht wahr? Ihr wißt schon, wer gemeint ist.« Er streckte den skeletthaften Finger aus und ließ ihn über die Zuschauer wandern. Als der anklagende Finger in Travis' Richtung zeigte, schien er zu verharren. Travis bewegte sich voller Unbehagen; er fühlte sich nackt. Dann setzte sich Bruder Cys Finger wieder in Bewegung.

»Anscheinend fehlt mir die Kraft, alle von euch Ungläubigen zu überzeugen«, fuhr der Prediger fort. »Doch ihr habt Glück, denn heute abend ist noch jemand unter uns, der diese Finsternis klarer erkennt als jeder andere. Und an ihrer Seite ist jemand, der ihre Natur viel besser versteht, als ich es tue.« Bruder Cy zeigte dramatisch auf einen mottenzerfressenen Samtvorhang an der Seite und verbeugte sich wie das makabre Faksimile eines Gameshow-Moderators. »Darf ich euch Schwester Mirrim und das Kind Samanda vorstellen!«

Der Vorhang teilte sich, und eine Frau und ein kleines Mädchen betraten die Bühne. Sie gingen Hand in Hand auf Bruder Cy zu, und Travis gewann den Eindruck, daß nicht die Frau das Mädchen führte, sondern es sich eher umgekehrt verhielt. Beide trugen schwere Kleider aus schwarzer Wolle, die einen scharfen Kontrast zu ihrer mondbleichen Haut darstellten. Allerdings endete da die Ähnlichkeit auch schon, denn das Haar der Frau war wild und ungebändigt, und der Blick ihrer grünen Augen – die in dem ansonsten völlig unbewegten Gesicht als das einzig Lebendige, Besorgte erschienen – schien entrückt auf einem weit entfernten Ort zu ruhen, während das Haar des Mädchens pechschwarz und seine violetten Augen viel zu wissend für das engelsgleiche Antlitz waren.

Bruder Cy stellte sich hinter die Frau und das Mädchen und umfaßte sie mit seinen ausgestreckten Armen, ohne sie jedoch dabei zu berühren. »Schwester Mirrim gebietet über eine großartige und ungewöhnliche Sicht«, sagte er mit einem Bühnenflüstern. »Soll sie für uns jetzt sehen?« Seine Hand fuhr hoch und gebot Schweigen. »Wartet! Bevor ihr antwortet, müßt ihr wissen, daß das, was Schwester Mirrim sieht, sowohl etwas

Gutes wie auch etwas Schlechtes sein kann. In diesen Zeiten, das sage ich euch voraus, ist es viel wahrscheinlicher, daß sie etwas Schlechtes erblickt. Aber diejenigen, die es wagen, zuzuhören, können mit dem Wissen über das Böse viel Gutes tun. Ist einer von euch bereit, das Wagnis einzugehen?«

Von den Bänken ertönte ein Chor der Zustimmung.

»So sei es.« Bruder Cy beugte sich nahe an Schwester Mirrim heran. »Sieh für uns, Schwester«, murmelte er und zog sich wieder zurück. Schwester Mirrim begab sich an den Rand der Bühne, ihre Hände ruhten wie zwei zerbrechliche Tauben auf den schmalen Schultern des Kindes Samanda, das stumm vor ihr stand. Schließlich ergriff Schwester Mirrim das Wort, und als sie das tat, wurde ihr Blick noch entrückter; er schaute Dinge, die kein anderer in dem Zelt sehen konnte.

»Sie kommt von einem weit entfernten Ort«, begann sie in einem singsangähnlichen Tonfall. »Doch in der Ferne liegt kein Schutz. Denn ich kann sie wachsen sehen; ich sehe, wie sie finstere Sprossen bildet und finstere Wurzeln tief in die Erde schickt, wie sie eine Welt aussaugt, um zu erstarken. Und wenn sie diese Welt ausgesaugt hat und nur noch Asche und Knochen vorhanden sind, wird sie ihren Blick in diese Richtung wenden, und sie wird ihren Durst mit dieser unachtsamen Welt stillen.« Ihre Stimme wurde immer schriller. »Könnt ihr sie denn nicht sehen? Die Vögel der Nacht sind aufgestiegen. Ihr fahler Herr erwacht, und sein Herz ist kälter als der Winter. Wo sind der Steinbrecher und die Klingenheilerin? Ich sehe sie noch nicht. Aber da ist noch etwas, etwas noch Finstereres, ein Schatten hinter dem Schatten.« Sie schüttelte den Kopf. »Ich kann es nicht … Ich kann es nicht richtig …« Ihre Stimme war panikerfüllt, und der betroffene Ausdruck in ihren Augen verwandelte sich in blankes Entsetzen. »Ach! Ach! Das Auge, das geblendet war, kann wieder sehen, und unter seinem feurigen Blick verdorrt alles und wird schwarz!«

Schwester Mirrim schwankte und wäre gestürzt, hätte das Kind Samanda nicht ihren Arm ergriffen. Bruder Cy war mit zwei großen Schritten an ihrer Seite, nahm die Schultern der flammenhaarigen Frau und stützte sie ebenfalls.

Eine gebrochene Stimme erhob sich aus dem Publikum.

»Ich habe sie auch gesehen.«

Es war der Blinde. Er hielt seine faltigen Augenhöhlen der Bühne entgegen.

Obwohl Bruder Cys Stimme leise war, durchdrang sie die Stille des Zeltes. »Was hast du gesehen?«

»Die dunklen Vögel.« Der Alte umklammerte seinen Stock. »Ich habe nichts mehr gesehen, seit ich ein Junge war, aber in der letzten Zeit sehe ich sie; sie fliegen vor meinen Augen umher, wie dunkle Schemen, die noch schwärzer als die Finsternis sind, die ich sonst sehe. Und …« – seine Stimme wurde zu einem Flüstern – »und ich habe auch ihn gesehen.«

Bruder Cy betrachtete ihn interessiert, und der Alte bewegte sich unbehaglich, als könnte er die Macht spüren, die im Blick des Predigers lag.

»Wen hast du gesehen?« fragte Bruder Cy.

»Ihn«, sagte der Blinde, und die Knöchel der Hand, die den Stock hielt, verfärbten sich weiß. »Den Fahlen. Ich sah ihn einmal, die Nachtvögel schwirrten um ihn herum, und er war so weiß wie Schnee – zumindest nehme ich das an, ich habe fast ein ganzes Leben lang keinen Schnee mehr gesehen –, und er hob sich hell strahlend von der Finsternis ab, groß und voller Grimm, und es kam mir so vor, als trüge er eine Krone aus Eis. Und er lachte. Er lachte mich aus.« Der Alte schüttelte den Kopf. »Er war etwas Schreckliches, jawohl.«

Die Worte des Alten waren kaum verklungen, als die Frau mittleren Alters in dem Kostüm auch schon aufstand. »Ist es zu spät?« Sie rang die Hände. »Ist es für uns schon zu spät, etwas gegen die Finsternis zu tun?«

»Nein«, sagte Bruder Cy. »Es ist nie zu spät, nicht bis zum Ende. Und selbst dann, wer kann schon sagen, ob wirklich alles vorbei ist? Die Finsternis kommt näher, aber noch ist sie nicht ganz hier, und wenn wir alle unseren Teil dazu beitragen, wird sie es vielleicht niemals schaffen.«

»Aber was ist sie?« rief jemand frustriert. »Was verbirgt sich hinter dieser Finsternis, von der jeder behauptet, daß sie kommt?«

Travis war entsetzt, als er sich bewußt wurde, daß das seine Worte waren. Er war aufgestanden. Irgendwie war ihm die ganze Hysterie über das drohende Ende und die Finsternis unter die Haut gegangen.

»Auf diese Frage habe ich gewartet.«

Aber nicht Bruder Cy hatte da gesprochen, sondern das Mädchen. Seine Stimme war leise, und es lispelte etwas, und doch lag Kraft in ihr. Das Mädchen trat vor, und die schwarzgeknöpften Schuhe klapperten wie winzige Hirschhufe über die Holzbühne. Obwohl es die ganze Versammlung ansprach, war Travis davon überzeugt, daß ihr viel zu wissender Blick allein für ihn bestimmt war.

»Die Finsternis ist zugleich singulär und vielfältig«, sagte das Mädchen, und Köpfe nickten, so als würden die Zuhörer ihre rätselhaften Worte genau verstehen. »Singulär in dem Sinne, daß sie einer tiefen Quelle entspringt. Vielfältig, da sich ein jeder von uns ihr auf seine Weise stellen muß.« Seine kleine Hand zeigte auf das Publikum. »Jeder von euch muß eine Schlacht schlagen. Aus diesem Grund seid ihr alle heute abend gekommen – obwohl es noch viele mehr von eurer Sorte gibt. Die meisten eurer Schlachten werden nur klein sein, was aber nicht bedeutet, daß sie nicht wichtig sind. Denn auf diese Weise wird dieser Krieg gewonnen oder verloren werden, durch tausend kleine Schlachten, von denen jede von einer Person ausgefochten wird, die sich der Finsternis allein entgegenstellen muß – oder sich ihr ergibt.«

»Aber wie werden wir unsere Schlacht erkennen, wenn es soweit ist?« fragte der Fernfahrer.

Ein geheimnisvolles Lächeln umspielte Samandas rosige Lippen. »Du wirst es wissen«, erwiderte sie und schwieg dann.

Und damit war die Erlösungsversammlung beendet.

»Ich danke euch allen für euer Kommen«, sagte Bruder Cy und schwenkte verabschiedend die Arme. »Vergeßt nicht, was Schwester Mirrim gesehen hat, oder die Worte des Kindes Samanda. Und vergeßt auch nicht, beim Hinausgehen an eine kleine Spende zu denken, ein Almosen, das es uns erlaubt, unsere Botschaft an andere wie euch weiterzugeben.«

Bruder Cy sprang von der Bühne und stellte sich neben den Ausgang. Scheinbar aus dem Nichts erschien sein breitkrempiger Pastorenhut in seiner knochigen Hand, und er streckte ihn aus. Ein paar Leute warfen eine Handvoll Kleingeld oder eine zerknüllte Banknote hinein, während sie vorbeischlurften. Oben auf der Bühne führte das Kind Samanda Schwester Mirrim auf den Vorhang zu. Als sie durch den Schlitz in dem schäbigen Samt traten, konnte Travis einen flüchtigen Blick auf den dahinterliegenden halbdunklen Ort erhaschen. Er blinzelte, denn er glaubte hinter dem Vorhang einige Gestalten zu sehen, die in einem seltsamen Knoten aus krummen Beinen, biegsamen Armen und gebogenen Schwanenhälsen ineinander verschlungen waren. Einer von ihnen, ein junger Mann – oder war er doch alt? – erwiderte Travis' Blick mit haselnußbraunen Augen. Etwas sproß aus seiner Stirn, etwas, das beinahe so aussah wie … Hörner? Dann schloß sich die Lücke in dem Vorhang. Schwester Mirrim und das Kind Samanda waren gegangen. Travis vermutete, daß alles nur eine Sinnestäuschung gewesen war, hervorgerufen durch den Qualm und die Schatten, dennoch mußte er unweigerlich an Waunita Lost Owls *Delgeth* denken.

Da bemerkte er, daß er außer Bruder Cy der letzte im Zelt war. Er eilte auf den Ausgang zu. Er versuchte den durchdringenden Blick des Predigers zu meiden, wühlte in den Taschen seiner Jeans herum, fand einen zerdrückten Fünf-Dollar-Schein und ließ ihn in den Hut fallen.

»Danke, mein Sohn.«

Travis sagte nichts. Mit gesenktem Kopf griff er nach dem Stück Segeltuch, das den Ausgang bedeckte.

»Deine Schlacht wird härter sein als die der meisten anderen, mein Sohn, solltest du dich dazu entschließen, sie auszufechten.«

Travis drehte sich um und lachte. Es war ein hohles Geräusch. Er rieb sich die rechte Hand. »Glauben Sie, ich habe eine Wahl?«

Ein rasiermesserscharfes Grinsen ließ Bruder Cys faltiges Gesicht in Bewegung geraten. »Nun, wir alle haben die Wahl, mein Sohn. Hast du nichts von dem begriffen, was ich gesagt habe? Allein darum geht es.«

Travis schüttelte den Kopf. »Und was ist, wenn ich die falsche Entscheidung treffe?«

»Was ist, wenn du die *richtige* triffst?«

»Wie erfahre ich das denn?« fragte Travis. »Manchmal kann ich das eine nicht von dem anderen unterscheiden. Wie soll ich mich da richtig entscheiden können?«

In Bruder Cys Augen spiegelte sich das Lampenlicht. »Ah, mein Sohn, aber du wirst dich entscheiden müssen. Licht oder Dunkelheit. Vernunft oder Wahnsinn. Leben oder Tod. Diese Möglichkeiten stehen uns zur Wahl, das sind die Schlachten, die wir schlagen müssen.«

Travis versuchte, die Worte in sich aufzunehmen. Steckte da mehr hinter Bruder Cy, als er angenommen hatte? Ohne bewußt darüber nachzudenken, griff er in die Brusttasche seiner Jacke und holte die Schatulle hervor, die Jack ihm gegeben hatte. Er hielt sie dem Prediger hin.

»Wissen Sie, ich glaube, der Mann, der mir das hier gab, hat dieselbe Finsternis gesehen wie Sie. Vielleicht ... vielleicht wäre es besser, Sie nähmen sie.«

Bruder Cy lachte schallend. Dann brach das Lachen wie abgeschnitten ab, und ein grimmiger Ausdruck trat in sein Gesicht. Er wich einen Schritt zurück, als wäre ihm allein schon der Gedanke verhaßt, den Behälter auch nur berühren zu müssen. »Nein, mein Sohn. Das, was du trägst, ist nicht für Leute wie unsereins gemacht. Es ist jetzt deine Last, nicht die eines anderen.«

Travis seufzte. Er hatte befürchtet, daß der Prediger etwas in der Art sagen würde. Hier gab es nichts mehr für ihn zu tun. Er steckte die Schatulle zurück in die Jackentasche und schob die Plane beiseite.

»Warte, mein Sohn!« sagte Bruder Cy. »Du brauchst ein Andenken, etwas, um deinen Glauben zu stärken, etwas, an das du dich erinnern kannst, wenn alles zu finster und die Heimat zu weit weg erscheint.« Er griff in den Hut, zog einen kleinen, funkelnden Gegenstand hervor und drückte ihn Travis in die Hand. Er fühlte sich kühl auf seiner heißen Haut an.

»Danke«, sagte Travis, da er nicht wußte, was er sonst hätte sagen sollen. »Und ich hoffe, Sie halten Ihre Finsternis auf, was auch immer dahintersteckt.«

»Es ist nicht meine Finsternis, mein Sohn. Sie betrifft uns alle.«

Einen beunruhigenden Augenblick später wurde die verqualmte Welt des Zeltes von leerem Zwielicht ersetzt. Travis keuchte auf. Er stand plötzlich vor dem Zelt, obwohl er keine Erinnerung daran hatte, durch den Ausgang geschritten zu sein. Er hob die Faust und öffnete sie. Auf seinem Handteller lag ein silbern funkelnder Halbkreis. Es handelte sich um eine Münze beziehungsweise um ein Stück davon, denn wie der scharfe Rand verriet, war sie zerbrochen. Auf jeder Seite befand sich ein Bild, und er versuchte, es in dem von dem Zelt ausgehenden Licht zu erkennen, was ihm aber nicht gelang.

Plötzlich wurde das Zelt dunkel, wie eine ausgeknipste Glühbirne, und Travis stand allein in der kalten Nacht.

16

Travis steckte die halbierte Münze in die Hosentasche und ging los, obwohl er nicht die geringste Vorstellung davon hatte, wo er eigentlich hinging. Der Mond hatte sich hinter einer Wolke versteckt, die Straße schien bloß von der Dunkelheit in die Dunkelheit zu führen. Seine Stiefel trommelten einen einsamen Rhythmus auf den Asphalt.

Er war erst ein kurzes Stück gegangen, als das schwarze Tuch der Nacht ohne jede Vorwarnung von einem grellen Lichtschein zerrissen wurde.

Travis fuhr herum, hielt eine Hand vor die Augen und blinzelte in den sonnenhellen Glanz. Bis auf ein elektrisches Summen in der Luft war die Welt verstummt. Die Härchen auf seinen Armen und in seinem Nacken richteten sich auf; es war wie der Vorbote eines Blitzschlages. Wie hatten sie ihn gefunden? Aber das war nicht so schwer zu begreifen. Da sie den Gegenstand ihrer Suche nicht im Magician's Attic gefunden hatten, würden sie sie fortgesetzt haben. Und es führte nur eine Straße aus Castle City heraus. Diese Straße.

Einen Augenblick lang stand er völlig erstarrt da, ein Tier, das im tödlichen Schein der näher kommenden Scheinwerfer gefangen war. Ein blutrotes Funkeln erregte seine Aufmerksamkeit. Das Stilett, das Jack ihm gegeben hatte, steckte noch immer in seinem Gürtel, und der Edelstein in seinem Knauf leuchtete blutrot. Er riß den Kopf wieder hoch. Der grelle Lichtschein schwebte den Highway entlang. Endlich ließ die Angst seine Lähmung zerbrechen. Travis drehte sich um und rannte kopfüber in die Nacht. Seine Lungen brannten. Er ignorierte den Schmerz, nahm den Kopf runter und lief noch schneller.

Aus der Dunkelheit ragte ein Rechteck vor ihm auf. Er kam rutschend zum Stehen, schaffte es nur mit Mühe, nicht mit dem Ding zusammenzustoßen. Es war die alte Reklametafel. Er stand vor ihrer Rückseite, da er sich ihr diesmal aus der entgegengesetzten Richtung genähert hatte. Das Netzwerk der Streben, die die flache Tafel stützten, schimmerte im Zwielicht wie alte Knochen. Angetrieben von einem unwiderstehlichen Drang, den er nicht benennen konnte, ging er um die Werbetafel herum, um sich die Vorderseite anzusehen. In genau diesem Augenblick zerriß der Wind am Himmel eine Wolke in kleine Fetzen, und der Mond tauchte wieder auf. Sein Licht fiel auf die Reklametafel. Travis keuchte auf.

Die Zigarettenreklame war verschwunden. An ihre Stelle war das freigelegte Bild der wilden, ursprünglichen Landschaft getreten. Als zuvor das Loch in der darüberliegenden Werbung nur den kleinen Ausschnitt preisgebeben hatte, war dort allem Anschein nach eine Szene im Tageslicht dargestellt worden, aber jetzt nahm eine nächtliche Landschaft die Reklametafel ein. Berge, die sich wie eine Krone über einen schier grenzenlosen Wald erhoben, streckten sich einem sternengesprenkelten Himmel entgegen; alles war mit einem perligen Schimmer bestäubt, als würde der über allem schwebende Mond irgendwie sein Licht darauf werfen. Die Landschaft hatte eine Schönheit an sich, die zugleich neu und uralt war, als wäre sie Äonen unberührt geblieben und hätte nur darauf gewartet, wieder erblickt zu werden.

Alles in allem sah die Reklametafel wieder genauso aus wie auf der Fotografie aus dem Jahre 1933, die er im Magician's Attic gesehen hatte. Erst als Travis das bewußt geworden war, fiel sein Blick auf die Worte, die in fließender Handschrift auf den unteren Rand geschrieben standen. Er konzentrierte sich, und schließlich ergaben die Buchstaben einen Sinn:

Finde das Paradies

Darunter stand in kleinerer Schrift:

Bruder Cys Erlösungsshow, 1 Me. nördl. von C. City

Travis spürte ein Lachen in sich aufsteigen. Also war Bruder Cy schon 1933 hiergewesen. Das Wissen hätte ihn schockieren, ihn aus dem Gleichgewicht bringen müssen. Doch nach all dem, was geschehen war, tat es das irgendwie nicht. Tatsächlich ergab es sogar auf absurde Art einen Sinn.

Etwas auf der Tafel erregte seine Aufmerksamkeit, und er blickte nach oben. Nein, es war gar nicht auf der Tafel, sondern in ihr drin – etwas Flockiges, es glich einem Stück Baumwolle. Etwas, das sich … bewegte.

Es war eine Wolke. Sie schwebte über die düsteren Berge, von rechts nach links, geriet an den Rand der Reklametafel und verschwand. Fasziniert trat Travis einen Schritt näher heran. Nun sah er, daß es nicht nur die Wolke war. Alles auf dem Bild bewegte sich. Winzige Bäume schwankten im Sog eines unsichtbaren Windes, und der silbrige Faden eines Wasserfalls glitzerte, als Gischtwolken von seinem Fuß emporwallten. Sogar die Sterne lebten, funkelten wie richtige Sterne, waren mal hell und mal matt und dann wieder hell, während sie über das Himmelszelt rasten.

Es war überhaupt kein Bild. Irgendwie hatte es sich in ein Fenster verwandelt, das einen Einblick bot in … ja, was? Einen anderen Ort? Eine andere Zeit? Er dachte an Schwester Mirrims Worte. Eine andere … Welt?

Ein zischendes, mit jeder verstreichenden Sekunde an Lautstärke zunehmendes Geräusch erstickte seine Gedanken. Er drehte sich um und sah auf der Straße ein weißes Glühen. Es kroch wie eine unheilvolle Morgendämmerung die Anhöhe hinauf. Und dann sah er sie im Zentrum des Lichts, wie sie auf ihn zukamen – unheimliche, spinnenartige Gestalten. Hatten sie ihn schon entdeckt? Hatten sie ihn vom Magician's Attic wiedererkannt? Travis vermochte es nicht zu sagen, aber er konnte nicht weiterlaufen, dazu war er zu erschöpft. Was auch immer diese Wesen im Licht waren, in wenigen Sekunden würden sie ihn erwischt haben. Er fragte sich, ob es lange dauern und sehr schmerzhaft sein würde.

»Es tut mir leid, Jack«, sagte er und griff durch das dicke Material seiner Jacke nach der Schatulle aus Eisen. »Es tut mir leid, daß ich dich enttäuscht habe. Aber es gibt keinen Ort mehr, an den ich …«

Seine Worte verklangen. Er drehte sich um und starrte die Reklametafel an. Vielleicht stimmte das ja nicht, vielleicht gab es doch einen Ort. Es war unmöglich, aber das galt auch für ein Dutzend anderer Dinge, deren Zeuge er in dieser Nacht geworden war. Vielleicht war es ja sogar sinnvoll, selbst etwas Unmögliches zu versuchen.

Dann blieb keine Zeit mehr zum Nachdenken, die gertenschlanken Gestalten bewegten sich mit bösartiger Geschwindigkeit auf ihn zu. Travis biß die Zähne zusammen. Er zögerte nur einen Herzschlag, dann warf er sich einfach nach vorn …

… und fiel in die Reklametafel hinein.

17

Also gut, Dr. Beckett, ich habe nur noch ein paar Fragen an Sie«, sagte der Detective mit müder Stimme. Er drehte eine Seite des Notizblocks um, der vor ihm auf dem überfüllten Schreibtisch lag.

Grace verlagerte auf dem harten Holzstuhl ihre Position. Sie hatte dort die letzte Stunde gesessen, während der Detective ihre Aussage aufnahm und ihr weitere Einzelheiten über die Todesfälle im Denver Memorial zu entlocken versuchte. Als ihr im Krankenhaus zwei Polizisten gesagt hatten, sie würden sie zur Befragung ins Polizeihauptquartier von Denver mitnehmen müssen, hatte Grace keinen Widerstand geleistet. Sie hatte zugelassen, daß sie ihr mit sanfter Gewalt den Revolver entwanden, und war dankbar gewesen, daß man sie nicht in Handschellen zum Streifenwagen gebracht hatte. Aber die beiden jungen Beamten waren verständnisvoll und sogar voller Bewunderung gewesen, als sie auf den Vordersitzen gescherzt hatten.

»Der Bastard hatte nicht genug Verstand, um schon beim ersten Mal zu kapieren, daß er tot war«, hatte der eine von ihnen mit einem leisen Pfeifen gesagt. »Der muß sich was wirklich Erstaunliches reingedröhnt haben, um so high zu sein.«

»Kriegt eine verpaßt und macht einfach weiter.«

Der erste Beamte hatte über die Bemerkung gelacht. »Aber nur so lange, bis der Doc hier es ihm richtig besorgt hat.«

Der zweite Beamte war richtig wütend geworden. »Ja, sie hat es dem Copkiller ordentlich gezeigt.« Er hatte sich zu Grace umgedreht und sie durch das dazwischenliegende Gitter angesehen. »Sie haben das Richtige getan, Doc, ihn so auszuschalten. Sie haben haargenau das Richtige getan.«

Grace hatte nur die Augen fest geschlossen und wieder den Mann mit dem Eisenherzen gesehen, wie sein Kopf in einer weißen, grauen und hellroten Wolke explodierte. Sie hatte nichts gesagt. Ja, sie hatte das Richtige getan, aber diese stiernackigen Jungs, die Räuber und Gendarm spielten, hatten keine Vorstellung von dem wahren und schrecklichen Grund, aus dem sie es getan hatte. Und sie würde es ihnen auch niemals verraten. Wie konnte sie auch? *Es tut mir leid, Euer Ehren, ich erschoß ihn, weil er eine Kreatur des personifizierten Bösen war.* Sie konnte sich des Gefühls nicht erwehren, daß das bei einem Mordprozeß keine großartige Verteidigung sein würde.

Der Detective redete weiter, und Grace hörte so gut zu, wie sie konnte. Wie so oft, wenn sie nervös war, hatte sie ihre Kette aus dem Blusenkragen gezogen und spielte mit dem Anhänger. Der Kontakt mit dem kühlen Metall beruhigte sie. Es fiel schwer, in dem beengten Büro zu atmen. Die Deckenlampe schien ihr schäbiges Licht nur widerwillig abzugeben; von der brennenden Zigarette, die der Detective im Aschenbecher vergessen hatte, stieg dicker Qualm in die Höhe. Grace entdeckte inmitten der Unordnung auf dem Schreibtisch ein Namensschild aus Plastik. Det. Douglas L. Janson. Etwas sagte ihr, daß man ihn für gewöhnlich *Doug* nannte. Unter Umständen hätte sie sich eine junge, attraktive, aus einem High-School-Jahrbuch entsprungene Version von Detective Janson vorstellen können. Aber die vergangenen fünfundzwanzig Jahre hatten doppelt so viele Extrapfunde mit sich gebracht, zusammen mit dünner werdendem Haar und Ringen unter den kleinen Augen. Ein schiefer Schnurrbart umrahmte einen schmalen Mund, Bartstoppeln bedeckten seine Wangen wie eine Schicht Sand.

Er hielt einen Bleistift in den dicken Fingern und hakte mit gelangweilter Gründlichkeit Punkte von seiner Liste ab. Grace reagierte mit wohlüberlegten Worten. Nein, sie hatte den Verdächtigen noch nie zuvor in der Notaufnahme gesehen. Ja, sie war davon überzeugt gewesen, daß das Leben der alten Frau im Rollstuhl in Gefahr gewesen war. Nein, sie hatte den Verdächtigen nicht aufgefordert stehenzubleiben, bevor sie ihn erschoß. Ja, sie hatte genau vier Schüsse auf ihn abgegeben. Ja, sie würde es wieder tun, wenn sie müßte.

Schließlich legte Detective Janson seinen Block zur Seite. »Vielen Dank, Dr. Beckett. Ich glaube, das reicht.« Er erhob sich, nahm das Pistolenhalfter von der Rückenlehne seines Stuhls und streifte es sich über die Schultern. »Ich muß kurz mit meinem Vorgesetzten darüber sprechen, aber ich glaube nicht, daß wir eine Verhaftung vornehmen werden, zumindest nicht im Augenblick.«

Grace kommentierte dies mit einem fahrigen Nicken und verspürte einen Ruck der Erleichterung. Vielleicht war diese Nacht endlich vorüber.

Janson versprach, in einer Minute wieder dazusein. Er zog hinter sich die Tür zu. Das Schloß klickte laut, als der Schlüssel umgedreht wurde, gefolgt von dem sich entfernenden Laut schwerer Schritte. Grace warf einen Blick auf die Uhr an der Wand. Fast Mitternacht. Es waren nur sechs Stunden gewesen. Sechs kurze Stunden, seit sie im Park dem seltsamen Mädchen begegnet war. Sechs kleine Erhebungen auf dem Zifferblatt der Uhr, mehr nicht. Sie fragte sich, wo sie hingehen sollte, wenn die Polizei sie entließ. Nicht zurück in die Notaufnahme. Mit dem Wissen, über das sie jetzt verfügte – mit dem neu erwachten Bewußtsein, welche Geschöpfe auf Erden wandelten –, war es ihr unmöglich, jemals wieder in dieser sicheren Beschäftigung aufzugehen, die ihr Leben gewesen war. Wissen war gefährlich, es veränderte alles.

Das Türschloß klapperte. Grace sah auf. Sie hätte nicht erwartet, daß Janson so schnell zurück sein würde, darüber hinaus hatte sie seine Schritte nicht gehört. Das Schloß klapperte noch immer, als hätte der Detective Schwierigkeiten mit dem Schlüssel, dann schnappte der Riegel zurück. Die Tür öffnete und schloß sich, als ein Mann das Büro betrat. Es war nicht Detective Douglas L. Janson.

Überrascht erkannte Grace den dunkelhaarigen Mann. Es war der Mann, der sie im Krankenhaus aus der Ferne beobachtet hatte, kurz nachdem der Mann mit dem Eisenherzen gestorben war. Nachdem er das erste Mal gestorben war, korrigierte sie sich. Grace machte alarmiert Anstalten, sich von dem Stuhl zu erheben, aber der Fremde hob die Hand, um sie aufzuhalten. Sie vermochte nicht zu sagen, warum das so war, aber irgendein Instinkt verriet ihr, daß dieser Mann zwar bestimmt gefährlich sein konnte, er aber nicht ihr Feind war. Sie ließ sich zurück auf den Stuhl sinken.

»Wer sind Sie?« fragte sie, von der eigenen Ruhe überrascht.

»Ein Freund«, antwortete er.

Der Mann trat von der Tür weg und steckte einen dünnen Draht in eine seiner Taschen. Er war groß, vermutlich Mitte Dreißig. Der maßgeschneiderte Anzug war von europäischem Schnitt, und sein Gesicht ließ Grace an die Büste eines römischen Generals denken: lockiges Haar, stolze Nase, volle und sinnliche Lippen. Er sprach mit einer kultivierten Stimme, aus der eine teure Schulbildung so gut wie alle Spuren eines unbestimmbaren Akzents getilgt hatte.

»Sie sind hier in Gefahr«, sagte der Mann ernst.

Grace seufzte und dachte an das Mädchen im Park. Für heute hatte sie genug geheimnisvolle Warnungen erhalten. »Ich fürchte, ich nehme keine mysteriösen Warnungen von Fremden mehr an.«

Ein kaum wahrnehmbares Lächeln umspielte seine Lippen.

»Ich muß mich entschuldigen, Dr. Beckett. In meiner Eile, Sie zu warnen, habe ich versäumt, mich Ihnen vorzustellen. Ein bedauerliches Versehen. Ich hoffe, es hat bei Ihnen kein wie auch immer geartetes Mißtrauen gesät.« Er streckte die Hand aus. »Mein Name ist Farr. Hadrian Farr.«

Grace ignorierte die dargebotene Hand. Statt Verlegenheit über die Abfuhr zu zeigen, führte Farr geschickt die Bewegung fort, griff in die Brusttasche seiner Anzugjacke und zog ein goldenes Zigarettenetui hervor, ganz so, als hätte er die ganze Zeit nichts anderes im Sinn gehabt. Er bat mit einem fragenden Blick um ihre Erlaubnis, und als sie nicht protestierte, nahm er eine filterlose Zigarette heraus und hielt ihr Ende an eine Flamme, die aus der Seite des Etuis hervorsprang. Dichter Tabakrauch kräuselte sich in die Höhe und vermengte sich mit dem Dunst, der bereits in der Luft hing. Der Mann namens Farr setzte sich auf eine Ecke des Schreibtischs und musterte Grace. Was konnte er nur von ihr wollen?

»Ich will gar nichts von Ihnen«, sagte er. »Aber nachdem Sie gehört haben, was ich Ihnen zu sagen habe, werden Sie möglicherweise etwas von mir wollen. Darum bin ich Ihnen hierher gefolgt.«

Grace verschränkte die Arme vor der Brust und schenkte ihm einen skeptischen Blick. Der Mann war seltsam, erschien aber nicht besonders bedrohlich. Trotz des gebildeten Eindrucks, den er vermittelte – was, wie sie langsam vermutete, eine seiner Affektiertheiten war –, hielt sie ihn für den Reporter irgendeines Revolverblattes, das auf die Geschichte des Mannes mit dem Eisenherzen scharf war. Der Detective würde jeden Augenblick zurückkehren, also konnte kein allzu großes Risiko darin liegen, Farr gewähren zu lassen. Grace bedeutete ihm, fortzufahren.

»Ich gehöre einer internationalen Organisation an«, sagte Farr nach einem Zug an der Zigarette. »Der Name spielt im

Moment keine Rolle, es genügt, wenn Sie wissen, daß es sich um eine Organisation handelt, die – wie soll ich mich ausdrücken – *ungewöhnliche* Dinge erforscht.«

»Dinge wie Menschen mit Herzen aus Eisen?«

Falls Farr die Ironie in ihrem Tonfall bemerkte, ließ er es sich nicht anmerken. »Ja, genau solche Dinge. Und andere. Wir interessieren uns für alle möglichen Arten von seltsamen Gegenständen und Geschehnissen, die, könnte man sagen, über einen gewissen übernatürlichen Charakter verfügen. Das heißt, sie liegen jenseits der Welt des Gewöhnlichen und Alltäglichen. Es ist die Aufgabe meiner Organisation, solche Fälle zu entdecken, zu untersuchen und zu katalogisieren.« Er machte einen weiteren Zug an seiner Zigarette. »Wir sind Gelehrte, müssen Sie wissen.«

»Und die Verbindung zwischen all dem und mir ist …«

»Oh, da gibt es eine offensichtliche Verbindung«, sagte Farr. »Wir versuchen oft, Leute zu interviewen, die Begegnungen mit dem Ungewöhnlichen hatten. Aber hier gibt es einen dringenderen Grund.« Er drückte die Zigarette zwischen den Stummeln in dem billigen Keramikaschenbecher aus und beugte sich vor. »Ich erwähnte es schon, aber erlauben Sie mir, mich zu wiederholen. Sie sind hier in Gefahr, Dr. Beckett.«

Grace fröstelte. In Farrs Augen flackerte eine grimmige Intensität, und es fiel Grace plötzlich sehr schwer, seinen Worten keinen Glauben zu schenken.

»Wieso?« Das war alles, was sie herausbrachte.

»Der Mann, den Sie im Krankenhaus erschossen haben, war nicht der einzige seiner Art, Dr. Beckett«, sagte Farr mit gedämpfter Stimme. »Meine Organisation weiß schon eine Zeitlang über sie Bescheid, und wir haben sie studiert. Allerdings ist es uns bis jetzt noch nicht gelungen, direkten Kontakt aufzunehmen, darum wissen wir kaum etwas über ihre Herkunft oder ihre Aufgabe. Aber ich glaube, es dürfte Sie interessieren, daß Ihr Freund, der Detective, einer von ihnen ist.«

»Er ist einer von ihnen?«

»Ja, Dr. Beckett, Janson ist ein Eisenherz.«

Grace schüttelte in stummem Unglauben den Kopf. Es war unmöglich. Das mußte es sein. Janson erschien so farblos, so langweilig, so … normal. Wie konnte er einer von *ihnen* sein?

Farr gab ihr keine Gelegenheit zur Erwiderung. »Da ist noch mehr, das Sie wissen sollten. Es kann ein Zufall gewesen sein, der Sie mit dem Eisenherz im Krankenhaus in Kontakt gebracht hat. Andererseits neige ich zu der Auffassung, das in Frage zu stellen. Ungeachtet dessen ist Detective Jansons derzeitiges Interesse an Ihnen alles andere als ein Zufall. Sie müssen wissen, es ist Ihre Halskette.«

Grace griff nach dem Anhänger um ihren Hals. »Meine Kette? Was hat denn meine Kette damit zu tun?«

»Vermutlich eine ganze Menge.« Farr streckte die Hand aus und löste Graces Finger von dem Anhänger. Er fuhr mit der Fingerspitze über die Gravuren. »Wie ich schon sagte, wissen wir nur sehr wenig über die Absichten der Eisenherzen. Wir wissen jedoch, daß sie in der Vergangenheit ein Interesse an Runen gezeigt haben, also an Symbolen wie jenen, die in Ihre Kette eingraviert sind.«

»Runen?« Grace glaubte das Wort schon gehört zu haben, war sich aber nicht sicher, worum genau es sich dabei handelte. »Ist das nicht etwas, das diese New-Age-Typen benutzen, wenn ihre Tarotkarten zerfleddert sind?«

Farr lachte leise. »Ja und nein«, sagte er dann. »Ja, weil die Runen, die heute zu Unterhaltungszwecken benutzt werden, von Symbolen der Macht abstammen, die vor Jahrhunderten von diversen nordischen und germanischen Völkern benutzt wurden.« Er verstummte kurz. »Nein, weil die Art von Runen, für die sich die Eisenherzen interessieren – die Art, die sich auf

Ihrer Kette befindet –, außerordentlich selten zu finden und von unbekannter Herkunft sind.«

Grace schob eine lose Strähne ihres aschblonden Haars hinter ihr Ohr. Was Farr da sagte, war einfach lächerlich, doch aus einem unerfindlichen Grund machten ihr die Worte angst. »Und was soll ich tun?«

»Zuerst müssen Sie von Detective Janson weg«, sagte Farr. »Verschwinden Sie so schnell wie möglich aus dem Revier …«

Leise, jedoch näher kommende, schwere Schritte, die durch das offenstehende Oberlicht über der Tür zu hören waren, unterbrachen ihn.

Grace starrte Farr mit weit aufgerissenen Augen an. »Aber wie soll ich wissen, daß das, was Sie mir gesagt haben, auch die Wahrheit ist?«

Draußen ertönte Jansons Stimme. Er war stehengeblieben, um mit jemandem zu sprechen. Farr stand auf, griff in eine Tasche und zog einen Gegenstand hervor. Er drückte ihn Grace in die Hand.

»Nehmen Sie das hier. Vergewissern Sie sich selbst von der Wahrheit. Und dann – und ich flehe Sie darum an – *verschwinden Sie hier, so schnell Sie nur können*!«

Wieder näherten sich die Schritte. Farr sprang zur Tür und drehte sich noch einmal um, um sie einen flüchtigen Augenblick lang anzusehen. »Viel Glück, Dr. Beckett.« Die Tür öffnete und schloß sich, der Riegel wurde umgedreht, und Hadrian Farr war verschwunden.

Grace betrachtete den Gegenstand in ihrer Hand. Es handelte sich um einen Kompaß aus Plastik von der Art, wie ihn Pfadfinder bei Ausflügen in die Natur benutzen. Die Nadel bewegte sich, aufgescheucht durch ihre zitternde Hand, wich dabei aber niemals mehr als ein paar Grad vom magnetischen Nordpol ab. Die Tür öffnete sich. Grace sprang auf die Füße und ließ den Kompaß in der Hosentasche verschwinden. Detective Janson trat ein, eine Mappe mit Papieren in der Hand; sein Gesichtsausdruck war so gelangweilt wie zuvor. Offensichtlich hatte er Farr nicht gesehen.

»Sie sind völlig entlastet, Dr. Beckett.« Der Detective warf die Mappe auf den Tisch. »Wir brauchen nur noch ein paar Unterschriften von Ihnen, dann können Sie gehen. Ich werde mir einen Kaffee holen. Wollen Sie auch einen?«

»Klar«, schaffte es Grace mühsam zu sagen. Jetzt, wo Janson zurückgekehrt war, schien es schwerer zu sein, Farrs weit hergeholte Behauptungen zu glauben. Sie hatte nicht den geringsten Zweifel, daß es noch andere gab, die statt mit einem warmen, lebendigen Herzen mit einem kalten Eisenblock in der Brusthöhle auf der Welt wandelten. Aber Janson war nur ein weiterer übergewichtiger, überarbeiteter, desinteressierter Polizist. Trotzdem, sie würde besser schlafen, wenn sie sich absolut sicher war …

Janson wandte ihr den Rücken zu, nahm die Kanne von der Warmhalteplatte und schenkte zwei Plastikbecher voll. Grace zog den Kompaß aus der Tasche und trat einen Schritt auf ihn zu. Sie schaute nach unten. Die Nadel zeigte gerade auf den Nordpol. Nichts hatte ihre Richtung geändert. Erleichterung durchflutete sie. Nur um den allerletzten Beweis zu erhalten, streckte sie den Arm aus und brachte den Kompaß bis auf dreißig Zentimeter an Janson heran.

Die Nadel drehte sich wild im Kreis.

Grace starrte sie entsetzt an. Die Nadel beruhigte sich, bis sie wieder in eine einzige Richtung wies. Aber diesmal nicht auf den Nordpol. Sie zeigte direkt auf die Mitte von Detective Jansons Rücken.

»Dann wollen wir mal dafür sorgen, daß Sie die Papiere unterschreiben, damit Sie nach Hause gehen können«, sagte Janson freundlich. Er nahm die Kaffeebecher und drehte sich um.

Grace trat zurück und ließ die Hand mit dem Kompaß in der Hosentasche verschwinden. Janson reichte ihr einen der dampfenden Becher, und sie nahm ihn mit der freien Hand entgegen, fest davon überzeugt, daß ihm ihr Zittern nicht verborgen blieb. Doch der Detective schien nicht zu bemerken, daß etwas nicht in Ordnung war. Grace biß die Zähne zusammen, voller Angst, jeden Augenblick aufzuschreien.

»So, Dr. Beckett«, sagte Janson, und Interesse funkelte in seinen kleinen Augen auf, »dann erzählen Sie mir doch mal, wo Sie diesen außergewöhnlichen Halsschmuck herhaben ...«

18

Bei jedem Fortschritt, jeder größeren oder auch kleineren Veränderung, kommt der Augenblick, der Bruchteil einer Sekunde, in dem alles, was dahinterliegt, und alles, was davorliegt, eine perfekte Symmetrie aufweist, wie eine im Gleichgewicht befindliche Wippe. Weicht man von dem Schwerpunkt zurück, verändert sich das Gleichgewicht zugunsten der Seite, auf der man sich zuvor befunden hat; man kehrt zum Vertrauten und Gewöhnlichen zurück. Bewegt man sich aber über den Schwerpunkt hinaus, kippt die Wippe nach vorn, und derjenige, der darauf balanciert, stolpert die Schräge hinunter und wird – ohne daß er es kontrollieren kann – mit ihm unbekannten Möglichkeiten konfrontiert. Und sobald das zerbrechliche Gleichgewicht des Fortschritts verändert wurde, egal in welche Richtung, kann es nie wieder in derselben Form hergestellt werden. Bewegt man sich rückwärts, wird die Chance, einen Schritt nach vorn machen zu können, nie zurückkehren. Bewegt man sich vorwärts, wird man jede Hoffnung verlieren, jemals zu dem Gewesenen zurückkehren zu können.

Detective Jansons Frage verklang, der Nachhall seiner Worte troff vor falscher Gleichgültigkeit, in seinen sonst so gelangweilt blickenden Augen flackerte nackte Gier.

In diesem Augenblick stand Grace am Scheideweg. Sie hielt den heißen Kaffee umklammert, und eine Vision zog an ihrem inneren Auge vorbei, die jenen glich, die Leute während einer Nahtod-Erfahrung erlebten. Sie war im Krankenhaus, wieder in das fast atemlose Chaos verstrickt, das ihr – glücklicherweise – keine Zeit zum Nachdenken ließ. Morty Underwood lachte, ein Strom von Verletzten ergoß sich durch die Automatiktür. Grace beugte sich über jeden Patienten, beruhigte, linderte Schmerzen und heilte mit geschickten Fingern Verletzungen. Die Wunden anderer zu versorgen ließ ihr keine Zeit, ihre eigenen zu bemerken.

Noch war eine Rückkehr möglich – die Rückkehr ins Krankenhaus, die Rückkehr zu ihrem sorgfältig konstruierten Leben. Sie brauchte bloß Janson die Halskette zu geben. Er war an der Kette interessiert, nicht an ihr. Überließ sie sie ihm, würde er sie mit Sicherheit gehen lassen, sie mit ziemlicher Sicherheit vergessen. Und das Direktorium des Krankenhauses wollte den Zwischenfall mit dem Mann und seinem eisernen Herzen verschweigen. Sie würde nie wieder an ihn oder an den kalten Klumpen Metall in seiner Brust denken müssen. Sie sah sich wieder durch die Korridore des Denver Memorial streifen: voller Selbstbewußtsein, eine Königin in ihrem eigenen Reich. Sogar Leon Arlington war da. Er lehnte an einer Theke und blickte sie mit seinen schläfrigen braunen Augen an …

Leon?

Aber Leon Arlington konnte nicht dasein. Der arme Leon, der nun selbst in einem der Stahlschubfächer der Leichenhalle des Krankenhauses lag. Der gute Leon, der so lange mit Toten gearbeitet hatte, daß er so wie sie und schließlich einer von ihnen geworden war. Doch jetzt stand er da, und er musterte sie mit seinem sanften Blick.

Das Tempo der Vision stockte, und jeder Augenblick, jede Bewegung verlängerte sich mit quälender Langsamkeit. Alles um sie herum erschien flach und verzerrt, wie ein Breitwandfilm, den man auf einen Fernsehbildschirm gequetscht hatte. Leon öffnete den Mund, als wollte er ihr etwas sagen, aber lediglich ein Grollen ertönte. Ihre Gedanken rasten. *Leon Arlington konnte nicht dort sein.*

Genau das versuchte er ihr zu sagen. Das leise Grollen beschleunigte sich zu wäßrigen, verständlichen Worten.

Das hier ist nicht länger die Realität, Grace …

Das Bild verschwand, als hätte jemand einen Schalter umgelegt. Detective Janson stand noch immer vor ihr. Grace geriet in Panik. Wie lange hatte sie wie erstarrt dagestanden, verloren in dem Dunstschleier der Möglichkeiten? Hatte ihr Schweigen Janson mißtrauisch gemacht? Aber sein Blick ruhte noch immer auf dem Anhänger um ihren Hals. Es waren nicht mehr als ein paar Sekunden vergangen. Grace nahm einen tiefen Atemzug und sammelte ihre Willensstärke. Dann überschritt sie den Schwerpunkt der Wippe.

Sie setzte ein nettes Lächeln auf und imitierte, so gut sie konnte, eine Südstaaten-Schönheit. »Das alte Ding, Detective?« sagte sie mit einem gewinnenden Lachen und berührte die Kette.

Auf seinem Gesicht breitete sich ein Grinsen aus. »Diese Symbole, die dort drauf sind … sie sind sehr … ungewöhnlich.« Er beugte sich näher an sie heran, um den Anhänger besser betrachten zu können.

Grace zögerte nicht. Sie stieß Janson den Plastikbecher entgegen. Kochender Kaffee spritzte in sein Gesicht. Mit einem erstickten Schrei und zusammengekniffenen Augen taumelte er rückwärts und stieß gegen einen Aktenschrank. Er hielt sein Gesicht mit zitternden Händen und zischte vor Schmerzen. Die Haut verfärbte sich bereits zu einem entzündeten Rot. Grace verschwendete keinen Moment. Sie trat vor, ergriff die Pistole in seinem Schulterhalfter und sprang zurück. Janson tastete nach ihr, versuchte ihren Arm zu packen. Aber seine Finger griffen ins Leere. Er wollte sich auf sie stürzen, aber das Klicken des Sicherungshebels einer Pistole, der umgelegt wurde, ließ ihn inmitten der Bewegung erstarren. Grace gestattete sich ein schmales Lächeln und faßte den glatten Pistolengriff fester. Langsam konnte sie immer besser mit diesen Dingern umgehen.

»Was zum Teufel sollte denn das?« Janson blinzelte sie durch zuschwellende Augenlider an. »Das hier ist ein gottverdammtes Polizeirevier.«

»Ich weiß, was Sie sind«, sagte sie durch zusammengebissene Zähne.

Einen kurzen Augenblick lang stand Janson stocksteif da, dann trat eine so schnelle und gründliche Verwandlung ein, daß Grace vor Entsetzen beinahe die Pistole hätte fallen lassen. Es war, als hätte er eine Maske abgenommen; die Verwirrung im Gesicht des Detectives wurde durch einen Ausdruck schierer Bösartigkeit ersetzt. In seinen kleinen runden Augen glomm ein böses Licht auf.

»Wieso?« zischte Janson. »Woher können Sie das nur wissen?«

Grace griff mit einer Hand in die Tasche und holte den Plastikkompaß hervor. Sie warf ihn ihm zu, und er zuckte zusammen, als er vor seinen Füßen auf dem Boden landete. Die Nadel wirbelte wie wild umher. Mit einem angeekelten Grunzen trat er auf den Kompaß und zermahlte ihn mit dem Absatz zu Plastiksplittern.

»Du kannst uns nicht entkommen.« Er spuckte die Worte wie Gift aus. »Ich weiß nicht, wer du bist oder wo du diese Kette herhast, aber ich garantiere dir, daß mein Herr sie haben will. Sobald er davon erfährt, wird er nicht ruhen, bis er sie hat, und wenn er sie deiner Leiche abnehmen muß.«

»Vielleicht wird er auch nie davon erfahren«, sagte Grace.

Janson gab ein ersticktes Knurren von sich und spannte den Körper an, als wolle er sie anspringen. Grace richtete die Waffe auf seinen Kopf.

»Ich weiß, wie ich euch töten muß«, sagte sie emotionslos. »Ich habe es einmal getan, und ich kann es wieder tun. Eine Kugel in die Brust ist zu wenig, aber ein paar in dein Gehirn reichen.«

Janson starrte sie haßerfüllt an. »Ich bin Polizist, das hier ist ein Polizeirevier. Töte mich, und du wirst in einer Zelle verfaulen – wenn man dich nicht auf den Stuhl bringt.«

»Das Risiko gehe ich ein.«

Er zog eine höhnische Grimasse, rührte sich aber nicht von der Stelle. »Was hast du mit mir vor?«

Aus dem Augenwinkel sah Grace ein metallisches Funkeln. Sie griff hinter sich auf den Schreibtisch und zog ein Paar Handschellen heran.

»Rate mal.«

Die Pistole auf Jansons Kopf gerichtet, befahl sie ihm, sich zu setzen und an den Schreibtischstuhl zu fesseln. Sie war selbst überrascht über die Härte in ihrer Stimme. Es war, als wäre sie dazu geboren worden, derartige Befehle zu geben. Janson gehorchte. Augenblicke später saß er am Schreibtisch, die Handgelenke sicher an den Stuhllehnen festgekettet.

Er zitterte vor Wut. »Du kommst hier nicht raus.«

»Wollen wir wetten?«

Jansons Augen waren mittlerweile fast zugeschwollen, aber in ihnen funkelte eine derartig unmenschliche Wut, daß ihr der Atem stockte.

Seine Stimme senkte sich zu einem Flüstern. »Lauf, Beckett. Lauf, so schnell du kannst. Es wird keinen Unterschied machen. Am Ende wird er dich finden. Ich weiß es.« Ein Schaudern ließ seinen Körper erzittern. »Am Ende findet er jeden.«

Grace spürte, wie sich Furcht in ihrer Brust breitmachte. Es wollte ihr nicht gelingen, sich vorzustellen, von welchen bösen Taten dieser Mann Zeuge geworden war oder welche Versuchung ihn dazu getrieben hatte, dafür sein lebendiges Herz einzutauschen. Beinahe hätte sie für ihn Mitleid empfunden. Beinahe. Denn was es auch einst Trauriges und Bemitleidenswertes in ihm gegeben haben mochte, man hatte es herausgeschnitten und durch einen Klumpen Eisen ersetzt. Detective Douglas L. Janson war bereits tot, und Grace wußte nur zu gut, daß es eine Verschwendung war, Mitleid für die Toten zu empfinden.

Sie hielt die Pistole mit der einen Hand und nahm mit der anderen eine Handvoll Papiertücher von dem Stapel neben der Kaffeemaschine. Sie zerknüllte sie zu einer Kugel, dann befahl sie Janson, den Mund zu öffnen; mit der auf der linken Schläfe aufgesetzten Pistolenmündung verlieh sie dem Befehl Nachdruck. Er gehorchte. Sie stopfte ihm das Papier in den Mund. Sein gedämpfter Protestschrei bewies, daß der Knebel funktionierte. Es war Zeit.

Sie beugte sich vor. »Sag deinem kostbaren Herrn, wer auch immer das sein soll«, flüsterte sie ihm ins Ohr, »er soll es sich lieber zweimal überlegen, bevor er sich mit mir anlegt.«

Grace begab sich zur Tür und schob die Pistole in die tiefe Hosentasche. Sie öffnete die Tür und blickte in beide Richtungen. Der Korridor lag verlassen da. Sie trat hinaus und zog die Tür hinter sich zu. Mit klopfendem Herzen setzte sie sich in Bewegung. Sie ging schnell, aber wiederum auch nicht so schnell, daß sie Verdacht erregte. Mit etwas Glück würden ein paar Minuten verstreichen, bevor man Janson entdeckte, außerdem hatte Jansons Vorgesetzter ihre Freilassung genehmigt. Man würde damit rechnen, daß sie das Revier verließ. Sie mußte bloß die Ruhe bewahren.

Sie bog um eine Ecke und stieß mit einer jungen Polizistin zusammen. Grace stotterte eine Entschuldigung, davon überzeugt, daß die Frau die Pistole bemerkt haben mußte, die sie in der Hosentasche umklammerte. Aber die uniformierte Beamtin lächelte bloß, sagte, es sei nichts geschehen, und ging weiter. Grace passierte mehrere andere Polizisten, und sie bildete sich ein, daß einige sie mit mehr als nur herkömmlichem Interesse anblickten. Ein schrecklicher Gedanke schoß ihr durch den Kopf. Vielleicht war Janson nicht das einzige Eisenherz im Revier, vielleicht gab es noch mehr von der Sorte. Je länger sie darüber nachdachte, desto unwahrscheinlicher war die Annahme, daß er der einzige war. Sie zwang sich zu einer ausdruckslosen Miene und ging weiter.

Der Korridor führte zu dem Hauptbüro des Reviers. Der Lärm und das Chaos ließen Grace zuerst zusammenzucken. Ein Dutzend erschöpft aussehende Polizeibeamte saßen an mit Papieren überladenen Schreibtischen, wo sie Anrufe entgegennahmen, streitlustige Verdächtige verhörten oder sich bemühten, verängstigte Opfer zu beruhigen. Andere Beamte eilten umher in dem Bestreben, die Flut der mutmaßlichen Täter in Bewegung zu halten. Nach einem kurzen Augenblick des Zögerns begriff Grace, daß das Durcheinander ihr die benötigte Ablenkung verschaffte. Sie bahnte sich einen Weg durch die Menschenmasse, und keiner schenkte ihr auch nur einen zweiten Blick. Sie stieß die Eingangstür auf und trat in die Nacht hinaus. Die Luft klärte ihren Kopf. Sie stieg die Stufen hinunter und ging die Straße entlang. Sie würde es schaffen.

Hinter ihr brüllte ein Motor auf. Grace fuhr mit neu erwachter Furcht herum und sah einen Wagen auf sich zurasen. Reifen quietschten, als er keinen halben Meter neben ihr zum Stehen kam. Es war kein Streifenwagen, sondern eine schnittige schwarze Limousine. Bevor sie sich zur Flucht entscheiden konnte, öffnete sich die Fahrertür, und ein Mann stieg aus. Das Mondlicht enthüllte die elegante Gestalt Hadrian Farrs. Er deutete auf die offene Autotür.

»Steigen Sie ein, Dr. Beckett.«

Sie starrte ihn mit vor Erstaunen offenem Mund an, und wieder beantwortete Farr ihre unausgesprochene Frage.

»Man hat Detective Janson entdeckt. In diesem Augenblick informiert er seine Kollegen über das, was Sie getan haben und daß Sie entkommen sind. Sie werden jeden Moment die Verfolgung aufnehmen.«

Bestürzt schüttelte sie den Kopf. »Aber woher wissen Sie …«

Farr hob die Hand. »Bitte, Dr. Beckett, wir haben keine Zeit.« Seine kultivierte Stimme war so höflich wie immer, aber in ihr lag auch ein befehlender Unterton, der sie überraschte und sie zwang, ihm zuzuhören. »Sie müssen meinen Wagen nehmen. Verlassen Sie die Stadt, egal in welche Richtung. Sie werden Ihnen nicht folgen können.«

»Aber was ist mit Janson?«

Sein Blick verhärtete sich. »Machen Sie sich wegen Janson keine Sorgen. Ich werde mich persönlich um den Detective kümmern.«

Nach diesen Worten fand sich Grace sanft, aber bestimmt in den Fahrersitz der Limousine gedrängt. Der Motor schnurrte noch immer. Farr lehnte sich in die offene Tür hinein.

»Bitte nehmen Sie das hier.« Er gab ihr einen kleinen, dünnen Gegenstand. »Nehmen Sie mit mir Kontakt auf, so schnell Sie können.«

Er schlug die Tür zu und schloß Grace im angenehmen Inneren der Limousine ein. Sie blickte auf den Gegenstand, den ihr Farr in die Hand gedrückt hatte. Es handelte sich um eine weiße Visitenkarte. Die schlichte Aufschrift lautete:

Die Sucher
1-800-555-8294

Grace starrte die Karte an. Farrs Stimme riß sie aus ihrer Lähmung. »Fahren Sie, Dr. Beckett«, sagte er. »Sofort!«

Instinkt übernahm die Führung, und sie trat das Gaspedal durch. Der Wagen machte mit erstaunlicher Geschwindigkeit einen Satz nach vorn und drückte sie in den Ledersitz zurück. Grace packte das Lenkrad fester und brachte den Wagen unter

Kontrolle, während er in die Nacht raste. Sie sah in den Rückspiegel und versuchte einen Blick von der Welt zu erhaschen, die sie zurückließ. Doch die Scheiben der Limousine waren zu stark getönt. Sie sah bloß die Dunkelheit und ihr aschfahles Spiegelbild, das mit heimgesuchtem Blick zurückstarrte.

19

»Danke, beehren Sie uns wieder«, murmelte der Angestellte hinter der Theke desinteressiert. Ohne einen Blick an sie zu verschwenden, gab er Grace das Wechselgeld zurück und drehte sich um, um den Getränkeautomaten mit einem schmutzstarrenden Lappen zu bearbeiten.

Hier muß ich mir keine Sorgen machen, daß jemand mein Gesicht erkennt, dachte Grace mit einer leicht manischen Erleichterung. Sie würde sich nie wieder über gleichgültigen Service beschweren. Sie ließ die Blicke durch den mit Neonlicht erhellten Tankstellenladen schweifen, an dem sie angehalten hatte, um Farrs Limousine aufzutanken. Ein rätselhaftes Piktogramm erregte ihre Aufmerksamkeit. Vermutlich verwies es auf die Damentoilette. Grace stieß die Stahltür auf. Sie schob die Kette unter die Bluse, spritzte sich Wasser ins Gesicht und kämmte mit den Fingern das Haar in dem Versuch, etwas weniger wie ein Flüchtling vor dem Gesetz auszusehen. Ihr kam ein Gedanke. Sie verriegelte die Toilettentür, dann zog sie Jansons Pistole aus der Tasche und wischte sie mit einem Papierhandtuch ab. Nachdem sie diese in eine Handvoll Papierhandtücher eingewickelt hatte, schob sie sie tief in den Mülleimer, dann öffnete sie die Tür, durchquerte den Laden und trat in die Nacht hinaus. Ein Blick durch das Fenster bestätigte ihre Erwartungen. Der Verkäufer polierte weiterhin mit geistlosem Fleiß den Getränkeautomaten.

Grace eilte zum Wagen zurück und stieg ein. Sie befand sich noch immer in den Außenbezirken von Denver. Es war Zeit, einige Entfernung zwischen sich und die Stadt zu legen. Sie drehte den Zündschlüssel, und ihr Blick fiel auf einen weißen Umriß auf dem Armaturenbrett. Hadrian Farrs Visitenkarte. Sie nahm sie und betrachtete sie erneut. *Die Sucher.* Das mußte der Name der Organisation sein, der er angehörte. Der Gesellschaft von Gelehrten, wie er sie genannt hatte. Aber wer waren sie in Wirklichkeit, und warum machten sie sich eine derartige Mühe und gingen ein so großes Risiko ein, um jemandem wie ihr zu helfen? Der einzige Grund, der so etwas wie einen Sinn ergab, war der, den Farr selbst ihr gegeben hatte. Daß die Sucher das Ungewöhnliche beobachteten, daß es ihre Lebensaufgabe war, seltsame Geschehnisse zu studieren, und daß Grace sich, ohne es zu wollen, mitten in einer ihrer Untersuchungen wiedergefunden hatte.

Grace schob die Visitenkarte in die Tasche, dann lenkte sie den Wagen auf die Straße. Sobald sie einen sicheren Ort erreicht hatte, einen Ort, an dem sie die Polizei nicht finden würde, würde sie die Nummer auf der Karte anrufen. Sie wollte den Suchern dafür danken, daß sie ihr die Flucht ermöglicht hatten. Doch hinter diesem Wunsch steckte mehr als nur bloße Dankbarkeit. Mit Sicherheit verfügten die Sucher über mehr Wissen über die Männer mit den Eisenherzen, als Farr ihr enthüllt hatte. Jetzt, da sie von ihrer Existenz wußte, konnte sie sie und das Böse, das mit ihnen einherging, nicht einfach wieder vergessen. Sie wollte mehr über sie erfahren – wo sie herkamen, was sie wollten, wie das scheinbar unmögliche Metallorgan funktionierte und sie am Leben erhielt. Vielleicht konnte sie den Suchern ja sogar bei ihrem Studium der Eisenherzen helfen. Schließlich war sie Ärztin. Sie konnte Autopsien an jedem dahingeschiedenen Exemplar vornehmen, das ihnen in die Hände fiel, und ihre Anatomie erforschen in der Hoffnung, herauszufinden, was sie antrieb. Ein kleiner Funke der Aufregung flammte warm und angenehm in ihrer Brust auf. Vielleicht würde sie nach einiger Zeit selbst Mitglied bei den Suchern werden …

Die Limousine fuhr eine verlassene Straße entlang und ließ

die funkelnden Lichter der Stadt hinter sich. Graces Lippen verzogen sich zu einem Lächeln. Von einer plötzlichen Aufregung aufgemuntert trat sie das Gaspedal durch und schoß tiefer in die Nacht hinein.

Die Zeit raste vorbei wie die schattenhafte Welt außerhalb der getönten Scheiben. Grace wußte nicht, wann die großen Umrisse das erste Mal um sie herum in die Höhe gewachsen waren. Jetzt erstreckten sie sich in alle Richtungen und zeichneten sich deutlich von dem sternenerfüllten Himmel ab. Die Scheinwerfer des Wagens schnitten einen Pfad in die Dunkelheit, während er die gewundene zweispurige Straße hinauffuhr. Sie hatte sich gar nicht bewußt entschieden, in die Berge zu fahren, doch es war nur vernünftig, die Interstate-Highways zu meiden. Davon abgesehen hatten die Berge – sobald sie sich ihrer bewußt geworden war – sie angelockt und taten es noch immer.

Sie wußte nicht genau, wo sie sich eigentlich befand. Nicht, daß es eine Rolle gespielt hätte. Es war nicht wichtig, in welche Richtung sie fuhr, solange sie sich nur weit genug von dem Ort entfernte, an dem sie zuvor gewesen war. Die Nacht schloß sich hinter dem Wagen wie der Ozean im Kielwasser eines Schiffes.

Um ein Haar hätte Grace es nicht rechtzeitig gesehen.

Sie stieg auf die Bremse, und der Wagen kam rutschend gewaltsam zum Stehen. Der Sicherheitsgurt rastete ein und verhinderte, daß sie auf das Lenkrad schlug. Sie starrte durch die Windschutzscheibe. Grelles Licht funkelte auf einem spitzen Geweih und silberbraunem Fell. Ein Schatten huschte über die Straße und verschwand im Zwielicht der Nacht. Grace stieß einen Seufzer der Erleichterung aus. Das war knapp gewesen. Das letzte, was sie jetzt brauchen konnte, war, einen Hirsch zu überfahren.

Sie trat das Gaspedal durch und fuhr weiter. Eine Minute

später wurde es ihr plötzlich bewußt. Sie hatte das Geweih gesehen, aber etwas an dem Schatten war verkehrt gewesen. Dann fiel es ihr ein. Wie viele Hirsche gingen auf zwei Beinen daher?

Sie schüttelte den Kopf. Ihre Augen spielten ihr einen Streich, das war alles. Daß Assistenzärzte mit Schlafentzug halluzinierten, war in der Notaufnahme allseits bekannt.

»Du bist müde, Grace«, sagte sie. »Du bist viel zu müde. Du wirst dich noch umbringen.«

Sie sah auf die Uhr am Armaturenbrett. Fast drei Uhr morgens. Sie war schon weit von Denver entfernt. Es war sicher genug, um anzuhalten und ein paar Stunden zu schlafen. Zumindest glaubte sie das.

Direkt voraus erblickte sie im Halbdunkel ein verlassenes Gebäude am Straßenrand. Direkt davor befand sich ein eingeebneter Platz. Der würde reichen. Sie verringerte die Geschwindigkeit, bog vom Highway ab und brachte den Wagen vor dem massiven Haus zum Stehen. Mit einem Gähnen schaltete sie den Motor aus und griff nach dem Schalter für die Scheinwerfer.

Etwas ließ sie zögern. Sie blickte durch die Windschutzscheibe auf das verlassene Gebäude. Es war unmöglich, aber der Ort kam ihr bekannt vor. Sie fühlte ein Kribbeln auf der Brust, hob die Hand und berührte durch den Stoff der Bluse hindurch den Anhänger. Angetrieben von einer Macht, die sie nicht benennen konnte, öffnete sie die Wagentür und stieg aus.

Der Wind fuhr mit kalten, körperlosen Fingern durch ihr Haar, und sie fröstelte. Stille beherrschte die Nacht. Vor ihr ragte das alte Haus – teilweise vom Licht der Scheinwerfer enthüllt – düster in den Himmel empor. Ein Dutzend leerer Fenster starrten wie zu Schlitzen verengte Augen ins Leere. Von allen Orten, zu denen sie in dieser Nacht hätte fahren können, von allen Straßen, die sie hätte wählen können, welche Fügung des Schicksals oder lange Zeit unterdrückte Erinnerung hatte sie nur hierher geführt? Sie kannte diesen Ort. Hier hatte alles angefangen. Hier hatte sie zum ersten Mal von der Existenz des Bösen erfahren.

Das Beckett-Strange-Heim für Kinder.

Grace näherte sich der Ruine. Es war nur schwer vorstellbar, daß sie zehn Jahre ihrer Kindheit hier verbracht hatte. Aber man hatte sie nur wenige Meilen entfernt an einem Berghang gefunden: ein Kind, keine drei Jahre alt, allein, ausgesetzt. Hier hatte man ihr den christlichen Namen Grace gegeben. Dieser Ort hatte für ihren Nachnamen Beckett Pate gestanden. Und inmitten dieser Wände hatte sie das erste Mal gelernt, die Wunden anderer zu versorgen.

Der größte Teil des Heimdaches war eingestürzt, in den Fensterrahmen steckten nur noch wenige Glassplitter, die im letzten Mondlicht wie abgebrochene Zähne aussahen. Das über den Eingang genagelte Brett hatte sich auf einer Seite gelöst und war heruntergerutscht, durch die Lücke konnte man die im Schatten lauernde Haustür sehen. Ihre Oberfläche trug noch immer die blasigen Narben eines vor langer Zeit stattgefundenen Brandes. Das Gebäude war nur noch eine leere Hülle, wie die abgestreifte Haut einer Schlange – eine leere Erinnerung an das Böse, das einst in seinem Inneren gehaust hatte. Selbst nach all diesen Jahren hing ein verbrannter Geruch in der Luft. Aber das Feuer war erst am Ende ausgebrochen, und lange vor ihm waren die Rufe der Eulen ertönt und hatten Hände aus der Dunkelheit zugegriffen.

Hinter ihr ertönte eine Stimme und riß sie in die Gegenwart zurück. »Kann ich dir helfen, mein Kind?«

Grace schnappte nach Luft, wie eine Schwimmerin, die nach einem langen Untertauchen gerade wieder an die Oberfläche gekommen ist. Sie drehte sich um und blinzelte gegen den grellen Schein der Scheinwerfer an. Er stand genau vor ihr, obwohl sie ihn nicht hatte kommen hören, ein ungewöhnlich großer Mann in einem schäbigen schwarzen Anzug, der lose auf einer gekrümmten, vogelscheuchenähnlichen Gestalt hing. In der kraterübersäten Mondlandschaft seines Gesichts funkelten seine Augen wie Obsidiansplitter.

»Wer sind Sie?« flüsterte sie, aber noch während sie die Frage zögernd stellte, glaubte sie die Antwort bereits zu erahnen. Denn mit der altmodischen Kleidung und dem uralten, wissenden Blick hatte er etwas an sich, das sie an das Mädchen im Park erinnerte.

Der Mann in Schwarz tippte mit den langen Fingern an den Rand des breitkrempigen Pastorenhutes und machte eine affektierte, spöttische Verbeugung. »Der Name ist Cy«, sagte er gedehnt mit einer Stimme, die zugleich sanft und knirschend wie frisch geölter Rost war. Er streckte die Hand aus, als wollte er ihr eine Visitenkarte geben. »Bruder Cy. Verkünder des Glaubens, Verkäufer der Erlösung und Prophet der Apokalypse. Zu deinen Diensten.«

»Ich verstehe«, sagte sie atemlos, denn es handelte sich um eine Vorstellung, die man nur schwer auf Anhieb deuten konnte. Sie blickte nach unten und sah, daß ihre Hand statt der Visitenkarte nur einen zarten Schimmer Sternenlicht hielt, der ihr durch die Finger rann und verschwand. Um ihre Überraschung zu verbergen, stammelte sie ihren Namen. »Ich bin Grace. Grace Beckett.«

Bruder Cy nickte abwesend, als wüßte er es längst oder als wäre es ihm egal. Sein Blick zuckte an ihr vorbei und richtete sich auf das brüchige Gerippe des Waisenhauses. »Die Vergangenheit lastet dunkel und schwer auf diesem Ort. Fühlst du es?«

»Ja«, erwiderte sie nach einem Moment, denn sie konnte es tatsächlich fühlen.

Er strich mit knochigen Fingern über verbrannte Schindeln. »Selbst das Feuer und die Zeit können das Holz nicht dazu bringen, alles zu vergessen. Zumindest nicht ganz. Die Erinnerung an das Böse verweilt in der Maserung.«

Grace verschränkte die Arme vor der Brust. Wie konnten sie soviel über sie wissen? Diese merkwürdige Karikatur eines Predigers und das geisterhafte, puppenähnliche Mädchen?

»Wer *sind* Sie?« flüsterte sie erneut, diesmal nur voller Verzweiflung.

Ein zugleich furchteinflößendes und schelmisches Grinsen trat auf Bruder Cys Gesicht. »Wir sind, was wir sind, was wir schon immer gewesen sind. Wir gehen, wohin uns der Wind des Zufalls weht, und tun, was unsere Natur von uns erfordert.«

Daß seine Worte beinahe einen Sinn ergaben, war ein deutlicher Beweis für Graces seltsamen Bewußtseinszustand und für die Losgelöstheit, die sie bei allem verspürte, was sie einst für real gehalten hatte. Sie wandte ihm den Rücken zu und richtete den Blick wieder auf das Waisenhaus. »Werden wir dann niemals von der Vergangenheit frei sein?«

»Nein, mein Kind«, sagte Bruder Cy. »Wir können die Vergangenheit nicht formen, denn es ist die Vergangenheit, die uns formt, und ohne sie ähnelten wir düsteren Schatten, ohne jede Form oder Substanz.« Er machte eine lange Pause. »Man kann die Vergangenheit nicht formen, und die Zukunft ist außerhalb unserer Reichweite, aber eines darfst du nicht vergessen, mein Kind: Es liegt in deiner Macht, deine Gegenwart zu formen.«

Grace betrachtete die mit Blasen übersäte Tür des Waisenhauses. Was würde sie wohl erblicken, wenn sie sie öffnete? Würde sie Büschel trockener Disteln sehen, die zwischen dem verbrannten Balkenwerk wuchsen und ihre feine Saat wie Asche verteilten? Oder sähe sie ein kleines Mädchen, das in einem zerrissenen Nachthemd in einer Ecke kauerte? Gegenwart oder Vergangenheit? Sie konnte es nicht sagen.

»Dann finde es heraus«, flüsterte Bruder Cy mit seiner rauhen Stimme. »Öffne die Tür und sieh, was dahinter liegt. Nur dann wirst du es erfahren.«

»Ich kann nicht«, erwiderte sie voller Furcht, obwohl im gleichen Augenblick ein seltsamer Drang in ihrer Brust aufstieg. Ja. Warum war sie an diesen Ort gekommen, wenn nicht, um die Tür zu öffnen?

Etwas Kleines und Kühles wurde in ihre Hand gedrückt. Ihre Finger schlossen sich um den Gegenstand.

»Das ist nur ein Andenken«, sagte Bruder Cy. »Doch ihm könnte ein kleines Reservoir an Stärke innewohnen. Und vielleicht wird es dir dabei helfen, dich besser an meine Worte zu erinnern.« Das Flüstern des Predigers wurde leiser, als würde er in der Ferne verschwinden. »Öffne die Tür, mein Kind. Was du dahinter erblickst, liegt allein bei dir ...«

Die Worte des Predigers verschmolzen mit dem Nachtwind, und Grace wußte, daß sie allein war. Sie setzte einen Fuß vor den anderen und näherte sich der Tür des Waisenhauses. Diese seltsame Heimkehr, die sie niemals für möglich gehalten hätte, ließ ihr Herz pochen. Die vernarbte Tür ragte vor ihr auf. Sie schloß die Finger um den schmutzigen Türknauf und war fast überrascht, daß er sich kalt auf ihrer Haut anfühlte, statt vor Hitze zu glühen. Eine Sekunde lang hielt sie den Atem an. Dann drehte sie den Türknopf. Mit einem Quietschen schwang die Tür auf.

Zuerst sah sie nichts als Dunkelheit, und sie befürchtete, daß das alles war, was hier auf sie wartete. Dann berührte etwas Kühles und Feuchtes ihr Gesicht. Einen Moment später fühlte sie eine weitere kühle, federgleiche Liebkosung auf der Wange, gefolgt von der nächsten und übernächsten. Dann sah sie sie im Licht der Scheinwerfer. Winzige weiße Punkte tanzten in der Luft und ließen sich auf ihren Armen, Händen und ihrem Haar nieder. Es war Schnee. Reiner, weißer, wunderschöner Schnee. Er wirbelte auf der Schwelle und hüllte sie in eine glitzernde Wolke.

Nach den Geschehnissen des Tages gab ihr dies endlich den Rest. Sie taumelte. Alles drehte sich um sie. Der Schnee legte einen Schleier vor ihre Augen, ein Rauschen dröhnte in ihren Ohren. Die Vergangenheit war vergessen. Auch die Gegenwart war vergessen. Es gab kein Licht, aber es gab auch keine Dunkelheit. Ein leiser Seufzer entschlüpfte ihren Lippen und verwandelte sich in der eiskalten Luft in Nebel. Nur undeutlich nahm sie das Geräusch wahr, das an eine hinter ihr ins Schloß fallende Tür erinnerte.

Dann fiel Grace nach vorn und versank in einem kalten und perfekten Weiß.

20

Hadrian Farr wandte sich von dem ausgebrannten Gebäude ab und hob die Hand, um das Gesicht vor dem unangenehmen Wind zu schützen. Der schwarze Helikopter startete von dem zweispurigen Highway und stieg über dem verlassenen Haus in den glasklaren blauen Himmel. Der Pilot in seiner Plastikkanzel salutierte zum Abschied. Dann gewann der Helikopter an Geschwindigkeit und verschwand hinter den Bergen, die das Tal umschlossen. In die Morgenluft kehrte wieder Stille ein. Hadrian senkte den Kopf und ging zu der Limousine zurück, die vor der Ruine parkte, die einst, den Überresten eines Schildes zufolge, über das er gestolpert war, ein Waisenhaus gewesen war. Er hatte den Anzug der vergangenen Nacht gegen Wollhosen und einen Norwegerpullover eingetauscht. Er griff durch das Seitenfenster, öffnete das Handschuhfach und schaltete den darin befindlichen Sender aus. Sie hatten das Signal kurz nach Einbruch der Morgendämmerung aufgespürt, aber in dem Augenblick, in dem sie landeten, hatte Hadrian bereits gewußt, daß sie zu spät kamen. Obwohl Dr. Becketts Fußabdrücke von den gespaltenen Hufen eines Hirsches verwischt waren, hatte er sie bis zum Eingang des Gebäudes verfolgen können. Hier hatte die Spur geendet. Er hatte das Waisenhaus durchsucht, aber außer Disteln und verkohlten Balken nichts gefunden. Es war, als hätte sie sich in Luft aufgelöst. Aber Hadrian wußte nur zu gut, daß Leute nicht einfach so verschwanden. Sie verschwanden immer … irgendwohin.

Er zog ein kleines Handy aus der Tasche, drückte eine Taste und hielt das Gerät ans Ohr. Eine höfliche Stimme antwortete.

»Ich habe den Wagen gefunden«, sagte Hadrian ohne Vorrede.

Die Stimme stellte leidenschaftslos eine Frage.

Er schüttelte den Kopf. »Nein, von dem Objekt keine Spur. Ich erwarte auch keine zu finden.« Er holte tief Luft, bevor er die nächsten Worte sagte. »Ich glaube, wir haben es hier mit einer Klasse Eins zu tun.«

Die Stimme am anderen Ende schwieg, dann sprach sie in sorgfältigen Formulierungen weiter.

»Ja, Sie haben mich richtig verstanden.« Ein ärgerlicher Unterton schlich sich in Hadrians Stimme. »Es ist eine Begegnung der Klasse Eins. Außerweltliche Translokation.«

Ein langes Schweigen trat ein. Als sich die Stimme wieder meldete, hatte eine gewisse Aufregung den formellen Anstrich durchbrochen.

Hadrian nickte. »Ja. Und schicken Sie sofort ein Überwachungsteam her. Es könnte Restspuren geben, Energiesignaturen oder zusammengesetzte Rückstände, die ich allein nicht entdecken kann.«

Die Stimme bestätigte seine Worte. Hadrian drückte eine Taste und steckte das Telefon zurück in die Tasche. Er blickte sich um. Unter dem einsamen Berghimmel tanzte trockenes Gras. Es war wunderschön hier. Beinahe wünschte er sich, er könnte hierbleiben, aber es gab Arbeit zu tun. Er mußte augenblicklich ins Mutterhaus nach London zurückkehren, um einen vollständigen Bericht zu erstatten. Bemühungen, das als Detective Janson bekannte Eisenherz aufzuspüren, waren gescheitert. Jedoch war es seinen Agenten vergangene Nacht gelungen, den Toten mit dem Herzen aus Eisen aus der Leichenhalle des Denver Memorial Hospital zu holen, dazu hatte er die Fotos, die er von Grace Becketts Halskette gemacht hatte. Das würde reichen, um seinen Fall zu einer Ermittlung der Klasse Eins zu machen. Für ihn würde das ein großer Sieg sein, vielleicht sogar eine Beförderung bedeuten. Begegnungen der Klasse Drei – Gerüchte über außerweltliche Wesen – waren weit verbreitet. Und Begegnungen der Klasse Zwei – Zusammenkünfte mit Leuten, die mit außerweltlichen Mächten in Kontakt getreten waren – waren zwar selten, jedoch ausführlich dokumentiert. Aber in der ganzen fünfhundertjährigen Geschichte der Sucher hatte es nicht mehr als ein Dutzend Begegnungen der Klasse Eins gegeben: der direkte Kontakt mit einem außerweltlichen Reisenden.

Hadrian seufzte. Verschiedene Gefühle durchströmten ihn. Aufregung darüber, daß er eine so große Entdeckung gemacht hatte. Sorge um Grace Beckett, die sich nun so weit außerhalb seiner Reichweite befand. Und auch ein seltsamer Neid, allein der Gedanke, daß sie nun mit beinahe absoluter Sicherheit das erlebte, von dem er immer geträumt hatte. Eine Begegnung der Klasse Null – die Translokalisation in eine andere Welt.

Er mußte über sich selbst lachen und schüttelte den Kopf. Hatte er nicht gefunden, wonach die meisten Sucher ihr ganzes Leben lang suchten? Den Beweis, daß es außer der Erde noch andere Welten gab? Er stieg in den Wagen und drehte den Zündschlüssel.

Er wendete die Limousine und blieb am Highway stehen, um einen fleckigweißen Schulbus passieren zu lassen. Die schattenhafte Gestalt des Busfahrers bedankte sich mit einem Winken. Hadrian winkte zurück, und der verwahrloste Bus dröhnte an ihm vorbei. Er bog auf den Highway und steuerte die Limousine in die andere Richtung. Einen Augenblick später erregte etwas seine Aufmerksamkeit. Neben der Straße stand eine Reklametafel. Ihre blanke Oberfläche war mit einem frischen Anstrich grauer Grundierung versehen, bereit für ein neues Bild. Davor lagen leere Farbdosen im Gras. Einen kurzen Moment stellte sich Hadrian vor, wie sein Leben wohl aussähe, wenn er die Reklametafel wäre: sauber, frisch, dazu bereit, wieder ganz von vorn anzufangen. Vielleicht fühlte es sich ja genauso an, wenn man in eine andere Welt reiste.

Er lächelte. »Viel Glück, Dr. Beckett«, flüsterte er.

Mit schnurrendem Motor raste die Limousine den Highway entlang und ließ die leere Reklametafel hinter sich zurück.

ZWEITER TEIL

Eldh

21

Travis blinzelte.

Er stand in einem Wald. Das war das erste, was ihm bewußt wurde. Das zweite war das nebeldurchwirkte Licht, das sich seinen Weg vorbei an den fahlen Bäumen suchte. Er richtete die Nickelbrille. Vor einem Augenblick war die Welt in das Dunkel der Nacht gekleidet gewesen. Jetzt war es fast schon Morgen, der gefrorene Boden war mit Schnee bestäubt. Aber wie?

Das Denken fiel schwer. Er nahm einen tiefen Atemzug und versuchte, das Summen aus seinem Kopf zu vertreiben. Die Waldluft war kalt und feucht, duftete nach Eis und Pinien. Er konnte sich nicht erinnern, jemals so gute Luft eingeatmet zu haben. Einen Moment lang war er beinahe davon überzeugt, in den nördlich der Stadt befindlichen Wäldern zu sein. Beinahe. Aber als er genauer hinsah, schienen die Bäume, die er für Espen gehalten hatte, irgendwie anders zu sein. Sie sahen so aus, wie Espen aussehen sollten – aber sie waren etwas zu groß, ihre Äste breiteten sich ein Stück zu weit aus, und ihre papierähnliche Rinde schimmerte einen Hauch zu silbrig. Darüber hinaus waren die gelegentlichen, dazwischen verteilten Nadelbäume zwar so groß und gerade wie eine Kiefer, aber er konnte sich nicht daran erinnern, daß die Nadeln der Kiefern einen Stich ins Rötliche hatten. Wo war dieser Ort? Dann lichtete sich der Nebel in seinem Gehirn, und er erinnerte sich an alles. Die Erlösungsshow, Bruder Cys Worte, die Kreaturen im Licht, und schließlich …

Er fuhr herum und rechnete fest damit, sie dort schweben zu sehen, wie ein Fenster, das auf den mondhellen Highway blickte, der nördlich an Castle City vorbeiführte. Die Reklametafel. Doch hinter ihm befand sich kein schwebendes Fenster, kein Holzgerüst, das die Reklametafel von hinten stützte, es war auch nirgendwo ein Highway in Sicht. Er stolperte vorwärts und suchte verzweifelt nach jeder Seite. Sein Gehen wurde zu einem Joggen, dann zu einem überstürzten Lauf durch den Wald. Zweige peitschten in sein Gesicht, er schlug sie beiseite. Es mußte *da* sein. Doch alles, was er sah, waren ihm unbekannte Bäume, die sich dem Himmel entgegenreckten.

Wo auch immer sich dieser Ort befand, jedenfalls nicht in Colorado.

Schließlich blieb Travis stehen und schnappte keuchend nach Luft. In seinem Kopf drehte sich alles. Die Luft war zu schneidend, zu dünn, wie die Luft auf einem hohen Berggipfel. Er griff nach dem Stamm einer Esche – oder was auch immer das für ein Baum war –, um nicht zu schwanken.

»Nun, ich hätte nicht gedacht, beim Frühstück Gesellschaft zu haben«, sagte eine tiefe Stimme hinter ihm. »Andererseits ist Gesellschaft die beste aller Überraschungen, nicht wahr? Vor allem an einem Ort, der so einsam ist wie dieser hier. Willst du nicht zu mir herüberkommen?«

Travis drehte sich verblüfft um.

Der Sprecher saß mit untergeschlagenen Beinen ein halbes Dutzend Schritte entfernt vor einem Lagerfeuer am Boden. Er war ein Mann von unbestimmbarem Alter, allerdings eher älter als jünger, denn sein dunkles, schulterlanges Haar war grau durchsetzt; Falten betonten den energischen Mund und die Augen, die die gleiche wäßrig-blaue Farbe wie der Winterhimmel über ihnen aufwiesen. Der Mann war seltsam gekleidet. Er trug ein langes Hemd aus heidegrauer Wolle, das an der Taille von einem breiten Lederband gehalten wurde, sowie eine Art enger, rehbrauner Hosen. Die Füße steckten in Lederstiefeln, und der Umhang um seine Schultern, der die Kälte abhalten sollte, hatte die Farbe von tiefem Wasser. Der Umhang wurde an seinem Hals von einer verzierten Brosche gehalten.

Der Mann erinnerte Travis an die Schauspieler des örtlichen Mittelalter-Festivals, das jeden Sommer ein paar Meilen von Castle City entfernt veranstaltet wurde. Die Angestellten kamen nach dem Schließen des Jahrmarktes oft auf einen Drink oder eine Runde Pool-Billard im Mine Shaft Saloon vorbei, noch immer in ihre anachronistischen Kostüme gekleidet, mit denen sie Adlige, Damen, Ritter und Diebe darstellten. Doch etwas an den Kleidern dieses Mannes erweckte in Travis den Eindruck, daß sie keinesfalls Teil eines Kostüms waren. Sie erschienen zu abgetragen, zu sehr von der Reise in Mitleidenschaft gezogen, zu … *real.*

Travis' Benommenheit wurde durch Vorsicht ersetzt. Wenn ihn die Reklametafel tatsächlich an einen anderen Ort gebracht hatte – einen Ort, der weit genug entfernt war, um seltsame Bäume zu haben –, dann konnte niemand sagen, wem er hier möglicherweise begegnete. Er musterte den Mann mißtrauisch. Er konnte ein Krimineller, ein Flüchtling, unter Umständen sogar ein Mörder sein.

Der Fremde grinste, als würde er Travis' Gedanken lesen. Seine Stimme war so volltönend wie ein Horn. »Du brauchst dir keine Sorgen machen, Freund. Ich bin mit ziemlicher Sicherheit das *harmloseste* Ding, dem du in diesen Wäldern begegnen wirst.« Er deutete auf das Feuer. »Dir ist kalt. Du solltest dich hinsetzen und eine Weile aufwärmen. Was kann daran schon gefährlich sein?«

Nach all dem, was sich zugetragen hatte, konnte sich Travis eine Menge vorstellen. Aber trotz seiner Schaffelljacke war ihm kalt. Seine Hände schmerzten, und seine Füße waren Eisblöcke in seinen Stiefeln. Er entschied, daß es besser war, sich mit einem Gesetzlosen zu verbrüdern als zu erfrieren, also ging er zum Feuer und setzte sich auf ein Kissen aus Kiefernnadeln. Er hielt die Hände über die Flammen und nahm die Wärme in sich auf. Ohne ein weiteres Wort zu verlieren, ergriff der Fremde einen Holzlöffel und rührte den Inhalt des Topfes um, der an einem aus grünen Ästen gefertigten Dreibein über dem Feuer hing. Er füllte zwei Holzschalen mit dem dicken Eintopf und gab Travis eine davon zusammen mit einem Löffel.

»Danke«, schaffte es Travis zu stammeln.

Der Fremde nickte knapp und fing an zu essen. Travis zögerte kurz, dann probierte er zaghaft. Im nächsten Augenblick schlang er das Essen hinunter, und es kümmerte ihn nicht, daß er sich dabei die Zunge verbrannte. Es schmeckte köstlich – mit Kräutern gewürzt, die er noch nie zuvor gegessen hatte –, und nach dem ersten Bissen hatte ihn sein Magen daran erinnert, daß er seit dem gestrigen Mittagessen nichts mehr zu sich genommen hatte.

Schließlich seufzte er zufrieden und stellte die Schale auf den Boden. Wärme kroch durch seinen Körper. Erst jetzt bemerkte er, daß der Fremde ihn betrachtete. Nein, ihn förmlich *studierte*. Travis rutschte unbehaglich auf dem Boden umher. Die scharfen blauen Augen des Mannes hatten etwas Seltsames an sich. Sie schienen viel zu alt für den Rest des Gesichts zu sein.

Der Fremde blinzelte, und sein Blick war nicht mehr so bohrend. »Du brauchst keine Angst zu haben, Freund. Meine Augen sind nicht so scharf wie die anderer, und falls ich überhaupt etwas in dir gesehen habe, ist es weder in Schatten gehüllt noch schlecht. Ich nenne dich Freund, und das wirst du auch sein, zumindest, soweit es mich betrifft.«

Er sammelte die Schalen und Löffel ein, wischte sie mit einer Handvoll Kiefernnadeln sauber und stellte sie in den Topf. Er verstaute die Kochutensilien in einem kleinen Rucksack, dann wandte er seine Aufmerksamkeit wieder Travis zu. »Nun, es widerspricht allen Gesetzen der Gastfreundschaft, einen Gast mit Fragen zu bedrängen, solange sein Magen leer ist. Aber jetzt haben wir unser Frühstück gehabt, und ich halte die Zeit für die Vorstellungen für gekommen.«

Travis wollte etwas sagen, aber der Fremde hinderte ihn daran mit einer erhobenen Hand.

»Warte, Freund«, sagte er. »Ohne eine heiße Tasse *Maddok* kann man sich nicht vernünftig vorstellen. Heutzutage mag dies kein zivilisiertes Land mehr sein, aber das heißt ja nicht, daß wir uns wie Barbaren benehmen müssen.«

Travis biß sich auf die Zunge. Etwas sagte ihm, daß der Fremde keinen Widerspruch gewöhnt war. Der Mann zog einen Zinnkessel unter den rotglühenden Holzscheiten hervor und goß eine dunkle Flüssigkeit in zwei Tontassen. Dabei fiel Travis auf, daß er an der rechten Hand einen schwarzen Lederhandschuh trug, während die linke Hand unbedeckt war. Das schien eine seltsame Affektiertheit zu sein, aber der Fremde hatte viel an sich, das Travis seltsam vorkam.

Er nahm einen der Becher entgegen und blickte hinein. Er hatte noch nie von *Maddok* gehört, aber seiner Meinung nach sah das verdächtig nach Kaffee aus. Er führte den Becher zum Mund und trank einen Schluck. Und sofort war ihm klar, daß *Maddok* alles *andere* als Kaffee war. Er war viel bitterer, aber durchaus nicht unangenehm, darüber hinaus war er aromatischer, mit einem nussigen Geschmack. Fast augenblicklich verspürte Travis ein Prickeln im Magen. Er schüttelte den Kopf, hellwach, als hätte er die ganze Nacht geschlafen. Er starrte den Becher überrascht an, dann trank er den Rest der heißen Flüssigkeit.

Der Fremde lachte, hob seinen Becher und nahm einen großen Schluck. Dann sprach er in einem formellen Ton. »Mein Name ist Falken. Falken von Malachor. Ich bin Barde, dem Recht und dem Handwerk nach.«

Travis holte tief Luft, nun war er an der Reihe. »Mein Name ist Travis Wilder.« Irgendwie klang das nicht ganz so interessant wie die Vorstellung des Fremden. Er suchte nach etwas, das er noch hinzufügen konnte. »Ich weiß nicht, ob ich dem Recht nach irgendwas bin, aber ich besitze einen Saloon.«

»Einen Saloon?« fragte Falken stirnrunzelnd.

Travis nickte. »Das stimmt. Einen Saloon. Du weißt schon, so was wie eine Bar.« Seinem Gesichtsausdruck nach zu urteilen, wußte Falken es offensichtlich *nicht*. Travis versuchte es weiter. »Ein Pub? Eine Wirtschaft?«

Auf Falkens Gesicht leuchtete Verstehen auf. »Natürlich, du bist ein Schankwirt. Ein alter und ehrenvoller Beruf, zumindest in diesem Land.«

Travis reagierte darauf bloß mit einem Schulterzucken, obwohl er im Inneren einen gewissen Stolz verspürte. Noch nie zuvor hatte er irgend etwas von dem, was er so tat, als *ehrenvoll* betrachtet.

Falken setzte den Becher ab. »Aber etwas sagt mir, daß du nicht aus dieser Gegend stammst.«

Travis kratzte sich am Kinn. »Ich bin mir nicht sicher.« Ihm drängte sich eine Frage auf. Sie war total verrückt, aber er mußte sie stellen. »Wo genau befindet sich diese Gegend?«

Zu seiner Überraschung lachte Falken nicht. Statt dessen musterte der Barde Travis ernst, dann sprach er in wohlüberlegten Worten. »Im Augenblick sind wir tief im Winterwald, einem großen und uralten Wald, viele Meilen nördlich der Domäne von Eredane.«

Der Klang der seltsamen Namen verschaffte Travis eine Gänsehaut. »Die Domäne von Eredane?«

Falken beugte sich plötzlich mit einem äußerst interessierten Gesichtsausdruck vor. »Das ist richtig. Eredane ist eine der sieben Domänen im Norden des Kontinents Falengarth.«

Travis nickte ruckartig, als würde das einen Sinn ergeben,

wovon natürlich nicht die Rede sein konnte. »Ich verstehe.« Er suchte nach einer Möglichkeit, die nächste Frage so zu formulieren, daß sie nicht völlig absurd klang. Es funktionierte nicht. Er stellte sie trotzdem und tat sein Bestes, so beiläufig wie möglich zu klingen. »Und die Welt, von der wir hier sprechen, ist ...?« Seine Frage verklang in der kalten Luft. Plötzlich fror er wieder.

Falken runzelte die Stirn. »Nun, natürlich Eldh.«

Die Worte trafen Travis wie ein Donnerschlag. Der Schritt durch die Reklametafel hatte ihn nicht an einen anderen Ort versetzt, sondern auf eine andere Welt. Die Welt, von der Schwester Mirrim bei der Erlösungsshow gesprochen hatte. Es gab keine andere Erklärung. Die seltsamen Bäume, die ungewohnte Luft, Falkens seltsame Kleidung. So unmöglich es auch erschien, es war die einzige Antwort, die einen Sinn ergab.

Das hier war nicht die Erde.

Mit dem Wissen kam ein neuer, schrecklicher Gedanke, und eine Woge der Panik schnürte ihm die Luft ab. Auf dieser Seite hatte es keine Spur von der Reklametafel gegeben, kein Fenster, das auf Castle City hinausblickte.

Wie sollte er zurückkehren?

22

Travis fühlte, wie man ihm etwas in die Hand drückte. Es war ein Tonbecher *Maddok*. Er hob den Becher und schluckte die warme Flüssigkeit. Sein Verstand klärte sich, und die Panik wich etwas, obwohl sie nicht verschwand. Falken war an seiner Seite, in seine wölfischen Gesichtszüge stand Besorgnis geschrieben.

»Geht es dir gut, Travis Wilder?«

Travis schüttelte benommen den Kopf. Ging es ihm gut? Gestern hatte er seinen besten Freund, sein Zuhause, seine ganze Welt verloren. Es ging ihm alles andere als gut.

»Ich werde schon nicht in Ohnmacht fallen, wenn es das ist, was du meinst«, sagte er.

Anscheinend zufrieden mit der Antwort kauerte Falken in der Hocke und rieb sich nachdenklich das Kinn. Er sprach mit leisem Staunen, mehr im Selbstgespräch als an Travis gerichtet. »Du kommst also aus einer anderen Welt. Ich habe davon gehört, allerdings hätte ich niemals damit gerechnet, persönlich einem Beweis dafür gegenüberzustehen. Doch ich muß gestehen, daß ich in dem Moment, in dem ich dich erblickte, wußte, daß an dir etwas Ungewöhnliches ist. Und es war nicht nur deine seltsame Kleidung und Sprechweise. Du hast etwas Andersweltliches an dir, Freund.«

Der *Maddok* hatte seine Gedanken geordnet, und Travis brachte ein mühsames Auflachen zustande. »Ich habe etwas Andersweltliches an mir? Das ist witzig, aber ich hätte dasselbe über dich gesagt, Falken. Nur ist es ja wohl *deine* Welt und nicht meine.« Er stellte den leeren Becher mit zitternden Händen ab. »Aber wenn das hier tatsächlich eine andere Welt ist, dann habe ich nur eine Frage: Was tue ich hier?«

Falken faltete die Hände zusammen. »Eine gute Frage, auf die auch ich gern die Antwort wüßte. Der Morgen nimmt seinen Verlauf, und ich wollte eigentlich heute früh aufbrechen, denn ich habe noch einen langen Weg vor mir. Aber es könnte sein, daß sich die Zeit lohnt, die deine Geschichte dauert. Das heißt, wenn du sie erzählen möchtest.«

So seltsam Falken auch sein mochte, er hatte etwas an sich, das Travis Vertrauen einflößte. Davon abgesehen hatte er im Augenblick sonst keinen Freund auf der Welt. Und auf dieser Welt schon gar nicht. Eine tief empfundene Einsamkeit stieg in ihm auf, aber er tat sein Bestes, sie herunterzuschlucken.

Er nickte. »In Ordnung, Falken. Vielleicht ergibt das, was mir zugestoßen ist, ja für dich mehr Sinn als für mich.«

Während aus den silbernen Sonnenstrahlen zwischen den Bäumen ein goldener Schein wurde, erzählte Travis alles, was ihm seit dem vergangenen Abend zugestoßen war. Es war fast eine Erleichterung, die seltsamen Geschehnisse mit jemandem zu teilen. Nur eine Sache behielt Travis für sich, obwohl er sich über den Grund dafür nicht ganz im klaren war. Vielleicht war es einfach zu persönlich und zu aufwühlend, daran zu denken. Was auch immer der Grund dafür war, Travis sprach nicht von dem Augenblick, in dem Jack seine Hand ergriffen hatte, oder daß es sich angefühlt hatte, als wäre er von einem Blitz getroffen worden.

Falken lauschte die ganze Zeit mit großer Aufmerksamkeit und unterbrach ihn nur dann, wenn er Fragen über Wörter stellte, die ihm unbekannt waren, so wie *Auto* oder *Telefon*. Travis kam zum Ende seiner Geschichte, und der Barde schwieg eine Zeitlang mit nachdenklichem Gesichtsausdruck. Es waren nur das Knistern des ersterbenden Feuers und die Musik des Windes in den Bäumen zu hören.

»Ich glaube, dein Freund Jack Graystone war irgendeine Art von Zauberer«, sagte Falken schließlich.

Travis starrte den Barden ungläubig an. »Ein Zauberer?«

Falken nickte. »In deiner Geschichte ist offensichtlich Magie am Werk, und sie scheint sich um deinen Freund zu drehen. Zauberer interessieren sich oft für alte Gegenstände, das paßt zu der Beschreibung Graystones. Zwar wird man das nie mit Sicherheit bestätigen können, aber es scheint eine glaubhafte Erklärung zu sein.«

Travis fing an zu protestieren, daß das unmöglich sei, verstummte dann aber. War es das wirklich? Je mehr er darüber nachdachte, desto eher schien Magie eine bessere Erklärung für all das zu sein, was geschehen war. Er war sich nicht sicher, ob er an Magie glaubte, andererseits konnte er auch nicht von sich behaupten, daß er *nicht* daran glaubte. Wie bei so vielen anderen Dingen im Leben hatte er sich einfach nie für eine der beiden Möglichkeiten entschieden.

»Vielleicht würde es uns weiterhelfen, wenn wir wüßten, was in der Schatulle ist«, sagte Falken.

Travis griff in die Tasche und schloß die Finger um das Eisenkästchen. Jack hatte ihn davor gewarnt, es zu öffnen, aber zu dieser Zeit hatte er befürchtet, daß seine Verfolger in unmittelbarer Nähe waren. Soweit es Travis betraf, trennte ihn nun eine ganze Welt von den Wesen im Lichtschein. Außerdem verspürte er plötzlich eine brennende Neugier, was sich eigentlich darin befand. Er holte es hervor und stellte es zwischen Falken und sich auf den Boden. Im Licht des Morgens sah das Kästchen dunkel und gewöhnlich aus, und die eingravierten Symbole auf den Seiten und dem Deckel waren kaum zu sehen. Er zögerte kurz, dann öffnete er mit einer schnellen Bewegung den Verschluß und hob den Deckel.

Es war ein Stein.

Der Stein war klein genug, um mühelos in der Hand gehalten zu werden, und perfekt gerundet, wie eine überdimensionale Murmel. Die Farbe war ein gesprenkeltes Graugrün.

»Ein Stein?« Travis stöhnte. »Ich habe das alles für einen *Stein* durchgemacht?«

Er nahm den Stein heraus. Sofort spürte er, daß mehr als vermutet an ihm dran war. Der Stein war glatt, beinahe ölig, obwohl er keinen Rückstand auf der Haut hinterließ. Er drehte ihn, und das morgendliche Licht entlockte der ansonsten matten Oberfläche einen flüchtigen, in allen Farben des Regenbogens schimmernden Glanz. Je länger er ihn betrachtete, um so schöner fand er ihn. Er hielt den Stein Falken hin.

»Hier, sieh ihn dir an.«

Der Barde schüttelte den Kopf und nahm schnell die Hände auf den Rücken, als wollte er der Versuchung entgehen. »Nein, ich glaube nicht, daß ich das tun werde, Travis Wilder. Dein Freund Graystone hat ihn dir und allein dir gegeben. Ich glaube nicht, daß er für andere Hände bestimmt ist, zumindest nicht Hände wie die meinen.«

Travis wußte nicht, wie er Falkens Worte interpretieren sollte. Er betrachtete den Stein noch einen Moment lang, dann legte er ihn wieder in die Schatulle zurück. Zögernd schloß er den Deckel. Jetzt, nachdem er den Stein gesehen und seine Schönheit erkannt hatte, schien es eine Schande zu sein, ihn zu verstecken. Schon vermißte er das Gefühl, das seine Glätte auf seiner Haut hervorrief, das Gewicht in seiner Hand. Er wollte den Deckel wieder öffnen, aber Falkens Aktivitäten hielten ihn davon ab. Der Barde verstreute eine Handvoll Erde auf die Überreste des Feuers, um es zu löschen, dann verstaute er Becher und Kessel in seinem Rucksack, verschnürte ihn und stand auf.

»Nun, ich glaube, wir haben schon genug von diesem Tag verschwendet.« Falken kniff die Augen zusammen und blickte durch die Baumwipfel hindurch in den blauen Himmel. »Es ist besser, man bricht auf, solange das Wetter gut ist, denn zu dieser Jahreszeit können ohne jede Vorwarnung Stürme aus den Eisenzahnbergen hervorbrechen.« Er wandte sich Travis zu. »Ich reise zur Zeit nach Süden, in das unbedeutende Königreich Kelcior. Dort hoffe ich ein paar Bekannte von mir zu treffen. Zu Fuß sind das einige Tagesmärsche, aber du kannst dich mir gern anschließen. Ich würde es sogar empfehlen, denn hier gibt es im Umkreis vieler Meilen weder eine Festung noch ein Dorf. Zumindest keine, die in den vergangenen tausend Jahren von Menschen bewohnt wurden.« Er warf sich den Rucksack über die Schulter.

Travis nahm die Schatulle und sprang von frischer Panik erfüllt auf die Füße. Es war eine Sache, in diesem seltsamen Wald zu sitzen und mit Falken Kaffee zu trinken – oder was auch immer dieses Zeug darstellte. Das war beinahe nett gewesen. Aber dem Barden zu folgen, tief hinein in diese … Welt, das war etwas völlig anderes. Die Reklametafel hatte ihn an diesen Ort gebracht. Wenn er ihn nun hinter sich ließ, wußte er nicht, wie sich ihm jemals wieder die Chance bieten sollte, ihn wiederzufinden.

»Warte eine Minute, Falken«, sagte er. »Du hast noch immer nicht meine Frage beantwortet. Was tue ich hier? Und wie soll ich nach Hause zurückkommen?«

Der Barde schüttelte den Kopf. »Ich fürchte, Travis, ich kann keine deiner Fragen beantworten. Doch ich hoffe, daß wir unterwegs vielleicht ein paar Antworten finden. Auf jeden Fall glaube ich langsam, daß es kein Zufall war, daß ich dir hier begegnet bin.«

Etwas von Travis' Panik wurde durch Verwirrung ersetzt. »Was willst du damit sagen?«

Falkens Blick wurde nachdenklich. »Das Schicksal ist eine tüchtige Weberin. Sie verschwendet keinen Faden unnötig, und man kann gerechterweise sagen, daß sie so viele Geschicke wie möglich in ein Geschehen einwebt.« Der Barde lächelte geheimnisvoll. »Also werden wir wohl einfach unsere Augen offenhalten müssen, was deine Antworten angeht, Freund.«

Und Falken drehte sich kurzerhand um und marschierte los. Travis starrte ihm hinterher. Was sollte er tun? Aber noch während er sich diese Frage stellte, wußte er, daß er eigentlich keine Wahl hatte. Er hatte sich wieder einmal im Leben von den Gezeiten des Zufalls treiben lassen, und hier hatten sie ihn an den Strand geworfen. Mit einem tiefen Seufzer steckte Travis die Hände in die Jackentaschen und ging schleppend hinter dem Barden her.

23

Den ganzen Tag lang folgte Travis Falken durch die gefrorene Stille des Winterwaldes.

Travis platzte fast vor Fragen. Wie weit entfernt *war* dieses Reich Kelcior? Wer genau *waren* diese Leute, die Falken traf? Würde auch nur *einer* von ihnen ihm dabei helfen können, einen Heimweg zu finden? Aber er war gezwungen, die Fragen auf später zu verschieben, da ihn das Luftholen ausreichend beschäftigte. Der Barde gab ein schnelles Tempo vor, ob es nun über unebenen Waldboden ging, sie steile Hänge hinauf- oder schneebedeckte Senken hinuntermußten. Trotz seiner langen Beine mußte sich Travis ganz schön anstrengen, um mithalten zu können. Der Wald veränderte während dieses ersten Tages sein Antlitz nur wenig und setzte sich in der Hauptsache aus hellen Espen, die keine Espen waren, und hier und da aus Gruppen rötlicher Kiefern, die keine Kiefern waren, zusammen. Es dauerte nicht lange, und Travis entdeckte eine dritte Sorte Baum beziehungsweise Strauch. Es handelte sich um ein bläuliches Immergrün, dessen federähnliche Zweige mit an Perlen erinnernden Beeren gesprenkelt waren. Im Streben nach Einheitlichkeit entschloß sich Travis, sie Wacholderbeeren, die keine Wacholderbeeren waren, zu nennen.

Bald erhob sich die Sonne über den kahlen Bäumen in die kobaltblaue Himmelskuppe. Wie alles andere hatte auch die Sonne etwas Seltsames an sich. Sie hing etwas zu groß am Himmel und verlieh allem eine helle und zugleich trübe Patina, wie Schellack auf einem Renaissancegemälde. Irgendwann erinnerte sich Travis, wo er ein derartiges Tageslicht zuvor gesehen hatte. Es war vor ein paar Jahren in Castle City gewesen, während einer teilweisen Sonnenfinsternis. Für kurze Zeit hatte der Mond ein kleines Stück aus der Sonnenkugel herausgebissen, und ein trübes, aber dennoch ergiebiges Zwielicht hatte sich über das Tal ergossen, das an angelaufenes Kupfer denken ließ. Das Halblicht hatte alles auf eine seltsame Weise alt aussehen lassen, und genau das gleiche tat es in dieser Welt.

Wenn sie gelegentlich einen kleinen Hügel erklommen hatten, erhaschte Travis einen Blick auf Berge, die am Horizont wie eine finstere Mauer in die Höhe schossen. Obwohl der Rest des Himmels völlig klar war, brüteten Wolken hinter den scharfkantigen Gipfeln. Sie erfüllten Travis mit einer namenlosen Vorahnung, obwohl er nicht hätte sagen können, warum das so war, und es erleichterte ihn, daß sie sich von den Bergen entfernten, statt auf sie zuzugehen.

Am späten Nachmittag verlor er Falken.

Travis kletterte mit einem Grunzen einen steinigen Abhang hinauf. Oben auf dem Kamm beugte er sich vornüber, stützte die Hände auf die Knie und versuchte, wieder zu Atem zu kommen. Sein Magen knurrte protestierend – es schien beklagenswert lange herzusein, daß sie neben Falkens Lagerfeuer den Eintopf gegessen hatten –, und er fragte sich, wie lange es wohl noch dauerte, bevor sie eine Rast einlegten und hoffentlich einen Bissen zu sich nahmen. Er hob den Kopf, um zu sehen, wie weit der Barde voraus war.

Falken war nirgendwo in Sicht. Travis blickte sich um, aber da war nur leerer Wald. Furcht stieg in ihm auf, und er legte die Hände an den Mund.

»Falken! Wo bist …?«

»Schrei hier nicht rum, du Narr!« zischte eine Stimme in sein Ohr. Travis klappte den Mund zu und fuhr vor Erschrecken beinahe aus der Haut. Er wirbelte herum, dann wich die Angst der Erleichterung, als er Falken erblickte. Der Barde runzelte mißbilligend die Stirn. Das Echo von Travis'

Ruf erstarb in der Luft, als hätte die unnatürliche Stille es erstickt.

»Es tut mir leid, Falken.« Travis flüsterte die Worte, nicht willens, die bedrückende Stille des Waldes erneut zu brechen, da sie ihn an eine andere Stille erinnerte, die über dem Farmhaus in Illinois gehangen hatte, in dem er aufgewachsen war.

Er war dreizehn Jahre alt gewesen. Tag für Tag war sein Vater wie ein Roboter aus einem Weltraumfilm im Spätprogramm durch das Haus gewankt, während seine Mutter so stetig dahingewelkt war wie die Blumen auf der Küchenfensterbank. Die Atmosphäre im Haus war so abweisend gewesen, daß sich Travis kaum getraut hatte, etwas zu sagen, vor allem nicht das eine Wort, das etwas bedeutet hatte. *Alice.* Als wenn sie jetzt, wo sie nicht mehr da war, wo man sie in ihrem kleinen Sarg in den Boden hinabgesenkt hatte, so hätten tun müssen, als hätte sie niemals existiert.

»Travis?«

Er schüttelte den Kopf. Falken schaute ihn noch immer finster an.

»Ich dachte, ich hätte dich verloren«, sagte Travis.

»Du hattest mich auch verloren«, erwiderte der Barde. »Obwohl ich dich nicht verloren habe.« Seine Miene hellte sich auf. »Es ist natürlich meine Schuld. Ich hätte dich früher warnen sollen. Also will ich es jetzt tun. An einem Ort wie diesem ist es keine gute Idee, zu rufen oder gar die Stimme zu heben. Dies hier ist kein böses Land, aber es ist auch nicht weit vom Bösen entfernt. Es ist besser, man erregt keine Aufmerksamkeit, wenn man nicht weiß, wer zuhören könnte.«

Wie um Falkens Warnung zu unterstreichen, flog über ihren Köpfen ein Schatten vorbei und stieß ein heiseres Krächzen aus, das durch den Wald hallte. Die beiden Männer sahen schnell genug auf, um einen Raben zu erkennen, der über den Baumwipfeln vorbeiraste und in der Ferne verschwand.

Falken schüttelte den Kopf. »Es scheint, als käme meine Warnung zu spät. Aber ich glaube, wir können guten Mutes sein, daß es sich einfach nur um einen ganz gewöhnlichen Raben handelte, den dein Ruf aus seinem Nest aufscheuchte. Wenn es etwas anderes war, dann ist es zu spät, um sich darum zu sorgen.«

Travis fragte sich, was wohl mit dem *etwas anderen* gemeint war, aber er war auch schon so beunruhigt genug und fragte nicht nach. Doch es war ihm nicht entgangen, daß der Rabe auf die schroffen Gipfel zugeflogen war.

»Es wäre das beste, bei Sonnenuntergang so weit wie möglich von den Bergen entfernt zu sein«, sagte Falken.

Der Barde nahm seinen Rucksack auf und setzte sich wieder in Bewegung. Trotz seiner Erschöpfung wurde Travis bewußt, daß er nicht das geringste Bedürfnis verspürte, noch länger an diesem Ort zu verweilen. Er sammelte seine Kraft und eilte hinter Falken her.

An diesem Abend schlugen sie ihr Lager im Schutz einer Gruppe Kiefern auf, die keine Kiefern waren, und bald legte sich das Zwielicht wie ein Mantel über den Wald. Falken errichtete mit Feuerstein und Zunder ein kleines Feuer und erwärmte die Reste des morgendlichen Eintopfs. Sie aßen schweigend; der lange Marsch hatte sie hungrig gemacht. Doch als die Eßutensilien wieder in Falkens Rucksack verstaut waren, rückten sie nahe an das wärmende Feuer heran und unterhielten sich leise.

Travis hätte gern Fragen gestellt, aber er wußte nicht, wo er überhaupt anfangen sollte. Glücklicherweise schien Falken in der richtigen Stimmung für eine Unterhaltung zu sein, und eine Zeitlang sprach er über Dinge, die seiner Meinung nach für einen Fremden auf dieser Welt von Interesse sein konnten. Er fing mit den Namen der Bäume an. Die rötlichen Kiefern hießen *Sintaren*, was Dämmerungsnadel bedeutete. Die wacholderbuschähnlichen Sträucher hießen *Melindis* oder Mondbeeren. Und die geisterhaften Bäume, die Travis an Espen erinnerten, hatten den schönsten Namen: *Valsindar*, was Königssilber bedeutete. Aber wie Falken erklärte, wurden sie meistens Quecksilberbäume genannt, nach der Art und Weise, in der sie bei dem geringsten Windhauch erzitterten.

Danach sprach Falken von Eldhs Geographie, damit Travis eine Vorstellung davon hatte, wo genau er sich auf dieser Welt befand. Im Augenblick durchwanderten sie den hohen Norden des Kontinents namens Falengarth. Kelcior, das Ziel ihrer Reise, lag im Süden, und jenseits davon befanden sich die sieben Domänen, in denen viele Menschen lebten.

Travis sah in den Wald hinein, und eine Frage drängte sich ihm auf. »Was ist mit diesem Ort, Falken? Lebt hier denn keiner?«

Ein Schatten glitt über Falkens Gesicht, der Trauer hätte sein können. »Doch, aber das ist lange her. Wir bewegen uns durch einen Landstrich, der einst innerhalb der Grenzen des Königreichs Malachor lag. Damals gehörte der ganze Norden Falengarths der Krone dieses Reiches. Aber Malachor fiel vor sieben Jahrhunderten und ist nicht mehr.«

Travis runzelte die Stirn. Hatte sich der Barde nicht am Morgen als Falken von Malachor vorgestellt? Natürlich war es möglich, daß Falken seine Herkunft von dem alten Königreich ableitete. Das würde erklären, warum der Barde durch diesen trostlosen Wald wanderte.

Falken fuhr fort. »Ich wage zu behaupten, daß dein Messer aus malachorianischer Herstellung stammt.«

Travis blickte überrascht auf das Stilett in seinem Gürtel herab. Er hatte das Messer völlig vergessen gehabt. Im Magician's Attic – und auf dem Highway nördlich von Castle City – hatte es blutrot aufgeleuchtet, aber jetzt war der in seinen Knauf eingelassene Rubin kalt und dunkel. »Mein Freund Jack Graystone hat mir das gegeben«, sagte Travis. »Aber wie sollte Jack an ein Messer von dieser Welt kommen?« Noch während er die Frage stellte, kannte er die Antwort. Seine Augen weiteten sich vor Überraschung.

Falken nickte ernst. »Ja, Travis, ich glaube, daß dein Freund Jack von Eldh kam. Obwohl sie hier sehr selten sind, hat es doch den Anschein, daß Zauberer auf meiner Welt alltäglicher sind als auf deiner. Siehst du, es ist kein Zufall gewesen, der dich an diesen Ort geführt hat, obwohl ich noch immer nicht auch nur die geringste Vorstellung davon habe, was der wahre Grund dafür sein könnte.« Er zeigte auf das Stilett. »Wenigstens hat dir dein Freund zum Abschied ein kostbares Geschenk gemacht. Eine malachorianische Klinge ist ein Schatz, wie ihn nur wenige Könige ihr eigen nennen können. Auf dieser Welt haben niemals bessere Schmiede Metall bearbeitet, es sei denn, man zählt die Zwerge in ihren Bergschmieden mit – aber die Dunkelelfen sind nur eine Legende, und dazu eine, an die sich kaum noch jemand erinnert, was überhaupt für das ganze Kleine Volk gilt.«

Travis strich mit dem Finger über das Messer, als könnte er die vielen Jahre ertasten, die darauf ruhten. Eine weitere Frage fiel ihm ein, aber schon in dem Moment, in dem er sie aussprach, wünschte er sich, er hätte es nicht getan, denn das Feuer schien schwächer zu werden, und die Kälte drängte sich hungrig dichter heran.

»Gibt es jenseits der dunklen Berge noch Land?« flüsterte er.

Falken blickte ihn durchbohrend an. »Es ist besser, in der

Dunkelheit nicht von dem zu sprechen, was jenseits von Fal Threndur liegt.«

Und damit war die Unterhaltung zu Ende. Falken schob die in der Asche des Feuers rotglühenden Holzscheite zu einem Kreis zusammen, dann war es Zeit zum Schlafen. Am Himmel war ein Halbmond aufgestiegen. Wie die Sonne war auch er größer, als Travis es gewohnt war, nur daß er sogar beträchtlich größer war. Er schien die Baumwipfel fast zu berühren. Und wie um jeden Zweifel zu widerlegen, den Travis möglicherweise noch gehabt hatte, daß es sich hier tatsächlich um eine andere Welt handelte, waren sogar die Sterne viel zu nah, zu hell und bildeten am Himmel fremde Konstellationen.

Sein Zittern blieb nicht unbemerkt.

»Hier, nimm das.« Falken zog ein Stoffbündel aus seinem Sack und gab es Travis. »Er ist alt und an den Säumen etwas ausgefranst, aber der Stoff hält noch immer warm.«

Travis entfaltete das Bündel. Es war ein Umhang. Der perlgraue Stoff war dick und weich; er schien das Mondlicht zu absorbieren.

»Es gibt keine schöneren Gewänder als die Nebelmäntel aus Perridon«, sagte Falken. »Er wird dich warm halten, selbst in der schlimmsten und feuchtesten Kälte.«

Travis musterte seinen seltsamen Reisegefährten, erstaunt über dessen Freundlichkeit, aber nichtsdestotrotz auch dankbar dafür. »Danke, Falken«, sagte er. »Ich danke für alles.«

Als der Barde darauf schließlich antwortete, glitzerten seine Augen im Zwielicht. »Du wirst dir vielleicht noch wünschen, mir nicht gedankt zu haben, Travis Wilder.« Aber was diese Worte bedeuten sollten, das sagte er nicht.

Travis legte sich neben den Überresten des Feuers auf ein Bett aus Kiefernnadeln und Moos, dann wickelte er sich in den Umhang ein. Bald hörte das Zittern auf. Er dachte an all die seltsamen und unglaublichen Dinge, die ihm in den letzten beiden Tagen zugestoßen waren, und war der festen Überzeugung, daß Schlaf unmöglich sei. Doch die von den Anstrengungen des Tages herrührende Erschöpfung siegte bald über die Sorgen, und ehe es Travis sich versah, schlummerte er ein.

Später sollte er es nie mit Bestimmtheit sagen können, aber als Travis einschlief, kam es ihm so vor, als säße Falken noch immer vor den glühenden Holzscheiten und hätte ein Instrument, eine Art Laute, aus dem Rucksack gezogen. Der Barde zupfte eine leise Melodie, und eine Zeitlang später, als die seltsamen Sterne hoch oben am Himmel funkelten, begann er mit leiser Stimme zu singen. Er sang von Erinnerungen und Verlust, doch vor allem über Schönheit. Und ob es nun ein Traum war oder nicht, die Worte blieben Travis für den Rest seines Lebens in seiner Erinnerung haften:

»Der strahlende Turm ist gefallen.
Die hohen Mauern stehen nicht mehr …
Und doch flog ich auf
des Traumes Schwingen
wieder nach Malachor.

Wie stumm lagen die Gärten
unter der schattenverhüllten Feste …
Doch im Zwielicht
blühte eine Rose,
und ihre Blätter weinten Tau.

Vor einem Thron aus Silber
standen die Säulen in Zweierreihen …
Aber die Halle
zur Ruine verfiel,
wo jetzt Valsindar wächst.

Einsam wanderte ich dort umher,
doch als ich dann verweilte …
Ertönten stumme Stimmen,
und Erinnerungen sangen
in dieser Waldesgruft.

Aber schließlich wuchsen die Abendschatten,
und ich träumte nicht mehr …
Aber voll Glück kann ich verkünden,
daß ich sie kannte,
die Lichter von Malachor.«

24

Entweder war der Weg weniger beschwerlich als am Vortag, oder Travis hatte sich bereits an die dünnere Luft dieser neuen Welt gewöhnt. Den ganzen Tag lang stapfte er hinter Falken durch den stillen Winterwald und hielt Schritt, so daß er den Barden kein einziges Mal aus den Augen verlor.

Während die geisterhaften *Valsindar* an Travis vorbeihuschten, wanderten seine Gedanken zu Castle City zurück. Vermutlich würde man ihn in der Zwischenzeit vermissen. Zweifellos hatte Sheriff Dominguez ihn auf die Liste der vermißten Personen gesetzt, und Deputy Windom würde jeden Bewohner der Stadt nach ihm und seinem Aufenthaltsort befragen. Wenigstens war Max da, um den Saloon weiterzuführen. An diesem Punkt verspürte Travis eine tiefe Sehnsucht nach der verqualmten Wärme des Mine Shaft Saloons und dem vertrauten Klang von Jacks Stimme. Das Gefühl des Verlustes durchfuhr sein Herz wie ein scharfer Stich; er rieb sich die rechte Hand.

Aber nach einer gewissen Zeit schüttelte er den Kopf. Das waren melancholische Gedanken, andererseits war der Winterwald ein melancholischer Ort. Ein Schatten lastete auf ihm, aber dieser Schatten war kein Teil *von* ihm, und es handelte sich um eine beinahe süße Traurigkeit, die wie eine Erinnerung an Schönheit hier zwischen den Bäumen hing. Er seufzte, als er hinter Falken hermarschierte. Manchmal war es völlig in Ordnung, traurig zu sein.

Es war später Nachmittag, und die Sonne war gerade hinter die Baumspitzen getaucht, als Travis und Falken zu einer Lichtung kamen. Die Stille des Waldes lastete schwer auf diesem Ort, und die beiden Männer blieben langsam stehen.

Die Lichtung war ungefähr kreisrund und wies einen Durchmesser von etwa dreißig Schritten auf. Nichts wuchs auf dem gefrorenen Boden, nicht einmal Gras oder Hirse.

In der Mitte stand eine Steinsäule. Aus dunklem Vulkangestein herausgemeißelt, war sie so groß wie ein Mann und etwa halb so breit. Die Zeit und die Elemente hatten ihre Oberfläche verwittert. Angetrieben von Neugier – vielleicht auch von einer anderen Macht – näherte sich Travis dem Stein. Nun wurde ersichtlich, daß ihn eingemeißelte Bilder bedeckten, aber sie waren kaum zu erkennen; Jahrhunderte des Windes, des Regens und des Eises hatten sie so gut wie abgeschliffen. Als er sich dem Stein näherte, wurde die Luft dunkler und kälter, es war, als wäre er in einen Schatten getreten. Er hob den Arm und griff nach der rauhen, felsigen Oberfläche.

»Nein, Travis, faß ihn nicht an«, flüsterte eine Stimme an seiner Seite sanft, aber eindringlich.

Travis stand wie erstarrt da. Der Stein schien sein Bewußtsein zu füllen und alles andere zu verdrängen. Er erschauderte und zog die Hand schließlich mit einer großen Anstrengung zurück. Er wollte schlucken, aber sein Mund war staubtrocken.

»Was ist das für ein Ort, Falken?« fragte er. Die unnatürliche Stille erstickte seine Worte.

»Er ist böse.« Der Mund des Barden war zu einem grimmigen Strich verzogen. Er ging um den Monolithen herum, sorgfältig darauf bedacht, ihm nicht zu nahe zu kommen. »Das ist ein Relikt eines uralten Krieges, eines Krieges, der vor langer Zeit in diesem Land ausgefochten wurde. Ich glaube, damals nannte man diese Dinger *Pylonen*. Ich war der Überzeugung, man hätte alle Spuren des Fahlen Königs schon vor langer Zeit vernichtet. Anscheinend war das ein Irrtum.«

Travis starrte den Monolithen an. Die Worte des Barden dröhnten in seinem Kopf, und er glaubte Tausende blutroter Funken zu sehen, die wie Flammenschein von den emporgereckten Speeren eines glitzernden Heeres funkelten, das auf eine gewaltige, im Schatten liegende Festung zumarschierte. Leiser, deutlich zu hörender Hörnerschall ertönte, als das Heer des Lichts nach vorn drängte, bis es wie ein winziges, weißes Schiff aussah, das sich auf einem wogenden Meer aus Finsternis verlor.

»Laß uns gehen«, sagte Falken. »Hier finden wir nichts Gutes. Selbst nach all diesen Jahrhunderten hat das Land nichts von dem Bösen vergessen, das einst hier lauerte.«

Travis schüttelte den Kopf, und die Vision zerschmolz in der kalten Luft. Er trat von dem Stein zurück, und der Tag hellte sich wieder auf. Er warf noch einen letzten, verstörten Blick auf den Monolithen, dann eilte er hinter Falken her. Bis jetzt hatte der Barde ein scharfes Tempo vorgelegt, aber nun mußte sich Travis fast im Laufschritt bewegen, um nicht den Anschluß zu verlieren. Doch er beschwerte sich nicht, und bald hatten die beiden die Lichtung weit hinter sich gelassen.

Sie reisten drei weitere Tage lang nach Süden. Während des Marsches machte Travis die Entdeckung, daß er kaum genug Energie hatte, sich darüber zu sorgen, wie er die Heimkehr bewerkstelligen sollte. Jeden Tag standen sie bei Einbruch der eisigen Morgendämmerung auf und gingen weiter, bis die Abenddämmerung den Winterwald einhüllte. Sie ernährten sich hauptsächlich von *Maddok* und einer dünnen Suppe, die Falken aus bitteren Kräutern und Einsiedlerwurzeln zusammenbraute. Hierbei handelte es sich um eine Art weißer Wurzel, die der Barde anscheinend immer zu finden wußte; ein- oder zweimal täglich hielt er unvermittelt an, kniete nieder und entrang dem gefrorenen Boden mit dem Messer einige der Gewächse. Travis wäre nicht soweit gegangen und hätte die Suppe als sättigend bezeichnet, aber sie hielt den schlimmsten Hunger in Schach. Als sich der fünfte Tag ihrer Reise dem Ende zuneigte, wurde der Baumbewuchs dünner, und sie erreichten den Rand einer goldbraunen Ebene. Sofort verschwand die bedrückende Stille, die über dem Wald gehangen hatte, und die kalte Luft gewann einen Hauch an Wärme.

»Wir haben den Schatten von Fal Threndur hinter uns gelassen«, sagte Falken als Antwort auf Travis' unausgesprochene Frage. »In diesem Teil der Welt kommt der Winter immer früh und bleibt lange, aber in den Domänen schwindet noch immer der Herbst. Wir dürften bei der Weiterreise das Wetter etwas erträglicher finden.«

Travis warf einen Blick zurück über die Schulter. Wie Falken gesagt hatte, konnte er die düstere Bergkette nicht länger zwischen den kahlen Bäumen sehen. Doch im Süden und Osten erhob sich eine neue Bergkette – eine Reihe niedrigerer, jedoch gleichermaßen zerklüfteter Gipfel. Falken bezeichnete sie als Fal Erenn oder auch Morgenrotberge.

»In dieser Richtung liegt Kelcior«, sagte er.

Gemeinsam betraten sie die Ebene und ließen die Traurigkeit des Winterwaldes und der *Valsindar* hinter sich.

25

Zwei Tage später kamen sie zu einer alten Straße.

»Das ist der Königinnenpfad«, sagte Falken, als sie eine grasige Böschung emporstiegen und die breite Straße betraten. »Die Leute nennen sie noch immer so, obwohl die wenigsten die wahre Bedeutung dieses Namens kennen.«

Travis ließ sich auf der anderen Seite der steilen Böschung niedersinken, um zu Atem zu kommen, und Falken setzte sich neben ihn. So weit das Auge reichte, war die Straße mit flachen Steinen gepflastert. Jahrhunderte des Windes und des Regens sowie die Benutzung zahlloser Füße hatten das Pflaster abgeschliffen und mit Sprüngen versehen. Der Wind fuhr durch das trockene Gras, das zwischen den einzelnen Steinplatten emporsproß. Aber die Straße war noch immer begehbar, und sie durchschnitt die hügelige Landschaft so gerade wie ein Pfeil und ließ sich auf ihrem Weg von Norden nach Süden weder von Bergen noch von Tälern beirren.

Sie ruhten sich eine Zeitlang am Straßenrand aus und tranken aus einer Flasche, die Falken aus seinem Rucksack gezogen hatte. Am Himmel schien die Sonne, aber der Wind war kühl, und Travis war dankbar für seine neue Kleidung. Statt Jeans und Arbeitshemd trug er nun ein waldgrünes Wams mit rotbraunen Hosen, dazu den grauen Nebelmantel. Die Hosen paßten ihm gut; das Wams war ihm etwas zu groß, darum hatte er es mit einem breiten Ledergürtel, in dem der malachorianische Dolch steckte, zusammengerafft. Die Schatulle aus Eisen und die halbe Münze, die Bruder Cy ihm gegeben hatte, hatte er in einer an der Innenseite des Wamses angebrachten Tasche verstaut.

Falken hatte die Kleider am Vortag bei einem heruntergekommenen Bauernhof mitgehen lassen – dem ersten Anzeichen menschlicher Zivilisation, auf das sie gestoßen waren.

»Ich kann nicht behaupten, daß es mir Vergnügen bereitet, auf Diebstahl zurückgreifen zu müssen.« Mit diesen Worten hatte der Barde Travis die Kleider überreicht, aber dabei hatte ein durchtriebenes Funkeln in seinen blassen blauen Augen gelegen. »Ebensowenig kann ich behaupten, daß es das erste Mal ist. Aber wie dem auch sei, jetzt, wo wir an die Grenze besiedelten Landes kommen, ist es wichtig, daß du nicht so auffallend gekleidet bist. Als ich die Domänen verließ, waren sorgenvolle Zeiten angebrochen, und sie können während meiner Abwesenheit noch sorgenvoller geworden sein. Es ist besser, wenn wir keine ungebührliche Aufmerksamkeit erregen.«

Travis hatte in dem eiskalten Strom neben ihrem Lagerplatz gebadet und dann die neuen Sachen angezogen. Als er zum Lagerfeuer zurückkehrte, mußte er zu seinem nicht unerheblichen Verdruß entdecken, daß Falken in der Zwischenzeit seine alten Kleidungsstücke verbrannt hatte. Ihm war zu spät eingefallen, daß seine Brieftasche noch immer in der Hüfttasche der Jeans gesteckt hatte. Jetzt stellten die Cowboystiefel und die Nickelbrille seine letzte Verbindung zur Erde dar.

Travis kratzte die rotbraunen Stoppeln an seinem Kinn, dann griff er in die Tasche und holte die Silbermünze hervor. Bis zum vergangenen Abend hatte er an Bruder Cys Geschenk gar nicht mehr gedacht. Jetzt sah er sich die zerbrochene Münze genauer an. Auf jeder Seite stand etwas eingraviert, aber er konnte nicht erkennen, was die Gravur eigentlich darstellte. Man benötigte die andere Hälfte, um die Bilder deuten zu können.

Falken beugte sich herüber und schaute auf Travis' Hand. »Was hast du da?«

Travis erzählte, wie der seltsame Prediger ihm nach der Erlösungsshow die Münze gegeben hatte.

Falken runzelte die Stirn. »Darf ich das mal sehen?«

Mit einem Schulterzucken gab Travis ihm die Münze. Der Barde untersuchte sie aufmerksam, dann schüttelte er den Kopf.

»Kethar ul-morag kai ennal«, sagte er. »Sil falath im donnemir.«

Die Worte, die dem Barden aus dem Mund strömten, waren melodisch und wunderschön, aber völlig unverständlich.

Travis sah Falken verwirrt an. »Was hast du gesagt?«

Nun schaute Falken verwirrt drein. *»Min uroth, kethar ul-morag kai ennal.«* Er gab Travis die Münze zurück. »Wie ich sagte, solltest du sie behalten. Aus welchem Land sie auch stammt, sie ist sehr alt. Und hör auf zu nuscheln, Travis, ich habe nicht ein Wort von dem verstanden, was du gesagt hast.«

Travis starrte die zerbrochene Münze an, die auf seiner Handfläche funkelte. »Da warst du nicht der einzige«, erwiderte er. Dann erklärte er schnell, was geschehen war.

Ein paar weitere Experimente bestätigten Travis' Verdacht. Hielt er die Münze in der Hand oder befand sie sich irgendwo an seiner Person, konnte er Falken perfekt verstehen, so wie der Barde ihn. Stand Travis jedoch nicht in Kontakt mit der Münze, konnte keiner auch nur ein Wort des anderen verstehen. Es gab nur eine Antwort. Falken sprach gar kein Englisch – eine Tatsache, die vollkommen logisch war, jetzt wo Travis darüber nachdachte. Schließlich handelte es sich hier um eine völlig andere Welt. Doch die halbierte Münze, die Bruder Cy ihm gegeben hatte, funktionierte als eine Art Übersetzungsgerät und erlaubte es Travis, Falkens Sprache zu verstehen und zu sprechen, obwohl es ihm dabei so vorkam, als würde er noch immer Englisch sprechen.

Falken schaute nachdenklich drein. »Anscheinend war dein Freund Graystone in deinem Castle City nicht der einzige Zauberer. Sag, hast du noch ein paar Überraschungen für mich?«

Travis lächelte dünn. »Nur solche, die auch mich überraschen werden.«

Der Barde sah ihn fragend an, dann stand er auf. »Komm«, sagte er. »Der Tag schwindet dahin. Wenn wir uns ranhalten, erreichen wir Kelcior noch vor Einbruch der Nacht.« Er warf sich den Rucksack über die Schulter und wandte sich auf der Straße nach Süden; Travis folgte ihm.

»Und warum heißt sie denn nun Königinnenpfad?« fragte Travis, nachdem sie einige Zeit gegangen waren.

»Das ist eine alte Geschichte«, erwiderte Falken. »Diese Straße wurde vor tausend Jahren gebaut, in den Jahren, nachdem König Ulther von Toringarth das Heer des Fahlen Königs besiegte. Königinnenpfad heißt sie wegen Elsara, der Herrscherin des weit im Süden liegenden Tarras. Aber das wissen die Leute heute nicht mehr. Sie gab den Befehl, eine Straße zu bauen, die von Tarras an der Küste des Sommermeeres bis zu dem damals neu gegründeten Königreich Malachor im Norden führen sollte, wo ihr Sohn an der Seite von Ulthers Tochter auf dem Thron saß. Aber diese Namen sind alle in Vergessenheit geraten.«

»Warum?«

Falken blieb stehen, bückte sich und hob mit seiner behandschuhten Hand eine Prise Staub auf. »Malachor ging unter, und das tarrasische Reich verfiel. Seine Grenzen wichen immer weiter nach Süden und ließen nur Barbarenland zurück, bis Jahrhunderte später die Domänen gegründet wurden. Von ihnen allen besteht allein Toringarth bis zum heutigen Tag, obwohl man von diesem eisigen Land jenseits des Meeres nur wenig hört. Königreiche steigen auf und stürzen wieder, Travis.« Die Erde rieselte durch die Finger des Barden und war verschwunden. »Das ist einfach der Fluß der Geschichte.«

Falken setzte sich wieder in Bewegung. Er fing an, mit klarer Stimme zu singen, und Travis fühlte, wie sein Blut in Wallung geriet, denn es kam ihm so vor, als könnte er die große Schlacht sehen, die der Barde mit seinem Lied heraufbeschwor.

»Mit Fellring, dem Schwert aus Elfenschmieden,
durchbohrte Ulther des Fahlen Königs Herz ...
Die magische Klinge brach entzwei,
aber Berash blieb am Boden liegen.

Dann schritten die Runenmeister ins Tal hinab,
das Tor von Imbrifale zu bannen ...
Auch die Hexen mit ihrer Zauberkunst
webten Bollwerke voll finstrer Gefahren.

Lord Ulther kniete vor der Königin,
und sie schlossen einen Pakt ...
Sie begründeten die Wacht von Malachor,
auf daß die Schatten nie wieder an Macht gewannen.«

Der Nachmittag neigte sich seinem Ende entgegen, und das Sonnenlicht nahm eine goldene Farbe an, als sie in einem kleinen Wäldchen zu einer Kreuzung kamen. Zwischen den blätterlosen Bäumen traf eine schmale Straße im rechten Winkel auf den Königinnenpfad.

»Hier biegen wir nach Osten ab«, sagte Falken. »Es ist jetzt nicht mehr weit.« Er bog nach links ab. Travis folgte ihm.

Die Straße ließ das Wäldchen hinter sich und führte über mehrere Hügel, die wie riesige Treppenstufen stetig an Höhe gewannen. Sie war nicht nur schmaler als der Königinnenpfad, sie befand sich auch in einem viel schlechteren Zustand. Die

Pflastersteine waren verfallen und trügerisch, an manchen Stellen fehlten sie und wurden durch harten Boden ersetzt, auf dem außer Brennesseln kaum etwas wuchs; die gediehen dort allerdings mehr als üppig. Bald brannten Travis' Schienbeine höllisch, denn die Stacheln schienen direkt durch seine Hosen zu stechen.

Er fing gerade an, nach Luft zu ringen, als sie den Kamm eines Hügels erklommen und stehenblieben. Unter ihnen breitete sich ein schüsselförmiges Tal aus. Genau in seiner Mitte befand sich ein See, dessen Oberfläche die Strahlen der nach Westen reisenden Sonne in eine funkelnde Glut verwandelten. Ein verwitterter Felsfinger reichte in den See; auf der zerklüfteten Halbinsel erhob sich eine Festung aus Stein. Sogar aus dieser Entfernung konnte Travis erkennen, daß sie zumindest zur Hälfte verfallen war. Zerbrochene Säulen, die verfaulten Stümpfen glichen, überragten aufgeschichtet wirkende Steinhaufen, die einstmals möglicherweise Burgmauern gewesen waren. Selbst der Teil der Festung, der noch stand, krümmte sich unter seinem eigenen Gewicht, als würde er jeden Augenblick nach einem letzten Seufzen in sich zusammenfallen.

»Da ist es«, sagte Falken. »Kelcior.«

Travis betrachtete die verwitterte Festung mit einem zweifelnden Blick. »Ich hoffe, du bist nicht beleidigt, aber das sieht nicht gerade nach viel aus.«

Falken lachte. »Heutzutage stellt es auch nicht mehr viel da. Doch einst, vor langer Zeit, war dies die nördlichste Garnison des tarrasischen Reiches, danach war es eine malachorianische Festung. Doch nun hält ein Schurke namens Kel diese Burg – oder das, was davon übrig ist – besetzt. Obwohl Kel ein Barbar ist, hält er sich für einen König, und es ist klüger, ihm nicht zu widersprechen. Zumindest nicht in seiner großen Halle.«

Travis kam ein düsterer Gedanke, während er die Festung anstarrte. Er stieß einen sorgenvollen Seufzer aus.

»Stimmt was nicht, Travis?«

Er schüttelte den Kopf. »Ich weiß nicht. Es ist nur, du wirst dort deine Freunde treffen, Falken. Das heißt, daß deine Reise ihr Ende gefunden hat. Aber ich weiß noch immer nicht, wo ich hingehen muß, um einen Rückweg in meine Welt zu finden.«

Falken musterte ihn kurz, dann drückte er seine Schulter. »Travis, ich habe nie gesagt, daß meine Reise in Kelcior endet.« Er kicherte leise. »So wie es an Kelciors Hof zugeht, wäre das wirklich Pech, wenn das der Fall wäre.« Sein Gesicht wurde wieder ernst. »Um die Wahrheit zu sagen, ich weiß auch nicht genau, an welchen Ort du am besten gehen solltest. Aber es besteht die Hoffnung, daß einer meiner Bekannten darüber mehr weiß als ich. Und vergiß nicht das Webmuster des Schicksals. Wer weiß? Es kann durchaus sein, daß sich unsere Wege noch lange nicht trennen, Freund.«

Travis schenkte dem Barden ein dankbares Lächeln. Er war weit von der Welt entfernt, die er sein ganzes Leben lang gekannt hatte, aber wenigstens war er nicht allein. Gemeinsam setzten sie sich wieder in Bewegung und gingen auf die uralte Festung unter ihnen zu.

26

Grace klammerte sich an dem breiten Rücken des Ritters fest, als sein Pferd auf das sich in der Ferne erhebende Schloß zugaloppierte.

Schloß?

Das Wort glitt über die Oberfläche ihres zu Eis erstarrten Bewußtseins. Sie versuchte, seine Bedeutung zu erfassen, aber sie bemühte sich vergeblich. Es schoß heran wie ein Fisch, der von unten an die Eisschicht eines zugefrorenen Sees stieß, und war auch schon wieder verschwunden.

Ihr war kalt, so schrecklich kalt. Eine Hügellandschaft glitt in verschwommenen grauen und weißen Tönen vorbei. Noch vor einem Augenblick war es etwas anderes gewesen, oder etwa nicht? Sie erinnerte sich an Äste, die sich von einem blassen Himmel abzeichneten, so scharf und schwarz wie Tintenstriche auf einem Stück Papier, die linkische Worte formten, die sie nicht entziffern konnte. *Bäume?* Dann war da eine breite silberne Fläche gewesen, das Trommeln von Hufen auf Stein. Doch die Namen dieser Dinge vermochten nicht zu der in ihrem Bewußtsein zu Eis erstarrten Fähigkeit des Verstehens durchzudringen. Die Bäume waren zurückgeblieben, und auf einem fernen Hügel hatte sie Türme und hohe Mauern erblickt, die umherwirbelnde dicke Flocken in Stille hüllten; es war genau wie die Szene in einer Schneekugel. Ja, es mußte mit fast völliger Sicherheit eine …

Ihr war zu kalt, um das Wort wieder zu erfassen. Bedrohlich kalt. Sie kauerte sich in der Wolldecke zusammen, in die der Ritter sie eingewickelt hatte und die nach Schweiß und Pferden roch. Ihre halbgefrorene Bluse und ihre Hosen klebten an ihrer Haut, doch sie zitterte nicht. Hätte sie nicht zittern müssen?

Du leidest an Hypothermie, Grace, sagte eine nüchterne Stimme in der Tiefe ihres aufgedunsenen Bewußtseins. Selbst in diesem Augenblick, während der Rest von ihr starr vor Kälte war, schätzte die Ärztin in ihr die Situation ein und stellte eine genaue Diagnose. *Dein Herzschlag ist verlangsamt, dein Blutdruck gefährlich niedrig, und du befindest dich offensichtlich in einem veränderten Bewußtseinszustand. Du kennst die Symptome, das sind die ersten Anzeichen eines Patienten, der in einen Schockzustand verfällt. Du mußt ins Warme kommen, Grace. Sonst wirst du sterben.*

Jede Bewegung fiel unendlich schwer; ihre Muskeln waren wie Blei. Doch irgendwie – ganz langsam – legte sie die Arme fester um die Brust des Ritters und drückte ihren Körper gegen den sich in Bewegung befindlichen Pferderücken unter ihr. Diese Handlung erschöpfte ihre letzten Kraftreserven. Lähmung ließ ihre Glieder versteifen; die Landschaft um sie herum verblaßte. Von allen Seiten drang Dunkelheit auf sie ein. Diese Dunkelheit war weder kalt noch warm, in ihren sanften Falten lag auch keine Furcht. Hier gab es nur eine süße und endlose Leere. Obwohl eine leise, beharrliche Stimme Grace etwas zuzuflüstern schien – *du darfst nicht schlafen, nicht jetzt* –, konnte sie die Worte nicht genau verstehen. Sie glitt tiefer in die sanfte, erstickende Dunkelheit hinein.

Vor dem schwarzen Hintergrund ihres Bewußtseins blitzte ein winziger, aber greller Funken auf. Er zerplatzte und verschwand. Grace ignorierte ihn und fuhr fort, in den Abgrund hinunterzusteigen. Nur noch ein kleines Stückchen, und sie würde nie wieder frieren.

Ein weiterer heller Punkt blitzte in der Dunkelheit auf, und noch einer. Dann waren es Tausende; klein und scharf hatten sie die Hitze von Sternen. Irgendwann begriff Grace, was diese Funken darstellten. Schmerz. Zahllose Nadelstiche bewegten sich ihre Haut entlang. Die Funken zerrissen die Dunkelheit, die sie einhüllte. Plötzlich verspürte sie tief in ihrem Inneren einen Stich, dem im nächsten Augenblick eine deutlich spürbare Zuckung folgte. Und dann ließ ein gewalttätiges Zittern ihren Körper erbeben.

Sie öffnete den Mund, tat einen stockenden Atemzug und begriff erst jetzt, daß sie offensichtlich zu atmen aufgehört hatte. Ein Feuerwerk aus Schmerz raste ihre Glieder entlang, während Wärme von dem Ritter und dem Pferd in sie hineinsickerte. Wieder durchfuhr sie ein Zittern, und dann noch eins. Danach konnte sie nicht mehr aufhören zu zittern.

Das ist ein gutes Zeichen, Grace, sagte die Arztstimme emotionslos. *Das Zusammenziehen deiner Muskeln wird chemische Wärme erzeugen und in deinen Extremitäten wieder den Blutkreislauf in Gang bringen. Der Schmerz ist ein Zeichen dafür, daß du keine Erfrierungen hast. Du wirst es überleben.*

Zitterwärme sickerte langsam durch Graces Körper, während das Pferd durch den Wintertag galoppierte. Ihre Benommenheit begann zu schmelzen, und sie wurde sich ihrer Umwelt bewußter. Zum ersten Mal nahm sie den Ritter vor sich nicht nur als verschwommenen Schatten wahr. Sie spürte, daß er im Stehen kein großer Mann sein würde, aber er war kräftig und kompakt gebaut. Er hielt die Zügel mit Händen, die in Handschuhen aus Kettengeflecht steckten, und er trug eine Art langes, rauchgraues, an den Seiten geschlitztes Hemd, unter dem Grace zahllose kleine harte, miteinander verbundene Eisenringe ertastete. Ein schwarzer Umhang hing von den Schultern, und auf dem Kopf trug er einen abgeflachten Helm aus gehämmertem Stahl.

Der Mann sah zur Seite, und Grace erhaschte einen Blick auf sein Profil. An einigen Stellen dellten Pockennarben die Haut ein, die Hinterlassenschaft einer Kinderkrankheit. An dem herabhängenden schwarzen Schnurrbart klebte Eis, sein Atem trat als Nebel in die Luft. Unter den braunen Augen gab es eine Habichtsnase, der erbarmungslose Mund wurde von Falten eingerahmt. Der Ritter mußte um die Vierzig sein.

Der Ritter?

Wo hatte sie denn dieses Wort her? Vielleicht hatte sie es ihn in ihrem benommenen Zustand benutzen hören. Oder das in einer Scheide an seiner Hüfte steckende Schwert und die Eisenringe unter dem langen Hemd hatten den Begriff aus den Tiefen ihres Unterbewußtseins herausgezerrt. Wie dem auch war, die Bezeichnung paßte zu dem Mann. Edel, ehrfurchteinflößend, irgendwie gefährlich. Er sah genauso aus, wie ein Ritter auszusehen hatte.

Da fragte sie sich, ob sie von einer Art Anachronisten gerettet worden war, einem Einsiedler, der sich in die Berge zurückgezogen hatte und sich als mittelalterlicher Krieger kostümierte. Je mehr sie über diese Möglichkeit nachdachte, desto größeren Sinn ergab sie. Mit großer Mühe zwang sie ihren unterkühlten Verstand zurück in die Vergangenheit, um sich daran zu erinnern, was geschehen war, bevor sie sich auf dem Pferd wiedergefunden hatte und mit einem Ritter durch den eisigen Wald ritt. Da war etwas gewesen, ein Ort, eine Tür, eine Stimme. Und plötzlich brachen die Erinnerungen über sie herein; sie sprudelten wie finsteres Wasser aus einem Loch in einem zugefrorenen See nach oben.

Sie erinnerte sich an das Waisenhaus. Ja, das war es. Sie war in Hadrian Farrs Limousine in die Berge gefahren, auf der Flucht vor der Polizei von Denver und den Männern mit den Herzen aus Eisen. Dann war sie zu müde zum Weiterfahren gewesen, und irgendwie – sei es durch Zufall oder Schicksal – war sie vor der ausgebrannten Ruine des Beckett-Strange-Heims für Kinder gelandet. Dunklere Erinnerungen drohten durch das Loch im Eis hervorzuströmen, aber Grace zwang sie zurück. Sie wollte sich nicht an diese Dinge erinnern. Nicht hier, nicht jetzt. Es war auch so schon bitter kalt genug.

Was kam dann?

Ein Bild blitzte vor ihr auf, Augen wie Obsidiansplitter und ein kadaverhaftes Grinsen. Der Mann in Schwarz. Ja, das stimmte. Sie hatte mit diesem seltsamen Prediger in dem altmodischen Anzug gesprochen, dem Prediger, der mit Sicherheit in einer engen Beziehung zu dem Porzellanpuppen-Mädchen aus dem Park stand. Was hatte ihr der Mann in Schwarz gesagt?

Öffne die Tür, mein Kind. Was du dahinter erblickst, liegt allein bei dir …

Und genau das hatte sie auch getan. Sie hatte die angesengte Tür des alten Waisenhauses geöffnet, und dahinter … hatte es *geschneit.* Das letzte, an das sie sich erinnerte, war das Geräusch einer hinter ihr zufallenden Tür. Alles war weiß geworden, sie war gestürzt, und dann …

… dann war sie hier gewesen und klammerte sich an dem Ritter fest, während das Pferd davongaloppierte.

Aber das stimmte so nicht. Davor war noch etwas anderes geschehen. Die Erinnerung war so bleich und fein wie die umherwirbelnden Schneeflocken, aber da war dieser eine Augenblick, in dem sie die Augen geöffnet hatte. Bäume hatten mit ihren dunklen Fingern nach dem weißen Himmel über ihr gegriffen, und eine schattenhafte Gestalt hatte sich über sie gebeugt und eine tiefe Stimme erstaunt gesprochen.

Aber das ist ja eine Lady!

Ihr analytischer Verstand begann das Puzzle Stück für Stück zusammenzusetzen. Natürlich – alles ergab einen Sinn. Als sie die Tür des Waisenhauses geöffnet hatte, hatte sie Schnee gesehen, aber auch nur deshalb, weil es draußen geschneit hatte. Das war Ende Oktober in den Bergen kaum etwas Ungewöhnliches. Zweifellos waren die Schneeflocken durch die Löcher im Dach des Gebäudes hineingeweht worden. In diesem Augenblick war sie zusammengebrochen, eine unausweichliche physiologische Reaktion auf Streß und Erschöpfung. Es war reines Glück gewesen, daß der Ritter sie gefunden hatte, bevor sie an Unterkühlung starb.

Grace wandte ihre Gedanken ihrem Retter zu. Vermutlich handelte es sich bei ihm um einen Mann, der historische Epochen wiederaufleben ließ. Zweifellos lebte er in einem abgelegenen Tal, ritt auf seinem Pferd, trug sein Kostüm und tat so, als würde er in einem seit langem vergessenen Zeitalter leben. Sicher wäre es besser gewesen, jemand hätte vom Highway aus ihre reglos daliegende Gestalt gesehen, aber Grace hatte nicht vor, sich zu beschweren. Sie war dankbar, gerettet worden zu sein, bevor die Hypothermie ihre Atmung endgültig zum Erliegen gebracht hatte. Vermutlich brachte der Ritter sie zu seiner Hütte oder Festung oder was auch immer er sich als Zuhause gebaut hatte. Sobald sie sich ausreichend aufgewärmt hatte und es das Wetter zuließ, würde sie zurück zum Highway gehen. Und dann? Da war sie sich nicht sicher, aber darüber konnte sie sich immer noch Gedanken machen, wenn es soweit war. Ihr fiel die Visitenkarte des geheimnisvollen Hadrian Farr wieder ein. Sie steckte noch immer in der Tasche ihrer wieder aufgetauten und nassen Hosen. Vielleicht würde sie die dort aufgeführte Nummer anrufen. Möglicherweise konnten die Sucher ihr bei der Entscheidung helfen, was als nächstes zu tun war.

Vorsichtig, da sie noch immer gefährlich unterkühlt war, schob Grace die Wolldecke, in die sie gehüllt war, ein Stück beiseite und schaute an dem breiten Rücken des Ritters vorbei. Sie war neugierig, ob sie Teile der Landschaft erkennen würde. Schließlich war diese Gegend einst ihre Heimat gewesen. Bestimmt würde sie etwas wiedererkennen.

Durch den Spalt in der Decke erblickte sie von niedrigen Steinwällen begrenzte Felder, die alle von dem aus dem farblosen Himmel fallenden Schnee bedeckt wurden. Nichts davon sah auch nur entfernt bekannt aus. Es dauerte einen Augenblick lang, bis Grace bewußt wurde, daß sie keine Berge sah. Statt dessen ritten sie über eine wellenförmige Ebene. Aber das konnte nicht sein. Vielleicht beeinträchtigte der fallende Schnee ihre Sicht. Sie beugte sich zur Seite, um einen guten Blick auf das zu bekommen, was genau vor ihnen lag.

Sie hatte das Schloß völlig vergessen.

Nun viel näher als zuvor, stand es auf einem niedrigen Hügel, der sich über den Horizont erhob. Mit Erkern versehene Türme erstreckten sich in den Himmel, umgeben von einer Mauer aus grauem Stein. Schlagartig wurde Grace klar, daß es einen derartigen Ort in Colorado weder jemals gegeben hatte noch ihn jetzt gab. Und der Ritter ritt direkt darauf zu.

Graces sorgfältig konstruierte Erklärung zersplitterte wie ein Stück Eis.

27

»Wo …?«

Das Wort war kaum mehr als ein Flüstern, das der eiskalte Wind mit sich riß. Grace holte tief Luft und drückte die Lippen in dem Versuch aufeinander, sie anzuwärmen. Sie versuchte es erneut.

»Wo sind wir?«

Diesmal kamen die Worte als Mittelding zwischen einem Flüstern und einem Krächzen heraus. Der Ritter verdrehte den Hals und blickte sie über die Schulter hinweg an. Er lächelte flüchtig und enthüllte dabei weißere und regelmäßigere Zähne, als Grace vermutet hätte. Dann wurde sein Ausdruck wieder ernst.

»Meine Schneedame ist also aufgewacht«, sagte er mit einer tiefen Stimme, die über einen auffallenden, trällernden Akzent verfügte, der Grace unbekannt war.

Anscheinend hatte er ihre leisen Worte nicht verstanden. Mit einer großen Anstrengung stellte sie die Frage erneut.

Der Ritter runzelte die Stirn, als wäre das eine eigenartige Frage. »Nun, natürlich in Calavan, wo sonst?« Er gab einen verloren klingenden Seufzer von sich und ließ die Schultern hängen. »Aber das war jetzt sehr unhöflich von mir, nicht wahr? Ich bitte Euch um Verzeihung, obwohl ich bezweifle, daß Ihr sie mir gewähren könnt. Nach Eurer schweren Prüfung müßt Ihr Euch schrecklich fühlen. Es ist in der Tat ein Wunder, daß die Kälte Euren Verstand nicht völlig durcheinandergebracht hat und Ihr überhaupt sprechen könnt. Also erlaubt mir, Euch noch einmal zu antworten. Seit wir die alte tarrasische Brücke über den Dimduorn, den Fluß Dunkelwein, überquerten, befinden wir uns in der Domäne Calavan.« Er zeigte auf das sich rasch nähernde Schloß. »Vor uns liegt Calavere, der Stammsitz von König Boreas.«

Grace gab sich alle Mühe, diese Informationen zu verdauen. Sie konnte nicht genau ergründen, was sie zu bedeuten hatten – da gab es einfach zu viele interessante und zugleich unbekannte Wörter. Aber sie schienen ihren Verdacht, daß dieser Ort sehr weit von Colorado entfernt lag, zu bestätigen. Sie versuchte zu schlucken, und es gelang ihr auch.

»Warum haben Sie mich Ihre Schneedame genannt?« Diesmal war ihre Stimme schon bedeutend kräftiger.

Der Ritter blickte sie wieder über die Schulter an; in seinen braunen Augen lag ein schwermütiger Ausdruck. »Weil Ihr, Mylady, als ich im Wald auf Euch stieß, so weiß wie die Schneewehe wart, in der Ihr gelegen habt.« Er schüttelte den Kopf. »Als ich Euch fand, fürchtete ich, Ihr wäret tot. Um die Wahrheit zu sagen, dachte ich beinahe schon, es würde sich bei Euch gar nicht um ein lebendiges Geschöpf handeln, denn Eure Haut war so weiß wie Elfenbein, und als ich Euch aus dem Schnee hob, war Euer Fleisch so hart und kalt wie Stein. Aber dann legte ich mein Ohr auf Eure Brust und hörte einen ganz schwachen Herzschlag. ›Durge‹, sagte ich zu mir, ›irgendwie ist deine Schneedame lebendig. Aber wenn du sie nicht ins Schloß schaffst, und zwar so schnell wie der Blitz, wird sie wirklich so kalt wie der Schnee sein. Zweifellos kommst du zu spät und es gibt keine Hoffnung mehr, aber du solltest es trotzdem versuchen.‹«

Grace runzelte die Stirn. Der Ritter, der anscheinend Durge hieß, schien ein düsterer Bursche zu sein. »Aber Sie *haben* mich gerettet«, sagte sie.

Das schien den Ritter zu überraschen. »Wir werden sehen«, antwortete er. »Es ist nicht mehr weit, aber ich glaube, Ihr könnt die Kälte nicht länger erdulden. Darum sprecht Ihr auch so seltsam. Ich nehme an, es wäre wirklich eine

Ironie, wenn Ihr keine Achtelmeile vor dem Schloßtor sterben würdet.«

Sie schüttelte den Kopf. »Ich schaffe es schon.« Ihr kam ein Gedanke. »Sie sagten, Sie hätten mich im Schnee gefunden?«

»So ist es, Mylady. Das war ein früher Schneefall – für ein Land, das so weit südlich liegt, war das ein merkwürdiger Sturm. Ich ritt auf eine Lichtung, und da lagt Ihr in einer Schneewehe, so friedlich wie eine Prinzessin auf ihrem Federbett. Im Schnee waren auch keine Fußspuren zu sehen. Es sah aus, als wärt Ihr vom Himmel geschwebt.«

Hier legte der Ritter eine Pause ein und warf ihr einen Blick aus dem Augenwinkel zu. Falls er sich jedoch fragte, wie sie in den Wald gekommen war, behielt er es für sich. Aber wie war sie von dem alten Waisenhaus am Highway in den verschneiten Wald in … wo auch immer sie sich hier befand, gekommen? Im Moment hatte sie nicht die geringste Idee, aber sie würde es noch herausfinden.

»Es ist ein Wunder, daß ich Euch überhaupt gefunden habe, Mylady«, sagte Durge. »Man erzählt sich, daß der Dämmerwald ein zauberischer und uralter Ort ist. Nur wenige der gemeinen Untertanen wagen sich in seinen Schatten. Ich nehme an, sie fürchten sich vor dem Kleinen Volk. Dabei sind es eher die gewöhnlichen Gefahren wie Eber und Bären und giftige Pilze, die ihnen Schaden zufügen könnten, statt die alten Mythen.«

»Warum waren … wart Ihr denn im Wald?« fragte Grace. Das Sprechen fiel ihr nun schon wieder leichter, und unwillkürlich übernahm sie seine Sprechweise.

»Ich reise in aller Eile nach Calavere, Mylady«, sagte der Ritter. »Zum ersten Mal seit vielen Jahren ist der Rat der Könige einberufen worden, und die Herrscher aller sieben Domänen reiten nach Calavan. Ich bin von meiner Heimat aus nach Süden gereist, als Vorhut meines Lehnsherrn König Sorrin von Embarr, um dafür zu sorgen, daß bei seiner Ankunft gewisse

Dinge für ihn bereit sind. Bei Einbruch der Morgendämmerung entschied ich mich, durch die Randbezirke des Dämmerwaldes zu reiten, denn dieser Weg ist kürzer. Außerdem hatte ich gehofft, einen fetten Hirsch für König Boreas' Tafel zu finden. Aber dieses Jahr kommt der Winter sehr früh, das Wild ist bereits selten. Ich habe im Wald keine Hirschspuren entdecken können. Also wird König Boreas statt dessen mit Eurer Gesellschaft vorliebnehmen müssen.«

Grace glaubte, der düstere Ritter hätte einen Scherz gemacht, aber dann kam sie zu einem anderen Schluß. Etwas sagte ihr, daß Durge nicht der Typ für Scherze war. Wer auch immer dieser Boreas war, sie würde mit fast absoluter Sicherheit seine Hilfe brauchen, um zu erfahren, wo sie war, und es würde ihrer Sache nicht hilfreich sein, wenn es den Anschein hatte, daß sie der Grund dafür war, daß kein Fleisch auf seinen Tisch kam.

Sie hob den Blick zu den dunklen Umrissen, die sich vor ihnen erhoben, und studierte sie. Sie hatte schon Schlösser auf Bildern gesehen, war auch schon in Freizeitparks in Nachbildungen gewesen. Doch die Festung, die sich hier vor ihr erhob, stellte weder das zerbröckelnde Relikt eines vergangenen Zeitalters noch eine anachronistische Nachbildung dar, die man errichtet hatte, um Touristen zu unterhalten und ihnen das Geld aus der Tasche zu ziehen. Irgendwo wußte Grace, daß dieses Schloß *echt* war.

Das Schloß – *Calavere*, wie es der Ritter genannt hatte – verfügte über neun Türme. Keiner davon glich dem anderen. Einige waren groß und spindeldürr mit spitzen Dächern, während andere wiederum massiv und rechteckig waren. Die meisten von ihnen verschmolzen mit der vieleckigen Mauer, die den Hügelkamm umschloß, während der größte die Mitte der Burg dominierte. Dieser letzte Turm stellte ein großes, klotziges Bauwerk dar, so breit wie hoch, mit schmalen Fenstern und hohen, mit Zinnen versehenen Brustwehren. Die zufällig angeordneten Türme vermittelten den Eindruck, daß das Schloß im Verlauf vieler Jahrhunderte planlos ausgebaut worden war. Das Resultat war eine Art rauher Majestät, die so natürlich und ungeplant wie die Schönheit von Bergen erschien.

Durge trieb sein rußfarbenes Reittier mit einem Flankendruck an. »Komm schon, Schwarzlocke. Jetzt ist nicht die Zeit, um zu trödeln.« Das Pferd streckte die Beine, um schneller zu galoppieren, doch sein Schritt blieb ganz ruhig, fast schon vorsichtig, und es verdrehte die Augen, um die Passagierin zu sehen, die hinter dem Ritter saß.

Wenige Minuten später erreichten sie den Fuß des Hügels, auf dem sich das Schloß erhob. Durge lenkte Schwarzlocke auf einen breiten Pfad, der in Biegungen zum Gipfel führte. Zum ersten Mal begegneten sie auf der Straße anderen Menschen, und je höher sie kamen, desto mehr wurden es. Sie gingen alle zu Fuß und trugen farblose, jedoch warm aussehende Kleidung aus einem groben Stoff. Einige schoben mit Torf oder Feuerholz gefüllte Holzkarren vor sich her, während andere Bündel auf ihren gekrümmten Rücken trugen oder mit Weidenruten Ziegenherden vor sich hertrieben. Grace erschienen sie alle auf eine seltsame Weise alt; ihre Glieder waren krumm und ihre Gesichter voller Falten. Allein die Augen bildeten eine Ausnahme, sie schienen zu jung für den Rest zu sein.

Eine Erinnerung schlich sich in ihr Bewußtsein, das Bild alter Männer in geflickten Overalls, die auf einer wackeligen Veranda saßen. Nur daß sie gar nicht alt gewesen waren, nicht wahr? Sie hatte schon einmal ähnliche Menschen gesehen, während eines Urlaubs in den Blue Ridge Mountains von North Carolina. In den Appalachen gab es Orte, an denen die Bevölkerung noch immer unter denselben primitiven Bedingungen lebte wie vor dreihundert Jahren ihre Vorfahren. Sie hausten in wackeligen Hütten, die weder Kühlschränke noch fließendes Wasser oder Elektrizität besaßen. Die meisten von ihnen hatten Jahre älter als ihre Zeitgenossen aus dem zwanzigsten Jahrhundert ausgesehen – faltig, verkrümmt, zahnlos. Etwas sagte Grace, daß es sich bei diesen Menschen ähnlich verhielt.

Bauern. Das Wort trieb aus ihrem Unterbewußtsein an die Oberfläche. Mit einiger Mühe rief sie sich die verstaubten Erinnerungen an ihren Studentenkurs in Weltgeschichte ins Gedächtnis zurück. Gehörten nicht zu jedem Schloß Bauern, die dem Schloßherrn im Tausch für Schutz einen Tribut in Form von Waren und Arbeit leisteten? Doch laut dem damaligen Professor war das Feudalsystem vor über sechshundert Jahren verschwunden. *Zumindest auf der Erde*, fügte eine losgelöste Stimme in ihrem Kopf hinzu. Doch ihr war noch immer viel zu kalt, um über die sich daraus ergebenden Folgen nachzudenken. Sie zog die Decke enger und bemühte sich, die Leute auf der Straße nicht anzustarren.

Sie kamen zum Schloßtor. Es bestand aus einem hohen, in die Mauer eingelassenen Torbogen, der von zwei rechteckigen Türmen flankiert wurde. Schwere Torflügel aus mit Eisen verstärktem Holz standen auf beiden Seiten offen. Der Ritter ließ sein Pferd im Schrittempo gehen und folgte dem Menschenstrom, der sich in die Öffnung ergoß. Dahinter lag ein düsterer Korridor. Die Geräusche von Menschen und Tieren hallten von den Steinwänden wider. Am anderen Ende des Durchgangs gab es ein hochgezogenes Eisengitter. Grace legte den Kopf in den Nacken und entdeckte Dutzende von Löchern in der Decke. Ihr Zweck war klar. Eindringlinge, die das erste Tor überwanden, würden von dem zweiten aufgehalten werden und im Tunnel gefangen sein, während die Verteidiger aus den Mordlöchern dort oben Pfeile oder geschmolzenes Blei herabregnen ließen. Wo auch immer sich dieser Ort befand, Krieg war hier nicht unbekannt.

Am anderen Tunnelende standen zwei mit Kettenhemden bekleidete Männer, die sich Schwerter an die Hüfte geschnallt hatten. Wie die Bauern waren auch sie ziemlich klein, sahen aber ungemein kräftig aus und hatten wettergegerbte Gesichter mit jungen Augen. Die Bewaffneten sammelten von jedem Bauern, der den Tunnel betrat, eine Kupfermünze ein. Der Ritter ließ sein Pferd vorwärtsgehen. Einer der Wächter blickte auf und salutierte dann, indem er die Faust gegen die Brust schlug.

»Wo finde ich König Boreas' Seneschall?« fragte Durge.

»In den Ställen des Königs, im Oberen Burghof, Herr«, sagte der Wächter und deutete auf den Torbogen.

Durge nickte und lenkte Schwarzlocke auf den Durchgang zu. Als sie ihn passierten, riß der Wächter die Augen weit auf. Er stieß seinem Gefährten den Ellbogen in die Rippen, der daraufhin ähnlich reagierte. Durge sah stur geradeaus. Grace warf einen letzten Blick zurück und sah, wie die beiden Bewaffneten mit den Händen seltsame Zeichen machten. Dann passierte das Pferd den Torbogen und betrat die sich anschließende Fläche.

Es war ein Schloßhof. Hohe Mauern umschlossen ein Areal vom Ausmaß eines Häuserblocks einer Großstadt. Der Schloßhof – oder Burghof, wie ihn der Wächter genannt hatte – wurde von Steinbauten in allen Größen und Formen umringt, von denen jeder mit der Hinterseite an die Schloßmauer angrenzte. Kleinere, aus Holz errichtete Häuser standen auf dem Hof verstreut. Es hatte den Anschein, als würde eine Art Markt abgehalten, denn der Burghof wimmelte nur so von Bauern und Schloßbewohnern. Die Hufe des Viehs und die Räder der Karren hatten den Boden in Schlamm verwandelt. Es gab genausoviel zu riechen wie zu sehen, und Grace wurde von Gerüchen nach Rauch, Tierkot und gebratenem Fleisch eingehüllt. Falls sie noch irgendwelche Zweifel gehabt hatte, daß dieser Ort real war, spätestens jetzt waren sie aus ihrem Bewußtsein getilgt.

Der Ritter, sein Pferd und seine Begleiterin bewegten sich über den dichtbevölkerten Hof.

»Was hatte das eben zu bedeuten?« Grace deutete auf das hinter ihnen befindliche Schloßtor. »Die Wächter verhielten sich so merkwürdig, als sie mich sahen.«

Der Ritter räusperte sich. »Das solltet Ihr nicht beachten, Mylady. Sie fragen sich nur, wer Ihr seid, das ist alles. Ihr müßt ihnen vergeben. Es sind einfache Leute.«

Grace akzeptierte dies, aber sie war davon überzeugt, daß noch mehr dahintersteckte, etwas, das Durge ihr nicht sagte. Ein silbernes Funkeln erregte ihre Aufmerksamkeit, und sie blickte zu Boden. Es war eine Pfütze, ein Spiegel des Himmels über ihnen. Ein geisterhaftes Gesicht blickte ihr entgegen: schmal, gespenstisch blaß, grün-goldene Augen wie Edelsteine über hohen Wangenknochen. Es war ihr Spiegelbild. Kein Wunder, daß die Wächter sie so angestarrt hatten. Das Pferd ging weiter, und das Spiegelbild verschwand.

Am anderen Ende des Hofes stand eine Mauer, die dunkler und älter als die anderen aussah. Darin befand sich ein zweites Tor, und Durge steuerte sein Pferd darauf zu.

»Wir werden uns an Lord Alerain wenden, Mylady«, sagte der Ritter. »Er ist des Königs Seneschall und für Besucher zuständig. Ich muß mich bei ihm anmelden, und er wird sich um Eure Bedürfnisse kümmern.«

Grace nickte ruckartig. Es war nicht so, als hätte sie Alternativvorschläge gehabt.

Sie passierten das Tor und kamen auf einen kleineren Hof. Auf dem Oberen Burghof ging es bedeutend leiser zu als auf dem Unteren. Grace kam zu dem Schluß, daß es sich hier um den ältesten Teil des Schlosses handeln mußte, denn die Mauern sahen massiver und verwitterter aus. Ihnen gegenüber erhob sich der hohe, rechteckige Turm, den sie schon zuvor erblickt hatte. Das mußte der ursprüngliche Bergfried der einstigen Hügelfestung gewesen sein, obwohl die Schichten aus verschiedenfarbigen Steinen ein deutlicher Hinweis darauf waren, daß der Turm in seiner Geschichte oftmals erweitert worden war. Von seinen Seiten gingen später errichtete Flügel ab, die den Hof wie steinerne Schwingen kreisförmig umschlossen.

In der Mitte des Oberen Burghofs befand sich ein dicht bewachsener Garten voller Gestrüpp, der beinahe wie ein kleiner Wald aussah. Selbst in diesem Winterwetter roch Grace den schwachen Duft der Blumen, irgendwo in dem Garten plätscherte Wasser. Sie seufzte. Das hier war ein friedlicher und privater Zufluchtsort. Selbst die dicken Steinmauern vermittelten eher Behaglichkeit, als daß sie einengten.

Hier hielten sich deutlich weniger Menschen auf – es handelte sich hauptsächlich um Wächter und andere Leute, die Grace für Diener hielt. Durge bat einen ergrauten Wächter, ihm die Richtung zum Königsstall zu zeigen, und der Mann deutete auf ein langes Holzgebäude. Als sie sich ihm näherten, konnte Grace den Duft von Pferden riechen.

Der Ritter ließ sein Tier anhalten und stieg ab, dann streckte er die Arme aus, um Grace herunterzuhelfen. Sie war steif und unbeholfen und wäre beinahe gefallen, aber Durge fing sie mit seinen starken Armen auf und setzte sie auf dem Boden ab.

Eine scharfe Stimme kam aus dem Stall. »Und das nächste Mal, wenn ich dich beim Schlafen erwische, mein Junge, machst du den Stall ganz allein sauber – und ohne Mistgabel, versteht sich!«

»Ja, Lord Alerain«, antwortete eine jugendliche und reuige Stimme.

Eine Gestalt trat aus dem Schatten des Stalls. Es war ein schmaler, steifer Mann, der die besten Jahre schon hinter sich gelassen hatte. Sein weißes Haar war kurz geschnitten; ein sauber zurechtgestutzter Bart schmückte ein spitzes Kinn. Seine Kleidung war kostbar und bescheiden zugleich, alles nur in schwarzen und kastanienbraunen Tönen gehalten; der Umhang wurde am Hals von einer einfachen, wenn auch recht großen goldenen Brosche gehalten. Er war eine eindrucksvolle Erscheinung, gleichzeitig hatte er aber auch etwas Großväterliches an sich. Vielleicht lag es an dem gedankenverlorenen Blick seiner wäßrigen blauen Augen. Er ging in Richtung Bergfried, einen Ausdruck der Entschlossenheit auf dem Gesicht.

»Entschuldigt, Lord Alerain«, sagte Durge.

Der Seneschall blickte auf, suchte nach der Quelle der Stimme, sah sie und kam auf sie zu. Er musterte den Ritter und schien dann eine Entscheidung zu treffen. »Der Graf von Steinspalter, nehme ich an?« fragte er in einem formellen Tonfall.

»Ihr nehmt richtig an«, erwiderte Durge.

Ein Lächeln durchbrach Alerains strenge Miene. »Dann habe ich nicht alle meine Fertigkeiten verloren. Ich freue mich, Euch zu sehen, Mylord. Ihr seht Eurem Vater sehr ähnlich, möge Vathris ihn beschützen.« Er schüttelte dem Ritter die Hand. »Anscheinend trifft Embarr als erstes Ratsmitglied ein. Ist König Sorrin weit hinter Euch?«

»Mindestens vierzehn Tage, Mylord. Allerdings würde es mich nicht überraschen, wenn seine Reisegruppe von Banditen, lahmenden Pferden oder eingestürzten Brücken aufgehalten wird.«

Alerain runzelte die Stirn. Aber dank seiner buschigen Augenbrauen sah er dabei nicht besonders grimmig aus. »Ihr Embarraner! Alle immer solche Schwarzseher, erwarten immer nur das Schlechteste. Ich bin sicher, daß König Sorrin wohlbehalten ankommt.«

Durge zuckte mit den Schultern. »Wenn Ihr es sagt, Mylord.«

Der Seneschall verdrehte die Augen, enthielt sich aber eines Kommentars. Er sah Grace an, die noch immer von Kopf bis Fuß in die Decke eingewickelt war. »Sagt mir, Mylord, wer ist Eure Begleiterin?«

»Das kann ich nicht mit Bestimmtheit sagen, Lord Alerain.« Durge blickte Grace ernst an. »Ich habe sie halb erfroren im Schnee gefunden, in den Ausläufern des Dämmerwaldes.«

Alerain warf dem Ritter einen scharfen Blick zu. »Ihr habt Euch in den Dämmerwald gewagt?« Der Seneschall schüttelte den Kopf. »Ihr seid ein tapferer Mann, Ritter. Oder, Ihr mögt es mir verzeihen, ein dummer. Ihr hättet genauso verlorengehen können wie dieses arme Mädchen hier.« Er trat einen Schritt auf sie zu. »Nun, was haben wir denn hier?«

Grace öffnete den Mund, aber Alerain schnalzte mit der Zunge, um sie zum Schweigen zu bringen. »Keine Angst, mein Kind. Wir werden dich sofort aus dieser feuchten Decke holen und dich in etwas Warmes stecken. Du wirst noch genug Gelegenheit haben, uns deinen Namen zu sagen, nachdem du dich an einem Feuer aufgewärmt hast.« Er streckte die Hand nach ihr aus.

Grace zögerte. Aber es konnte nicht schaden, wenn sie wartete, bis sie wieder warm und trocken war, bevor sie anfing, Fragen darüber zu stellen, wo genau sie war. Sie streckte die Hand aus, um die Hand des Seneschalls zu ergreifen. Als sie die Decke losließ, rutschte sie von ihrem Gesicht weg zurück auf ihre Schultern.

Alerain sog zischend die Luft ein. »Aber, Mylord!« sagte er zu Durge. »Warum habt Ihr mir nicht gesagt, wer Eure Begleiterin ist?«

Der Seneschall ließ sich sofort auf dem schlammigen Boden vor dem Stall auf ein Knie sinken. Grace warf Durge einen überraschten Blick zu. Der Ritter nickte bloß, als hätte sich ein bloßer Verdacht, den er gehegt hatte, gerade bestätigt. Dann kniete auch er vor ihr nieder.

Grace sah den beiden Männern verwirrt zu. Was ging hier vor? Wie um auf ihre Frage zu antworten, senkte Alerain den Kopf und sprach in einem rituellen Tonfall.

»Willkommen auf Calavere, Eure Hoheit. Wie können wir Euch dienen?«

28

Die Tür schloß sich hinter Grace, und sie war allein in dem zugigen Schlafgemach. Draußen verhallten die Schritte in der Ferne, als die beiden Dienerinnen, die sie durch die labyrinthartigen Gänge des Schlosses geführt hatten, sich zurückzogen. Sie atmete tief aus.

»Was würde eine Prinzessin in dieser Situation tun, Grace?«

Sie zog eine Grimasse. Es war völlig sinnlos gewesen, Lord Alerain davon zu überzeugen, daß sie niemanden Besonderes darstellte. Nachdem der erregte Seneschall seine Fassung wiedergewonnen hatte, hatte sie versucht, ihm zu erklären, daß da ein Mißverständnis vorlag. Ihr Name war Grace Beckett. Sie war nicht von königlicher Abstammung, und es bestand auch nicht die geringste Notwendigkeit, sich ständig vor ihr zu verbeugen oder sie als *Hoheit* anzusprechen.

Trotz ihres wiederholten Protestes hatte Alerain ihr verschwörerisch zugezwinkert. »Wie Ihr wünscht, Euer Hoheit«, hatte er gesagt. »Es steht mir nicht zu, mich zu fragen, warum eine Lady von hoher Stellung den Wunsch haben könnte, unerkannt zu reisen. Das ist ein seltsames Vorkommnis, aber wir haben auch seltsame Zeiten. Obwohl ich gestehen muß, daß ich nicht ergründen kann, wo Ihr herkommt. Der Schwung Eures Kinns läßt an die edlen Häuser des nordöstlichen Eredane denken, aber Eure Wangenknochen könnten einer Herzogin des südlichsten Toloria gehören. Aber Eure Augen ähneln keiner königlichen Familie, die mir bekannt wäre.« Er war mit der Hand durch den kurzen Bart gefahren. »Es gehört zu den Pflichten meines Amtes, jeden Adligen der Domänen auf Anhieb zu erkennen, ob wir uns schon einmal begegnet sind oder nicht. Aber ich kenne Euch nicht. Dieses

Beckett muß eine Domäne sein, die weit von Calavan entfernt liegt.«

»Sehr weit«, hatte Grace erwidert.

Danach hatte sie es aufgegeben. Es war einfacher so. Darüber hinaus war sie schlichtweg zu benommen, um ernsthaft zu protestieren. Alerain hatte ein halbes Dutzend Diener herbeigerufen und mit entschiedenen Befehlen dafür gesorgt, daß man einen Raum für sie vorbereitete. Die meisten der Diener waren in halsbrecherischem Tempo losgestürmt, aber zwei hübsche Frauen – kaum älter als Mädchen – in taubengrauen Kleidern waren zurückgeblieben. Jede von ihnen hatte einen von Graces Ellbogen genommen und sie etwas langsamer in einen Flügel des Bergfriedes geführt. Sie hätte die Hände abschütteln und ihnen sagen können, daß sie durchaus fähig war, allein zu gehen, aber sie war sich nicht ganz sicher, ob das auch tatsächlich der Wahrheit entsprach. Ihre Knie zitterten, und sie fühlte sich schwindelig und leer.

In diesem Moment hatte sie sich gefragt, was in dem ganzen Chaos eigentlich aus Durge geworden war, und einen Blick über die Schulter geworfen. Auch wenn der Ritter einen ziemlich düsteren Eindruck machte, war er ihr sympathisch, und obwohl sie nur selten Freundschaften schloß, war sie der Meinung, an diesem fremden Ort einen Freund brauchen zu können. Aber der braunäugige Ritter war nirgendwo zu sehen, und bevor sie nach ihm fragen konnte, hatten die Dienerinnen sie durch eine Tür in das Schloß geführt.

Grace ließ einen Blick durch den Raum schweifen. Er war etwa fünf Schritte breit und fast doppelt so lang. Das Ende des Raumes wurde von einem riesigen Himmelbett dominiert. Das Bett war so hoch, daß die Fußbank, die vor dem Fußende stand, die einzige praktische Möglichkeit darstellte, überhaupt dort hineinzugelangen. Am anderen Ende des Zimmers gab es einen Kamin, in dem ein Feuer fröhlich vor sich hin loderte, und in der entgegengesetzten Wand gab es ein schmales, mit dicken Glasscheiben versehenes Fenster. An den Wänden hingen farbige Wandteppiche, die blühende Bäume, üppig miteinander verflochtene Kletterpflanzen und klare Springbrunnen darstellten. Die gewobenen Bilder waren so lebendig, daß Grace, wenn sie die Augen zusammenkniff, beinahe glaubte, auf einer idyllischen, frühlingshaften Lichtung zu stehen. Aber auch nur beinahe. Denn trotz des Feuers und der Wandteppiche und des abgetretenen Teppichs unter ihren Füßen strahlten sowohl die Steinwände als auch der Fußboden Kälte aus. Das und der muffige Geruch, der in der Luft lag, ließen Grace vermuten, daß dieser Raum seit einiger Zeit nicht mehr benutzt worden war.

Um einigermaßen zu wissen, wo sie eigentlich war – sie hatte in den labyrinthartigen Korridoren des Schlosses jede Orientierung verloren –, beschloß Grace, einen Blick aus dem Fenster zu werfen. Sie setzte sich in Bewegung, doch etwas, das ihr bis jetzt noch gar nicht aufgefallen war, ließ sie auf halbem Weg stehenbleiben. In einer Ecke neben dem Kamin stand eine große hölzerne, mit Wasser gefüllte Badewanne. Dampf kräuselte sich in die Höhe. Auf einem daneben befindlichen Stuhl lagen ein ordentlich zusammengefaltetes Stoffhandtuch, ein brauner Klumpen, den sie für Seife hielt, sowie eine mit getrockneten Kräutern und Blütenblättern gefüllte Porzellanschüssel.

Grace warf dem Fenster noch einen Blick zu. Sie wollte mehr über den Ort erfahren, an dem sie sich befand. Doch das Fenster konnte warten, denn im Augenblick verlangte ihr unterkühlter Körper schmerzlich danach, in heißes Wasser einzutauchen. Eine ganze Sekunde wog sie die Möglichkeiten ab – Fenster oder Bad.

Das Bad gewann.

Sie trat vor das Feuer, schleuderte die kalten Schuhe von

sich und fing an, die Bluse aufzuknöpfen. Erst da wurde ihr überhaupt erst bewußt, daß ihre linke Hand zu einer verkrampften Faust geballt war. Sie dachte darüber nach und erkannte, daß das schon die ganze Zeit so gewesen war. Während des Ritts hatte sie die Wolldecke mit der Rechten umklammert, und die hatte sie auch Alerain entgegengestreckt. Die ganze Zeit über hatte sie die linke Hand geschlossen gehalten, und sie war vor Kälte so starr gewesen, daß es ihr nicht einmal aufgefallen war. Mit der Rechten bog sie nun die Finger der Linken auf.

Auf der Handfläche funkelte etwas Kleines und Silbernes.

Grace betrachtete den Gegenstand genauer, den sie so fest gehalten hatte. Er sah aus wie die Hälfte einer Münze. Auf jeder Seite war ein Muster auszumachen, aber sie konnte nicht erkennen, was es eigentlich darstellte, dazu war die halbierte Münze zu abgegriffen. Sie mußte außerordentlich alt sein. Aber wo kam sie her?

In ihrem Inneren schien eine krächzende Stimme erneut zu sprechen. *Das ist nur ein Andenken. Doch ihm könnte ein kleines Reservoir an Stärke innewohnen.*

Natürlich. *Er* hatte sie ihr gegeben. Der seltsame Prediger in Schwarz. Bruder Cy. Sie erinnerte sich, wie er ihr etwas Kleines und Kühles in die Hand gedrückt hatte, kurz bevor sie die Tür des Waisenhauses öffnete. Kurz bevor alles in dem Weiß versunken war und sie sich hier wiedergefunden hatte, in dieser …

»…Welt?« Sie flüsterte es laut.

Ja. Das war das Wort, das am Rande ihres Verstandes gelauert und darauf gewartet hatte, daß sie es aussprach. Das hier war nicht die Erde der Gegenwart. Das war nicht einmal die Erde eines längst vergangenen Jahrhunderts. Sie war sich nicht sicher, wieso sie das wußte, aber sie tat es. Vielleicht handelte es sich um tiefsitzenden und urzeitlichen menschlichen Instinkt, der im Verlauf der Millionen von Jahren andauernden Evolution in ihre Chromosomen eingebettet worden war und der auf die winzigen Unterschiede in der Farbe des Lichts oder der Schwerkraft oder der chemischen Zusammensetzung der Atmosphäre reagierte. Und der ihr sagte, *daß das nicht ihre Welt war.*

Und doch schien es nicht ganz richtig zu sein. Wenn das tatsächlich der Fall war, dann hätte das Wissen, sich nicht länger auf der Erde zu befinden, daß sie irgendwie durch ein unmögliches Tor in eine andere, fremde Welt gestolpert war, ihre Adern mit Furcht und Adrenalin überfluten müssen. Funktionierten Instinkte nicht genau auf diese Weise? Doch trotz aller Fremdartigkeit hatte dieser Ort etwas an sich, das seltsam *vertraut* erschien.

Nichts davon diente dazu, eine Antwort auf ihre ursprüngliche Frage zu geben. Wie war sie hierhergelangt? Hatte *er* sie auf diese Welt geschickt? Aber der Prediger hatte ihr gesagt, daß es ihre Sache sei, was sie hinter der Tür des Waisenhauses erwartete. Vielleicht hatte ja etwas tief in ihrem Inneren sich gewünscht, einen Weg in eine andere Welt zu finden.

Sie griff in die Hosentasche und zog etwas hervor. Es war feucht und zerknittert, jedoch noch immer zu entziffern: Hadrian Farrs Visitenkarte. Farr hatte ihr gesagt, daß die Sucher die Aufgabe hatten, nach seltsamen Geschehnissen Ausschau zu halten und sie zu studieren.

Grace fühlte einen düsteren Humor in sich aufsteigen. »Sie hätten bei mir bleiben sollen, Farr. Noch Seltsameres als das hier gibt es nicht.«

Ein Frösteln erinnerte sie an das dampfende Badewasser. Sie plazierte die Karte und die Münze auf dem Kaminsims, dann nahm sie ihre Kette ab und legte sie daneben. Wenn sie zur Erde zurückkehrte – *falls* sie zur Erde zurückkehrte, berichtigte sie sich und unterdrückte den Gedanken dann –, würde sie die Nummer auf der Karte anrufen und mit den Suchern sprechen. Doch im Augenblick hatte sie sich mit anderen Dingen zu beschäftigen, von denen das wichtigste ihr Überleben war.

So schnell es mit den steifen Fingern ging, zog sie sich die feuchten Kleider vom Leib und stapelte sie neben dem Kamin auf. Dann stieg sie einfach in die Wanne, ohne vorher die Temperatur zu testen.

Sie keuchte auf. Das Wasser war atemberaubend und köstlich heiß. Krämpfe erfaßten ihren Körper, ihre Haut stach schmerzhaft. Sie zwang sich dazu, eingetaucht zu bleiben. Das gewalttätige Zittern ließ nach, und die Nadelstiche verwandelten sich in ein angenehmes Kribbeln. Schließlich sickerte die Hitze in ihr ausgekühltes Inneres, und das Zittern hörte ganz auf. Sie stieß einen überschwenglichen Seufzer aus und ließ sich tiefer ins Wasser gleiten, während ihre steifen Muskeln dahinschmolzen.

Dann war die Zeit zum Waschen gekommen, und sie griff nach dem Klumpen Seife. Sie war fettig und weich, und sie roch leicht ranzig. Aber sie war so lindernd wie eine Salbe, als Grace damit ihre Haut einseifte. Sie streute die getrockneten Kräuter und Blumen ins Wasser, und ein süßer Duft stieg in die Höhe, der den unangenehmen Geruch der Seife maskierte, was offensichtlich auch der Zweck sein sollte.

Danach lehnte sich Grace zurück, ließ sich durchweichen und döste eine Zeitlang. Irgendwann fing das Wasser an abzukühlen. Seufzend stieg sie aus der Wanne und rieb sich im Schein des Feuers ab. Bald war sie trocken und warm. Und, wie ihr bewußt wurde, auch ziemlich nackt. Sie musterte die auf dem Boden liegenden Kleidungsstücke. Sie dampften nun, waren aber noch immer triefend naß.

Sie sah sich in dem Gemach um, und ihr Blick fiel auf einen hohen Kabinettschrank, der in einer Ecke stand. Sie riß seine

Türen auf, und ihr ursprünglicher Verdacht fand sich bestätigt. Es handelte sich um einen Kleiderschrank. Darin hingen mehrere Kleider, von denen jedes eine andere Farbe aufwies, die aber alle aus weicher Wolle gefertigt waren. Auf einer darüber befindlichen Ablage lag zusammengefaltet eine Art von Unterwäsche aus ungefärbtem Leinen. Alles schien in etwa in ihrer Größe zu sein. Zweifellos hatte man diese Dinge vor ihrem Eintreffen in das Gemach geschafft, zusammen mit der Badewanne. Grace musterte die seltsamen Kleider kritisch. Nichts davon entsprach genau ihrem Stil – für sie waren Baumwollhosen und Bluse so ziemlich das Äußerste an Schick –, aber vermutlich verdrängte Notwendigkeit die Mode.

Die Unterwäsche war noch ohne weiteres zu begreifen. Sie war weich und wies eine große Ähnlichkeit mit einem Paar langer Unterhosen auf. Sie schlüpfte hinein und wollte nach einem der Kleider greifen, aber in diesem Augenblick schlug eine Welle der Müdigkeit über ihr zusammen. Nach der schrecklichen Qual im Wald und der Wärme des Bades war sie völlig erschöpft. Ihr Blick wanderte zu dem gewaltigen Bett, und sofort konnte sie nur noch an Schlaf denken. Sie stieg auf die Fußbank, warf sich auf das Bett und seufzte, als sie in seiner allesumfassenden Weichheit versank. *Einfach nur schlafen.*

Dann dachte sie eine Zeitlang an nichts mehr von dem, was ihr widerfahren war. Sie dachte nicht an den Mann mit dem Herzen aus Eisen oder Hadrian Farr oder Bruder Cy. Sie dachte nicht an diese seltsame Welt oder wie weit sie von der Erde entfernt sein mochte. Sie dachte nicht einmal mehr an das Krankenhaus oder den endlosen Verletztenstrom, der durch den Eingang der Notaufnahme strömte.

Graces letzte bewußte Handlung bestand darin, sich unter der schweren Bettdecke zu vergraben. Dann schloß sie die Augen und versank in einen tiefen und friedlichen Schlaf, in dem sie an gar nichts mehr dachte.

29

Travis und Falken erreichten die alte Festung genau in dem Augenblick, in dem die Sonne hinter den Talrand sank und sich die Farbe des Sees von Kupfer in Schiefer verwandelte.

»Sollen wir nachsehen, ob jemand zu Hause ist?« meinte der Barde. Seine rechte Hand tastete nach dem Messer am Gürtel und strafte seinen unbeschwerten Tonfall Lügen. Für *diese* Botschaft benötigte Travis kein magisches Übersetzungsgerät. Er schluckte schwer und umklammerte den Griff seines Stiletts. Falken ballte die schwarz behandschuhte Hand zur Faust und pochte dreimal an das Tor, das aus einer riesigen Platte verschrammten Holzes bestand.

Ein schabendes Geräusch ertönte. Dann öffnete sich das Tor quietschend einen Spaltbreit – gerade weit genug, um ein einzelnes, hervorquellendes Auge zu enthüllen. Der blutunterlaufene Augapfel rollte hin und her, dann konzentrierte er sich auf die beiden Männer.

»Wer ist da?« fragte eine krächzende Stimme.

Falken antwortete in einem formellen Tonfall. »Zwei Reisende, die Schutz vor der kommenden Nacht suchen.«

»Dann sucht euch besser eine andere Festung«, sagte die Stimme. »Wir haben schon genug Landstreicher aufgenommen. Wir könnten nicht mal einen dazwischenquetschen, geschweige denn zwei. Auf Wiedersehen!«

Das Tor schloß sich, aber Falken klemmte die Stiefelspitze in den Spalt, um es aufzuhalten.

»Falls du es nicht wissen solltest, hier gibt es keine anderen Festungen«, sagte der Barde. »Wir sind hier vielleicht an der Außengrenze der Domänen, aber selbst hier gelten die Gesetze der Gastfreundschaft. Oder hast du das vergessen?«

Das rief ein schrilles Kichern hervor. »Ich habe nichts vergessen. Doch ich fürchte, König Kel hält nicht viel von Gesetzen. Natürlich abgesehen von denen, die er selbst aufstellt. Trotzdem bezweifle ich, daß ihr einen Herrn finden werdet, der gastfreundlicher zu denen ist, die er schätzt – oder strenger zu denen, die er nicht schätzt.« Das Auge schloß sich zu einem schmalen Schlitz. »Was wirst du sein, Falken von der Schwarzen Hand? Freund oder Feind?«

Falkens überraschter Gesichtsausdruck rief einen weiteren Heiterkeitsausbruch hervor.

»Ja, ich weiß, wer du bist, Wanderer. Ein Türhüter wäre von wenig Wert, wenn er den Grimmigen Barden nicht kommen sehen würde!« Das Auge wandte sich in Travis' Richtung. »Aber was ist das für ein köstlicher Leckerbissen, den du da mitgebracht hast?«

Travis wand sich unbehaglich unter dem prüfenden Blick des Auges, obwohl er den Grund dafür nicht genau benennen konnte.

Falken starrte das Auge böse an. »Beantworte nur meine Frage. Läßt du uns nun eintreten oder nicht?«

»Oh, also gut«, sagte die Stimme. »Wenn es denn unbedingt sein muß, darfst du passieren. Aber du tätest klug daran, *meine* Frage zu beantworten, und wenn auch nur dir selbst. Bist du Freund oder Feind? Wie ich mich erinnere, war König Kel bei deiner letzten Abreise über den Namen Falken Schwarzhand nicht sonderlich erfreut.« Das Auge verschwand.

»Was sollte das denn heißen?« flüsterte Travis.

»Ich bin mir nicht ganz sicher.«

Travis gefiel nicht, was er da hörte, aber bevor er den Barden weiter befragen konnte, schwang das Tor mit einem Quietschen nach innen auf. Fackellicht quoll hervor. Der Türhüter war nirgendwo zu sehen. Travis holte tief Luft und folgte Falken in den dahinterliegenden Korridor. Das Tor schlug mit einem lauten Knall hinter ihnen zu. Die beiden Männer fuhren herum.

Travis brauchte einen Augenblick, bevor ihm klar wurde, daß das, was er in dem unsicheren Licht für einen Lumpenhaufen gehalten hatte, in Wirklichkeit eine alte Frau war. Sie schob einen Holzbalken quer über das Tor, dann trippelte sie auf sie zu. Aus den Lumpen, die ihren formlosen Körper einhüllten, ragten knochige Arme und Beine wie die Glieder einer Spinne. Sie starrte die beiden mit ihrem hervorquellenden Auge an.

»Willkommen in Kelcior!« sagte sie mit einem drolligen Krächzen.

Falken war offensichtlich nicht beeindruckt. »Ist also das aus König Kel geworden? Nur ein einzelnes altes Weib, das seine Tür bewacht? Was ist aus seinen berühmten Kriegern geworden?«

»Pah!« sagte die Alte. »Krieger.« Sie deutete mit einer knotigen Hand auf eine Nische. Dort hockten zusammengesunken zwei in schmieriges Leder gekleidete Männer und schnarchten. »Die waren bei Sonnenuntergang betrunken – wie gewöhnlich.«

Falken kniff unwillkürlich die Augen zusammen. »Du hast ihnen aber nicht zufällig dabei auf irgendeine Weise geholfen, Hexe?«

Ein aus hervorstehenden Zähnen bestehendes Grinsen hellte ihr Gesicht auf. »Ist wohl kaum mein Fehler, wenn sie nicht nachschauen, was in ihrem Bier rumschwimmt, bevor sie es runterkippen!«

Falken schnaubte. »Bringst du uns nun zu Kel oder nicht?«

»Ah! Zu wichtig, um mit so einer wie Grisla herumzuhängen, was?« Die Hexe imitierte eine spöttische Verbeugung. »Wie du willst, Lord Nasehoch. Grisla wird tun, was du befiehlst, und zwar mit bebendem Vergnügen. Hier entlang, hier entlang!«

Die alte Vettel Grisla nahm eine qualmende Fackel von der Wand und führte sie einen dunklen Korridor entlang bis zu einer Flügeltür. Von der anderen Seite drang ein dumpfes Brausen heran.

Die Alte deutete auf die Tür. »Die führt in die große Halle. Der König gibt heute abend ein Fest.«

»Wann gibt Kel *kein* Fest?« fragte Falken.

Grisla kratzte ihr verfilztes Haar. »Ich glaube, da war ein Melinstagmorgen vor zwei Jahren, als alle entschieden, statt dessen ein Picknick zu veranstalten.«

Falken stöhnte auf. »Es reicht, du Hexe! Scher dich zurück zum Eingang.«

»Wie Ihr wünscht, Lord Reizbarkeit.« Die Worte waren voller Gift.

Bevor die Alte jedoch ging, zupfte sie mit knotigen Fingern an Travis' Ärmel. »Ich habe ein Auge auf dich geworfen, mein Junge!« Sie gackerte und drückte ihm etwas in die Hand.

Travis blickte nach unten und würgte. Auf seiner Handfläche lag ein feucht schimmernder Augapfel. Er schaukelte glitzernd hin und her und starrte ihn an. Mit einem Aufschrei ließ Travis das Auge fallen, und es rollte den Gang entlang.

Grisla kreischte auf und jagte hinter dem Auge her; sie tastete blindlings mit beiden Händen danach. Schließlich schlossen sich ihre Finger um das Auge. Die alte Vettel steckte es zurück in seine Augenhöhle, grunzte zufrieden und trippelte fort.

Travis wischte sich die Hand an dem Wams ab. Ihm war leicht übel. »Wie hat sie das gemacht?«

Falken schüttelte den Kopf. »Glaub mir, das willst du nicht wissen.« Er zeigte auf die Tür. »Sollen wir?«

Zusammen stießen sie sie auf und begaben sich in den dahinterliegenden Raum.

Travis' Sinne protestierten überwältigt, als sie den schwindelerregenden Anblick aufnehmen wollten, der sie begrüßte. Die große Halle von Kelcior stellte einen höhlenartigen Raum dar. Hohe Steinwände gingen in eine von rußgeschwärzten Balken durchkreuzte Decke über. Zwei Reihen aufgebockter Tische, die den Raum in seiner ganzen Länge durchmaßen, grenzten an der einen Seite rechtwinklig an eine Hohe Tafel, die am Kopf der Halle auf einem Podium stand. Die Wände waren voller Fackeln, doch ihr Licht konnte kaum den Dunstschleier durchbrechen, der in der Luft hing. Der durchdringende Gestank ließ Travis beinahe würgen – eine Mischung aus angebranntem Fleisch, verschüttetem Bier, Schweiß und Erbrochenem.

König Kels Fest war keine formelle Angelegenheit. Genauso viele Leute standen auf den Tischen, wie an ihnen saßen. Muskulöse Männer benutzten Schwerter, um riesige gebratene Keulen auseinanderzuhacken, während andere aus verrosteten Helmen tranken. Dienstmägde stolperten, als sie mit Essen überladene Tabletts auf die Tische knallten und dabei großen, zupackenden Händen auswichen. Einem Krieger gelang es, eine Magd mit einem verschmutzten Gesicht zu packen, und er bekam als Belohnung einen Dolch durch die Hand gerammt. Kinder in geflickten Wämsern liefen kreischend in einem regellosen Spiel hin und her, während Tiermänner, die sich in fettige Tierhäute gekleidet und sich blauen Schlamm ins Haar geschmiert hatten, unter den Tischen knurrend mit räudigen Hunden um Tischabfälle kämpften.

Travis sah seinen Gefährten zweifelnd an. »Sind alle deine Freunde so, Falken?«

Der Barde schenkte Travis einen vernichtenden Blick, dann

suchte er sich einen Weg durch die Menge. Travis folgte ihm dichtauf. Sie erreichten die Stufen zu der Hohen Tafel.

Ein Brüllen übertönte donnernd den Festlärm. »Bringt mir noch eine Arochkeule! Wartet – bringt besser zwei! Ich fühle mich etwas hungrig!«

Travis legte den Kopf in den Nacken und starrte voller Staunen in die Höhe. In der Mitte der Hohen Tafel saß der größte Mann, den er je gesehen hatte. Er hatte die Schultern und die Brust eines Grizzlybären, und sein riesiger Kopf wurde von einem roten Haarschopf gekrönt, dessen Wildheit nur noch von dem verfilzten Bartgestrüpp übertroffen wurde. Über den blau funkelnden Augen wuchsen Brauen, die sich wie lebendige Wesen sträubten. Vor ihm stand ein noch brutzelnder Brocken Wild. Kel entblößte spitze Zähne in einem barbarischen Grinsen, dann riß er mit prankenähnlichen Händen ein Stück Fleisch heraus.

Wie es sich bei einem König gehörte – selbst bei einem unbedeutenden König –, saßen die wichtigsten Angehörigen von Kels Hof mit ihm an der Hohen Tafel. Also die stämmigsten Krieger, die vollbusigsten Weiber und die am wildesten aussehenden Tiermänner. Vor Jahren hatte sich Travis in einer Stadt, die er nicht kannte, zufällig in eine rauhe und schmierige Biker-Bar verirrt. So schrecklich diese Erfahrung auch gewesen war, mit diesem Ort konnte die Bar nicht einmal annähernd konkurrieren. Wenn er sich jetzt umdrehte und ging, würde er es schaffen, aus der Tür zu kommen, ohne ein Schwert in den Leib gestoßen zu bekommen?

»Denk nicht mal an Flucht«, murmelte Falken aus dem Mundwinkel. »Sie können Angst riechen.« Mit diesen Worten stieg der Barde auf die erste Stufe.

»Ich grüße Euch, Kel, König von Kelcior!« verkündete Falken mit laut hallender Stimme.

Der König blickte auf, und seine blauen Augen wurden

kreisrund. Das Fleisch rutschte ihm aus der Hand und fiel auf den Tisch. Als wäre das ihr Stichwort, verstummte die ganze Halle. Krieger hörten mitten in der Prügelei auf, Mägde ergriffen Tabletts so fest, daß ihre Knöchel weiß anliefen, und Tiermänner kauerten sich unter den Tischen zusammen, wo sie gemeinsam mit den verängstigten Hunden wimmerten.

30

»Falken Schwarzhand!« König Kels Stimme glich einem Knurren. »Ich hätte nicht erwartet, dein trauriges Gesicht jemals wieder in meiner Halle zu sehen. Zumindest nicht so bald. Bist du gekommen, um mir die nächste Katastrophe anzukündigen? Wir haben gerade die Toten der letzten begraben.«

Falken griff sich ans Herz in einer Geste vorgetäuschter Bestürzung. »Dann ist der Nordwachturm also umgestürzt?«

König Kel stieß seinen Stuhl zurück und stampfte um die Hohe Tafel herum, um sich vor Falken aufzubauen. »Aye, er ist umgestürzt! Genau wie du es vorhergesagt hast, und zwar nur wenige Stunden nachdem du, ohne vorher um Erlaubnis zu bitten, wie es sich gehört, aus meinem Königreich verschwunden bist, du Schuft. Dabei wurde mein bester Jagdhund getötet.« Kel wischte sich eine Träne aus dem Augenwinkel. »Ach ja, ein paar Dutzend Angehörige meines Hofes hat es auch erwischt.«

»Ich habe Euch gewarnt, daß das Fundament des Turms baufällig ist.«

Kel grunzte mißtrauisch. »Aye, das hast du, Falken Schwarzhand. Anscheinend warnst du immer vor Katastrophen, und anscheinend hast du immer recht.« Er sah den Barden finster an. »Man könnte durchaus auf die Idee kommen, daß dir üble Geschehnisse folgen oder – nur vielleicht – deine Hand im Spiel ist, damit sich deine Warnungen als wahr erweisen.«

Die Anschuldigung rief ein Zischen hervor, das durch die Halle hallte. Kel war nicht der einzige, der so dachte.

Falken spreizte die Arme, bat um Ruhe und schaffte es irgendwie, sie sogar zu bekommen. »Es stimmt, daß ich Euch oftmals vor drohendem Unheil gewarnt habe, Euer Majestät. Und hättet Ihr auf meine Warnungen gehört, wäre nur geringer Schaden entstanden. Wie dem auch sei, es erfüllt mich mit Trauer, daß Ihr all die anderen Vorhersagen Falken Schwarzhands vergessen habt – diejenigen, die Euch Glück statt Unglück brachten.«

Falken betrat das Podium. Seine Stimme hob sich, als handele es sich hier um eine Art Vorstellung. Travis hielt den Atem an. Vielleicht war es das auch, eine Vorstellung, die, falls sie nicht überzeugend genug war, ihre Köpfe kosten würde.

»Wer hat Euch verraten, wo Ihr im See nach den verlorenen Schätzen von Tarras suchen mußtet?« fragte Falken. »Wer hat Euch gesagt, wo Ihr nach Salz graben müßt, als Ihr keines für Eure Tafel hattet? Und wer hat Euch drei Tage lang ohne Ruhe oder Rast *Boradis' Heldenlied* in seiner ganzen Länge vorgesungen, nur damit Ihr immer wieder die Verse hören konntet, in denen der Drache das Heer frißt?«

Die Augen des Königs funkelten. »Ich liebe diesen Teil!«

Falken fixierte Kel mit einem scharfen Blick. »Wer hat all diese Dinge getan?«

Der König dehnte seine gewaltige Brust und stieß einen Seufzer aus. »Das warst du, Falken.«

Falken verschränkte die Arme und nickte.

Kel kratzte sich nachdenklich das haarige Kinn, dann schnippte er mit den dicken Fingern. »Ich weiß! Ich werde meine Ratgeberin fragen, was ich tun soll.«

Falken runzelte die Stirn. »Eure Ratgeberin?«

Die laute Stimme des Königs dröhnte durch die Halle. »Wo steckt meine Hexe? Jemand soll mir meine Hexe herbeischaffen!«

»Ich bin schon da, Euer Ungestüm.« Eine spinnenhafte Gestalt trippelte auf das Podium.

Falken betrachtete das alte Weib ungläubig. »Du bist auch

seine Ratgeberin? Du kommst wohl viel rum, wenn ich mir die Bemerkung erlauben darf.«

Grisla zuckte mit den knochigen Schultern. »Die Arbeit einer Hexe ist nie getan.«

König Kel sah die Alte an. »Was sollen wir mit ihnen machen, Hexe?«

Sie griff in die Lumpen, die ihren Körper bedeckten, und holte eine Handvoll schmaler, gelber Gegenstände hervor. Erst als sie sie auf die Treppenstufen schleuderte, erkannte Travis, daß es sich um Knochen handelte. Grisla ging in die Hocke, um das entstandene Muster zu studieren.

»Hm!« sagte sie. »Hm.« Dann kam sie mit einem mißtönenden »Hah!« zum Schluß.

Kel griff sich mit einer großen Hand ans Herz. »Was ist, Hexe?«

Grisla blickte auf und fixierte Falken und Travis mit ihrem Glubschauge. Travis' Herz pochte wild.

»Die Orakelknochen sind eindeutig«, sagte Grisla. »Die beiden kommen in finsteren Angelegenheiten.«

Der König schnaubte. »Ich brauche wohl kaum deine Zauberkunst, Hexe, um das zu wissen.«

»Ich bin noch nicht fertig! So finster ihre Angelegenheiten auch sein mögen, sie betreffen nicht uns.« Grisla betrachtete erneut ihre Knochen, dann runzelte sie die Stirn. »Andererseits betreffen sie uns schon.«

»Das ist praktischerweise ziemlich vage«, meinte Falken.

Grisla schnaubte. »Ich mache das Orakel nicht. Ich lese bloß, was es sagt.« Die alte Vettel strich die Knochen zusammen und ließ sie wieder unter ihren Lumpen verschwinden.

König Kel dachte angestrengt über diese neue Information nach. Er kratzte sich am Kopf und brachte sein wild abstehendes Haar noch mehr durcheinander. Dann nickte er. »Ich habe eine Entscheidung getroffen.« Er baute sich vor Falken und

Travis auf. »Ich versage dir die Gastfreundschaft meines Hauses, Falken Schwarzhand.«

Travis warf Falken einen entsetzten Blick zu. Der Barde wollte protestieren, verstummte aber, als Kel eine dicke Hand hob.

»Ich werde dir jedoch erlauben, sie dir zu verdienen«, fuhr der König fort.

Als Falken das hörte, ersetzte ein breites Lächeln seinen grimmigen Gesichtsausdruck. Travis atmete erleichtert auf.

»Nichts würde mich mehr freuen, als mir meinen Aufenthalt mit meiner Laute zu verdienen, Euer Majestät«, sagte der Barde. »Und falls es der Hof wünscht, könnte ich auch gern ein paarmal *Boradis' Heldenlied* singen.«

Kel grinste. »Bei Jorus, ich konnte dir noch nie lange böse sein, Falken!« Er packte den Barden und drückte ihn an seine Brust. Die Feier in der Halle nahm ihren Fortgang.

»Ich kann nicht spielen, wenn Ihr mich entzweibrecht«, sagte der Barde mit gedämpfter Stimme.

Kel ließ Falken auf das Podium fallen. Der Barde taumelte und wäre wahrscheinlich gestürzt, hätte Travis ihn nicht gehalten. Der König kehrte an die Hohe Tafel zurück und rief nach seinen Dienern. Zwei Schemel wurden auf die Stufen gestellt. Der einzige Stuhl in der ganzen Halle gehörte dem König – alle anderen saßen auf Bänken. Eine Magd drückte Travis einen schäumenden Krug in die Hand. Durstig nahm er einen tiefen Zug und mußte sofort husten. Die sandige Flüssigkeit in dem Krug war weder Budweiser-Bier noch Haferschleim, sondern ein Zwischending aus beidem.

»Sitz nicht einfach hustend da rum, Travis«, sagte Falken. »Pack meine Laute aus und gib sie mir.«

Travis bekam wieder Luft. »Aber der Rucksack steht doch direkt neben dir. Kannst du sie dir nicht selbst nehmen?«

»Das könnte ich«, erwiderte Falken. »Aber es ist die Aufgabe des Lehrlings, seinen Barden zu bedienen. Es sei denn natürlich, du möchtest meinen Lehrling nicht spielen und lieber selbst eine Möglichkeit finden, dir König Kels Gastfreundschaft zu verdienen. Ich bin sicher, die betrunkenen Krieger da drüben könnten jemanden brauchen, der ihnen ihr Ziel für ihre Wurfmesser hochhält.«

Travis griff eilig in den Rucksack und holte die Laute des Barden heraus.

Das Fest nahm seinen Gang, und Falken schlug seine Laute und sang von uralten Schlachten, stolzen Königen und Feenschätzen. Travis saß zufrieden auf seinem Schemel und trank sein Bier. Es war gar nicht so übel, nachdem er gelernt hatte, es vorher durch seine Zähne zu filtern. Er hörte den Liedern des Barden zu und ließ die Blicke durch die Halle schweifen. In einer Ecke fielen ihm zwei Leute auf – ein Mann und eine Frau –, die nicht zu dem Rest der barbarischen Feiernden zu passen schienen. Die Frau war wunderschön; schwarze Haare, kupferfarbene Haut und eindrucksvolle bernsteinfarbene Augen. Sie trug ein mitternachtsblaues Unterkleid, dessen Säume mit Silber bestickt waren, und einen dazu passenden ärmellosen Überrock. Ihr Gefährte war ein großer, schlanker Mann mit blonden Haaren. Er schien eine Art Ritter zu sein, denn er trug ein schwer aussehendes Kettenhemd, und vor ihm auf dem Tisch lag ein Helm. Der Ritter betrachtete das ausgelassene Treiben amüsiert, während der Blick der Frau nach innen gerichtet war, als würde sie einen geheimen Ort betrachten.

Falken gab Travis die Laute, und seine Aufmerksamkeit wurde von den beiden Fremden abgelenkt. Es war Zeit für eine Pause. Kel befahl mit seiner donnernden Stimme, daß man dem Barden und seinem Lehrling etwas zu essen bringe. Jeder von ihnen erhielt ein gewaltiges Stück Fleisch auf einem Stück hartem Brot, das Falken als *Tellerbrot* bezeichnete. Travis hatte rasenden Hunger. Es war ihm völlig egal, von welchem Tier das Fleisch möglicherweise stammte, er nahm einen großen Bissen und kaute. Und kaute. Und kaute. Es war mehr Knorpel als Fleisch. Es gelang ihm, es herunterzuschlucken, wenn auch nur mühsam.

Ein leises Knurren ließ ihn ruckartig aufsehen. Vor ihm stand ein Jagdhund, der knurrend die Lefzen zurückgezogen hatte. Travis kam zu dem Schluß, daß es sich nicht lohnte, deswegen eine Hand zu verlieren, und warf dem Hund den Rest des unidentifizierbaren Fleisches zu. Er begnügte sich mit dem Tellerbrot, das zwar fade, aber immerhin eßbar war.

Wieder ertönte an der Hohen Tafel ein Ruf, der schnell von anderen aufgegriffen wurde.

»Führt das Schauspiel auf! Wo ist Trifkin Moosbere?«

»Wir sollten besser aus dem Weg gehen«, sagte Falken zu Travis.

Sie nahmen ihre Schemel und zogen sich auf die eine Seite des Podiums zurück. Hinter der Hohen Tafel teilte sich ein Vorhang, und eine kleine Gestalt sprang hervor. Der winzige Mann sprang auf die Tafel und vollführte einen hüpfenden Tanz, bei dem mehrere Krüge und Schüsseln umgestoßen wurden. Dann sprang er hoch, machte einen Handstandüberschlag und landete behende auf dem Podium. Die Menge begrüßte die Darstellung mit lautem Applaus.

Der kleine Mann war offensichtlich voll ausgewachsen, obwohl er kaum halb so groß wie Travis war. Er hatte ein breites Gesicht und haselnußbraune Augen, sein spitzes Kinn war bartlos. Er trug grüne und gelbe Kleidung, auf seinem zerzausten braunen Haar saß eine mit einer roten Feder geschmückte Kappe. Er lüpfte die Kappe, verbeugte sich tief, dann richtete er sich auf und wandte sich mit einer piepsigen Stimme an die Menge.

»Moos ist mein Name, Moosbere.
Wie ihr heißt, ist mir egal.
Gekommen bin ich, euch Wunder zu bescheren,
nicht um zu trinken, gar zu enthüllen einen Skandal.
Schaut zu, meine Freunde, ihr müßt schon hinsehen,
wenn Trifkins Schauspieler ihren Auftritt vor euch geben.«

Auf dieses Stichwort teilte sich der Vorhang hinter der Tafel erneut, und ein Dutzend Gestalten stürmte hervor und gesellte sich zu Trifkin. Die Schauspieler trugen kunstvoll gearbeitete und exotische Kostüme. Ein in Weiß gewandeter Mann mit langem weißen Bart warf getrocknete Blütenblätter wie Schneeflocken in die Luft. Baumfrauen in rindbraunen Gewändern wedelten mit langen Armen, die in sich verzweigenden Ästen endeten. Ziegenmänner mit nackter Brust und an den Köpfen festgebundenen Hörnern und haarigen Hosen tollten umher. In der Mitte der Truppe stand eine strahlende junge Schönheit in einem grünen Kleid; in ihr langes Haar waren Blätter und Blumen eingeflochten. Trifkin hob die Arme, und der Lärm des Publikums erstarb, als sich alle vorbeugten, um den Schauspielern bei ihrem Spiel zuzusehen.

Obwohl sich Travis nach besten Kräften bemühte, der Handlung zu folgen, begriff er nicht genau, worum es bei dem Schauspiel eigentlich ging. Soweit er es sagen konnte, hatte es mit Winter und Frühling zu tun. Der alte Mann in Weiß stellte offensichtlich den Winter dar. Er durchwanderte den vorgeblichen Wald und warf seine schneeähnlichen Blüten auf den Boden, während die Baumfrauen ihre Äste erzittern ließen. Dann kam der Winter zu dem wunderschönen Mädchen in Grün – die offensichtlich den Frühling darstellte –, zeigte ein wollüstiges Grinsen, packte sie und lief mit ihr fort, worauf das Publikum zu gleichen Teilen mit Zischen und Jubel reagierte.

Danach wechselte die Szene, und die Ziegenmänner trampelten auf das Podium. Travis war sich nicht ganz sicher, was dieser Teil des Schauspiels zu bedeuten hatte, aber es schien mit viel Schabernack und dem Herunterlassen der Hosen zu tun zu haben. Wieder wechselte die Szene. Jetzt schmachtete der Frühling im kalten Griff des Winters. Aber die Ziegenmänner kamen ihm bald zu Hilfe. Sie ergriffen den Winter, schleiften ihn von der Bühne und befreiten auf diese Weise den jungen Frühling, der seine Dankbarkeit dadurch zum Ausdruck brachte, daß er die Ziegenmänner um sich herumtollen ließ. Schließlich versammelten sich alle um das Mädchen und verbargen sie vor den Blicken des Publikums. Als sie wieder auseinanderspritzten, wies der Frühling eine große Beule in seinem Kleid auf.

An diesem Punkt trat Trifkin Moosbere höchstpersönlich mit einer energischen Reihe von Überschlägen und Salti auf. Er kam vor dem Mädchen zum Stehen und griff ihr unters Kleid, riß das Bündel hervor und hielt es in die Höhe. Es war eine in Gelb gekleidete primitive Puppe, deren Haupt von einer gelben Krone gekrönt wurde. Travis entschied, daß er gerade die Geburt des Sommers gesehen hatte. Das Schauspiel endete mit einem Tanz, der den Rest des Dramas vergleichsweise gesittet erscheinen ließ, dann fielen die Schauspieler erschöpft auf den Treppen auf die Knie, während das Publikum seine Begeisterung herausschrie. Die Baumfrauen und die Ziegenmänner sprangen auf und verbeugten sich, gefolgt von Winter und Frühling. Als letzter erhob sich Trifkin und verbeugte sich, dann hob er noch einmal seine piepsige Stimme:

»Ich will hoffen, euch gefiel unser lustiges Spiel,
wenn nicht, hört mich bitte an und macht nicht mobil.
Ihr müßt verstehen, wir gleichen den Schatten.
Eure Erinnerung wird gleich schon verblassen.

Und jetzt laßt die müden Häupter zur Ruh sich betten.
Husch, husch, auf eure Lagerstätten.«

Die seltsame Schauspielertruppe raste vom Podium und verschwand durch eine Seitentür der großen Halle. Das Publikum blinzelte und gähnte, und als wären Trifkins Worte ein Zauber gewesen, nahm das Fest sein abruptes Ende. Die aufgebockten Tische wurden abgebaut, zusammengeklappt und an die Wände geschoben, dann breiteten die Leute aus Binsen gewobene Schlafmatten auf dem Boden aus. König Kel verschwand in dem Raum hinter dem zerlumpten Vorhang, und die geheimnisvolle Frau und ihr ritterlicher Gefährte waren nirgendwo zu sehen – sie mußten sich während des Schauspiels in ein Privatgemach zurückgezogen haben. Selbst Falken sah müde aus, als er seine Laute stimmte und sie dann in ihren Kasten legte. Anscheinend war Travis der einzige, der noch nicht zum Schlafen bereit war. Er betrachtete die Seitentür, durch die Trifkins Truppe verschwunden war. Der kleine Mann und seine Schauspieler wollten ihm nicht mehr aus dem Kopf gehen. An ihnen und ihrem Schauspiel war etwas *Außergewöhnliches* gewesen, obwohl er sich nicht sicher war, was genau es war.

Fackeln wurden gelöscht, und bald füllte nur noch das rötliche Licht des Kaminfeuers die Halle, während die Menschen Kelciors sich zum Schlafen bereitmachten. Falken fand einen Platz in einer Ecke, und er und Travis legten sich hin und wickelten sich in ihre Umhänge ein. Überall um sie herum erfüllten Geräusche das Halbdunkel: Geschnarche, gemurmelte Unterhaltungen, die leisen Geräusche sich Liebender. Travis versuchte die Augen zu schließen, aber er war nicht müde.

»Glaubst du wirklich, er hätte uns rausgeworfen?« flüsterte er nach einer Weile. »Ich meine König Kel. Er scheint ein ziemlicher Barbar zu sein.«

»Nein, wir schwebten in keiner echten Gefahr«, sagte Falken

schläfrig. »Zumindest glaube ich das. Kel benimmt sich gern schrecklich, aber ich habe den Verdacht, daß in dieser gewaltigen Brust ein großes Herz schlägt.« Er seufzte müde. »Jetzt schlaf, Travis Wilder.«

Trotz seiner Erschöpfung starrte Travis noch lange in die verqualmte Luft, nachdem Falkens Atemzüge tief und langsam geworden waren.

31

Travis schlug die Augen auf. Das Feuer war heruntergebrannt, und in der Halle herrschte bis auf leise Atemgeräusche Stille. Es war mitten in der Nacht. Er setzte sich auf, legte den Kopf schief und lauschte. Was hatte ihn aufgeweckt? Er war sich nicht sicher, aber es hatte beinahe geklungen wie … Glocken?

Plötzlich war Travis hellwach. Er sah zu Falken hinüber, der neben ihm im Halbdunkel lag. Der Barde hatte die Augen geschlossen und schnarchte leise.

»Du solltest weiterschlafen, Travis«, flüsterte er an sich selbst gewandt, während er leise aufstand. Er warf einen letzten Blick auf Falken, dann suchte er sich einen Weg vorbei an den Körpern, die auf dem Hallenboden schliefen. Er sollte dies hier nicht tun. Zumindest war es ausgesprochen dumm, mitten in der Nacht in einer fremden Burg umherzuwandern, und im schlimmsten Fall konnte es gefährlich werden. Doch das letzte Mal, als er solche leisen Glocken gehört hatte – auf dem Highway außerhalb von Castle City –, hatte alles angefangen, sich zu verändern. Vielleicht gab es eine Verbindung, die ihm helfen konnte, einen Weg nach Hause zu finden.

Er trat auf etwas Weiches, ein schläfriger Protest ertönte. Travis erstarrte und biß sich auf die Lippe, um einen Aufschrei zu unterdrücken. Er schaute in dem Dämmerlicht nach unten und sah, daß er einem Tiermann auf den Fuß getreten war. Sein Herz raste. Dann gab der Tiermann ein Seufzen von sich, rollte sich auf die Seite, schmiegte sich an einen schlummernden Jagdhund, und es herrschte wieder Ruhe. Travis atmete erleichtert auf und ging weiter.

Er kam zu einer Seitentür – der Tür, durch die Trifkin

Moosberes Schauspielertruppe vorhin verschwunden war. Er stieß die Tür auf, dankbar, daß sie nicht quietschte, dann trat er hindurch und schloß sie hinter sich. Er fand sich in einem schmalen Korridor wieder. Wo in der Halle die Hitze des Feuers in Verbindung mit den Hunden und den Menschen für Wärme gesorgt hatte, strahlten die Steine hier winterliche Kälte aus. Am einen Ende des Korridors erblickte er einen Alkoven, in dem, wie ihm seine Nase verriet, sich der Abort befand. Am anderen Ende öffnete sich ein kleiner Torbogen, hinter dem eine Wendeltreppe hinaufführte. Travis ging zur Treppe. Die Stufen waren hoch und schmal, und der Aufstieg machte ihn etwas schwindelig. Am oberen Ende der Treppe befand sich ein weiterer Torbogen, hinter dem ein Korridor lag, der dem unten ähnelte. Die eine Wand wurde von Türen gesäumt, die in Zimmer führen mußten, die genau über der großen Halle lagen. Bis auf einen schmalen Strich goldenen Lichts, der unter der letzten Tür hervorschimmerte, herrschte in dem Korridor Dunkelheit.

Diesmal war der Laut unverwechselbar. Als er sich der Tür näherte, hing Glockengeläut in der Luft, gefolgt von Gelächter, das so klar war wie das Wasser einer Bergquelle. Erst als Travis vor der Tür stehenblieb, wurde ihm bewußt, daß er am ganzen Leib zitterte. Ein Lichtstrahl quoll durch das Schlüsselloch. Bevor ihm überhaupt bewußt wurde, was er da tat, hatte er sich auch schon niedergekniet und spähte durch das Loch in das dahinter befindliche Gemach.

Als erstes fiel ihm auf, daß der Raum in eine Helligkeit getaucht war, die die Farbe von Sonnenlicht hatte, das einen Wald durchströmte. Dann registrierte er, daß es für dieses Licht keine erkennbare Quelle gab: keine in Haltern steckenden Kerzen, keine Fackeln an den Wänden, keine Öllampen, die an Ketten von der Decke hingen. Das Licht war einfach da. Es füllte das Gemach mit seinem goldenen Schein.

Trifkin Moosberes Truppe hatte sich in dem Raum versammelt. Auf den ersten Blick schien es nichts Ungewöhnliches zu geben. Das hier war lediglich eine Truppe von Schauspielern, die sich nach ihrer Vorstellung entspannten. Doch je länger Travis durch das Schlüsselloch starrte, um so mehr Dinge erschienen eigenartig. Zum einen hatte keiner der Schauspieler sein Kostüm ausgezogen. Ein paar der Ziegenmänner lagen auf dem Boden und balancierten Weinpokale auf der nackten Brust. Ein anderer Ziegenmann spielte auf einer Schilfflöte eine Melodie, während drei Baumfrauen in einem Kreis lachend um ihn herumtanzten und dabei die wie Äste aussehenden Arme schwenkten. Die junge Schauspielerin, die den Frühling gespielt hatte, lehnte sich auf einem Sofa zurück und summte die Melodie mit, während eine Baumfrau ihr das grüne Haar mit Zweigfingern kämmte. Der alte Mann Winter drehte sich und warf Händevoll seiner weißen Blüten in die Luft. Trifkin Moosbere saß auf einem hohen Sims und thronte über allem wie ein rotwangiger Cherub. Der kleine Mann schwang die kurzen Beine im Takt des unter ihm stattfindenden Tanzes. Er hielt einen silbernen Pokal und strahlte selig wie ein fröhlicher Zecher.

Travis blinzelte. Plötzlich war er sich nicht mehr so sicher, daß die Schauspieler tatsächlich noch immer ihre Kostüme trugen. Je länger er hinsah, desto stärker wurde seine Überzeugung, daß die krummen Beine der Ziegenmänner nicht mit zottelhaarigen Hosen bedeckt waren, sondern von zottigem *Haar*. Die Baumfrauen hielten nicht einfach Zweige fest. Ihre Hände und Finger *waren* Zweige, dünn und biegsam wie Weidenruten. Die weißen Partikel, die der Winter in die Luft warf, zerschmolzen zu diamantenen Wasserperlen, sobald sie den Boden berührten. Und Travis war jetzt fest davon überzeugt, daß die blühenden Reben nicht einfach in das Haar des Frühlings eingeflochten worden waren. Im Gegenteil, sie stellten einen Teil von ihm dar und sprossen mit dem Rest aus der Kopfhaut heraus. Von ihnen allen schien sich allein Trifkin Moosbere nicht von dem Mann zu unterscheiden, der er vorhin in der Halle gewesen war. Er trug noch immer dieselben gelben Kniehosen und dieselbe grüne Jacke, und auf seinem lockigen braunen Haar saß noch immer dieselbe rotgefiederte Kappe.

Als hätte der kleine Mann die beobachtenden Blicke gespürt, wandte er seinen Kopf in Richtung Tür. In seinem haselnußbraunen Blick lag ein seltsamer Ausdruck: neugierig, wissend und leicht spöttisch. Travis' Herz blieb stehen. Trifkin wußte, daß er da war!

Travis unterdrückte einen Schrei, wich zurück und rannte zur Wendeltreppe. Helles Gelächter folgte ihm. Er sah nicht zurück. Mit halsbrecherischer Geschwindigkeit stolperte er die Stufen hinunter, lief zur Seitentür und eilte durch die Halle. Diesmal hatten seine ungeschickten Schritte eine Reihe gemurmelter Flüche und Beschwerden zur Folge. Er erreichte Falken, kniete nieder und schüttelte den Barden an der Schulter.

Falken stöhnte, er schlug langsam die Augen auf. »Was ist denn, Travis?«

»Ich habe sie gesehen, Falken«, flüsterte er. »Das waren keine Kostüme. Sie waren ... sie waren *real.*«

»Wovon sprichst du?«

Mit wenigen Worten berichtete Travis, wie er die Glöckchen gehört hatte und ihrem Klang gefolgt war und was er durch das Schlüsselloch gesehen hatte. Doch noch während er das alles beschrieb, erschien es ihm zusehends absurder. Er verstummte. Falken sah ihn mißbilligend an.

»Du hast geträumt, Travis«, sagte der Barde ziemlich ärgerlich. »Ich will dir gern zugestehen, daß das Schauspiel seltsam genug war, um einem Alpträume zu bescheren. Heutzutage scheinen Schauspieler der Meinung zu sein, sie könnten allen möglichen Blödsinn aufführen und es dann als Kunst verkaufen. Viel schlimmer ist, daß die beschränkten Adligen zu stolz sind, um deutlich zu sagen, daß sie es nicht verstehen, und darum die Schauspieler mit Gold überschütten, um ihre Ignoranz zu verbergen. Das *ist* ein Zauberkunststück, aber wohl kaum Magie. Und jetzt schlaf weiter.«

Ohne auf eine Erwiderung zu warten, drehte sich der Barde zur Seite, schloß die Augen und schnarchte bald wieder. Travis legte sich hin und versuchte seinem Beispiel zu folgen. Falken hatte vermutlich recht. Das Schauspiel *war* von eigentümlicher Intensität gewesen, daher war es kein Wunder, daß es auf seine Träume übergegriffen hatte. Doch sobald er die Augen schloß, sah er wieder die tanzenden Ziegenmänner und Baumfrauen, und er erinnerte sich, daß er schon einmal derartige Geschöpfe gesehen hatte. Aber der Blick war so flüchtig gewesen, daß er damals zu der Überzeugung gelangt war, in Wirklichkeit gar nichts gesehen zu haben. Jetzt war er sich nicht mehr so sicher, was er glauben sollte.

Es war in Bruder Cys Erlösungsshow in Castle City gewesen, und er hatte sie hinter dem Vorhang gesehen.

32

Diesmal war es Falken, der Travis weckte. Der Barde schüttelte ihn – etwas gröber, als eigentlich erforderlich gewesen wäre – und grinste, als Travis sich aufsetzte.

»Und, letzte Nacht noch irgendwelche seltsamen Erscheinungen gehabt?«

Travis' Zunge wollte ihm nicht gehorchen. »Nur diesen seltsamen Geschmack in meinem Mund.«

»Das haben Feste nun mal so an sich.« Er half Travis auf die Beine. »Komm, suchen wir uns was, womit wir die Folgen der gestrigen Zecherei wegspülen können.«

Trotz der frühen Stunde waren die Bewohner der Festung bereits auf den Beinen und die große Halle fast leer. Ein Aschenweib stocherte im Kamin herum, ein paar Mädchen streuten frische Binsen auf den Boden. Travis folgte Falken ein paar Stufen hinunter und durch eine Tür nach draußen. Hier, hinter der Festung, erstreckte sich ein von zerfallenden Mauern umschlossener Hof. Die Sonne war gerade über dem See aufgegangen und brachte den Morgennebel und den Qualm der Kochfeuer zum Glühen.

Falkens gestrigen Worten zum Trotz wurde im unbedeutenden Königreich Kelcior nicht ununterbrochen gefeiert. Die Zecher des vergangenen Abends waren jetzt mit einer Vielzahl von Arbeiten beschäftigt. Ältere Frauen kochten in einem großen Eisenkessel Maische für Bier. In einem mit einem Strohdach ausgestatteten Stall voller Pferde säuberten Jungen die einzelnen Boxen. Mehrere Männer arbeiteten daran, eine durchhängende Mauer zu stützen, andere schärften Schwerter, reparierten Geschirre oder hämmerten über einem heißen Feuer Hufeisen in die richtige Form. Einer der struppigen

Tiermänner führte eine Herde Schafe durch ein Tor in der Hofmauer, während ein ihm folgender Hund fröhlich bellte.

Travis und Falken gingen zur Küchenbaracke, die an ein Stück der Hofmauer angrenzte. Der Barde beschwatzte die rotgesichtige Köchin mit seinem Charme, ihnen einen Krug Bier und einen einen Tag alten Laib Brot zu geben, und sie frühstückten auf einem Steinhaufen. Bier wäre nicht Travis' erste Wahl gewesen, um sich den Geschmack des vergangenen Abends aus dem Mund zu spülen, aber die Flüssigkeit in dem Krug erwies sich eher mild als feurig und tat ihren Dienst. Das schwarze Brot war hart, aber wohlschmeckend und sättigend.

Während des Essens sah Travis den Männern zu, die die Hofmauer reparierten. Falken zufolge gab es in diesem Land Barbarenhäuptlinge und Banditenhorden, die die alte Festung mit Begeisterung an sich reißen würden, falls Kel ihnen die Chance gab. Hier in den Randgebieten der Domänen war das Leben hart und kaum zivilisiert, und ein unbedeutender König herrschte durch die Macht seiner Krieger und nicht durch das Recht, das sich aus seiner Herkunft ableitete. Doch Kel hielt die Festung nun schon seit einigen Jahren. Er hatte mit einigen der Kriegshäuptlinge Bündnisse geschmiedet, und im Austausch für einen Zehnten Korn und Fleisch beschützten seine Krieger die im Westen entlang des Königinnenpfads verstreuten Dörfer. Es war kein perfektes System. Aber es funktionierte.

Falken erhob sich. »Komm, machen wir uns auf den Weg.«

»Wo gehen wir hin?« fragte Travis mit dem letzten Bissen Brot im Mund.

»Das wirst du schon sehen.«

Travis wußte, daß er von dem Barden keine weitere Erklärung erhalten würde. Er trank das Bier aus und folgte ihm. Sie gaben den leeren Krug in der Küche ab, dann verließen sie den Hof durch ein Tor. Zu ihrer Linken lag ein zerstörter Teil der Festung, und der Barde schlug diese Richtung ein. Sie suchten sich ihren Weg vorbei zwischen Hügeln aus zerborstenen Steinen, und bald wurde Travis klar, daß sie auf den Stumpf des zerstörten Turms am Ende der Halbinsel zuhielten. Trotz der morgendlichen Kühle schwitzend erreichten sie den Turm und traten durch einen offenen Torbogen. Das Dach fehlte, der kreisrunde Boden war mit trockenem Gras bedeckt. Durch eine Lücke in der Ostmauer drang Sonnenlicht herein. Eine Frau mit Bernsteinaugen in einem mitternachtsblauen Unterkleid und ärmellosen Überkleid saß auf einem großen Steinblock, neben ihr stand ein hochgewachsener, blonder Ritter, die Hand auf dem Schwertgriff – dasselbe Paar, das er am Vorabend auf dem Fest gesehen hatte.

»Nun, wird auch Zeit, daß du endlich kommst, Falken Schwarzhand«, sagte die Frau.

Travis warf dem Barden einen nervösen Blick zu. »Das sind die Freunde, von denen du gesprochen hast, nicht wahr?«

»Wie bist du da nur drauf gekommen?« erwiderte Falken. Der Barde trat vor die beiden hin. »Es tut mir leid, daß es so lange gedauert hat, aber es gab unterwegs ein paar … Komplikationen.«

Die Frau richtete ihren durchdringenden Blick auf Travis. »Das sehe ich.«

Die Aufmerksamkeit bereitete ihm Unbehagen. Etwas an der Art, wie sie ihn ansah, vermittelte ihm das Gefühl, völlig durchsichtig zu sein. Er seufzte erleichtert, als sie ihre Aufmerksamkeit wieder auf Falken richtete.

»Wir wollten dich schon aufgeben. Der verabredete Zeitpunkt war vor einem Monat, und ich kann dir sagen, daß König Kels Gastfreundschaft, auch wenn sie von Herzen kommt, nach dem sechsten oder siebten Fest etwas ermüdend wird.«

»Ach, ich weiß nicht«, sagte der Ritter in einem fröhlichen Tonfall. Er kratzte sich an dem dünnen blonden Bart, der seine

Wangen bedeckte. »Eigentlich gefällt es mir an Kels Hof. Man muß sich nicht den Kopf darüber zerbrechen, wie man den Abend verbringen will. In gewisser Weise sind die sozialen Aktivitäten immer vorausgeplant.«

Die Frau stand auf. »Und, wirst du uns deinem Gefährten nun vorstellen, Falken? Oder hast du dich entschieden, auf jeglichen Anschein von Manieren zu verzichten, um besser zu König Kels Höflingen zu passen? Ich muß gestehen, das ist dir fast schon gelungen.«

Falken zuckte zusammen, dann wandte er sich Travis zu. »Travis Wilder, ich darf dir meine Freunde vorstellen.« Er warf den anderen einen finsteren Blick zu. »Obwohl ich mich manchmal frage, ob das wirklich das richtige Wort für sie ist. Wie dem auch sei, der große blonde Einfaltspinsel in der Rüstung ist Beltan. Und die hübsche Frau mit der stählernen Zunge ist Lady Melia.«

Melia bedachte Falken mit einem warnenden Blick. »Ich mag ja froh sein, dich zu sehen, Falken, andererseits dürfte es klüger sein, es nicht darauf ankommen zu lassen.« Wolle raschelte, als sie sich Travis näherte, die Hand ausstreckte und ihm ein entwaffnendes Lächeln schenkte. »Ich freue mich, deine Bekanntschaft zu machen.«

Unsicher, wie er sich nun genau zu verhalten hatte, ergriff Travis ihre Hand und küßte sie.

»Nun, offensichtlich hat hier wenigstens eine Person die richtigen Manieren«, sagte Melia mit funkelnden Augen.

»Du solltest dir einen Sitzplatz suchen, Travis«, sagte Falken. »Lady Melia und ich haben einiges aufzuholen, und das dürfte eine Zeitlang dauern.«

Falken setzte sich auf einen Stein in Melias Nähe, aber Beltan blieb auch weiterhin hinter der dunkelhaarigen Frau stehen. Travis fand einen Platz in der Sonne, der nicht zu weit von den anderen entfernt war. Er setzte sich mit untergeschlagenen Beinen auf den Boden und ließ sich vom Morgenlicht das Gesicht wärmen, während er lauschte.

Es war Melia, die den Anfang machte. »In dem Jahr seit unserer Trennung, nach der wir in entgegengesetzte Richtungen reisten, ist eine Menge geschehen, Falken. Beltan und ich haben allen sieben Domänen einen Besuch abgestattet, und wir haben viel gesehen und gehört, das besorgniserregend ist. Aber laß mich mit dem anfangen, was wohl die dringlichste Neuigkeit sein dürfte. Der Rat der Könige ist nach Calavere einberufen worden. In diesem Augenblick reisen die Herrscher der anderen sechs Domänen nach Calavan.«

Falken stieß einen leisen Pfiff aus. »Dann müssen die Dinge wirklich schlimm stehen. Ich fürchte, wo ich das letzte Jahr unterwegs war, habe ich nur wenig Neues vom Rest Falengarths erfahren. Erzähl mir mehr.«

Während das Sonnenlicht über den grasigen Boden kroch, führten Falken und Melia ihren Austausch fort; gelegentlich hatte auch Beltan etwas hinzuzufügen. Travis beobachtete sie mit regem Interesse. Schließlich waren das die Leute, die vielleicht dazu in der Lage waren, ihm bei der Rückkehr nach Colorado zu helfen. Er verstand nur wenig von ihrer Unterhaltung, aber während des Gesprächs konnte er ein paar Informationen über die beiden Fremden zusammentragen. Anscheinend kam der große Ritter, Beltan, aus der Domäne Calavan, wo dieser *Rat der Könige* veranstaltet werden sollte. Keiner erwähnte, aus welchem Land Melia stammte, doch Travis gewann den Eindruck, daß sie aus dem tiefen Süden kam und daß sie dort eine Lady von einigem Einfluß war. Zumindest benahm sie sich dementsprechend.

Irgendwann während seiner Beobachtung richtete Travis die Nickelbrille, und dabei hatte er den flüchtigen Eindruck, bei jedem von ihnen eine schwache Aura erblicken zu können. Beltans Aura leuchtete strahlend golden, allerdings wies sie einen dunklen Ton auf, fast so ähnlich wie eine Trübung. Auch Falken besaß eine Aura, die Travis zuvor noch nie aufgefallen war – so blaß wie Silber und so traurig wie *Valsindar* im Winter. Am hellsten leuchtete die Aura um Lady Melia. Sie hatte dieselbe intensive Bernsteinfarbe wie ihre Augen, doch sie war durchsetzt von einem himmelblauen Schimmer.

Melia drehte den Kopf und bedachte Travis mit einem durchbohrenden Blick. Überrascht fummelte er an seiner Brille herum, und die Auren waren verschwunden – falls er sie jemals tatsächlich gesehen hatte. Melia wandte sich wieder Falken zu.

Soweit Travis das Gehörte verstand, hatten sich Melias und Beltans Wege letzten Herbst von denen Falkens in der Domäne Calavan getrennt, und sie hatten verabredet, sich in einem Jahr in Kelcior zu treffen. Ihre Reisen hatten dem Zweck gedient, nach der Quelle des Bösen zu suchen, das begonnen hatte, sich in Falengarth auszubreiten. Im Verlauf von Melias und Beltans Geschichte wurde ersichtlich, daß sich die Lage in dem vergangenen Jahr deutlich verschlimmert hatte.

In allen Domänen war der Sommer kurz und katastrophal gewesen. Auf den Feldern ging das Getreide zugrunde, während Seuchen ein Dorf nach dem anderen heimsuchten. Jetzt kam der Winter sehr früh, und so wie es aussah, würde er sehr lang bleiben. Ein harter Winter würde zur Folge haben, daß die Banden von Barbaren und Gesetzlosen, die für gewöhnlich die Moore an den Außenbezirken der Domänen durchstreiften, auf der Suche nach Wärme und Verpflegung tiefer in das Herz der zivilisierten Länder vorstießen. Schon jetzt wuchs unter den Bauern Unruhe und Furcht, und das machte die Adligen mehr als nur etwas nervös. Doch die Bauern fürchteten sich nicht nur vor den Plünderern. In einigen der Dörfer, durch die Melia und Beltan gekommen waren, hatten Gerüchte über seltsame Geschöpfe, die umherstreiften und Unheil stifteten, das einfache Volk in Unruhe versetzt.

Travis spitzte die Ohren, als er das hörte. Er dachte an Trifkin Moosberes Schauspielertruppe und die seltsamen Gestalten, die er hinter Bruder Cys Vorhang erblickt hatte.

»Seltsame Geschöpfe?« fragte Falken mit gerunzelter Stirn.

Es war Beltan, der darauf antwortete. »Das stimmt. Es sind stets die abgelegensten Dörfer – die am Rand tiefer Wälder oder hoher Berge. Immer wieder behaupteten die Leute, Geschöpfe aus den alten Geschichten und Legenden gesehen zu haben. Dinge wie Kobolde und Grüne Männer und sogar Elfen.« Er schnaubte skeptisch. »Natürlich bin nicht einmal ich so dumm, diese Geschichten zu glauben. Ich schätze, das sind bloß Gerüchte, die die Dorftrunkenbolde und geschwätzigen Hausfrauen in die Welt gesetzt haben.«

»Und vermutlich hast du auch damit recht«, sagte Melia. »Doch eigentlich überrascht es mich nicht besonders, daß sich solche Gerüchte verbreiten. Die Leute werden in schwierigen Zeiten nun mal ängstlicher und abergläubischer. Sie kennen die wahren Ursachen für Katastrophen wie Seuchen und Hungersnöte nicht, und so wenden sie sich auf der Suche nach Erklärungen alten Legenden zu.« Wut flackerte in ihren Augen auf. »Entweder ihnen oder neuen Religionen.«

Falken legte den Kopf schief.

»In den Domänen ist ein neuer Mysterienkult im Aufstieg begriffen«, sagte Melia.

Der Barde fuhr sich mit den Fingern durchs Haar. »Aber das ergibt doch keinen Sinn. Die Mysterienkulte sind uralt. Alle in den Domänen praktizierten Kulte kamen vor Jahrhunderten über das Sommermeer hier in den Norden. Wie kann es da plötzlich einen neuen geben?«

Melia strich ihr Kleid glatt. »Das ist eine gute Frage, und darüber hinaus eine, für deren Beantwortung ich viel geben würde. Soweit ich es verstanden habe, müssen die Anhänger des Rabenkultes ihren Geist der Obhut ihres Gottes anvertrauen. Außerdem behaupten sie, das Leben selbst sei unwichtig, denn im Tode würden sie eins mit dem Rabengott und die ewige Ekstase erleben.«

»Das ist ja schrecklich praktisch«, sagte Falken sarkastisch. »Mit anderen Worten, die Priester des Kultes müssen gar nicht erst versuchen, etwas von den derzeitigen Problemen und dem Zwist zu erklären. Sie können sie sogar dazu benutzen, um neue Konvertiten zu gewinnen.«

Melias Wangen röteten sich vor Wut. »Genau. Und es führt alles zu einer schrecklichen Art von Apathie. Anhänger dieses Kultes unternehmen auch nicht den geringsten Versuch, das Leid in dieser Welt zu mindern, da das ihren Priestern zufolge sinnlos ist. Wenn das Leben zu schwer wird, sehnen sie sich nur noch stärker nach der Wonne des Todes. Für die Anhänger des Rabenkultes hat das Leben keinerlei Bedeutung. Nur der Tod.« Sie ballte die kleine Hand zur Faust. »Es ist völlig pervers«, sagte sie mit einer Vehemenz, die irgendwie persönlich erschien.

Falken rieb sich mit der behandschuhten Hand das Kinn; er wirkte müde und traurig. »Ja, das ist es. Leider ist das nur ein weiteres Zeichen dunkler Zeiten.« Er holte tief Luft. »Nun, ich glaube, unsere weitere Marschrichtung dürfte klar sein. Wir müssen so schnell wie möglich nach Süden reisen, zum Rat der Könige auf Calavere, um dort zu berichten, was wir in Erfahrung gebracht haben.«

»Nicht so schnell, Falken«, sagte Beltan. »Du mußt uns noch erzählen, wo dich deine Reise hingeführt hat und was du dort fandest. Hast du das vergessen?«

In die wäßrigen blauen Augen des Barden trat ein entrückter Blick. »Nein, das habe ich nicht vergessen. Die Wahrheit ist, daß ich mir noch nicht ganz darüber im klaren bin, was ich erfuhr, und ich möchte nichts darüber sagen, bevor ich mir sicher bin. Nur soviel: Meine Reise war lang und dunkel, sie führte mich zum Fal Threndur und von dort aus weiter in die Schattenkluft bis zum Runenportal, hinter dem die Schatten von Imbrifale lauern.«

Melia und Beltan starrten Falken an. Ein Frösteln rann Travis den Rücken hinunter. Also darum war der Barde durch den Winterwald nach Süden gereist, fort von den Eisenzahnbergen.

Falkens Blick klärte sich wieder. »Mehr werde ich zum gegenwärtigen Zeitpunkt nicht über meine Reise sagen. Aber es gibt da etwas, das ich dir zeigen möchte, Melia, und das kann ich genausogut auch jetzt tun. Ich würde eine zweite Meinung zu schätzen wissen.« Er zog einen in ein Stück Tuch eingeschlagenen Gegenstand aus dem Rucksack. »Das habe ich in der Schattenkluft gefunden.«

Der Barde legte das Bündel auf einen flachen Stein. Neugierig geworden, stand Travis auf und kam heran. Falken schlug das Tuch beiseite und enthüllte den darin verpackten Gegenstand. Es handelte sich um eine Scheibe aus einer Art weißem Stein, die etwa die Größe von Travis' gespreizter Hand aufwies. In die Oberfläche war ein silbernes Symbol eingraviert worden.

Ein gezackter Riß verlief durch die Mitte der Scheibe und teilte sie in zwei Hälften.

Melia betrachtete das Artefakt und schürzte interessiert die Lippen. »Also ich finde, das sieht aus wie eine gebundene Rune. Was bedeuten würde, daß sie ziemlich alt ist. Die Kunst der Runenbinder hat man schon seit Jahrhunderten nicht mehr in Falengarth gesehen.«

Falken nickte. »Eine gebundene Rune – das war auch meine Meinung, aber ich bin froh, dieselbe Antwort aus dem Mund eines anderen zu hören. Ich weiß nur wenig über Runen, aber ich glaube ...«

Die Worte des Barden verwandelten sich in Travis' Ohren in ein Summen. Er starrte die zerbrochene Rune an. Der Stein sah so weich wie Rahm aus, und es juckte ihn in den Fingern. Wie würde er sich wohl anfühlen? Bevor er wußte, was er da tat, streckte er die rechte Hand aus und berührte die zerbrochene Rune.

Blaue Glut brach aus der Steinscheibe hervor, das silberne Symbol strahlte in grellem Weiß auf. Im selben Augenblick erklang in Travis' Bewußtsein eine Stimme und sprach ein ihm unbekanntes Wort.

Krond.

Aber das war nicht einmal das Seltsamste: Er kannte die Stimme. Sie klang genau wie Jack Graystone.

Travis schrie überrascht auf. Er riß die Hand zurück, augenblicklich erlosch das azurfarbene Licht. Das Symbol auf der Scheibe verblaßte, und die Stimme in seinem Kopf verklang.

Travis rieb sich die Hand – sie kribbelte schrecklich –, dann packte Falken sein Handgelenk und drehte es um.

Eine Welle der Ungläubigkeit durchfuhr Travis. Die anderen starrten ihn an, als wäre ihm gerade ein zweiter Kopf gewachsen. Das heißt, alle bis auf Melia; ihr Ausdruck war grimmig und berechnend.

Es trat aus Travis' rechter Handfläche hervor – die Hand, die Jack in jener Nacht im Magician's Attic gepackt hatte – und glühte silberblau wie ein seltsames Brandzeichen. Es handelte sich um ein Symbol, aber es war ein anderes Symbol als das auf der zerbrochenen Rune. Ihm entfuhr ein leises, furchtsames Aufstöhnen.

»Oh, Jack«, flüsterte er. »Was hast du mit mir gemacht?«

33

Ich glaube, Falken«, sagte Melia, während sie durch das grasige Rund im Inneren des aufgegebenen Turms schritt, »es ist Zeit, daß du uns mehr über deine *Komplikation* erzählst.« Sie richtete ihren bernsteinfarbenen Blick auf Travis.

Travis sackte auf einen Felsblock, ließ den Kopf hängen und hielt sich das rechte Handgelenk. Das Symbol auf seiner Handfläche war bereits wieder verblaßt, aber er konnte es noch immer dort fühlen; es war wie ein Prickeln unter der Haut. Das glühende Bild hatte sich in sein Gehirn eingebrannt, so daß er das Symbol – drei sich kreuzende Striche – bei jedem Blinzeln erneut sah.

Fragen wirbelten durch seinen Verstand. Wie hatte Jack die Striche in seine Hand versenkt? Und was bedeutete das Symbol?

Nein, es war kein Symbol. Obwohl es sich von dem Zeichen auf der gespaltenen Scheibe, die Falken aus der Schattenkluft mitgebracht hatte, unterschied, entstammte es mit Sicherheit derselben Art. Wie hatte der Barde den Stein genannt? Eine Rune? Aber das beantwortete die Frage noch immer nicht. *Was hatte Jack mit ihm gemacht?*

Beltan trat von einem Fuß auf den anderen, sagte aber nichts. Offensichtlich überließ der hagere Ritter das Thema Magie Falken und Melia. Ja … *Magie*. Es konnte nichts anderes sein. Nur daß in den Geschichten, die Travis als Kind gelesen hatte, Magie stets eine wunderbare und aufregende Sache gewesen war. Doch das hier war finster und furchterregend und trennte einen von seinen Mitmenschen. Schon betrachteten ihn die anderen mit einer Spur Mißtrauen.

Falken verschränkte die Arme über dem grauen Wams. »Ich war der Meinung gewesen, wir hätten alle deine kleinen Überraschungen hinter uns gebracht, Travis.«

»Das war ich auch.« Travis hob den Kopf. »Ich muß es Lady Melia und Beltan erzählen, nicht wahr? Alles, was mir passiert ist.«

»Das dürfte wohl eine gute Idee sein.«

Travis holte tief Luft und begann mit leiser Stimme zu berichten, was er alles seit diesem letzten, schicksalhaften Abend in Castle City erlebt hatte. Während der ganzen Zeit betrachtete ihn Melia mit einer ruhigen, ausgeglichenen Konzentration, als könnte nichts, was er möglicherweise sagte, sie auch nur im geringsten überraschen, aber Beltan machte große Augen.

Schließlich verstummte Travis. Melia stand auf und trat mit raschelndem Kleid vor ihn hin.

»Darf ich die Schatulle sehen?«

Er sprang auf die Füße. »Natürlich.« Er holte die kleine Schatulle aus Eisen hervor und hielt sie Melia hin.

Sie schüttelte den Kopf. »Du öffnest sie. Bitte.«

So höflich Melias Worte auch klangen, schienen sie doch weniger eine Bitte als ein Befehl zu sein. Travis betätigte den Verschluß und öffnete den Deckel. Der darin befindliche graugrüne Stein funkelte im Morgenlicht. Melia schaute in die Schatulle und untersuchte den Stein, obwohl sie darauf achtete, ihn nicht zu berühren. Dann bedeutete sie Travis, den Deckel wieder zu schließen.

»Was glaubst du« – Travis bemerkte ihren Blick, stutzte und verbesserte sich –, »was glaubt Ihr, worum es sich hier handelt, Lady Melia?«

Sie hielt sich den Ellbogen und stützte mit der anderen Hand das Kinn. »Ich glaube gar nichts. Zumindest nicht zum jetzigen Zeitpunkt. Aber ich vermute, du tätest klug daran, diese Schatulle gut verborgen zu halten, Travis. Öffne sie nicht mehr, es sei denn aus einem absolut unerläßlichen Grund.«

Travis steckte sie wieder ein. Falken hatte alles sehr nachdenklich verfolgt. Offensichtlich hatte die Lady einen Verdacht, was die Natur des Steins betraf, wollte ihn aber nicht preisgeben. Und Travis hatte nicht die Absicht, sie danach zu fragen. Er hatte schon genug Überraschungen für einen Tag erlebt.

Falken wickelte die gespaltene Steinscheibe wieder in ihr Tuch ein und verstaute sie. »Laßt uns gehen. Ich glaube, es ist an der Zeit, sich von unserem guten König Kel zu verabschieden. Es ist ein langer Weg nach Calavan.«

Melia deutete unmerklich auf Travis. »Und was machen wir mit unserem kleinen Problem?«

»Nun, falls du keine Idee hast, haben wir keine Möglichkeit, ihn in seine eigene Welt zurückzuschaffen.«

Melia tippte sich mit dem Zeigefinger an die Wange. »Ich glaube, wir sollten ihn lieber nach Calavere mitnehmen. Nach dem kleinen Zwischenfall mit der gebundenen Rune ist es klüger, ihn im Auge zu behalten.«

»Ganz meine Meinung.«

»Entschuldigung«, sagte Travis, der sich darüber ärgerte, daß man über ihn sprach, als wäre er nicht anwesend, »habe ich darüber nicht auch zu entscheiden?«

Offensichtlich nicht. Melia und Falken verließen den Turm und gingen auf die Burg zu; dabei schmiedeten sie angeregt Pläne über die Reise nach Süden.

Travis starrte ihnen hinterher und verspürte dabei mehr als nur ein bißchen Selbstmitleid. »Nie sagt mir jemand, was hier eigentlich wirklich los ist.«

Beltan legte eine große Hand auf Travis' Schulter. »Daran solltest du dich besser gewöhnen«, sagte der Ritter mit einem Grinsen. »Die beiden halten nicht viel davon, Dinge zu erklären.« Er ging hinter dem Barden und der Lady her.

Travis blieb allein in dem leeren Turm zurück. Dann holte er tief Luft und folgte den anderen durch die Ruinen.

34

Ein leises Geräusch wie die Bewegungen einer Maus weckte Grace.

Sie schlug die Augen auf und blinzelte. Honigfarbenes Licht füllte das Schlafgemach. Sie drehte den Kopf auf dem Kissen und sah goldene Sonnenstrahlen durch das schmale Fenster schräg einfallen. Als Durge sie ins Schloß gebracht hatte, war es Vormittag gewesen und hatte geschneit. Die Wolkendecke mußte aufgebrochen sein; es war später Nachmittag. Sie hatte stundenlang geschlafen.

Sie runzelte die Stirn. Da war er wieder, der Laut, der sie geweckt hatte: ein Rascheln, dem das kaum hörbare *Tap-tap* leiser Schritte folgte. Grace stieß die Bettdecke beiseite und setzte sich auf.

Zwei Dienstmägde in grauen Kleidern erstarrten wie junge Rehe im Lichtstrahl der Taschenlampe eines Jägers und starrten Grace mit vor Überraschung offenstehenden Mündern an. Eine der jungen Frauen stand neben dem Tisch, der vorhin noch nicht dort gestanden hatte, und war gerade im Begriff, ein vollbeladenes Tablett abzustellen. Die andere hob gerade Graces Kleidung auf, die noch immer vor dem Kamin lag.

Grace räusperte sich. »Hallo.«

Der Reaktion nach zu urteilen, die sie verursachte, hätte sie das Wort genausogut in ihrer lautesten Stimme brüllen können, statt es leise zu murmeln. Die Mägde stießen wie aus einem Munde einen Schrei aus. Die eine ließ das Tablett auf den Tisch fallen, daß das Geschirr laut schepperte. Die andere ergriff die feuchten Sachen und raffte sie zu einem Ball zusammen. Dann eilten beide auf die Tür zu.

Grace hob beunruhigt die Hand. »Wartet! Das sind meine Sachen!«

Es war zu spät. Beide Mägde warfen ihr noch einen entsetzten Blick zu, dann flohen sie aus dem Gemach und schlossen die Tür hinter sich.

Grace kaute auf der Unterlippe herum. Was hatte das denn zu bedeuten gehabt? Sicherlich sah sie nicht mehr so schrecklich aus wie zuvor – obwohl ihr im nachhinein bewußt wurde, daß ihr Haar nicht gekämmt war, und eine tastende Hand ihr bestätigte, daß es der Schlaf völlig zerzaust hatte. Doch das erklärte eigentlich nicht, warum die Mägde anscheinend solche Angst vor ihr gehabt hatten. Und warum hatten sie ihre Kleidung mitgenommen?

Grace stieg aus dem Bett und ging zu dem riesigen Kleiderschrank. Es blieb ihr nichts anderes übrig, als eines der Gewänder anzuprobieren. Mit wachsender Verzweiflung unterzog sie jedes einer genauen Musterung und entschied sich schließlich für eines, das nicht ganz so kompliziert erschien. Es handelte sich um ein voluminöses Gebilde, das aus mehr Metern blauer Wolle bestand, als Grace zählen konnte. Sie streifte sich das Gewand über den Kopf, und sein Gewicht hätte sie beinahe zusammenbrechen lassen, aber sie biß die Zähne zusammen und schaffte es, auf den Füßen zu bleiben. Nun folgte viel Gezerre und Zurechtgezupfe, bei dem sie mit den unzähligen und unerklärlichen Verschlüssen und Bändern des Gewandes kämpfte.

Es war sinnlos.

Grace hielt sich für eine intelligente Frau, aber die Logik dieses Kleidungsstücks überstieg ihr Begriffsvermögen. Egal was sie auch versuchte, entweder klaffte es weit auf oder knüllte sich zusammen und ließ sie grundsätzlich wie einen zu dick gepolsterten Stuhl aussehen. Erschöpft schnaubend befreite sie sich aus dem Gewand und stopfte es mit ein paar ausgesuchten Bemerkungen in den Schrank zurück.

Sie wollte gerade die Schranktür zuschlagen – sie wollte die Gewänder nicht einmal mehr *ansehen* müssen –, als ihr Blick zufällig auf ein in die Ecke gestopftes Stoffknäuel fiel. Sie holte das Bündel heraus und entfaltete es. Es handelte sich um ein langes Hemd aus brauner Wolle, dicke grüne Beinlinge und einen Ledergürtel. Das entsprach schon eher ihrem Geschmack. Grace zog sich die Kleidungsstücke über die Unterwäsche. Hemd wie auch Hosen waren ausgebeult, und sie vermutete, daß sie einem Diener gehörten, der sie hier vergessen hatte. Aber die Tracht war warm und bequem und – was am wichtigsten war – verständlich. Sie gürtete das Wams an der Taille und bemerkte, daß an dem Gürtel ein Lederbeutel befestigt war. Sie ging zum Kaminsims, streifte die Kette über den Kopf und verstaute den Anhänger unter dem Wams. Dann nahm sie die Karte der Sucher und die halbe Münze, steckte beides in den Beutel und band ihn zu.

»Na also, geht doch«, sagte Grace zufrieden.

Ein appetitlicher Geruch drang an ihre Nase. Ihr Blick fiel auf das Tablett. In der Nähe hatte man einen Stuhl abgestellt. Ihr Magen gab ein lautes Protestgrollen von sich, um sie wissen zu lassen, daß sie ihn schon zu lange ignoriert hatte und es höchste Zeit war, ihm ihre Aufmerksamkeit zu schenken. Grace betrachtete das Tablett einen Moment lang, dann ging sie zum Tisch und setzte sich. Schließlich beeinträchtigte Hunger den Denkprozeß. Es war einfach klüger, sich mit vollem Magen einen Plan auszudenken.

Grace hob die diversen Deckel und Tücher hoch und erforschte den Inhalt der Schalen. Die Kost war eigentümlich: Scheiben kalten Fleisches mit einer grünen, eingedickten Soße, winzige pochierte Eier, die auf einer dicken beigen Suppe schwammen, ein mit geheimnisvollen Kräutern bestreuter

Brotpudding sowie getrocknete, ihr unbekannte Früchte in dickem Rahm. Sie musterte das Essen kurz, dann siegte der Hunger über die Vorsicht.

Sie probierte den Inhalt einer Schale. Sekunden später schaufelte sie sich Essen in den Mund. Das Fleisch war nahrhaft und köstlich, solange sie das grüne Zeug mied, und während die Eier einen starken, unangenehmen Nachgeschmack hatten, schmeckte die gelbe Suppe nach Lauch und Kartoffeln und war ganz akzeptabel. Der Brotpudding war mit einem Hauch Anis versehen, das sie schon immer gemocht hatte, und die getrockneten Früchte waren eßbar, wenn auch etwas zäh. Alles in allem hatte Grace schon an wesentlich schlimmeren Mahlzeiten teilgenommen, obwohl sie bei ihrem Hunger sich vermutlich auch mit Hundefutter zufriedengegeben hätte.

Herzhaftes Zugreifen war gesättigtem Herumstochern gewichen, als sie an der Stelle neben dem Kamin, wo ihre Kleidung gelegen hatte, etwas entdeckte. Es handelte sich um ein Paar Stiefel. Sie legte den Löffel weg, stand auf und holte sie. Sie waren aus anschmiegsamem Hirschleder gefertigt. Grace setzte sich auf den Stuhl und probierte sie an. Sie glitten buttergleich über ihre Füße und Waden, und sie konnte ein entzücktes Stöhnen nicht unterdrücken. Die Stiefel paßten wie angegossen. Sie paßten sogar so gut, daß ihr der Verdacht kam, daß man sie während ihres Schlafes speziell für sie angefertigt hatte, indem man ihre Krankenhausschuhe als Muster benutzte. Sie stand auf und ging in dem Gemach umher, um ihre neue Fußbekleidung auszuprobieren. Sie schmiegten sich eng an ihre Füße, dehnten sich aber bei jedem Schritt, als würde sie die Stiefel schon jahrelang tragen. Sie hätte garantiert zwanzig Meilen darin marschieren können, ohne eine einzige Blase davonzutragen.

Ihr Weg führte in die Nähe eines der schmalen Fenster, und ihr wurde bewußt, daß sie noch nicht hinausgesehen hatte. Sie blieb stehen und blickte durch das Fenster. Es war mit einer unebenen Scheibe voller Blasen, Sandkörner und anderen Unvollkommenheiten ausgestattet, die im Sonnenlicht funkelten. Der Effekt war eher schön als störend.

Sie befand sich in einem der oberen Stockwerke eines der Flügel, die im rechten Winkel an den Bergfried angebaut worden waren. Zu ihrer Linken konnte sie den Königsturm sehen. Zu ihrer Rechten war das Tor, durch das sie und der Ritter Durge den Oberen Burghof betreten hatten. Auf der gegenüberliegenden Seite befand sich der andere Flügel, und in der Hofmitte der verwilderte Garten. Mit kahlen Ästen versehene Bäume behinderten die Sicht auf die Gartenmitte, aber sie konnte sowohl verschlungene Pfade wie auch den immergrünen Irrgarten des Heckenlabyrinths ausmachen. Die Sonne versank hinter den Türmen und Fahnenstangen des Schlosses und überzog sie mit geschmolzenem Gold, während Dutzende Flaggen im scharfen Wind flatterten und sich hell vom dunkler werdenden Himmel abhoben.

Grace starrte noch immer aus dem Fenster, als es an der Tür leise klopfte.

35

Grace drehte sich um und sah die Tür an. Einen Augenblick später ertönte das Klopfen erneut, sanft und doch beharrlich. Sie erstarrte vor Panik. Was sollte sie tun? Sie konnte jeder schrecklichen Verletzung gegenübertreten, jede noch so furchtbare Krankheit behandeln, konnte die Verletzten wie Marionetten dirigieren, deren Fäden zerschnitten waren. Warum jagten ihr nur gesunde Menschen eine derartige Furcht ein?

Sie räusperte sich und rief: »Herein.« Das Zittern ihrer Stimme ließ sie innerlich zusammenzucken.

Sogleich hob sich der Riegel, dann schwang die Tür auf. Eine junge Frau betrat das Gemach, und Grace wußte sofort, daß es sich hier um keine Dienerin handelte.

Also so trägt man die Kleider.

Die junge Frau trug das Gewand voller Eleganz, und seine schwungvollen Linien unterstrichen ihre gertenschlanke Gestalt, statt sie einzuengen oder zu verbergen. Ein gefaltetes Tuch verbarg anmutig ihre rechte Schulter. Das Saphirblau des Kleides paßte perfekt zu den großen Augen der jungen Frau und bot einen Kontrast zu ihrem dunklen Haar und der elfenbeinfarbenen Haut. Ihre Gesichtszüge waren edel geschnitten, doch hinter ihrer Zartheit schimmerte deutlich Stärke hervor. Im Augenblick war sie hübsch, doch mit den Jahren würde sie zu einer Schönheit heranreifen.

Sie machte einen tiefen Knicks. Wie schaffte sie das bloß in diesem schweren Gewand? Sie ließ die Bewegung mühelos erscheinen.

Schließlich richtete sich die junge Frau wieder auf. »Störe ich Euch, Euer Hoheit?« fragte sie mit heller Stimme.

Graces Überraschung machte Gereiztheit Platz. Sie stöhnte auf. »Ihr nicht auch noch.«

Besorgnis huschte über das Gesicht der jungen Frau. »Ist Eure Hoheit etwa in Ihrer Ruhe gestört worden?« Besorgnis verwandelte sich in stillen Zorn. »Seid versichert, daß ich die Schuldigen dieser schrecklichen Tat finden werde und sie ordentlich prügeln lasse, Euer Hoheit!«

Grace dachte an die beiden ängstlichen Dienerinnen und schüttelte den Kopf. »Äh, keine ... Prügel. Bitte. Wirklich, mich hat niemand gestört. Es ist nur ...« Sie tat einen Schritt auf die junge Frau zu. »Es ist nur, daß mich jeder *Euer Hoheit* nennt, und ich wünschte, damit wäre endlich Schluß.« Da, sie hatte es gesagt.

Ihre Besucherin nickte, ein wissendes Lächeln spielte um ihre Mundwinkel. »Lord Alerain hat mich vorgewarnt, daß Ihr darauf bestehen würdet, Euer Hoheit ... ich will sagen, Mylady. Natürlich werde ich Eure Wünsche respektieren. Ihr müßt mich jedoch wissen lassen, wie ich Euch ansprechen soll.«

Grace spürte unkontrolliertes Gelächter in sich aufsteigen. »Wie wäre es, wenn Ihr mich einfach nur Grace nennt? Das ist zufällig mein Name.«

»Nun, das scheint dann ja die logische Wahl zu sein, nicht wahr?«

Entweder hatte die junge Frau das Unbehagen in Graces Bemerkung nicht mitbekommen, oder sie reagierte darauf mit einem noch subtileren Humor. Grace konnte nicht sagen, was nun zutraf. Ihre Verzagtheit wich echtem Interesse.

»Und Ihr seid ...«

Die junge Frau schaute zerknirscht drein. »Nun, anscheinend habe ich meine Manieren heute in meinem anderen Gewand gelassen.«

Grace atmete erleichtert auf. Es war definitiv Humor.

»Ich bin Lady Aryn, die Baronesse von Elsandry.« Das klang

leicht gequält, als wäre ihr der Titel irgendwie peinlich. »Aber wenn ich Euch Grace nenne, dann müßt Ihr mich Aryn nennen, und selbst wenn Ihr die Königin des untergegangenen Malachors wäret, würde ich eine Weigerung in dieser Angelegenheit nicht akzeptieren.«

Ihr ganzes Leben lang hatte sich Grace in der Gegenwart anderer Menschen stets unbehaglich gefühlt. Doch in Gesellschaft der jungen Adligen fühlte sie sich fast schon ungezwungen, als bestünde zwischen ihnen eine Verbindung, die sie zwar spüren, aber nicht benennen konnte. Sie versuchte einen unbeholfenen Hofknicks.

»Aryn, mir würde nicht im Traum einfallen, Euch Eure Bitte abzuschlagen.« Plötzlich richtig mutig geworden, warf sie der Baronesse einen scharfen Blick zu. »Nun, wollt Ihr reinkommen und diese Tür schließen, oder beabsichtigt Ihr, diesen eisigen Zug hereinkommen zu lassen? Ich bin heute schon einmal halb erfroren, und das hat mir wirklich gereicht.«

»Es tut mir so leid, Mylady!« Aryn eilte in das Gemach und schloß die Tür. Die spielerische Fröhlichkeit war aus ihrem Gesicht gewichen, in ihren Augen spiegelte sich Sorge.

Grace stöhnte innerlich auf. *Tja, gute Arbeit, du hast es geschafft, die Stimmung zu versauen. Das wird dich wohl lehren, zu versuchen, witzig zu sein.*

Sie bemühte sich um einen ernsten Tonfall. »Macht Euch bitte keine Sorgen, Aryn. Das war dumm von mir.«

Sie wollte nicht, daß die Baronesse sie wie die Dienerinnen vor ihr voller Furcht verließ. Grace hatte in ihrem Leben nur selten nach Gesellschaft gesucht, aber in diesem Augenblick wurde ihr bewußt, wie unendlich *einsam* sie war. Doch wie konnte sie die Baronesse zum Bleiben veranlassen?

»Ich fürchte, ich neige manchmal dazu, etwas zu ironisch zu sein, als gut für mich ist. Bitte, Ihr müßt mir …« Sie hielt inne, lächelte zaghaft. »Du mußt mir verzeihen.«

Ein strahlendes Lächeln erhellte Aryns Gesicht. »Ihr … du brauchst dich nicht zu entschuldigen, Grace. Bestimmt nicht nach all dem, was du heute durchgemacht hast.«

Sie blickten einander an, dann eilte die Baronesse auf Grace zu. Sie streckte die linke Hand aus und drückte damit Graces Linke.

»Oh, ich bin ja so froh, daß du nicht schrecklich bist!« sagte sie, dann riß sie erschrocken über ihre Kühnheit die Hand zurück und senkte den Kopf.

Die Geste der Baronesse hatte Grace nervös gemacht. »Wie kommst du darauf, ich würde schrecklich sein?«

Aryn schaute auf. »Für gewöhnlich interessieren sich die adligen Damen, die Calavere besuchen, nur dafür, ihren Status gegenüber der hochrangigsten Frau im Schloß zu behaupten.« Sie seufzte mutlos. »Und ich fürchte, das bin im Augenblick ich. Ich bin König Boreas' Mündel, und seit Königin Narena von uns gegangen ist, war es meine Pflicht, alle wichtigen Besucherinnen zu begrüßen und zu unterhalten. Normalerweise beschränkt sich das auf höfliches Zuhören, während man mir in allen Einzelheiten erzählt, wie größer und luxuriöser ihre Haushalte, wie schöner und kostbarer ihre Kleider und wieviel beflissener, flinker und ängstlicher ihre Diener im Vergleich zu den meinen sind.«

»Hört sich reizend an«, sagte Grace. Aryns Schilderung erinnerte sie mehr als nur flüchtig an die Machtspielchen in der Notaufnahme des Denver Memorial. Dort hatten die Assistenzärzte ständig miteinander darum gerungen, die Gunst der Oberärzte zu erringen. Es war ein Spiel, das Grace nicht interessiert hatte. »Wie ich bereits Lord Alerain sagte, ich bin nicht von königlichem Geblüt, also gibt es auch nicht den geringsten Grund, vor mir Angst zu haben.«

»Natürlich, Grace«, sagte die Baronesse. »Wie du wünschst.«

Es war offensichtlich, daß sie Graces Behauptung, nicht von

Adel zu sein, genausowenig glaubte wie der Seneschall des Königs vor ihr. Doch Grace bedrängte sie deshalb nicht.

Aryn sprach mit sich steigernder Begeisterung weiter. »Es ist ganz egal, welche Stellung du einnimmst oder warum du nach Calavere gekommen bist, Grace, ich bin froh, daß du da bist. Weißt du, im Schloß gibt es wenig Frauen mit guten Manieren, die auch nur annähernd in meinem Alter sind. Ich muß gestehen, insgeheim hatte ich gehofft, daß du wundervoll sein würdest, daß du Lust hättest, dich mit mir zu unterhalten und Spaziergänge im Garten zu unternehmen und ...« Ihre Wangen röteten sich. »Ich bin schrecklich anmaßend, nicht wahr?«

»Ja, das bist du«, erwiderte Grace. »Aber du hast auch Glück, denn du hattest recht.«

Ein kurzes Schweigen trat ein, dann lachte Aryn. Zu ihrer eigenen Überraschung stimmte Grace ein. Anscheinend funktionierte das mit dem Humor viel besser, wenn sie nicht gewaltsam versuchte, witzig zu sein. Das würde sie sich merken müssen.

Aryn deutete auf eine Steinbank, die unter dem Fenster in die Wand eingelassen war. Die beiden Frauen setzten sich gemeinsam in das honigfarbene, spätnachmittägliche Licht. Grace suchte nach einem Gesprächsthema, während sie eine bequeme Position wählte. Sie hatte noch nie in der Kunst der Konversation geglänzt, obwohl daran möglicherweise einfach nur mangelnde Übung schuld war.

»Nun ja, ist es der König, dem ich für diese Art von Gastfreundschaft danken muß, die man mir erwiesen hat?« Sie bemühte sich, die Frage nicht völlig gezwungen klingen zu lassen.

Aryn schüttelte den Kopf, ein flüchtiges Lächeln umspielte ihre Lippen. »O nein. Ich fürchte, daß König Boreas für gewöhnlich viel zu beschäftigt ist, um sich um die Bedürfnisse seiner Gäste zu kümmern. Das Regieren einer Domäne ist eine Aufgabe, die die ganze Aufmerksamkeit einfordert. Zumindest stelle ich mir das so vor. Der König tauscht selten auch nur Höflichkeiten mit Besuchern auf Calavere aus, es sei denn, es handelt sich um Leute von größter Wichtigkeit. Es ist meine Aufgabe, mich um die Gäste zu kümmern.«

»Dann möchte ich dir danken«, sagte Grace. »Für alles. Und ganz besonders hierfür.« Sie zeigte auf die Hirschlederstiefel, die sie trug. »Die sind absolut großartig.«

»Ich bin so froh, daß sie dir gefallen, Grace.« Aryn runzelte leicht besorgt die Stirn. »Doch wie ich feststellen muß, hat keines der Gewänder, die ich für dich bereitstellen ließ, ähnliche Zustimmung gefunden. Das hatte ich schon befürchtet. Doch du bist ein ganzes Stück größer als ich, darum hatte ich keine große Auswahl. Das sind Königin Narenas Gewänder – sie hatte fast genau deine Größe. Ich hatte gehofft, daß sie für den Übergang ausreichen, aber sie *sind* ziemlich außer Mode. Doch falls ich dich unverschämterweise bitten könnte, etwas abzuwarten, könnte ich morgen den Schneider des Königs eines meiner Gewänder so ändern lassen, daß …«

Grace schüttelte den Kopf. »Nein, das hatte nichts mit den Gewändern zu tun. Ich fürchte, das war meine Schuld. Ich konnte einfach nicht herausfinden, wohin mit all den Bändern und Reifen. Ich habe so etwas noch nie getragen.«

Aryn hob die Brauen. Doch falls sie Graces Bemerkung für seltsam hielt, war sie zu höflich, um es zu sagen. »Nun, dann werde ich es dir einfach zeigen müssen.« Die Baronesse begab sich zum Kleiderschrank.

Grace zögerte kurz, dann entschied sie sich, die Frage zu stellen, die sich ihr seit Betreten des Schlosses immer mehr aufdrängte. »Warum haben die Leute Angst vor mir?«

Aryn drehte sich um. »Wie auf Eldh kommst du darauf, so etwas zu sagen?«

Eldh? War das der Name dieser Welt? Grace stellte diese Frage für später zurück. Bevor sie wieder der Mut verließ, erzählte sie, wie die Wächter sie angesehen und die Mägde bei ihrem Aufwachen reagiert hatten. Als Grace endete, preßte Aryn unbehaglich die Lippen zusammen.

»Du kennst den Grund, nicht wahr?«

Aryn setzte sich wieder neben sie, einen besorgten Ausdruck im Gesicht. »Darüber mußt du dir wirklich keine Gedanken machen, Grace. Das sind schließlich einfache Leute – die zum Aberglauben neigen. Und auch zum Klatsch. Ich fürchte, du warst noch keine Stunde hier, als die Geschichte, wie dich der Graf von Steinspalter im Dämmerwald fand, bereits dreimal im ganzen Schloß rum war. Natürlich wurde die Geschichte bei jedem Erzählen phantastischer und entfernte sich noch weiter von der Wahrheit, bis die Diener bald davon überzeugt waren, du seist tatsächlich eine ...«

»Daß ich was bin?«

Aryn holte tief Luft. »Daß du tatsächlich eine Feenkönigin bist.« Sie schüttelte den Kopf. »Ich weiß, das ist reine Phantasie, aber über den Dämmerwald sind viele seltsame Geschichten im Umlauf. Natürlich sind das kaum mehr als Märchen, die man erzählt, um den Kindern im Schein des Kaminfeuers einen Schrecken einzujagen. Aber als dich der Graf ins Schloß brachte, warst du schneeweiß, und du bist mit Sicherheit schön genug, um dem Feenvolk anzugehören. Ich habe noch niemals zuvor Augen mit einer solchen Farbe gesehen, wie du sie hast. Sie sind erstaunlich, wie ein Sommerwald. Darum hoffe ich, du bist nicht *zu* ärgerlich, daß dich die Diener für eine Königin des Kleinen Volkes hielten.«

Die Baronesse mußte über ihre eigenen Worte lachen, aber plötzlich schwand ihre Heiterkeit abrupt. »Sie irren sich doch, oder?«

Das war das erste Mal, daß Grace beschuldigt worden war,

eine Feenkönigin zu sein. Sie tat ihr Bestes, beruhigend zu klingen. »Es tut mir leid, dich enttäuschen zu müssen, aber ich fürchte, ich bin ein ganz gewöhnlicher Mensch.«

Aryns Lächeln gewann wieder an Kraft. »Das bezweifle ich dann doch. An dir ist nichts Gewöhnliches, Grace von Beckett.« Die Baronesse beugte sich vor, warf ihren linken Arm um Graces Schultern und drückte die Wange an die ihre. »Wir werden Freundinnen sein, nicht wahr, Grace?«

Grace versteifte sich, von dieser plötzlichen Zurschaustellung von Gefühlen aus dem Konzept gebracht. Das war genau die Sorte von Vertraulichkeit, vor der sie sich ihr ganzes Leben lang in acht genommen hatte. Sie wagte es nicht, jemandem so nahe zu kommen, nicht jetzt, noch nicht. Es war viel zu gefährlich. Doch allmählich ließ die Herzlichkeit der Baronesse ihre Ängste schmelzen, und sie erwiderte die Umarmung zaghaft.

»Nein, Aryn«, sagte Grace zu ihrer eigenen Überraschung. »Ich glaube, das sind wir schon.«

Und in diesem Augenblick erkannte sie, was sie die ganze Zeit schon unterbewußt beschäftigt hatte. In der Sekunde, in der die Baronesse von Elsandry das Gemach betreten hatte, waren ihre Ärztinneninstinkte zum Leben erwacht und hatten etwas gespürt, das nicht in Ordnung war. Bis zu diesem Augenblick hatten sich diese Instinkte damit zufriedengegeben, im Hintergrund von Graces Bewußtsein zu bleiben und alles geduldig und leidenschaftslos zu beobachten. Jetzt drängten sie sich in den Vordergrund. Bevor Grace überhaupt darüber nachdachte, was sie da tat, schob sie die Baronesse sanft zurück und betrachtete die junge Frau mit prüfenden Blicken.

»Aryn, darf ich mir deinen rechten Arm ansehen?«

Die Baronesse wurde blaß, ein dunkler Schatten stahl sich in ihren Blick. »Meinen Arm? Warum solltest du dir meinen Arm ansehen wollen?«

»Ich bin Ärztin«, sagte Grace ernst. »Möglicherweise könnte ich dir helfen.«

»Eine Ärztin?«

»Ich heile Menschen, Aryn.«

Nach kurzem Zögern nickte die Baronesse. »Ich verstehe. Du meinst, du bist ein Chirugeon.«

»Du bist überrascht«, sagte Grace. »Gibt es hier auf … in Calavan keine Frauen als Ärzte?«

Aryn sah sie überrascht an. »Hier gibt es nur Heilerinnen, was sonst? Männer betrachten diese Tätigkeit als unter ihrer Würde, obwohl ich ehrlich gesagt glaube, daß sie einfach nur zu zimperlich sind. Außerdem fehlt ihnen die Geduld für ein so heikles Handwerk. Aber ich hätte wissen müssen, daß du ein Chirurgeon bist. Du hast etwas von den Wissenden an dir.« Die Baronesse stählte sich. »Natürlich darfst du mich untersuchen, Grace, aber ich bezweifle, daß du mir helfen kannst.«

Mit der gleichen Präzision, die sie immer benutzte, wenn sie in der Notaufnahme einen neuen Patienten untersuchte, schob Grace das Tuch beiseite, das über Aryns Schulter hing. Darunter ruhte der verkümmerte rechte Arm der Baronesse in einer aus einem Leinentuch gefertigten Schlinge.

Aryn saß ganz still da und starrte unbewegt aus dem Fenster, während Grace sie untersuchte und systematisch eine Diagnose stellte. Im Gegensatz zum linken Arm, der ganz normal entwickelt war, war der rechte mißgebildet und gründlich atrophiert; er wies etwa zwei Drittel der Länge seines Gegenstücks auf. Unter der wachsbleichen Haut kamen verkrümmte und zerbrechliche Knochen zum Vorschein; sie sahen aus wie die miteinander verflochtenen Ranken einer Weinrebe. Lediglich hauchdünne Muskeln wiesen jene perfekte, feuchtschimmernde Glätte auf, die mit permanentem Nichtgebrauch einherging. Die Hand wurde in einer permanent gebeugten und einwärts gedrehten Position gehalten – Gelenk und Handfläche waren gekrümmt, die Finger nach innen gedreht. Mittel-, Ring- und kleiner Finger waren nur teilweise entwickelt und erfüllten die Kriterien der Syndaktylie: sie waren miteinander verwachsen. Das Resultat war fremdartig und schön zugleich, wie der weiße, verdrehte Arm einer Kabuki-Tänzerin, erstarrt in einer Geste leiser Traurigkeit; der Sturz einer verletzten Taube, die Stille eines Eibenzweiges im Winter.

»Kannst du meine Finger drücken?« fragte Grace in ihrem entschiedenen Medizinertonfall.

Aryn runzelte die Stirn; man konnte ihr die Konzentration ansehen. Die zusammengekrümmten Finger schlossen sich sanft um Graces Hand. Dann zog die Baronesse ihren Arm mit einem Keuchen zurück und hielt das verkümmerte Glied eng an den Körper. Mit der linken Hand richtete sie energisch das Tuch und verbarg den Arm wieder.

Grace holte tief Luft. »Du hast recht, Aryn. Es ist ein Geburtsfehler. Es gibt nichts, was ich tun könnte.«

Aryn nickte. »Du mußt dir keine Sorgen machen, Grace. Es macht mir nichts aus. Ich bin wirklich daran gewöhnt.« Die Baronesse lächelte. Es war ein tapferer und strahlender Ausdruck.

Grace gab sich alle Mühe, das Lächeln zu erwidern. »Ich könnte dir ein paar einfache Übungen zeigen. Mit ihrer Hilfe könntest du deine Kraft und deine Reichweite verbessern. Nichts Drastisches, aber du könntest deinen Arm möglicherweise etwas mehr benutzen, als es jetzt der Fall ist.«

»Das wäre sehr nett von dir.«

Ein abwesender Blick trat in ihre Augen, und sie schaute aus dem Fenster. Ihre Stimme wurde zu einem Murmeln.

»In gewisser Weise haben wir etwas gemeinsam, Grace. Während meiner Geburt starb meine Mutter im Kindbett, und als die Hebamme meine … meinen Arm sah, sagte sie meinem Vater, dem Baron, ich sei ein Wechselbalg – ein Kind, das das

Kleine Volk in den Schoß meiner Mutter gezaubert hätte. Ich wurde im Winter geboren, und die alte Hebamme hätte mich im Schnee ausgesetzt, damit ich dort sterbe. Doch ich war Vaters einziges Kind, und er war kein abergläubischer Mann. Er warf statt dessen die Hebamme hinaus.« Ihr Blick löste sich vom Fenster und konzentrierte sich erneut auf Grace, und sie lächelte wieder. »Also hielt man uns beide für Angehörige des Feenvolkes. Ich schätze, das macht uns auf eine gewisse Weise zu einer Art von Schwestern.«

Grace konnte sie nur voller Trauer anstarren. Wie oft hatte sie versucht, ein Baby wiederzubeleben, das man aus einem kalten Müllcontainer geholt hatte? Vielleicht unterschied sich diese Welt doch nicht so sehr von der Erde.

Es klopfte laut an der Tür. Grace und Aryn wechselten einen Blick, dann erhob sich die Baronesse, um den Besucher zu empfangen. Die Tür öffnete sich und zeigte einen stämmigen Mann mit einem Kettenhemd und einem schwarzen Umhang. Grace stand ebenfalls auf.

Der Wächter verbeugte sich, räusperte sich und sprach mit lauter Stimme. »Ich überbringe eine Botschaft von Seiner Majestät, König Boreas von Calavere. Der König ersucht respektvoll um den Besuch der Lady Grace von Beckett in seinen Gemächern. Sofort.«

Grace sah Aryn entsetzt an. Die Baronesse stand mit offenem Mund da.

»Sagtest du nicht, der König sei zu beschäftigt, um seine Gäste zu begrüßen?« stieß Grace atemlos hervor.

»Das ist er auch.« Aryn betrachtete Grace ehrfürchtig. »Es sei denn, daß die Gäste, wie bereits gesagt, von ungewöhnlicher Wichtigkeit sind.«

Grace legte eine Hand auf die Brust und versuchte zu atmen.

36

Grace eilte hinter Aryn den von Fackeln beleuchteten Korridor entlang, während der Wächter hinter ihnen hermarschierte.

Im Schlafgemach hatte sich die Baronesse mit der Zunge schnalzend die Dienstbotenaufmachung betrachtet, die Grace angezogen hatte. Doch der Wächter hatte in der Tür gestanden und auf sie gewartet, und es war weder Zeit noch Gelegenheit für einen Kleiderwechsel dagewesen. Aryn hatte kurzerhand einen Elfenbeinkamm aus einer Tasche gezogen und Graces aschblondes Haar gebändigt. Dann waren die beiden aus der Tür gestürzt und abwechselnd gehend und laufend durch das Korridorlabyrinth des Schlosses geeilt. Grace hatte daraus den Schluß gezogen, daß man den König von Calavere nicht warten ließ.

»Was auch immer du bei deiner ersten Begegnung denkst, eigentlich ist König Boreas gar nicht so schlimm«, sagte Aryn. »Nun ja, zumindest nicht immer.«

Grace zuckte zusammen. »Weißt du, das klingt nicht gerade beruhigend.«

Aryn lächelte ihr angestrengt zu. »Tut mir leid. Ich vermute, ich habe meinen Verstand ebenfalls in dem anderen Gewand gelassen. Ich will mich bessern.«

Sie bogen um eine Ecke, und der Gang verbreiterte sich zu einem langen Korridor.

»Boreas ist ein eher einfacher Mann«, sagte Aryn so leise, daß nur Grace es hören konnte. »Das darfst du aber nicht so verstehen, daß es ihm an Intelligenz mangelt, denn das ist bestimmt nicht so. Aber der König neigt dazu, die Dinge in ihrer Grundsätzlichkeit zu sehen, und er handelt lieber, als daß er diskutiert. Wenn er dir also eine Frage stellt oder deine Meinung über etwas hören will, dann komm mit so wenigen Worten wie möglich zum Kern der Sache. Und sei gewarnt: Vielleicht sagt er Dinge, um dich absichtlich zu überraschen oder zu ängstigen. Das ist seine Art, die Leute zu testen. Die beste Reaktion besteht darin, so wenig wie möglich zu reagieren – kein Zusammenzucken und kein Stöhnen. Wenn er dich für schwach oder unbeständig hält, wird er dich auf der Stelle wegschicken. Obwohl ich zu seinen Gunsten sagen muß, daß er, soweit es ihn betrifft, Frauen nicht mehr Vorurteile als Männern entgegenbringt.«

Aryn tippte sich nachdenklich ans Kinn. »Oh, noch eine Sache. Der König hält sich für witziger, als es tatsächlich der Fall ist. Also versuch ihm aufmerksam zuzuhören, und wenn es wie ein Witz klingt, dann lach. Je lauter, desto besser.«

Grace biß die Zähne zusammen. Wie in aller Welt sollte sie das alles im Gedächtnis behalten? Aryns Erscheinen hatte sie vor Angst beinahe gelähmt, und sie konnte sich keine sanftere Person als die Baronesse vorstellen. Wie sollte sie sich einem lauten und fordernden König stellen? Hätte man ihn blutend und bewußtlos auf einer Trage in die Notaufnahme gerollt, hätte sie nicht einmal mit der Wimper gezuckt. Aber gesund und sprechend, wie er ihr Fragen stellte? Das war eine ganz andere Sache.

»Du wirst es schon richtig machen, Grace«, sagte Aryn, als hätte sie Graces Gedanken gelesen.

Grace versuchte, ein tapferes Lächeln zustande zu bringen. »Ich versuche mein Bestes.«

Sie eilten um die nächste Ecke, und ein unerwartetes Hindernis ließ sie ruckartig stehenbleiben. Grace blieb der Mund offenstehen, und Aryn keuchte auf.

»Sieh an, wenn das nicht unsere allerliebste Lady Aryn ist.«

Die Lady – es handelte sich mit Sicherheit um eine Frau von

Adel – war älter als Aryn, eher in Graces Alter. Allerdings kam sich Grace neben ihr wie ein unbeholfener und jungenhafter Teenager vor. Die Lady war von einer üppigen und sinnlichen Schönheit, erwachsen, ohne das geringste Anzeichen von Älterwerden zu zeigen. *Voll erblüht.* Das traf es genau. Sie stand in perfekter, strahlender, voller Blüte. Ihr Haar war dunkelblond, ihr Teint elfenbeinfarben, ihre Augen vom gleichen frechen Grün wie ihr Gewand. Anscheinend schätzte sie diese Farbe, denn in der tiefen Kluft ihres Busens, den der Ausschnitt des Gewandes kaum zu bändigen wußte, ruhte ein großer, smaragdgrüner Anhänger. Instinktiv sträubten sich Graces Nackenhärchen.

Aryn runzelte die Stirn. Sie schenkte der anderen ein knappes Nicken. »Guten Abend, Lady Kyrene«, sagte sie mit angespannter Stimme.

Kyrene hob eine Hand an die Halsgrube. »Liebste Aryn, Ihr scheint nicht gerade erfreut, mich zu sehen. Dabei dachte ich gerade in diesem Augenblick, wie schön es wäre, mich mit Euch zu unterhalten.«

»Vergebt mir, Kyrene.« Aryn brachte die Worte mühsam hervor. »Im Augenblick haben wir es ziemlich eilig.«

Die grüngewandete Lady schaute unschuldig drein. »Warum das denn, meine Liebe?«

Die Baronesse stöhnte. »Wir haben jetzt keine Zeit für so was, Kyrene. Ihr wißt genau, wohin wir unterwegs sind. In diesem Schloß zwinkert kaum eine Maus mit den Schnurrbarthaaren, ohne daß Ihr darüber Bescheid wißt. Ich bezweifle, daß Ihr genau in diesem Augenblick zufällig durch diesen ganz bestimmten Korridor spaziert.«

Kyrenes volle Lippen verzogen sich zu einem Lächeln. Eine kätzchenrosa Zunge fuhr über kleine, milchweiße Zähne. »Oh, Ihr seid aber ein schlaues kleines Ding, nicht wahr?« Die Bemerkung war nicht als Kompliment gedacht. Der Blick der

Lady – grün, kühl und mit einem Hauch von Neugier – wanderte zu Grace und nahm jede Einzelheit auf. »Und wer begleitet Euch auf Eurem wichtigen Botengang?«

»Bitte erwartet doch nicht von mir zu glauben, daß Ihr das nicht schon längst wißt.«

Kyrenes Miene zeigte einen Hauch Verärgerung. »Was seid Ihr doch für ein wildes Ding, Lady Aryn. Fehlen Euch die nötigen Manieren, um mich dem neuesten Gast am Hof so vorzustellen, wie es sich gehört?« Sie schüttelte den Kopf und seufzte. »Aber es ist gemein von mir, Euch zu schelten. Das ist kaum Euer Fehler, wurdet Ihr doch von diesem ungeschlachten Bullen von König erzogen, und das ohne den Beistand des besänftigenden Einflusses einer Frau. Ihr müßt mir verzeihen, meine Liebe.«

Aryn knirschte mit den Zähnen. »Oh, denkt Euch nichts dabei.« Sie holte tief Luft. »Kyrene, das ist die Lady Grace von Beckett. Grace, erlaubt mir, Euch der Lady Kyrene vorzustellen. Kyrene ist die Gräfin von Selesia im Süden Calavans.«

Grace hatte nicht die geringste Idee, was sie erwidern sollte. Sie beschränkte sich auf ein »Erfreut, Euch kennenzulernen«.

»Aber natürlich seid Ihr das, meine Liebe«, sagte die Gräfin. In ihrem trägen Blick flackerte Interesse auf. »Es ist ziemlich ungewöhnlich, daß eine reisende Lady so bald nach ihrem Eintreffen zum König zitiert wird, findet Ihr nicht auch? Wißt Ihr, was er von Euch will?«

Grace schüttelte den Kopf. »Ich fürchte, ich kann Euch darauf keine Antwort geben.«

Kyrene kniff die Augen zusammen. »Wie ich sehe, spielt man in Eurem Beckett das Hofspiel genauso geschickt wie hier auf Calavere. Das werde ich mir merken müssen.«

Was hatte das denn nun schon wieder zu bedeuten? Grace versuchte kein Spiel zu spielen, sie war einfach nur ehrlich.

Trotzdem betrachtete die Gräfin sie mit … ja, mit was? Faszination? Verachtung? Mißtrauen?

Kyrene wandte sich Aryn zu. »Ich muß weiter, meine Liebe.« Sie nickte Grace zu. »Ich wünsche Euch viel Glück bei Eurer Audienz mit dem König, Mylady. Aber ich werde nicht Lebewohl sagen. Ich bin fest davon überzeugt, daß wir uns wiedersehen.«

Grace war sich nicht sicher, ob das nun eine Drohung oder ein Versprechen war. Gräfin Kyrene schob sich mit raschelndem Gewand an ihnen vorbei, schwebte den Korridor entlang und war verschwunden.

Aryns Miene verriet zu gleichen Teilen Entsetzen und Bewunderung. »Sie hat absolut kein Schamgefühl.«

»Dafür ist in diesem Kleid auch kein Platz«, sagte Grace.

Aryn biß sich auf die Lippe. »Ich bin eine Baronesse und sie nur eine Gräfin, aber irgendwie gelingt es ihr jedesmal, daß ich mich fühle, als sei ich eine Dienstmagd und sie eine Königin.« Sie schüttelte gedankenverloren den Kopf, dann stieß sie einen leisen Aufschrei aus. »König Boreas!« Voller Panik ergriff sie Graces Ellbogen. »Wir müssen uns beeilen!«

»Was wird der König tun, wenn wir uns verspäten?«

»Das willst du nicht wissen.«

Grace brauchte keinen weiteren Ansporn. Mit dem Wächter im Schlepptau eilten sie den Korridor entlang tiefer ins Herz von Calavere.

Sie betraten einen Seitengang und blieben vor einer breiten Tür stehen. In das Holz war ein verschnörkeltes, mit silbernen Einlegearbeiten versehenes Wappen eingraviert worden: Unter einer neunzackigen Krone kreuzten sich zwei Schwerter.

Der Wächter, der sie begleitet hatte, räusperte sich und sprach Grace an. »Der König erwartet Euch, Mylady. Ihr dürft sofort eintreten.« Der Mann klopfte an der Tür, öffnete sie und hielt sie Grace auf. Dahinter flackerte ein roter Lichtschein.

Aryn drückte Graces Hand warmherzig. »Viel Glück. Und versuche dich an das zu erinnern, was ich dir gesagt habe.«

Blankes Entsetzen übermannte Grace. »Aber kommst du denn nicht mit?«

Die Baronesse schüttelte den Kopf. »Dich will man sehen, Grace, nicht mich. Aber ich weiß, du wirst es genau richtig machen.« Das Funkeln in ihren saphirblauen Augen war nicht mehr ganz so zuversichtlich wie zuvor. »Möge Yrsaias Stärke mit dir sein.« Und Aryn zog die Hand zurück und trat beiseite.

Grace wollte sich eine Möglichkeit einfallen lassen, aus der Sache herauszukommen, irgendeine Entschuldigung, warum sie dem König nicht gegenübertreten konnte. Aber ihr Verstand war wie erstarrt, und es war bereits zu spät. Der Wächter nahm sie am Arm und führte sie sanft, aber beharrlich durch den Eingang. Ihr Zeh blieb an einer Bodenspalte hängen. Sie stolperte vorwärts, keuchte auf und hörte, wie sich die Tür hinter ihr mit einem lauten Knall schloß.

»Kommt herein, Mylady«, sagte eine tiefe Stimme.

Grace hob den Kopf. Die Wände und der Boden des Gemachs waren mit Teppichen übersät; ein Tisch aus dunklem Holz und mit Krallenfüßen dominierte seinen Mittelpunkt. In dem offenen Kamin toste ein Feuer, und was sie auf den ersten Blick für einen mit Höckern übersäten Fellteppich gehalten hatte, waren in Wirklichkeit dicht aneinandergeschmiegt schlafende schwarze Bulldoggen. Jeder der Hundeschädel war größer als ihr Kopf. Sie hätte sich vor den Hunden gefürchtet, aber eine weitere wilde Gestalt erregte ihre Aufmerksamkeit und ließ sie nicht mehr los.

König Boreas von Calavan war zugleich unwiderstehlich und furchteinflößend. Er war weniger gewaltig als vielmehr *kompakt.* Seine Anwesenheit wog so schwer in dem Raum, daß sie das Gefühl hatte, ihn gleich in einem Orbit umkreisen zu müssen, wie ein Stück Treibgut, das von einer Schwerkraftquelle eingefangen worden war. Sein Gesicht war ungemein attraktiv, und seine scharfen Augen sprühten Funken wie Feuerstein auf Stahl. Ein paar graue Flecken in seinem gestutzten Bart und dem dunklen, glatt zurückgestrichenen Haar waren zusammen mit einer Reihe feiner Falten um Augen und Nase die einzigen Anzeichen dafür, daß er sich dem mittleren Alter näherte.

Verspätet kam sie zu dem Schluß, daß von ihr irgendeine Art Ehrerbietung erwartet wurde. Immerhin stand da ein leibhaftiger *König* vor ihr. Sie fing an, einen Knicks zu machen, dann wurde ihr jedoch bewußt, daß sie nicht die geringste Ahnung hatte, wie die Geste vollendet werden mußte, und verwandelte sie mittendrin in eine unbeholfene Art von Verbeugung. Sie richtete sich wieder auf und erwartete, in den Augen des Königs Verachtung oder Groll zu sehen. Nichts davon traf zu. Statt dessen betrachtete er sie mit einer Intensität, die weitaus beunruhigender war. Es fühlte sich an, als versuchte er, in sie hineinzusehen.

»Erlaubt mir, Euch auf Calavere willkommen zu heißen, Mylady.« Seine Stimme hallte tief in ihrer Brust wider.

Als Erwiderung brachte sie bloß ein ruckartiges Nicken zustande. Sie konnte nicht atmen, eine kalte Hand schnürte ihr die Kehle zu.

Der König verschränkte die Arme. »Ich schätze, die angebrachte Etikette verlangt von uns, lange Begrüßungsformeln und übertriebene Erklärungen unserer überschwenglichen Freude über diese Begegnung auszutauschen, bevor wir über etwas auch nur annähernd Konstruktives sprechen können. Doch ich bin mir nicht sicher, daß ich die Zeit und die Lust für derartige Nettigkeiten habe.« Seine Stimme verwandelte sich in ein Knurren. »Stört Euch das, Mylady?«

Er schleuderte ihr die Frage wie ein Messer entgegen. Grace

erinnerte sich an Aryns Ermahnungen und schaffte es irgendwie, nicht zusammenzuzucken. Sie räusperte sich.

»Nein, Euer Majestät. Das tut es nicht.«

Der König betrachtete sie einen Moment lang, dann grinste er. Es schien kein Ausdruck von Fröhlichkeit zu sein. Dazu waren viel zu viele Zähne im Spiel, und sie waren alle viel zu spitz. Boreas kratzte sich am Bart, dann nickte er.

»Ausgezeichnet, Mylady. Betrachtet Euch als höflich begrüßt, denn ich bin wirklich froh, daß Ihr nach Calavere gekommen seid. Und jetzt werde ich keine Worte mehr verschwenden, sondern direkt zur Sache kommen.« Er näherte sich ihr mit fließenden Bewegungen voller Kraft. »Mylady, ich brauche Eure Hilfe.«

War das einer der kläglichen Versuche des Königs, einen Witz zu machen, vor dem Aryn gewarnt hatte? Doch etwas in seinem offenen Gesichtsausdruck verriet Grace, daß es sich keineswegs um einen Witz handelte. Sie verschluckte ihr gezwungenes Lachen.

»Meine Hilfe?«

»Das ist richtig.« Boreas zeigte mit dem Finger genau auf ihr Herz. »Ihr, Mylady, werdet mir helfen, Calavan zu retten.«

37

König Boreas schritt wie ein gefangenes Tier vor dem Kamin auf und ab. Das blutrote Licht flackerte über sein ansehnliches Gesicht und verlieh seinen Zügen zusätzliche Schärfe. Der König schnaubte, als er seine Gedanken sammelte.

Grace sah in stiller Ehrfurcht zu. *Er ist wirklich wie ein Stier, ein großer, finsterer, rastloser Stier.*

Sie umklammerte den Pokal mit Wein, den er ihr eben in die Hand gedrückt hatte. Der König hatte seinen Wein mit einem großen Schluck hinuntergestürzt und den Pokal dann beiseite geworfen. Grace hätte es ihm gern nachgemacht, aber sie war sich nicht sicher, ob sie sich darauf verlassen konnte, daß ihre zitternden Arme den Pokal an ihre Lippen führten, ohne den Inhalt zu verschütten. Sie war eine überarbeitete Assistenzärztin in der Notaufnahme eines städtischen Krankenhauses. Wie in aller Welt sollte sie dem Herrscher eines mittelalterlichen Königreichs helfen können?

Boreas blieb stehen, drehte sich um und spießte sie mit einem stählernen Blick auf. Sie sammelte sich.

»Habt Ihr je von dem Rat der Könige gehört, Mylady?«

Grace schüttelte den Kopf. »Nein, Euer Majestät. Das habe ich nicht. Davon abgesehen, daß der Graf von Steinspalter ihn kurz erwähnte, nachdem er mich … nachdem er mich im Wald fand.«

Sie erwartete, daß der König sie voller Mißtrauen betrachtete, so wie die Gräfin Kyrene, die anscheinend nichts von dem, was Grace gesagt hatte, für bare Münze genommen hatte. Doch Boreas nickte, als hätte er nicht eine Sekunde den Verdacht gehabt, sie könnte ihm etwas anderes als die Wahrheit sagen.

»Das überrascht mich kaum«, fuhr er fort. »Seit mehr als

einem Jahrhundert hat es keinen Rat der Könige mehr gegeben, nicht seit der Barbar Thanadain aus dem Westen anmarschierte, um die Domänen zu bedrohen. Ich mußte Lord Alerain sämtliche Aufzeichnungen Calaveres durchforsten lassen, nur um das richtige Protokoll zu finden, mit dem man einen Rat einberufen kann.«

»Dann wart Ihr es, der den Rat einberief, Euer Majestät?« fragte Grace und wunderte sich direkt danach über ihre Kühnheit. Der Impuls, den Wein zu trinken, überwand die Furcht, ihn zu verschütten. Sie hob den Pokal und schaffte es tatsächlich, etwas von der Flüssigkeit in den Mund zu gießen. Sie schluckte. Der Wein war kühl, vollmundig und rauchig. Sie nahm noch ein paar Schlucke und setzte den Pokal dann ab.

Der König warf ihr einen neugierigen Blick zu. »Ja, ich berief den Rat ein. Jemand mußte es tun.« Er ballte eine große Hand zu einer noch größeren Faust. »Bei Vathris, ich dachte nicht daran, hier auf meinem Thron zu sitzen und darauf zu warten, daß sich einer dieser anderen närrischen Monarchen dazu durchringt, während die Domänen rings um mich herum auseinanderfallen!«

Grace sprang einen halben Schritt zurück, als könnte Boreas' Zorn sie wie Feuer verbrennen. Das würde sie lehren, einem König Fragen zu stellen. Es war Zeit, diese Scharade hier und jetzt zu beenden. Es gab nichts, was sie tun konnte, um König Boreas zu helfen. Sie sammelte ihre Willenskraft und sagte sich, daß es nicht schlimmer sein könnte, als einem der Oberärzte in der Notaufnahme zu sagen, daß seine Diagnose völlig falsch war. Schließlich hatte sie das oft genug durchgemacht.

»Ich verstehe Eure Dringlichkeit, Majestät.« Sie versuchte, das Zittern aus ihrer Stimme zu halten. »Aber ich verstehe wirklich nichts von Königen oder Ratsversammlungen, darum halte ich es für das beste, ich …«

Boreas verwarf ihre Worte mit einer ungeduldigen Handbewegung. »Unwichtig. Je weniger Ihr über die Ränke der Hofpolitik wißt, desto besser ist es sogar. Ein Außenseiter hat immer einen klareren Blick über den Sumpf als diejenigen, die darin herumstapfen. Darüber hinaus, Mylady, bedeutet das, daß ich tatsächlich in der Lage sein könnte, Euch zu vertrauen. Und das ist heutzutage eine fürwahr seltene Tugend.« Er bückte sich und streichelte einer der Bulldoggen über den Kopf.

Grace preßte die Lippen aufeinander. Tja, *das* war nun mit Sicherheit nicht der beabsichtigte Effekt. Sie würde es erneut versuchen müssen. Mühsam nahm sie ihren Mut zusammen und trat einen Schritt vor. »Aber Euer Majestät, Ihr wißt nicht, wer ich bin. Oder wo ich herkomme.«

Er schnippte mit den Fingern. »Genau!«

Grace stöhnte. Es war besser, sie hörte auf, bevor sie Boreas unabsichtlich davon überzeugte, ihr die Krone des Königreichs zu überlassen, während er ihr Hofnarr wurde.

Der König setzte sich wieder in Bewegung und schlug sich mit der Fläche der einen auf den Rücken der anderen Hand, die Stirn vor Konzentration gerunzelt. »Falls es Euch interessiert, Mylady, es ist mir völlig egal, aus welchem Land Ihr kommt. Tatsächlich dient es meinen Zwecken weitaus besser, wenn niemand – ich eingeschlossen – die Wahrheit über Eure Herkunft oder Euren Stand kennt, oder warum Ihr Euch entschlossen habt, unerkannt zu reisen. Eure Haltung zeichnet Euch als Frau von edler Geburt aus, und eine geheimnisvolle ausländische Lady, deren Absichten und Macht unbekannt sind, ist genau das, was ich brauche.«

Er kam mit grimmiger Miene auf Grace zu. »Das sind dunkle Zeiten in den Domänen, Mylady. Es ist unumgänglich, daß der Rat schnell handelt, statt sich mit kleinen Streitereien und sinnlosen Debatten aufzuhalten. Ich muß die Absichten der anderen Herrscher erahnen, um ihre Meinungen zu formen und den Rat davon zu überzeugen, daß er handeln muß. Und Ihr werdet mir dabei helfen, genau das zu tun.«

Graces Besorgnis wich Verwirrung. »Aber ich verstehe nicht. Wie könnte eine Fremde Euch denn helfen? Ich bin davon überzeugt, daß keiner auch nur ein Wort mit mir sprechen wird.«

Boreas grunzte. »Ihr versteht wirklich nichts von der Hofpolitik, nicht wahr, Mylady? In Eurem Beckett müssen die Dinge ganz anders laufen.«

»Sogar sehr anders.« Grace wußte nicht, ob sie lachen oder weinen sollte. Sie begnügte sich mit einer Art ironischer Grimasse.

»Dann müßt Ihr mir einfach glauben«, sagte Boreas. »Die Aufgabe, die ich Euch stelle, ist in Wirklichkeit ganz leicht. Ich habe den Rat einberufen, am ersten Tag des Valdeth zusammenzutreten. Bald werden Adlige von den Höfen der anderen Domänen eintreffen, um vorher alles für ihre Könige und Königinnen vorzubereiten. Durge von Embarr habt Ihr bereits kennengelernt. Ihr sollt bloß die Augen offenhalten, mit den anderen Adligen sprechen, wenn sich die Gelegenheit bietet, und mir alles Interessante berichten, was Ihr in Erfahrung gebracht habt.« Es war sein Ernst. »Werdet Ihr Euch herablassen, diesen Auftrag anzunehmen, Mylady?«

Grace entschied sich, der Vernunft eine weitere Chance zu geben, sich doch noch durchzusetzen. »Verzeiht mir, Euer Majestät, aber ich glaube nicht, daß ich Euch nutzen kann.«

Boreas blickte sie finster an. »Das habe ich nicht wissen wollen.« Er trat näher an sie heran, bis ihre Gesichter nur noch Zentimeter voneinander trennten. Sie konnte beinahe die Intensität sehen, die wie verzerrte Hitzewellen von ihm ausging. »Ich frage Euch das nur noch einmal.« Seine Stimme senkte sich zu einem Schnurren. »Werdet Ihr diesem König helfen, Grace von Beckett?«

Sie verstand nichts von Politik, und sie war kaum die richtige Kandidatin für eine Aufgabe, bei der sie sich unter Adlige mischen mußte. Doch es schien sich nicht für ihre Stellung zu ziemen, weiterhin dagegen zu protestieren. Schließlich handelte es sich hier um keinen Geringeren als den *König*. Ungläubig ertappte sich Grace dabei, daß sie murmelte: »Natürlich, Euer Majestät. Es wäre mir eine Ehre, Euch zu helfen.«

Boreas nickte. »Eure Antwort freut mich, Mylady. Seht Ihr, ich bin zu dem Schluß gekommen, daß Ihr mir sympathisch seid, und es hätte mich sehr unglücklich gemacht, Euch ins Verlies werfen zu müssen. Zu dieser Jahreszeit werden die Ratten langsam hungrig, wo doch der Winter kommt.«

Grace drohten die Augen aus dem Kopf zu quellen.

Der Schatten verschwand von König Boreas' Gesicht, Heiterkeit funkelte in seinen Augen. Er grinste wieder, aber diesmal war der Ausdruck kaum furchteinflößend. Er hatte einen Witz gemacht. Aryn hatte sie ja vorher gewarnt. Der König glaubte wirklich, witziger zu sein, als er in Wirklichkeit war.

»Da habe ich Euch erwischt, was?« sagte er triumphierend.

Grace atmete erleichtert auf. »O ja. Das habt Ihr allerdings.«

Dieser Sieg ließ den König in die Hände klatschen. »Und jetzt wollen wir sehen, wo Lady Aryn steckt. Ich habe auch für sie eine Aufgabe.«

»Möchtet Ihr, daß ich nach der Baronesse Ausschau halte, Euer Majestät?« Grace versuchte, nicht zu beflissen zu klingen, sich aus der Gegenwart des Königs zurückziehen zu können.

Boreas lächelte verschmitzt, und seine Stimme verwandelte sich in ein Flüstern. »Nein, Mylady, ich glaube nicht, daß das nötig sein dürfte.« Er schlich zur Tür, und seine Stiefel machten auf den dicken Teppichen nicht den geringsten Laut. »Ich glaube, ich weiß ganz genau, wo ich mein Mündel finde.«

Der König blieb neben der Tür stehen und riß sie mit einer schnellen Bewegung auf. Mit einem überraschten Aufschrei purzelte etwas Blaues in das Gemach.

»Grüße, Aryn.« Boreas verschränkte die Arme und blickte auf sein Mündel herunter.

Die Baronesse richtete sich auf und strich das Gewand glatt; sie war leichenblaß. »Ich habe nicht an der Tür gelauscht, Euer Majestät«, sagte sie. »Ich schwöre!«

»Hast du doch.«

Aryn sah entsetzt aus. »Also gut, ich habe an der Tür gelauscht, aber ich habe nichts darüber gehört, daß Lady Grace Euch helfen soll, den Rat ...« Sie biß sich auf die Zunge.

Boreas schüttelte vorwurfsvoll den Kopf. »So langsam glaube ich, daß ich irgendwo im Laufe deiner Erziehung versagt habe, Aryn. Wer hat dir beigebracht, so zu lügen?«

Die Baronesse ließ den Kopf hängen. »Ihr, Euer Majestät.«

»Ja«, erwiderte er. »Aber es ist augenscheinlich, daß du nicht aufmerksam zugehört hast. Wenn du nicht lernst, glaubwürdiger zu lügen, wirst du am Hof keine Minute überleben.« Der König hielt die Hand an den Mund, um Grace etwas deutlich hörbar zuzuflüstern. »Ich fürchte, das arme Ding hat einen unausrottbaren ehrlichen Zug in sich, obwohl ich nicht die geringste Idee habe, wo der herstammen könnte. Irgendwo im Haus Elsandry muß Bauernblut dazugekommen sein.«

Grace unternahm nicht einmal den Versuch, darauf etwas zu erwidern.

Aryn stieß einen verloren klingenden Seufzer aus, und die Miene des Königs wurde weicher. Er legte der jungen Frau liebevoll die Hand auf die Schulter. »Aber, aber, Kind. Es ist doch nicht deine Schuld. Du hast dein Bestes versucht. Und ich bin wirklich der Meinung, daß du dich besserst.«

Auf Aryns Gesicht leuchtete Hoffnung. »Wirklich?«

»Nein«, sagte er. »Ich habe gelogen. Aber siehst du, wie natürlich das klingen kann?«

Aryn seufzte erneut, diesmal verzweifelt. »Hat Euer Majestät eine Aufgabe für mich?«

»Die hat er in der Tat.«

Boreas warf Grace einen kritischen Blick zu, als würde ihm ihre Aufmachung erst jetzt auffallen. Offensichtlich war er nicht von dem erfreut, was er da sah. Sie versuchte mit reiner Willenskraft, sich in Luft aufzulösen, aber unglücklicherweise funktionierte es nicht.

»Lady Grace von Beckett wird an dem Rat der Könige teilnehmen«, sagte Boreas. »Ich wäre äußerst dankbar, wenn du ihr dabei helfen könntest, sich etwas weniger …« – er suchte nach dem richtigen Wort –, »… etwas weniger *unpassend* zu verhalten, was die Kleidung und das Benehmen angeht.«

Aryn strahlte wieder. Sie nickte aufgeregt. »Natürlich, Euer Majestät. Ich werde ihr alles zeigen, was eine Lady wissen muß.« Die Baronesse zwinkerte Grace zu und flüsterte: »Keine Sorge. Das wird Spaß machen.«

Grace schluckte mühsam. *Spaß* war nicht unbedingt das Wort, das sie gewählt hätte. Sie warf dem König einen nervösen Blick zu. Auf was in aller Welt – in *dieser* Welt – hatte sie sich da gerade nur eingelassen?

DRITTER TEIL

Der Weg nach Calavere

38

Die vier Reisenden brachen im hellen Licht des Spätherbstes in Kelcior auf, um die lange Reise in Richtung Süden nach Calavere und dem Rat der Könige anzutreten.

Travis und Falken bestiegen in dem schlammigen Hof hinter der alten tarrasischen Festung die Pferde, die König Kels Abschiedsgeschenk gewesen waren. Der Barde ritt einen schwarzen Hengst mit einer weißen Strähne in der Vorderlocke. Travis saß auf einem zottigen braunen Wallach mit klugen Augen und einem Stern in der Mitte der Stirn. Melia und Beltan schwangen sich auf ihre eigenen Pferde, mit denen sie nach Kelcior gekommen waren. Das Pferd des blonden Ritters war ein knochiges, geschecktes Streitroß, während Melia, das blaue Unterkleid kunstvoll drapiert, auf einem nebelfarbenen Tier mit schlanken Beinen und anmutigem Hals saß.

Früher am Nachmittag hatten sie König Kel einen Besuch abgestattet und seine Erlaubnis erbeten, Kelcior zu verlassen. Beltan hatte Travis erklärt, daß den Gesetzen der Gastfreundschaft zufolge ein Gast nicht abreisen durfte – und dabei spielte es keine Rolle, ob es sich um ein Schloß oder eine Hütte handelte –, ohne vorher vom Herrn des Hauses die nötige Erlaubnis eingeholt zu haben.

»Was?« hatte Kel mit finsterem Blick gesagt, nachdem Falken in formellem Tonfall die Erlaubnis zur Abreise erbeten hatte. »So schnell?«

Sie hatten sich mit dem zottigen König in seinem Solar getroffen. Das war ein gemütliches, wenn auch enges Gemach, das sich hinter dem Vorhang befand, der das Ende der Halle abtrennte.

»Einige von uns nutzen Eure Gastfreundschaft nun fast

schon einen ganzen Monat aus, Euer Majestät«, sagte Melia. »Sollten wir noch länger bleiben, werden wir nicht länger willkommen sein.«

Kels Stimme ließ die Mauern der Festung erzittern. »Unmöglich!« Er schnippte mit den Fingern. »Mylady, würdet Ihr bleiben, wenn ich zu Euren Ehren ein Fest gäbe?«

Melia enthielt sich einer Antwort, obwohl es sie, ihrem Gesichtsausdruck nach zu urteilen, einige Mühe kostete. Falken erklärte den Grund für ihre Eile, und schließlich gab Kel nach – allerdings nicht ohne zu murren, nachdem er erfahren hatte, daß der Rat der Könige einberufen, er aber nicht eingeladen worden war.

»Bloß weil ich an meinem Hof ein paar Tiermänner habe, halten die sich für was Besseres.« Er stieß ein angewidertes Schnauben aus. »Ich hätte nicht übel Lust, nach Calavere zu marschieren und König Boreas zu zeigen, wie man ein Königreich richtig regiert.«

»Also ich würde Gold dafür bezahlen, um das zu sehen«, flüsterte Beltan Travis mit einem Grinsen zu.

Die Reisenden verabschiedeten sich und gingen. Bei dem Weg durch die große Halle blickte sich Travis in der Hoffnung um, einen letzten Blick auf Trifkin Moosbere werfen zu können. Doch es gab keinerlei Anzeichen von dem kleinen Mann oder seiner Schauspielertruppe. Sie waren mit der Nacht verschwunden, wie ein seltsamer Traum.

Jetzt, auf dem Hof, hoch oben im Sattel, sah Travis Falken und Melia schief an. Er war noch immer verletzt über die Art und Weise, wie sie am Morgen in dem zerstörten Turm über sein Schicksal entschieden hatten. Zum zehnten Mal an diesem Tag waren die beiden in eine Diskussion vertieft, an der sie niemanden zu beteiligen beabsichtigten. Travis seufzte und richtete seine Aufmerksamkeit auf die Ausrüstung, die hinter dem Sattel festgeschnallt war.

Jedes der Pferde trug ein Paar Satteltaschen, die von Vorräten aus Kels Küche ausgebeult wurden. Der König hatte keine Gelegenheit gehabt, ihnen zu Ehren ein Abschiedsfest zu veranstalten, also hatte er statt dessen anscheinend entschieden, es ihnen mit auf den Weg zu geben. In den Satteltaschen steckten geräuchertes Fleisch, hartkrustiges Brot, mit schützender Rinde versehener Käse und Tontöpfe mit wildem Honig. Kel hatte die Reisenden auch mit zusätzlicher Kleidung und Decken versehen.

Nachdem Travis die Riemen enger gezogen hatte, starrte er die Satteltaschen an. Langsam fühlte er sich selbst wie ein Gepäckstück.

Falken beschattete mit der behandschuhten Hand die Stirn und musterte die Sonne am Himmel. »Sind wir endlich soweit? Es ist ein langer Weg nach Calavere, und wir kommen nicht weiter, wenn wir hier auf dem Burghof stehen.«

Melia rückte ihren schieferblauen Umhang zurecht. Sie saß seitlich auf dem Sattel ihres grauen Reittieres – ein Kunststück, das sie irgendwie anmutig und völlig natürlich aussehen ließ. Travis vermutete, daß er, hätte er es versucht, garantiert heruntergerutscht und im Schlamm gelandet wäre.

»Ich bin bereit«, verkündete Melia, als wäre dies der einzige Faktor, der ihre Abreise behinderte.

Anscheinend war es das auch. Die anderen trieben ihre Pferde an, in Richtung eines in der baufälligen Mauer befindlichen Tores, und Travis schloß sich ihnen an. Ein scharfer Wind kam auf, der Rauch von den Kochfeuern der Festung wehte wie blauer Nebel über den Hof. Sie hatten gerade das Tor erreicht, als eine graue Gestalt aus dem Rauch hervorstürzte und die Pferde plötzlich anhalten ließ.

»Was denn?« sagte Grisla die Hexe mit ihrer kreidigen Stimme. »Ihr wollt ohne auch nur ein einfaches Lebewohl verschwinden?«

In Falkens wölfischen Zügen stand Ärger geschrieben. »Die Gesetze der Gastfreundschaft erfordern von einem Gast, von dem Schloßherrn die Erlaubnis zur Abreise einzuholen. Ich fürchte, ich kann mich nicht daran erinnern, daß da auch was über alte Weiber steht.«

»Sucht im Kleingeschriebenen.« Die Lumpen, die der Alten als Kleidung dienten, flatterten zusammen mit ihrem zotteligen Haar im Wind.

Melia lenkte ihr Pferd ein paar Schritte vor. »Ist dir klar, daß du unsere Abreise zu einem wichtigen Auftrag verzögerst?«

Die Alte schlug eine knorrige Hand gegen die Wange und setzte einen Ausdruck spöttischer Verletzung auf. »Oh, vergebt mir, Lady-so-hochstehend-wie-der-Mond! Wie dumm von mir, in eurem so unendlich wichtigen Weg zu stehen. Bitte bestraft mich nicht, daß ich von deiner Größe angezogen wurde. Ich bin wie eine niedrige Fliege, mußt du wissen, von der Natur gezwungen, sich auf allen großen Dunghaufen niederzulassen.«

Melias kupferne Haut wurde blaß, dann verengten sich ihre Augen zu schmalen Schlitzen. »Was willst du von uns, Tochter von Sia?«

Die Alte spuckte auf den Boden. »Von dir will ich nichts, Lady Gift und Galle.« Sie richtete ihr einziges Auge auf Falken. »Oder von dir, Lord Unglücksbringer.« Sie entblößte die vorstehenden Zähne zu einem hinterhältigen Grinsen. »Nur auf ein Wort mit diesem knackigen jungen Burschen hier.«

Die Hexe hastete auf ihren dünnen Beinen los, bis sie vor Travis' Pferd stand, dann zeigte sie mit einem klauenähnlichen Finger auf seine Brust. »Ich glaube, du mußt dir noch einen Knochen aussuchen, mein Junge.«

»Was?« sagte er verwirrt.

»Einen Knochen, mein Junge!«

Seine Verwirrung steigerte sich noch.

Grisla schüttelte traurig den Kopf. »Warum sucht sich das Schicksal immer solche Trottel aus?« Sie hob einen schmierigen Lederbeutel. »Mach schon, mein Junge. Such dir einen aus!«

Travis betrachtete den schweren Beutel voller Mißtrauen; sein möglicher Inhalt ließ ihn zögern. Jedoch gab es nur einen Weg, diese Situation zu beenden. Er biß die Zähne zusammen und schob die Hand in den Beutel. Er rechnete eigentlich damit, etwas Feuchtes und Schleimiges zu berühren. Statt dessen strichen seine Finger über mehrere harte, glatte Gegenstände. Er nahm einen heraus und betrachtete ihn. Es war ein gelber Fingerknochen, in den drei Linien eingeritzt waren.

»Hm!« machte Grisla. »Ich hätte nicht gedacht, daß du diesen auswählst. Eine Linie für die Geburt, eine Linie für den Atem und die letzte für den Tod, der zu uns allen kommt.« Sie warf Falken einen Seitenblick zu. »Für einige von uns nur früher als später.«

Travis schüttelte den Kopf. »Aber was soll das bedeuten?«

»Was glaubst du denn, daß es bedeutet?« fragte Grisla.

Travis kaute auf der Unterlippe herum und starrte den Knochen an. Er erinnerte ihn an Trifkin Moosberes Schauspiel über Frühling und Winter und die Geburt des Sommers. »Es könnte sich um das Ende von allem handeln. Oder den Beginn.« Er schüttelte den Kopf. »Aber was davon?«

»Vielleicht handelt es sich ja um beides, mein Junge. Vielleicht besteht zwischen beidem ja gar kein Unterschied.« Grisla zuckte mit den knochigen Schultern. »Oder die Orakelknochen können doch lügen.«

Sie riß ihm den Knochen aus der Hand und ließ den Beutel in den Tiefen ihrer Lumpen verschwinden.

»Bist du endlich fertig mit deinen Spielchen, altes Weib?« fragte Falken.

»Das bin ich tatsächlich, Lord Ungeduld.« Die Hexe strich

mit verkrümmten Fingern über Travis' Hand. »Weißt du, mein Junge, du hast ein kleines Stück von meinem Herzen gestohlen.« Sie gackerte, hastete in eine Rauchwolke und war verschwunden.

Travis fühlte etwas Warmes und Feuchtes. Er senkte den Blick und sah auf seiner Handfläche ein Stück rohes Fleisch liegen. Mit einem leisen Aufschrei schüttelte er die Hand und schleuderte es in den Schlamm. Er wischte sie am Wams ab. »Ich wünschte, sie würde damit aufhören!«

Da der Weg nun wieder frei war, lenkten die vier Gefährten ihre Pferde durch das Tor und suchten sich einen Weg über den Dammweg, der von der Festung zur Küste führte. Die Luft war kalt, aber der warme Schein der Herbstsonne vergoldete den See; es sah aus wie goldener Filigranschmuck auf blauer Emaille. Es war ein guter Tag, um zu reisen.

Nachdem sie eine Zeitlang geritten waren, fragte Melia Falken: »Was, glaubst du, hatte das zu bedeuten?«

»Du meinst Grisla?« Der Barde zuckte mit den Schultern. »Ich bezweifle, daß das überhaupt von Bedeutung war. Soweit ich weiß, vergnügen sich Hexen hauptsächlich damit, andere Leute zu verblüffen. Aber ich schätze, es lag kein Schaden darin, die Alte ein paar Minuten gewähren zu lassen.«

Melia kommentierte seine Worte mit einem Nicken, aber ob die majestätische Frau ihnen zustimmte oder nicht, behielt sie für sich.

Travis fiel eine Frage ein. Er lenkte sein Pferd neben die der anderen. »Wer ist Sia?«

»Die Frage müßte besser lauten, *was* ist Sia«, erwiderte Falken stirnrunzelnd. »Aber ich schätze, man könnte sie wohl als eine Art Göttin bezeichnen.«

Travis dachte darüber nach. »Wie die Götter dieser Mysterienkulte, von denen ihr gesprochen habt?«

»Nein«, sagte Melia mit einer Schärfe, die Travis überraschte.

»Sia hat nichts mit den Göttern der Mysterienkulte zu tun, genausowenig wie sie mit ihr.«

Das war nicht gerade eine erschöpfende Auskunft. Doch Melias Reaktion überzeugte Travis, nicht weiter in sie zu dringen. Die Pferde erklommen den steilen Pfad zu dem Kamm des Hügels, der das Tal umschloß. Der Wind zerzauste Travis' Haar – ein Wind, der eine gewisse Ähnlichkeit mit dem Wind aufwies, der manchmal von den Bergen um Castle City ins Tal herabfuhr, der quälende Sehnsucht und das Gefühl unendlicher Möglichkeiten mit sich brachte.

Beltan warf einen letzten, wehmütigen Blick zurück über die Schulter auf die in der Tiefe liegende alte Festung. »Soviel zu Gelagen«, sagte er. »Und ich hatte gerade angefangen, mich an sie zu gewöhnen.«

Dann schritten die Pferde die andere Seite des Kamms hinunter, zurück in Richtung der Kreuzung und des Königinnenpfads, und die alte tarrasische Festung verschwand aus der Sicht.

39

Den Rest des Tages reisten sie entlang der grasigen Linie des Königinnenpfads nach Süden.

Die vier Reisenden verfielen bald in ein bestimmtes Muster. Beltan trieb in bestimmten Abständen sein flinkes Streitroß an und galoppierte die uralte Überlandstraße entlang, um nach Gefahren Ausschau zu halten. Falken und Melia ritten Seite an Seite, die Köpfe oft zusammengesteckt, um eine leise Unterhaltung zu führen. Travis blieb ein kurzes Stück hinter ihnen zurück und bemühte sich, es nicht so aussehen zu lassen, als würde er sich in dem Versuch, etwas von ihren Worten aufzuschnappen, nach vorn beugen. Jedoch kam der Wind von hinten, und interessante Informationen, die der Barde und die Lady möglicherweise äußerten, wurden in die falsche Richtung geweht. Doch einmal, als sich der Wind kurz drehte, konnte Travis einen Teil von Falkens leise gesagtem Satz aufschnappen.

»... daß wir den Stein im Weißen Turm nicht außer acht lassen sollten, selbst wenn er ...«

Die Richtung des Windes wechselte erneut, und er trug die Worte des Barden mit sich fort. Travis' Frustration darüber, daß man ihm keine Beachtung schenkte, wurde unerträglich. Er trieb seinen Wallach an.

»Nun, wie lange werden wir bis nach Calavere brauchen?« fragte er Falken und Melia.

Falken sah überrascht auf, als hätte er Travis' Anwesenheit völlig vergessen. »Der Königinnenpfad wird uns dort hinbringen, aber es ist eine lange und mühselige Straße. Sobald wir den Oberlauf des Farwanders überquert haben, befinden wir uns in der Domäne von Eredane. Doch wir müssen ganz

Eredane und das Hochland von Galt durchqueren, bevor wir die nördlichen Marken Calavans erreichen. Alles in allem ist das eine Reise von fast hundert Meilen. Vorausgesetzt, das Wetter hält sich, werden wir wohl ungefähr vierzehn Tage brauchen.« Er warf Melia einen Blick zu. »Natürlich ist da der kleine Umweg, den ich im Sinn habe.«

»Falls wir die nötige Zeit haben«, sagte Melia. »Der Rat der Könige tritt in weniger als einem Monat zusammen. Das wird auch so schon ziemlich knapp für uns.«

Falken fuhr mit der Hand durch sein von grauen Strähnen durchsetztes Haar. »Es ist ja nicht so, als würde ich das einfach nur so aus Spaß vorschlagen. Eigentlich ist es eine ziemlich wichtige Sache.«

Melia runzelte die Stirn. »Das ist auch das Eintreffen beim Rat, bevor er zu Ende ist.«

»Wo willst du denn hin, Falken?« fragte Travis. »Ist es ein weißer Turm?« Er bedauerte die Frage augenblicklich, denn sowohl Falken als auch Melia schienen ihn mit ihren Blicken durchbohren zu wollen.

»Da hat jemand scharfe Ohren«, sagte Melia.

»Sieht so aus.« Falken schien einen Moment lang nachzudenken, bevor er antwortete. »Es ist kein weißer Turm, Travis. Es ist *der* Weiße Turm!«

Travis verstand nicht, aber der Barde fügte diesen Worten keine weitere Erklärung hinzu. Statt dessen trieben Melia und er ihre Pferde an und gaben dadurch zu verstehen, daß Travis keine weiteren Informationen erhalten würde. Travis ergab sich ganz seinem Selbstmitleid und seufzte tief. Doch es schien niemandem aufzufallen, also konzentrierte er sich darauf, nicht aus dem Sattel zu fallen.

Die alten Tarraser waren kunstfertige Ingenieure gewesen, denn der Königinnenpfad führte auch weiterhin pfeilgerade durch die hügelige Landschaft. Gelegentlich durchschnitt er die Hügelkämme, dann wiederum überwand er, von steinernen Rundbögen gestützt, die zwar an den Rändern abbröckelten, die Last der Jahrhunderte jedoch noch immer mühelos trugen, tiefe Schluchten. Während die Reisenden weiter nach Süden vordrangen, wuchsen die Hügel zu ihrer Linken zu zerklüfteten Bergen heran: die Fal Erenn. In westlicher Richtung – zu ihrer Rechten – erstreckte sich das Land als eine aus rötlich-gelben Bodenwellen bestehende Fläche. Es war alles unermeßlich groß und wunderschön, aber zugleich auch von quälender Leere, was Travis bloß ständig daran erinnerte, daß das hier nicht seine Welt war.

Die Sonne war in eine bronzene Wolkenbank eingetaucht, als Beltan herangeritten kam und berichtete, er habe einen Lagerplatz für die Nacht gefunden. Wie sich herausstellte, handelte es sich um einen flachen, einige hundert Schritte östlich von der Straße gelegenen Rundhügel. Er wurde von verkümmerten Eichen umringt, die einen gewissen Schutz boten; in der Nähe der Hügelkuppe plätscherte eine kleine Quelle unter einem Stein hervor. Travis stieg von seinem Wallach und stöhnte. Das letzte Mal war er auf einem Jahrmarkt geritten, und da war er elf Jahre alt gewesen. Es kam ihm so vor, als hätte unterwegs jemand seine sämtlichen Muskeln neu geordnet und sie an Orte gezwängt, wo sie nicht hingehörten.

Während sich Zwielicht über den Hügel senkte, schlugen sie ihr Lager auf. Obwohl Melia scheinbar keine Bedenken hatte, die anderen herumzukommandieren, drückte sie sich nicht vor ihrem Teil der Arbeit. Das aus Kels Vorräten zusammengestellte Abendessen war ihr Werk, und sie schien erfreut über das Kompliment zu sein, das die anderen ihr machten, indem sie wie ausgehungert darüber herfielen. Andererseits hätte sie es vermutlich noch mehr zu schätzen gewußt, wäre Beltan nicht ganz so nachdrücklich mit seiner Lobpreisung gewesen.

»Und was willst du auf dem Rest der Reise essen, Beltan?« fragte sie honigsüß, als er sich die dritte Portion Eintopf und Brot nahm.

Beltan schluckte schwer und stellte das Essen ab. »Wißt ihr, ich bin eigentlich gar nicht so hungrig, wie ich dachte.«

»Das glaube ich auch, mein Freund«, sagte Melia.

Travis aß wortlos auf und dachte nicht einmal daran, um einen Nachschlag zu bitten.

Die Nacht brach herein, und sie breiteten ihre Decken neben dem Feuer aus. Beltan begab sich mit klirrendem Kettenhemd ein kleines Stück beiseite, um die erste Wache zu übernehmen. Die Kühle ließ Travis zittern, dann wickelte er sich in seinen Nebelmantel ein und schloß die Augen.

Als er erwachte, sah er fremde Sterne.

Sie brannten am pechschwarzen Himmel, Diamanten- und Saphirsplitter. Er glaubte, Bilder erkennen zu können, weitaus klarere Gebilde als die flüchtigen, zur Hälfte nur in der Vorstellungskraft bestehenden Konstellationen auf der Erde: wilde Bestien, geflügelte Jungfrauen, Krieger, die Schwerter aus kaltem Sternenlicht schwangen. Bruchstücke einer gemurmelten Unterhaltung trieben durch die Luft – das war es, was ihn geweckt hatte. Er war schlaftrunken, glaubte aber, daß sich Melia und Falken leise am Lagerfeuer unterhielten.

Die Nachtluft transportierte die Worte des Barden. »Aber du wirst doch sicher feststellen können, ob Travis von demselben Ort kommt.«

Travis setzte sich mühsam auf. *Ob ich von demselben Ort komme wie was?*

Er kam nicht mal dazu, die Frage laut auszusprechen. Trotzdem richtete Melia ihren bernsteinfarbenen Blick auf ihn. Ihr Ausdruck war streng, jedoch nicht unfreundlich.

Schlaf weiter, Travis.

Ihre Lippen bewegten sich nicht, doch ihre Stimme erklang

deutlich hörbar in seinem Kopf. Er wollte protestieren, aber eine Welle der Müdigkeit schlug über ihm zusammen. Unfähig, ihr zu widerstehen, schloß er die Augen und versank wieder in einen tiefen und sternenlosen Schlaf.

40

Als sich der rote Sonnenball über den Horizont schob, traf er sie bereits in schnellem Galopp auf dem Königinnenpfad an. Der Morgen war zur Hälfte vorbei, und der Herbsttag war kühl, aber angenehm, als sie zu einer moosbewachsenen Steinbrücke kamen, die eine schmale Schlucht überspannte. Unten rauschte ein kleiner, schäumender Fluß. Laut Falken war das der Oberlauf des Farwanders.

Der Barde sprach laut, um das Rauschen des Wassers zu übertönen. »Hier sieht das nicht nach viel aus, aber es ist der Anfang eines Flusses, der sich von der Quelle bis zur Mündung über dreihundert Meilen erstreckt. Wenn er das Sonnenfeuermeer erreicht, ist der Farwander über eine Meile breit. Das behaupten zumindest die Geschichten, denn ich kenne keinen Bewohner der Domänen, der bis zur Westküste Falengarths gereist wäre.«

Melia hob eine einzige dunkle Braue. »Niemanden? Nicht mal ein so großer Wanderer wie du, Falken?«

Er schüttelte den Kopf, blickte in die Ferne und fuhr dann so leise fort, daß das Rauschen des Flusses seine Worte beinahe übertönte. »Es führte nur eine Straße in den tiefen Westen zum Ewigen Meer, und sie nahm ihren Anfang in Malachor. Aber diese Straße führte nur in eine Richtung, denn diejenigen, die sie benutzten, kehrten niemals zurück, und heute kennt niemand mehr den Weg.«

Der Barde lächelte, und obwohl Traurigkeit darin lag, war dort auch tief empfundene Heiterkeit zu sehen. »Aber das sind alles alte Geschichten. Wir haben unsere eigene Straße, über die wir reisen müssen, in weniger melancholische Länder.«

Er gab seinem Reittier die Sporen, und mit klappernden

Hufen überquerte der schwarze Hengst die tarrasische Brücke. Die anderen schlossen sich ihm an.

Sie ritten den ganzen Tag lang und legten nur ein paar kurze Pausen ein, um etwas Brot zu essen und die Pferde trinken zu lassen. Der Königinnenpfad führte auch weiterhin pfeilgerade durch die Landschaft, obwohl er sich in bestimmten Abständen krümmte, um dem südöstlichen Verlauf der Morgenrotberge zu folgen. Als die Sonne in der Ferne hinter dem Horizont verschwand, kam Beltan wieder zurückgeritten, um den anderen mitzuteilen, daß er einen Lagerplatz gefunden hatte. Diesmal schien er mit seinem Fund ganz besonders zufrieden zu sein.

Keine zwanzig Schritte von der Straße entfernt gab es eine kleine Senke, die von einem Kreis knorriger Bäume umringt wurde. In der Kreismitte sprudelte eine Quelle, um die herum dichte Kräuterbüsche wuchsen, die zu dieser späten Jahreszeit noch immer grün und duftend waren. Als sie näher kamen, erklärte Falken, dieser Ort sei ein *Talathrin* oder auch Wegkreis. Die Wegkreise waren von den Tarrasern beim Bau der Straße eingerichtet worden und sollten als sichere Übernachtungsmöglichkeiten für Reisende dienen. Sie banden die Pferde außerhalb fest und betraten den *Talathrin* durch einen aus Ästen gebildeten Torbogen, die vor Jahrhunderten zu lebenden, ineinander verflochtenen Säulen verschmolzen waren.

Falkens Atem trat in der kalten Luft als Nebelwolke aus. »Manche behaupten, es läge ein Zauber auf den Bäumen, die diese Kreise umsäumen, eine Magie, die jene beschützt, die hier schlafen. Aber ich weiß nicht, ob das der Wahrheit entspricht, denn ich weiß nur wenig über tarrasische Magie.«

»Das liegt daran, das es auch nur wenig darüber zu wissen gibt«, meinte Melia. Sie erlaubte Beltan, ihr über eine hervorstehende Wurzel zu helfen. »Die Tarraser waren immer viel bessere Ingenieure als Zauberer. Und obwohl es in den

Talathrin keine Magie gibt, entspricht es der Wahrheit, daß diesen Orten eine Geborgenheit innewohnt. Das sind *Ithaya* oder Sonnenblätterbäume, die auf hohen Klippen über dem Sommermeer wachsen, und als Tee aufgebrüht, ist ihre Rinde ein gutes Mittel gegen Schmerzen und Fieber. Und die Pflanzen an der Quelle sind *Alasai* oder Grüner Zepter, mit denen man Essen würzen und verdorbenes Fleisch reinigen kann. Beides kann Reisenden von großem Nutzen sein.«

Melia näherte sich der Quelle, zog den Saum ihres Kleides hoch und kniete nieder, um die süßlich riechenden Kräuterbüschel mit den Händen zu trennen. Diese Handlung enthüllte eine vom Regen abgenutzte Elfenbeinfigur neben der Quelle.

»Seht ihr?« sagte sie mit einem Lächeln. »Naimi, die Göttin der Reisenden, wacht über diesen Ort, obwohl man sie in diesem Land schon seit Jahrhunderten nicht mehr anbetet – seit die Menschen von Tarras hier lebten.« Melia tauchte die Finger in die Quelle und spritzte ein paar Tropfen klares Wasser vor die Figur. »Ich hoffe, Ihr habt nichts dagegen, daß wir Euren Wegkreis benutzen, Verehrte«, murmelte sie.

Travis konnte sich nicht helfen, aber seiner Meinung nach schien das etwas zwanglos für ein Gebet an eine Göttin zu sein. Doch Melia wußte mehr über solche Dinge als er. Sie hielt das dunkle Haar im Nacken mit einer Hand fest, beugte sich über die Quelle und schöpfte mit der anderen das kühle Wasser, um davon zu trinken. Dann stand sie wieder auf.

»Wir können jetzt das Lager aufschlagen.«

Während um den Wegkreis herum die Nacht hereinbrach, aßen sie ihr Abendessen und machten sich dann zum Schlafen bereit. Melia schien zu glauben, daß absolut keine Notwendigkeit bestand, eine Wache aufzustellen, aber Beltan tat es trotzdem. Er stellte sich an das Tor des *Talathrin* und blickte in die Dunkelheit. Falken versprach ihm, ihn später abzulösen.

Travis setzte sich auf seine Bettrolle und putzte sich mit

einem Blatt *Alasai* die Zähne. Es ersetzte zwar keine Zahnbürste, aber Falken hatte ihm den Trick gezeigt, und er funktionierte ganz gut. Er hätte auch nichts gegen eine Rasur einzuwenden gehabt. Die rotbraunen Stoppeln auf Kinn und Wangen juckten und waren im Begriff, ein ausgewachsener Bart zu werden. Doch die einzige Klinge, die er besaß, war das malachorianische Stilett, das Jack ihm gegeben hatte, und das würde ihm vermutlich eine glattere Rasur verpassen, als ihm lieb war. Er begnügte sich mit Kratzen. Dann rollte er sich in den Nebelmantel ein und legte sich hin.

Der harte Boden half nicht im mindesten dabei, die nach dem langen Tagesritt verkrampften und protestierenden Muskeln zu entspannen. Dennoch siegte die Erschöpfung über die Schmerzen, und Travis schlief ein.

41

Am dritten Tag nach dem Aufbruch in Kelcior wich das klare Herbstwetter trostlosen Wolken und kaltem Sprühregen. Der Niederschlag versah das Straßenpflaster mit Glätte und machte es für die Pferde zu einem trügerischen Untergrund, was wiederum das Fortkommen verlangsamte. Die Landschaft verschwand im Nebel, und es gab nur wenig, mit dem sich Travis beschäftigen konnte. Er hatte sogar aufgegeben, Falkens und Melias Unterhaltungen zu belauschen – es war unmöglich, über dem Klappern der Hufe und dem ständigen Regengeplätscher etwas zu verstehen. Manchmal unterhielt er sich mit Beltan, denn der Ritter war wesentlich zugänglicher, was das Beantworten von Fragen anging, aber die meiste Zeit saß er schweigend auf dem Rücken seines Pferdes.

Mehr als nur einmal wünschte er sich, es würde kalt genug werden, um zu schneien. Beltan und Melia hatten gesagt, daß der Winter früh über die Domänen hereingebrochen war, aber das schien hier nicht ganz zuzutreffen. Als er Melia danach fragte, schüttelte die Lady nur den Kopf.

»Es ist fast so, als wäre der Winter von dort, wo er sein sollte, dahin gegangen, wo er nicht sein sollte.«

Das sagte sie aber eher an Falken gerichtet als an Travis, Der Barde nickte, als würde er sie genau verstehen, was auf Travis nicht zutraf, aber er wußte es besser, als um eine Erklärung zu bitten. Er zog den Nebelmantel enger und starrte in den Regen hinaus.

An einem besonders nebligen Spätnachmittag kam Beltan zurück zur Gruppe galoppiert. Der Ritter machte ein ernstes Gesicht, aber er konnte eine gewisse Aufregung nicht verbergen.

»Ich bringe schlechte Neuigkeiten«, sagte er. »Etwa eine halbe Meile voraus führt die Straße zwischen zwei Hügeln vorbei durch eine schmale Gasse. Auf einem Hügel hat eine Bande Gesetzloser ihr Lager aufgeschlagen. Es ist ein praktischer Ort, wenn man Reisende aus dem Hinterhalt überfallen will.«

Falken fluchte. »Und wie viele sind es?«

»Oh, etwa ein halbes Dutzend oder so.« Der blonde Ritter grinste und umklammerte den Schwertgriff. »Ich dürfte keine Probleme haben, mit ihnen fertig zu werden.«

Melia verschränkte die Arme über der Brust. »Tatsächlich, Beltan?«

Er wand sich auf seinem Sattel, sein Kettenhemd klirrte. »Also gut. Möglicherweise ein *klitzekleines* Problem. Aber ich behaupte noch immer, daß ich mit ihnen fertig werde.«

Melia beugte sich vor und tätschelte ihm die Hand. »Natürlich wirst du das, mein Bester. Aber warum versuchen wir es nicht zuerst auf meine Weise?«

Beltan seufzte enttäuscht, dann nickte er.

»Also, haben die Briganten dein Kommen bemerkt?« fragte sie.

Der Ritter schüttelte den Kopf. »Das kann ich mir eigentlich nicht vorstellen. Ich konnte sie so deutlich hören, als ständen sie nur eine Armlänge entfernt, aber ich glaube nicht, daß sie etwas von mir hörten. Im Nebel tragen die Geräusche auf seltsame Weise.«

Melia nickte. »Wir müssen einfach hoffen, daß sie über unser Kommen nicht schon Bescheid wissen.« Sie blickte sich um, dann seufzte sie resigniert. »Ich bin viel besser mit Schatten als mit Nebel, aber ich schätze, das hier wird wohl ausreichen müssen.« Ihr Ton wurde entschlossen und befehlend. »Also gut, alle versammeln sich um mich. Und bleibt in der Nähe. Ich muß mich konzentrieren, und ich kann nicht auch noch darauf achten, daß sich keiner von euch entfernt.«

Travis lenkte seinen zottigen Wallach neben Beltans Schlachtroß. »Was hat sie vor?«

»Das wirst du schon sehen.«

Melia schloß die Augen, und Falten der Konzentration traten auf ihre Stirn. Gleichzeitig hielt sie die Hände nah an den Körper und machte kleine Bewegungen mit den Fingern, die Travis an jemanden erinnerte, der strickte. Der Nebel hüllte sie ein. Er wurde dichter und undurchsichtiger, so weich und grau wie Travis' Umhang. Melia öffnete die Augen wieder.

»Wird das ausreichen?« fragte Falken. Der Nebel schien seine Worte zu verschlucken, noch während er sie aussprach.

Melia trieb ihr Pferd zu einem langsamen Gang an. »Es gibt nur eine Möglichkeit, das herauszufinden.«

Die vier ritten die Straße entlang, ihre Pferde drängten sich nah aneinander. Sie orientierten sich mehr anhand von Geräuschen als nach Sicht, denn der Nebel blieb eine dicke Suppe. Doch nach einer Weile gewann Travis den Eindruck, daß sie sich gar nicht *durch* den Nebel bewegten. Im Gegenteil, die dichten Schwaden schienen sie zu begleiten. Aus einem Impuls heraus beugte er sich in seinem Sattel vor und blies mit aller Luft, die er aufbringen konnte, gegen den Nebel.

»Travis, bitte laß das«, sagte Melia.

Travis zuckte zusammen, dann wandte er den Kopf in Richtung Melia. Sie sah ihn nicht an, sondern starrte weiterhin mit gerunzelter Stirn in den weißen Dunst hinein. Er machte sich in seinem Sattel so klein wie möglich und unterließ jede weiteren Experimente.

Danach ritten sie in fast völliger Stille weiter. Die Schritte der Pferde, das Quietschen der Sättel, das Klirren von Beltans Kettenhemd – der übernatürliche Nebel dämpfte alles.

Eine Stimme durchschnitt das Halbdunkel. Travis mußte

sich auf die Zähne beißen, um einen alarmierten Aufschrei zu unterdrücken. Es hörte sich an, als befände sich der Sprecher keine zehn Schritt weit entfernt.

»Bei Sulaths Eiern, ist das kalt heute!«

Eine weitere rauhe Stimme antwortete der ersten. »Du glaubst, dir ist kalt? Geh zurück ins Lager und sag Guerneg, daß es dir zu kalt ist, um nach Reisenden Ausschau zu halten, die man ausrauben kann. Dann wird dir richtig kalt sein. So kalt wie einer Leiche und mit seinem Schwert in deinen stinkenden Eingeweiden.«

Der erste Räuber spuckte angewidert aus. »Außer diesem verfluchten Nebel ist da heute nichts auf der Straße. Sieh doch, da treibt gerade eine richtige Wolke vorbei. Ist nicht normal, dieser Nebel. Der fühlt sich nach dem Kleinen Volk an. Vermutlich werden wir schon verflucht, bloß weil wir ihn einatmen.«

»Besser vom Nebel verflucht als von Stahl durchbohrt«, sagte der zweite Räuber.

Der erste grunzte, hatte aber gegen diese Weisheit nichts einzuwenden.

Die Stimmen der Gesetzlosen blieben hinter ihnen und verklangen schließlich. Erst als er ausatmete, wurde Travis sich bewußt, daß er die Luft angehalten hatte. Die Gruppe blieb stehen. Mit einem müden Seufzer wedelte Melia mit der Hand. Die Nebelbank, die sie eingehüllt hatte, stob auseinander und verwandelte sich in ausgefranste Fetzen, die sich dann in der spätnachmittäglichen Luft auflösten. Im Norden erhoben sich zwei ziemlich undeutliche Umrisse. Das mußten die Hügel sein, auf denen die Straßenräuber darauf warteten, ahnungslose Reisende überfallen zu können. Irgendwie waren die vier ungesehen an dem Räuberlager vorbeigekommen.

Travis blickte Melia staunend an, aber er zog es nicht einmal in Betracht, sie zu fragen, wie ihre sichere Passage zustande gekommen war. Manchmal konnten Antworten viel beunruhigender als die dazugehörigen Fragen sein.

»Es sieht so aus, als würde sich der Nebel heben«, sagte Melia fröhlich.

»Was für ein Zufall«, erwiderte Falken.

Sie setzten ihren Weg fort und ritten im leichten Galopp die alte Straße entlang.

42

Zwei Tage später kamen sie in eine Stadt.

Am Morgen nach ihrem Beinahe-Zusammenstoß mit den Gesetzlosen wich der Nebel Sonnenschein, der die Landschaft zwischen der Ebene und den Bergen vergoldete und Braun zu Rotbraun und Gelbbraun zu hellem Gold machte. Trotz des Sonnenscheins wurde das Wetter kalt und ungemütlich. Der Winter hatte dieses Land doch nicht vergessen. Beltans Kettenhemd schepperte in der kühlen Luft, und der Atem der Pferde war weiß und frostig. Travis' Nebelmantel hielt ihn warm, aber seine Hände schienen an den Zügeln seines Wallachs zu erfrieren, so daß es ihm am Ende des Tages beinahe unmöglich war, die steifen Finger wieder zu strecken.

Je weiter südlich sie kamen, desto häufiger sahen sie Anzeichen von menschlicher Besiedlung. Von dem schwankenden Rücken seines Pferdes erblickte Travis Bauernhöfe mit Strohdächern, schlammige Dörfer und steinerne Signaltürme, auf denen in Zeiten der Not Feuer entzündet werden konnten, die vor Gefahren oder Invasionen warnten. Sie befanden sich mittlerweile tief in Eredane, doch Falken zufolge lagen die bevölkerungsreichsten Länder der Domänen viele Meilen weiter westlich, an den Ufern des Flusses Silberflut. Die östlichen Marken Eredanes, die sie gerade durchreisten, galten heutzutage als rauh und provinziell.

Die Sonne stand hoch über ihren Köpfen, als Beltan auf sie zugaloppiert kam. Wie gewöhnlich war er vorausgeritten, um den Weg zu erkunden. Diesmal brachte er gute Nachrichten.

»Direkt hinter der nächsten Straßenerhebung gibt es eine Stadt.«

Falken warf ihm einen nachdenklichen Blick zu. »Und warum grinst du so?«

Übermut funkelte in Beltans grünen Augen. »Wo eine Stadt ist, da gibt es auch Bier.«

Melia schnalzte mit der Zunge. »Weißt du, im Gegensatz zum allgemeinen Glauben kann man tatsächlich beträchtliche Zeit *ohne* Bier überleben.«

Beltan sah sie überrascht an. »Ja, aber warum sollte man?«

Nach einer kleinen Debatte erklärten sich Melia und Falken damit einverstanden, daß sie trotz ihrer Eile ein paar Stunden erübrigen konnten, um der Stadt einen Besuch abzustatten. Obwohl König Kel sie großzügig mit Proviant versehen hatte, schwanden ihre Vorräte dahin, und Melia wollte sie auffrischen. Außerdem hoffte Falken in Erfahrung bringen zu können, was es Neues in den Domänen gab. Nachdem die Entscheidungen getroffen worden waren, trieben sie ihre Pferde an. Minuten später hatten sie die niedrige Steigung überwunden und hielten an.

»Ich kann mich nicht erinnern, daß Glennens Stellung eine Stadtmauer hatte«, sagte Falken stirnrunzelnd.

Beltan zuckte mit den Schultern. »Vielleicht hatten sie ja Probleme mit Gesetzlosen oder Barbaren, die aus den Bergen herunterkamen.«

»Vielleicht.« Der Barde klang nicht besonders überzeugt. »Trotzdem glaube ich nicht, daß es Glennen gefallen würde, wenn er sähe, was aus der nach ihm benannten Stadt geworden ist.«

Travis beschattete die Augen mit der Hand und musterte die unter ihnen liegende Stadt. Glennens Stellung lag in einer Senke neben einem kleinen Fluß, keine halbe Meile vom Königinnenpfad entfernt. Seiner Schätzung nach handelte es sich alles in allem um etwa einhundert Gebäude. Diejenigen, die flußaufwärts standen, waren aus Stein und hatten glanzlose Schieferdächer, während die flußabwärts kaum mehr als Hütten mit Dächern aus schmutzigem Stroh darstellten. Die ganze Stadt wurde von einer Mauer umgeben, und während Glennens Stellung die dunkle Patina des Alters aufwies, schimmerten die Ecken und Kanten der Mauer hell und primitiv, ein Zeichen des erst kürzlich erfolgten Baus.

Sie schlossen sich Melias Beispiel an und setzten ihre Pferde wieder in Bewegung. Unterwegs lenkte Travis sein Pferd neben das von Falken.

»Wer war er?« fragte er den Barden. »Glennen.«

Falken sah ihn nachdenklich an. »Erinnerst du dich an den Krieg, von dem ich dir erzählt habe, der vor so langer Zeit gegen den Fahlen König geführt wurde?«

Travis nickte.

»Glennen war einer von König Ulthers Grafen. Als es für Ulthers Heer am finstersten aussah, ritt Glennen nach Süden, um Kaiserin Elsara die Nachricht zu überbringen, sich mit dem Marsch auf die Schattenkluft zu beeilen. Aber in genau diesem Tal wurde Glennen von Dienern des Fahlen Königs angegriffen. Er besiegte sie und erreichte Elsara, um ihr Ulthers Warnung zu überbringen. Doch nachdem er die Botschaft ausgesprochen hatte, starb er zu ihren Füßen, da er eine tödliche Verwundung davongetragen hatte.«

Travis seufzte.

»Dank seiner Geschichte hat diese Stadt Reisende stets willkommen geheißen.« Falken musterte die ummauerte Stadt ernst. »Zumindest galt das in der Vergangenheit.«

Als sie das Stadttor erreichten, fanden sie es von zwei Wächtern in schmierigen Lederwämsern bewacht vor, deren Hände auf den kurzen Schwertern an ihren Gürteln ruhten. Travis war sich nicht sicher, wie auf Eldh eine Stadt auszusehen hatte, aber er hätte gedacht, mehr Leute Glennens Stellung betreten zu sehen: Bauern mit spät geerntetem Getreide, Kaufleute mit ihren Waren, Hirten, die ihre Schafherden zum Scheren brachten. Statt dessen gingen bloß eine Handvoll Bauern in zerlumpten Kleidern schleppend durch den Torbogen; ihre Gesichter waren düster und schmutzig, und auf ihren gekrümmten Rücken schleppten sie kleine Stoffbündel oder Feuerholz.

Die Wächter hielten jeden an und fragten ihn oder sie nach ihrem Begehren. Travis verspürte eine tiefe Beunruhigung. Was sollte er sagen, wenn die Wächter ihn anhielten? Doch die beiden Männer schienen die Reisenden nicht zu beachten. Melia ritt gerade aufgerichtet und majestätisch auf ihrem nebelfarbenem Tier sitzend durch das Tor, und die anderen folgten ihr. Die Wächter schienen nicht mal in ihre Richtung zu blicken.

Travis beugte sich zu Beltan herüber. »Ich verstehe das nicht. Warum haben uns die Wächter nicht wie die anderen auch angehalten und befragt?«

Beltan schnaubte. »Gewöhnliches Volk stellt Adligen keine Fragen.«

Adligen?

Travis warf Melia einen Blick zu, enthielt sich aber jedes weiteren Kommentars. Gemeinsam passierten die vier einen primitiven Tunnel und betraten die dahinterliegende Stadt.

Außerhalb der Stadtmauern hatten die Dinge freudlos ausgesehen. Drinnen war es noch schlimmer. Graue Gebäude lehnten aneinander und blockierten fast den Blick auf den Himmel. Ein zusammengewürfelter Haufen Leute suchte sich seinen Weg durch schmale Gassen aus Schlamm und Abwässern, die hier als Straßen durchgingen. Sie alle hatten den gleichen finsteren, verstohlenen Ausdruck im Gesicht wie die Bauern am Tor, und keiner blickte in Richtung der Reisenden.

So schnell die Stadtbewohner sich zeigten, so schnell verschwanden sie auch schon wieder in schattenverhüllten Türen oder zerbröckelnden Durchgängen.

»Fröhlicher Ort«, murmelte Beltan.

Melia rümpfte die Nase. »Und so wohlriechend.«

Sie ritten durch die Stadt. Ruß beschmutzte Wände und Dächer wie die äußeren Anzeichen einer Krankheit, Fenster starrten blinden Augen gleich aus verlassenen Häusern. Sie waren in der Nähe der Stadtmitte, als sie zu den Überresten eines kleinen hölzernen Gebildes kamen, das in Stücke geschlagen war. Melia zügelte ihr Pferd; Wut stand ihr ins Gesicht geschrieben. Travis sah die Fragmente einer Statue, die zur Hälfte in den Schlamm getrampelt waren; ein schlanker Arm, ein weißer Fuß, die Ecke eines heiteren, lächelnden Mundes.

»Was ist das hier?« fragte er Falken flüsternd.

Der Barde schüttelte traurig den Kopf. »Das war der Schrein eines Mysterienkultes. Es ist schwer, anhand der Überreste sicher zu sein, aber ich vermute mal, daß er Yrsaia der Jägerin und all jenen geweiht war, die ihren Geheimnissen folgten.«

»Ja«, sagte Melia. »Das ist richtig.« Ein gefährliches Funkeln glitzerte in ihren Bernsteinaugen. »Und ich würde viel darum geben, in Erfahrung zu bringen, wer dieses Sakrileg verübt hat.«

Falken ballte die Hand in dem schwarzen Handschuh zur Faust. »Das ergibt doch keinen Sinn. Gut, es ist einige Jahre her, aber ich kenne Glennens Stellung als eine der geschäftigsten Städte Ost-Eredanes.«

»Die Dinge verändern sich«, sagte Beltan. »Und nicht immer zum Besseren.«

Sie schwiegen. Dann sagte Melia: »Laßt uns hier nicht länger verweilen als unbedingt notwendig.«

Falken nickte. »Wenn ich mich richtig erinnere, liegt der Markt in dieser Richtung.«

Am Rande eines leeren Platzes hielten sie an. Der Boden war ein zertrampeltes Schlammfeld, und in der Mitte des Platzes dampfte eine offene Sickergrube. Travis hielt sich einen Zipfel seines Umhangs vor die Nase. Hatte sich Falken geirrt? Dann erblickte er eine Handvoll vor sich hin rottender Stände, die auf der gegenüberliegenden Seite des Platzes standen.

Beltan stieß einen melancholischen Pfiff aus. »Ich schätze, es wäre übertrieben zu hoffen, daß es hier irgendwo Bier gibt.«

»Wenn es welches gäbe, würde ich dir nicht raten, es zu trinken«, sagte Falken. »Es sei denn, du bist zufällig der Meinung, ein paar im Bier treibende Ratten verleihen ihm einen angenehmen Beigeschmack.« Er wandte sich Melia zu. »Ich trenne mich für eine Weile von euch und versuche herauszufinden, was hier geschehen ist. Warum schaut ihr nicht, ob auf diesem Markt etwas Kaufenswertes angeboten wird?«

»Dafür dürften wir nicht lange brauchen.«

Falken lenkte seinen Hengst in eine schmale Straße und verschwand aus der Sicht. Melia, Beltan und Travis ritten auf die kärgliche Ansammlung von Händlerständen zu und stiegen dann ab. Kalter Schlamm schmatzte bis zu ihren Knöcheln hoch.

Melia seufzte. »Das wird mir bestimmt keinen Spaß machen, oder?«

Travis hielt seine Zunge im Zaum. Das war eine dieser Fragen, die keine Antwort erforderten.

Melia hob den Saum ihres Kleides aus dem Dreck und suchte sich einen Weg zu einem der Stände, um die traurigen Haufen mehliger Steckrüben und wurmzerfressener Äpfel näher in Augenschein zu nehmen.

Eine Viertelstunde später half Travis Beltan dabei, die

wenigen Sachen, die Melia eingekauft hatte, in ihren Satteltaschen zu verstauen, und sie stiegen auf ihre Pferde. In diesem Augenblick kehrte Falken zurück; ein Schatten lag auf seinen wölfischen Zügen.

»Hast du etwas Interessantes in Erfahrung bringen können?« fragte Melia.

Falken zog eine Grimasse. »Ich habe nicht mal was Uninteressantes erfahren. Keiner wollte mit mir reden. Alle haben vor etwas Angst, und zwar so viel Angst, daß sie nicht darüber sprechen. Aber was das nun ist, kann ich nicht sagen.«

Melia strich ihr blauschwarzes Haar über die Schultern zurück und richtete ihren Umhang. »Dann können wir hier genausogut auch wieder abreisen. Ich glaube nicht, daß es hier noch etwas für uns gibt.«

Die anderen widersprachen dem nicht, und sie ritten durch die schmutzigen Straßen. Sie hatten das Stadttor fast erreicht, als sie um eine Ecke bogen und auf eine Gruppe von Männern und Frauen stießen, die alle in schwarze Kutten gekleidet waren. Sie waren gerade aus einer Tür getreten und kamen nun auf die Reiter zu. Travis sah, daß jeder von ihnen ein mit Asche gezeichnetes Symbol auf der Stirn trug. Ihm blieb fast das Herz stehen, und er wußte mit einer schrecklichen Gewißheit, daß er und die anderen sich in Gefahr befanden.

Beltan bemerkte seinen Gesichtsausdruck, und die Stirn des Ritters legte sich besorgt in Falten. »Stimmt was nicht, Travis?«

Die in Kutten gekleideten Männer und Frauen marschierten weiter die Straße entlang. Es war nur eine Sache von Sekunden, bis einer von ihnen aufblicken und die Reiter entdecken würde.

»Bitte!« sagte Travis heiser. »Wir dürfen nicht zulassen, daß sie uns sehen!«

Seine Gefährten zögerten, aber die Dringlichkeit, die ihm ins Gesicht geschrieben stand, ließ sie handeln.

»Hier entlang«, sagte Beltan.

Sie flüchteten in eine Gasse und warteten in angespanntem Schweigen, während die düstere Prozession daran vorbeiging. Travis biß die Zähne zusammen und widerstand dem Drang aufzuschreien. Als sie sicher waren, daß die Kuttenträger weg waren, begaben sich die vier wieder in die relative Helligkeit der Straße.

Falken fixierte Travis scharf. »Und jetzt wirst du uns sagen, was das sollte.«

Travis holte tief Luft. »Hast du dieses Symbol gesehen, das mit Asche auf ihre Stirnen gezeichnet war? Die gebogenen Linien, die fast wie eine Art Auge aussahen?« Er befeuchtete sich die Lippen. »Ich habe dieses Symbol schon einmal gesehen.«

Mit schnellen Worten erklärte Travis, wie das gleiche Symbol in der Nacht, in der sich alles verändert hatte, in ganz Castle City in Türen eingeritzt worden war.

Als er zum Schluß kam, schüttelte Falken den Kopf; in seinen wäßrigen Augen leuchtete es grimmig. »Ich weiß nicht, was es bedeutet, aber es kann nichts Gutes sein.«

»Allerdings«, sagte Melia. »Vor allem, wenn man bedenkt, daß diese Leute Angehörige des Rabenkultes waren.«

Falkens Kopf ruckte herum. »Was?«

Die Lady nickte, das Kinn entschlossen nach vorn geschoben. »Das Symbol ist das Zeichen des neuen Mysterienkultes, von dem ich dir in Kelcior erzählt habe. Nur daß es kein Auge darstellen soll. Soweit ich es verstanden habe, symbolisiert es die Schwinge eines Raben.«

»Das gefällt mir jeden Augenblick weniger«, sagte Falken. »Aber ich verstehe Travis' Geschichte noch immer nicht. Was hat sie zu bedeuten?«

»Sie bedeutet, daß die Verbindung zwischen seiner und unserer Welt in zwei Richtungen funktioniert«, sagte Melia mit wohlüberlegten Worten.

Travis versuchte zu begreifen, was das bedeutete, so ganz wollte ihm das nicht gelingen. Aber eine Sache wußte er ohne jeden Zweifel: Er war nicht der einzige, der von einer Welt zur anderen gereist war.

»Kommt«, sagte Falken schroff. »Laßt uns aus dieser verfluchten Stadt verschwinden.«

43

Der nächste Tag dämmerte grau und schwermütig heran. Der Sonnenaufgang war so dunkel, daß Travis verwirrt blinzelte, als Beltan ihn an der Schulter rüttelte, um ihn zu wecken, davon überzeugt, es sei noch mitten in der Nacht. Er wäre beinahe zurück in seinen Nebelmantel gekrochen, wen kümmerte es schon, ob nun die Sonne aufging oder nicht, aber der große Calavaner drückte ihm eine dampfende Tasse in die Hand. Automatisch atmete Travis tief ein. Ein gehaltvoller, bitterer Geruch stieg ihm in die Nase. *Maddok.* Er trank die heiße Flüssigkeit so schnell, wie er nur konnte, und fand wenn schon nicht die Lust, so doch zumindest die Energie zum Aufstehen.

Sie ritten den ganzen Morgen nach Süden – obwohl Travis sich nach kurzer Zeit unwillkürlich fragte, ob *Morgen* das richtige Wort war, denn als die Stunden ins Land zogen, schien der Tag nur noch dunkler statt heller zu werden. Überall hingen winzige Tropfen Feuchtigkeit, auf dem Gras, den Steinen, den Bäumen und auf Travis' Umhang, wo sie wie kleine Perlen aussahen. Es dauerte nicht lange, und Donner grollte über die Landschaft; noch lag er in der Ferne, kam aber stetig näher. Aus dem Norden wogten schwarze Wolken heran und verhüllten den Himmel, grüne Lichtblitze erhellten sie von innen heraus.

Beltan schob sich das nasse, helle Haar aus der Stirn und schaute nach oben. »Ist es nicht etwas spät im Jahr für Gewitter?«

»Ja«, erwiderte Melia mißtrauisch. »Das ist es.«

Ihre Worte riefen bei Travis eine Gänsehaut hervor.

Wie um die Bemerkung des Ritters zu unterstreichen, zerriß

ein Blitz die Wolken über ihren Köpfen, und die ersten fetten, kalten Regentropfen fielen auf das Kopfsteinpflaster des Königinnenpfads.

»Wir sollten besser einen Unterschlupf finden«, sagte Falken. »Und zwar bald.«

Der Barde hatte noch nicht zu Ende gesprochen, als Beltan auch schon seinem Schlachtroß die Sporen gegeben hatte und im Zwielicht verschwunden war. Die anderen ritten weiter. Ein eiskalter Wind blies aus dem Norden, riß an ihren Umhängen und trieb den Regen in horizontalen Strömen über das Land. In wenigen Augenblicken war Travis bis auf die Haut durchnäßt. Egal wie dicht der Nebelmantel auch gewoben sein mochte, er nutzte ihm wenig, wenn er ihn nicht um sich geschlungen halten konnte.

Ein weiterer Blitz enthüllte Beltans auf sie zugaloppierende Silhouette. Der Ritter brachte sein Pferd rutschend zum Halten und überbrüllte das Toben des Sturms. »Nicht weit voraus ist ein Haus. Ich glaube, es ist das Herrenhaus eines örtlichen Lords.«

Falken wischte sich das Wasser aus dem Gesicht. »Dann sollten wir die Gastfreundschaft des Lords in Anspruch nehmen.«

Sie hatten das Herrenhaus fast erreicht, bevor Travis es sehen konnte – ein klotziger Umriß, der von einem hinter ihm niedergehenden Blitz erhellt wurde. Sie stiegen ab, und Beltan packte die Zügel ihrer Pferde.

»Da vorn ist ein Stall.« Er zeigte auf ein schwarzes Rechteck. »Ich kümmere mich um die Pferde.« Der Ritter führte die furchterfüllten Tiere in das Halbdunkel und war verschwunden.

Travis, Melia und Falken hielten einander fest und stolperten auf die Eingangstür des Herrenhauses zu. Der Barde hämmerte dagegen.

»Öffnet!« rief er. »Reisende suchen Schutz vor dem Sturm!«

Niemand antwortete. Falken hämmerte erneut dagegen, aber die Tür öffnete sich noch immer nicht. Stand der Ort verlassen da? Wegen des Regens konnte Travis das nur schwer abschätzen, doch das Haus machte einen verfallenen Eindruck. Falken und Melia tauschten grimmige Blicke aus, dann schlug er noch einmal gegen die Tür, und zwar so hart, daß sie in den Angeln erbebte. Seine Stimme erklang voller Autorität.

»Falls dies noch immer ein zivilisiertes Land ist, dann laßt uns ein, bei den Gesetzen der Gastfreundschaft!«

Die Worte mußten eine Wirkung gezeigt haben, denn das Geräusch eines beiseite geschobenen Balkens ertönte, und die Tür schwang nach innen auf. Im gleichen Augenblick kehrte Beltan von dem Stall zurück. Die vier Gefährten traten ein.

Die Tür schloß sich wieder hinter ihnen und sperrte sie in eine enge Diele ein, in der es kaum heller als in dem Zwielicht draußen war. Travis' Augen gewöhnten sich an das trübe Licht, und er sah, wer sie eingelassen hatte. Sie war kaum älter als ein Mädchen und trug ein mausbraunes Kleid. Schmutz befleckte ihr unscheinbares Gesicht, ohne jedoch den Ausdruck von Furcht verbergen zu können. Um die Stirn trug sie ein dreckiges, zusammengedrehtes Kopftuch gebunden, in dessen Mitte etwas Dunkles durch den Stoff sickerte.

»Danke, daß du uns die Tür geöffnet hast«, sagte Falken. »Das ist ein dunkler Tag da draußen.«

Die Dienerin starrte stumm vor sich hin und mied seinen Blick.

Falken unternahm einen zweiten Versuch. »Kannst du uns zu deinem Herrn bringen, so daß wir seine Gastfreundschaft erbitten dürfen?«

Das Mädchen nickte ruckartig. Wortlos führte sie die vier einen Korridor entlang und weiter durch eine Tür. Sie fanden sich in einem zugigen Saal wieder. An den Steinwänden klebte

Schimmel, in einem riesigen Kamin knisterte ein klägliches Feuer, das viel Rauch, nur wenig Licht und scheinbar nicht die geringste Wärme abgab. Über ihren Köpfen wölbten sich vom Ruß und der Zeit geschwärzte Balken, die Travis an die Rippen eines gewaltigen Tieres denken ließen, das sie gerade lebendig heruntergeschluckt hatte.

Eine rasselnde Stimme erklang. »Ihr müßt meiner Magd verzeihen, daß sie Euch nicht gleich hereinbat. Kirtha ist dumm, aber ich habe niemanden anders, darum muß ich sie tolerieren.«

Travis suchte nach der Quelle der Stimme, und erst nach einem Augenblick erkannte er, daß jemand an dem wackeligen Tisch vor dem Kamin saß. Der Mann war dürr bis zum Punkt der Auszehrung. Sein fahles Gesicht war mit Pockennarben übersät, das dünne Haar lag eng an Schädel und Stirn an. Sein purpurfarbenes Wams mochte einst sehr kostbar gewesen sein, aber nun war es von Flecken übersät und fadenscheinig.

Der Lord deutete mit einer knochigen Hand auf ein paar Bänke neben dem Tisch. Seine Stimme war zwar abgehärmt, jedoch durchaus nicht unangenehm. »Kommt, setzt Euch ans Feuer und wärmt Euch. Ich kann Euch nicht die Begrüßung offerieren, die ich Euch einst geboten hätte, aber Ihr seid herzlich willkommen, das zu nehmen, was mein ist. Die Dinge ändern sich, aber keiner soll sagen, daß Sebaris von Thale die Gesetze der Gastfreundschaft vergessen hat.«

Melia machte einen anmutigen Knicks. »Vielen Dank, Mylord.«

Mit zitternden Händen nahm Kirtha ihre nassen Umhänge entgegen und hängte sie in der Nähe des Kamins auf. Die Reisenden setzten sich auf die splitterigen Bänke, und der Hausherr schenkte ihnen höchstpersönlich erhitzten Wein ein. Travis nahm einen Schluck. Der Wein schmeckte nach Essig und war ordentlich mit Wasser gestreckt, aber wenigstens wärmte er. Der Lord fragte sie nicht nach ihren Namen, aber soweit Travis wußte, gehörte das zu den Gesetzen der Gastfreundschaft, die auf dieser Welt so wichtig erschienen. Oder der Lord war einfach verrückt. Jetzt, wo sie nahe bei ihm saßen, fiel Travis ein fiebriges Leuchten in seinen Augen auf.

Kirtha, die den Saal verlassen hatte, während sie ihren Wein tranken, kehrte mit einem Tablett zurück, das sie auf dem Tisch abstellte. Sie hatte nicht viel zu tragen gehabt: etwas trockenes Brot, ein paar gekochte Steckrüben und ein paar Stücke knorpeliges Fleisch. Lord Sebaris bedeutete den Reisenden, sich selbst zu bedienen, und das taten sie auch – wenn auch ohne großen Genuß.

»Ihr fragt Euch doch sicher, warum meine Tafel so kärglich ist, nicht wahr?« sagte Sebaris. »Ich kann es Euren Gesichtern ablesen. Ihr haltet es für schimpflich, daß ein Lord auf diese Weise lebt.«

»Nicht im mindesten«, erwiderte Melia. »Wir sind dankbar für Eure Großzügigkeit.«

Sebaris lachte; ein verloren klingender Laut. »Ihr habt ausgezeichnete Manieren, Mylady. Vor ein paar Jahren hätte ich Euch das Festmahl einer Königin geboten.« Sein Blick wurde gedankenverloren. »Aber es ist so wenig übriggeblieben. Sie nehmen es sich, müßt Ihr wissen. Sie nehmen alles.« Seine Finger verkrampften sich wie Klauen um die Lehnen seines Stuhls. »Aber das ist schon richtig so, nicht wahr? Besser, sie nehmen das Silber, den Wein, das Essen. Besser, sie nehmen solche Dinge, als daß sie dein ...«

Seine Worte endeten in einem Hustenanfall. Krämpfe schüttelten seinen ausgezehrten Körper. Schließlich klang der Hustenanfall ab. Der Lord tupfte sich mit der Serviette die Lippen ab, auf dem Stoff zeigten sich dunkle Blutflecken.

Melia betrachtete Sebaris mit ernstem Gesichtsausdruck. »Wer sind *sie*, Mylord?«

Er wischte ihre Worte mit einer schmalen Hand beiseite. Sein Blick war wieder in die Gegenwart zurückgekehrt. »Verzeiht mir, Mylady. Ich habe geplappert, das ist alles. Ich litt kürzlich unter einem Fieber. Aber darüber braucht Ihr Euch keine Sorgen machen.«

Danach aßen sie schweigend weiter.

Als sie fertig waren, räusperte sich der Lord. »Wie ich sehe, ist einer von Euch fahrender Sänger?«

Falken hatte seine Laute hervorgeholt und bearbeitete das polierte Holz des Instruments mit einem Tuch.

»Darf ich von Euch ein Lied erbitten? Es ist lange her, daß Musik diesen Saal schmückte.«

Falken hob die Laute und überprüfte die Saiten. »Das ist ein altes Lied. Und doch paßt es in eine Nacht wie diese, glaube ich.« Der Barde schlug einmal sämtliche Saiten an, dann fing er mit klarer Stimme an zu singen.

»Zur Abenddämmerung ins Tal sie kamen,
Glennen der Tapfere und Reifmähne die Schnelle,
Einhundert Meilen schon hinter ihnen lagen,
Auf sie wartete die lange finstere Nacht bis zur
Tagesanbruch Helle.
Seine Müdigkeit, sie war so groß,
Er wollte eher sterben als zu ruhen.
Weiter galoppierten der Graf und sein edles Roß,
Die Königin zu warnen und sie zur Eile zu mahnen.
Da zerriß es das Zwielicht glatt entzwei,
Und Glennen sprach zu seinem Roß:
›Lauf, flinke Reifmähne, so schnell wie ein Schrei,
Die Fahlen, sie nahen, Zauberei ist …‹«

Ein schriller Aufschrei, der einem das Blut in den Adern gefrieren ließ, unterbrach das Lied des Barden.

»Hört auf, Ihr Narr!« brüllte Sebaris. »Sie werden Euch hören … Sie hören alles!« Der Lord stand aufrecht da, einen verstörten, furchterfüllten Ausdruck im Gesicht. »Wißt Ihr denn nicht, daß dieses Lied verboten ist?«

Die Reisenden konnten ihn bloß anstarren.

Mehrere Herzschläge verstrichen, dann schien Sebaris wieder zu Sinnen zu kommen. Er sackte in sich zusammen und stieß einen tiefen Seufzer aus. Falken half ihm zurück auf seinen Stuhl, und Melia schenkte ihm einen Becher Wein ein, den er hinunterstürzte.

»Solltet Ihr Anstoß an meinem Lied genommen haben, bitte ich Euch um Verzeihung, Mylord«, sagte Falken und ließ den ausgezehrten Mann nicht aus den Augen.

Sebaris schüttelte den Kopf. »Nein, entschuldigt Euch nicht, guter Sänger. Es ist offensichtlich, daß Ihr aus fernen Ländern kommt – Ihr konntet es nicht wissen. Laßt uns nicht mehr über das Lied sprechen. Kirtha wird Euch nun Eure Gemächer zeigen, wo Ihr Euch ausruhen könnt.«

Melia nickte. »Ihr seid sehr freundlich, Mylord.«

»Nicht freundlich genug, fürchte ich.«

Die letzten Worte murmelte er, als wären sie eher für ihn selbst bestimmt gewesen als für seine Gäste, und Travis hatte den Eindruck, als flackerte erneut das Licht des Irrsinns in den Augen des Lords. Aber vielleicht war es auch nur die Glut des ersterbenden Feuers. Sie wünschten dem Lord eine gute Nacht, sammelten ihre noch immer feuchten Umhänge ein und folgten Kirtha aus dem Saal. Die Magd führte sie einen düsteren Korridor entlang. Sie blieb vor einer Tür stehen und bedeutete ihnen, dort einzutreten.

Melia betrachtete das fleckige Kopftuch, das um die Stirn der Dienerin gewunden war. »Ich kenne mich einigermaßen in den Heilkünsten aus, mein Kind«, sagte sie sanft. »Darf ich deine Verletzung sehen?«

Sie machte Anstalten, nach dem provisorischen Verband zu greifen, aber das Mädchen schreckte vor ihrer Berührung zurück wie ein verängstigtes Tier. Mit einem Ausdruck stummen Entsetzens schüttelte sie den Kopf.

Melia zog die Hand zurück. »Wie du wünschst, meine Kleine.« Allein das Funkeln ihrer Bernsteinaugen machte ihr Interesse an dieser merkwürdigen Reaktion deutlich.

Ohne die Erlaubnis einzuholen, sich zurückziehen zu dürfen, lief Kirtha in den Korridor hinein und verschwand.

»Anscheinend wußte sie dein Hilfsangebot nicht zu schätzen«, sagte Falken.

»Allerdings. Aber ich frage mich, warum das so war.«

Beltan stieß ein mürrisches Schnauben aus. »Nun, ihr beiden könnt ja hier stehenbleiben und euch so lange über die Beweggründe von Dienstmägden unterhalten, wie ihr Lust habt, aber ich gehe jetzt in das Gemach und befreie mich von diesem Kettenhemd, bevor es festrostet. Den ganzen Tag im Regen herumzureiten ist nicht gut für die Rüstung.«

»Oder für das Temperament«, bemerkte Melia.

Das Gemach war genauso feucht und kühl wie der Rest des Herrenhauses. Die Wände wiesen Risse auf, im Kamin lag kein Holz, von der Decke hingen Spinnweben. Ein paar Bänke dienten als Möbel, aber sie sahen so zerbrechlich aus, daß die Reisenden ihre Umhänge auf dem Boden ausbreiteten und statt dessen darauf Platz nahmen.

Melia strich unsichtbare Falten aus ihrem mitternachtsblauen Kleid. »Nun«, sagte sie aufgebracht, »was auf Eldh sollte das alles?«

»Du meinst Sebaris, vorhin im Saal?« fragte Falken. »Das ist eine gute Frage. Ich würde gern wissen, seit wann es in Eredane verboten ist, *Glennens Lied* zu singen. Das ergibt keinen großen Sinn.« Er strich mit dem Daumen über ein paar Saiten der Laute, dann schüttelte er den Kopf. »Eigentlich ergibt nichts hiervon einen Sinn. Selbst für den Haushalt eines Provinzadligen reicht eine Magd nicht aus. Hier müßten ein Dutzend Diener und Gefolgsleute sein. Was geschieht in Eredane? Zuerst die Stadt, jetzt dieser Ort. Hier stimmt was nicht.«

»So sieht es aus«, sagte Melia. »Wie dem auch sei, ich finde nicht, daß wir die Gastfreundschaft unseres Lords zu lange in Anspruch nehmen sollten.«

Falken nickte. »Der Sturm müßte sich bald ausgetobt haben. Wir können bei Anbruch der Morgendämmerung aufbrechen. Ich bin sicher, daß Sebaris erleichtert sein wird, wenn er uns gehen sieht.«

Sie richteten ihre Aufmerksamkeit darauf, alles für die morgige Weiterreise vorzubereiten. Beltan schärfte die Klinge seines Schwertes mit einem Stein, während Falken mit dem Tuch seine Laute polierte und Melia leise ein Lied vor sich hin summte, als sie in ihren Satteltaschen die restlichen Vorräte neu sortierte. Nur Travis hatte nichts zu tun.

»Kann ich was helfen?« fragte er Falken.

»Steh einfach niemandem im Weg rum, Travis«, murmelte der Barde.

Travis hockte sich in eine Ecke. Eine Zeitlang saß er zusammengesunken da und spielte mit dem malachorianischen Stilett herum, das Jack ihm gegeben hatte, schaffte es aber bloß, sich dabei in den Finger zu schneiden. In diesem Augenblick kam er sich völlig und unwiderruflich nutzlos vor. Er stand auf.

»Ich mache einen Spaziergang.«

»Geh aber nicht zu weit weg«, sagte Melia, ohne von ihrer Arbeit aufzusehen.

Ihre ruhige Bemerkung brachte das Faß zum Überlaufen. Der Aufenthalt in dieser seltsamen Welt war auch so schon schwer genug, ohne daß jeder ihm sagen mußte, was er zu tun hatte. In Travis stieg Wut hoch. Er ballte die Fäuste.

»Ich bin nicht dumm, wißt ihr.« Sein Tonfall war verletzender als beabsichtigt, aber das war ihm egal.

Melia blickte von ihrer Beschäftigung auf. Sie wirkte weder schockiert noch wütend, sondern lediglich nachdenklich. »Das habe ich nie behauptet, mein Bester.«

Travis nahm ihre Worte kaum wahr. Er wandte sich ab und stieß die Tür auf. Eine andere Stimme murmelte etwas in seinem Rücken. Vermutlich Falken. Melia entgegnete etwas. Dann fiel die Tür hinter ihm ins Schloß, und er war allein.

In der naßkalten Luft kühlte sich seine Wut schnell ab. Er starrte in das Dämmerlicht und hätte nicht einmal sagen können, ob dies hier das Haus eines Lords in Eredane oder das Farmhaus in Illinois war, in dem er aufgewachsen war. Vielleicht machte es auch keinen Unterschied. Ganz egal, wo er sich befand, er hätte sich gleich gefühlt.

Steh einfach niemandem im Weg rum, Travis. Er hatte diese Worte schon zuvor gehört. Nur hatte sein Vater sie vor Jahren gesagt und kein Barde. *Das ist das einzige, was Idioten können. Die richtige Arbeit Leuten zu überlassen, die rechts von links unterscheiden können.*

Travis schüttelte den Kopf. In dem Halbdunkel zerflossen die Erinnerungen an Illinois wie Schatten. Er war wieder in Eredane.

»Wo auch immer das ist«, sagte er mit einem bitteren Lachen.

Er wußte, er hätte einfach in das Gemach zurückgehen sollen, aber er verspürte diese innere Unruhe, also spazierte er statt dessen den Korridor entlang, vorbei an verschlossenen Türen und Knäueln von Spinnweben. Nach ein paar Dutzend Schritten war der Korridor zu Ende. Ein mit Läden verschlossenes Fenster war in die Steinwand eingelassen. Er rüttelte an den Läden, aber sie klemmten. Mit zusammengebissenen Zähnen drückte er kräftiger. Verzogenes Holz ächzte, plötzlich flogen die Läden auf.

Travis lehnte sich aus dem Fenster und atmete die regensüße Luft ein. Der Blick führte auf etwas hinaus, das einst ein hinter dem Herrenhaus liegender Garten gewesen sein mußte. Jetzt war es eine Anhäufung von Nesseln und Hirse. Falken hatte recht. Der Sturm hatte sich erschöpft. Die Nacht war hereingebrochen, und am Himmel trieben nur ein paar Wolkenfetzen. Sie leuchteten im Mondlicht.

Die Nachtluft war sehr frisch, aber das störte Travis nicht. Die Kälte klärte seinen Kopf. Eine Zeitlang war er zufrieden damit, in den mondhellen Garten zu schauen. Manchmal war das Leben so verworren wie das Nesselgestrüpp und genauso schmerzhaft.

Sein Atem verwandelte sich in der Luft in weiße Wölkchen. Er hätte schon längst wieder bei den anderen sein müssen. Er streckte die Arme aus, um die Fensterläden wieder zu schließen.

Da fiel ihm eine Bewegung auf. Er erstarrte. In der Tiefe des Gartens bewegte sich ein Schatten. Er schwebte auf den anderen Flügel des Herrenhauses zu, der Travis' Fenster genau gegenüberlag, um sich dort mit einem weiteren, schmaleren Schatten zu vereinigen, der nahe an der Hauswand gewartet hatte. Ein Laut trieb durch die Luft. Wie das Seufzen des Windes. Oder das Flüstern von Stimmen.

Der Mond verschwand hinter einer Wolke, der Garten wurde in Dunkelheit getaucht. Travis hielt den Atem an, er fürchtete, sich zu bewegen. Er zählte ein Dutzend Herzschläge. Die Wolke schwebte weiter, und das Licht des Mondes fiel wieder auf den vernachlässigten Garten.

Die Schatten waren verschwunden.

Travis atmete aus. Er betrachtete den Garten, konnte aber nichts entdecken. Aller Wahrscheinlichkeit nach waren die Schatten vom Mondlicht verursacht worden. Ihm entschlüpfte ein Gähnen, das seinen Kiefer knacken ließ, und erst jetzt erkannte er, wie müde er war. Er schloß die Fensterläden und ging den Korridor zurück.

An der Tür zu ihrem Gemach hielt er inne. Von der anderen Seite drang kein Laut herüber. Die anderen würden mittlerweile schlafen. Travis wollte sie nicht aufwecken – er hatte mit seinem Ausbruch für genug Unfrieden gesorgt. Ein paar Schritte weiter war ein kleiner Alkoven in die Wand eingelassen. Das war zwar kein vernünftiges Bett, aber zumindest würde er ihn vor der schlimmsten Zugluft bewahren. Also wickelte er sich in seinen Nebelmantel und rollte sich darin zusammen. Er hatte eigentlich damit gerechnet, daß es schwierig sein würde, einzuschlafen, aber die Müdigkeit überkam ihn, und er versank in einen traumlosen Schlummer.

44

Ein zischendes Geräusch weckte ihn. Damit verbunden war eine unangenehme Hitze, die ihm ins Gesicht schlug. Travis öffnete die Augen. Im nächsten Augenblick setzte er sich entsetzt auf und drückte den Rücken gegen die Alkovenwand. Er konnte den Blick nicht von dem weißglühenden Brandeisen losreißen, das nur Zentimeter von seiner Stirn entfernt schwebte.

Lord Sebaris schnalzte mit der Zunge. Das rote Glühen des Brandeisens spiegelte sich in seinen glasigen Augen wider. »Ihr wärt besser nicht aufgewacht, mein Freund«, flüsterte er. »Der Schmerz ist qualvoller, wenn man weiß, daß er kommt.« Das Brandeisen rückte ein paar Zentimeter näher heran.

Travis wollte etwas sagen, obwohl ihm Furcht die Kehle zuschnürte. Der Gestank heißen Eisens füllte brennend seine Lungen. »Warum?« fragte er. »Warum tut Ihr das?«

Ein Blick des Bedauerns trat in die Augen des Lords. »Ich muß Euch zeichnen. Ich muß Euch alle zeichnen. Das ist die einzige Möglichkeit, um sicher zu sein.« Er leckte sich über die schmalen Lippen. »Versteht Ihr denn nicht? Sie werden Euch nicht töten, wenn sie Euch für einen von ihnen halten!«

Schweiß perlte Travis' Stirn herunter und brannte in seinen Augen. Er versuchte, noch weiter zurückzuweichen, aber das war unmöglich. Er keuchte die Worte heraus: »Wer sind sie?«

»Wer schon?« erwiderte Sebaris. »Die Finsteren! Die Anhänger des Raben!«

Der Lord zögerte, dann hob er die freie Hand und strich sich das glatte Haar aus der Stirn. Zwei runzlige Striche markierten die Haut seiner Stirn. Die unebenen Narben formten ein

Symbol – ein Symbol, das Travis gut kannte. Es hätte fast ein Auge sein können, aber das war es nicht. Es sollte die Schwinge eines Raben darstellen. Erst in diesem Augenblick erkannte Travis, daß das Ende des Brandeisens zum Spiegelbild dieser Form geschmiedet worden war. Er starrte es mit noch stärkerem Entsetzen als zuvor an.

»Ah, Ihr versteht!« Sebaris' Stimme krächzte ihren Triumph heraus. »Ihr habt den Finsteren schon zuvor gesehen. Ihr wißt, daß ich das tun muß.« Er verstärkte den Griff seiner schmalen Finger um das Brandeisen. Sein Ende glühte wie ein Stück Kohle. »Wenn Ihr Euch nicht wehrt, wird es nicht ganz so weh tun.«

Travis wußte, daß er nach Hilfe rufen, sich wehren sollte, aber die Angst lähmte ihn. Mit einem verrückten Grinsen verkrampfte Sebaris sich, dazu bereit, das Brandeisen gegen Travis' Haut zu drücken. In genau diesem Augenblick ertönten hinter der Tür der Gefährten gedämpfte Schreie. Travis hörte das dumpfe Klirren eines Schwertes, das aus der Scheide gezogen wurde. Es folgte ein leiser, dumpfer Aufprall und ein gurgelnder Schmerzensschrei.

Sebaris blickte zur Tür hinüber.

Travis wußte, daß das seine einzige Chance war. Die von der Furcht verursachte Lähmung zerbrach. Er packte Sebaris' Arm, drückte das glühende Brandeisen beiseite und stieß den Lord zurück. Sie rollten tiefer in den Korridor hinein, das Brandeisen landete klirrend auf dem Steinboden. Travis versuchte sich von seinem Gegner zu lösen, aber Sebaris wehrte sich mit einer unglaublichen Kraft, die man seinem ausgezehrten Körper nicht zugetraut hätte. Mit einem schmerzerfüllten Grunzen fand sich Travis auf dem Rücken liegend wieder. Sebaris bohrte ihm die spitzen Knie in die Brust und legte ihm die kalt-feuchten Hände um den Hals. Travis schnappte nach Luft. Sebaris grinste und verstärkte den unbarmherzigen Griff.

Sterne explodierten vor Travis' Augen. Das war der Augenblick, in dem die Stimme zu ihm sprach.

Das Wort, Travis. Erinnere dich an das Wort, das ich dir gesagt habe.

Die Stimme konnte nur ein Produkt seines an Sauerstoffmangel leidenden Gehirns sein. Und doch hatte sie soviel Ähnlichkeit mit Jacks Stimme – genau wie die Stimme, die zu ihm gesprochen hatte, als er in Kelcior die zerbrochene Rune berührt hatte. Die Welt drehte sich um ihn. Es wäre so leicht gewesen, sich in die Dunkelheit sinken zu lassen. Dazu mußte er bloß die Augen schließen, dann käme der Frieden.

Nein, Travis! Nicht die Augen schließen!

Er kämpfte darum, das Bewußtsein nicht zu verlieren. Sebaris hatte mittlerweile Schaum vor dem Mund. Die Kampfgeräusche hinter der verschlossenen Tür waren verstummt.

Du mußt es sagen, Travis. Sprich das Wort laut aus!

Er war müde, so schrecklich müde. Aber er konnte Jack nicht enttäuschen. Er hob eine Hand und drückte sie dem Lord gegen die eingesunkene Brust. Der Laut, der sich von seinen Lippen löste, stellte ein kaum verständliches Krächzen dar.

»Krond.«

Flammen schlugen aus Travis' Hand. Blutrote Zungen leckten über Sebaris' Wams, der abgetragene Stoff brannte wie Zunder. Kreischend warf sich Sebaris zurück, weg von Travis. Er schlug mit den knorrigen Händen nach den Flammen, aber die Bemühungen waren sinnlos. In wenigen Augenblicken brannte der Lord wie eine Fackel. Er hob die knochigen Arme in einer Geste des Frohlockens über den Kopf.

»Mein Dunkler König, ich komme zu Euch!«

Er stolperte rückwärts in einen Wandteppich hinein. Flammen rasten das vermoderte Gewebe hinauf, um über die Holzbalken an der Decke zu züngeln. Sebaris stürzte vornüber.

Als er auf den Boden aufschlug, war von ihm nur noch eine verbrannte Hülle übrig.

Travis würgte, hielt sich den gequetschten Hals und kämpfte sich auf die Knie. Er blickte auf und sah Falken in der offenen Tür stehen. Melia und Beltan befanden sich direkt hinter ihm. Der große Ritter hielt sein Schwert, dessen Klinge schwarz vor Blut war. Sie alle sahen erstaunt aus.

»Wie, Travis?« fragte Falken. »Wie hast du das nur gemacht?«

Travis starrte auf seine Hand, aber die Haut war glatt und unversehrt. Das Feuer, das Sebaris eingeäschert hatte, hatte ihn nicht mal berührt. Er öffnete den Mund, konnte jedoch kein Wort hervorbringen.

»Dafür haben wir jetzt keine Zeit«, sagte Melia.

Brausende Flammen rasten die hölzernen Deckenbalken entlang. Falken warf Travis einen letzten, harten Blick zu, dann nickte er. Beltan zog Travis auf die Füße. Zusammen eilten die vier den Korridor entlang. Dicker Rauch füllte ihre Lungen, lodernde Balken krachten hinter ihnen zu Boden. Travis fragte sich, was aus der Dienstmagd Kirtha geworden war. Dann fiel ihm der Verband um ihre Stirn ein, und er wußte, daß, egal wo sie war, jede Rettung für sie zu spät kam.

Nach Luft keuchend liefen die vier in die Nacht hinaus. Sie hörten nicht auf zu rennen, bevor sie den Stall erreicht hatten. Dort drehten sie sich gerade noch rechtzeitig um, um zu sehen, wie das ganze Dach des Herrenhauses einbrach. Die Steinmauern gaben ein Geräusch von sich, das an Donner erinnerte, und stürzten nach innen ein. Funken flogen in den onyxfarbenen Himmel, blinzelten wie blutrote Augen.

Travis sog lindernde kühle Luft in seine brennenden Lungen. Das Sprechen war schmerzhaft, aber die Worte kamen verständlich heraus. »Was ist in dem Gemach passiert?«

»Zwei Männer schlichen sich durch das Fenster herein«,

sagte Falken. »Es waren Leute des Rabenkultes. Ich glaube, sie hätten uns erschlagen, hätte Beltan nicht Wache gehalten.«

»Nein.« Travis schüttelte den Kopf. »Sie kamen nicht, um zu töten.«

Melia warf ihm einen scharfen Blick zu, aber seine Kehle schmerzte zu sehr für ausführlichere Erklärungen. Er würde ihnen später von dem Brandeisen und Sebaris' schrecklichen Worten erzählen.

Beltan wischte das Schwert mit Grasbüscheln sauber und stieß es zurück in die Scheide an seiner Hüfte. »Was auch immer die Kultanhänger wollten, sie waren nicht leicht zu töten. Ich habe einem das Schwert in den Leib gerammt, und er griff weiter an. Er hörte erst auf, nachdem ich ihm den Kopf abschlug. Aber das war nichts im Vergleich mit dem, was du mit dem alten Sebaris gemacht hast, Travis. Wie in Vathris' Namen hast du …«

Melia legte dem Ritter eine sanfte, aber energische Hand auf den Arm. »Es reicht, Beltan. Solche Dinge können warten.«

Travis erschauderte. Er fragte sich das gleiche wie Beltan. Er schloß die Augen und sah wieder Sebaris vor sich, wie er sich krümmte, als ihn die Flammen verschlangen, und dabei voller Irrsinn heiter kicherte.

»Das Mondlicht reicht aus, um dabei reiten zu können«, sagte Falken. »Laßt uns die Pferde holen.«

45

Die Erziehung der Lady Grace von Beckett in höfischen Manieren und Feudalpolitik begann prompt bei Einbruch der Morgendämmerung am Tag nach ihrer Unterhaltung mit König Boreas.

Ein Glöckchen weckte sie auf. Instinktiv fuhr ihre Hand zur Hüfte und tastete suchend nach ihrem Pieper. Das Krankenhaus rief sie. Vermutlich Morty Underwood, zum Teufel mit dem kleinen Wurm. Sie tastete herum, aber ihre blind suchenden Finger fanden lediglich weichen Stoff. Dann bimmelte die Glocke erneut, und es handelte sich nicht um das elektronische Jaulen eines Silikonchips, sondern um den hellen Laut von Metall auf Metall. Sie warf die Bettdecke zurück und schoß in die Höhe. Die Erinnerungen an den Vortag kamen zurück. Das Denver Memorial Hospital war eine Welt entfernt. Der Gedanke hätte Anlaß zur Sorge sein müssen. Statt dessen durchströmte sie ein Gefühl wie Erleichterung.

Aryn stand am Fuße des hohen, vierpfostigen Bettes, einen fröhlichen Ausdruck auf dem hübschen Gesicht. Heute trug sie ein Gewand von einem helleren Blau, das dem winterlichen Morgenhimmel jenseits des Gemachfensters entsprach. In der linken Hand hielt sie eine silberne Glocke.

»Ich freue mich, daß du endlich aufgewacht bist, Grace.« Die Baronesse stellte die Glocke auf einer Anrichte ab. »Ich hatte schon befürchtet, ein für diese Aufgabe zu kleines Werkzeug gewählt zu haben und daß ich statt dessen die Trompeter des Königs rufen lassen müßte.«

»Hm«, machte Grace. Es war viel zu früh am Morgen für Humor.

Sie kletterte mit steifen Bewegungen aus dem Bett, noch

immer mit dem zerknitterten Wams und den Hosen des Vortages gekleidet. Obwohl eine Menge mit ihr geschehen war, war es schließlich erst einen Tag her, daß der Ritter Durge sie in der Schneewehe liegend gefunden hatte. Ihr taten die Knochen weh, und sie zitterte wieder.

Aryns Heiterkeit wurde von Sorge verdrängt. »Alles in Ordnung, Grace?«

Ob alles in Ordnung war? Grace mußte sich auf die Zunge beißen, um ein unkontrolliertes Lachen zu unterdrücken. Sie hatte ihr Apartment, ihren Job und ihr Leben zurückgelassen, war vor Männern mit Herzen aus Eisen geflohen und hatte sich in einer völlig anderen Welt wiedergefunden. *War* alles mit ihr in Ordnung?

Sie sagte: »Mir geht es gut.«

Aryn lächelte.

Grace zwang ihre Zähne, mit dem Klappern aufzuhören. »Nun, das ist mein erster Morgen auf Calavere, und ich habe nicht die geringste Vorstellung, was ich zu tun habe. Was kommt als erstes?«

»Das Bad«, sagte Aryn, und das Wort war Musik in Graces Ohren.

Die Ärztin war immer der Meinung gewesen, daß die Leute im Mittelalter – ob es nun nötig war oder nicht – nur einmal im Jahr badeten. Zwei Bäder in zwei Tagen schienen diese Theorie zu widerlegen. Aufgrund von Aryns Befehl brachten zwei Dienerinnen – dieselben jungen Frauen in den taubengrauen Kleidern, die Grace schon gestern gesehen hatte – eine Holzwanne und Eimer voll dampfenden Wassers herein. Ihr entging nicht, daß die Dienerinnen weniger ängstlich als am Vortag erschienen. Andererseits war sie gestern halb erfroren an den Grenzen eines geheimnisvollen Waldes gefunden worden, gekleidet in – zumindest für hiesige Verhältnisse – seltsamen Kleidern. Vermutlich fiel es schwerer, eine zitternde knochige Frau in einem Wams für eine Feenkönigin zu halten.

Aryn und die Dienerinnen zogen sich aus dem Raum zurück, und Grace weichte in dem wunderbar heißen Wasser ein, bis sich ihre Muskeln einer nach dem anderen entspannten. Doch schließlich wurde es in der Wanne kühler, und sie wußte, daß sie es nicht länger herauszögern konnte.

Es war wieder Zeit, sich den Gewändern zu stellen.

Sie trocknete sich ab, schlüpfte in das einfache Leinenunterhemd, das Aryn für sie liegengelassen hatte, und betrachtete dann das dunkelpurpurfarbene Gewand, das die Baronesse ausgewählt hatte. Aryn hatte behauptet, die Farbe böte einen hübschen Kontrast zu Graces grün-goldenen Augen und ihrem aschblonden Haar. Grace konnte sich da nur auf ihr Wort verlassen. Auf der medizinischen Fakultät hatten Mode und Design nicht auf dem Stundenplan gestanden.

Grace streifte sich das Gewand über den Kopf, taumelte unter seinem Gewicht, fand das Gleichgewicht wieder und zog es so gut zurecht, wie sie konnte. An der dazugehörigen Schärpe, die als Gürtel diente, befestigte sie den kleinen Lederbeutel, der die halbe Silbermünze und Hadrian Farrs Visitenkarte enthielt. Nach kurzem Überlegen verstaute sie auch ihre Kette in dem Beutel, denn bei dem tiefen Ausschnitt schien der Anhänger zu groß und zu schwer zu sein. Zumindest redete sie sich das ein, aber sie hatte nicht die Art und Weise vergessen, auf die sich Detective Janson zu ihr rübergebeugt hatte, um die Kette mit brennendem Interesse in seinen kleinen, bösartigen Augen näher zu betrachten.

Aryn trat nach einem leisen Klopfen wieder ein. Es war ein Zeichen ihrer adligen Herkunft, daß sie nicht laut losprustete, sondern lediglich die blauen Augen weit aufriß. »Ein guter Anfang«, sagte die Baronesse, »aber arbeiten wir noch etwas dran.«

Zuerst hatte alles Ähnlichkeit mit einer kleinen Rangelei, aber nachdem Aryn Grace bat, einfach stillzustehen und jede Gegenwehr einzustellen, schritten die Dinge schneller voran. Aryn richtete das Gewand mit geschickten Fingern, und sobald es richtig saß, fand Grace, daß es weder so schwer noch so beengend wie gedacht war. Es gab zwar einen Trick, wie man in dem Ding gehen mußte, und jedes Hinsetzen war ein Kunststück, aber nach ein paar Ratschlägen Aryns kam Grace zu dem Schluß, daß es nicht ganz hoffnungslos war. Tatsächlich machte es fast schon Spaß, das weiche Material um sie herum rauschen zu fühlen.

»Das machst du sehr gut, Grace«, sagte Aryn.

Grace lächelte als Antwort und drehte sich im Kreis. Das Lächeln verwandelte sich in eine Grimasse, als sie über ein Stück Stoff stolperte und in einen Stuhl fiel.

Die Baronesse zuckte zusammen. »Aber werde nicht übermütig.«

»Danke für den Rat.«

Aryn half ihr aus dem Stuhl heraus, und sie machten sich über das Frühstück aus braunem Brot, weichem Käse und getrockneten Früchten her. Die Baronesse benutzte die Mahlzeit als Gelegenheit zum Unterricht. Hier in Calavan zahlte das einfache Volk seinem Lehnsherrn einen Zehnten Lebensmittel und andere Güter im Tausch für Schutz und Gerechtigkeit – wie in allen anderen Domänen auch. Zusätzlich zu seinem Amt als König war Boreas auch Baron und damit Besitzer mehrerer Herzogtümer; so besaß er eigene Lehnsgüter, aus denen Lebensmittel, Wolle, Eisen und die anderen Güter kamen, die für den Erhalt Calaveres erforderlich waren.

Grace nahm ein Stück Brot. »Das alles scheint eine schrecklich komplizierte Methode zu sein, um ein Frühstück zu bekommen.«

»Und wie beschafft man sich Essen und Schutz in deinem Land?«

Grace kaute das Brot und dachte nach. »Nun ja, einfach gesprochen, kaufen wir Essen in einem Laden ein. Und wir bezahlen Polizisten, um uns zu beschützen.«

Aryns Erwiderung war höflich, aber es war ihr deutlich anzusehen, daß sie dieses Arrangement für minderwertig hielt. »Ich verstehe. Märkte und Söldner. Wie ich hörte, sind in den Freien Städten des Südens die Dinge ähnlich. Vielleicht kommst du ja dort her?«

Grace schwieg betreten. Wie konnte sie Aryn die Wahrheit über den Ort erzählen, von dem sie kam? Die Leute hier hatten sich schon genug gefürchtet, als sie sie für eine Feenkönigin hielten. Was würden sie denken, wenn sie wußten, daß sie aus einer anderen Welt kam?

»Es tut mir so leid, Grace!« Aryns Stimme bebte vor Sorge. »Es geht mich nichts an, wo du herkommst. Kannst du mir verzeihen?«

Grace zwang sich zu einem Lächeln und fand heraus, daß das gar nicht so schwer fiel. »Da gibt es nichts zu verzeihen.«

Den ganzen restlichen und die darauffolgenden Tage nahm Graces Unterricht seinen Fortgang. In gewisser Weise war es, als ginge sie wieder zur Schule. Obwohl selbst das Medizinstudium – trotz Graces Begeisterung für das Sezieren und die Untersuchungen – nicht so interessant gewesen war. Die meiste Zeit verbrachten sie in ihrem Gemach, und sie saß am Kamin und blickte in die Flammen, während Aryn ihren Unterricht abhielt. Die Baronesse trank Gewürzwein, während Grace dampfende Tassen *Maddok* vorzog. Sie hatte diese erstaunliche Substanz eines Morgens entdeckt, als man einen Tontopf voll versehentlich auf ihrem Frühstückstablett stehenließ. Anscheinend erachtete man *Maddok* als vulgäres Getränk, lediglich für Bauern geeignet, während die Adligen Wein vorzogen. Doch nach ihrer ersten Tasse war es Grace egal, was man von ihr hielt, wenn sie ihn trank. In vielerlei Hinsicht erinnerte *Maddok* sie an den Kaffee im Aufenthaltsraum der Assistenzärzte daheim im Denver Memorial - dick, schwarz und belebend, nur daß der batteriesäureähnliche Nachgeschmack und das mit ihm verbundene nervöse Zittern fehlte. Es war guter Stoff.

Mit jedem verstreichenden Tag freute sich Grace mehr auf Aryns Besuch. Es dauerte nicht lange, und die Baronesse fand Grace bei ihrem Eintreffen bereits aufgestanden und angekleidet vor. Darüber hinaus war Aryn nur die ersten paar Male gezwungen gewesen, Graces hoffnungslos verheddertes Gewand zu richten. Danach schaffte es Grace selbst beziehungsweise mit etwas geringfügigem Zurechtrücken von einer der Dienerinnen. Als sie es das erste Mal schaffte, eines der Gewänder ohne jede fremde Hilfe anzuziehen, strahlte sie triumphierend. Es war erstaunlich, was für ein Gefühl der Unabhängigkeit es einem doch gab, wenn man fähig war, sich selbst anzukleiden.

Wie sich herausstellte, war Aryn eine gute Lehrerin.

Die Baronesse war intelligent und erklärte Dinge auf anschauliche Weise, und obwohl sie geduldig war, verlangte sie ihrer Schülerin einiges ab. Grace begann sich ein zwar alles andere als perfektes, aber immerhin doch brauchbares Bild von dieser Welt zu machen - oder zumindest von dem Teil der Welt, in dem sie sich wiedergefunden hatte. Sie hörte aufmerksam zu, als Aryn von der Geschichte der Domänen und von viel älteren König- und Kaiserreichen sprach. Und sie lernte auch etwas über die Geographie, als die Baronesse eines Nachmittags mit einem aus dem Kamin stibitzten Stück Holzkohle auf aus Schafshaut hergestelltem und gestrecktem Pergament Karten zeichnete. Es war faszinierend, doch Aryns Wissen über das Land nahm mit wachsender Entfernung von

Calavan immer unbestimmtere Züge an, ganz wie es Grace von einer Welt ohne Automobile und Satelliten erwartet hatte.

Von allen Unterrichtsthemen schätzte Grace Politik am wenigsten, und genau damit verbrachten sie die meiste Zeit. Falls Grace als Beobachterin der kommenden Ratsversammlung überhaupt von Nutzen sein sollte, war es laut Aryn von entscheidender Bedeutung, daß sie alle daran beteiligten Spieler gründlich kannte.

»Und der Herrscher von Brelegond ist?«

Die Baronesse schritt mit ernstem Gesichtsausdruck vor dem Feuer auf und ab, die linke Hand auf die schlanke Hüfte aufgestützt. Sie fragte die auf einem Schemel sitzende Grace ab, um zu testen, ob ihre Schülerin auch aufgepaßt hatte.

Grace dachte eine Minute lang nach. »König Lysandir.«

Aryn nickte. »Gut. Und jetzt sag mir den Sitz von Königin Ivalaine von Toloria.«

Das war leicht. Die Namen ähnelten alle einander. »Ar-Tolor«, sagte Grace, ohne nachzudenken.

Die Baronesse ließ Grace keine Verschnaufpause. »Und Galts Hauptexportartikel ist?«

Grace zermarterte sich das Hirn, fand die nötige Antwort aber nicht. Ihre Stirn war schweißbedeckt. Das hier war schlimmer als die Abschlußprüfung in Anatomie im ersten Jahr des Medizinstudiums. »Felsen?« sagte sie hoffnungsvoll.

Aryn seufzte. »Fast. Der Hauptexportartikel von Galt ist Ziegenwolle.«

Graces Lippen verzogen sich zu einem trockenen Lächeln. »Das hätte ich mir denken können. Bei all den Felsen muß es da eine Menge Ziegen geben.« Sie blickte zu Aryn hoch. »Also habe ich nicht bestanden, oder?«

Die junge Baronesse zögerte und schüttelte dann den Kopf. »Aber du warst ganz nahe dran, Grace.«

Nur Aryn konnte einen Fehlschlag wie eine Leistung klingen lassen. »Ich weiß nicht, wie du das alles behältst«, sagte Grace. »Du bist erstaunlich.«

Die Baronesse wandte sich ab, ihre schmalen Schultern senkten sich. »Das ist wirklich nichts Besonderes. Es ist die Aufgabe eines Adligen, solche Dinge zu wissen, das ist auch schon alles. Es schickt sich für uns, mit unseren Verbündeten und Rivalen vertraut zu sein. Und ich weiß nur einen kleinen Teil von dem, was Lord Alerain weiß. Man sagt, der Seneschall des Königs erkennt jeden Adligen der Domänen, einschließlich des geringsten Grafen, sofort auf den ersten Blick.«

»Mich hat er nicht erkannt«, sagte Grace leise.

Ihre Worte überraschten sie selbst, sie hatte nicht beabsichtigt, sie laut auszusprechen. Aryn drehte sich mit nachdenklichem Gesichtsausdruck um, aber Grace konnte nicht ergründen, was sie dachte.

»Ich glaube, es ist längst Zeit für eine Pause«, war alles, was die Baronesse sagte.

46

Grace verbrachte nicht alle Stunden mit Lernen in dem kleinen Gemach, denn Aryn hatte außer ihrer Ausbildung noch andere Pflichten zu erfüllen. Als König Boreas' Mündel und Lady mit der höchsten Stellung auf Calavere fiel es in ihren Aufgabenbereich, den Haushalt für die in kurzer Zeit eintreffenden Adligen vorzubereiten. Räume, die seit Jahrzehnten nicht mehr benutzt worden waren, mußten wieder geöffnet und gelüftet werden. Von den Vorräten im Keller mußte eine Bestandsaufnahme gemacht werden. Und da waren die zahllosen anderen Kleinigkeiten, die es zu überwachen galt; von der Frage, ob es auch tatsächlich genügend frische Bettwäsche für alle Gäste gab, bis hin zur Überprüfung eines jeden Löffels in der Spülküche, um sich zu vergewissern, daß sie auf Hochglanz poliert worden waren. Allein schon die Aufzählung von Aryns Tagwerk machte Grace müde. Sie kam zu dem Schluß, daß sie lieber an einem Vollmondfreitag eine Doppelschicht in der Notaufnahme arbeiten würde, statt auch nur einen Tag Schloßherrin zu sein.

Um Grace in der Zeit ihrer Abwesenheit beschäftigt zu halten, brachte Aryn einen Armvoll Bücher aus der Schloßbibliothek mit.

»Oh!« keuchte Aryn besorgt, als sie den Bücherstapel auf der Kommode absetzte. »Du kannst doch lesen, oder, Grace? Ich bin einfach davon ausgegangen, daß eine Lady von deiner Stellung … das heißt … falls du es nicht gelernt hast, ist das völlig in Ordnung …«

Grace hob die Hand. »Schon in Ordnung, Aryn. Ja, ich kann lesen. Wo ich herkomme, kann fast jeder lesen. Nun, das heißt, sie können lesen. Ich bin mir nicht so sicher, daß sie es auch tun.«

Aryn sah entsetzt aus. »Nur ein Narr würde eine solch kostbare Gabe verschwenden.«

»Da stimme ich dir voll und ganz zu.«

Solche Bücher hatte Grace noch nie gesehen. Jeder Band war mühsam mit der Hand geschrieben und in mit goldenen und silbernen Ranken verziertem Leder eingebunden. Sie schlug einen auf und blätterte die steifen Pergamentseiten mit wachsendem Entzücken um, denn die Ränder waren mit ausgeklügelten Zeichnungen von Monden, Sternen und ineinander verschlungenen Blättern verziert. Es handelte sich hier weniger um Bücher als vielmehr um lesbare Kunstobjekte. Grace sammelte sie begierig auf.

Während Aryn ihren diversen Pflichten im Schloß nachging, saß Grace an mehreren nachfolgenden Nachmittagen auf dem riesigen Bett und las. Bei den Büchern handelte es sich hauptsächlich um historische Werke, die die Gründung Calavans und – weitaus weniger ausführlich – die der anderen Domänen beschrieben. Das meiste war eine ziemlich mühsame Lektüre, lange Listen, die die Namen der Adligen und Ritter aufzählten, die bei diesem Scharmützel mit Barbaren oder jener Schlacht mit einem angrenzenden Lehnsherrn gefallen waren. Aber sie reichte aus, um Grace erkennen zu lassen, daß, egal wie nett diese Menschen sie auch aufgenommen hatten, es sich hier um ein rauhes Land handelte, das vor gar nicht mal so langer Zeit der Wildnis mit Feuer und Schwert abgerungen worden war.

Während der Lektüre eines dieser Bücher entdeckte Grace auch das Geheimnis der halben Silbermünze, die der seltsame Prediger ihr vor der Ruine des Beckett-Strange-Heims für Kinder daheim auf der Erde gegeben hatte.

Eines Abends schlüpfte sie aus ihrem Gewand und stieg nur

mit ihrem leinenen Unterhemd bekleidet ins Bett. Sie hatte eines der Bücher dabei, um im Schein der Talgkerze zu lesen. Doch als sie das Buch aufschlug, stellten die Worte auf der Seite bloß ein Kauderwelsch dar, als wären sie in einer alten, fremden Sprache geschrieben. Und doch war es keine Stunde her, daß sie in genau diesem Band gelesen hatte.

Moment mal, Grace. Du bist Wissenschaftlerin, also verhalte dich rational, was diese Sache betrifft. Was ist jetzt anders als eben?

Vielleicht war es Intuition. Vielleicht war es ein Geistesblitz, der auf Spuren oder Beweisen basierte, die ihr zuvor unbewußt aufgefallen waren. Wie dem auch sei, Grace lief ein Schauder über den Rücken. Sie ging zu ihrem fallen gelassenen Gewand, griff in den an der Schärpe festgemachten Lederbeutel und zog die Münze hervor.

Nach ein paar kleinen Experimenten hatte sich ihre ursprüngliche Eingebung bestätigt. Befand sich die Münze in ihrer Hand oder irgendwo in ihrer Nähe, konnte sie die Bücher lesen, als wären sie in normalem, wenn auch etwas archaischem Englisch geschrieben. Ohne Kontakt mit der Münze waren die Worte bedeutungsloses Gekritzel. Als eine Dienstmagd eintrat, machte Grace eine weitere Entdeckung. Die Münze beeinflußte nicht nur das geschriebene, sondern auch das gesprochene Wort. Zuerst schien die Magd in einer trällernden fremden Sprache zu sprechen. Dann nahm Grace die Münze, und die Worte des Mädchens wurden für sie verständlich.

»Verzeiht mir, Mylady, aber ich fragte, ob Ihr etwas braucht.«

»Nein. Nein, ich habe alles.«

Die Magd machte einen Knicks und ging.

Natürlich machte das Sinn. Warum sollten die Menschen einer anderen Welt Englisch sprechen? Es hätte ihr früher auffallen müssen. Aber irgendwie hatte die Münze die Sprache dieses Landes übersetzt, und sie hatte es nicht bemerkt. Grace betrachtete den auf ihrer Handfläche liegenden Münzenteil. Die halbierten eingravierten Symbole auf jeder Seite funkelten im Kerzenlicht, aber sie konnte ihnen keinen Sinn entlocken. Was auch immer sie darstellten, eines war jedenfalls sicher. Wer auch immer Bruder Cy war und woher auch immer er kam, er stand auf irgendeine Weise mit dieser Welt, mit Eldh, in Verbindung.

Dieses Wissen warf nur eine Frage auf. *Warum?* Warum war er am Waisenhaus auf sie zugekommen? *Oder kam ich zu ihm?* Grace spürte, daß sie vieles verstehen würde, wenn sie die Antwort auf diese Frage kannte. Sie steckte die Münze wieder in den Beutel.

Eigentlich war ihr dieses Gefühl ja fremd, aber am nächsten Morgen verspürte Grace eine seltsame Einsamkeit. Sie wünschte, Aryn wäre da, aber die Baronesse ging einer ihrer zahllosen Arbeiten nach. Sie trat ans Fenster, sah durch das gewellte Glas und beobachtete die Menschen da unten: Gutsherren, Adlige, Diener – sie alle hatten unbekannte Namen und Aufgaben.

Grace holte tief Luft. Sie wußte, daß dieser Ort eine ganze Welt von Denver entfernt war. Und doch war sie gar nicht so anders als das Krankenhaus, oder? Im Denver Memorial hatte sie sich nie mit ihren Kollegen unterhalten, hatte nie an ihren improvisierten Korridorspielen oder den Plaudereien im Aufenthaltsraum teilgenommen. Sie hatte sich dort genauso gefühlt wie jetzt, wo sie den Burghof betrachtete – weit weg, nicht dazugehörend, eine teilnahmslose Beobachterin.

Grace umklammerte die steinerne Fensterbank. Jenseits des Fensters gab es nichts für sie. Sie wollte sich abwenden …

… und verharrte. Auf dem Oberen Burghof ging eine Gestalt auf den Stall zu. Der Mann war ganz in Schwarz und

Grau gekleidet, und das Kettenhemd schien schwer auf seinen Schultern zu lasten. Selbst von hier oben konnte sie den langen schwarzen, herabhängenden Schnurrbart sehen, und daran erkannte sie ihn mit Sicherheit. Es war Durge, der Ritter, der sie im Wald gefunden hatte.

Im Verlauf der letzten Tage hatte sie sich oft gefragt, was aus ihrem Retter geworden war. Sie hatte den embarranischen Ritter trotz – oder vielleicht auch wegen – seines düsteren Auftretens gemocht. Obwohl es ihr niemals leichtgefallen war, Freundschaften zu schließen, hatte sie es auf eine seltsame Weise enttäuscht, daß er ihr keinen Besuch abgestattet hatte, und sei es nur, um sich nach ihrem Befinden zu erkundigen. Durge war der Abgesandte König Sorrins von Embarr. Zweifellos kümmerte er sich darum, daß alles für den Empfang seines Lehnsherrn bereit war. Trotzdem wäre es schön, ihm wenigstens hallo zu sagen.

Grace fummelte an dem Riegel herum und stieß das Fenster auf. Ein Schwall eiskalter Luft traf sie. Sie beugte sich weit hinaus, hob den Arm und öffnete den Mund, um dem unten gehenden Ritter etwas zuzurufen. Und dabei überkam sie die Furcht, dieselbe überwältigende Furcht, die sie immer verspürte, wenn sie mit anderen Menschen zu tun hatte. Gesunden Menschen. Sie erstarrte. *Grace, das ist lächerlich. Es gibt keinen Grund, sich so zu fürchten. Er ist bloß ein Mann, das ist alles.* Sie mobilisierte ihren Willen und wollte erneut rufen, aber da war es bereits zu spät. Durge war in den Schatten des Stalls getreten und aus der Sicht verschwunden. Sie senkte den Arm, ihre Hand schmerzte vor Kälte.

Sie starrte auf den leeren Burghof. Warum fürchtete sie sich nur immer vor anderen? Sie dachte an den Mann, den sie im Krankenhaus erschossen hatte, den Mann, der Leon Arlington ermordet hatte, der ohne ihr Eingreifen die alte Frau in dem Rollstuhl getötet hätte – der Mann mit dem Stück Eisen in der

Brust. Sie legte die Hand an das Oberteil ihres Gewandes, aber ihre Finger waren so kalt, daß sie nichts spürte. Vielleicht fehlte auch ihr das Herz. Vielleicht hatte man es ihr vor all den Jahren im Waisenhaus genommen, so wie man Detective Janson seins genommen hatte. Vielleicht war das der Grund, warum sie nichts fühlen konnte.

Schließlich wurde die Kälte zu groß, um sie ertragen zu können, und sie schloß das Fenster.

47

Am nächsten Morgen – Graces fünftem auf Calavere – klopfte Aryn nicht an der Tür ihres Gemachs. Am Abend zuvor hatte die Baronesse erklärt, den größten Teil des Tages mit König Boreas in einer Audienz zu verbringen, um die für den Rat erforderlichen Einzelheiten auszuarbeiten. Grace war auf sich selbst gestellt.

Eine Zeitlang saß sie vor dem Feuer und las. Sie war entschlossen, sich die hier gebräuchliche Sprache selbst beizubringen. Die halbe Münze stellte einen bemerkenswerten Gegenstand dar und hatte ihr mit Sicherheit das Leben gerettet, indem sie ihr erlaubte, mit den Menschen dieser Welt zu kommunizieren, aber sie wagte nicht, sich darauf zu verlassen. Was war, wenn sie sie verlor?

Es war eine mühsame Arbeit. Zuerst las sie einen Absatz mit der Münze in der Hand, dann legte sie sie beiseite und studierte die seltsamen Worte, deren Bedeutung sie nun kannte. Schon jetzt konnte sie ein paar Sätze ohne die Hilfe der Münze lesen.

Schließlich blinzelte sie mit erschöpften Augen. *Es gibt nicht genug* Maddok, *um einen Gehirntod zu kurieren, Grace. Schluß damit.*

Sie stand auf, legte das Buch auf die Kommode zu den anderen, dann fing sie an, ruhelos umherzuwandern. Es dämmerte ihr, daß sie dieses Gemach seit ihrer Unterredung mit König Boreas vor vier Tagen nicht verlassen hatte. Sicher, es hatte auch keine Notwendigkeit dazu bestanden. Aryns Gesellschaft, die Bücher und die Ruhe hatten ihr gereicht. In regelmäßigen Abständen brachte man Essen, und in der Ecke stand ein mit einer Abdeckung versehener Nachttopf, den die

Dienerinnen zweimal täglich ersetzten. Aber da steckte mehr dahinter. Jenseits der Tür lag eine ganze Welt, die sie nicht verstand, aber innerhalb dieser vier Wände war ein kleiner, begrenzter Raum, den sie kontrollieren und bewältigen konnte, genau wie die Notaufnahme des Denver Memorial. Nur daß das Gemach anfing, immer mehr ihrem alten Apartment zu ähneln. Grace fühlte sich gelangweilt und eingesperrt, ihre Beine sehnten sich nach Bewegung. Es war Zeit, ihr Gemach zu verlassen.

Um wohin zu gehen?

Sie dachte darüber nach, dann kam ihr eine Idee. Sie konnte gehen und mit König Boreas sprechen. Bestimmt würde er eine Aufgabe für sie haben. Vielleicht gab es im Schloß ja Kranke oder Verletzte. Obwohl sie nicht behaupten konnte, die Notaufnahme oder das Denver Memorial Hospital zu vermissen, die Tätigkeit des Heilens vermißte sie dann doch – die Stellen zu finden, an denen andere verletzt waren oder Schmerzen litten, und diesen Schmerz dann zu beseitigen.

Schnell, nur um ihre Entschlossenheit nicht zu verlieren, nahm sie die Schultern zurück, öffnete die Tür ihres Gemachs und trat in den Korridor hinaus. Falls sie gedacht hatte, jemand würde sie aufhalten, hatte sie sich geirrt. Der Korridor war leer bis auf einen jungen Pagen, der gerade eine Besorgung erledigte.

»Euer Durchlaucht!« sagte er, verbeugte sich und eilte weiter.

Grace unterdrückte ein Aufstöhnen. Obwohl sie weder ihre Stellung noch ihre Heimat kannten, hatten König Boreas und Aryn irgendwann entschieden, daß sie zumindest eine Herzogin war. Und die richtige Anrede für eine Herzogin lautete Aryn zufolge *Euer Durchlaucht*. Das war keine große Verbesserung gegenüber *Euer Hoheit*, aber Bettler konnten nun mal nicht wählerisch sein.

Sie blickte in beide Richtungen. Sie sahen gleich aus. Grace versuchte, sich den Weg ins Gedächtnis zurückzurufen, auf dem Aryn sie zu König Boreas geführt hatte, aber es gelang ihr nicht, also riet sie, in welcher Richtung der Bergfried lag, und ging los.

Nach einer Stunde war ihr klar, daß sie sich verirrt hatte. Bis dahin war sie durch ein Labyrinth aus Korridoren, Treppen und mit hohen Decken versehenen Sälen gegangen. Sie war bei jedem Fenster stehengeblieben, nur um auf einen unerwarteten Teil des Schlosses hinauszublicken. Unterwegs waren ihr zahllose Leute begegnet – Diener, Wächter und, nach ihrer kostbaren Kleidung zu urteilen, Adlige der verschiedensten Ränge. Alle verbeugten sich vor ihr oder nickten ihr zu, je nach ihrer Stellung. Sie hätte gern einen von ihnen nach der Richtung gefragt, aber keiner blieb stehen, um sie anzusprechen oder sie nach ihrem Ziel zu fragen. Anscheinend setzte man voraus, daß Herzoginnen wußten, was sie taten.

Schließlich fand sie sich in einem Teil des Schlosses wieder, der offensichtlich nur wenig benutzt wurde. In diesen dunklen Korridoren waren weder Diener noch Wächter unterwegs. Ein staubiger Geruch lag in der Luft, Spinnweben hingen von der Decke herab. Sie fragte sich schon, ob sie jemals den Weg zurück in die belebteren Teile finden würde, als sie um eine Ecke bog und zu ihrer Erleichterung auf ein bekanntes Gesicht stieß.

»Euer Durchlaucht!«

Diesmal kamen die Worte aus dem Mund von Lord Alerain, dem Seneschall des Königs. Er war so gekleidet wie an dem Tag, an dem Grace ihn vor dem Stall kennengelernt hatte, in Schwarz und Kastanienbraun; darüber trug er eine lange Weste. Für den Bruchteil eines Herzschlags schien Alerain überrascht. Der Moment verging, und er war wieder so gewissenhaft und präzise wie der kurze Schnitt seines grauen Haars.

Er legte eine beringte Hand an die Brust und verneigte sich vor Grace. Sie machte ihren besten Knicks und sorgte sich nicht, ob sie ihn richtig hinbekommen hatte. Ein Vorteil dieser Gewänder lag darin, daß andere nur mit großer Mühe sehen konnten, was genau man eigentlich unter dem vielen Stoff tat.

»Entschuldigt mich nur einen Augenblick, Mylady«, sagte Alerain. Er wandte sich einem Mann zu, der ein paar Schritte abseits stand. Der Mann schien eine Art Diener zu sein, der ein schlichtes Wams und eine Lederkappe trug. Er wäre völlig unauffällig gewesen, hätten seine Augen nicht unterschiedliche Farben gehabt: Das eine war braun, das andere blau.

»Du darfst jetzt gehen und deinen Auftrag erledigen«, sagte Alerain in leisem, aber befehlendem Tonfall.

Der Mann nickte – die Geste erschien etwas schroff – und setzte sich in Bewegung. Als er Grace passierte, blickte er sie mit seinen eigentümlichen Augen an, und ganz kurz verzog sich sein unrasiertes Gesicht zu einem Grinsen. Das kam Grace merkwürdig vor – keiner der anderen Diener erwiderte auch nur ihren Blick. Dann war er auch schon verschwunden, und sie wandte ihre Aufmerksamkeit wieder Alerain zu.

»Ich hätte nicht erwartet, Euch in diesem Teil des Schlosses anzutreffen, Euer Durchlaucht.«

»Da seid Ihr nicht der einzige.« Grace hob die Hände in einer komisch-verzweifelten Geste. »Ich glaube, ich habe mich verlaufen.«

»Nun, da müssen wir Abhilfe schaffen.« Alerain bot ihr seinen Arm, und nach kurzem Zögern akzeptierte Grace ihn. Der Seneschall führte sie den Korridor entlang. Eine Zeitlang gingen sie schweigend. Schließlich fand Grace den Mut zum Sprechen.

»Ich hatte gehofft, König Boreas zu finden.« Sie wollte das eigentlich noch weiter ausführen, aber mehr bekam sie in diesem Augenblick nicht heraus.

Alerain schüttelte den Kopf. »Ich fürchte, der König kann Euch heute nicht empfangen, Mylady. Er ist ziemlich mit den Vorbereitungen für die Ratsversammlung beschäftigt. Habt Ihr eine Bitte, die ich an ihn weiterleiten könnte?«

Alerains Freundlichkeit schürte ihren Mut. »Ich hatte gehofft, den König zu fragen, ob ich etwas für ihn tun kann.« Sie wollte erklären, daß sie Ärztin war, aber Alerain sprach zuerst.

»Ihr lernt alles über die Domänen und ihre verschiedenen Herrscher und ihre Geschichte?«

Grace nickte. »Ja. Lady Aryn hat mir schon viel beigebracht.«

»Gut. Das ist alles, was der König im Moment von Euch erwartet, Mylady. Er wird sich über Eure Fortschritte freuen. Und sollte er wünschen, daß Ihr noch etwas anderes tut, bin ich sicher, daß er Euch zu sich ruft.«

Die Worte brachten Grace aus dem Gleichgewicht. Sie öffnete den Mund, um etwas zu erwidern, aber da kam nichts. Konversation gehörte nicht zu ihren Stärken, egal auf welcher Welt sie sich befand. Sie waren zu einer belebten Halle gekommen, und Alerain löste sich von ihrem Arm.

»Ich fürchte, ich muß mich um andere, weniger erfreuliche Pflichten, als Euch zu begleiten, kümmern, Mylady. Findet Ihr von hier aus Euren Weg allein?«

Grace sah sich um. Die Halle erschien ihr vage bekannt. Wenn sie sich richtig erinnerte, befand sich ihr Gemach nicht weit entfernt. »Ich glaube, das schaffe ich.« Sie versuchte, zuversichtlicher zu klingen, als sie sich fühlte.

Alerain lächelte und machte eine korrekte Verbeugung. Er verabschiedete sich, drehte sich um und schritt davon. Grace seufzte und suchte sich einen Korridor aus. Sie war enttäuscht, als sie sich kurz darauf vor der Tür ihres Gemachs wiederfand. *Soviel zum Abenteuer.* Aber sie konnte nichts anderes tun, also öffnete sie die Tür und trat ein.

48

Am nächsten Tag brachte ein Page eine Botschaft von König Boreas. Am Abend sollte ein Bankett stattfinden, und die Anwesenheit der Lady Grace von Beckett wurde erwünscht. Aryn lachte aufgeregt. Grace hingegen geriet in Panik.

»Ein Bankett?« Sie ließ sich auf einen Stuhl vor dem Kamin sinken. »Ich glaube nicht, daß ich dazu schon bereit bin.«

»Unsinn«, sagte Aryn. »Bankette sind einfach. Du mußt bloß viel essen.«

»Etwas sagt mir, daß König Boreas mich nicht nur zum Essen einlädt. Schließlich soll ich seine Spionin sein.« Sie blickte zu der jungen Baronesse hoch. »Und wer wird noch dasein?«

Aryn überflog den Rest der königlichen Botschaft. »Das Bankett wird zu Ehren der verschiedenen Abgesandten der Könige und Königinnen der anderen Domänen veranstaltet. Sie sind alle eingetroffen, um die nötigen Vorbereitungen für den Rat der Könige zu treffen, bevor die Herrscher selbst ankommen.«

»Du meinst, jeder wird ein Adliger sein?« fragte Grace mit wachsender Verzweiflung.

Aryn nickte. »Aber das wird nicht so schlimm sein, wirklich nicht. Einen kennst du doch schon. Weißt du nicht mehr? Durge von Embarr? Und er ist mit Sicherheit der Verdrießlichste von allen.«

Grace dachte an den unbeugsamen, aber freundlichen Ritter. »Eigentlich gefiel mir das an ihm.«

Aryn zuckte mit den Schultern. »Nun, er hat dich aus dem Dämmerwald gerettet, also wirst du ihm Nachsicht entgegenbringen.« Die Miene der Baronesse hellte sich auf, und sie kniete neben Graces Stuhl nieder. »Grace, ich weiß, daß das alles furchteinflößend wirken muß. Aber man wird nicht jeden Tag von Calavans König eingeladen. Es wird Spaß machen. Du wirst schon sehen.«

Spaß. Aryn schien die Bedeutung dieses Wortes auf geradezu fundamentale Weise mißzuverstehen.

Es klopfte an der Tür. Überrascht sprangen beide Frauen auf die Füße.

»Herein«, rief Grace einen Moment später. Die Tür öffnete sich, und Gefahr im smaragdgrünen Gewand rauschte herein.

Aryn nickte, es war eine steife Geste. In ihren saphirblauen Augen stand Mißtrauen geschrieben. »Lady Kyrene.«

Gräfin Kyrene lächelte und zeigte ihre kleinen Zähne. Das dunkelgoldene Haar fiel ihr in Ringellöckchen auf die Schultern. »Lady Aryn. Es ist eine Freude, daß Ihr wohl so begierig seid, mich zu begrüßen, daß Ihr dabei Eure Manieren vergeßt, aber darf ich Euch liebenswürdigerweise daran erinnern, daß dies hier das Gemach der Lady Grace ist und es deshalb ihr zusteht, mich als erste zu begrüßen?«

Aryns Wangen röteten sich. Grace trat schnell vor.

»Guten Morgen, Lady Kyrene.« Sie hoffte, daß das Zittern in ihrer Stimme nicht allzu offensichtlich war. »Es ist schön, Euch wiederzusehen.«

Die Gräfin kam näher, begleitet vom Geruch reifer Aprikosen. »Ich bin so froh, daß Ihr die Zeit hattet, Euch um für den Hof angemessenere Ausstattung zu kümmern, Lady Grace. Ich weiß, daß die Dringlichkeit Eurer Reise das nicht zuließ. Und die Wahl Eures Gewandes ist so entzückend. Meine Mutter liebte diese Mode.«

»Ich nehme das als Kompliment«, erwiderte Grace, obwohl es offensichtlich nicht so gemeint war.

Kyrene lächelte wieder, aber es konnte nicht ganz den

Schatten der Unzufriedenheit verbergen, der ihren Mundwinkeln anhaftete. »Freut Ihr Euch auf das Bankett?«

Grace wählte ihre Worte mit Bedacht. »Ich habe gerade erst davon erfahren. König Boreas hat mir erst vor kurzem eine Einladung geschickt.«

»Ah ja, der König.«

Kyrenes Stimme glich einem Schnurren, als hätte Grace unabsichtlich ein großes Geheimnis verraten. Egal, was sie auch sagte, anscheinend las die Gräfin stets einen verborgenen Sinn heraus.

Kyrene trat ans Fenster und blickte hinaus. »Ich bin sicher, Ihr möchtet Euch bei König Boreas für die Freundlichkeit bedanken, mit der er Euch aufgenommen hat. Natürlich seid Ihr eine Frau von adligem Blut. Es ist anständig von Euch, daß Ihr ein solches Interesse für Euren Gastgeber zeigt.« Sie drehte sich um. »Doch da ich ebenfalls eine Besucherin dieses Hofes bin und wir darum sozusagen auf eine gewisse Art Geschwister sind, halte ich es für meine Aufgabe – nein, für meine Pflicht –, Euch vor dem König zu warnen.«

Aryn trat vor, die linke Hand zur Faust geballt. Sie war bleich vor Zorn. »Sie warnen? Sie wovor warnen, Kyrene?«

Die Gräfin lachte. »Sanfte Aryn, Ihr seid so arglos, was sich für eine so junge und unerfahrene Person, wie Ihr es seid, auch gehört. Aber bitte versucht zu verstehen, meine Liebe. Lady Grace und ich sind erwachsene Frauen, die es nicht wagen können, solche Unschuld vorzutäuschen.«

Aryn wollte darauf etwas erwidern, aber Grace schüttelte den Kopf, und die Baronesse hielt den Mund, obwohl sie verletzt aussah. Es tat Grace leid, daß sie Aryn verletzt hatte, aber sie spürte, daß es wichtig war, sich anzuhören, weswegen Kyrene gekommen war. Nicht, daß sie auch nur die geringste Verwandtschaft mit der Gräfin verspürte. Sie betrachtete die vollen Rundungen von Kyrenes perlenbesetztem Oberteil. *Ich bezweifle, daß man uns jemals für Schwestern halten würde.* Doch Boreas hatte ihr befohlen, sich mit den anderen am Rat beteiligten Adligen zu unterhalten, sie sollte in Erfahrung bringen, was sie dachten. Und da konnte sie genausogut mit Kyrene anfangen.

Sie trat vor. »Was meint Ihr, Kyrene? Wovor wollt Ihr mich warnen?«

Ein triumphierendes Lächeln umspielte Kyrenes volle Lippen. »Ihr dürft mich nicht mißverstehen. Niemand würde je behaupten, König Boreas sei kein guter und anständiger König.«

Sie denken es nur oft, faßte Grace in Gedanken die sich daraus ergebende Andeutung in Worte.

»Jedoch entspricht es der Wahrheit, daß Boreas ein Anhänger der Mysterien von Vathris ist. Und der Kult des Stiertöters ist ein Kriegerkult. Man kann ihnen nicht zum Vorwurf machen, daß sie Konflikten und Gewalt zugeneigt sind. Es liegt ihnen im Blut.«

Grace biß sich auf die Lippe. Der Kult von Vathris? War das irgendeine Art von Religion? Weitere Informationen darüber wären mit Sicherheit hilfreich gewesen, um Kyrenes Motive zu begreifen, aber sie konnte die Gräfin schlecht danach fragen – so würde sie nur ihr Nichtwissen zeigen.

»Wollt Ihr behaupten, König Boreas sei ein Kriegstreiber?« fragte sie statt dessen.

Kyrene schnalzte mit der Zunge. »Mit Worten ist das so eine heikle Angelegenheit, meine Liebe.«

Genau wie mit dir, dachte Grace. *Meine Liebe.*

Laut sagte sie: »Ich kann nicht behaupten, daß ich viel von Krieg halte, aber manchmal ist er in schwierigen Zeiten unabwendbar.«

»Es gibt andere Methoden, Schwierigkeiten zu vermeiden. Feinere Methoden, die genauso mächtig sind – vielleicht sogar noch mächtiger. Männer sind so geistlose Geschöpfe. Es fällt ihnen so schwer, diese Dinge zu erkennen. Aber es gibt Personen, die es tun.«

Grace konnte Ratespiele nicht ausstehen. »Und das sind?«

Das Funkeln in Kyrenes Augen entsprach dem Feuer des großen Smaragds in der Kluft ihres Busens. »Im Moment reicht es meiner Meinung nach völlig aus, wenn wir sagen, daß Personen am Rat der Könige teilnehmen werden, deren Interessen sich von denen Boreas' unterscheiden. Vielleicht solltet Ihr noch etwas abwarten, bevor Ihr Eure Treue verkauft, Mylady.«

»Ich war mir nicht bewußt, daß ich das bereits tat.«

Kyrene trat noch näher an sie heran. Der Aprikosenduft raubte einem nun den Atem. Er stieg Grace in den Kopf und betäubte ihren Verstand. Die Gräfin fuhr mit leiser Stimme fort.

»Boreas ist ein starker König. Aber laßt Euch von dieser Kraft nicht täuschen. Er ist ein Mann, und wie alle Männer kann er kontrolliert werden. Ein paar Kräuter, die richtigen Worte – ich kann Euch zeigen, wie das geht. Warum solltet Ihr ihm dienen, wenn es sich genau andersherum abspielen könnte?«

Grace vermochte sich nicht von Kyrenes Blick zu lösen. Die Augen der Gräfin füllten ihr ganzes Gesichtsfeld aus, es war, als versinke sie in einem tiefen, smaragdgrünen Meer. Und dann fühlte sie es – eine Präsenz, die nach ihr griff, herumtastete, nach geheimen Orten suchte. Eine Flamme der Wut schoß in Graces Innerem empor. Nein. Sie hatte es geschworen. Niemand würde sie jemals wieder auf diese Art berühren.

Laß mich in Ruhe!

Grace sprach die Worte nicht aus, aber Kyrene taumelte zurück, als hätte sie einen Schlag erhalten. Blankes Entsetzen stand ihr in das hübsche Gesicht geschrieben. Dann schlich sich noch etwas anderes in den Ausdruck. Es hätte beinahe so etwas wie Bewunderung sein können.

Aryn trat vor, und die schlanke Gestalt in dem blauen Gewand zitterte. »König Boreas ist kein Kriegstreiber! Er macht sich bloß Sorgen um die Domänen. Was in diesen Zeiten jeder tun sollte!«

Als Aryn zu Ende gekommen war, hatte Kyrene ihre Fassung zurückgewonnen. Ihr Nicken fiel knapp aus. »Wie Ihr meint, Lady Aryn.« Vor der Tür verharrte sie kurz. »Denkt über meine Worte nach, Lady Grace. Wenn Ihr mehr zu wissen wünscht, dann besucht mich.« Dann war die Gräfin mit einem rauschenden grünen Aufblitzen verschwunden.

Aryn stieß ein frustriertes Stöhnen aus. »Was auf Eldh hatte das denn zu bedeuten?«

Grace schüttelte den Kopf. »Ich bin mir nicht sicher.« Sie war noch immer benommen. Es hatte sich angefühlt, als wäre Kyrene nahe herangekommen, sogar zu nahe, und sie hätte die Gräfin zurückgestoßen. Aber wie?

»Sie hält sich für so wichtig.« Aryn starrte böse auf die Tür. »Ich kann mich nicht erinnern, daß jemand sie zur Königin gekrönt hat.«

Grace konnte die Baronesse kaum verstehen. Eine schreckliche Müdigkeit ergriff von ihr Besitz, und sie ließ sich auf einen Stuhl sinken. »Ich glaube nicht, daß ich das schaffe, Aryn.«

Die leise ausgesprochenen Worte ließen Aryn sich umdrehen.

»Ich glaube nicht, daß ich zu dem Bankett gehen kann.« Grace hielt die Knie umfaßt und drückte sie an die Brust. »Oder daß ich König Boreas' Spionin sein kann. Das ist alles zuviel.«

»Natürlich schaffst du das.«

»Nein, ich kann es nicht. Ich bin nicht diejenige, für die du mich hältst.«

Die Baronesse seufzte. »Macht dir das Sorgen, Grace? Aber es spielt überhaupt keine Rolle, aus welchem Königreich du kommst oder welche Stellung du tatsächlich einnimmst. König Boreas ist das egal, und mir auch. Du bist eine Adlige, und du bist gekommen, um uns zu helfen, und nur das spielt eine Rolle.«

»Aryn, nein, du verstehst nicht. Ich bin keine Adlige. Und ich komme aus keinem Königreich. Ich komme nicht einmal aus dieser ...«

Es strömte aus ihr heraus, bevor sie es aufhalten konnte.

»... ich komme nicht einmal aus dieser Welt.«

Aryn blickte sie mit offensichtlicher Verwirrung an.

Jetzt, Grace. Du mußt es ihr sagen. Du mußt dieses Spiel beenden, bevor es zu spät ist, bevor es gefährlich wird. Wenn es das nicht schon bereits geworden ist.

Noch immer auf ihrem Stuhl zusammengekrümmt, starrte Grace in das flackernde Kaminfeuer, und die Worte sprudelten aus ihrem Mund. Sie erzählte von dem Krankenhaus und dem Mann mit dem Herzen aus Eisen, und dem seltsamen Prediger, der die Tür des alten Waisenhauses aufgestoßen hatte. Sie erzählte alles – mit Ausnahme ihrer wahren Verbindung mit dem Beckett-Strange-Heim für Kinder. Denn hätte sie über das Waisenhaus gesprochen, hätte sie über die Hände sprechen müssen, die aus der Dunkelheit zugriffen, und über das Feuer, das sie verschlang, und darüber würde sie niemals sprechen können. Niemals.

»Grace ...?«

Das Wort ließ sie zusammenzucken, und erst jetzt wurde ihr bewußt, daß sie verstummt war. Sie blickte auf und erwartete Unglauben zu sehen – oder Spott, vielleicht sogar Ekel. Statt dessen sah sie Tränen. Sie schufen feucht glitzernde Bahnen auf den Wangen der Baronesse.

»Du ... du glaubst mir?« flüsterte Grace.

Aryn lächelte trotz ihrer Tränen. »Wie könnte ich dir denn nicht glauben, Grace? Du bist meine Freundin.« Sie seufzte schwer. »Nein, ich will nicht so tun, als würde ich alles verstehen, was du mir erzählt hast. Doch in dem Augenblick, in dem ich dich das erste Mal sah, wußte ich, daß du irgendwie anders warst; an dir haftete etwas Überirdisches – und wenn nicht vom Zwielichtreich des Kleinen Volkes, dann eben von dieser *Erde*, von der du erzählt hast. Auch wenn ich deine Geschichte voller Staunen gehört habe, muß ich gestehen, daß ich nicht besonders überrascht bin.«

Grace öffnete den Mund, um etwas zu sagen, brachte aber keinen Ton hervor. Sie hatte niemals damit gerechnet, ein solches Vertrauen zu finden, eine solche Akzeptanz. Mit Sicherheit nicht hier, eine Welt von dem Leben entfernt, das sie immer gekannt hatte.

»Nun«, sagte Aryn energisch, »da ist immer noch ein Bankett, für das wir uns fertigmachen müssen. Ganz egal, wer du bist oder wo du herkommst, heute abend, hier auf Calavere, bist du die Herzogin von Beckett, und der König erwartet dich.« Sie öffnete den Kleiderschrank und holte ein paar Gewänder hervor. »Sag, bevorzugt Ihre Durchlaucht Grün oder Violett?«

Grace lachte, während Sonnenlicht durch das Fenster fiel.

49

Am Nachmittag wurde nach Aryn geschickt, damit sie Lord Alerain mit den Vorbereitungen für das Bankett helfen konnte, und Grace fing an, ernsthaft über eine Flucht nachzudenken. Sie starrte aus dem einsamen Fenster in ihrem Gemach auf die acht Meter tiefer liegenden Pflastersteine und kam schließlich zu dem Schluß, daß das Betreten eines ganzen Raumes voller seltsamer Lords und Ladys dem Sprung in den Tod vorzuziehen war. Zumindest so gerade eben. Sie zog das Gewand aus violetter Wolle an, das Aryn für sie herausgesucht hatte, befestigte den Lederbeutel mit der halben Silbermünze und ihrer Kette unter dem Kleid an ihrer Taille und setzte sich mit einem Buch ans Feuer. Gegen Sonnenuntergang kam ein Page, dessen Haarschnitt Bände über den Topf verriet, der dazu als Inspiration gedient hatte, und sie nickte wortlos, als er sie bat, ihm zu folgen.

Vor einer Flügeltür blieben sie schließlich stehen. Leise Geräusche drangen von der anderen Seite herüber. *Bloß nicht ohnmächtig werden, Grace. Das wäre doch sehr unherzoginnenmäßig.*

Die Türen schwangen auf und verursachten einen solchen Luftzug, daß Grace in den Großen Saal von Calavere gezogen wurde, bevor sie auch nur daran denken konnte, einen Schritt zu machen. Eine Fanfare auf jeder Seite stieß einen durchdringenden Ton aus, und sie zuckte zusammen, als hätte jemand eine Pistole neben ihrem Ohr abgefeuert.

»Ihre Durchlaucht, die Herzogin von Beckett!« verkündete eine kraftvolle Stimme.

Das dumpfe Dröhnen der Unterhaltung, das den Saal erfüllt hatte, senkte sich zu einem Murmeln. Einhundert Augenpaare drehten sich in Graces Richtung. Sie erstarrte wie ein Hirsch im Strahl der Autoscheinwerfer. Was sollte sie tun? Voller Panik suchte sie nach einem bekannten Gesicht – nach irgendeiner Person, egal welcher, bei der sie Wiedersehensfreude vortäuschen konnte, um sich dann in Bewegung setzen zu können und auf diese Art von den forschenden Blicken der Menge zu befreien.

Es war niemand da. Jedes Gesicht – ob Ritter und Adliger, Diener und Dienerinnen – gehörte einem Fremden. Grace konnte sich nicht daran erinnern, wann sie sich zuletzt so allein gefühlt hatte.

»Begleitet mich«, raunte ihr eine tiefe Stimme ins Ohr.

Grace war zu erleichtert, um überrascht zu sein. Eine starke Hand ergriff ihren Ellbogen und steuerte sie auf einen nahen Alkoven zu. Sie blinzelte und fand sich dem ansehnlichen Gesicht König Boreas' gegenüber.

»Euer Majestät!« Hektisch machte sie einen Knicks.

Er runzelte die Stirn. »Habe ich Euch nicht befohlen, das seinzulassen?«

»Ich glaube nicht, Euer Majestät.«

»Nun, dann habe ich es jetzt. Ich kann nicht ausstehen, wie alle um mich herum sich ständig verbeugen oder einen Knicks machen. Es macht mich seekrank.«

Grace schoß in die Höhe. Sie hatte tatsächlich vergessen, wie eindrucksvoll der König war. Er war ganz in Schwarz und Silber gekleidet, sein schwarzes Haar und der Bart glitzerten im Fackelschein.

»Wie Ihr wünscht, Euer Majestät.«

Das rief ein starrköpfiges Schnauben hervor. »Wenn die Leute bloß auch das tun würden, was ich wünsche. Dann hätte ich diesen verdammten Rat gar nicht erst einzuberufen brauchen. Und, habt Ihr herausgefunden, welche Meinung die anderen Adligen der Domänen vertreten?«

»Ich bin gerade erst eingetroffen.«

Der König grunzte, als hielte er das für eine lahme Entschuldigung.

Grace beeilte sich fortzufahren. »Ihr habt mich gefragt, ob ich herausgefunden habe, welche Meinung die anderen Adligen vertreten. Worum geht es denn bei der ihr zugrundeliegenden Angelegenheit, wenn ich fragen darf?«

Er ballte seine große Hand zur Faust. »Um den Krieg. Was sonst? Ich muß wissen, welche der Domänen bereit und willens sind, in den Krieg zu ziehen, und welche nicht.«

»Krieg gegen wen, Euer Majestät?«

Seine Augen zogen sich zu Schlitzen zusammen. »Was glaubt Ihr denn, Mylady?« fragte er in einem gefährlichen Tonfall. »Natürlich gegen jene, die die Domänen bedrohen.«

Instinktiv trat sie einen Schritt zurück. »Natürlich, Euer Majestät.« Dabei mußte sie unwillkürlich an Kyrenes Worte denken. Warum war der König so sehr an Krieg interessiert? Aryn hatte von einem frühen Winter, Seuchen und Gesetzlosen, die die Straßen unsicher machten, gesprochen, und Grace konnte sich nicht erinnern, daß dabei die Rede von einer organisierten Bedrohung gewesen wäre, der man mit einer Armee entgegentreten mußte.

»Ich überlasse Euch jetzt Eurer Aufgabe«, sagte Boreas. »Ich habe Gäste, um die ich mich kümmern muß, bevor Lord Alerain mich wieder wie eine Mutterhenne ausschimpft.«

Der König marschierte weiter, und Grace holte erst einmal tief Luft. Einen Augenblick später tauchte Aryn an ihrer Seite auf. Offensichtlich hatte sie aus unmittelbarer Nähe zugesehen. Die Baronesse trug dasselbe Gewand wie an dem Tag, an dem Grace sie kennengelernt hatte – ein saphirblaues Kleid, das zu ihren großen Augen paßte –, und ihr dunkles Haar war geflochten und lag zusammengerollt unter einem mit Edelsteinen besetzten Netz aus feinen Stoffen.

»Ist das nicht aufregend, Grace?«

Grace runzelte die Stirn. »Das ist auch ein Wort dafür – obwohl ich es vermutlich nicht gewählt hätte.«

Die Baronesse seufzte. »Ich wünschte, ich könnte so sein wie du, Grace.«

»Warum solltest du dir so etwas wünschen?«

»Du bist so edel, so majestätisch. Selbst an jenem ersten Tag, in dieser Dienerkleidung, hielten Alerain und Kyrene und König Boreas dich für jemanden von königlichem Blut. Und jetzt ...« Sie schüttelte den Kopf und stoppte Graces Protest. »Ja, ich weiß, was du mir vorhin erzählt hast. Ich weiß, daß du auf ... deiner Welt, auf der Erde, Ärztin bist, aber das ändert nichts an deinem Aussehen, der Art und Weise, wie du eben den Saal betreten und dabei jedermanns Aufmerksamkeit auf dich gezogen hast.«

Die Worte verschlugen Grace die Sprache.

Aryn flüsterte erstaunt: »Du weißt es wirklich nicht, nicht wahr?«

Sie nahm Grace bei der Hand und führte sie hinter eine Ecke. An der Wand hing ein Spiegel aus poliertem Silber, damit die Höflinge im Verlauf des Bankettes ihre Aufmachung überprüfen und nötigenfalls in Ordnung bringen konnten. Grace erkannte die Frau im Spiegel nicht. Sie war hochgewachsen, trug ein mit einer Schleppe versehenes Gewand in der Farbe von Winterveilchen, hatte einen schlanken Hals und hohe Wangenknochen. Ihr Haar war kurz, aber elegant, nach hinten gestrichen enthüllte es zierliche Ohren; ihre Augen leuchteten wie Blätter im Sonnenlicht. *Sie sieht aus wie eine Königin.* Und erst jetzt begriff Grace überrascht, daß das Bild da vor ihr sie selbst war.

Hatte sie deshalb jeder angestarrt? Nicht aus Spott, sondern ...? Es war zu absurd. Sie war eine überarbeitete Assistenzärztin aus einer unterfinanzierten Stadtklinik. Das war alles. Grace wandte sich von dem Spiegel ab. Sie öffnete den Mund, um etwas zu sagen. Aber in diesem Augenblick erhob sich eine Stimme über den gedämpften Unterhaltungslärm.

»Aryn von Elsandry!«

Die Baronesse zuckte zusammen.

Grace schenkte ihr ein ironisches Lächeln. »Hört sich an, als wollte der König etwas von dir.«

»Wie kommst du bloß darauf?« Aryn setzte sich in Bewegung, dann zögerte sie.

»Oh. Ich komme schon zurecht«, sagte Grace. »Wirklich.« Sie gab sich Mühe, es so klingen zu lassen, als wäre es auch ihr Ernst.

Aryn winkte ihr zu. »Ich komme zurück, sobald ich kann.«

Zum ersten Mal seit Betreten des Großen Saales war Grace sowohl allein als auch den aufdringlichen neugierigen Blicken entzogen. Sie nutzte die Gelegenheit, um einen Eindruck zu gewinnen.

Der Große Saal von Calavere war mit der Absicht dekoriert worden, einen Winterwald darzustellen. Von den rußgeschwärzten Deckenbalken hoch oben baumelten Sträuße aus Immergrün und Stechpalme herab; man hatte noch mehr davon am Fuß der Wände aufgehäuft. Ihr eisiger Duft vermengte sich mit dem Rauch der Fackeln. In den Saalecken standen blätterlose Schößlinge, die die Ränder einer Waldlichtung symbolisieren sollten; selbst die Wandteppiche, deren Farben die Zeit hatte verblassen lassen, gaben mit ihren Szenen von Hirschjagd und Waldfesten der Illusion zusätzliche Überzeugungskraft.

Nur ein Objekt stand in direktem Gegensatz zu der Waldillusion und schien nicht hierherzugehören. Es stand ganz in der Nähe des Eingangs an einer Wand, ein gewaltiges Ding aus dunklem Felsgestein. Grace ging näher heran. Es handelte sich um einen massiven Ring, dessen Durchmesser ihrer Größe entsprach. Er hing waagerecht an zwei stämmigen Holzpfosten befestigt, die von einem wuchtigen Gestell aufragten. Als Grace ihn sich näher betrachtete, war sie sich nicht länger sicher, ob das Artefakt aus Stein oder Metall gefertigt war. Sie hatte nicht die geringste Vorstellung, welchem Zweck es diente, also ging sie weiter.

Der Boden des Großen Saales war mit frischen Binsen bestreut, und ein Dutzend langer, auf Holzböcken ruhender Tische standen im rechten Winkel zur Tafel des Königs, die am anderen Saalende auf einem Podium aufgebaut war. Eine Gruppe Diener eilte immer noch geschäftig umher. Das Bankett hatte noch nicht offiziell begonnen, und die versammelten Adligen spazierten im Saal umher, Pokale mit gewürztem Wein in Händen, und blieben hier und da stehen, um Konversation zu betreiben. Grace war auf eine seltsame Weise beruhigt. Abgesehen von den antiquierten Kostümen und den Steinwänden unterschied sich die Veranstaltung kaum von der jährlichen Weihnachtsparty im Denver Memorial, und von denen hatte sie genug überstanden. Außerdem konnten mittelalterliche Adlige kaum arroganter als das Krankenhausmanagement sein und auch kaum mehr Intrigen spinnen.

Sie hatte recht. In dem Augenblick, in dem sie ihren Rundgang durch den Saal wiederaufnahm, wußte sie mit absoluter Sicherheit, daß Morty Underwood perfekt hierhergepaßt hätte – er hätte bloß ein Wams und einen gefiederten Hut gebraucht. Was sie allerdings vergessen hatte, war die Tatsache, daß sie im Denver Memorial Hospital nur eine kleine Assistenzärztin gewesen war. Hier war sie Grace, die Herzogin von Beckett. Im Handumdrehen hatte man sie in die Ecke getrieben.

»Guten Abend, Euer Durchlaucht.« Das kam von einer ernst blickenden Frau in einem roten Gewand. Die dicke Puderschicht konnte die Pockennarben, die ihre Wangen entstellten, nicht verbergen. Aller Wahrscheinlichkeit nach war sie eine Gräfin. »Wie ich sehe, zieht Ihr es vor, als letzte zu kommen, damit alle anderen Zeugen Eurer Ankunft sind. Eine interessante Entscheidung.«

Grace schüttelte den Kopf. »Das war keine Entscheidung, Mylady. Der Page kam nur sehr spät, um mich abzuholen.«

Die Augen der Gräfin funkelten wie harte Kiesel. »Tatsächlich?«

»Entschuldigt, Euer Durchlaucht«, sagte ein junger Adliger.

Grace kam anhand seiner guten, jedoch relativ unspektakulären Garderobe zu dem Schluß, daß es sich bei ihm um einen niederen Adligen handelte.

»Darf ich einen der Diener veranlassen, Euch etwas zu trinken zu bringen? Ich nehme an, Eure Reise nach Calavere war sehr lang.« Ein durchtriebenes Funkeln stahl sich in seinen Blick. »Oder war sie gar nicht so lange? Laßt mich raten, die Straße, die Ihr von Beckett aus genommen habt, ist die …«

»Ich fürchte, ich bin nicht auf der Straße gereist«, erwiderte sie.

Der junge Adlige tat so, als hätte sie ihn geschlagen, und verschwand mit eingezogenem Kopf. Anscheinend hatte er ihr Getränk vergessen. Grace tat es leid. Sie hätte es gebrauchen können.

Mehrere andere Adlige drängten sich nach vorn, um seinen Platz einzunehmen. Boreas hatte recht gehabt. Allein ihre Anwesenheit reichte schon aus, um die Herren und Damen zum Sprechen zu bringen. Ihre Fragen erschienen alle höflich und völlig harmlos, aber es war offensichtlich, daß alle herausfinden wollten, wer sie war, wo sie herkam und was sie im Schilde führte.

Ein kleiner Mann in einem protzigen blutroten und goldenen Wams näherte sich, und nach der Art und Weise zu urteilen, wie die anderen ihm Platz machten, nahm er eine höhere Stellung ein. Er deutete eine halbe Verbeugung in Graces Richtung an. Es war zweifelhaft, ob der beträchtlich erweiterte Taillenumfang auch mehr erlaubt hätte.

»Ich bin Lord Olstin.«

Er sprach es aus, als hätte Grace sofort zu wissen, wer er war, und nach kurzem Nachdenken wurde ihr klar, daß sie es tatsächlich wußte. Aryn hatte ihr die Namen und Ränge der verschiedenen Repräsentanten der Könige und Königinnen aufgezählt, die am Rat teilnehmen würden. Olstin war der Seneschall von König Lysandir von Brelegond.

»Mylord«, sagte Grace.

Olstin fuchtelte mit dem leeren Pokal in seiner Hand herum. Seine dicken Finger waren mit Ringen übersät. »König Boreas hat uns nichts davon gesagt, daß er während der Ratsversammlung noch andere ehrenwerte Gäste beherbergt.« Seine Stimme hob sich, damit ihn alle Umstehenden auch hören konnten. »Ich frage mich, was er uns wohl sonst noch vergessen hat zu sagen?«

Die Umstehenden schauten interessiert zu.

Grace sagte: »Davon weiß ich nichts.«

Olstins runde Augen glänzten. Mit der freien Hand strich er sich den kurzen Bart, der seine Wangen bedeckte. »Ist das Euer Standpunkt zu dieser Angelegenheit, Mylady?«

»Das ist kein Standpunkt, Mylord. Das ist einfach nur die Wahrheit.«

Ein allgemeines Murmeln kam auf, als hätte sie gerade eine bissige Beleidigung von sich gegeben. Grace widerstand dem Drang, laut aufzustöhnen. Konnte sie denn hier *gar nichts* sagen?

Olstin wollte etwas erwidern, aber Grace kam ihm zuvor. »Mylord, wenn Ihr mich bitte entschuldigt. Ich möchte Euch nicht von Eurer dringenden Verabredung mit dem nächsten Pokal Wein abhalten.«

Olstin klappte das Kinn herunter, und die Zuschauer starrten sie an. Grace wartete nicht auf eine weitere Reaktion. Sie drehte sich um und ging weg, wobei sie eine gewaltige Zielstrebigkeit vortäuschte. Erst als sie stehenblieb, wurde ihr bewußt, daß sie am ganzen Leib zitterte.

»Etwas zu trinken, Mylady?«

Der Sprecher war ein großer, eleganter Mann in einem perlgrauen Wams. Den silbergrauen Schläfen und den tiefen Linien um den Mund nach zu urteilen, mußte er um die Vierzig sein. Eine dünne Narbe zog sich die rechte Wange hinunter, aber der Effekt war eher eindrucksvoll als schmälernd. Er stützte sie mit einer starken Hand. Sie akzeptierte den Pokal und trank. Ihre Begegnung mit den Adligen von Boreas' Hof und mit Lord Olstin war eine größere Zerreißprobe als gedacht gewesen.

»Danke«, sagte sie schließlich.

Er lächelte und nahm den leeren Pokal entgegen. »Das habt Ihr geschickt gemacht, Mylady. Woher habt Ihr gewußt, daß Olstin ein Trunkenbold ist? Zwar wissen das einige von uns, trotzdem gibt er sich große Mühe, es geheimzuhalten, selbst vor seinem Lehnsherrn.«

»Seine Augen«, sagte Grace. »Das Weiße ist gelblich verfärbt. Das hat mir verraten, daß seine Leber nicht richtig funktioniert. Die kaputten Adern auf seiner Nase sind ein weiteres Zeichen. Das waren genug Hinweise für mich, zusammen mit den schlechten Zähnen – Wein ist säurehaltig, und so kam ich darauf, was sein bevorzugter Zeitvertreib ist.«

»Ihr wißt viel, Mylady.«

»Eigentlich nicht. Aber ich sehe so etwas ständig in der …« Sie unterbrach sich rechtzeitig. »Ich habe es schon zuvor gesehen.«

Der Mann verbeugte sich tief, um ihr seinen Beifall zu bezeugen. Grace fühlte Wärme in ihren Wangen aufsteigen –

der Wein mußte stärker als gedacht sein. Der Fremde bot ihr seinen Arm, und sie spazierten gemeinsam durch den Saal.

»Lord Olstin ist ein Prahlhans und Narr«, sagte ihr Begleiter. »Natürlich ist er ein Brelegonder, und es hat fast den Anschein, als müßten sie das sein, wenn sie dazugehören wollen. Dennoch spricht er einige Befürchtungen laut aus, die andere von uns teilen.«

»Befürchtungen?« Grace versuchte die Frage natürlich klingen zu lassen.

»Ich möchte Euch nicht in eine unangenehme Position zu Eurem Gastgeber bringen, Mylady.«

»Er ist im Moment auch Euer Gastgeber, Mylord«, machte Grace ihn aufmerksam.

Er lachte, ein volltönender Laut, der in Graces Brust widerhallte.

»Treffend gesprochen, Mylady. Also gut. Es ist einfach so, daß keiner die genauen Gründe kennt, aus denen Boreas den Rat der Könige einberief. Die Einladung, die er in die anderen Domänen schickte, war alles andere als hilfreich. Meine Königin hat das sehr … *beunruhigt.*«

Grace kam der Verdacht, daß das ein wesentlich milderer Ausdruck war, als er selbst gewählt hätte. »Hätte sie … also Eure Königin … die Einladung nicht einfach ablehnen können?«

»Nein, Mylady. Mit der Einberufung der Ratsversammlung ist viel Brauchtum und Geschichte verbunden. Selbst Boreas, der nun mal schnell in Wut gerät und handelt, würde den Rat nicht ohne guten Grund einberufen. Und die Weigerung einer Domäne, hier zu erscheinen, wäre ein kriegerischer Akt.«

Grace dachte über das Gehörte nach. Irgendwie schien es wichtig zu sein, obwohl sie nicht zu sagen vermocht hätte, warum das so war.

Mit einer energischen Bewegung befreite er sich von ihrem

Arm. »Ich muß mich verabschieden, Mylady. Ich muß heute abend noch mit anderen sprechen. Obwohl, wie ich fürchte, keiner davon auch nur annähernd so charmant wie Ihr sein dürfte. Ich verlasse mich darauf, daß wir uns wiedersehen.«

Grace öffnete den Mund, um darauf etwas zu erwidern, brachte aber keinen Ton hervor, was möglicherweise gar nicht so schlimm war. Er machte eine anmutige Verbeugung und setzte sich in Bewegung.

Panik ergriff von ihr Besitz. »Wartet! Ich habe vergessen, Euch nach Eurem Namen zu fragen.«

Weiße Zähne blitzten auf. »Logren von Eredane.« Dann war er auch schon in der Menge verschwunden.

Vielleicht war es der Wein oder möglicherweise auch ihr kleiner Sieg über Lord Olstin, aber plötzlich fühlte sich Grace richtig mutig.

Sobald sie Zeit zum Nachdenken hatte, fiel ihr auch wieder ein, wer Logren war. Aryn hatte seinen Namen zusammen mit denen der anderen Repräsentanten erwähnt. Logren war der Erste Berater Königin Emindas von Eredane. Es war eine glückliche Begegnung gewesen. Oder war sie gar nicht zufällig erfolgt? Grace ging weiter, und bald hatte sie mit fast allen Repräsentanten der anderen sechs Domänen gesprochen. Es war nicht nötig, sie zu suchen. Sie schienen sie von allein zu finden. Und jeder schien Olstin von Brelegonds Befürchtungen zu teilen, wenn auch in unterschiedlichem Ausmaß: Sie alle fragten sich, welche Motive wirklich hinter Boreas' Einberufung des Rats der Könige steckten.

Doch einen Adligen konnte Grace nicht entdecken, obwohl sie verstärkt nach ihm Ausschau hielt.

Eine Fanfare ertönte und signalisierte den Beginn des Banketts. Sofort nahmen die Anwesenden ihre Plätze an den Tischen ein. Unsicher, was genau von ihr erwartet wurde, setzte sich Grace auf die nächstbeste Bank.

Das war eine Strategie, die sie etwas gründlicher hätte durchdenken sollen.

»Ihr könnt mein Brot jederzeit buttern, Mylady, wenn Ihr wißt, was ich meine«, sagte der Adlige, der links von ihr saß, mit einem eindeutigen Zwinkern. Er war ein ergrauter Mann mit dünnem Haar und noch weniger Zähnen als Fingern, die nicht mehr auf die Zahl zehn kamen. Sein Wams war voller Fettflecken, und ein übler Geruch ging von ihm aus.

Früher am Tag hatte Aryn ihr zur Vorbereitung auf das Bankett einen Crashkurs in Tischmanieren gegeben. Für gewöhnlich teilten sich zwei Leute einen Weinpokal. Man benutzte nicht das Tischtuch, um sich die Nase zu putzen. Und es wurde von einer Lady erwartet, für den Herrn zu ihrer Linken das Salz zu streuen. Jedoch war in der Lektion keine Rede davon gewesen, Brot zu buttern oder eindeutige Bemerkungen ertragen zu müssen.

Sie griff nach dem Pokal. »Wißt Ihr«, schlug sie einen Moment später vor, »wir könnten vermutlich viel einfacher trinken, wenn wir es nacheinander versuchten.«

»Ah, aber das würde nicht soviel Spaß machen.« Er verstärkte den dreifingerigen Griff um ihre Hand, so daß sie den Pokal nicht loslassen konnte.

Besorgnis stieg in ihr auf. Zum ersten Mal an diesem Abend hatte sie das Gefühl, wirklich in Gefahr zu sein. Er hob den Pokal an.

»Kommt schon, Mylady, laßt uns zusammen trinken und …«

Seine Augen quollen hervor und wurden starr, dann rutschte er unter den Tisch.

»Er muß dort unten etwas verloren haben«, sagte eine finstere Stimme.

Grace blickte auf und verspürte eine Woge der Erleichterung. »Durge!«

Der embarranische Ritter hatte sein Kettenhemd gegen ein rauchgraues Wams eingetauscht, aber sie hätte den schwarzen Sichelbart und die schwermütigen braunen Augen überall erkannt.

Durge verbeugte sich ernst. »Mylady, ich glaube, Eure Anwesenheit wird am Tisch des Königs gewünscht.«

Er streckte ihr die Hand entgegen, und sie akzeptierte anmutig. Ihr war unklar, was genau der Ritter mit ihrem Tischnachbarn gemacht hatte, aber sie war froh, Lord Siebenfinger unter dem Tisch zurücklassen zu können.

»Das ist schon das zweite Mal, daß Ihr mich gerettet habt«, sagte Grace.

»Ich fürchte, ich habe nicht mitgezählt.«

Sie gingen zu der langen Tafel, die am Ende des Großen Saales erhöht auf dem Podium stand. Dort saßen Logren, Olstin und all die anderen Seneschalle und Berater sowie Aryn und Alerain. Grace hätte gern neben der Baronesse gesessen, aber die Plätze rechts und links neben ihr waren besetzt. Olstin beugte sich vor, um Aryn etwas ins Ohr zu flüstern, und sie sah gequält geradeaus. Grace verspürte einen Stich des Mitleids, aber es gab nichts, was sie hätte tun können.

Durge führte sie zu den letzten beiden freien Stühlen am Ende der Tafel. »Bestimmt würdet Ihr eine bessere Gesellschaft als mich bei Tische vorziehen, aber ich fürchte, dies sind die letzten freien Plätze.«

»Ganz im Gegenteil«, erwiderte Grace und setzte sich. »Ich würde nirgendwo lieber sitzen.«

Durge hob überrascht eine Augenbraue, konnte aber nichts tun, außer sich zu setzen. Pagen brachten Platten mit Fleisch, und das Aroma ließ Graces Magen knurren. Sie brach das harte Tellerbrot, das zwischen ihr und Durge lag, in zwei Teile – wie Aryn es ihr gesagt hatte –, legte ein paar Stücke Fleisch auf ihre Hälfte und häufte eine wesentlich größere Portion auf die des Ritters.

Durge bedankte sich mit einem Nicken. »Ich nehme an, Ihr genießt Euren Aufenthalt auf Calavere, Mylady?«

»Ja, danke«, erwiderte sie und erkannte zu ihrer eigenen Überraschung, daß das der Wahrheit entsprach. Trotz der bizarren Situation und ihrer Angst, so viele ihr unbekannte Personen kennenlernen zu müssen und nicht zu wissen, wie sie sich zu verhalten hatte, fühlte sie sich lebendiger als jemals zuvor in ihrem Leben.

Sie trank einen kleinen Schluck Wein und nahm die Serviette, um den Rand abzuwischen, damit Durge trinken konnte, was er auch tat.

»Ich hatte keine Gelegenheit, Euch dafür zu danken, daß Ihr mich im Wald gefunden und nach Calavere gebracht habt. Ihr habt mich nie besucht.«

»Ich habe mich täglich bei Alerain nach Eurem Befinden erkundigt, Mylady. Es bestand keine Notwendigkeit, Euch mit meiner Anwesenheit zu behelligen. Ich bin sicher, daß Lady Aryn eine viel erfreulichere Gesellschaft war.«

Also hatte Durge sie doch nicht vergessen. Das ließ Grace lächeln. »Eure Gegenwart würde mich niemals stören, Durge.«

Er warf ihr einen skeptischen Blick zu, war aber offensichtlich zu höflich, um ihr zu widersprechen.

Pagen traten mit den nächsten Platten an den Tisch: ganze, in ihrem Federkleid gekochte Schwäne, in dicken Soßen schwimmende Neunaugen, dampfende Puddings aus Blut und Rosinen. Und das waren nur die Dinge, die Grace erkannte.

Nachdem das Essen serviert war, schritten zwei Männer – der eine grauhaarig und ernst, der andere mit einem lächelnden breiten Gesicht – die lange Tafel ab. Sie blieben vor jeder Platte stehen, hoben die Hände empor und sprachen ein einziges, seltsames Wort: *Kirth.*

»Wer waren die Männer?« fragte Grace, nachdem die beiden gegangen waren.

»Das sind die Runensprecher des Schlosses«, erklärte Durge. »Ich hatte gehört, daß Boreas ein paar Männer des Grauen Turms auf Calavere beherbergt. Gut zu sehen, daß er die alten Brauchtümer bewahrt.«

»Aber was haben sie da getan?«

»Ich glaube, sie haben die Rune der Bekömmlichkeit über das Essen gesprochen«, sagte Durge. »Das ist zwar keine große Magie, aber eine nützliche. Man wird eher durch ein Stück verdorbenes Fleisch sterben als durch die Klinge eines Räubers.«

Runen. Grace fielen wieder Hadrian Farrs Worte in dem Polizeirevier in Denver ein. Hatte Farr nicht behauptet, die Eisenherzen wären an Runen interessiert? Ja, aber sie waren eine Welt weit weg … oder doch nicht? Sie berührte den Beutel, der ihre Halskette enthielt, und konnte ein Schaudern nicht unterdrücken.

Während das Bankett seinen Verlauf nahm, war die Zeit für die Unterhaltung gekommen. Jongleure, Narren und Barden zeigten ihre Kunst vor der Tafel des Königs, dann wanderten sie durch den Saal. Der Nachtisch wurde serviert, darunter auch eine Art Masse, die zu allen möglichen phantastischen Skulpturen geformt war. Durge bezeichnete sie als Finessen. Soweit Grace es sagen konnte, bestanden die Finessen hauptsächlich aus Zucker und Schmalz und hatten eine überraschende Ähnlichkeit mit dem Zeug in der Mitte eines Oreo-Plätzchens. Sie aß zwei Einhörner und ein halbes Schloß.

Danach schaute sie sich im Saal um. Zwei funkelnde Smaragde ließen sie innehalten. Kyrene. Die Gräfin saß an einem Tisch in der Nähe. Sie hob den Pokal, als wollte sie einen Trinkspruch ausbringen, und schenkte Grace einen wissenden Blick. Grace fühlte ein Kribbeln im Nacken. Sie wandte rechtzeitig den Kopf, um zu sehen, wie König Boreas Kyrene mit einem Stirnrunzeln bedachte. Das Lächeln der Gräfin vertiefte sich nur noch, als sie ihre Aufmerksamkeit wieder dem attraktiven Adligen an ihrer Seite zuwandte. Grace fühlte genau, daß sich Boreas' Stirnrunzeln jetzt auf sie richtete, aber sie mied seinen Blick. Zwischen dem König und Kyrene bestanden irgendwelche Streitigkeiten, und Grace hatte es geschafft, genau dazwischen zu landen. Im Verlauf des Abends war sie mutig geworden, aber jetzt wurde ihr klar, wie gefährlich wenig sie doch in Wirklichkeit von den politischen Manövern dieses Ortes wußte. Sie stieß einen besorgten Seufzer aus.

»Stimmt etwas nicht, Mylady?« fragte Durge.

Grace traf eine Entscheidung. »Ich soll herausfinden, welche Position jeder beim Rat der Könige vertritt, aber ich fürchte, ich bin keine gute Spionin.«

»Ich verstehe.«

Sie fuhr fort, bevor sie ihren Mut verlor. »Ich habe mit allen Beratern und Seneschallen gesprochen, und alle haben mir gesagt, was sie von dem Rat halten, aber es kommt mir noch immer so vor, als hätte ich nichts in Erfahrung gebracht.«

»Wirklich nicht?«

»Nein. Ja. Ich meine, jeder scheint der Meinung zu sein, König Boreas hätte einen verborgenen Grund, warum er den Rat einberief. Ich schätze, das ist schon was. Aber es verrät mir absolut nicht, wo jeder steht. Schließlich blieb ihnen keine Wahl, als am Rat teilzunehmen. Logren sagte mir, daß die Weigerung einen …«

Plötzlich ging ihr ein Licht auf. Sie sah Durge an.

»… einen kriegerischen Akt darstellt«, vollendete er ihren Satz.

Sie nickte. Der Gedanke war so beunruhigend, daß sie ihn fast nicht weiterdenken wollte. Was war, wenn Boreas gehofft hatte, eine der anderen Domänen würde *nicht* zum Rat erscheinen?

Durge strich sich die herabhängenden Schnurrbartenden. »Ich kann nicht behaupten, daß ich viel über die Tätigkeit eines Spions weiß. Ich nehme jedoch an, daß die erste Regel darin besteht, jedermann mit Mißtrauen zu begegnen. Das schließt mich natürlich ein.« Er runzelte die Stirn. »Was wohl bedeutet, daß Ihr nicht auf meinen Rat hören solltet.«

Grace schüttelte den Kopf. »Nein, er ist gut. Euer Rat, meine ich. Ihr habt recht – wenn ich heute abend eins gelernt habe, dann die Tatsache, daß ich keinem vertrauen kann.« *Nicht einmal König Boreas*, fügte sie in Gedanken hinzu.

»Ihr sagt also, ich sei Euch eine Hilfe gewesen, Mylady?«

Sie berührte seine Hand. »Ja, das wart Ihr.«

Das Bankett ging seinem Ende entgegen, und Grace ertappte sich dabei, daß sie gähnen mußte. Die Geräusche der Unterhaltungen wurde in ihren Ohren zu einem leisen Summen, und der Qualmgeruch machte sie benommen. Sie trank langsam ihren Wein und sah geistesabwesend auf einen Stapel Immergrünzweige in einer Ecke.

Das Immergrün erwiderte ihren Blick.

Grace setzte sich kerzengerade hin. Dort, inmitten der ineinander verkeilten Zweige, blickten sie haselnußbraune Augen direkt an. Etwas bewegte sich und erschütterte die Zweige. Für einen kurzen Moment sah sie ein rundes, bärtiges Gesicht und kleine Hände. Aber das war nicht einmal das Seltsamste daran. Gesicht, Hände und Bart waren so grün wie die Sträuße.

Grace drehte sich um und ergriff Durges Arm. »Seht doch!« flüsterte sie. »Da drüben in der Ecke!«

Aber bereits in dem Moment, in dem sie sich wieder zurückdrehte, wußte sie, daß es weg war. Die Zweige lagen unbewegt da.

»Ich kann nichts sehen, Mylady.«

Sie schüttelte den Kopf. »Ich bin sicher, daß er da war. Ein kleiner Mann mit braunen Augen und grüner Haut …«

Noch während sie es aussprach, erkannte sie, wie absurd das klingen mußte.

»Vielleicht war es ja der Wein«, sagte Durge.

Grace seufzte und hielt sich den Magen. »Vielleicht waren es die Finessen.«

Was nun auch der Grund war, sie beschloß, den Abend zu beenden. Sie verabschiedete sich von Durge, wünschte dem König eine gute Nacht und fand einen Pagen, der bereit war, sie zu ihrem Gemach zurückzubringen.

Und die ganze Nacht lang träumte sie von Finessen, die wie kleine grüne Männer geformt waren.

50

Am Tag nach dem Feuer auf dem Gut des verrückten Lords erhielt Travis seine erste Lektion in Runenzauberei.

Sie ließen den Flammenschein des brennenden Herrenhauses weit hinter sich und ritten die Nacht durch. Kurz nach Sonnenaufgang und von der Zerreißprobe erschöpft entschied Falken, eine Rast einzulegen, aber dann kam Beltan von seinem Spähtrupp zurück. Der große Ritter hatte eine Prozession aus mit Kutten bekleideten Männern und Frauen gesehen, die sich dem Königinnenpfad näherten. Die anderen tauschten erschrockene Blicke aus. Vielleicht waren die Anhänger des Rabenkultes zufällig auf der Straße. Aber vielleicht auch nicht – denn Travis hatte den anderen von dem glühenden Brandeisen erzählt, mit dem Sebaris seine Stirn hatte zeichnen wollen. Die vier Reisenden verbargen sich in einem dichten Gebüsch am Straßenrand und beobachteten, wie die Kultangehörigen vorbeizogen. Einige trugen mit schwarzen Federn verzierte Stäbe, und sie alle hatten das Zeichen des Raben mit Asche auf die Stirn gezeichnet.

Als der Weg frei war, verließen sie ihr Versteck, dann ritten sie den ganzen Morgen bis weit in den Nachmittag hinein weiter nach Süden. Schließlich kamen sie zu einem *Talathrin*, der zur Hälfte verborgen in einer Senke neben der Straße lag. Der kühle Geruch nach *Alasai* war Balsam für ihre vom Feuer in Mitleidenschaft gezogenen Lungen.

»Hier wird uns kein Rabenpriester stören«, sagte Melia.

Travis wußte nicht genau, ob dieser Behauptung die dem Wegkreis innewohnende Gutartigkeit zugrunde lag oder etwas, das die Frau mit den Bernsteinaugen selbst arrangiert hatte. Auf jeden Fall ließ seine Furcht nach, als sie abstiegen und den Kreis der Bäume betraten.

Sie errichteten ihr Lager und aßen schweigend. Sie hatten gerade ihr Kochzeug verstaut, als Falken die Worte aussprach, die Travis schon den ganzen Tag gefürchtet hatte.

»Ich glaube, es ist Zeit, daß wir uns mal unterhalten, Travis.«

Travis mußte nicht aufsehen, um zu wissen, daß Melias Blick auf ihn gerichtet war. Beltan saß ein Stück abseits. Der Ritter schärfte sein Schwert mit einem Stein, eine Aufgabe, die seine volle Konzentration zu erfordern schien, aber der Art, wie er den Kopf schief hielt, war deutlich abzulesen, daß er zuhörte.

»Du willst wissen, wie ich das gemacht habe, richtig?« Travis wußte, daß sein Ton defensiv war, aber er konnte es nicht ändern. »Du willst wissen, wie ich ihn … wie ich das Feuer entzündete.«

Falken nickte. »In der Tat, das will ich.«

Travis schloß die Augen und sah wieder den Verrückten vor sich, wie sich seine Hände wie die Krallen eines schwarzen Vogels krümmten, als er sich in den Flammen wand. Er öffnete die Augen und schüttelte den Kopf. »Ich weiß es nicht, Falken. Ich weiß nicht, wie ich das gemacht habe.«

»Ich aber.«

Sie drehten sich zu Melia um. Sie hatte ihre blauschwarze Haarmähne geflochten. Jetzt machte sie die letzte Bewegung, um sie ordentlich am Nackenansatz zu befestigen. Als sie erneut das Wort ergriff, richtete sie es an Falken und nicht an Travis.

»In dem Moment, in dem wir die Tür unseres Gemachs öffneten, hörte ich ihn es sagen.«

»Was sagen?«

»Die Rune des Feuers.«

Falken stieß eine leise Verwünschung aus. »Er hat eine Rune gesprochen? Aber wie könnte das möglich sein? Lehrlinge im

Grauen Turm brauchen mindestens ein volles Jahr, bevor sie auch nur die einfachsten Runen beschwören können.«

»Es sei denn, man ist ein wildes Talent.«

»Ein wildes Talent? Die gibt es doch nur in Legenden. Melia, das sind Geschichten, damit sich die Lehrlinge unzulänglich fühlen und härter studieren.«

»Du hast die Flammen genauso gesehen wie ich.«

Der Barde quittierte die Worte lediglich mit einem Grunzen.

»Und dann der Zwischenfall in Kelcior mit der gebundenen Rune«, fuhr Melia fort. »Welche andere Erklärung sollte es für beide Vorfälle geben?«

Falken wirkte nicht erfreut, aber er widersprach ihr nicht. »Also, was sollen wir mit ihm machen?«

»Ich bin mir nicht ganz sicher. Aber ich halte es für angebracht, daß du ihm etwas über Runen beibringst, bevor er sich zu einem Haufen Asche verbrennt. Und uns gleich mit.«

Travis stöhnte innerlich auf. Wieder einmal sprachen der Barde und die Lady über ihn, als wäre er gar nicht anwesend. Er machte sich mit einem erbitterten Laut bemerkbar, und ihre Aufmerksamkeit richtete sich auf ihn. Er wollte protestieren, aber ihre entschlossenen Mienen verrieten ihm, daß es sinnlos war. Er ließ die breiten Schultern unter dem sackartig herabhängenden grünen Wams hängen.

»Also, wann fange ich mit meinen Lektionen an?«

Falkens Lippen verzogen sich zu einem wölfischen Grinsen. »Jetzt sofort.«

Trotz der weit vorgerückten Jahreszeit trugen die hohen Sonnenblätterbäume, die den *Talathrin* umringten, noch immer die radialen gelbgrünen Blätter, die ihnen ihren Namen verliehen. Travis und Falken setzten sich unter einen der uralten Bäume. Die wäßrigen blauen Augen des Barden maßen Travis mit einem Blick, der ihn zu durchbohren schien.

»Es gibt da eine Sache, die ich wissen muß, bevor wir

anfangen, Travis. Wie hast du den Namen der Rune des Feuers erfahren?«

»Ich habe ihn nie gehört. Das heißt, ich wußte nicht, daß ich ihn kannte.« Er holte tief Luft, und dann sprudelte es aus ihm heraus, wie die Stimme in seinem Geist das Wort gesagt hatte, als er die zerbrochene Rune berührte, die Falken in der Schattenkluft gefunden hatte. Jedoch verschwieg er, daß dieselbe Stimme ihm in dem Herrenhaus befohlen hatte, die Rune zu sprechen, und daß die Stimme beide Male genau wie die Jack Graystones geklungen hatte.

Falken rieb sich das stoppelige Kinn. »Ich bin kein Experte in der Runenkunst. Ich verfüge nicht mal über ein Zehntel des Wissens eines Meisters des Grauen Turms, und der verfügt nicht mal über ein Zehntel des Wissens, das einst die Runenmeister beherrschten. Ich weiß nicht, was es mit der Stimme auf sich hat, die zu dir gesprochen hat. Aber im Laufe der Jahre habe ich mir ein paar geringfügige Kenntnisse über Runen angeeignet, und ich glaube, ich weiß genug, um dir beizubringen, wie du es vermeidest, dich und andere zu verletzen, sollte sich die Stimme noch einmal zu Wort melden.«

Der Barde strich mit der behandschuhten Hand den Erdboden glatt. Er malte mit dem Finger ein Symbol.

»Das ist die Rune des Feuers. Ihr Name lautet *Krond.*«

Travis senkte den Kopf, um sich die drei Linien näher anzusehen. Es handelte sich um das gleiche Symbol wie auf der zerbrochenen Runenscheibe, die er berührt hatte.

»Spricht man den Namen einer Rune aus, beschwört man damit ihre Macht«, sagte Falken. »Indem du *Krond* sagtest, hast du die Macht des Feuers heraufbeschworen. Ich glaube, das Resultat ist dir nicht verborgen geblieben.«

Travis erschauderte, dann kam ihm ein Gedanke. »Moment mal. Wieso kannst du sie jetzt aussprechen? Die Rune des Feuers, meine ich. Warum hast du ihre Macht nicht heraufbeschworen, als du sie vor einer Sekunde aussprachst?«

»Gut, Travis. Du paßt auf. Und jetzt halt die Klappe und hör zu.«

Travis unterbrach die Lektion des Barden kein zweites Mal.

»Wenn man die Macht einer Rune dadurch heraufbeschwören könnte, indem man bloß ihren Namen murmelt, dann wäre der Graue Turm so gut wie überflüssig und jeder Bauer der Domänen ein Runensprecher«, fuhr Falken fort. »Aber das ist nicht der Fall, und selbst wenn die Runensprecher heutzutage nicht aus der Mode gekommen wären, gäbe es trotzdem nur wenige von ihnen. Um die Macht einer Rune beschwören zu können, muß man sie mit seiner Willenskraft dazu zwingen, daß sie auch in Erscheinung tritt, wenn man sie beim Namen nennt. Und vermutlich braucht man jahrelange Übung, um zu lernen, seinen Willen auf die nötige Weise zu konzentrieren.« Er sah Travis abschätzend an. »Jedenfalls die meisten Leute.«

Travis wand sich unter dem forschenden Blick, aber er hielt den Mund.

»Ich habe Geschichten über in der Ausbildung befindliche Runensprecher gehört, die unter Druck Runen beschwören konnten, die weit außerhalb ihrer sonstigen Reichweite lagen. Meiner Meinung nach war deine Furcht vergangene Nacht groß genug, um die Rune *Krond* zu beschwören. Das bedeutet, daß du lernen mußt, deinen Willen zu kontrollieren, Travis. Das ist für dich von entscheidender Wichtigkeit. Das nächste Mal könntest du dich selbst anzünden. Oder Melia oder Beltan oder auch mich.«

Travis ließ den Kopf hängen. Daran hatte er nicht gedacht.

Es war ihm nie in den Sinn gekommen, daß er seine Reisegefährten verletzen könnte. Tief in seinen Eingeweiden formte sich ein kalter Knoten. *Ich will diese Macht nicht haben. Ich will überhaupt keine Macht haben.* Aber was er wollte, schien in dieser Welt genausowenig eine Rolle zu spielen wie in der vorherigen.

»Dann unterrichte mich, Falken«, sagte er. »Bring es mir bei, damit ich nie wieder jemanden verletze.«

Falken warf ihm einen fragenden Blick zu. Aber er starrte bloß stur geradeaus. Es war sinnlos, das erklären zu wollen. Nur eine Person hätte das verstanden. *Alice.* Und sie war weiter als nur eine Welt entfernt. Viel weiter.

Der Barde nickte. »Also gut, Travis. Ich unterrichte dich.«

Die Lektion dauerte noch eine Weile, dann rief Melia sie. Das Abendessen war fertig.

»Wo kommen sie eigentlich her, Falken?« fragte Travis, als sie aufstanden. »Die Runen, meine ich.«

Die beiden begaben sich zum Lagerfeuer und setzten sich neben Melia und Beltan. Dann beantwortete Falken die Frage.

»Die Legende erzählt, daß vor langer Zeit der Gott Olrig Einhand das Geheimnis der Runen von den Drachen stahl«, sagte der Barde. »Dann gab er es als Geschenk an die Menschheit weiter.«

»Olrig? Ist das einer der Götter dieser Mysterienkulte?«

»Nein«, sagte Falken. »Götter gab es schon lange vor den Mysterienkulten.«

Melia ließ den Löffel fallen, mit dem sie in einem der Töpfe umgerührt hatte. Sie sah Falken wütend an.

»Was denn«, erwiderte er. »Das ist die Wahrheit.«

Sie seufzte. »Ich weiß. Das ist bloß keines meiner Lieblingsthemen.«

Danach sagte Travis nichts mehr, außer Melia für den ausgezeichneten Eintopf zu loben.

Während der nächsten Tage stießen sie auf ihrer Reise durch Eredane auf ein gutes Dutzend weiterer Dörfer und Städte. Sie alle zeigten die gleichen Anzeichen von Verfall und Siechtum wie Glennens Stellung. Und in ihnen allen gab es deutliche Hinweise auf den Rabenkult. Hier und dort war das Symbol der Rabenschwinge in eine Steinmauer oder einen Holzpfahl eingeritzt worden; einmal hatte man es mit rostrotem Blut auf die Tür eines verdunkelten Gebäudes gemalt.

An einem grauen Nachmittag – zwei Tage nach ihrer Flucht aus Sebaris' Herrenhaus – stießen sie auf die Pfähle.

Hohe Holzpfähle säumten beide Seiten der Straße und zeigten wie Knochenfinger in den Himmel. Aber es waren nicht die Pfähle selbst, die die vier Reiter anhalten, würgen und die Hände vor die Münder schlagen ließen. Es war das, was man an jedem von ihnen festgebunden hatte.

Falken brach die schreckliche Stille. »Das müssen ... das müssen ein ganzes Dutzend sein.«

»Mehr«, sagte Beltan.

»Bei allen Sieben, wer bringt denn so etwas nur zustande?«

»Diese Tat wurde bei keinem der Sieben Mysterien begangen«, sagte Melia voller Trauer.

Gegen seinen Willen betrachtete Travis den ihm am nächsten stehenden Pfahl. Was dort baumelte, war kaum mehr als ein Skelett, das von getrockneten Sehnen zusammengehalten wurde und mit Händen und Füßen an den Holzpfahl gefesselt war. Über den leeren Augenhöhlen des Totenschädels waren dunkle, vertraute Linien eingestanzt: das Zeichen des Raben. Dieser hier war auf so brutale Weise markiert worden, daß sich das glühende Brandeisen durch die Haut gebrannt und den darunterliegenden Knochen versengt hatte. Travis hoffte, daß das Opfer da schon tot gewesen war, obwohl er genau wußte, daß es sich nicht so verhalten hatte, daß der Tod erst Tage später gekommen war, dort oben auf dem Pfahl, als die ungeduldigen Aasvögel aus dem Himmel herabstießen, um vor ihrer Zeit zu fressen.

Jeder Pfahl trug eine ähnliche Last. Sie erhoben sich über die Straße wie ein schauerlicher Wald, in dem Kleider- und Fleischfetzen Blättern gleich im Wind flatterten. *Sieh weg, Travis. Du mußt wegsehen.* Aber er konnte nicht. Ein so schrecklicher Anblick verlangte nach einem Zeugen.

»Da ist ein Schild an den Pfahl genagelt«, sagte Beltan.

Sie drängten ihre nervösen Pferde näher heran. Die Worte auf dem Schild waren mit plumper Hand geschrieben, wie von jemandem, der kaum des Schreibens mächtig war. *Hier is ein Hexe, un ihre Augen wurdn rausgerissen.*

»Armes Ding«, flüsterte Melia. »Vermutlich hatte sie in ihrem ganzen Leben noch nie von Sia gehört. Vermutlich war sie bloß die weise Frau des Dorfes.«

Beltan zeigte auf einen anderen Pfahl. »Oder sie war ein Krüppel und einfach anders, so wie der da.« Trotz Verwesung war der Klumpfuß der Leiche deutlich erkennbar.

Sie ritten die Pfahlreihe weiter ab. Unter einem lag ein Haufen halbverbrannter Bücher.

Falken seufzte. »Also ist Lesen jetzt auch schon ein Verbrechen. Was geht hier vor?«

An dem letzten Pfahl fanden sie so etwas wie eine Antwort. Die daran festgebundene Leiche war so verstümmelt, daß sie kaum noch menschlich aussah. Darunter war ein weiteres primitives Schild festgenagelt. *Das passiert mit Häretikern und Runensprechern.*

Travis blickte Falken ängstlich an. »Ich verstehe das nicht. Warum haben sie das getan?«

Es war Melia, die ihm antwortete. »Ich glaube, wir haben gerade ein weiteres Dogma des Rabenkultes kennengelernt. Für die Gefolgsleute des Raben ist Magie offenbar Ketzerei.

Genau wie das Lesen von Büchern. Oder einfach anders zu sein.«

Beltan umfaßte den Griff seines Schwertes. »Warum hat Königin Eminda dieser Sache kein Ende bereitet? Ein paar Dutzend Ritter, die ihre Schwerter in die richtigen Herzen stoßen, und dieser neue Kult wäre tot.«

»Politik und Religion sind keine gute Mischung«, sagte Falken. »Es könnte gute Gründe geben, daß sich Eminda da raushält. Alles, was Fanatiker brauchen, um militant zu werden, ist ein Märtyrer. Wenn Königin Eminda versuchen würde, den Rabenkult zu vernichten, könnte sie unter Umständen einer schmutzigen kleinen Rebellion gegenüberstehen.«

Beltan grunzte, widersprach aber nicht.

»Wie dem auch sei«, sagte Melia, »ich glaube, wir sollten von jetzt an besser Dörfer und Städte meiden.«

Sie blickte nicht in Travis' Richtung, aber er wußte, was ihre Worte wirklich bedeuteten. Er rieb sich die rechte Hand. Die Rune, die einmal auf seiner Hand geleuchtet hatte, war nun unsichtbar, aber er konnte sie noch immer spüren; es war wie ein Kribbeln unter der Haut. Was würde geschehen, wenn sie jemals wieder aufleuchtete und die Anhänger des Raben in der Nähe waren und sie sahen? Würde er noch leben, wenn sie ihn an den Pfahl banden?

Warum, Jack? Warum hast du mir das angetan? Hast du nicht gewußt, was passieren würde?

»Reiten wir weiter«, sagte Falken.

Sie trieben ihre Tiere an, und die Pferde, die diesen Ort so schnell wie möglich verlassen wollten, verfielen in einen eiligen Trab. Eine Minute später warf Travis einen Blick zurück über die Schulter. Auf dem Pfahl mit dem toten Runensprecher hockte ein dunkler Umriß. Er sah wieder nach vorn und versuchte zu verdrängen, daß der Schatten ihn mit kleinen schwarzen Augen beobachtete.

51

Travis' Unterricht in der Runenzauberei wurde fortgesetzt, während die vier Reisenden immer weiter in Richtung Süden auf Calavere und den Rat der Könige vordrangen. An jedem Abend setzten sich Falken und Travis nach dem Essen zusammen. Travis verfolgte aufmerksam, wie der Barde mit einem Stock Runen in den Staub zeichnete, und sprach danach jeden Namen aus, wobei er sorgfältig darauf achtete, seinen Willen unter Kontrolle zu halten, um keine der damit verbundenen Mächte zu beschwören.

Nach kurzer Zeit hatte Travis die Formen und Namen von über einem Dutzend Runen gelernt. Da war *Krond*, das für Feuer stand, und *Gelth*, das Eis. *Sharn* war Wasser, *Tal* der Himmel und *Lir* das Licht. Die Namen fühlten sich auf seiner Zunge seltsam und dennoch vertraut an. Trotzdem wiederholte er sie nur flüsternd, und er hielt seine Gedanken dabei neutral. Er wollte die Geschehnisse im Herrenhaus nicht wiederholen.

Eines Nachmittags reichte ihm Falken in dem *Talathrin*, in dem sie haltgemacht hatten, den Stock.

»Hier, jetzt bist du dran.«

Travis zögerte. War er dafür bereit? Jedoch nahm Falken den Stock nicht zurück. Travis schluckte schwer, dann ergriff er ihn. Falken glättete den Staub.

»Zeichne die Rune des Feuers, Travis.«

Er dachte einen Augenblick lang nach, dann malte er schnell drei Linien auf den Boden, bevor ihn der Mut verließ.

»Sehr gut.«

Travis seufzte erleichtert auf.

»Allerdings ist der Winkel der zweiten aufsteigenden Linie

etwas zu niedrig, und die absteigende Hauptlinie sollte ein Stück tiefer reichen.«

Travis' Seufzer verwandelte sich in Niedergeschlagenheit.

»Jetzt zeichne die Rune des Himmels.«

Tal. Das war leicht. Travis malte einen Punkt mit einem Bogen darüber. Falken studierte das Ergebnis und grunzte dann. Travis hielt das für ein gutes Zeichen, und seine Laune besserte sich. Vielleicht war er ja doch kein so schlechter Schüler.

»Wie wäre es, wenn du noch eine machst, bevor Melia uns zum Essen ruft?« meinte Falken. »Zeichne die Rune des Lichts.«

Grinsend malte Travis eine Linie, von der ein in einem Winkel abzweigender, an einen Ast erinnernder Strich ausging, darunter setzte er einen Punkt.

Dämmerung senkte sich über den Wegkreis. Die Luft wurde eiskalt, Travis konnte nicht mehr atmen. Auf der anderen Seite des *Talathrins* ertönte ein Schmerzensschrei, gefolgt von einem einzigen, in Furcht ausgestoßenen Wort.

»Melia!«

Travis krallte sich die tauben Finger in den Hals. Das Zwielicht wurde dunkler, dichter, wie ein aus Schatten gewobenes Leichentuch. Sein Verstand verdunkelte sich wie das Licht. Nur noch wenige Augenblicke, und er würde selbst ein Schatten sein.

Seine nachlassenden Sinne registrierten etwas: ein Grunzen der Anstrengung, eine mühsame Bewegung direkt vor ihm, dann ein Reiben im Staub. Das Zwielicht verschwand, kupferfarbenes Sonnenlicht strömte wieder in den Wegkreis.

Travis schnappte mühsam nach Atem, füllte seine Lungen mit guter Luft. Das Feuerwerk vor seinen Augen verblaßte. Auf der anderen Seite des Kreises hielt Beltan Melia in seinen Armen. Das Gesicht der Frau war bleich, dunkle Schatten zeichneten sich unter ihren Wangenknochen ab. Jedoch schien es ihr soweit ganz gut zu gehen, denn sie stieß den Ritter sanft, aber bestimmt zur Seite und stand ohne Hilfe auf. Falken stützte sich noch immer auf der Hand auf, mit der er die Rune weggewischt hatte, die Travis auf den Boden gezeichnet hatte. Der Barde hob den Kopf und sah Travis an.

»Du bist ein Spiegelleser, nicht wahr?«

Travis begriff nicht, was gerade passiert war – wie gewöhnlich –, aber das war nicht der Zeitpunkt, um Dinge zu verbergen. »In meiner Welt nennt man das Legasthenie.«

Falken fluchte und kämpfte sich mühsam auf die Beine. »Warum hast du mir das nicht vorher gesagt?«

Beinahe hätte Travis gelacht. Der Barde konnte nicht wissen, was er da verlangte. Das Gelächter blieb an dem Knoten in seinem Hals hängen.

Melia kam heran. Sie schien ihre Kraft wiedergefunden zu haben, obwohl Beltan schützend hinter ihr ging. Er schaute Travis finster an.

Melia wölbte eine Braue. »Ein Spiegelleser?«

»Ich hätte es früher erkennen müssen«, sagte Falken. »Alle Anzeichen waren da, aber ich habe es erst jetzt begriffen. Ich bat ihn, die Rune des Lichts zu zeichnen. Das hat er auch getan, aber er malte den abzweigenden Ast und den Punkt auf die linke Seite und nicht auf die rechte.«

»Du meinst, er zeichnete sie verkehrt herum?«

Der Barde nickte. »Und die Rune des Lichts verkehrt herum ist *Sinfath* – die Rune des Zwielichts.«

Melia seufzte und legte die Finger an die Schläfe. »Nun, das erklärt meine Kopfschmerzen. *Sinfath* und ich haben uns noch nie verstanden.«

»Wie heißt es noch, Gleiches stößt Gleiches ab?«

Die Bemerkung brachte dem Barden einen vernichtenden Blick ein. »Das ist nicht witzig, Falken. Du weißt genau, daß mich jede Runenmagie beeinflußt.«

»Sie hätte beinahe uns alle beeinflußt, auch wenn ich mir nicht sicher bin, wie. Es ist fast so, als hätte er angefangen, die Macht der Rune mit diesem Ort zu verbinden. Nur daß das unmöglich ist.«

Beltan kratzte sich am Hals. »Und wenn man sie miteinander verbunden hätte?«

»Dieser Wegkreis hätte für alle Zeiten im Dunkeln gelegen«, antwortete Falken dem Ritter, »ein Ort voller Nebel und Schatten. Und man hätte ihm nie entkommen können.«

»Ich bin mir nicht sicher, daß ich das wirklich wissen wollte.«

»Du hast gefragt.« Falken schüttelte den Kopf. »Aber die Kunst des Runenbindens ist tot und seit Jahrhunderten verloren. Das hier muß durch etwas anderes ausgelöst worden sein.«

Melia ging langsam im Kreis um Travis herum. »Vielleicht.«

Travis hielt den Kopf aufrecht, obwohl ihm jeder Instinkt zuschrie, sich zu einem Ball zusammenzurollen und den Versuch zu unternehmen, zu verschwinden.

Melia ergriff wieder das Wort, und obwohl ihr Tonfall energisch war, drückte ihre Miene Mitleid aus. »Nun, was auch geschehen ist, es ist kein Schaden entstanden, und dafür können wir dankbar sein. Wir können uns später darüber unterhalten. Das Abendessen ist so gut wie fertig. Ich setze einen Topf aufs Feuer, während wir auf den Eintopf warten. Bestimmt fühlen wir uns nach einem Becher *Maddok* viel besser.«

Travis warf Melia einen dankbaren Blick zu. Sie nickte und ging als erste zurück zum Lagerfeuer. Der *Maddok* war heiß und gut, und Travis' Laune hob sich. Doch als die Sonne hinter dem Horizont versank und sich die kühle und purpurne Dämmerung auf den Wegkreis senkte, konnte keiner von ihnen ein Schaudern unterdrücken.

Danach konzentrierten sich Travis' Lektionen in Runenzauberei weniger auf reines Wissen als vielmehr auf Kontrolle. Während der Unterricht seine Abende im Lager ausfüllte, waren die langen Tage auf dem schwankenden Rücken seines Wallachs wesentlich ermüdender. Die Muskeln seiner Beine gewöhnten sich an das Leben im Sattel, aber sein Rücken schmerzte ständig, und die Landschaft half wenig dabei, ihn von den Schmerzen abzulenken. Im Westen erstreckte sich die Ebene in mattbraunen Wellen, im Osten erhoben sich die schroffen Abhänge des Fal Erenn. Manchmal wünschte sich Travis, sie könnten in die Berge reiten oder über die weiten Ebenen preschen, egal was, nur damit sie das dazwischenliegende Land und die alte tarrasische Straße verlassen konnten, die mit einer unerschütterlichen Vorhersehbarkeit, die einen in den Wahnsinn treiben konnte, über Hügel und durch seichte Täler führte.

Er verbrachte die meiste Zeit im Sattel mit dem Versuch, sich warm zu halten. Es war unnötig, die Zügel zu halten – der Wallach folgte problemlos seinen Artgenossen –, also hielt er die Hände unter den Umhang gesteckt. Er brauchte bloß drei Stürze in den Schlamm, bevor er gelernt hatte, sich mit den Knien zu halten. Für gewöhnlich ritt er allein. Beltan trieb sein Pferd immer voraus oder fiel zurück, um nach möglichen Gefahren Ausschau zu halten, und Falken und Melia hielten ihre Pferde stets ein Dutzend Schritte voraus.

Ihre Schweigsamkeit wurmte ihn. Warum erklärte ihm nie jemand, was eigentlich genau los war? Jack hatte in der Nacht im Magician's Attic nichts erklärt. Genausowenig wie Bruder Cy in dem seltsamen Erlösungszelt. Was glaubten sie, daß er tun würde, wenn er die Wahrheit kannte?

Vielleicht haben sie Angst.

Er war sich nicht sicher, wo der Gedanke herkam. Es war nicht die Stimme, die zu ihm gesprochen hatte, die Stimme, die Jacks so sehr ähnelte. Möglicherweise war es nur ein Instinkt, aber er schien richtig zu sein. Melia und Falken fürchteten sich vor etwas. Genau wie Jack. Und der seltsame Mann in Schwarz? Travis hatte nicht die geringste Vorstellung, was Bruder Cy gedacht hatte. Aber selbst der Priester hatte sich gescheut, die Schatulle aus Eisen zu berühren, die Jack ihm gegeben hatte.

Zum ersten Mal seit ihrem Aufbruch holte Travis das kleine Kästchen hervor. Er hatte ganz vergessen, wie schwer es sich auf seiner Handfläche anfühlte. Er zeichnete mit dem Finger die komplizierten Runen auf seiner Oberfläche nach. Jetzt erkannte er ein paar davon. Die größte Rune, die in der Mitte des Deckels, war *Sinfath*: das Zwielicht.

Travis kaute auf der Unterlippe herum. Irgendwie drehte sich alles um diesen Behälter und den darin aufbewahrten Stein. Jack, Cy, Falken, Melia – jeder, der etwas darüber wußte, was hier vor sich ging, war an dem Kästchen interessiert gewesen, trotzdem hatten sie alle gezögert, es zu berühren.

Er fing an, den Deckel anzuheben, dann verharrte er. Er blickte auf. Der Barde und Melia waren ein Stück vorausgeritten. Sie würden es nicht bemerken, und er würde den Behälter nur einen kurzen Augenblick lang öffnen. Er wollte nur den Stein wiedersehen, vielleicht seine Glätte auf der Haut spüren, bloß ein oder zwei Sekunden lang.

Er klappte den Deckel auf, bevor er es sich anders überlegen konnte. Eine tiefe Ruhe überkam ihn. Der gesprenkelte grüne Stein funkelte auf seinem Samtbett. Travis schloß die Finger darum. Schuld schlich sich in das Vergnügen, und mit großem Zögern legte er ihn zurück in die Schatulle und schob sie sich wieder unter das Wams.

Doch im Verlauf der nächsten Tage holte er den Stein mehrere Male hervor. Er wollte es nicht. Er ertappte sich dabei, wie er sein Pferd ein Stück zurückfallen ließ, und noch bevor er sich dessen bewußt wurde, lag der Stein auf seiner Hand. Es war so leicht, sich in seiner schillernden Oberfläche zu verlieren, und die Meilen schienen viel schneller zu verstreichen, wenn er ihn in der Hand hielt – obwohl er ihn immer in seinen Behälter zurücklegte und zu den anderen aufschloß, bevor sie sein Herumtrödeln bemerkten.

Gegen Abend des elften Tages nach ihrem Aufbruch aus Kelcior – dem vierten nach dem Zwischenfall auf dem Gut des verrückten Lords – hob Falken die Hand mit dem schwarzen Handschuh und ließ die Gruppe anhalten.

Der Barde betrachtete zwei große Steinsäulen, die aus dem Farn am Straßenrand herausragten. Sie waren dreimal so hoch wie breit, und die Muster auf ihren vom Wind abgeschliffenen Oberflächen waren kaum noch zu erkennen. Hinter ihnen schien es so etwas wie einen Pfad zu geben, der sich in die Ausläufer der Morgenrotberge hinaufschlängelte.

Melia schnippte sich den Zopf hinter die Schulter. »Ich war der Meinung, wir hätten uns darauf geeinigt, daß wir keine Zeit für deinen kleinen Abstecher haben, Falken.«

»Und ich war der Meinung, wir hätten uns darauf geeinigt, darüber zu sprechen, sobald wir hier angelangt sind.«

»Du wirst alt, Falken. Dein Gedächtnis läßt nach.«

Der Barde lachte. »Oh, gerade du mußt vom Alter sprechen, Melia.«

Ihre Miene verdüsterte sich. »Wie regeln wir das also?«

»Ich weiß nicht. Wie?«

Beltan räusperte sich. »Entschuldigung. Ich weiß, daß das eine ziemliche Ironie ist, aber … ich habe tatsächlich eine Idee.«

Melia und Falken wandten sich dem großen Ritter zu. Sie warteten gespannt.

Jetzt, wo Beltan ihre Aufmerksamkeit hatte, wirkte er

unbehaglich. »Warum geht Falken nicht dorthin, wo er hinmuß, während der Rest von uns weiter auf dem Königinnenpfad bleibt?«

Falken verschränkte die Arme. »Mich loswerden zu wollen ist keine diskussionswürdige Möglichkeit, Beltan.«

»Oh, ich weiß nicht«, sagte Melia. »Mir gefällt die Idee.«

»Das glaube ich gern.«

»Nicht so schnell«, sagte Beltan. »Das ist nicht der ganze Plan. Der Rest von uns reitet nur mit der Hälfte unseres sonstigen Tempos weiter, und wenn Falken das erledigt hat, was auch immer er erledigen muß, kann er uns im schnellen Galopp einholen. So kann Falken seinen Abstecher machen, und wir kommen Calavere in der Zeit ein Stück näher.«

Travis grinste Beltan an. Für jemanden, der von sich behauptete, kein großer Denker zu sein, war das ein ziemlich cleverer Plan.

Falken und Melia musterten einander, als wollten sie vorhersagen, was der andere dazu zu sagen hatte.

»Der Plan hat seine Vorzüge«, sagte Melia.

Der Barde schnaubte. »Er könnte akzeptabel sein.«

Beltan atmete erleichtert auf. »Warum denkt ihr beide nicht darüber nach? Es wird dunkel, vor morgen früh können wir sowieso nichts tun.«

Darauf konnten sich die beiden tatsächlich einigen, und sie schlugen am Straßenrand ihr Lager auf.

In dieser Nacht hatte Travis die erste Wache. Normalerweise hätte ihn das gestört, da er von dem langen Tagesritt erschöpft war. Doch aus einem ihm unbekannten Grund fühlte er sich ruhelos. Er saß auf einem Felsen, ein Stück von dem ersterbenden Lagerfeuer entfernt, blickte in die Nacht und lauschte den gleichmäßigen Atemzügen der anderen.

Langeweile überkam ihn. Bevor er überhaupt darüber nachdachte, das Eisenkästchen aus der Tasche zu ziehen, hielt er es schon in der Hand. Er blickte auf und beobachtete einen Moment lang die schattenhaften Umrisse am Feuer. Weder Falken noch Melia bewegten sich. Er öffnete den Deckel.

Ein Seufzen kam über seine Lippen. In der Dunkelheit war der Stein noch schöner. Er fing das Sternenlicht ein und webte es zu einer graugrünen Aura, die direkt über seiner Oberfläche schimmerte. Verzaubert beugte sich Travis über den Behälter.

Ein leises Summen riß ihn aus seiner Trance.

Travis schüttelte den Kopf. Obwohl nur eine oder zwei Minuten vergangen zu sein schienen, seit er das letzte Mal aufgesehen hatte, waren die Sterne am Himmel weitergewandert. Wie lange hatte er den Stein angestarrt?

Das Summen wurde lauter, er bekam eine Gänsehaut. Er legte den Stein in den Behälter zurück, schob ihn sich unter das Wams und stand auf, um in die Nacht hinauszublicken. Dann sah er es: in der Ferne zeichnete sich ein fahles Leuchten von der Dunkelheit ab. Er hatte dieses Licht schon zweimal gesehen, einmal in Jacks Antiquitätenladen, als die Eindringlinge angegriffen hatten, und dann noch einmal auf dem Highway nördlich von Castle City, kurz bevor er in die alte Reklametafel getreten war. Der Lichtschein kam näher.

Travis rannte zum Lagerfeuer und schüttelte Falken an der Schulter.

Der Barde stöhnte ärgerlich. »Was ist denn, Travis?«

Er flüsterte nur ein Wort. »Gefahr.«

Falken setzte sich auf, sofort hellwach. »Weck die anderen.«

Augenblicke später waren sie um die Überreste des Lagerfeuers versammelt, das Beltan mit dem Inhalt einer Wasserflasche gelöscht hatte.

»Anscheinend haben dich die Feinde deines Zaubererfreundes Jack gefunden, Travis«, sagte Melia. »Es war wohl nur eine Frage der Zeit. Obwohl ich mich frage, warum jetzt und hier und nicht schon früher.«

Travis hob eine Hand und berührte die Schatulle durch den rauhen Stoff seines Wamses, sagte aber nichts.

Beltan griff nach dem Schwert. »Was tun wir? Kämpfen?«

»Nein, wir reiten«, sagte Falken.

Wenige Minuten später lenkten sie ihre Pferde auf den breiten Königinnenpfad. Das Licht, ein geisterhaftes blauweißes Leuchten im Norden, war näher gekommen. Sie wandten sich von der Helligkeit ab, aber bevor sie ihren Pferden die Sporen geben konnten, stieß Falken einen Fluch aus.

»Was ist?« fragte Melia.

»Seht.«

Im Süden hob sich ein weiterer Lichtschein von der Dunkelheit ab; er war nicht sehr hell, aber deutlich erkennbar. Travis griff verstohlen in sein Wams, und seine Finger strichen über die Schatulle aus Eisen. Er verspürte den unwiderstehlichen Drang, sie zu öffnen, und er fing an, sie hervorzuholen.

Melia drehte sich in ihrem Sattel um, und der Blick ihrer bernsteinfarbenen Augen schien ihn aufspießen zu wollen. Er biß die Zähne zusammen, widerstand dem seltsamen Drang und zog die Hand zurück.

Falken lenkte sein Pferd neben Melias. »Was ist das deiner Meinung nach?«

»Ich kenne nur eine Sache, die in einem solch grellen Lichtschein kommt. Aber das kann nicht sein. Es ist so lange her.«

»Nun, ich verspüre keine große Lust, hier stehenzubleiben, um zu sehen, ob du recht hast.«

Beltans Schlachtroß tänzelte nervös im Kreis. »Und was machen wir jetzt?«

»Wir können nach Westen reiten und uns quer durch das Land schlagen«, schlug Melia vor.

Der große Ritter schüttelte den Kopf. »Im Westen gibt es nichts außer offener Prärie. Wir wären ohne jede Deckung.«

Melia stöhnte ärgerlich auf. Offensichtlich war das nicht die Antwort, die sie hatte hören wollen.

»Es gibt einen anderen Weg.«

Es war Falken, der das sagte.

»Wieso habe ich gewußt, daß du das sagen würdest?« meinte Melia ungehalten.

Falken betrachtete das näher kommende, flackernde Licht. »Das ist nicht der richtige Zeitpunkt für Sturheit, Melia. Die Berge bieten uns die größte Chance, ein Versteck zu finden.«

»Das ist nicht fair, und das weißt du auch.«

»Fairneß hat damit nichts zu tun.«

Travis versuchte die Panik hinunterzuschlucken, die sich seine Kehle hinaufkrallte. Bildete er sich das bloß ein, oder zeichneten sich in dem Licht tatsächlich schmale Silhouetten ab?

Melia verschränkte die Arme und starrte den Barden böse an. »Also gut, Falken. Wir machen deinen Umweg. Aber wenn wir zu spät zum Rat kommen, dann ist das deine Schuld.«

»Als wäre es das nicht sowieso.«

Sie bogen von der Straße ab, lenkten ihre Pferde zwischen den beiden von der Zeit verwitterten Steinsäulen hindurch und ritten im leichten Galopp den dahinter liegenden, sich windenden Pfad entlang.

52

Die ganze Nacht lang suchten sie sich auf dem trügerischen Pfad ihren Weg, immer höher in die schattenhaften Berge hinein. Travis hielt sich am Rücken seines Pferdes fest und grub jedesmal, wenn der Wallach über einen Stein stolperte, die Finger in die Mähne. Am wolkenverhüllten Himmel leuchteten weder die Sterne noch der Mond, trotzdem führte Melia die Gruppe voller Selbstvertrauen. Ihre Stute trieb wie ein Geist durch das Zwielicht, und die anderen Pferde folgten ihr anhand ihres Geruchs. Von Zeit zu Zeit glaubte Travis zwei funkelnde bernsteinfarbene Lichter voraus zu sehen, die die Finsternis wie die glühenden Augen einer Katze durchbohrten, aber er konnte sich nicht darauf verlassen, daß ihm seine eigenen Augen keinen Streich spielten.

In der ersten Zeit, die sie den schmalen Pfad entlangritten, schaute Travis alle paar Minuten über die Schulter, und jedesmal erwartete er, daß das blauweiße Licht die Nacht zerriß. Doch da war nur unberührte Dunkelheit. Von seinen geheimnisvollen Verfolgern fehlte jede Spur. Schließlich überkam ihn Müdigkeit, die seiner Furcht die Dringlichkeit nahm. Am Ende verfiel er in eine Art Wachtraum, eine betäubte Trance, in der es nur die Dunkelheit und das unablässige Geklapper der Pferdehufe gab. Murmelnde Stimmen in der kühlen, feuchten Luft ließen ihn aufschrecken.

»Was auch immer du getan hast, um unsere Spuren zu verbergen, anscheinend hat es funktioniert. Ich glaube nicht, daß sie uns gefolgt sind.« Das war Falkens leise, melodische Stimme.

»Wie weit ist es noch?« Wasser, das auf Kupfer prasselte. Melia.

»Ich glaube, wir sind fast da. Obwohl ich gestehen muß, daß es lange her ist, daß ich diesen Ort besucht habe. Sogar sehr lange.«

»Sollen wir hier eine kurze Rast einlegen?«

»Nein, laß uns weiterreiten. Ich glaube, es ist vermutlich sicherer, dort unser Lager aufzuschlagen, sobald wir da sind.«

Travis blinzelte, und erst dann begriff er, daß er sehen konnte. Eine perlmuttfarbige Lumineszenz hatte sich in den Nebel geschlichen, und er konnte um sie herum die stummen Umrisse zerklüfteter Berge ausmachen, Flecken aus dunklerem Grau, die sich von der leuchtenden Luft abhoben. Der Pfad verlief zwischen den ausgestreckten Armen zweier hörnerartiger Gipfel, dann kamen sie in ein Tal, das von allen Seiten von bewaldeten Hügeln eingeschlossen wurde. Ein kühler Morgenwind fegte in das Tal und riß den Nebel auseinander. Das weißgoldene Licht der aufgehenden Sonne durchbrach den weißen Schleier.

Das war der Augenblick, in dem sie ihn sahen. Er stand wie ein bleicher Wächter auf einem Erdhügel in der Mitte des Tals. Sie zügelten die Pferde.

Selbst als Ruine war der Turm noch prächtig anzusehen. Glatte, elfenbeinfarbene Wände schwangen sich spitz zulaufend himmelwärts. Es gab weder Fenster noch Simse, auch keine Zinnen – nichts, was die perfekte Symmetrie seiner Form verunstalten konnte. Doch die Zeit war nicht so rücksichtsvoll mit der luftigen Perfektion des Turms umgegangen wie seine Schöpfer. Seine Kuppe, die in einer Spitze hätte enden müssen, endete statt dessen in einer gezackten Krone aus zerbrochenem Stein. Mit Moos und Flechten überwachsene Haufen aus schmutzigweißem Geröll waren rings um den Turm angehäuft. Abgestorbene Schlingpflanzen klebten wie Adern an den Wänden.

In der kühlen Luft beschwor Travis' Atem Geister hervor. »Falken, wo sind wir?«

Der Wind riß an dem schwarz-silbernen Haar des Barden. »Das war der Weiße Turm, der Turm der Runenbinder. Er war eine der drei Bastionen der Runenmagie, die vor über siebenhundert Jahren nach dem Fall von Malachor von den Anhängern der Runenmeister gegründet wurden.«

Travis trieb sein Pferd ein Stück vorwärts. »Die Runenmeister?«

Falken nickte. »Die Runenmeister waren die größten Zauberer, die es in Falengarth jemals gab. Bei ihrem Dahinscheiden ist viel Wissen verlorengegangen, Wissen, das man nie wieder zurückgewinnen wird. Aber einige ihrer Lehrlinge flohen vor der Zerstörung Malachors. Im Exil errichteten sie drei Türme, um die Kunst zu bewahren, wie man Runen spricht, sie bindet und bricht.«

»Aber was ist mit ihnen geschehen?«

»Sowohl der Weiße Turm wie auch der Schwarze Turm fielen vor vielen Jahrhunderten, und die Kunst des Runenbindens und des Runenbrechens ging der Welt verloren. Von den dreien steht heute nur noch der Graue Turm, und trotzdem ist die Macht des Runensprechens nur noch ein fahler Schatten dessen, was sie einst darstellte. Die heutigen Runensprecher verstehen kaum mehr als einen Bruchteil von dem, was in den Runenstein im Grauen Turm eingraviert ist – und das ist nur einer der neun Runensteine, die vor langer Zeit von den Runenmeistern erschaffen wurden.« Der Wind nahm die Worte des Barden auf und wehte sie fort.

Melia legte ihm sanft die Hand auf den Arm. »Alle Dinge müssen aufsteigen und fallen, Falken. Das ist nun mal der Lauf der Welt. Der Lauf jeder Welt.«

Ein Lächeln umspielte die Lippen des Barden. Er zuckte mit

den Schultern, als wolle er sagen *Ich weiß*. Aber die Traurigkeit in den blauen Augen wich nicht vollständig.

»Kommt schon«, sagte er schroff. »Laßt uns einen Lagerplatz finden. Wenn ich nicht bald einen Becher heißen *Maddok* kriege, werde ich sehr gereizt.«

Die vier Reisenden ritten ins Tal, und der uralte Turm schien sich noch höher über sie zu erheben. Sie schlugen ihr Lager in einer grasigen Senke nicht weit von dem Sockel des Turms auf. Bald saßen sie um ein fröhlich flackerndes Feuer, die Mägen mit dem Frühstück gefüllt, das Melia zubereitet hatte, und tranken heißen *Maddok* aus Tonbechern.

»Wie schön, daß es allen so gut geht, daß keiner das dringende Bedürfnis verspürt, das Geschirr zu säubern«, sagte Melia in einem gefährlich freundlichen Tonfall.

Die anderen sprangen auf die Füße und machten sich an die Arbeit.

Nach dem Zwangsritt der vergangenen Nacht waren alle müde, und so verbrachten sie den Rest des Morgens mit Ausruhen. Travis wickelte sich in seinen Nebelmantel, und als er schließlich aufwachte, stand die Sonne schon fast im Zenit. Er rieb sich die Augen und setzte sich auf. Beltan saß in der Nähe, nur mit seinem grünen Wams bekleidet, und polierte sein Kettenhemd mit einem Tuch. Melia und Falken standen am Feuer und unterhielten sich leise.

»Bist du sicher, daß du allein gehen solltest?« fragte Melia.

»Ich erwarte da drin keine Schwierigkeiten, aber es ist Jahrhunderte her, daß jemand einen Fuß dort hineingesetzt hat. Keiner kann sagen, was einen dort drin erwartet. Ich glaube, es ist besser, wenn sich nur einer hineinwagt statt wir alle zusammen. Davon abgesehen ist das Studieren des Steins nur eine Aufgabe für einen.«

Melia sah nicht erfreut aus. »Sei vorsichtig, Falken.«

Sie und der Barde blickten sich an, und es hatte den

Anschein, als tauschten sie eine unausgesprochene Botschaft aus. Falken nickte. Ohne ein weiteres Wort zu verlieren, verließ er die Senke, in der sie ihr Lager aufgeschlagen hatten, und ging auf den uralten Turm zu. Travis sah ihm nach, bis er in die Öffnung eines Torbogens trat und in der Ruine verschwand.

Melia drehte sich um und musterte Travis und Beltan kritisch. »In einer der Satteltaschen ist Seife, und ich glaube, hinter diesem Hügel da ist ein Fluß.« Sie rümpfte die Nase. »Vielleicht wollt ihr das ja ausnutzen.«

Travis und Beltan wechselten einen Blick.

»Ich hole die Seife«, sagte der Ritter.

Der Tag war wärmer als gewöhnlich geworden, mit anderen Worten, es war einfach nur frisch statt eiskalt. Aber die Sonne strahlte hell, und es wehte kein Wind. Travis konnte sich schlimmere Badebedingungen vorstellen – obwohl es dabei vermutlich erforderlich sein würde, zuerst ein Loch ins Eis zu hacken. Beltan und er stiegen einen Abhang hinauf und fanden den Fluß, den Melia gesehen hatte. Es war kaum mehr als ein Bach, der über glattgeschliffene Kiesel plätscherte, aber an einer Stelle bildete er einen klaren Tümpel mit sandigem Boden, der in der Mitte ziemlich tief und perfekt für ein Bad war. Sie legten die Kleidung ab und sprangen hinein, bevor sie ihren Mut und ihre Körperwärme ganz verloren.

Das Wasser war so kalt, daß einem die Knochen schmerzten, aber nach ein paar Minuten setzte Taubheit ein, und danach war der Schmerz fast erträglich. Sie schrubbten sich mit der weichen braunen Seife ab, dann tauchten sie unter, damit die Strömung den Schweiß und Schmutz der Reise fortspülen konnte. Nach mehreren Sekunden des Untergetauchtseins drohte die Kälte Travis' Schädel zu spalten, und er stand auf und schnappte nach Luft. Einen Augenblick später durchbrach Beltan die Oberfläche in einem Schauer kristallklarer Tropfen.

»Bei den Eiern von Vathris' Stier!« brüllte der Ritter.

Travis zuckte zusammen. »Weißt du, das ist vermutlich wohl kaum der angebrachte Fluch für ein Bad in kaltem Wasser.«

Der andere Mann schnaubte zustimmend. Er wischte sich das lange, dünner werdende Haar aus der Stirn. Das war der Augenblick, in dem Travis die Narben des Ritters auffielen.

Beltans Körper erzählte von einem Leben harter und gewalttätiger Arbeit, was einen starken Kontrast zu seinem stets gutgelaunten Benehmen bot. Der Calavaner war muskulös, hatte aber nicht die geringste Ähnlichkeit mit einem sportstudiogestählten Model der Erde. Da schon eher mit einem wilden Löwen aus der Serengeti, hungrig und ungezähmt und mit deutlich hervortretenden Rippen, mit einem Fleck lohfarbenen Haars in der Mitte der Brust. Zahllose feine weiße Narben überkreuzten sich auf der Haut des Ritters, zusammen mit einer Anzahl roter Striemen. Travis hob eine Hand an die Brust. Sicher, er hatte den größten Teil der alten Fettschicht den Strapazen dieser Welt geopfert, aber unter den sandbraunen Härchen war seine Haut makellos und glatt. Wie hatte er überhaupt jemals wagen können zu glauben, er hätte in seinem Leben Mühsal und Härten kennengelernt?

»Travis, was ist?«

Beltans hohe Stirn hatte sich in Falten gelegt. Travis suchte nach Worten.

»Es tut mir leid. Es ist nur … deine Narben … ich wußte das nicht.«

Der blonde Mann zuckte mit den Schultern. »Ich bin ein Ritter. Das gehört dazu.«

»Hat das nie in dir den Wunsch geweckt, aufzuhören? Ritter zu sein, meine ich.«

»Eigentlich nicht. Man gewöhnt sich ans Bluten.«

»Ich kann mir nicht vorstellen, daß ich mich an so etwas gewöhnen würde.«

»Du wärst überrascht. Ich glaube, du würdest einen guten Ritter abgeben, Travis.«

Travis lachte und versuchte zu ignorieren, wie hohl es klang. »Ich glaube nicht, Beltan, daß mich auf dieser Welt jemals jemand für einen Ritter halten wird. Die schlimmste Narbe, die ich vorweisen kann, stammt von einem Stück Papier, an dem ich mich geschnitten habe.«

Es war als spöttische Bemerkung gedacht gewesen, aber Beltan lachte nicht.

»Nicht alle Wunden hinterlassen sichtbare Narben.«

Travis hätte so ziemlich jede andere Antwort erwartet. Aber nicht diese. Er trat einen Schritt zurück und runzelte die Stirn. Hatte der Ritter ihm etwas angemerkt? Aber wie sollte er das wissen? Er hatte es niemals jemandem erzählt.

Ich liebe dich, Travis.

Ich liebe dich auch, Alice. Und jetzt schlaf. Du mußt schlafen, damit die Medizin wirkt.

Wirst du hiersein, wenn ich morgen früh aufwache?

Ich verspreche es.

Indianerehrenwort?

Indianerehrenwort.

Okay. Gute Nacht, großer Bruder.

Gute Nacht, Flocke.

Travis öffnete den Mund. Der Blick aus den blauen Augen des Ritters durchbohrte ihn wie eine Klinge. In diesem Augenblick hätte er es Beltan beinahe erzählt, ihm alles erzählt, wie er sein Versprechen gebrochen und sich danach diese alles erstickende Stille über das Farmhaus in Illinois gesenkt hatte.

Von den Talrändern schoß ein kalter Wind herunter, der sich auf seiner nassen Haut eiskalt anfühlte. Er zitterte und verschluckte die Worte, die er hatte sagen wollen.

»Wir sollten machen, daß wir aus dem Wasser rauskommen,

wenn wir noch vor dem Frühling auftauen wollen«, sagte er statt dessen.

Beltan nickte bloß.

Nachdem sie die Wämser, Hosen und die Unterwäsche in dem Bach gewaschen und sie über Sträucher gehängt hatten, legten sie sich auf flache Felsen und sonnten sich, bis die Sachen trocken waren. Als sie sauber und warm ins Lager zurückkehrten, war es später Nachmittag.

»Nun«, sagte Melia zur Begrüßung, »das ist schon besser.«

Beltan blickte sich um. »Wo ist Falken?«

»Er ist noch nicht aus dem Turm zurück.« Die Angespanntheit um ihren Mund strafte ihren ruhigen Tonfall Lügen.

Beltan machte eine kleine Geste in Richtung seiner Hüfte, wo sonst das Schwert hing. »Vielleicht sollte ich ...«

Melia schüttelte fast unmerklich den Kopf. »Noch nicht, Beltan. Laß ihm Zeit.« Sie stand auf und gab sich energisch. »Nun, ich nehme an, Falken würde es zu schätzen wissen, wenn bei seiner Rückkehr das Essen fertig ist, und das Feuer ist ziemlich niedergebrannt.«

»Ich gehe und suche Holz«, sagte Travis.

»Aber sicher wirst du das, mein Bester.«

Als Travis mit einem Armvoll Äste und Zweige ins Lager zurückkehrte, verschwand die Sonne gerade hinter dem westlichen Talrand, und Falken war noch immer nicht zurück. Beltan schürte das Feuer, und Melia machte einen Kessel mit Eintopf warm, aber dann stocherten sie nur in ihrem Essen herum. Von den Berghängen schlich sich das Zwielicht in die Tiefe.

Melia erhob sich; auf ihren feingeschnittenen Zügen stand Entschlossenheit geschrieben. »Ich gehe jetzt da rein.«

»Wohin?« fragte eine leise Stimme.

Die drei fuhren herum, und eine Gestalt trat in den Feuerschein. Travis atmete erleichtert auf.

»Falken!«

Erleichterung verwandelte sich in Sorge. Das Gesicht des Barden war von Müdigkeit gezeichnet, und im Zwielicht stand in seinen Augen ein gehetzter Ausdruck zu lesen.

»Ich wollte gerade nach dir sehen«, sagte Melia.

»Gut, daß du es nicht getan hast.«

Falken taumelte. Beltan packte seinen Arm und half ihm, sich auf einen Baumstamm zu setzen. Melia drückte ihm eine Tasse *Maddok* in die Hände, und Falken trank ein paar große Schlucke. Er stellte die Tasse ab und holte tief Luft.

Dann sagte er: »Es ist schlimmer, als wir vermuteten.«

Melia glättete die Falten ihres Kleides. »Hast du den Runenstein gefunden?«

»Ja.«

»Und konntest du ihn lesen?«

»Erst nach viel Arbeit, und dann auch nur ein paar Fragmente. Aber es reichte.«

»Wofür reichte es?«

»Es reichte, um mir zu sagen, daß sich meine schlimmsten Befürchtungen bewahrheitet haben.« Falken ballte die behandschuhte Hand zur Faust. »Verflucht noch mal, manchmal hasse ich es, recht zu haben.«

Melia legte ihre kleine Hand auf seine Faust. »Ich muß es wissen, Falken. Erzähl es mir.«

Er nickte und öffnete den Mund, um ihr zu berichten, aber die Worte wurden niemals ausgesprochen.

Metallisch-weißes Licht spaltete das Zwielicht.

Falken kam auf die Füße, die anderen folgten seinem Beispiel. Das grelle Licht krönte den Talrand wie ein unnatürlicher Sonnenaufgang. Nur daß es nicht nur von Osten kam, sondern aus jeder Richtung. Noch während sie hinsahen, quoll das Licht die Abhänge zum Talboden hinunter und raste dann mit übernatürlicher Geschwindigkeit auf den zerstörten Turm zu.

Beltan zog das Schwert. »Sieht so aus, als hätten Travis' Freunde uns doch gefunden.«

Travis trat unwillkürlich einen Schritt vor, von dem angezogen, was er fürchtete. Er konnte den Blick nicht von dem mittlerweile allzu vertrauten Licht wenden. Wer waren diese Gestalten, die ihn durch zwei Welten verfolgten? Und was würden sie mit ihm tun, wenn sie ihn endlich erwischten?

Die unheimliche Helligkeit kam näher. Sie bildete einen Kreis um den Turm, schloß ihn völlig ein, während der Rest der Welt zu Schatten verblaßte. Diesmal würde es keine Flucht geben. Travis konnte sie jetzt sehen, genau wie die beiden Male in Castle City zuvor; von unmöglich großer und dünner Statur, bewegten sie sich mit furchteinflößender Anmut, Silhouetten im Licht.

»Bei allen Sieben«, flüsterte Falken. »Phantomschatten.«

Melia riß die bernsteinfarbenen Augen weit auf und starrte ihn an. »Aber das ist unmöglich! Die Fahlen wurden alle vernichtet!«

Falken zeigte auf die näher kommenden Gestalten. »Und wie nennst du die da?«

Melia setzte zu einer Erwiderung an, sagte aber nichts, als die geschmeidigen Wesen von allen Seiten näher rückten.

53

Travis starrte in das Licht. *Phantomschatten. So heißen sie also.* Er wollte wegsehen und konnte es nicht.

Die vier Gefährten rückten näher aneinander, und Beltan trat das Lagerfeuer aus.

»Wie haben sie uns gefunden?« fragte Falken.

Melia betrachtete die näher kommende Lichtflut. »Gleich kannst du sie selbst fragen.«

Travis griff nach der Tasche in seinem Wams. Er hatte es sich nicht eingestehen wollen, doch er hatte eine Ahnung, wieso seine seltsamen Verfolger ihn die ganze Zeit nie aus den Augen verloren hatten. Aber das konnte nicht sein. Er hatte sie den ganzen Tag nicht …

Seine Finger griffen in die Tasche und stießen gegen den glatten Stein.

Wie? Travis' Gedanken rasten. Als er das Wams gewaschen hatte, hatte er die Schatulle aus der Tasche genommen. Der Riegel mußte sich später beim Hineinstecken geöffnet haben. Bevor er überhaupt begriff, was er da eigentlich tat, holte er den Stein hervor. In dem Halbdunkel glühte er graugrün.

Die Schatten im Licht streckten spindeldürre Arme aus.

Falken ergriff sein Handgelenk mit brutaler Kraft. »Steck das weg, du Narr!«

Travis fummelte herum, stieß den Stein zurück in seinen Behälter und klappte den Deckel zu.

»Vielleicht wissen wir ja doch, wie sie uns hierher gefolgt sind«, sagte Melia grimmig an den Barden gewandt. »Phantomschatten wurden nur aus einem einzigen Grund erschaffen.«

Falken grunzte, gab ansonsten aber keine Antwort.

»Und, was jetzt?« fragte Melia.

Beltan zeigte mit dem Schwert auf das Licht. »Was auch immer ihr vorhabt, ihr solltet euch bald entscheiden. Ich habe diese Phantomschatten immer für Sagengestalten gehalten, und ich will nicht herausfinden, daß ich mich die ganzen Jahre geirrt habe.«

»Der Turm«, sagte Falken. »Das ist unsere einzige Chance.«

Ihnen blieb keine Zeit, in die Sättel zu steigen. Die Pferde tänzelten und stemmten sich gegen ihr Halteseil. Beltan zerschnitt das Seil mit dem Schwert, und die Pferde galoppierten los. Die vier Menschen flohen auf den Sockel des Turms zu. Ihre Schatten breiteten sich vor ihnen aus; sie waren so dürr wie die Wesen im Licht. Der Torbogen in der Steinwand klaffte auf wie ein hungriger Rachen. Falken warf sich in die Öffnung hinein, die anderen folgten ihm auf den Fersen.

Die Dunkelheit war wie eine dicke, erstickende Decke. Travis stolperte, seine blind tastenden Hände suchten nach irgend etwas, an dem er sich festhalten konnte. Einen Moment lang verspürte er nackte Panik, dann stießen seine Finger gegen kalte Eisenringe auf etwas Breitem, Stabilem. Beltan. Große Hände packten Travis' Schultern, hielten ihn.

»Beltan, ich habe Angst«, flüsterte er.

»Schon in Ordnung, Travis. Ich bin hier.«

»Aber das solltest du nicht. Begreifst du denn nicht? Ich bin es, hinter dem sie her sind.« Das war die Wahrheit – die anderen schwebten nur seinetwegen in Gefahr, und wenn sie verletzt wurden, wäre das genauso, als hätte er es selbst getan. Das durfte er nicht zulassen. »Ich muß da wieder raus, Beltan. Sonst holen sie auch dich.«

Travis wollte sich von ihm lösen, aber der Ritter schlang seine kräftigen Arme um ihn.

»Nein, Travis. Ich werde dich nicht gehen lassen.«

Travis setzte sich zur Wehr, aber Beltans Arme hätten genausogut Stahlbänder sein können.

»Du brauchst keine Angst haben«, sagte Beltan leise. »Ich bin Melias Ritter-Hüter, ihr Beschützer, und du bist ihr Schützling. Das bedeutet, daß ich auch dein Beschützer bin. Solange ich lebe, wird dir keine Unbill widerfahren. Das schwöre ich.«

Aber welche Unbill wird dir widerfahren? Travis sprach die Worte nicht aus. So unmöglich das auch schien, wo doch draußen diese Geschöpfe lauerten, in den Armen des Ritters fühlte er sich beinahe sicher.

Ein blaues Licht flammte auf und trieb die Schatten innerhalb des Turms zurück, wenn auch nur ein paar Schritte in jeder Richtung. Über dem Torbogen schwebte ein Strahlenkranz, der aussah wie aus Mondlicht gewobene Gaze. Melia senkte die Arme.

»Das wird sie nicht sehr lange aufhalten«, sagte sie zu Falken.

»Dann laßt uns weitergehen.«

Der Barde führte sie tiefer in den Turm hinein. Nach ein paar Schritten wurde sich Travis bewußt, daß er noch immer sehen konnte. Der blausilbrige Schein war ihnen gefolgt. Nein, das stimmte nicht. Er war ihnen gar nicht gefolgt.

Melia glühte.

Das silbrige Licht tanzte die Konturen ihrer geschmeidigen Gestalt entlang, genau wie die Aura, die Travis in den Ruinen Kelciors um sie herum leuchten gesehen hatte, nur daß sie hier viel heller war. Was tat Melia? Und wie hatte sie den Trick mit der Tür geschafft? Hatte sie letzte Nacht auf dem schmalen Bergpfad dasselbe getan, um die Wesen im Licht – die Phantomschatten – an ihrer Verfolgung zu hindern? Sie bemerkte seinen ehrfurchtsvollen Gesichtsausdruck und runzelte die Stirn.

»Frag nicht.«

Travis schloß den Mund. Sie betraten einen staubigen Gang. Melia schloß zu Falken auf.

»Wo gehen wir hin?«

Der Barde verlangsamte seinen Schritt nicht. »Der Weiße Turm wurde vor fast sieben Jahrhunderten errichtet, als solche Dinge wie Phantomschatten noch nicht vergessen waren. Die Runenbinder statteten die Steine dieses Ortes mit Abwehrzaubern aus. Wenn es uns gelingt, eine Möglichkeit zu finden, diese Verteidigungsmechanismen aufzuwecken, haben wir vielleicht eine Chance.«

Beltan warf dem Barden einen scharfen Blick zu. »Wenn der Turm von alters her Verteidigungsmechanismen hatte, warum ist er dann gefallen?«

Falken drängte wortlos weiter.

Das Innere des Turms bestand aus gewundenem Stein, und die Wände waren auf so seltsame Weise gebogen, daß ihr Anblick Travis benommen machte. Melia leuchtete noch immer in der Dunkelheit, aber die Schatten wichen nur widerstrebend vor dem blauen Schimmer zurück, und je weiter sie kamen, desto drückender wurde die Luft; es war, als würde die Masse des sich über ihnen erhebenden Turms auf ihr lasten.

Zuerst fiel es Travis gar nicht auf, daß sich der Weg spiralenförmig nach innen wand. Sie waren eine Zeitlang stets nach links gegangen. Dabei hatte der Korridor auch abwärts geführt, in einem flachen, aber nichtsdestotrotz spürbaren Winkel. Falken verlangsamte den Schritt nicht. Sie blieben weiter in Bewegung, während der Gang in immer enger werdenden Windungen einen Bogen beschrieb und dabei stetig tiefer führte.

Als der Barde stehenblieb, wären sie beinahe mit ihm zusammengestoßen. Travis spürte, wie ihm ein unendlich trockener Luftzug durchs Gesicht fuhr. Sie standen am Rand eines großen Raumes. Vielleicht war es der sich in Spiralen windende Gang gewesen, vielleicht war es Instinkt. Auf jeden Fall wußte Travis, worum es sich bei diesem Ort handelte. Das Herz des Weißen Turms.

»Melia«, sagte Falken leise. »Licht.«

Sie schüttelte den Kopf. Der azurne Strahlenkranz, der sie umgab, flackerte wie eine sterbende Flamme und wurde dunkler. Die Finsternis rückte näher heran.

»Nein«, sagte sie mühsam. »Hier ist meine Macht begrenzt. An diesem Ort herrscht eine ältere Magie.«

Falken fluchte. »Nun, ich kann wohl schlecht irgendwelche Runen lesen, wenn ich sie nicht sehen kann. Kannst du nicht irgendwas zustande bringen?«

»Möglicherweise ist das nicht erforderlich. Sollte dieser Ort nicht die Anwesenheit von jemandem seiner Art erkennen?«

»Daran habe ich gar nicht gedacht.«

»Es gibt eine Möglichkeit, das herauszufinden.«

Schweiß rann Travis' Seiten herunter. Wovon sprachen die beiden da?

Falken wandte sich ihm zu, kaum sichtbar in dem Halbdunkel. »Travis, tritt einen Schritt vor.«

Er wußte nicht, was er erwartet hatte, das der Barde sagen würde, aber das war es nicht. »Warum?«

»Falls Melia recht hat, wirst du es schon sehen.«

Das klang mehr als nur etwas unheilvoll, aber wie gewöhnlich schien er in der Angelegenheit keine Wahl zu haben. Er nahm die Schultern zurück, hielt kurz den Atem an und trat vor.

Lir.

Es war, als hätte jemand das Wort in seinem Bewußtsein ausgesprochen, aber diesmal war es nicht Jacks Stimme. Diese Stimme war größer, tiefer und bei weitem gewaltiger. Einen Herzschlag später geschah es.

Lautlos blitzten tausend Funken auf und erfüllten die Luft

mit einem schimmernden Licht. Travis trat noch einen Schritt vor und legte den Kopf in den Nacken. Die anderen folgten ihm in die mit einer Kuppel versehene Kammer. Es war, als stünde man in einer Kugel voller Sterne. Nur daß es gar keine Sterne waren. Travis holte erstaunt Luft.

»Das sind Runen«, murmelte er.

In Wände und Decke waren zahllose Runen eingraviert worden, und jede von ihnen leuchtete. Selbst auf dem Boden glühten die blauen Glühwürmchenlichter – mit Ausnahme eines Kreises im Mittelpunkt der Kammer, der so schwarz war wie die Nacht und dessen Ränder so scharf waren, daß sie in den Augen schmerzten. Der Effekt erinnerte an einen sternenfunkelnden Nachthimmel, nur daß die Sterne Runen waren, die sich in einem schwarzen See widerspiegelten.

»Das ist wunderschön«, sagte Beltan.

Melia verzog das Gesicht und legte eine Hand an die Schläfe. »Jeder hat das Recht auf seine eigene Meinung.«

Falken wagte sich tiefer in die Kammer hinein. »Wo ist er? Er muß hier sein.«

Travis lief hinter ihm her. »Was muß hier sein, Falken? Wonach suchst du?«

»Nach dem Grundstein. Das ist der Schlüssel zum Turm. Oder auf jeden Fall das Herz. Er müßte hier sein, in seinem genauen Mittelpunkt, verbunden mit *Orm*, der Rune der Gründung. Zwei Linien, die sich kreuzen. Wir müssen ihn finden.«

Travis beteiligte sich an der Suche. Er betrachtete den Boden, die Wände und die Decke, untersuchte zahllose glühende Runen und erkannte kaum mehr als eine Handvoll von ihnen. Keine davon bestand aus zwei sich kreuzenden Linien.

»Ich glaube, ich habe etwas gefunden«, rief Melia von der anderen Seite der Kammer.

Es war nicht der Grundstein, sondern etwas anderes: eine

leuchtende, in die Wand eingelassene Platte, die mit eckigen Bildern bedeckt war. Travis legte den Kopf schief. Von links nach rechts gesehen schienen die Piktogramme eine Art Geschichte zu erzählen. Und plötzlich begriff er.

»Das ist die Geschichte des Weißen Turms«, sagte er.

»Ja«, sagte Falken. »Hier sind die Runenbinder, die ins Tal kommen. Und hier legen sie den Grundstein für den Turm.« Er zeigte auf eine Gruppe Strichmännchen, die sich in einem Kreis versammelt hatten.

»Aber wer ist diese Person?« fragte Melia. »Im Mittelpunkt des Kreises, auf den Knien? Ich kann die Runen darüber nicht genau entziffern.« Sie runzelte vor Konzentration die Stirn. »*Der Tote*. Ist es das, was da steht?«

Falken holte zischend Luft. »Nein, nicht *Der Tote*. Zusammen bedeuten die beiden Runen *Der Herr der Toten*.«

Melia blickte Falken an. »Ein Nekromant? Aber sie wurden im Krieg gegen den Fahlen König alle vernichtet. Wie hätte einer von ihnen mehr als dreihundert Jahre später hier sein sollen? Und vor allem, warum?«

Falken rieb sich das Kinn. »Das weiß ich nicht, aber das erzeugt in mir ein mulmiges Gefühl. Ich ...«

»Falken, Melia, ihr solltet besser herkommen.« Das war Beltan. Der Ritter stand ein Stück entfernt, nahe dem Zentrum der Kammer. »Ich glaube, ich habe den Grundstein gefunden.«

Die drei eilten zu dem Ritter hin. Er stand genau am Rand des lichtlosen Kreises im Mittelpunkt der Kammer. Travis sah zu Boden.

Natürlich. Darum konnten wir ihn nicht finden, obwohl er so groß ist. Er ist so dunkel.

Falken stieß einen verzweifelten Fluch aus. Der Grundstein bestand aus einer großen Scheibe, die in den Boden eingelassen war und die Travis mit beiden ausgestreckten Armen nicht hätte umfassen können. Auf ihre Oberfläche waren zwei sich kreuzende Linien eingraviert – die Rune der Gründung.

Aber die Linien glühten nicht wie die anderen Runen in der Kammer. Statt dessen waren sie so schwarz wie Ruß. Der Grund war offensichtlich. Quer durch die Mitte der Scheibe verlief ein gezackter Riß. Der Grundstein war in zwei Hälften gespalten.

Travis schluckte schwer. »Falken, du sagtest, der Grundstein sei der Schlüssel zu den Verteidigungsmechanismen des Turms.«

Der Barde nickte.

»Aber der Stein ist zerbrochen.«

»Ja.«

»Dann bedeutet das …«

»Das bedeutet, daß es keine Hoffnung gibt.«

Die vier Gefährten sahen schweigend auf die verdunkelte Rune herab.

»Dein Dolch, Travis«, sagte Beltan. »Er leuchtet.«

Travis sah auf das Stilett, das in seinem Gürtel steckte. Der Rubin in seinem Griff pulsierte mit einem blutroten Licht, das, zuerst noch schwach, mit jeder vergehenden Sekunde heller wurde. Er hatte den Dolch schon einmal so leuchten gesehen. In Castle City, im Magician's Attic, als die Eindringlinge in der Nähe waren. In unmittelbarer Nähe. Er sah die anderen an, befeuchtete sich die Lippen und flüsterte die Worte.

»Sie kommen.«

54

Ein metallisches Summen ließ die Luft vibrieren. Greller Lichtschein ergoß sich durch den Torbogen in die mit dem Kuppelgewölbe versehene Kammer. Die Runen in der Höhe verblaßten unter dem durchdringenden Glanz.

Die vier Reisenden standen Schulter an Schulter. Beltan zog sein Schwert, und Travis zückte das Stilett. Die Klinge war geradezu lächerlich klein in seiner Hand. Der Rubin in ihrem Griff glühte wie Feuerschein.

Das Summen stieg zu einem verstandraubenden Jaulen an. Einer nach dem anderen erschienen sie vor der weißglühenden Helligkeit, die den Torbogen ausfüllte, und glitten mit grausamer Anmut in die Kammer. Phantomschatten. Das Licht ließ an Kraft nach, und zum ersten Mal sah Travis die graziösen Wesen nicht nur als Silhouette.

Jetzt wußte er, warum sie die Fahlen genannt wurden. Ihre Haut war glatt und silbrig-weiß, wie die Haut eines Hais. Sie waren groß und unnatürlich schlank, mit großen Köpfen und Hälsen, die besser zu einem federlosen Schwan gepaßt hätten. Riesige Augen, so schwarz wie Obsidian, beherrschten die glatten Gesichter. Ihre Nasenlöcher waren kaum mehr als dünne Schlitze, und soweit Travis sehen konnte, hatten sie keinen Mund.

»Was wollen sie?« Er bekam die Worte kaum heraus.

»Den Stein«, sagte Falken, ohne den Blick von den näher kommenden Kreaturen zu wenden. »Für diese Aufgabe wurden die Fahlen geschaffen. Um die Großen Steine zu suchen.«

Noch während Falken dies sagte, bemerkte Travis, daß er die Hand in die Tasche geschoben hatte, seine Finger die Schatulle umklammerten. Er ließ mit Mühe los und zwang seine Hand, zusammen mit der anderen das Stilett zu halten. *Die Großen Steine?*

Die Phantomschatten schlichen näher heran; dabei hinterließen sie glühende Spuren in der Luft.

»Halt!« befahl eine klare Stimme.

Eine zierliche Gestalt trat vor und hob abwehrend die Hand.

Beltan streckte den Arm aus. »Melia!«

Falken packte den Ritter an der Schulter und hielt ihn zurück. »Nein, laß sie es versuchen.«

Die Aura um Melia war wieder heller geworden, heller als je zuvor. Das blausilberne Leuchten trieb die Düsterkeit bis zu den Rändern der Kammer zurück. Die Phantomschatten zögerten und starrten sie mit ihren reglosen Augen an. Was auch immer sie da tat, es funktionierte, aber ihr Gesicht war verzerrt – die Anstrengung kostete sie viel Kraft.

»Sie bleiben zurück«, sagte Falken.

Melia sprach durch die zusammengebissenen Zähne. »Wir dürfen nicht zulassen, daß sie den Stein in die Hände bekommen.«

»Vielleicht können wir sie ja lange genug in Schach halten, daß sie wieder verschwinden.«

Melia antwortete dem Barden nicht. Sie schloß die Augen, und die Aura um ihre kleine Gestalt gewann noch etwas an Stärke. Die Fahlen strömten zusammen in einem Wirrwarr aus biegsamen Gliedern und lidlosen Augen. Beltan hob das Schwert und nahm rechts hinter Melia Aufstellung, während Falken den Dolch aus dem Gürtel zog und sich links neben sie stellte. Travis machte Anstalten, es ihm gleichzutun.

»Nein, Travis. Bleib hinter uns. Du bist der Träger des Steins. Du bist es, den sie wollen.«

Er wollte protestieren, aber Falkens scharfer Blick ließ ihn an Ort und Stelle verharren. Schweißperlen rannen Melias Stirn hinunter, ihr Haar klebte an ihren Wangen fest. Die

Phantomschatten begannen auf jeder Seite auszuschwärmen. Melia konnte sie nicht aus jeder Richtung aufhalten. Wenn die Kreaturen in der Kammer einen Kreis bildeten, würde alles verloren sein.

Eines der Wesen kam in Beltans Reichweite. Der Ritter hieb mit dem Schwert zu, und Stahl spaltete Fleisch. Ein mundloser Schrei am Rande des Wahrnehmungsvermögens durchschnitt die Luft, und der Fahle fiel zurück. Die Kreatur hielt sich die Wunde am Arm, zwischen den dünnen Fingern quoll weißes Licht statt Blut hervor. Im selben Augenblick fluchte Beltan schmerzerfüllt auf, und das Schwert landete klappernd auf dem Boden. Die Klinge war mit Eis bedeckt. Er verzog das Gesicht und rieb sich die Hand; die Haut war an den Stellen, wo er das Schwert gehalten hatte, so blau wie Eis. Die Phantomschatten wogten wie biegsame Bäume im Sturm.

»Ich glaube, du hast sie böse gemacht«, sagte Falken.

Beltan stöhnte. Er hob das Schwert mit steifen Fingern auf. Falken hielt den Dolch höher. Die Kreaturen hielten sich von den Klingen fern, gleichzeitig fuhren sie fort, sie auf jeder Seite weiter einzukreisen. Melia bebte am ganzen Leib, die Aura hatte sich zu einem flackernden Violett verdunkelt. Die Phantomschatten hatten ein Drittel der Kammer eingekreist, jetzt die Hälfte.

Travis hielt das Stilett mit schweißfeuchter Hand. Er konnte den Vorstoß der Kreaturen nicht beobachten. Es war zu schmerzhaft, in das Licht zu blicken, das ihre Körper ausstrahlten. Statt dessen richtete er den Blick auf den dunklen Kreis zu seinen Füßen. Der Grundstein. Er stand am Rand der zerbrochenen Rune. In sein Entsetzen mischte sich eine Art Traurigkeit. Hier hatte ihn also seine Ziellosigkeit und das ewige Sichtreibenlassen hingebracht: Die Klauen leuchtender Kreaturen auf einer fremden Welt würden ihm den Tod bringen. Wäre die Rune der Gründung nicht zerbrochen gewesen, hätten sie vielleicht eine Chance gegen die Phantomschatten gehabt.

Dann binde sie wieder.

Beim Klang der Stimme versteifte sich Travis. Er wußte, daß es sinnlos war, sich nach dem Sprecher umzusehen. Die Stimme war aus seinem Inneren gekommen.

Jack?

Einen panikerfüllten Augenblick lang war in seinem Geist nur Stille. Dann …

Du mußt sie wieder binden. Schnell, solange noch Zeit ist.

Er schüttelte verwirrt den Kopf. *Was denn binden?*

Bei Olrigs Hand, mußt du immer so schwer von Begriff sein, Travis? Die zerbrochene Rune natürlich!

Es *war* Jack. Nur sein alter Freund würde so einen Fluch benutzen. Aber was meinte er? Travis sank auf die Knie und schaute die zerbrochene Rune an. Womit sollte er sie verbinden?

Du wirst es schon wissen. Aber du mußt dich beeilen!

Dann war die Stimme verschwunden. Travis starrte den schwarzen Kreis auf dem Boden vor ihm an, dann riß ihn ein schrecklicher Laut aus seiner Trance.

»Melia! Nein!«

Es war Beltan.

Aus den Augenwinkeln sah Travis, daß die Aura, die Melia umgeben hatte, noch einmal aufflackerte und dann erlosch. Sie sank zu Boden, und die Phantomschatten stürzten sich auf sie, um sie mit ihren fahlen Händen zu liebkosen. Melia kreischte auf, ein Schmerzensschrei, und ihr auf dem harten Stein liegender Körper bäumte sich auf.

»Laßt sie in Ruhe!« brüllte Beltan.

Sein Schwert durchschnitt die Luft in einem sirrenden Bogen. Die magischen Kreaturen wichen vor der Wut des Sterblichen zurück. Falken packte Melia und zerrte ihre reglose

Gestalt neben Travis. Beltan zog sich mit hoch erhobenem Schwert hinter ihm zurück. Die Phantomschatten folgten ihnen und hinterließen ihre leuchtenden Pfade in der Luft.

So schrecklich das alles war, kam es Travis jedoch so vor, als würde es ihn nicht betreffen. Er wandte seine Aufmerksamkeit wieder der zerbrochenen Rune zu. *Binde sie.* Er streckte die Hand aus und berührte ihre Oberfläche. Weißes Licht flackerte grell. Die Phantomschatten hatten den Kreis geschlossen. Travis sah auf und starrte in riesige, lidlose Augen.

Einen Moment lang blickten sie sich an, trafen sich zwei Welten von Antlitz zu Antlitz. Dann griff eine schlanke Hand nach Travis. Ihre Berührung brachte den Tod. Furcht trieb ihn zum Handeln. Er hieb mit dem Stilett zu, der Rubin flammte blutrot auf, und die Spitze versank mühelos in durchsichtigem Fleisch. Irgendwie wußte Travis, daß die Klinge vor langer Zeit in den Schmieden des alten Malachor für genau diesen Zweck geschmiedet worden war.

Wieder ertönte das lautlose Wehklagen. Der Fahle fiel zurück. Ein Lichtstrahl schoß aus der Wunde in seiner Hand, nur diesmal hatte das Licht eine blutrote Tönung. Travis hörte, wie seine Gefährten hinter ihm aufschrien. Die Phantomschatten waren überall, es war keine Zeit mehr da. Er ließ den Dolch fallen, drückte die Hand auf den dunklen Steinkreis und rief in Gedanken das Wort.

Orm!

In der Zeitspanne zwischen zwei Herzschlägen wurde alles schwarz. Das Licht der Phantomschatten erlosch, genau wie das der auf den Wänden und der Decke der Kammer verteilten Runen. Zeit und Geräusche wurden außer Kraft gesetzt. Dann erschienen zwei sich kreuzende Linien und leuchteten wie geschmolzenes Silber.

Die Dunkelheit zersplitterte.

Travis starrte auf den Boden. Der Grundstein war nicht

länger dunkel. Er schien wie der Mond, seine Oberfläche fühlte sich kühl unter seiner Berührung an. Selbst die geringste Spur des Risses, der seine Oberfläche verschandelt hatte, war verschwunden.

Jede der in der Kammer eingravierten Runen loderte in einem neuen blau-silbrigen Licht auf. Sie fingen an umherzuwirbeln wie ein außer Kontrolle geratener Sternenhimmel. Die Phantomschatten rissen die dürren Arme hoch und schlugen die biegsamen Finger vor die riesigen Augen.

Die Runensterne drehten sich noch schneller und woben eine azurfarbene Helligkeit in die Luft, die wie ein feines Gespinst aussah. Die Phantomschatten wandten sich zur Flucht, wurden aber von dem zarten Netz eingefangen. Travis schloß geblendet die Augen und griff nach seinen Gefährten, den einzigen soliden Dingen in diesem Raum. Ein letzter Schrei ertönte: Ein Chor mundloser Stimmen verschmolz zu einem einzigen Akkord aus Furcht, Agonie und – wie es den Anschein hatte – Erlösung. Dann trat Stille ein – so plötzlich, daß sie ohrenbetäubend war.

Travis öffnete die Augen. Die Runen in der Decke hingen reglos da und badeten das Herz des Weißen Turms in einen sanften Schein. Von den Phantomschatten fehlte jede Spur.

»Sie sind weg«, murmelte er.

Falken kämpfte sich auf die Knie. »Ja«, sagte er. »Das sind sie.« Der Barde starrte den Grundstein an, der wieder unzerstört und glatt war. Dann richtete er den Blick auf Travis. »Das warst du, nicht wahr?«

Travis konnte nur knapp nicken.

Falken wollte etwas sagen, wurde aber von Beltans verzweifelten Worten unterbrochen.

»Ich kann sie nicht aufwecken, Falken! Sie atmet, aber nur noch flach.« Der Ritter war ebenfalls aufgestanden und schüttelte Melia an den Schultern; sein Griff war sanft und wild zugleich. »Wach auf, Melia. Bitte!«

Der Barde kroch auf sie zu. »Laß mich mal sehen, Beltan. Vielleicht kann ich …«

Ein Geräusch wie ein Donnergrollen erschütterte die Luft. Travis' Blick flog zu dem Grundstein zurück. Gerade noch rechtzeitig, um beobachten zu können, wie eine schwarze Linie den Stein entlangkroch und ihn wieder in zwei Teile spaltete. Die Rune der Gründung verblaßte. Im gleichen Augenblick quoll eine dunkle Substanz aus dem Spalt und ergoß sich über den Stein. Travis riß die Hand zurück. Sie war rot befleckt.

»Blut«, flüsterte er. »Das ist Blut.«

Falken starrte ihn an. »Bei den Sieben, das Blut eines Nekromanten. Das also war es, was sie getan haben. Oh, diese Narren! Diese armen, verfluchten Narren!«

Der Boden unter ihren Füßen bäumte sich auf, als der Turm erzitterte. Die Runen über ihnen flackerten.

Falken sah nach oben. »Ich glaube nicht, daß die Fundamente dieses Ortes das ein zweites Mal ertragen können.«

Wie um seine Worte zu unterstreichen, löste sich ein Steinbrocken aus der Decke und krachte nur ein Dutzend Schritte entfernt zu Boden.

Beltan hob Melia auf. »Wir müssen hier raus!«

Die anderen widersprachen ihm nicht. Falken half Travis auf die Füße. Zusammen rannten sie aus der Kammer, während hinter ihnen die glühenden Runen zu Boden prasselten.

55

Die Nacht warf ihren Mantel über das Tal, und die vier Reisenden drängten sich um ein Feuer. Ein kalter Wind fuhr durch das trockene Gras. Die Überreste des Weißen Turms sahen im Dämmerlicht aus wie ein geisterhafter Steinhaufen.

Als sie durch den Torbogen geflohen waren, war Licht aus dem Turm geströmt und durch die Spalten in den Steinen gequollen, um die Dunkelheit der Nacht wie mit dünnen Klingen zu zerschneiden. Dann war das Licht verblaßt und der Turm in sich zusammengesunken. Mit schrecklichem Getöse war er zu einem riesigen Steinhaufen zusammengebrochen und hatte sich dabei seinen eigenen Grabhügel geschaffen. Niemand würde jemals wieder seinen Fuß in den Weißen Turm der Runenbinder setzen. Die Freunde waren zu ihrem Lager zurückgestolpert, und dort hatte ihnen das Glück gewunken: ihre Pferde standen eng beieinander neben dem durchschnittenen Halteseil und wieherten leise.

Travis zog den Nebelmantel enger und betrachtete die vom Feuerschein beleuchteten Gesichter der anderen. Weder Falken noch Beltan schien ihr Erlebnis besonders mitgenommen zu haben, auch wenn Beltans Schwerthand noch immer kalt und steif war. Und obwohl sich Travis ausgelaugt und leer fühlte und ihm der Schädel brummte, konnte er keine negativen Nachwirkungen von seinen Taten in der Runenkammer feststellen. Es war Melia, die es am verheerendsten getroffen hatte. Sie hatten sie in alle verfügbaren Decken gewickelt und sie so nahe ans Feuer gelegt, wie sie gewagt hatten. Sie war kurz nach der Rückkehr ins Lager erwacht, aber ihre zierliche Gestalt wurde von Schüttelfrost gepeinigt, und die sonst kupferfarbene Haut war so grau wie Asche. Sie starrte ins Feuer, einen gequälten Ausdruck im Gesicht.

»Es hat mich angefaßt«, sagte sie, und ihre Stimme war kaum mehr als ein Flüstern voller erinnerter Schrecken. »Es war so kalt. So schrecklich kalt.«

Die anderen warfen Falken besorgte Blicke zu, aber er nahm sie nicht wahr. Seine ganze Aufmerksamkeit war auf Melia gerichtet, in sein verwittertes Gesicht stand Sorge geschrieben. Dann wandte er sich Travis zu.

»Würdest du mir meinen Rucksack bringen, Travis?« bat er leise.

Travis nickte und holte ihn.

Falken kramte darin herum und holte eine Handvoll getrockneter *Alasai*-Blätter hervor, die er in einem der Wegkreise, in denen sie übernachtet hatten, gepflückt hatte. Er zerdrückte die Blätter in einem Becher, füllte ihn mit heißem Wasser aus dem Kessel über dem Feuer und ließ die duftenden Kräuter ziehen. Dann rückte er an Melias Seite.

»Trink das, meine Freundin«, sagte er und hielt ihr den Becher an den Mund.

Melia nahm einen zögernden Schluck, dann trank sie den Rest. Ein Hauch von Farbe trat in ihre Lippen, und ihr Zittern ließ nach, auch wenn es nicht gänzlich aufhörte. Sie blinzelte, und ihre bernsteinfarbenen Augen blickten wieder klar.

»Danke, Falken. Ich bin wieder in Ordnung – ich brauche bloß Ruhe.« Noch immer wirkten ihre Wangen eingefallen, und ihre Stimme blieb leise, aber sie war nicht länger von dieser hoffnungslosen Verzweiflung erfüllt. Melia sah zu dem eingestürzten Turm hinüber und war sichtlich schockiert. »Was ist dort denn eigentlich geschehen?«

»Travis hat die Rune der Gründung gebunden«, sagte Falken. »Die Phantomschatten wurden von der Magie des Turms zurückgetrieben.«

»Er hat die Rune gebunden? Bist du sicher?«

Falken nickte ernst.

»Also ist die Kunst des Runenbindens doch nicht aus der Welt verschwunden.« Melia griff die Decke fester, in die sie eingewickelt war. »Das erklärt, was in dem *Talathrin* passiert ist, als Travis *Sinfath* zeichnete.«

»Ja, so wie es aussieht, hat unsere kleine Komplikation noch immer Überraschungen auf Lager.«

Travis öffnete und schloß die rechte Hand; er konnte das leichte Kribbeln in seiner Handfläche fühlen.

Falken erklärte Melia in schnellen Sätzen, was sich nach dem Angriff der Phantomschatten weiter zugetragen hatte.

»Es war Blut, Melia«, sagte er abschließend. »Als die Rune der Gründung wieder brach, quoll Blut aus dem Spalt empor.«

Sie blickte zu dem Steinhaufen hinüber. »Ich glaube, wir wissen jetzt, warum der Weiße Turm vor so langer Zeit fiel.«

Falken seufzte; der Nachtwind trug den Laut fort. »Ich habe immer geglaubt, daß alle Zauberer des Fahlen Königs getötet wurden, als ihr Herr besiegt wurde. Anscheinend war das nicht der Fall. Ich glaube nicht, daß wir jemals erfahren werden, wie die Runenbinder dazu kamen, einen Nekromanten gefangenzunehmen. Nach dem Krieg der Steine war die Macht des Dunklen mit Sicherheit sehr geschwächt. Und doch hat es den Anschein, als hätte er den letzten Sieg davongetragen.«

Travis rückte näher ans Feuer heran. »Ich verstehe das nicht, Falken. Warum sollten sie bei der Grundsteinlegung ihres Turms einen … einen Nekromanten töten?«

»Blutzauberei stellt eine primitive und ursprüngliche Magie dar«, antwortete Falken. »Aber sie ist auch sehr mächtig. Vor langer Zeit tranken Barbarenkönige das Blut ihrer besiegten Feinde und mischten noch mehr davon in den Mörtel ihrer Festungen, weil sie glaubten, daß die Macht der Toten in die steinernen Mauern übertragen werden könnte und sie verstärkte. Ich nehme an, die Runenbinder glaubten dasselbe.«

Obwohl Melias Stimme noch immer schwach war, zitterte sie vor Wut. »Sie haben sich geirrt. Diese arroganten Narren.«

Falken blickte ins Feuer. »Ihre Magie konnte das Böse des Nekromanten nicht fesseln, zumindest nicht richtig. Es bestand auch keine Möglichkeit, daß Travis' Runenbinden das geschafft hätte.«

Travis erschauderte. Er konnte es beinahe vor seinem inneren Auge sehen, die stolzen Runenbinder in elfenbeinfarbenen Roben, versammelt um das Fundament ihres neuen Turms, vor ihnen eine Gestalt in Schwarz, auf den Knien. Dann das Aufblitzen eines Messers, Blut strömte scharlachrot über die neuen weißen Steine, kein Segen, sondern ein Fluch.

»Wer waren die Nekromanten, Falken?« fragte er.

»Es hieß, sie seien niedere Götter aus dem fernen Süden, denen der Fahle König im Austausch für ihre Dienste die Körper von Sterblichen gab.«

Melia runzelte empört die Stirn. »Das war wohl kaum so einfach«, sagte sie zu dem Barden.

Falken zuckte mit den Schultern. »Was weiß ich denn schon von den Angelegenheiten der Götter?«

»Nicht viel, so wie es aussieht.«

Der Barde ignorierte die Bemerkung. »Es waren die Nekromanten, die die *Feydrim* erschufen, die Sklaven des Fahlen Königs, von denen die Phantomschatten die schönsten und schrecklichsten waren. Sie wurden nur zu einem einzigen Zweck erschaffen: Sie sollten die Imsari finden, die drei Großen Steine.« Er sah Travis an. »Es heißt, die Steine hinterlassen Lichtbahnen, die in der Luft schweben, ihren Weg anzeigen und von den Augen der Fahlen wahrgenommen werden können. Nur wenn ein Stein mit Eisen umhüllt ist, hinterläßt er keine Spur, die sie verfolgen können.«

Travis holte die eiserne Schatulle hervor – den Behälter, für den die Kreaturen im Licht, die Phantomschatten, bei dem Versuch, seiner habhaft zu werden, das Magician's Attic zerstört hatten. Jedesmal, wenn er ihn geöffnet hatte, hatte er eine Spur für sie hinterlassen.

Melia streckte eine noch immer zitternde Hand nach dem Feuer aus. »So wie es aussieht, war deine Vermutung über die Natur von Travis' Stein richtig, Falken.«

Beltan starrte das Kästchen in Travis' Hand an. »Du meinst, das ist wirklich einer der Großen Steine?«

»Ja«, sagte Falken. »Und da auf dem Deckel die Rune *Sinfath* eingraviert wurde, schätze ich, daß es sich um Sinfathisar handelt, den Zwielichtstein, den raffiniertesten der Imsari, dennoch ein Gegenstand von schrecklicher Macht in den Händen dessen, der das Geheimnis seiner Benutzung kennt.« Seine Stimme senkte sich zu einem grimmigen Flüstern. »Jemand, der, wie es scheint, in diesem Augenblick danach sucht.«

Falken griff in seinen Rucksack, holte einen anderen Gegenstand hervor und schlug das Tuch zurück, in den er eingewickelt war. Es war die zerbrochene Rune, die Travis in den Ruinen von Kelcior berührt hatte. Was dann zu diesem beunruhigenden Ergebnis geführt hatte. Die elfenbeinfarbene Scheibe schimmerte im Licht des Lagerfeuers, und die in ihre Oberfläche eingelassene und gespaltene Rune funkelte silbern. *Krond.* Feuer.

»Seit dem Augenblick, in dem ich dies in der Schattenkluft fand, hatte ich einen Verdacht«, sagte Falken. »Ich konnte jedoch nicht sicher sein, daß dieser Verdacht auch begründet war, nicht bevor ich die Runensteine im Turm untersuchte. Das habe ich getan, und es hat meine Befürchtungen bestätigt.«

Beltan räusperte sich nervös. »Und die sind?«

»Nachdem der Fahle König vor tausend Jahren besiegt wurde, errichtete man oberhalb der Schattenkluft ein großes, aus Eisen geschmiedetes Tor. Das Tor verschloß die Reißzahnspalte, den einzigen Paß durch die Eisenzahnberge und der einzige Weg, der nach Imbrifale hinein- und wieder hinausführt. Die ersten Runenmeister verbanden das Tor mit mächtigen Runen und sorgten auf diese Weise dafür, daß der Fahle König seine Domäne nie wieder verlassen konnte. Oder zumindest glaubten wir das bis jetzt – diejenigen von uns, die es nicht vergessen hatten. Aber wir haben uns geirrt.« Falken strich mit dem Finger über die zerstörte Rune. »Ich weiß jetzt, daß das hier eines der drei Bannsiegel ist, mit denen die Runenmeister das Portal Imbrifales versahen. Und jetzt ist es irgendwie zerbrochen. Die Barriere wird schwächer.«

Melia und Beltan schauten den Barden an. Travis schüttelte den Kopf, erfüllt von einer namenlosen Furcht.

»Was bedeutet das?« flüsterte er.

»Ein Stein kam ans Licht, Phantomschatten suchen das Land heim, der Wall schwankt. Das kann nur eines bedeuten.« Schatten huschten über Falkens Gesicht. »Nach tausend Jahren Gefangenschaft rührt sich der Fahle König wieder.«

Der Nachtwind hob sich zu einem durchdringenden Heulen.

56

Am zehnten Tag auf Calavere hatte das Leben in einem Schloß für Grace den Reiz des Neuen verloren.

Wenn man anfing, jede kleine Unerfreulichkeit zu bemerken, dann war das ein sicheres Zeichen dafür, daß man sich an einen Ort gewöhnte. Da war erst einmal die Kälte. Im Schloß sprach jeder davon, daß der Winter dieses Jahr so früh gekommen war, und die Kälte war immerwährend und stets gegenwärtig. Sie entströmte jedem Stein, schnitt wie ein Messer durch die kleinsten Mauerspalten und schlich sich in alle Glieder und Knochen, bis Grace sich ihrer schmerzhaft bewußt wurde. Nicht einmal die schweren Wollgewänder hielten die Kälte ab, und vor allem ihre Hände waren immer kalt.

Die in der Luft liegende Feuchtigkeit verschlimmerte die eisigen Temperaturen noch. Der Dimduorn, der Fluß Dunkelwein, befand sich keine Meile von Calavere entfernt – soweit Grace herausgefunden hatte, entsprach eine Meile auf Eldh drei ihrer Meilen –, und nichts im Schloß schien jemals richtig trocken zu sein. Doch die Kälte und die Feuchtigkeit hätte sie ertragen können. Es waren die Gerüche, die sie fertigmachten.

Alles in dem Schloß roch. *Alles.* Die Aborte, die Fackeln, das Bettzeug, das Essen, die Wandteppiche, die Nachttöpfe, die Kerzen, die Korridore und vor allem die Menschen. Sie alle rochen faulig oder stechend oder ranzig oder nach einer überwältigenden Kombination aller drei Duftnoten. Vor zwei Wochen hätte Grace das noch für unmöglich gehalten, aber jetzt sehnte sie sich nach dem antiseptischen Geruch des Denver Memorial Hospitals zurück. Sie hatte diesen Geruch, den Chemiker entwickelt hatten, um die Gerüche von Blut, Erbrochenem und Tod zu übertünchen, stets verabscheut, aber zumindest hatte es nichts anderes zu riechen gegeben. Hier auf Calavere gab es Augenblicke, in denen sie sich versucht fühlte, den glühenden Schürhaken aus dem Kaminfeuer zu nehmen und sich die Nase auszubrennen, damit sie nie wieder etwas riechen mußte.

Daß sie und Aryn gezwungen waren, ihre gemeinsame Zeit zu verkürzen, war auch nicht gerade hilfreich. Aryn besuchte Grace in ihrem Gemach, sooft sie konnte, aber ein Großteil ihrer Zeit wurde von der Vorbereitung der Gästequartiere, der Überwachung der Diener und des Küchenpersonals beansprucht, alles in Erwartung der Ankunft der Könige und Königinnen der anderen Domänen.

»Gibt es nichts, bei dem ich helfen könnte?« hatte Grace die Baronesse gefragt.

Aryn hatte sie nur entsetzt angestarrt. »Grace! Du bist ein Gast und eine Dame von edler Geburt. Das wäre nicht richtig!«

»Wirklich nicht?«

Aryn hatte überzeugt genickt. »Angehörige des Königshauses *helfen* nicht«, hatte sie gesagt.

Grace hatte das mit einem Seufzen quittiert. »Nein, das tun sie wohl nicht.« Es wäre nicht langweilig genug. Aber sie hatte die Worte nicht ausgesprochen und nur gelächelt, als Aryn ihr die Hand gedrückt hatte und zur nächsten Arbeit losgeeilt war.

Auch König Boreas hatte ihr seit dem Morgen nach dem Bankett vor drei Tagen nicht viel Aufmerksamkeit geschenkt. Der König hatte nach ihr geschickt, und Lord Alerain höchstpersönlich hatte ihr die Aufforderung gebracht. Sie hatte sich das erstbeste Gewand übergestreift und war durch die Korridore zu den Gemächern des Königs geeilt. Als sie endlich durch den Eingang stolperte, war ihr Gewand verrutscht, klebte ihr Haar an den feuchten Wangen, und sie schnappte nach Luft.

König Boreas registrierte ihren Aufzug mit einem wilden Blick. »Wie ich sehe, hat Euch Lord Alerain mitten bei Euren morgendlichen Übungen angetroffen.« Er nickte anerkennend. »Bei Vathris, gut für Euch, Mylady! Wie die Weisen sagen, ein schwacher Körper beherbergt einen schwachen Verstand.«

Grace nickte und sparte sich die Bemerkung, daß der Lauf durch das Schloß die größte körperliche Ertüchtigung gewesen war, die sie seit Monaten gehabt hatte. Sie betrachtete verstohlen Brust und Arme des Königs, die beide prächtig entwickelt waren. Welchen Sport er wohl betrieb? Vermutlich jonglierte er mit unbedeutenden Adligen.

»Und jetzt, Mylady«, sagte er und entblößte seine großen Zähne auf eine Weise, die man nicht unbedingt als Lächeln hätte bezeichnen können, »werdet Ihr mir alles erzählen, was Ihr gestern abend bei dem Bankett in Erfahrung bringen konntet.«

Eine Viertelstunde lang schritt der König vor dem schwarzen Hügel aus Bulldoggen, der neben dem Feuer lag, auf und ab, während Grace in der Mitte des Raumes stand – er hatte ihr keinen Platz angeboten – und von ihren Unterhaltungen mit den diversen Seneschallen und Beratern im Großen Saal berichtete. Als sie zum Schluß kam, stieß Boreas nur ein Grunzen aus, und in seinen blauen Augen funkelte Interesse, aber er würdigte ihren Bericht mit keinem Kommentar. Er spielte bloß mit nachdenklicher Miene mit dem Dolch in seiner Hand herum, als wollte er sich entscheiden, in wessen Herz er ihn zuerst rammen sollte. Schließlich bohrte sich die Spitze in die Tischplatte. Grace konnte den Blick nicht von der zitternden Klinge nehmen, die im Holz steckte. Die Bewegung war so schnell, so mühelos erfolgt, daß sie sie kaum hatte verfolgen können.

»Ihr dürft jetzt gehen, Mylady«, sagte Boreas.

Grace besaß noch genügend Geistesgegenwart, um zu wissen, daß es sich keinesfalls um eine Bitte gehandelt hatte. Sie setzte zu einem Hofknicks an, beherrschte sich aber rechtzeitig und nickte bloß. »Ich werde alles so gut weiterverfolgen, wie ich kann, Euer Majestät.«

»Ja«, antwortete er, »das werdet Ihr.«

Danach war sie ihre Audienz mit dem König noch einmal in Gedanken durchgegangen. So ungern sie es auch zugab, Boreas' Benehmen hatte den Funken ihres Verdachts nur noch weiter angefacht. Warum war er so darauf versessen, die Domänen zum Krieg antreten zu lassen? Lady Kyrene zufolge war Boreas Anhänger der Mysterien von Vathris. Grace hatte keine genaue Vorstellung davon, worum es bei einem Mysterienkult eigentlich ging, aber es war offensichtlich, daß es sich bei Vathris um eine Art Kriegsgott handelte. Vielleicht suchte Boreas nur nach einer Entschuldigung, um eine der anderen Domänen zu erobern, entweder zur persönlichen Bereicherung oder zur Ehre seines Gottes.

Grace zog kurz in Betracht, Aryn von ihren Befürchtungen zu berichten, aber dann fiel ihr wieder die Loyalität der Baronesse ein, und sie überlegte es sich anders. Es war sinnlos, Aryn aufzuregen. Wenn – und falls – sie mehr darüber in Erfahrung brachte, konnte sie es der Baronesse immer noch sagen.

Nicht, daß das sehr wahrscheinlich erschien. Im Verlauf der letzten drei Tage hatte sie kaum Gelegenheit gefunden, mit den anderen Adligen zu sprechen. Alle waren viel zu sehr mit den Vorbereitungen für die Ankunft ihrer Lehnsherren beschäftigt, um Zeit für ein Plauderstündchen zu haben, was bedeutete, daß sie tatsächlich sehr beschäftigt waren. Einmal begegnete ihr Logren auf dem Korridor. Er drückte eine Hand auf die Brust und machte eine fließende Verbeugung, aber er blieb nicht stehen, um mit ihr zu sprechen. Sogar Gräfin Kyrene war seltsamerweise unauffindbar.

Sich selbst überlassen hatte Grace versucht, sich mit der Erforschung des Schlosses zu beschäftigen. Aber jeder Korridor schien schließlich entweder zum Abort oder zur Küche zu führen, und sie gewann bald den Eindruck, daß das in der Tat die beiden wichtigsten Orte auf Calavere waren; der Große Saal landete abgeschlagen auf dem dritten Platz.

An dem besagten zehnten Tag im Schloß blickte Grace aus dem kleinen Fenster ihres Gemachs und kam sich wie eine Gefangene vor.

Von diesem Standort konnte sie gerade noch die Spitzen der beiden Türme sehen, die das Haupttor des Schlosses flankierten. Ihr fielen wieder die Bauern ein, die sie in beide Richtungen durch das Tor hatte strömen sehen, an dem verschneiten Tag, als Durge sie nach Calavere gebracht hatte. Es war zwar eine Ironie, aber in diesem Augenblick beneidete sie die Bauern. Ja, es waren unterdrückte Leibeigene – das überarbeitete, ungebildete und unterernährte Eigentum eines launenhaften Feudalsystems. Aber wenigstens konnten sie das Schloß verlassen, wenn sie wollten.

Grace seufzte resigniert. Da gab es einen kleinen Seitenkorridor, den sie neulich neben dem Großen Saal entdeckt hatte. Vielleicht bestand ja die Möglichkeit, daß er woanders hinführte als zur Küche oder zum Abort. Sie war es leid, die geschwollenen Worte in Aryns Büchern zu lesen. Eine Entdeckungsreise würde ihr wenigstens etwas zu tun geben. Entschlossen wandte sie sich vom Fenster ab.

Ein smaragdgrünes Aufblitzen draußen auf dem Hof ließ sie innehalten.

Sie trat näher an das fehlerbehaftete Glas und blickte hinunter. Da. Sie konnte das Gesicht der Dame nicht erkennen, aber das glänzende goldene Haar und das grüne Gewand waren unverkennbar. Lady Kyrene. Die Gräfin ging neben einer anderen Gestalt über den Oberen Burghof, die größer, breiter und in Perlgrau gekleidet war. Grace erkannte die kostbare Kleidung, das glatte Haar, das an den Schläfen stahlgrau geworden war. Logren, der Erste Berater von Königin Eminda von Eredane. Die beiden steckten die Köpfe zusammen, als unterhielten sie sich. Grace verspürte eine Beklemmung in der Brust. Logren war ihr eigentlich nicht als der Typ Mann erschienen, der sich in Kyrenes Netz aus Intrigen und Anzüglichkeiten verstricken ließ. Worüber konnten sich die beiden wohl unterhalten?

Das seltsame Paar näherte sich dem Eingang des Heckenlabyrinths in der Mitte des Burghofs. Sie verharrten kurz – blickte sich Logren tatsächlich um? –, dann schlüpften sie durch den Torbogen aus blätterlosen, ineinander verschlungenen Wistarien und verschwanden im Labyrinth.

Grace biß sich auf die Lippe. Sie wußte von Aryn, daß man in dieser Welt die Erlaubnis des Gastgebers brauchte, bevor man sein Haus verlassen konnte. Sie sollte Boreas oder zumindest Alerain fragen. Aber ein Spaziergang im Hof bedeutete eigentlich nicht dasselbe, als würde man Calavere verlassen. Bevor sie sich überlegt hatte, was sie tat, eilte sie auch schon aus ihrem Gemach.

Draußen war es kälter als gedacht.

Sie hatte keinen Mantel, auch kein wollenes Cape von der Art, das sie Kyrene hatte tragen sehen, und der Wind schnitt direkt durch ihr Gewand. Die Seitentür schloß sich hinter ihr – es war ein Dienstboteneingang, kaum benutzt und außer Sicht des Bergfrieds, was der Grund dafür war, daß sie ihn benutzt hatte. Die Zeit, die sie mit der Erkundung des Schlosses verbracht hatte, war also doch nicht verschwendet gewesen. Sie verschränkte die Arme über der Brust und eilte über die Pflastersteine des Oberen Burghofs auf die verfilzte Mauer des Heckenlabyrinths zu.

Als sie den Torbogen aus verwelkten Schlingpflanzen erreichte, der den Eingang formte, blieb sie stehen und warf einen Blick über die Schulter. Auf dem Oberen Burghof hielt sich nur ein Knappe auf, der ein Pferd zum Königlichen Stall führte, und der sah nicht in ihre Richtung. Sie holte tief Luft, nahm die Schultern zurück und stürzte sich ins Labyrinth, bevor sie es sich anders überlegen konnte.

Ein paar Dutzend Schritte später kam Grace der Gedanke, daß es vielleicht doch keine so gute Idee gewesen war, daß keiner wußte, wo sie war. Sie war sich bereits schon nicht mehr sicher, wie oft sie abgebogen war – viermal links und zweimal rechts, nicht wahr? Oder war es genau andersherum? –, und hatte nicht die geringste Vorstellung, in welcher Richtung der Eingang lag. Es gab auch nicht die geringste Möglichkeit zum Schummeln, indem man einfach durch die Wände des Irrgartens hindurchging. Die Hecken waren über drei Meter hoch und bestanden aus dichten, dornenbewachsenen Zweigen. Wenn sie versuchte, sich da einen Weg hindurch zu erzwingen, würde sie zerfetzt sein, noch bevor sie auch nur einen halben Meter zurückgelegt hatte.

Komm schon, Grace, denk nach. Du bist Ärztin und eine ausgebildete Wissenschaftlerin. Du wirst doch wohl ein von einem mittelalterlichen Gärtner geschaffenes Rätsel entschlüsseln können!

Sie biß die Zähne zusammen und begab sich tiefer in das Labyrinth.

Dann entwickelte sich langsam ein Muster. Ja, das war es: zwei Abzweigungen nach links, dann eine nach rechts. Jedesmal nach dieser Reihenfolge fand sie sich in einem neuen Abschnitt wieder, der – und da war sie sich fast sicher – auf das Herz des Labyrinths zuführte. Sie hob den Saum ihres Gewandes von dem feuchten Boden und beschleunigte ihre Schritte, denn sie mußte ganz in der Nähe des Mittelpunkts sein. Links. Noch mal links. Dann rechts. Und …

Eine Sackgasse.

Grace starrte die dornige Wand an. *Das* hatte sie nicht

erwartet. Sie senkte den Kopf und ging in Gedanken den Weg noch einmal. Hatte sie irgendwo einen Fehltritt getan? Nein, sie war genau ihrer Formel gefolgt. Also ergab sich nur ein logischer Schluß. Das Muster, das sie entdeckt zu haben glaubte, war in Wirklichkeit gar kein Muster. Was bedeutete ...

»Ich habe mich verirrt«, flüsterte sie.

Ihr Atem verwandelte sich in der Luft in Dampfwölkchen. Die Anstrengung des Laufes durch das Labyrinth hatte sie in Schweiß ausbrechen lassen, aber jetzt zitterte sie in ihrem Gewand. Sie ging die Sackgasse zurück, bis sie die Kreuzung erreichte. Und jetzt, welche Richtung? Zu diesem Zeitpunkt war eine Richtung so ziemlich wie die andere, und keine würde sie vermutlich bis zur Essenszeit ins Schloß zurückbringen. Würde Aryn sie vermissen? Oder würde die Baronesse dazu zu beschäftigt sein?

Nach links, entschied sie eine Minute später und setzte sich in Bewegung. Sie bog um eine Ecke und schlug plötzlich die Hand vor den Mund.

Dreh dich um, Grace. Dreh dich sofort um!

Aber die Faszination war stärker als die Furcht. Sie blickte um den Rand der Hecke und sah in die kleine, runde, grüne Grotte.

Trotz der Kälte waren sie nackt. Er hatte seinen Umhang auf dem Boden ausgebreitet, und da lagen sie nun, die Glieder ineinander verschlungen wie die Winterwistarien. Ihre Arme lagen um seinen Hals, sie hoben sich weiß wie Elfenbein von seiner olivfarbenen Haut ab. Die schlanken Muskeln seines Rückens und seiner Beine bewegten sich wellenartig, als ihre Hüften in einem langsamen und vertrauten Rhythmus gegeneinanderstießen. Seine Augen waren in ekstatischer Konzentration geschlossen, aber ihre nicht. Sie funkelten wie Smaragde, als sie an seiner Schulter vorbeiblickte. Um ihre Mundwinkel spielte ein zufriedenes Lächeln.

Grace wollte zurückweichen, aber ihre Beine gehorchten ihr nicht. Ihr Verstand war wie betäubt, Aprikosenduft füllte ihre Lungen. Ihre Hand rückte wie aus eigenem Willen von ihrem Mund ab, strich über ihren Hals, dann tiefer über Brüste und Leib …

Als würden die grünen Augen die Anwesenheit einer anderen Person spüren, wandten sie sich in Graces Richtung. Grace erstarrte. Einen Herzschlag lang flackerte in diesen Augen Überraschung auf. Aber nicht länger. Dann kam dort ein neuer Ausdruck zum Vorschein, ein Leuchten, das beinahe *billigend* war. Die weißen Arme griffen fester zu, und das Lächeln der rosafarbenen Lippen verstärkte sich.

Nein!

Grace schüttelte den Kopf, als würde sie aus einem Zauber erwachen. Sie riß die Hand hoch, ergriff sie mit der anderen und stolperte fort. Ohne einen Blick zurückzuwerfen, drehte sie sich um und lief kopfüber in das Labyrinth hinein. Der Laut amüsierten Gelächters folgte ihr.

Sie sperrte den Laut aus ihrem Verstand aus und lief weiter.

57

Am nächsten Morgen stieß Aryn die Tür zu Graces Gemach auf und stürmte herein. Ihre großen blauen Augen funkelten vor Aufregung.

»Sie kommt!« rief die Baronesse aus.

Grace stand von ihrem Fenstersitz auf, und ihr Herz klopfte wie wild. Einen panikerfüllten Augenblick lang glaubte sie, Aryn würde von Lady Kyrene sprechen. War die Gräfin gekommen, um sie mit dem zu konfrontieren, was sie beobachtet hatte?

Aryn schien ihren entsetzten Ausdruck nicht zu bemerken. »Königin Ivalaine von Toloria«, sagte die Baronesse. »Sie ist die erste, die zum Rat kommt.«

»Ivalaine?«

Aryn nickte eifrig. »Die Turmwachen haben gesehen, wie ihr Gefolge die alte tarrasische Brücke über den Dimduorn überquerte. Sie haben sie an ihren Flaggen erkannt.«

Sie entfaltete das Bündel, das sie in der linken Ellenbeuge gehalten hatte, und hielt es ausgestreckt hin. Es war ein Umhang aus feiner Wolle.

»Steh nicht einfach so da rum, Grace. Zieh das hier an. Du wirst sonst frieren.«

Grace nahm den Umhang mit tauben Fingern entgegen und schlang ihn sich um die Schultern. Er war schwerer, als er aussah. »Wo gehen wir hin?«

»Natürlich auf die Brustwehr. Ich will die Königin im Augenblick ihrer Ankunft sehen. Die Leute sagen, es gibt in den Domänen keine zweite Frau, die so schön wie Ivalaine ist. Nun komm endlich!«

Grace wollte etwas erwidern, aber Aryn ergriff ihre Hand

und zerrte sie aus der Tür. Danach mußte sie ihre Fragen zurückstellen und sich statt dessen darauf konzentrieren, mit der leichtfüßigen Baronesse mitzuhalten. Schwer atmend stiegen sie die letzten Stufen einer Wendeltreppe hinauf, stießen eine Tür auf und fanden sich auf einer hohen Mauer über dem Oberen Burghof wieder.

Grace blickte in die Tiefe und sah das Heckenlabyrinth. Von diesem Aussichtspunkt war es kein Problem, die Abzweigungen und Biegungen zu verfolgen, die sie gestern so verwirrt hatten. Da – da war die Grotte, wo sie Kyrene und Logren ertappt hatte und von der sie geflohen war. Sie hatte es einfach für Glück gehalten, daß sie nach ein paar benommenen Minuten des Dauerlaufs durch das Labyrinth auf den Ausgang gestoßen war. Jetzt war sie nicht mehr so sehr davon überzeugt. Die Stelle, von der sie losgelaufen war, befand sich tief im Herzen des Labyrinths, umgeben von einem Netzwerk aus Pfaden, das so kompliziert war, daß es ihr schwerfiel, ihm nun mit ihrem Blick zu folgen. Doch irgendwie hatte sie es geschafft, es zu durchqueren, ohne ein einziges Mal zurückgehen zu müssen. Aber welche andere Erklärung als Glück sollte es sonst geben?

Und wenn es Glück gewesen war, das ihr bei der Flucht durch das Labyrinth geholfen hatte, dann war es ein böser Streich des Schicksals gewesen, daß sie über Kyrene und Logren gestolpert war. Sie hätte nie gedacht, daß die beiden eine Liaison hatten. Bei dem Bankett hatte Logren so intelligent, so weltmännisch gewirkt. Es erschien unmöglich, daß er Kyrenes Tricks zum Opfer fallen würde. Oder doch nicht? Grace dachte zurück an den Augenblick in ihrem Gemach, als Kyrene über den König gesprochen hatte.

Er ist ein Mann, und wie alle Männer kann er kontrolliert werden.

Im Geiste sah sie wieder die weißen Arme der Gräfin, die

sich um Logrens muskulösen Rücken schlangen. War das Kyrenes Magie? Oder waren da noch andere Dinge im Spiel? Sie erinnerte sich an die seltsame Starre, die sie an jenem Tag in ihrem Gemach überkam, an das Bewußtsein, das nach ihr getastet hatte. *Ein paar Kräuter, die richtigen Worte* … Hatte Kyrene noch etwas anderes als einfaches Verlangen eingesetzt, um Logren anzulocken? Bevor ihr eine mögliche Antwort einfiel, zerrte Aryn an ihrer Hand.

»Hier entlang, Grace. Von der Südwehr können wir das Schloßtor viel besser sehen.«

Hand in Hand suchten sich die beiden Frauen ihren Weg über die Mauer. Als sie die mit Zinnen bestückte Plattform der Südwehr erreichten, die sich hoch über dem Unteren Burghof befand, sahen sie, daß sie nicht als einzige diesen Einfall gehabt hatten. Es hatte sich eine beträchtliche Menge versammelt, um die Ankunft der Königin zu sehen: Adlige, Knappen, Diener. Doch alle machten wortlos für Grace und Aryn den Weg frei, und die beiden Frauen traten an die Zinnen. Grace hatte freie Sicht auf das unter ihnen liegende Schloßtor und lächelte. Endlich war die Zugehörigkeit zum Adel mal für etwas gut.

In diesem Augenblick erhob sich der Ruf eines Horns in der eisigen Luft; der hohe Ton kam wie aus weiter Ferne. Er brachte Graces Blut in Wallung. Sie legte eine Hand an die Brauen, um die Augen vor der hellen Mittagssonne zu schützen. Dann sah sie den Zug aus Pferden, der die in der Ferne liegende Anhöhe zwischen dem Schloß und dem Fluß erklomm, und ihr stockte der Atem.

Grace konnte sich später nie an irgendwelche Einzelheiten dieses Nachmittags erinnern. Aber Gefühle und Bilder – die blieben ihr für den Rest ihres Lebens im Gedächtnis haften. Flaggen, die gelb auf grün im Wind flatterten. Sonnenlicht auf polierten Brustharnischen und Stahlhelmen. Pferde, die zur

Musik ihrer silbernen Panzerung tänzelten. Weiße Jagdhunde mit schlammigen Pfoten. Adlige in Schwarz und Rot und Purpur. Die Laute der Hörner.

Doch vor allem erinnerte sich Grace an die Königin.

Ivalaine ritt heran, doch nicht in einer Sänfte, sondern auf einem kastanienbraunen Pferd. Ihr Gewand berührte beinahe den Boden und hatte die Farbe von Eis, genau wie ihre Augen. Sie war hochgewachsen, schön und majestätisch. Ihre einzige Krone war ihr Haar, so fein wie Flachs, in das Juwelen hineingeflochten waren. Aryn hatte recht gehabt. Selbst aus dieser Entfernung wußte Grace, daß sie noch nie eine schönere Frau als Ivalaine gesehen hatte.

Alles in allem umfaßte die Reisegruppe der Königin mehr als fünfzig Reiter und hundert Männer zu Fuß, die Lasten trugen und Karren schoben.

Grace pfiff leise. »Königinnen reisen nie mit leichtem Gepäck, was?«

»Nein«, erwiderte Aryn. »Das tun sie nicht.«

Ivalaines Troß hielt vor dem Schloßtor an, und eine Gruppe von König Boreas' Rittern ritt hinaus, um ihn zu empfangen. Willkommensgrüße wurden ausgetauscht, die Grace dort oben allerdings nicht verstehen konnte. Dann ertönten die Hörner, und die lange Reihe aus Pferden und Karren bewegte sich in das Tor hinein.

Die Menge auf der Mauer fing an, sich aufzulösen, jemand zog an Graces Ärmel.

»Komm, Grace. Laß uns gehen.«

Grace legte eine Hand an die Schläfe. Ihr Kopf brummte noch immer von dem Hörnerschall. »Was?«

»Es gibt nichts mehr zu sehen. Und es wird kalt. Ich schwöre dir, wenn ich nicht wüßte, daß es laut Kalender Mitte Sindath ist, würde ich sagen, wir hätten heute Wintersonnenwende.«

Grace nahm die Worte der Baronesse kaum wahr. Sie konnte

den Blick nicht von der Straße unterhalb des Schlosses nehmen, obwohl sie mittlerweile menschenleer war. Sie war sich nicht sicher, woran es lag, aber irgendwie fühlte sie sich *anders*. Was hatte sie eben noch gedacht? Es hatte etwas mit der königlichen Begleitmannschaft zu tun, mit der Art und Weise, wie die Königin so stolz vornweg geritten war.

»Grace?«

Sie löste mühsam den Blick. »Ja, natürlich. Es tut mir leid, Aryn, laß uns gehen.«

Die Baronesse sah sie mit gerunzelter Stirn an, dann zuckte sie mit den Schultern und ging die Mauer entlang. Grace folgte ihr. Sie hatten gerade die Tür zu ihrem Gemach erreicht, als Grace wieder einfiel, was sie beim Anblick der auf das Schloß zureitenden Königin gedacht hatte.

Das da sollte ich sein.

Nein. Das war unmöglich. Sie erschauderte, verdrängte den Gedanken aus ihrem Kopf und schloß die Tür.

58

In den nächsten Tagen fühlte sich Grace in Calaveres Mauern gefangener denn je. Ivalaines Ankunft hatte das gesamte Schloß, in dem schon zuvor alles geschäftig umherhastete, in fiebrige Aktivität gestürzt. Nicht alle Angehörigen der königlichen Reisegruppe waren in der gebührenden Form im Schloß untergebracht worden, was verständlich war; da man noch fünf weitere Herrscher erwartete, wäre Calavere bei dem Versuch, sie mitsamt ihren Höflingen, ihrem Gefolge und ihren Dienern aufzunehmen, aus allen Nähten geplatzt. Die Mehrheit der Neuankömmlinge blieb in der Stadt unterhalb des Schlosses. Trotzdem hatten Aryn, Lord Alerain und der Rest der Schloßbewohner genug zu tun, um Ivalaine und ihren engsten Hofstaat in ihren Gemächern unterzubringen.

Es war merkwürdig, aber je beschäftigter jeder im Schloß wurde, desto weniger hatte Grace zu tun. Am zweiten Morgen nach Königin Ivalaines Ankunft ertappte sie sich dabei, wie sie über den feinen Wollumhang strich, den Aryn ihr gegeben hatte. Zuvor war die Außenwelt hauptsächlich wegen der Eiseskälte und ihres Wunsches, nicht an Lungenentzündung zu sterben, für sie tabu gewesen. Der Umhang hatte jedoch alles geändert.

Sie hob ihn auf. Sie hätte fragen sollen, das war ihr klar. Aber Alerain würde zu beschäftigt sein, und es bestand nicht die geringste Chance, bis zum König vorzustoßen. Davon abgesehen hatte ihr niemand gesagt, daß sie es nicht durfte, und war sie nicht schließlich eine Herzogin?

Grace, du rationalisierst.

Aber das war ihr egal. Ihr war langweilig, und mehr als alles andere ließ Langweile sie abenteuerlustig werden. Bevor sie sich anders entscheiden konnte, warf sie sich den schweren Umhang über die Schultern und schlüpfte aus der Tür.

Zehn Minuten später stand sie vor dem Tor, das zum Unteren Burghof führte. Sie zog den Umhang enger um die Schultern und drückte sich gegen den Steinbogen. Vielleicht war das ja doch keine so gute Idee. Fast zwei Wochen waren vergangen, seit Durge sie nach Calavere gebracht hatte, zwei Wochen seit dem ersten und letzten Mal, daß sie sich auf dem Haupthof des Schlosses befunden hatte, und damals hatte sie beschützt auf dem Rücken eines Pferdes gesessen, hoch über dem Hof. Jetzt war sie zu Fuß, und sie hatte glatt vergessen, wie geschäftig es auf dem Unteren Burghof zuging.

»Du wolltest dies tun, Grace«, sagte sie durch die zusammengebissenen Zähne. Sie atmete tapfer tief durch und ging weiter.

Der Schlamm war tiefer, als sie gedacht hatte. Er schmatzte um ihre Stiefel und saugte sie ihr bei jedem Schritt fast von den Füßen. Leute eilten an ihr vorbei: Bauern schleppten Körbe voller Brot oder Äpfel, Knappen erfüllten Botengänge für ihre Herren, Kaufleute verkauften Bier und Kerzen und Tuchballen. Einmal fand sich Grace von einer Herde blökender Schafe umzingelt, und es kostete sie einige Mühe, nicht von vier Dutzend gespaltenen Hufen in den Dreck getreten zu werden.

Niemand grüßte sie oder schenkte ihr irgendwelche Aufmerksamkeit. Der Umhang verhüllte ihr Kleid, höchstwahrscheinlich hielt sie keiner für eine Herzogin. Davon abgesehen bezweifelte sie, daß sich adlige Frauen ohne ihr Gefolge an diesen Ort wagten. Die meisten der Umstehenden waren die Leibeigenen und Freien, die das Land bestellten und die niederen Arbeiten erledigten, die ein feudales Königreich funktionieren ließen.

Sie wagte sich tiefer auf den Hof und suchte sich einen Weg durch den Wirrwarr aus Ständen und Karren und Pferden.

Viele Dinge erregten ihre Aufmerksamkeit: Schalen aus gehämmertem Kupfer und Messer aus funkelndem Stahl, Holzkisten mit Einlegearbeiten aus Elfenbein und Lapislazuli, Bienenwachskerzen und Spulen mit gefärbter Wolle. Ein von Krankheit schrecklich entstellter Mann stellte an seinen verkrümmten Fingern die großartigen Silberringe zur Schau, die er verkaufte. Zerlumpt aussehende Kinder liefen über den Hof, bettelten oder verkauften primitive Holzamulette, die an Fäden hingen und in verschiedenen Formen zugeschnitzt waren: eine Frau, die ein Jagdhorn hielt, ein Mann mit einem Pferdegesicht, ein schwarzer Stier.

»Mysterien!« riefen die Kinder. »Mysterien zu verkaufen!«

Grace blinzelte, als sie begriff. Natürlich – das Stieramulett mußte das wilde Tier repräsentieren, das mit Vathris assoziiert wurde, dem Gott des Kriegerkultes. Woraus folgerte, daß die jagende Frau und der Pferdemann andere Mysterienkulte symbolisierten. Anscheinend gab es in den Domänen mehr als nur eine Religion.

Sie blieb stehen und blickte auf etwas, das zu ihren Füßen lag. Es war eines dieser Amulette, das in den Schlamm getreten worden war, nachdem es jemand hatte fallen lassen. Sie hob es auf und wischte den Matsch ab. Es handelte sich um einen der unförmigen Stiere. In seinem Rücken steckte eine Nadel, die wohl ein Schwert symbolisieren sollte, denn rote Farbe floß die schwarzen Holzflanken herunter. Sie fuhr mit dem Finger über das Nadel-Schwert. Also opferte auch diese Welt ihre Götter. Sie steckte das Amulett in ihren Lederbeutel und ging weiter.

Ein köstlicher Duft füllte ihre Nase – er war warm und süß und würzig –, und plötzlich war sie hungrig. Sie folgte dem Geruch bis zu einer Ecke des Burghofes. Am Sockel eines Turms stand zwischen zwei Holzgebäuden – direkt neben einem Tonofen – ein Mann. Sein Gesicht war gerötet, aber man konnte unmöglich sagen, ob es von der Hitze des Ofens oder von seiner Brüllerei herrührte.

»Gewürzkuchen!« rief er laut, um den Lärm der Masse zu übertönen. »Gewürzkuchen, warm und schmackhaft, vom König selbst geschätzt!«

Er drehte sich um und sah Grace vor sich stehen, ein Grinsen breitete sich auf seinem roten Gesicht aus. Dem traurigen Zustand seiner Zähne nach zu urteilen, hatte er mehr als nur einmal von seinen eigenen Waren gekostet. Er hielt ihr einen kleinen, braunen Kuchen hin.

»Kommt, Euer Hoheit«, sagte er. »Versucht ihn.«

Euer Hoheit? Soviel zu ihrer Verkleidung. Sie zog den Umhang enger um ihren Hals und schüttelte den Kopf.

Das Grinsen wurde noch breiter. »Aber Ihr werdet ihn köstlich finden. Da sind seltene Gewürze aus dem geheimnisvollen Süden drin, aus Al-Amún auf der anderen Seite des Sommermeers.«

»Ich sollte das nicht tun«, sagte sie.

»Und warum nicht, Euer Hoheit? Verdient Ihr nicht auch wie die anderen etwas Süßes und Gutes?«

Grace wollte etwas erwidern, fand aber nicht die richtigen Worte. Wie kam König Boreas nur darauf, daß sie Mitgliedern anderer Königshäuser ihre Geheimnisse entlocken könnte? Sie konnte ja nicht mal mit einem Untertan sprechen.

Er hielt ihr den Kuchen noch ein Stück näher hin. »Hier, Euer Hoheit. Nehmt ihn.«

Sie zögerte. Machte er ihr ein Geschenk? Oder gaben die Kaufleute auf dem Markt Adligen oft Proben ihrer Waren, in der Hoffnung, ihre Schirmherrschaft zu erringen? Vermutlich traf das letztere eher zu. Aber auf jeden Fall würde es eine Beleidigung sein, wenn sie ihn nicht annahm.

Grace streckte die Hand aus und nahm den Kuchen. Er fühlte

sich warm an. Ein kräftiger Duft ging von ihm aus, der große Ähnlichkeit mit Zimt und Muskatnuß hatte, aber trotzdem anders war. Sie führte den Kuchen zum Mund und nahm einen kleinen Bissen. Dann nahm sie noch einen und den nächsten, bis der Kuchen aufgegessen war.

Der Mann strahlte zufrieden. »Hat er Euch geschmeckt, Euer Hoheit?«

Grace nickte. »Ja, sogar sehr. Danke.« Und sie drehte sich um und ging.

Eine schwielige Hand schloß sich um ihr Handgelenk und riß sie herum. Sie stöhnte auf.

»Nicht so schnell, kleine Schwester. Die Kuchen kosten das Stück einen Silberpfennig.« Der Ausdruck des Mannes war nicht länger freundlich. Seine kleinen, schwarzen Augen blickten wie glühende Steine.

Sie schüttelte den Kopf. »Einen Silberpfennig? Aber ich dachte … ich dachte, Ihr hättet ihn mir geschenkt.«

Er ließ ihr Handgelenk nicht los. »Dir geschenkt? Kleine Schwester, warum sollte ich dir einen Kuchen schenken?«

Sie befeuchtete ihre Lippen. »Weil … weil ich eine Herzogin bin.« Jetzt, wo sie es sagte, klang es absolut lächerlich.

Er lachte rauh. »Na klar, Euer Hoheit, aber sicher. Und ich bin Herzog, also werden wir uns prächtig verstehen. Wenn du mir das Geld gibst.«

Sie starrte ihn an, und dann begriff sie. *Euer Hoheit. Kleine Schwester.* Er hielt sie überhaupt nicht für die Angehörige eines Königshauses – es war bloß eine spöttische Anrede gewesen, nichts weiter. Er hatte ihr den Kuchen nicht geschenkt, sondern erwartet, daß sie ihn bezahlte.

»Es tut mir so leid«, sagte sie. »Ich … Das war mir nicht klar. Ich habe kein Geld. Aber ich bin sicher, daß ich welches besorgen kann, wenn Ihr mich ins Schloß gehen laßt.«

»Kleine Schwester, du gehst nirgendwo hin, nicht bevor ich

mein Geld habe.« Sein Atem war süß und stinkend, eine Mischung aus Gewürzen und Verfall.

»Aber ich sagte Euch doch gerade, ich habe kein …«

Die Schnelligkeit seiner Handlung lähmte sie genauso sehr wie der Aufprall. Er wirbelte sie herum und stieß sie mit dem Rücken gegen eine Steinwand. Die Luft wurde ihr mit einem übelkeiterregenden Zischen aus den Lungen getrieben.

»Also bist du eine Diebin?« sagte er. »Weißt du, was wir hier mit Dieben machen, Euer Hoheit? Wir schneiden ihnen die Hände ab, damit sie nicht wieder stehlen können.«

Er verstärkte den Griff um ihre Taille, und sie fühlte, wie ihre Knochen knirschten. Leute gingen vorbei, als würden sie nicht sehen, was dort geschah – oder als wäre es ihnen egal. Der Mann lächelte wieder – und das war schrecklicher als zuvor seine Wut.

»Schon in Ordnung, kleine Schwester.« Seine Stimme senkte sich zu einem Schmachten. »Ich bin ein gerechter Bursche. Wenn du kein Geld hast, weiß ich eine andere Möglichkeit, wie du zahlen kannst.«

Er stieß sie mit seinem Körper gegen die Mauer. Rauhes Steinwerk grub sich in ihren Rücken. Von dem nur wenige Schritte entfernten Ofen strömte die Hitze in atemraubenden Wellen aus. Er tatschte mit einer Hand den Umhang ab, während er mit der anderen nach unten griff, um seine fleckige Hose zu öffnen.

Grace versteifte sich. Furcht und Schmerz machten Wut Platz. Ihr Verstand nahm eine schreckliche Klarheit an.

Nein. Das habe ich geschworen. Nie wieder.

Sie richtete ihre grün-goldenen Augen auf ihn und fing seinen Blick ein. Er zögerte, und sein lüsternes Grinsen wich Verblüffung.

Nie wieder!

Es geschah zu schnell, als daß man es hätte sehen können.

In dem einen Augenblick drückte der Kaufmann sie gegen die Mauer. Im nächsten schrie er. Er taumelte von ihr fort und schlug auf die Flammen ein, die vom Rücken seines Wamses aufstiegen.

Jetzt blieben die Leute stehen und starrten sie an. Der Kaufmann fiel in den Schlamm und zerrte mit blasenübersäten Händen an seinem lodernden Wams. Die Menge kreiste ihn ein, doch Grace konnte nicht sagen, ob sie ihm helfen oder nur zusehen wollte. Sie schob sich seitwärts an der Mauer entlang, drehte sich um und floh über den Hof.

Ein smaragdgrünes Aufblitzen ließ sie stehenbleiben.

»Lady Grace, alles in Ordnung?«

Die Welt drehte sich. Nur mit reiner Willenskraft schaffte sie es, nicht in den Dreck zu stürzen. Sie biß die Zähne zusammen und zwang die Dinge zurück in die richtige Perspektive.

»Ja, mir geht es gut. Danke, Lady Kyrene.«

»Ihre Majestät sucht nach einem Ballen Stoff für ein neues Gewand«, sagte Kyrene überheblich. »Sie bat mich, ihr zu helfen. Und warum seid Ihr heute auf dem Markt, Lady Grace?«

»Ich ...« Grace warf einen Blick über die Schulter. Die Menge hatte sich bereits zerstreut, von dem Kaufmann fehlte jede Spur. Vielleicht war er davongestolpert, vielleicht hatten die anderen ihn auch weggetragen. »Ich wollte bloß einen Spaziergang machen, das ist alles.«

Die Gräfin von Selesia entblößte die kleinen weißen Zähne zu einem Lächeln. »Wirklich? So wie letztens? Ich hatte leider keine Möglichkeit, Euch zu sagen, wie schön es doch war, Euch zu sehen, meine Liebe.«

Trotz ihres verwirrten Zustands hatte Grace ihre Sinne genügend beieinander, um bei diesen Worten zusammenzuzucken. Sie suchte nach einer Erwiderung, brachte aber nur ein Stottern zustande. Dann ertönte eine andere Stimme.

»Betreibt hier keine Konversation, Lady Kyrene. Seht Ihr nicht, daß unsere Schwester erschöpft ist?«

Erst die helle Stimme machte Grace klar, daß Kyrene in Begleitung war. Sie war groß, so groß wie Grace, und in Blaugrau gekleidet. Juwelen funkelten in ihrem Haar. Was hatte Kyrene gesagt? *Ihre Majestät …*

»Königin Ivalaine!« Eilig machte Grace Anstalten, einen Hofknicks zu machen.

»Bitte, Schwester. Erhebt Euch.«

Schwester. Der Händler, der versucht hatte, sie … Der Händler hatte dasselbe Wort benutzt. Aber aus dem Mund der Königin klang es so anders. Nicht spöttisch, sondern warm und geheimnisvoll und einladend. Grace blickte in die eisfarbenen Augen. Die Schönheit dieser Frau raubte ihr die Furcht.

»Vielen Dank, Euer Majestät.«

Jetzt erkannte sie, daß sie recht gehabt hatte – Frauen von Adel wagten sich nicht ohne Eskorte auf den Unteren Burghof. Hinter der Königin standen mehrere Uniformierte sowie eine rothaarige Frau. Sie war pummelig und hübsch; ihr Gesicht zeichnete sich durch feine, weise Züge aus. Grace erkannte sie, sie gehörte zum Gefolge der Königin. Ihr Name war Tressa, und sie war Ivalaines erste Hofdame und, Aryn zufolge, ihre engste Beraterin.

»Sagt, Lady Grace, ist Euch etwas Böses zugestoßen?«

Grace erstarrte. Wie bei einem verwundeten Tier war ihr erster Instinkt, ihre Verletzung zu verbergen, sie an einem dunklen und privaten Ort zu heilen. Erzählte man es jemandem, wie konnte man dann jemals so tun, als wäre es nie geschehen? Aber etwas an der Stimme der Königin beruhigte sie.

»Da war ein Händler, der Kuchen verkaufte … ich aß einen, hatte aber kein Geld … er war wütend und versuchte … er wollte mich festhalten, aber … ein Funken aus dem Ofen muß auf ihm gelandet sein … sein Wams fing Feuer und …«

In die Augen der Königin trat ein harter Ausdruck, und sie nickte, als würde sie bedeutend mehr verstehen, als Graces zusammenhanglose Worte allein verraten hatten.

»Macht Euch keine Sorgen, Schwester«, sagte Ivalaine. »Wenn die Flammen ihn nicht verzehrt haben, dann wird man ein anderes Ende für ihn finden. Dafür sorge ich.«

Die Königin sprach die Worte in einem kühlen Tonfall – nicht wütend, auch nicht rachsüchtig, sondern ganz nüchtern. Sie nickte einem der bewaffneten Wächter fast unmerklich zu. Der verbeugte sich und bahnte sich entschlossen einen Weg durch die Menge. Grace erschauderte. Sie hatte nicht den geringsten Zweifel, daß der Wille der Königin ausgeführt werden würde.

Sie befeuchtete sich die Lippen. »Sollten wir nicht König Boreas berichten, was geschehen ist? Schließlich ist das sein Schloß.«

»Aber meine Liebe, wir sind Frauen«, sagte Kyrene schnurrend. »Es ist unnötig, Boreas damit zu behelligen. Männer teilen ihre Gerechtigkeit aus und wir unsere. Stimmt das nicht, Euer Majestät?«

Ivalaine bestätigte Kyrenes Worte nicht. Statt dessen musterte sie Grace eindringlich, als würde sie nach etwas Ausschau halten.

»Begleitet uns, Schwester«, sagte die Königin von Toloria.

Grace verspürte nur den Wunsch, in ihr Gemach zurückzukehren. Aber obwohl sie nur wenig von Politik und Hofetikette verstand, vermutete sie, daß man die höfliche Bitte einer Königin nicht abschlug. Sie neigte den Kopf und gesellte sich zu Kyrene und Ivalaine. Tressa und die Wächter folgten ein paar Schritte hinter ihnen.

»Eure Worte haben es geschickt übergangen, Lady Grace«, sagte Ivalaine, »aber ich weiß, was Ihr getan habt.«

Grace sah die Königin überrascht an. »Ich fürchte, ich habe einfach nicht nachgedacht, Euer Majestät. Ich wußte nicht, daß er von mir erwartet, daß ich für den Kuchen bezahle. Sonst hätte ich niemals ...«

»Das meinte ich nicht, Lady Grace. Das wißt Ihr genauso gut wie ich. Ein einzelner Funke hätte das Wams des Mannes nicht so schnell in Brand setzen können.«

»Aber ...«

Ivalaine blieb stehen und legte eine Hand auf Graces Arm. »Ihr wißt genau, was geschehen ist, Schwester. Ihr müßt nur zulassen, daß Ihr auch daran glaubt.«

Grace erinnerte sich – die Rufe der Eulen, die finsteren Korridore, ihr zerrissenes Nachthemd. Dann das Feuer, das Feuer und die Schreie. Schon einmal hatten Flammen Hände in Brand gesteckt, die sie berührt hatten, schon einmal hatte Feuer sie befreit. Aber das war ein Zufall gewesen, das war alles. Das mußte es sein. Grace schüttelte den Kopf, verdrängte die Erinnerungen.

Ivalaine nahm Graces Hände zwischen die eigenen.

»Ihr habt recht, Lady Kyrene«, sagte die Königin. »Sie hat die Gabe.«

Kyrene lächelte triumphierend.

»Sie ist stark in ihren Händen. Stärker, als ich es seit langem gesehen habe.«

Kyrenes Miene veränderte sich. Sie schenkte Grace einen überraschten Blick, dann senkten sich die Lider über ihre smaragdgrünen Augen und verwandelten sie in Schlitze.

Grace riß die Hände zurück. »Die Gabe? Was meint Ihr damit?«

Ivalaine blickte sie ernst an. »Die Gabe des Heilens, Lady Grace – der Kontrolle, der Macht.«

Grace schaute auf ihre Hände hinunter, die lang und schlank waren, genau wie die der Königin. *Die Gabe des Heilens.* Wie viele Menschen hatten diese Hände in der Notaufnahme vom Rande des Todes zurückgebracht? Wie viele Herzen hatten sie wieder zum Schlagen überredet, wieviel Leid hatten sie gelindert? Aber daran war nichts Wunderbares. Es war Notfallmedizin, das war alles. Brustkatheter und Tröpfe und Defibrillatoren, nichts Besonderes. Keine ... Magie.

»Grace!«

Der Klang ihres Namens ließ sie aufsehen. Aryn drängte sich an zwei Buden vorbei und eilte auf die drei Frauen zu, ohne darauf zu achten, daß der Saum ihres Gewandes durch den Schlamm streifte.

»Grace, alles in Ordnung mit dir?« Die blauen Augen der Baronesse waren weit aufgerissen vor Furcht.

Grace legte eine Hand auf den Ausschnitt ihres Gewandes und starrte ihre Freundin an. »Ja, Aryn, mir geht es gut. Warum?«

»Ich ... ich hatte bloß das Gefühl, daß etwas nicht in Ordnung war.« Sie seufzte. »Es ist albern, ich weiß. Ich hätte dich nicht damit behelligen sollen. Aber das Gefühl war einen Augenblick lang so stark.«

Grace schüttelte den Kopf. Wenn Aryn bloß wüßte, wie recht sie gehabt hatte ... »Aber du störst mich doch nicht«, sagte sie. »Doch woher wußtest du, wo du mich finden kannst?«

Aryn öffnete den Mund, schloß ihn wieder und runzelte die Stirn, als wäre sie sich ihrer Antwort nicht sicher.

»Ihr wußtet einfach, daß sie hier war, nicht wahr?«

Es war Ivalaine, die das Wort ergriffen hatte. Aryn schaute verblüfft auf, als würde sie erst jetzt bemerken, daß die Königin und die Gräfin vor ihr standen. Sie senkte den Kopf.

»Ja, Euer Majestät. Zumindest hat es den Anschein. Aber ich vermute, daß es bloß gut geraten war.«

Ivalaine antwortete ihr nicht. Statt dessen richtete sie den eisblauen Blick auf Kyrene. »Warum habt Ihr mir nichts von dieser hier berichtet?«

Kyrene zuckte gleichgültig mit den Schultern. »Sie ist ein Kind, Schwester.«

Ivalaine legte eine Hand unter ihr Kinn. »Sie ist jung, ja, aber mehr als ein Kind, glaube ich.« Ihre Augen blitzten auf. »Und hier, an diesem Ort, dürft Ihr mich mit Euer Majestät ansprechen, *Schwester.*«

Kyrene riß die Augen auf. »Ja, Euer Majestät!«

Einen Augenblick lang erschien sie neben der Königin nicht wie die sinnliche Gräfin, die Grace kannte, sondern wie ein verwöhntes, pausbäckiges Kind, das erst jetzt begriff, daß es seine Grenzen schon vor langer Zeit überschritten hatte. Grace verstand nur wenig von dem, was gerade geschehen war, trotzdem ließ es sie lächeln.

»Ich möchte mich gern in mein Gemach zurückziehen«, sagte sie. »Mit Eurer Erlaubnis, Euer Majestät.«

Ivalaine nickte. Grace machte einen Knicks und suchte sich mit Aryn an ihrer Seite einen Weg durch die Menge, zurück in die Zuflucht des Oberen Burghofes. Sie brauchte nicht über die Schulter zu blicken, um zu wissen, daß zwei smaragdgrüne Augen hinter ihr herfunkelten.

59

Am nächsten Tag trafen zwei Könige auf Calavere ein. Sorrin, der König von Embarr, kam kurz nach Einbruch der Morgendämmerung zum Schloßtor. Seine prunklose Begleitung bestand lediglich aus fünf Wagen, zehn Höflingen und einem Dutzend Ritter, von denen jeder ebenso schwarzes Haar und ein ebenso finsteres Gesicht hatte wie Graces Retter Durge. König Sorrin selbst war ein hochgewachsener Mann, aber er saß gebeugt und wirkte fast schon ausgezehrt; für einen Adligen war er ungewöhnlich ungepflegt. Sein Haar war dünn und zerzaust, die schwarze Kleidung abgetragen und unordentlich. Aber er war nichtsdestotrotz ein König, und obwohl eingefallen und kantig, strahlte sein Gesicht Persönlichkeit aus. Seine braunen Augen waren aufmerksam und intelligent, aber Grace hatte an ihrem Platz auf der Brustwehr das Gefühl, daß auch etwas Heimgesuchtes in ihnen lag.

Gegen Mittag ertönten erneut die Hörner, um die Ankunft König Lysandirs von Brelegond anzukündigen.

Lysandirs Reisegesellschaft bot ein entschieden anderes Bild als Sorrins und war größer und bunter – wenn auch vielleicht nicht beeindruckender – als Königin Ivalaines Begleitung. Lysandir selbst war ein unscheinbarer, weichlich wirkender Mann mittleren Alters mit schütterem Haar, der in den übertriebenen Mengen von Scharlachrot, Blau und Gold, in die er gekleidet war, fast völlig unterging. Die meisten Mitglieder seines umfangreichen Hofstaates waren in kaum weniger prunkvolle Gewänder gekleidet, und selbst die Pferde trugen Pfauenfedern im Zaumzeug. Die Wagen des Königs waren zwar bunt gestrichen, aber nicht gerade in besonders gutem Zustand; einer verlor ein Rad, als er durch das offene Tor von

Calavere klapperte. Grace mußte laut lachen beim Anblick der drei herausgeputzten Höflinge, die mit entsetztem Gesichtsausdruck durch den Sturz des Wagens in den Schlamm geworfen wurden.

Nach der kurzen und willkommenen Abwechslung, mit Aryn auf der Brustwehr zu stehen und der Ankunft der Könige zuzusehen, war Grace wieder sich selbst überlassen, als die Baronesse davoneilte, um sich um ihre Pflichten zu kümmern.

Grace ließ sich auf dem Weg in ihr Gemach Zeit. Sie hatte keine Lust, sich weiter mit den Büchern zu beschäftigen, aber der Himmel hatte sich verfinstert, und obwohl es für echten Schnee noch nicht kalt genug war, sah es doch nach Schneeregen aus. Außerdem waren ihre letzten beiden Exkursionen außerhalb des Schlosses in mittleren Katastrophen geendet. Es war sicherer, drinnen zu bleiben. Also spazierte sie ohne konkretes Ziel umher.

Für gewöhnlich spielte Grace beim Spazierengehen mit der Halskette, mit der man sie als Kind gefunden hatte. Seit ihrer Ankunft auf Eldh hatte sie diese sicherheitshalber in dem Lederbeutel an ihrem Gürtel aufbewahrt. Jetzt zog sie sie heraus und legte sie sich um den Hals. Das trapezförmige Stück Metall fühlte sich kalt an ihrer Kehle an. Mit einer Hand betastete sie die in die glatte Oberfläche eingearbeiteten Symbole. *Runen.* So hatte Hadrian Farr sie genannt. Laut Farr interessierten sich die Eisenherzen für Runen wie die auf ihrer Kette. Aber warum bloß?

»Ich wünschte, Sie wären jetzt hier, Farr«, sagte sie. »Irgendwie glaube ich, daß Sie alles, was mir hier passiert ist, besser verstehen würden.«

Aber Farr war jetzt in einer anderen Welt. Es war unwahrscheinlich, daß sie ihn jemals wiedersehen würde, von Denver ganz zu schweigen. Der Gedanke hätte ihr unangenehm sein sollen, aber das war er nicht. Sie verspürte nicht das geringste

Bedauern, die Erde verlassen zu haben, genausowenig wie damals North Carolina nach dem Medizinstudium.

Was ist los mit dir, Grace? Kannst du nicht wenigstens einmal wie ein normaler Mensch empfinden?

Sie steckte den Anhänger in den Ausschnitt ihres Gewandes und ging weiter.

Gerade, als sie umkehren wollte, hörte sie ein Krachen, dem ein Schrei folgte. Ein zweites Krachen schreckte sie aus ihrer Lähmung auf. Sie hastete um die Ecke und betrachtete die Szene, die sich ihr bot.

Eine Dienstmagd kniete von zerbrochenem Geschirr umgeben auf dem Steinboden. Tränen liefen über ihr Gesicht, und auf einer Wange konnte man deutlich einen geröteten Handabdruck sehen. Über ihr stand ein dicker Mann in grellem Scharlachrot mit wutverzerrtem Gesicht. Er hob seine mit Ringen übersäte Hand, und die Dienerin zuckte zusammen.

Menschen machten Grace furchtbare Angst. Mit Gewalt aber hatte sie in der Notaufnahme täglich umgehen müssen.

»Haltet ein, Lord Olstin.«

Sie sprach nicht laut – sie hatte gelernt, daß schreien nicht effektiv war, sondern Leute eher dazu brachte, das Gegenteil von dem zu tun, was man von ihnen wollte. Statt dessen betonte sie mit leiser Stimme jedes einzelne Wort besonders deutlich. Der Mann zog seine juwelenbesetzte Hand zurück und wirbelte herum. Sein bohrender Blick mußte kurz suchen, bevor er Grace entdeckte. Er entspannte die verkrampften Finger, richtete die Kleidung und nickte.

»Euer Durchlaucht.«

Das Beben seiner Oberlippe strafte seinen freundlichen Tonfall Lügen. Grace beachtete ihn nicht, sondern ging zu der Magd und kniete neben ihr nieder. Mit geübten Bewegungen untersuchte sie das Gesicht der jungen Frau nach Anzeichen weiterer Verletzungen.

»Tut es dir irgendwo weh, wenn ich dich berühre?«

»Nein, Mylady«, erwiderte die Magd. »Nur meine Wange.«

Sie weinte nicht mehr, sondern schaute Grace aus großen, braunen Augen an.

Grace nickte. Der Schlag auf die Wange hatte keine schweren Verletzungen verursacht – es waren keine Knochen gebrochen –, aber sie würde einen üblen Bluterguß bekommen. Sie half der Dienerin auf die Füße. Die junge Frau setzte sich die graue Kappe wieder gerade auf den Kopf und glättete ihr Kleid. Grace wandte sich Olstin zu.

»Warum habt Ihr das getan?«

Der Erste Berater von Brelegond machte einen Satz zurück. »Ich habe diesem ... diesem unverschämten Luder befohlen, König Lysandir einen Krug Ziegenmilch zu bringen. Mein Herr ist ein wenig unpäßlich, und Milch ist gut für seinen Magen. Aber sie hat es gewagt, geronnene Milch zu bringen – eine Beleidigung für meinen König.«

Die Magd schüttelte den Kopf. »Ich habe Euch doch schon gesagt, Mylord, die Milch war noch süß, als ich sie eingegossen habe. Das Kleine Volk muß sich daran zu schaffen gemacht haben, als ich ihr einen Moment lang den Rücken kehrte. Die stecken meist hinter derlei Ungemach.«

»Du dummes Stück!« Ein warmer Sprühregen aus Spucke begleitete Olstins schrille Worte. »Es gibt kein Kleines Volk, nur dumme Luder von Mägden. Für diese Unverschämtheit lasse ich dich auspeitschen!«

Olstin stürzte sich auf das Mädchen, doch Grace stellte sich ihm in den Weg.

»Fort mit Euch, Lord Olstin.«

Er funkelte sie an. Sie rührte sich nicht. »Sofort.«

Olstin zögerte und leckte sich über die Lippen. Unsicherheit kroch in seine kleinen Augen, und er blieb zurück.

»König Boreas wird hiervon unterrichtet werden, Mylady.«

»Das werde ich selbst erledigen«, sagte Grace.

Er warf ihr einen letzten giftigen Blick zu, dann drehte er sich auf dem Absatz um und war verschwunden. Grace lehnte sich gegen die Wand. Irgendwie konnte sie das Gefühl nicht loswerden, daß sie sich gerade einen Feind gemacht hatte.

Sie spürte eine sanfte Berührung an ihrer Hand. Sie blickte auf, und die Dienerin lächelte sie schüchtern an.

»Vielen … vielen Dank, Mylady.«

Grace atmete tief durch und brachte ein mattes Lächeln zustande. »Wie heißt du?«

»Adira, Mylady.«

»Es tut mir leid, daß ich nicht früher um die Ecke gekommen bin, Adira. Ich heiße …«

»Ach, Lady Grace, natürlich!« Die junge Frau strahlte. »Ich habe Euch schon oft gesehen, Mylady. Gestern noch im Hof, als Ihr mit Königin Ivalaine gesprochen habt.« Ihre Augen funkelten. »Sie ist eine Hexe, wißt Ihr das? Wie die Lady Kyrene, nur noch viel mächtiger, sagt man. Wollt Ihr auch eine Hexe werden?«

Jetzt fühlte Grace sich wie die Geohrfeigte. Sie konnte die andere nur noch anstarren.

»Ich will eine Hexe werden«, sagte Adira. »Ich werde die Königin darum bitten.« Jetzt verengten sich ihre Augen zu Schlitzen, und ein verschlagenes Lächeln umspielte ihre Mundwinkel. »Dann wird Lord Olstin noch bereuen, was er mir angetan hat.«

Adira sammelte die Scherben ein, dankte Grace erneut und schlenderte dann gemächlich den Gang hinunter. Grace bemerkte kaum, daß sie weg war. Sie hielt sich an der kalten Wand fest und starrte in die trübe Schloßluft.

Eine Hexe? War es das, was Ivalaine mit ihr vorhatte?

60

Vier Tage später standen Grace und Aryn an einem naßkalten Nachmittag auf der Brustwehr und sahen zu, wie der letzte König auf Calavere eintraf. Sie hielten ihre Umhänge fest geschlossen, um den Schneeregen und den späten Sindath-Wind abzuwehren, der kälter war als alles, was ein November in Denver zu bieten hatte.

König Persard von Perridon war am Vortag bei Sonnenuntergang angekommen, und Königin Eminda von Eredane hielt sich erst seit dem Morgen auf Calavere auf. Nun näherte sich Kylar, der König der Domäne von Galt, dem Schloßtor. Kylars Gefolge war mit Abstand das kleinste von all den Königen und Königinnen – kleiner sogar noch als König Sorrins karger Troß –, und es schien von der Reise am schwersten gezeichnet zu sein. Ein paar Pferde lahmten, und einige der Höflinge hinkten zu Fuß hinterher, in schlammverschmiertem Braun und Grau statt in Gold und Purpur.

Grace sah Aryn verwirrt an. »Ich dachte, du hättest gesagt, daß Galt die Domäne ist, die Calavan am nächsten liegt.«

»Das ist sie auch.«

»Warum kommt Kylar dann als letzter an? Und warum sieht sein Gefolge so … ramponiert aus?«

Aryn seufzte. »Ich fürchte, damit mußte man rechnen. Es ist wohl bekannt, daß niemand in Galt so vom Pech verfolgt wird wie König Kylar. Und zweifellos ist Galt von allen Domänen die mit dem meisten Pech. Damit dürfte König Kylar der größte Unglücksrabe in ganz Falengarth sein.«

Grace sah die letzten Mitglieder der Gefolgschaft Kylars im Torbogen verschwinden. Fast augenblicklich hörte es auf zu regnen; goldenes Sonnenlicht durchbrach die Wolken und tauchte die Türme von Calavere in strahlendes Gold.

Grace sah Aryn überrascht an. »Du hast das ernst gemeint, nicht wahr?«

Die Baronesse nickte.

Sie gingen wieder hinein und schlenderten zusammen in Richtung von Graces Gemach. Unterwegs versuchte Grace wie schon seit drei Tagen, den Mut aufzubringen, Aryn von ihrer Begegnung mit der Dienstmagd Adira zu erzählen. Aber es war alles so lächerlich. Königin Ivalaine konnte unmöglich wirklich eine Hexe sein. Oder doch? Sicher, Kyrene schien zu glauben, über andere eine Art Macht zu haben, und die Königin war eindeutig ein Vorbild für sie. Und es gab auf dieser Welt so vieles, das Grace nicht verstand. Sie öffnete den Mund, um ihre Gedanken auszusprechen.

»Lady Aryn, darf ich Euch um einen Moment Eurer Zeit bitten?« hörte sie eine Männerstimme fragen.

Grace machte den Mund wieder zu. Die beiden Frauen drehten sich um und sahen Lord Alerain auf sich zukommen. Wie immer war der Seneschall des Königs makellos in Schwarz und Kastanienbraun gekleidet.

Aryn nahm Grace kurz an der Hand. »Entschuldige mich bitte, Grace. Alerain braucht bestimmt meine Hilfe. Es gibt heute abend einen geselligen Empfang.«

»Einen geselligen Empfang?« fragte Grace.

»Oh, habe ich dir gar nichts davon erzählt?« Der Gesichtsausdruck der Baronesse war eine Spur zu unschuldig.

Grace kniff die Augen zusammen. »Nein, hast du nicht.«

»Es ist so etwas Ähnliches wie ein Bankett«, erklärte Aryn.

»Also muß ich bloß eine Menge essen?«

»O nein! Tu das bloß nicht, Grace. Dann könntest du ja gar nicht tanzen.«

»Tanzen!«

Noch bevor Grace irgend etwas anderes sagen konnte, hatte Alerain zu ihnen aufgeschlossen, und die Baronesse lächelte nur und nahm den Arm des Seneschalls. Alerain verbeugte sich steif vor Grace, dann gingen Baronesse und Seneschall gemeinsam den Gang hinunter.

Grace fluchte leise vor sich hin. »Will Euer Durchlaucht heute abend tanzen, oder möchte sie lieber ihren Leib von der höchsten Zinne des Schlosses stürzen? Ach, ich denke, wir entscheiden uns heute mal für die Zinne, vielen herzlichen Dank. Jawohl, Euer Durchlaucht, ganz wie Ihr wünscht, Euer Durchlaucht.«

Aber es war niemand da, der ihre kleine Darbietung hätte hören können, und so trottete sie zurück zu ihrem Gemach, um sich vorzubereiten.

Zu Beginn des Empfangs blieb Grace kurz in einer Nische des Großen Saals von Calavere stehen und vergewisserte sich, daß ihre neueste Errungenschaft – ein schmaler Dolch, den Aryn ihr am Nachmittag gegeben hatte – noch sicher in seiner Scheide in ihren Hirschlederstiefeln steckte.

»Keine echte Lady sollte ohne gehen«, hatte sie gesagt, als sie in Graces Gemach vorbeigekommen war, um ihr die Waffe zu geben. Grace nahm aber an, daß weniger die gängige Mode als vielmehr ihre Auseinandersetzung mit dem Kaufmann auf dem Unteren Burghof der Grund für das Geschenk war. Langsam kam sie zu dem Schluß, daß unter dem sanften Äußeren der Baronesse harter Stahl steckte.

Grace zog die Klinge aus der Scheide. Der juwelenbesetzte Griff des Dolches war reich verziert, aber er lag gut in der Hand. Der Dolch war eindeutig für eine Frauenhand geschaffen, und obwohl seine Klinge schmal war, war sie doch scharf und tödlich. Sie steckte ihn in die Scheide zurück. Sie bezweifelte, daß sie ihn brauchen würde, nichtsdestotrotz fand sie seinen sanften Druck auf ihrer Haut beruhigend.

Sie richtete sich auf und bemerkte, daß sie wieder neben dem seltsamen Artefakt aus dunklem Stein – oder war es Metall? – stand. Sie hatte Aryn vor ein paar Tagen danach gefragt, aber die Baronesse hatte nicht viel darüber gewußt, außer daß es sich schon seit Jahrhunderten im Schloß befand und daß allgemein angenommen wurde, daß es sich um ein Relikt aus dem alten Malachor handelte. Grace wollte es gerade berühren, da sie sich fragte, wie sich die eigentümlich glatte Oberfläche wohl anfühlte, als hinter ihr eine Stimme ertönte.

»Grace, da bist du ja. Ich habe schon überall nach dir gesucht.«

Grace drehte sich um und lächelte, als sie Aryn erblickte. »Und da du mich jetzt gefunden hast, mußt du mir wohl oder übel Gesellschaft leisten.«

Aryn widersprach ihr nicht, und so gingen die beiden Frauen zusammen durch den überfüllten Saal. Grace entdeckte König Boreas vor dem gewölbeartigen Kamin; er unterhielt sich gerade mit Königin Ivalaine von Toloria. Kyrene stand unmittelbar hinter der Königin und klebte buchstäblich an ihren Lippen. Ivalaines Antlitz war so schön wie zuvor, während es dem König offenbar nicht gelingen wollte, seine besorgte Miene zu verbergen.

»Warum scheint es König Boreas so wenig zu behagen, sie zu treffen?« fragte Grace. Sie dachte an ihren Geschichts- und Politikunterricht zurück. »Ich dachte, Calavan und Toloria seien Verbündete?«

»Historisch gesehen schon.« Aryn ließ sich von einem Diener einen Pokal mit Wein geben, reichte ihn an Grace weiter und nahm dann selbst einen. »Aber König Boreas glaubt an die Mysterien von Vathris, und es hat immer schon große Rivalität zwischen dem Kult des Stiertöters und dem gegeben, dem Ivalaine angehört.«

Grace runzelte die Stirn. »Und der wäre?«

Aryn leckte sich über die Lippen, bevor sie die Antwort flüsterte. »Die Hexen.«

Es durchfuhr Grace wie ein elektrischer Schlag. *Die Hexen?* Dann hatte Adira recht gehabt. Ivalaine war in der Tat eine Hexe – was immer das auch wirklich bedeuten sollte. Und zweifellos sah Kyrene sich auch als solche. Grace nahm ihren Pokal und leerte ihn in einem einzigen, langen Zug. Bevor sie es sich wieder anders überlegen konnte, erzählte sie Aryn alles: die seltsamen Dinge, die Ivalaine über die Gabe gesagt hatte, und Adiras Hoffnung, eine Hexe zu werden, indem sie mit der Königin sprach.

Aryns Augen weiteten sich, als Grace sprach, und sie trat einen Schritt zurück. »Grace, ist das wahr? Hast du … hast du sie etwa? Die Gabe?«

Grace stöhnte. »Woher soll ich das wissen? Ich weiß ja noch nicht einmal, was das sein soll.«

Aryn tat einen weiteren Schritt zurück. Grace schüttelte den Kopf. Nein, Aryn durfte nicht auf Distanz zu ihr gehen. Nicht jetzt, nicht nach allem, was passiert war.

»Wage es ja nicht, Angst vor mir zu haben, Aryn«, sagte sie. »Ivalaine hat sich auch für dich interessiert. Vergiß das nicht.«

Die Baronesse blinzelte. Dann wich ihr Schreck Bedauern. Sie ergriff Graces Hand. »Ich fürchte mich nicht vor dir, Grace. Nur *um* dich, um uns beide fürchte ich.«

Grace bewerkstelligte ein mattes Lächeln.

»Aber König Boreas darf nichts davon erfahren«, sagte Aryn.

Grace stimmte mit einem festen Händedruck zu. Solange sie Aryn auf ihrer Seite wußte, schien alles nur halb so beängstigend.

Als sie ihren Weg durch den Saal fortsetzten, erklang von einer der hölzernen Galerien Musik, als eine Gruppe von Spielmännern ihre Arbeit aufnahm: Flöten zwitscherten über einem summenden Dröhnen, begleitet vom sanften Rhythmus einer Trommel. Viele der Adligen wählten Partner und tanzten in steifen, komplexen Mustern zu der Musik. Grace erblickte Logren. Er war wieder in Perlgrau gekleidet und hatte sein dunkles Haar aus der Stirn gekämmt. Im Kontrast zu seiner schlanken, eleganten Figur war seine junge Tanzpartnerin eher klein und kräftig, mit einem unscheinbaren Gesicht und freundlichen braunen Augen. Grace erkannte sie wieder: Kalyn, Beraterin von König Kylar von Galt. Sie war außerdem seine Zwillingsschwester. Die beiden wirbelten auf Grace und Aryn zu, und Grace wandte den Kopf ab.

»Was ist los?« fragte Aryn sofort. »Hast du mir nicht erzählt, daß Logren von Eredane dir sympathisch ist?«

»Er ist gerade beschäftigt, das ist alles.«

Bevor Aryn noch weitere Fragen stellen konnte, ging Grace rasch weiter. Plötzlich griff Aryn nach Graces Arm, und sie blieben wieder stehen.

»Da, siehst du den?« flüsterte die Baronesse.

Unauffällig deutete sie mit dem Kopf in Richtung eines jungen, breitschultrigen Mannes mit kurzem, blondem Bart. Er unterhielt sich mit ein paar älteren Männern. Sie lachten über eine seiner Bemerkungen, und er lächelte strahlend.

»Wer ist das?« fragte Grace.

»Er heißt Leothan. Er ist ein Adliger aus dem südlichen Toloria. Nur ein Graf, aber er genießt hohes Ansehen an Ivalaines Hof und ist sicher zu Höherem bestimmt. Ich hatte gehofft, daß er seine Königin begleitet.«

»Warum?«

»Wenn ich in zwei Jahren einundzwanzig werde, wird König Boreas mir Elsandry überlassen. Und dann werde ich heiraten müssen, damit ein Baron mir bei der Verwaltung des Lehnsgutes des Königs helfen kann.« Aryns blaue Augen funkelten. »Leothan sieht sehr gut aus, findest du nicht?«

Grace hätte sich selbst einen Tritt verpassen können. »Ja«, sagte sie, »das tut er.«

Die Gruppe von Adligen löste sich auf, und Leothan drehte sich um und kam auf sie zu. Aryn zögerte, dann hob sie den Kopf und stellte sich dem jungen Grafen direkt in den Weg. Er blieb stehen, lächelte sein strahlendes Lächeln und verbeugte sich.

»Guten Abend, Euer Hoheit, Euer Durchlaucht.«

Grace nickte, und Aryn machte einen eleganten Knicks.

»Guten Abend, Mylord«, sagte die Baronesse.

Er deutete auf die Tänzer. »Ein gelungenes Fest, nicht wahr?«

»Das ist es wirklich.« Aryn atmete tief durch. »Darf ich Euch zum Tanz auffordern, Mylord?«

Leothans Lächeln stockte keinen Augenblick lang, aber ein seltsames Leuchten trat in seine Augen und ließ sie hart und flach aussehen. »Ich fürchte, für diesen Tanz benötigt man zwei Hände, Mylady.«

Aryn starrte ihn verständnislos an. Dann blickte sie nach unten und erblaßte. Das elegante Tuch, das ihre rechte Schulter bedeckt hatte, war verrutscht, und ihr verkrüppelter Arm lag bloß, verformt und empfindlich wie der gebrochene Flügel einer Taube. Sie sah mit entsetztem Gesicht wieder auf.

Leothan verbeugte sich wieder. Irgendwie hatte die Geste jetzt etwas Spöttisches. »Wenn Ihr mich entschuldigen würdet?«

Aryn brachte irgendeine Antwort heraus, und der junge Mann bahnte sich seinen Weg durch die Tänzer.

Grace sah dem Grafen wutentbrannt nach. Er hatte ein so einnehmendes Äußeres, aber sie konnte ihn förmlich sehen – den häßlichen Klumpen, der ihm als Herz diente und genauso kalt und hart war wie das Stück Eisen, das sie in der Brust des Toten im Denver Memorial Hospital gefunden hatte. Schönheit war die perfekte Maske für das Böse. Das war auch der Grund, warum es sich in der Welt frei bewegen konnte, warum Leute nach ihm Ausschau hielten, es einluden und willkommen hießen.

Grace hörte ein Seufzen und vergaß ihren Ärger. Sie wandte sich Aryn zu und richtete das Tuch auf der rechten Schulter der Baronesse.

»Aryn, er ist es nicht wert, daß du …«

»Laß nur, Grace. Ist schon in Ordnung.« Sie machte sich von ihr los. »Wirklich. Schau mal, ist das nicht dein Freund Durge?«

Grace sah in die besagte Richtung. Tatsächlich stand dort der Embarraner an eine Wand gelehnt. Er hielt die Arme vor der breiten Brust verschränkt, sein Schnurrbart hing traurig herab, und seine braunen Augen blickten ernst.

Der Anblick des schwarzhaarigen Ritters verbesserte Graces Stimmung. Sie hatte Durge seit dem Bankett nicht mehr gesehen, und sie hatte ihn vermißt. Wenn sie den Ritter doch nur davon überzeugen könnte, daß sein Besuch alles andere als eine Unannehmlichkeit wäre. Durge gab ihr nicht das Gefühl, das andere Leute ihr vermittelten, daß in ihr etwas zerbrochen war, etwas, das sie verbergen mußte. Zwar nicht hinter einem Tuch, aber doch hinter einer Mauer aus Schweigen.

Sie winkte Durge und steuerte Aryn auf ihn zu, und obwohl der Ritter nicht lächelte, schien sich seine düstere Stimmung etwas zu heben.

»Durge, ich freue mich so, Euch zu sehen«, sagte Grace.

»Lady Grace. Lady Aryn.«

Der Ritter setzte zu einer steifen Verbeugung an, aber Grace reichte ihm statt dessen die Hand. Er kam kurz aus dem Konzept, fing sich wieder und küßte sie. Zwar war seine Geste etwas ungelenk, aber trotzdem tausendmal charmanter als alle eleganten Posen Leothans zusammen. Grace konnte sich durchaus vorstellen, daß Durge anderen unansehnlich erschien. Sein Gesicht war kantig, die Nase uneben, die Stirn von Jahren der ständigen Sorge gefurcht. Aber für sie sah er besser aus als jeder Leothan.

Ihr kam eine Idee. Sie sah Aryn an. »Vielleicht möchte Durge mit dir tanzen.«

Der Ritter warf Aryn einen überraschten Blick zu. »Ich bin sicher, daß sich die Baronesse lieber ausruhen möchte, als mit mir zu tanzen.«

Aryn nickte hastig. »Ja, das stimmt. Vielen Dank für Euer Verständnis, Mylord.«

Grace sah unglücklich aus. Sie wollte etwas sagen, aber genau in diesem Moment kündigten Fanfaren den Beginn des Abendessens an. Durge verbeugte und entschuldigte sich.

»Eßt Ihr denn nicht mehr an der Hohen Tafel mit uns?« fragte Grace.

»Da die Könige und Königinnen mittlerweile eingetroffen sind, hat König Boreas meinesgleichen nicht mehr nötig, um seine Tafel zu besetzen.« Der Ritter schien darüber nicht verärgert zu sein, sondern es einfach nur sachlich zur Kenntnis zu nehmen.

Die Worte enttäuschten Grace. Sie wollte schon sagen, daß sie sich auf jeden Fall neben Durge setzen würde, aber Aryn zog an ihrer Hand, und sie mußte sich notgedrungen übereilt verabschieden.

»Ich weiß wirklich nicht, warum du Durge so magst«, sagte Aryn auf dem Weg zur Hohen Tafel. »Er ist alt. Und so abweisend. Und überhaupt nicht gutaussehend.«

»Ach ja?« erwiderte Grace. »Und ich dachte gerade, daß er der netteste Mann ist, dem ich je begegnet bin.«

Aryn wollte noch etwas sagen, aber sie waren schon an der Tafel angekommen, und die Baronesse mußte ihren Platz zur

Rechten des Königs einnehmen, während Grace sich einen freien Platz am Ende der Tafel suchte. Sie fand sich neben König Kylar von Galt wieder. Aus der Nähe betrachtet war er noch jünger als vermutet, höchstens fünfundzwanzig, mit einem offenen Gesicht und hellbraunen Augen, die für einen Monarchen viel zu sanft wirkten. Sie nippte an dem Pokal, der zwischen ihnen stand, wischte den Rand mit einer Serviette ab. Dann hatte sie den Mut, sich dem jungen König vorzustellen. Sein Lächeln war schüchtern, aber ehrlich, und er nahm den Pokal, als sie ihn ihm reichte.

»Ich f-f-freue mich sehr, Eure Bekanntschaft zu machen, M-m-m-mylady.«

Er kämpfte tapfer mit den Wörtern, dann wandte er den Blick ab und errötete unter dem weichen Flaum seines braunen Bartes.

Ach, natürlich. Er hatte den Pokal mit der linken Hand gehoben. Er erfüllte all die üblichen Kategorien: männlich, Linkshänder, Zwilling. Auf der Erde hätte er eine Sprachtherapie gegen das Stottern und seine Redeangst bekommen. Höchstwahrscheinlich hätte er mit elf oder zwölf normal gesprochen. Aber hier … hier würde er wohl sein ganzes Leben lang stottern. Grace seufzte. Manchmal kam ihr der Gedanke, daß sie diese Welt vielleicht doch haßte.

Ihre Hand kroch über den Tisch und berührte die seine: kühl, beruhigend, die Hand einer Ärztin. »Darf ich Euch noch etwas Wein einschenken, Euer Majestät?«

Er starrte sie an, dann kehrte sein Lächeln zurück; es war schief und dankbar. »Ja, b-b-bitte, Euer D-d-durchlaucht.«

Seine Dankbarkeit machte Grace beinahe verlegen. Was würde Kylar wohl denken, wenn er wüßte, daß ihr Selbstbewußtsein lediglich durch seine Behinderung zustande kam? Sie verdrängte den Gedanken und goß den Wein ein.

Während Kylar trank, sah Grace sich um. Die Könige und

Königinnen der Domänen unterschieden sich alle auffällig voneinander. Am anderen Ende der Hohen Tafel saß hager und blaß König Sorrin von Embarr, Durges Lehnsherr. Er beugte sich über sein Essen, ohne es anzurühren. Direkt neben ihm saß Königin Eminda von Eredane, eine Frau mittleren Alters mit breiter Taille, die auf eine matronenhafte Art recht ansprechend ausgesehen hätte, wenn ihre Mundwinkel nicht dauerhaft nach unten gezeigt hätten. Neben Eminda saß König Persard von Perridon. Er war mit Abstand der älteste der Hoheiten – dünn und gebrechlich, mit nur wenigen Haaren auf seinem Schädel –, aber seine Augen blickten klar und durchtrieben. Als er Graces Blick bemerkte, zwinkerte er ihr zu, grinste und machte eine Handbewegung, die nur eine unanständige Bedeutung haben konnte. Grace sah schnell weg.

Aryn und Alerain saßen an den Seiten König Boreas', der gelangweilt und unruhig wirkte und ganze Pokale leerte, wo andere nur nippten. Es folgte Ivalaine. Die tolorianische Königin schaute in majestätischem Schweigen in den Saal. Ihre Augen glitzerten wie geheimnisvolle Juwelen. Zu guter Letzt kam – zwischen Ivalaine und König Kylar – König Lysandir von Brelegond. Zumindest nahm Grace an, daß er das unter all dem Gold und Purpur war. Der König mit dem schütteren Haar war unter seinem übertriebenen Gewand nur mühsam zu erkennen, aber man konnte ohne Probleme die ständigen Befehle an die Diener hören, die er mit seiner ungeduldigen, nasalen Stimme rief. Grace reihte Lysandir ganz unten auf der Liste der Könige und Königinnen ein. Diejenigen, die am wichtigsten taten, waren es fast nie.

Diener kamen mit dampfenden Essenplatten an den Tisch. Und wie auch schon beim letzten Festmahl kamen auch die zwei Runensprecher dazu. Sie fingen an beiden Enden des Tisches gleichzeitig an, die Rune der Bekömmlichkeit über jeden Teller zu sprechen. Sie hatten die Mitte der Tafel erreicht, als ein schriller Schrei die Unterhaltung übertönte.

»Bleib mir mit deiner schmutzigen Magie vom Leib!«

Die an der Hohen Tafel sitzenden Herrscher drehten sich wie ein Mann um und starrten Eminda von Eredane an, die aufgesprungen war. Der junge Runensprecher vor ihr warf Boreas einen verwirrten Blick zu. Der König von Calavan blickte finster zurück, dann schnippte er mit den Fingern und bedeutete ihm, weiterzumachen, was dieser auch sofort tat. Eminda schien die Sache nun peinlich zu sein, und ihre Wangen glühten rot, als sie sich wieder setzte. Logren kam von seinem Platz an einem der Tische unten im Saal zu seiner Königin. Er sprach kurz mit ihr, dann wandte er sich an König Boreas.

»Meine Königin bittet Euch um Vergebung, Euer Majestät. Sie ist von ihrer Reise erschöpft und die Gebräuche auf Eurem Schloß nicht gewohnt. Runensprecher sind heutzutage nicht … üblich in Eredane.«

Boreas grunzte. »Natürlich. Ihre Majestät soll sich keine Sorgen machen. Und sie hat mein Wort, daß meine Runensprecher sie nicht wieder belästigen werden.«

Logren verbeugte sich und kehrte an seinen Platz zurück, und das Essen ging weiter. Grace und Kylar sprachen wenig, aber sie lächelten viel, und es war überhaupt nicht unangenehm, bis Kylar unten in seinem Pudding ein Insekt fand.

»Bitte m-m-macht Euch deswegen keine Sorgen, Mylady. Das p-p-pa… kommt öfters vor.«

Er lächelte, als wäre Pech völlig in Ordnung, weil man sich daran gewöhnt hatte. Grace erwiderte das Lächeln, obwohl ihr nicht danach war, und rührte in ihrem eigenen Pudding. Sie hoffte beinahe, auch einen Käfer darin zu finden, aber dem war nicht so.

Nach dem Essen gab es wieder Tanz und Musik. Jedoch hatte

Lord Logren Königin Eminda aus dem Großen Saal geführt, und König Sorrin war schon während der Mahlzeit irgendwann verschwunden. König Persard verabschiedete sich ebenfalls, mit einer drallen Dienerin an jedem hageren Arm und einem breiten Grinsen auf dem faltigen Gesicht.

Boreas näherte sich der Ecke, in der Aryn und Grace standen. »Würdet Ihr Eurem König diesen Tanz schenken?« fragte er die Baronesse.

»Euer Majestät, lieber würde ich eine Herde wilder Pferde über meine Füße trampeln lassen.«

Boreas klatschte in die Hände. »Lady Aryn, ich bin stolz auf Euch! Diese Lüge klang fast schon überzeugend.« Der König blinzelte Grace zu. »Vielleicht besteht ja doch noch Hoffnung für mein Mündel.« Er nahm Aryns Hand. »Und jetzt wird getanzt.«

Die Baronesse sah Grace flehentlich an, aber Grace wußte, daß ihre Freundin hoffnungslos verloren war. Boreas zerrte Aryn ins Gedränge und begann, sie wild herumzuwirbeln.

Grace sah all den Adligen im Saal beim Tanzen zu, wie sie sich in komplizierten Mustern bewegten, die ihr für immer verborgen bleiben würden. Sie seufzte. »Ich werde niemals herausfinden, wie man das macht.«

»Der Tanz ist nicht so schwierig, wie Ihr denkt, Mylady.«

Sie legte überrascht eine Hand auf die Brust und drehte sich um. Durge stand im Schatten einer Säule.

»Ich habe nicht von dem Tanz gesprochen, Durge.«

Der embarranische Ritter trat einen Schritt vor. »Ich weiß.«

Grace schüttelte den Kopf und wünschte sich, ihm das glauben zu können. Sie richtete ihre Aufmerksamkeit wieder auf die Tänzer. Der Große Saal schien sich in ein stürmisches Meer aus Farben verwandelt zu haben, in dem sie nur allzu leicht ertrinken konnte. Wenn sie doch nur etwas hätte, das sie über Wasser halten könnte. Etwas oder …

Sie wandte sich wieder dem Ritter zu. »Ich schaffe das nicht allein, Durge. Ich kann nicht König Boreas' Spionin beim Rat der Könige sein. Nicht ohne Hilfe.« Eigentlich sah ihr das nicht im mindesten ähnlich, aber in ihrer Verzweiflung war ihr das egal. Sie streckte die Hand aus und berührte seine Schulter. »Wollt Ihr mir helfen, Durge? Nicht nur heute abend, auch morgen und übermorgen, bis das alles vorüber ist? Bitte?«

Sein Gesicht hätte genausogut aus Stein gemeißelt sein können. Grace befürchtete schon, er würde sich von ihr abwenden. Dann zuckte er mit den Schultern.

»Nun, da mein König mit seinen bevorzugten Dienern und Beratern eingetroffen ist, gibt es für mich nicht viel zu tun. Ich fürchte, ich bin viel besser für die Wanderschaft geeignet als für das Leben bei Hofe.« Er nickte ernst. »Ja, Mylady. Ich werde Euch helfen. Aber nicht, um König Boreas' Sache zu fördern. Ich tue es für Euch, allein für Euch.«

Dann überraschte Grace sich selbst – sie lachte. Zum ersten Mal seit Tagen verspürte sie wieder Hoffnung. Das Meer toste immer noch um sie herum, aber sie hatte noch keinen Schiffbruch erlitten.

»Damit habt Ihr mich das dritte Mal gerettet, Durge.«

Zu ihrer Überraschung, ihrer Verlegenheit und – seltsamerweise – auch ihrem Entzücken kniete er vor ihr nieder und senkte den Kopf.

»Euer Diener, Mylady.«

61

Es war spät.

Grace erwachte im Mondlicht, das durch ihr Fenster schien. Sie setzte sich in ihrem Bett auf, verzog das Gesicht und hielt sich den Schädel. Sie hatte Kopfschmerzen – die Nachwirkung von zu viel Wein. Sie trug noch immer das Gewand, das sie am Abend getragen hatte, aber es war nun verrutscht und verknittert. Sie bemühte sich, sich zu erinnern. Nach ihrer Unterhaltung mit Durge hatte sie sich selbstbewußt genug gefühlt, in Begleitung des Ritters durch den Saal zu spazieren. Sie hatte mit einigen der Adligen gesprochen, ja sogar mit einem oder zwei Königen. Nur schien jeder zweite ihr einen vollen Pokal in die Hand gedrückt zu haben. Das letzte, woran sie sich erinnern konnte, war, daß Durge sie bis an die Tür ihres Gemachs gebracht hatte. Dann mußte sie, ohne sich umgezogen zu haben, in ihr Bett gekrochen und eingeschlafen sein.

Aber was hatte sie aufgeweckt? Es war ein Geräusch gewesen: aus weiter Ferne, aber hoch und silbrig, fast wie der Klang von … Glocken. Ja, das war es, es hatte wie weit entfernte Kirchenglocken in einer stillen Winternacht geklungen. Aber bei all ihren Erkundungen von Calavere war ihr noch kein Glockenturm aufgefallen. Und selbst wenn es einen gäbe, wer würde so spät in der Nacht noch die Glocken läuten? Von Neugier getrieben stand sie auf, schlurfte zur Tür und ging hinaus in den Gang.

Der Steinboden fühlte sich kalt unter ihren nackten Füßen an. Offenbar hatte sie es zumindest geschafft, ihre Stiefel auszuziehen. Sie schaute in beide Richtungen den Gang entlang. Das Schloß war vollkommen ruhig. Und jetzt?

Sie fing gerade an, sich dämlich vorzukommen, und wollte

wieder ins Gemach zurückkehren, einen Schluck Wasser trinken, sich ausziehen und zurück ins Bett schlüpfen, als sie es wieder hörte. Beim ersten Mal war sie noch zu schläfrig gewesen, um sich ganz sicher zu sein. Aber jetzt war sie hellwach, und es gab keinen Zweifel mehr. Das leise Geräusch kam nicht von draußen, sondern aus dem Inneren des Schlosses.

Glockenklang.

Sie hastete den Korridor entlang auf das Geräusch zu. Eine Minute später hörte sie es wieder, diesmal lauter. Sie ging schneller, bis sie schon fast durch die gewundenen Korridore rannte. Dann ließ ein kalter Luftstoß sie ruckartig anhalten. Der Gang endete in einem mit einem einzelnen runden Fenster versehenen Alkoven. Das Fenster stand offen, eiskalte Luft wehte herein. Grace ging auf das Fenster zu und sah zitternd hinaus. Draußen hatte es geschneit, aber jetzt waren die Wolken aufgerissen, und das Land erstrahlte im Licht des zunehmenden Mondes. Sie sah nach unten, und da bemerkte sie sie: eine Reihe kleiner Abdrücke in der frischen Schneedecke. Fußspuren.

Sie führten zum Rand des Hügels, auf dem sich das Schloß erhob, und verschwanden dann in der Tiefe. Grace starrte angestrengt in die Richtung, in die die Fußspuren führten. Ihr Blick glitt über weiße, leuchtende Felder bis zu einer schwarzen Silhouette am Horizont. Die Wipfel des Dämmerwaldes.

Grace vermochte nicht zu sagen, wie lange sie aus dem Fenster geschaut hatte. Ein Frösteln brachte sie zurück in die Gegenwart. Wer oder was auch immer aus dem Fenster gesprungen war, war schon längst weg. Sie schloß das Fenster, dann machte sie sich auf den Weg zurück zu ihrem Gemach.

Auf halber Strecke bog sie um eine Ecke und keuchte erschrocken auf. Keine zwölf Schritte von ihr entfernt stand ein Mann vor einer Tür. Grace nahm zumindest an, daß es sich um einen Mann handelte, denn sie konnte sein Gesicht nicht sehen, da er von Kopf bis Fuß in eine pechschwarze Kutte gehüllt war. Er hielt ein Messer in der Hand und schnitzte damit etwas in die Tür.

Grace wußte nicht genau, wie sie sich verhalten sollte. Dann sagte sie: »Hallo.«

Die vermummte Gestalt erstarrte. Dann flog der von der Kapuze verhüllte Kopf in Graces Richtung, aber sie konnte noch immer kein Gesicht erkennen. Sie trat einen Schritt näher heran. Die Gestalt drehte sich um und rannte davon, wobei die Kutte wie schwarze Flügel hinter ihr her flatterten. Etwas fiel scheppernd zu Boden.

Grace hob eine Hand. »Wartet!«

Es war zu spät. Der Fremde bog um eine Ecke und war verschwunden.

Grace schüttelte den Kopf. Warum sollte irgend jemand Angst vor ihr haben? Sie ging zu der Tür, vor der der Fremde gestanden hatte. Da. Es war so klein, daß es ihr bestimmt nie aufgefallen wäre, wenn sie nicht gesehen hätte, wie er es getan hatte. In die obere linke Ecke der Tür war ein Symbol geschnitzt worden. Es bestand aus zwei gebogenen Linien:

Egal, wie lange sie es auch betrachtete, sie wurde aus dem Symbol nicht schlau. Sie seufzte. Sie war zum Denken viel zu müde. Morgen konnte sie Aryn oder Durge herführen. Vielleicht wußte einer von den beiden, was das Symbol bedeutete. Vielleicht hatte es etwas mit einem der Mysterienkulte zu tun.

Grace wandte sich von der Tür ab, und ein silbernes Glitzern fiel ihr ins Auge. Sie hob den Gegenstand auf. Es war ein kleiner Dolch mit schwarzem Knauf. Der Fremde mußte ihn bei seiner Flucht verloren haben. Sie steckte ihn hinter ihren Gürtel und setzte sich wieder in Bewegung. Sie konnte nicht sagen, warum das so war, aber aus irgendeinem Grund schien der Dolch wichtig zu sein.

Sie erreichte ihr Gemach, ohne einer weiteren Seele zu begegnen, und schlüpfte hinein. Sie streifte sich hastig – es war *kalt* in ihrem Gemach – das Gewand herunter und fand im Mondlicht den Weg zu ihrem Bett. Als sie die Decke zurückzog, erstarrte sie. Mit zitternder Hand hob sie etwas von ihrem Kopfkissen auf.

Es war ein Zweig Immergrün. Sie erinnerte sich an hellbraune Augen, die sie angestarrt hatten, und sie mußte an die kleinen Fußspuren im Schnee denken. Dann gingen ihr die Worte der Magd Adira durch den Kopf. *Das Kleine Volk muß sich daran zu schaffen gemacht haben …* Grace hielt den Zweig fester. Sie wußte zwar nicht, was er bedeutete, aber eines war klar.

Etwas Unheimliches trieb sich in den Gängen Calaveres herum.